不忘初心　牢记使命

謹以此書獻給

寧夏奮鬥中的企業家們

《宁夏企业奋斗史》编委会

宁夏企业奋斗史

NINGXIA QIYE FENGDOUSHI

《宁夏企业奋斗史》编委会 编

黄河出版传媒集团
宁夏人民出版社

图书在版编目(CIP)数据

宁夏企业奋斗史 /《宁夏企业奋斗史》编委会编
. —银川:宁夏人民出版社,2018.12
ISBN 978-7-227-07018-4

Ⅰ. ①宁… Ⅱ. ①宁… Ⅲ. ①报告文学—中国—当代
Ⅳ.①I25

中国版本图书馆CIP数据核字(2018) 第299461号

宁夏企业奋斗史　　《宁夏企业奋斗史》编委会 编

责任编辑 康景堂 贺飞雁
责任校对 陈 浪
封面设计 张 宁
责任印制 肖 艳

黄河出版传媒集团
宁夏人民出版社 出版发行

地　址 宁夏银川市北京东路139号出版大厦(750001)
网　址 http://www.nxpph.com http://www.yrpubm.com
网上书店 http://shop126547358.taobao.com http://www.hh-book.com
电子信箱 nxrmcbs@126.com renminshe@yrpubm.com
邮购电话 0951-5019391 5052104
经　销 全国新华书店
印刷装订 宁夏银报智能印刷科技有限公司
印刷委托书号 (宁)0012063

开本 720 mm×980 mm 1/16
印张 39.5 字数 700千字
版次 2018年12月第1版
印次 2018年12月第1次印刷
书号 ISBN 978-7-227-07018-4
定价 298.00元

宁夏企业奋斗史

忻元校

原国务院办公厅副主任、国家交通部副部长——忻元校

CCTV区域博览频道书画名家联盟副理事长、
中国国际书法艺术研究院院士——田少明

序

中国40年改革开放，不仅全面改变了中国，也深刻影响了世界，是中国和世界共同发展进步的伟大历程。习近平主席在博鳌亚洲论坛2018年年会开幕式上指出："40年来，中国人民始终敞开胸襟、拥抱世界，积极做出了中国贡献。"企业兴则国兴，40年来，伴随着改革的浪潮，中国企业蓬勃发展，从小到大、由弱变强，在稳定增长、促进创新、增加就业、改善民生等方面发挥了重要作用，是推动我国经济社会飞速发展的基石，凝聚成了迈向新时代的磅礴之力。

滔滔黄河，浇灌平原！富饶美丽，塞上江南！"社会主义是干出来的。"习主席视察宁夏的话语铿锵有力，是对宁夏回族自治区成立60年来发展变化的肯定，更是对680万回汉儿女的殷切希望。60年来，我们以"不到长城非好汉"的精神，励精图治，锐意进取，在祖国大地上书写了属于宁夏人民的恢弘诗篇。镇北堡闻名遐迩，影视城群星璀璨。宁东化工创造奇迹，滨河新区做大做强，一带一路融通辉煌，内陆特区谱新篇章！

企业家是推动经济社会发展的重要资源和宝贵财富，是绘就蓝图的执笔人。一代代宁夏企业家"撸起袖子加油干"，披荆斩棘，创业兴宁，以实际行动诠释了"实干创新，勇于担当，兴业报国"的企业家精神。值此改革开放40周年、宁夏回族自治区成立60周年之际，编辑出版《宁夏企业奋斗史》，回顾总结宁夏企业的奋斗历程，集中宣传展示宁夏企业家的优秀代表，在脱贫富民，促进转型中，传递正能量，建设美丽新宁夏，共圆伟大中国梦。

阡陌纵横白杨参天，英才辈出塞上江南。我们期待，下一个10年、20年、30年，中国会涌现出更多的开拓者与革新者；中国500强企业名单中，出现更多宁夏企业的名字。伟大的时代里，我们因改革看见希望，美好的生活里，我们因改革创造幸福。

是为序！

马启智

宁夏回族自治区原主席

目录
Contents

筑梦前行　砥砺奋进

——中国石油天然气股份有限公司宁夏石化分公司

贺兰山的西边是中国第三大沙漠——腾格里沙漠，山的东边是引黄灌溉下的银川平原。就在这一片胜似江南的黄河抚触之地，中国石油宁夏石化公司依山而立，日夜吞吐，延续着能源命脉，守护着一方民生。从诞生之日起，承载着宁夏工业发展的希望，承载着回汉人民改变生活的向往，宁夏石化义无反顾扛起了重要的经济角色和民生使命，结束了宁夏没有化肥工业的历史，填补了宁夏没有炼油工业的空白，第一袋化肥、第一桶汽油、第一罐液化气、第一袋聚丙烯……这些全部载入了一个少数民族地区工业发展的史册。

30多年来，几代宁化人胸怀理想前行，顶着风雨成长，情系热土、薪火相传。从炼

化肥生产支农惠农

油装置白手兴业、新旧交替到发展壮大；从化肥装置进口改造到自主建设、走出国门；从单一的资源加工到崭新的炼化一体发展格局，宁夏石化秉持中国石油“奉献能源，创造和谐”的企业宗旨，在国家能源保障和宁夏回族自治区经济社会跨越式发展的征途中，负重拼搏，砥砺前行。“十二五”至今，公司累计实现销售收入1353.35亿元，上缴税费373.8亿元。

前进中的宁夏石化

中国石油天然气股份有限公司宁夏石化分公司（简称宁夏石化公司）是集石油炼制与化肥生产为一体的石油化工企业，其前身是宁夏化工厂和宁夏炼油厂：宁夏化工厂始建于1985年，1998年由原中国石化总公司划归中国石油天然气集团公司。1999年8月，重组改制为宁夏化工厂和宁夏石化公司。2005年12月，宁夏石化公司和宁夏化工厂整合重组为宁夏石化公司；宁夏炼油厂始建于1987年，原为宁夏回族自治区区属企业，1991年建成投产，1998年改制成立宁夏大元炼油化工有限责任公司，1999年成立宁夏大元化工股份有限公司，2002年1月整体划归中国石油天然气集团公司。2008年12月，原宁夏石化公司与原宁夏炼化公司重组整合为新的中国石油宁夏石化公司。

目前公司拥有一套500万吨/年炼油装置和三套大型化肥生产装置。每年可加工原油500万吨，生产汽油160万吨、柴油220万吨、尿素200万吨、航煤20万吨、聚丙烯10

万吨，年销售收入超过200亿元，上缴税费近100亿元。公司现有在册员工近5000人。

多年来，公司坚持科学管理，稳健发展，企业综合实力和社会美誉度不断提升，为国家农业建设、能源保障和地区经济社会发展做出了积极贡献。公司先后荣获“全国环保先进单位”“全国绿化先进单位”“全国花园式工厂”“全国五一劳动奖”“全国民族团结进步先进集体”“全国思想政治工作先进单位”“全国精神文明建设先进单位”“国家职业卫生示范企业”“中国质量信誉AAA级企业”等荣誉称号。

生产经营抢先机

公司坚持“大平稳出大效益”“大优化出大效益”，精益求精抓管理，持之以恒抓平稳，在保持安全、平稳、高负荷生产的基础上，深度优化结构、资源、产品、工艺等，不断开展技术改造和攻关创新，实现资源利用最大化和效益最大化。

近年来，宁夏石化公司坚持稳健发展总基调，围绕长周期安全稳定生产目标，围绕安全稳定生产和提质增效，开展了一系列企业管理的有益探索和积极实践。以调度为中心的生产受控系统和严细到位的设备保障管理协同做盾，高度集成的信息化管理在生产经营中搭桥引线，办公无纸化、业务移动化、数据可视化，为安稳长满优生产创造了良好的管理条件。炼油装置投产后的两个生产周期均创造了中国石油同类型新建装置最好记录，在中央企业能效对标中，连续两年被评为中型炼油最佳实践企业；化肥

宁夏石化500万吨炼油装置

装置近10年实现11个A类100天以上长周期，并以最长405天，创造了国内化肥装置运行最好记录。今年以来，公司继续坚持稳中求进、稳中提质，把握机遇利好，强化责任担当，锐意改革创新，从严从细抓好安全环保和生产优化，持续提升质量效益，努力开创新时代公司改革发展新局面。上半年，公司生产经营稳健发展。500万吨/年炼油装置继续保持安全稳定运行，化肥装置运行稳定支农助农，新建年产45万吨合成氨、80万吨国产化大化肥项目顺利投产，装置于5月9日产出成品尿素。1月至5月，公司超额完成利润指标，累计实现销售收入98亿元，盈利8.67亿元，完成全年任务的62%。

安全管理讲科学

宁夏石化公司始终坚持"以人为本、质量至上、安全第一、环保优先"的理念，追求"零缺陷、零伤害、零污染"的目标，不折不扣地贯彻落实新《安全生产法》《环境保护法》等国家法律法规，牢固树立红线意识、底线思维，坚持绿色安全发展理念，持续强化过程风险管控，推进重大隐患治理，严守重点领域和敏感时段"四条红线"，积极推进安全生产长效机制建设，全面提高安全生产管理水平。截至目前，公司已连续安全生产6390天，83个班组达到安全自主管理班组，连续16年杜绝生产亡人事故。

多年来，公司持续推进HSE管理体系，推动安全管理改进与提升。通过强化员工安全培训、推进HSE标准化创建、坚持隐患排查治理、开展安全积分管理和"安全生产20万工时无事故里程碑"等正向激励活动，全员安全意识和安全行为能力持续提升，公司整体向安全自主管理阶段迈进。建立并持续改进"1331"综合管理体系，确保生产经营管理有序稳妥、合规运作，筑牢可持续发展基础。公司连续多年被评为宁夏回族自治区、中国石油安全生产先进企业，获得"全国安全文化建设示范企业"等多项荣誉。2014年，公司顺利通过全国危险化学品安全标准化一级企业评审，是区内唯一一家国家安全生产标准化一级企业。2015年，经国际权威认证机构挪威船级社安全评估，达到五级良好标准，接近国际石油公司先进水平。2017年，安全受控手持终端项目入围中国石油和化工自动化行业科技奖。

绿色发展立标杆

绿水青山就是金山银山！

这是宁夏石化干部员工的行动共识。公司持续加强环保投资和改造，建立大气、水体、土壤多维立体保护框架，有序推进烟气脱硫脱硝除尘、动力锅炉改造、硫磺回收、三级污染防控及污水处理系统改造、VOCs管控项目等污染治理及节能减排项目，将生产过程中产生的废渣、废水、废气进行无害化处理，变废为宝，满足国家对环保指标的新要求。仅2017年公司就实施了13项节能减排项目，总投资超过2亿元，装置及生产过程污染物管控水平有效提升。在VOCs（挥发性有机污染源）排查工作中，公司通过技术改造和强化管理等手段，使挥发性有机物排放量由2014年的5222吨下降至2017年的3000吨以下，下降幅度42.6%以上。在危险废物处置方面，加强源头管理，加大处置力度，危废处置工作走在宁夏回族自治区工业企业前列，被授予宁夏回族自治区危险废物处置标杆企业称号。响应政府号召，公司连续10年参与宁夏中卫荒漠治理项目，在腾格里沙漠播种千亩绿林，建设绿色基地，在沙漠和城市之间竖起了一道改善环境的绿色长城。

“像保护眼睛一样保护生态环境”，宁夏石化公司坚持绿色发展理念，保证清洁高效生产，为建设美丽中国做出积极贡献。面对环保减排新形势，宁夏石化积极响应“生态立区”战略部署，全面推进环保提标改造，大力实施节能减排技术改造，开展合同化能源管理，走出了一条绿色可持续的生态文明发展之路。

由于节能减排突出，公司先后荣获“全国环保先进单位”“十二五全国石油和化工行业节能先进单位”等多项荣誉，炼油装置连续三年获得同等规模全国重点耗能产品能效“领跑者”标杆殊荣，连续两年被评为中型炼油最佳实践企业，全国排名第一。下一步，宁夏石化将继续按照整体推进、协同发展的要求，加快推进“清洁发展示范区”的

科学管理 安全生产

建设。

党的建设铸品质

公司深入学习贯彻党的十八大、十九大精神，旗帜鲜明坚持党的领导，以建立健全制度、责任、保障三大体系为抓手，突出整体谋划、制度先行、责任落实和服务生产，全面加强企业党的建设，公司党建工作体系框架逐步完善，基础工作更加扎实，党建工作水平显著提升，有力保障了公司稳健和谐发展。坚持理论武装，深入学习宣传贯彻党的十九大精神，深刻领会习近平新时代中国特色社会主义思想，认真贯彻落实党对加强国有企业党建工作的决策部署，坚持党建工作与企业生产经营、改革发展中心工作同步规划、同步实施、同步开展检查考核。坚持以思想建设为首要任务，扎实推进“两学一做”常态化，深入开展“践行四合格四诠释”岗位讲述和岗位实践，充分利用“党员责任区”“党员先锋岗”推动学做结合。

公司党委积极落实党建主体责任，充分发挥把方向、管大局、保落实作用，研究制定《深化党的建设实施意见》，统筹规划党建工作发展。通过整合优化党组织，进一步缩小管理跨度，集中了组织资源。通过出台《党委工作规定》等10多项党建工作制度，建立从党委书记到基层领导班子成员的10级责任清单，实现了责任清单化、任务表单化、工作具体化，党建工作体系更加完善。

认真落实党委主体责任和纪委监督责任，持续完善不敢腐、不能腐、不想腐工作机制，推动全面从严治党向基层延伸。通过层层签订《党风廉政建设责任书》，主体责任、监督责任、第一责任人责任、“一岗双责”等层层落实。廉洁风险防控体系持续完善，监督资源全面整合，“四种形态”运用积极有效，党员纪律、规矩意识显著增强。

和谐建设夯基础

宁夏石化公司高度重视企业社会责任工作，始终坚持将履行社会责任融入到企业生产经营管理、发展战略和企业文化建设等各个方面，不断增强履行企业社会责任的能力，实现企业与社会经济发展的协调统一，为推进开放宁夏、富裕宁夏、和谐宁夏、美丽宁夏建设作出积极贡献。

公司将提供优质清洁高效能源、保护环境、节能减排作为实现企业可持续发展的战略基础，持续完善产品服务质量管理，坚持推行安全生产、绿色生产、节约生产，大力推进生态文明建设，构建资源节约型、环境友好型企业。坚持以增强员工幸福感、获得感为目标，不断健全完善利益表达和协调机制，努力提升员工生活品质，保持了队伍和谐稳定,发展环境良好。持续推进健康管理体系建设,关注员工身心健康。扎实推进民主管理,厂务公开形式进一步拓展,公司荣获“全国厂务公开民主管理示范单位”称号。

热心公益事业,助力宁夏脱贫攻坚战,加大扶贫资金支持力度;公司积极开展扶贫帮困工作,向“关心下一代基金会”捐助资金,多年坚持开展志愿者服务和“关爱留守儿童”活动;加强企地共建,坚持开展社区环保宣传,以实际行动体现了国企担当,树立了中国石油企业良好形象。

不忘初心　方得始终

30年乘风破浪,宁夏石化用双肩扛起了宁夏经济发展的一份责任;30年激流勇进,宁夏石化用科学管理,创新实践着企业的稳健发展。

新时代新征程,在宁夏回族自治区党委政府、中国石油集团公司党组的坚强领导下,在5000多名员工的风雨同舟中,宁夏石化将继续在经济转型的浪潮中,求新求变;在供给侧改革中做优做强;在决胜全面小康的道路中敢做敢当!建设一个员工更加幸福、行业广泛尊重、社会更加认同的美丽宁化!

不忘初心 牢记使命

开拓进取二十载　砥砺奋进再起航

——宁夏银行股份有限公司

在改革开放40周年、宁夏回族自治区成立60周年之际，宁夏银行也迎来了成立20周年华诞！20年前的10月28日，在宁夏回族自治区、银川市两级党委政府的关怀和支持下，以原银川市9家城市信用社为基础改制而成的银川市商业银行，在鼓楼北街2号挂牌成立，成为全国第88家城市商业银行。一家名不见经传、偏居西北一隅的小银行，由此扬帆起航，踏上了奋进求索的创业征程。

艰苦创业，经营规模不断壮大

20年来，在宁夏这方热土的滋养哺育下，在宁夏回族自治区党委政府及监管部门的关心关爱下，宁夏银行积极探索中小银行的发展路径，将自身成长融入金融改革和国家发展的时代大潮中，走过了一条在经济欠发达地区发展中小银行的艰辛之路。20年来，宁夏银行注册资本从1.26亿元增加到19.98亿元；资产总额、各项存款、各项贷款由成立之初的7.4亿元、4.3亿元、3.1亿元，增长到目前的1411亿元、892亿元、684亿元，分别是成立时的191倍、207倍和221倍；从9家营业机构、23个网点发展到今天的90家分支机构；从初创时的430人、本科以上学历占比4.7%到今天的2700人、本科以上学历占比91%；经营区域由塞上银川走向古城西安、津门大地，实现了从地方性银行到区域性银行的成长跨越。20年来，宁夏银行在异常薄弱的基础上艰难起步，在社会各界的关爱下茁壮成长，在坚持不懈的探索中锐意进取，走出了一条具有宁夏银行特色的发展之路。

牢记使命，服务地方经济发展

20年来，宁夏银行始终坚持服务地方经济、中小企业和城乡居民的市场定位，累计投放信贷资金近千亿元，有力地支持了城市基础设施建设、宁夏回族自治区优势行业、重点骨干企业和中小微民营企业发展。近年来，宁夏银行贯彻落实宁夏回族自治区党

宁夏银行鼓楼支行重装开业

委政府的决策部署，重点支持了宁东能源化工基地、综合保税区、宁夏回族自治区医院、宁夏大学、银川纺织生态园、高新区动漫产业园、中卫云计算、“智慧文旅互动”等项目和园区建设，以及枸杞、葡萄酒、羊绒、乳品加工等特色产业的发展，扶持了农垦集团、宝丰能源、如意纺织等数十家地方重点企业。2012年至2018年，累计向全区投放信贷资金5580亿元。先后荣获“支持地方经济发展突出贡献奖”“宁夏回族自治区五一劳动奖状”等。自觉履行纳税义务，20年累计缴纳各类税收65亿元，被评为宁夏回族自治区“百强纳税企业”“A级纳税信用单位”。

中小民营企业作为宁夏银行主要服务的客户主体，是宁夏银行的发展之本，成长之基。20年来宁夏银行加快经营转型，持续聚焦中小微民营企业发展，服务领域不断深入，业务规模持续扩大。截至2018年9月末，宁夏银行中小企业贷款余额529.7亿元，占全行贷款余额的78.2%。其中，支持中型企业444户，贷款余额148.1亿元，占全行各项贷款余额的21.9%；支持小微企业11493户，贷款余额381.6亿元，占全行各项贷款余额的56.3%，小微信贷业务全区市场占比18.9%，近年来始终位居全区同行业首位，连续7年全面完成中国银监会规定的“三个不低于”监管指标。2015年荣获中国银监会“全国银行业金融机构小微企业金融服务先进单位”，是全国40家也是我区“唯一”获得这项殊荣的银行。

实施乡村振兴战略，是党的十九大做出的战略决策部署。宁夏银行抓住农村各项改革机遇，提前谋划，及早布局，进一步完善适应农村“三权”改革的信贷制度，创新服务乡村振兴战略的金融产品和服务，在支持农村经济发展中拓展业务空间。为此，针对涉农小微企业的特点推出了“如意农金宝”“如意绒易贷”“如意葡萄贷”“如意养殖贷”“如意创业贷”等产品，强化了产品适用性。结合国家构建新型农业经营体系的要求，重点加大对家庭农场、专业大户、农民专业合作社、农业产业化龙头企业等新型农业经营主体的信贷支持力度，开发合作社贷款、家庭农场贷款等新产品。“三农”金融服务水平持续提升，截至2018年9月末，全行涉农贷款余额131.55亿元，占全行各项贷款余额的19.25%。

打赢脱贫攻坚战是党中央做出的重大战略部署，金融精准扶贫在扶贫工作中起着最基本的作用。宁夏银行自启动金融精准扶贫工作以来，加大金融扶贫工作力度，单列信贷资源，提高办理效率，创新金融扶贫模式，主动对接政府扶贫部门，加强对贫困地区和建档立卡户的综合金融服务，建立健全了有效推进金融精准扶贫的工作体系和信贷支持体系，扶贫信贷投放快速增长，已经形成了积极的金融精准扶贫工作局面。截至2018年9月末，全行金融精准扶贫贷款余额15.3亿元，占全行贷款余额的2.23%，其中个人扶贫贷款余额3.5亿元，产业精准扶贫贷款余额9.96亿元，项目精准扶贫贷款余额1.8亿元。

创新驱动，提升金融服务水平

抚今追昔，创业维艰。20年来，宁夏银行以助推地方经济发展为己任，以改革创新为动力，在外部环境复杂多变、发展条件匮乏、瓶颈制约严重的情况下，始终百折不挠，奋勇前行，始终坚持市场方向，敢为人先。宁夏银行自开业伊始就树立了强烈的市场意识和竞争意识，向市场上的一切先进学习，充分发挥决策链条短、灵活高效的优势，通过细分市场，找准市场空隙，实现了错位竞争和特色化、差异化发展。坚持人无我有，人有我优，敢于打破常规，存款“免填单”“96558”电话银行、24小时服务、个人综合授信等人性化设计开发的产品和服务得到了广大客户的高度认同。从采用手工记账、电子化运营覆盖率为零，到今天的“互联网+”时代，网上银行、手机银行、微信银行等纷纷亮相，金融科技创新成为全行经营转型的新“引擎”。大力发展网点支行、社区支行、小微特色支行和离行式自助银行，提升网点的覆盖率、渗透力，解决金融服务“最后一公里”问题。20年来综合实力、服务品质和市场影响力的显著提升，真切地诠释了“为客户创造价值、为股东创造收益、为员工创造未来、为社会创造财富”的企业使命。

党建引领，塑造核心竞争优势

宁夏银行今天的成就，源于始终坚持党的领导，加强党的建设。20年来，宁夏银行始终坚持一手抓企业党建，一手抓业务发展，把党的政治优势、组织优势，厚植为宁夏银行的竞争优势、创新优势、发展优势。宁夏银行切实发挥党组织的领导核心和政治核心作用，把党的领导融入公司治理各环节，保证了党和国家方针政策、重大部署在宁夏银行的贯彻执行。坚持把思想理论建设作为根本，把干部员工的思想认识统一到党中央和宁夏回族自治区党委的要求上来，为全行改革发展奠定了坚实的思想基础。坚持党管干部原则，深化干部人事制度改革，树立正确的选人用人导向，旗帜鲜明地鼓励开拓、支持实干。坚持建强基层党组织不放松，认真落实党建工作责任制，基层党组织推动发展、服务群众、凝聚人心、促进和谐的作用得到充分发挥，凝聚力、创造力、战斗力显著增强。切实加强党风廉政建设，认真贯彻执行中央“八项规定”精神，着力解决“四风”问题，营造了风清气正的发展环境。

宁夏银行结对帮扶大河乡龙源村工作座谈会

新时代，迈向高质量发展

中国特色社会主义进入新时代，宁夏银行也站在新的历史起点。对于一家志在打造“百年老店”的企业而言，20年的风雨辉煌，在漫长的历史长河中，只不过是短暂的一瞬间。迈入新时代，站在新起点，宁夏银行将在市场大潮中开拓奋进，以二次创业的精神和勇气，继承和发扬20年优良传统，牢记自身的责任和使命，千方百计加快发展，时刻保持艰苦奋斗，在激烈残酷的市场竞争中，呈现新气象，展现新作为。把服务地方经济发展作为主责主业，突出优势，做精专业，苦练内功，增强素质，提高金融服务供给水平，在支持和服务全区“三大战略”方面展现地方金融企业担当。健全现代金融企业制度，优化法人治理结构，完善经营约束机制，在资源配置、业务授权、考核评价、风险管控、制度流程等方面进一步创新深化，增强分支行经营活力和创造力，破解发展难题，促进各项业务健康快速发展。以管理质量为先，建立完善严格的风险控制体系，坚持从严治行和从严治贷，力促信贷资产质量逐步改善。紧密围绕“以客户为中心”理念，形成“中后台为前台、前台为客户”的专业化服务和运行模式。通过经营转型培育发展新动能，夯实和扩大客户基础，改进服务策略，调整优化盈利增长格局。

风潮劲涌，自当扬帆破浪；任重道远，更需策马扬鞭。宁夏银行将全面贯彻落实党的十九大精神，进一步提升金融服务质效，全力服务实体经济，肩负起中国特色社会主义新时代赋予的责任和使命，建设服务领先的区域现代商业银行，谱写高质量发展篇章，为建设美丽新宁夏做出积极贡献。

踏着改革节拍　谱写奋进新篇

——国电宁夏分公司

位于宁夏回族自治区银川市金凤区上海西路英力特大厦内的国电宁夏分公司，是原中国国电集团在宁夏地区设立的二级管理机构，负责原国电在宁资产的运营管理。

目前公司管理的资产主要涉及产业为火电、风电、光伏发电、化工，在运电力装机365万kW，在建电力装机200万kW，化工产品产能为聚氯乙烯树脂22万吨、特种聚氯乙烯树脂4万吨、烧碱21万吨、电石50万吨。公司旗下管理着国电宁夏石嘴山发电有限责任公司（国电石嘴山第一发电有限公司）、国电浙能宁东发电有限公司、国电大武口热电有限公司、宁夏英力特化工股份有限公司（证券代码000635）、国电电力宁夏新能源开发有限公司等大型生产企业。截至2018年7月末，公司管理口径总资产236.38

亿元，净资产91.76亿元，管理企业在册员工共5200多人。是宁夏回族自治区大型骨干企业，连续多年位居宁夏回族自治区百强企业前十位。自2014年至2018年10月，宁夏分公司所属单位累计缴纳各项税费26.63亿元，为支援地方发展和国家建设做出了积极贡献。

2017年11月28日，随着原中国国电集团公司和神华集团有限责任公司合并重组挂牌成立的国家能源集团（全称国家能源投资集团有限责任公司），顺应国家进一步深化国企改革的趋势和要求，宁夏分公司走上了融合发展的新征程。

不忘初心　谱写改革发展新篇章

按照国家能源集团“建设具有全球竞争力的世界一流能源集团”的战略目标要求，国电宁夏分公司积极践行“加强党建、强根铸魂，做强主业、转型升级，深化改革、完善机制，强基固本、筑牢安全，创新驱动、绿色发展”等9项治企方略的要求，最大限度地发挥整合之后的规模优势。在做强主业、转型升级方面，公司指导发电产业不断强化对标管理，提高对标效果，推行燃料精细化掺烧管理，标煤单价始终处于全区最优水平，主要消耗指标持续优化；所属英力特化工力行成本革命后，主要生产指标趋好，盈利能力持续提升，产品“英力特烧碱”被评为“宁夏名牌产品”，连续获评宁夏回族自治区第八届、第九届、第十届著名商标，五型树脂为大连期货交易所唯一免检产品，公司也先

英力特化工公司全景

后被评为石嘴山市30强企业、宁夏回族自治区环境友好型企业、中国西部上市公司50强、宁夏回族自治区质量百强企业，区域话语权和影响力都有了较大提升。

按照国家能源集团对宁夏分公司“重点发展大型清洁火电项目和新能源项目”区域战略定位，宁夏分公司积极推进在运火电机组实施节能环保改造，大力推进新建百万机组及新能源发展，宁夏区域火电机组结构正在不断优化，风电和光伏发电装机规模达到69万kW，新能源装机占比不断提高。目前，宁东发电公司方家庄百万kW外送电项目已基本具备投运条件，2018年10月，该项目封闭煤棚钢结构工程整体竣工验收“合格”，成为已建成的国内最大跨度封闭煤棚，成为全国火电行业设计、施工、建设及各电厂智能化煤场前往调研的“封闭煤棚示范工程”，创新应用成果《大跨度预应力钢桁架技术在封闭煤棚建设中的研究与应用》获得国电电力科技进步二等奖，并获得2018年宁夏回族自治区科技厅重点研发项目。

创建和谐　奏响文化强企新乐曲

企业的改革重组，最难的是文化的融合，从原国电集团公司与宁夏英力特公司文化的融合，到如今国电集团公司与神华集团公司企业文化的融合，每一次的改革重组，都给公司的企业文化建设提出新的要求、新的挑战。由此，统一思想、凝聚共识、促进和谐发展、提质增效成为该公司党建和企业文化建设工作的重点。

宁夏分公司举办大型党课学习党的十九大精神

从原宁夏英力特公司的“快乐文化”与原国家能源集团公司的“家园文化”的融合，到如今新的国家能源集团公司企业文化建设的推进，大家形成了一个普遍的共识：坚定不移跟党走，高举习近平新时代中国特色社会主义思想伟大旗帜，坚定道路自信、理论自信、制度自信、文化自信，弘扬社会主义核心价值观，弘扬劳模先进精神，围绕中心工作，不断提高党建科学化水平，提高党员队伍素质，发挥劳模、党员干部的先锋模范作用，就一定能够形成聚精会神搞建设、一心一意谋发展的合力，就能够为公司持续高效发展保持蓬勃朝气。公司连续9年坚持举办的“大型党课”已成为推动公司建设学习型企业的有效载体，打造政治过硬的职业化员工队伍的“教育平台”和促进党员干部素质提升的党建工作品牌；公司连续10年坚持举办的“劳模先进优秀青年事迹报告会”也已成为助推员工成长、成才的“筑梦”舞台。公司所属国电宁夏石嘴山发电有限责任公司（国电石嘴山第一发电有限公司）先后获得第三批全国文明单位、全国精神文明建设工作先进单位、宁夏回族自治区文明单位、宁夏百强企业等荣誉；所属国电电力宁夏新能源开发有限公司多次荣获全国“安康杯”竞赛先进企业、宁夏回族自治区五一劳动奖状、集团公司先进企业、银川市文明单位等荣誉称号。

扶贫帮困　勇担国企责任

扶贫开发是国家第一个百年奋斗目标的重点工作。公司积极响应习总书记“精准扶贫”的工作要求，主动作为，推进工作做实、做细。

2015年，公司与宁夏中卫市海原县曹洼乡曹洼村结对帮扶，为曹洼村小塬小学捐赠了1.8万多元的教材、衣服等物品；2016年曹洼村在遭受强降雨、冰雹灾害后，公司组织本部员工积极筹集捐款12601元，帮助曹洼乡村民恢复生产、生活，捐赠工作得到了宁夏回族自治区扶贫办和海原县政府的肯定。2017年，公司又为曹洼村的党建工作阵地建设注入帮扶资金3万元。

此外，公司积极参与到宁夏回族自治区扶贫建设中，按照2013年10月原国电集团公司与宁夏回族自治区发改委签署的落实《项目推进合作协议》的备忘录，落实基础设施扶贫投入，投入资金4487.6万元，推进闽宁协作扶贫产业园10栋标准厂房的建设工作。2015年12月24日闽宁扶贫厂房项目完成了竣工验收。2016年，移交给当地政府使用，产生了积极的社会效益和良好的经济效益。

2017年12月，公司又积极响应党的十九大提出的脱贫攻坚的号召，派驻扶贫工作组到宁夏西吉县西滩乡五岔村驻点扶贫，开展攻坚工作。公司及所属单位不定期去驻村扶贫点开展捐赠帮扶及党员主题教育的活动已经成为2018年扶贫工作的一大亮点。扶贫工作3年来，该公司累计投入扶贫资金4507.1万元，彰显了一个勇于承担责任的国企良好形象。

紧跟时代步伐　补足精神之“钙”

党的十九大召开以来，国电宁夏分公司群情振奋，深入学习贯彻党的十九大精神。公司领导班子带头，通过组织中心组学习、开展座谈交流、集中研读十九大报告原文、组织党员干部到六盘山、梁家河、井冈山等红色教育基地开展主题教育、观看爱国主义影片、讲党课等方式强化学习，确保在“学懂、弄通、做实”上下功夫、见成效。

“党的十八大以来，我们国家的变化是实实在在的，在我们农村，好多老人对习近平总书记真是感恩戴德，大家称他为习大大是有原因的，真觉得他像亲人一样亲呢。”这是公司在学习党的十九大精神座谈会上一位来自农村的职工的肺腑之言。

“我们党小组逐句诵读学习十九大报告，并且与党的十八大精神进行了对照，觉得我们党十八大提出的各项目标真的都实现了，我们党为我们做出了执行力的表率。”一位党小组长在交流时这样说。是的，学有榜样、做有表率，也是宁夏分公司在党的十九大之后大力推崇的做法。党委书记和副书记带头以普通党员身份参加党小组学习，畅谈学习体会；班子成员分赴联系点单位开展宣讲工作；带头撰写学习体会、理论文章，为公司系统党员推荐学习理论文章等，推进学习不断深入；同时公司党委坚持开展赠书促学活动，发放十九大报告辅导读本等10种4000余册学习书籍；组织开展移动终端“十九大知识”秒答竞赛、主题征文谈体会、微信推文大赛等特色活动，将学习十九大精神融入到丰富多彩的特色活动中，让学习活动有声有色，学透精髓，做到实处。借助网站、报纸、期刊、QQ群、微信公众号、电梯轿厢等载体，开设专题专栏，刊登十九大报告重要内容和权威解析，刊发公司及所属企业党委书记署名文章和学习心得，编印《塞上国电》报十九大特刊，分发至每个党小组，使十九大精神进部门、进支部、进分场、进班组，切实做到了学习十九大精神“全覆盖”。

牢记嘱托　筑牢国有企业的根和魂

习近平总书记在全国国有企业党建会上强调，坚持党的领导、加强党的建设，是国有企业的“根”和“魂”。国电宁夏分公司始终按照这一要求，紧扣“融入中心促发展、突出特色强党建、创新文化带队伍、以人为本构和谐”的工作思路，不断深化“两学一做”学习教育，认真落实全面从严治党要求，各项工作有序推进。始终坚持党委会研究作为“三重一大”事项的前置程序，坚持干部问题由党委会讨论决策，严把选人用人关口。注重选拔优秀年轻干部挑大梁，优化干部结构，截止到2018年10月末，公司副处级以上干部平均年龄49.7岁，45周岁及以下干部占比23.5%。

在建强基层堡垒，丰富党支部工作方面，公司创新工作方式，将每季度的党群例会开到了基层单位现场，既进行工作部署，又实地交流观摩党支部阵地建设，互查支部“三会一课”台账，听取党支部、党小组经验介绍，提升了交流的质量，使各基层党支部改进有目标、学习有榜样，为更好地提升基层党建工作质量奠定了基础。“这次深入到英化公司观摩，收获很大，他们的工作做得很细，他们开展的‘红黄牌’竞赛、党员积分管理等很值得我们学习。”

在全面从严治党“两个责任”方面，公司党委认真履行主体责任，坚持并不断优化党建“十个一”工作机制（公司党委每年召开一次党的建设和党风廉政建设工作会议、对基层党组织书记进行一次述职评议考核、召开一次党员民主生活会、举办一次党支部书记培训和一次入党积极分子培训班；每半年约谈一次所属单位党政主要负责人和纪委书记、听取一次班子成员分管领域党风廉政建设责任落实情况汇报、听取一次纪检监察、工会、共青团工作汇报；每季度召开一次党群纪检工作例会、举办一次大型党课；每月至少开展一次党委理论中心组学习），把党建和党风廉政建设任务分解到季、

亚洲最大跨度煤棚

到月。要求公司党委委员到基层点调研必谈党建党廉工作，并每月通报各党委委员到基层联系点调研的情况，不定期组织党员干部开展党务、廉政知识考试（“三学”知识竞赛），开展警示教育，不定期开展廉政讲座，抓好党建和党风廉政建设的考核和过程监督，在公司上下形成了干净干事、风清气正的政治生态。“你们能够这么多年持续举办大型党课，坚持不懈地抓党员干部的政治理论学习，真不容易，令人钦佩。”2018年5月，宁夏回族自治区党委常委、组织部部长盛荣华一行到该公司调研时，对公司坚持举办大型党课、促进党员干部政治素质不断提升的做法给予了充分肯定。在宁夏回族自治区国资委党委2017年党建工作考核中，国电宁夏分公司党委被评为“优秀”等级；在2017年党委书记抓党建工作述职评议考核中，被评为“好”等级，均走在了18家中央企业在宁单位的前列。

“志在峰巅的攀登者，不会陶醉在沿途的某个脚印之中”。在改革开放40周年的征程中，在宁夏回族自治区成立60周年的岁月里，国电宁夏分公司作为一个新生力量，尽管经历着两次重组、遇到了诸多困难，但是他们的脚步一直坚定，一直在为宁夏的发展出谋划策、为公司的改革探索追寻。党的十九大为我们勾画了实现中华民族伟大复兴的“中国梦”的美好蓝图，国电宁夏分公司“追梦”的脚步将一刻也不会停歇。他们将一直坚定地跟党走，始终坚持“两个坚决维护”，在通往新时代中国特色社会主义的征程中努力前行，在国家能源集团公司党组的坚强领导下，重整戎装，铆足干劲，攻坚克难，为建设美丽新宁夏、共圆伟大中国梦，为建设具有全球竞争力的世界一流能源集团继续谱写新的时代篇章！

求真务实 志存高远

——宁夏农垦集团有限公司

2015年进入农垦后，张存平同志迅速融入农垦这个大家庭当中，成为了一名光荣的“农垦战士”。面临着经济形势与农垦改革的重重困难，张存平同志与广大农垦干部职工群众勠力同心，砥砺前行，认真贯彻落实宁夏回族自治区党委、政府的决策部署，深入推进农垦改革发展，抓改革、促发展，调结构、增效益，保持了农垦经济稳步发展的良好势头。

抓改革、增效益，实现农垦新突破

张存平同志初到农垦之时，正值宏观经济下行压力加大、农垦深化改革攻坚的特殊时期。面对各方面的压力和困难，他直面挑战，迎难而上，大力弘扬“艰苦奋斗、勇于开拓”的农垦精神，坚持求真务实、真抓实干，扑下身子抓工作、干事业，一个难题一个难题去突破，一个问题一个问题去解决，一个企业一个企业的定方向、抓经营，着力提升企业执行力和经济效益，以过硬的作风推进各项工作有效落实。

在经营指标上实现新突破。面对市场低迷的状况，积极寻求应对措施，多方施策、稳中求进，大力调整经营结构，不断推进资源优势转化，经过与集团公司上下共同努力，2017年资产总额达163亿元，增长10.9%；实现营业收入33亿元，增长4.9%；实现利润1.05亿元；职工年均收入达到4.09万元，增长14%。企业扭亏增盈成效明显，稳定“造血源”，基本控制“出血点”，盈利企业由16家增加到20家，盈利面稳步扩大，总体呈现出稳中有进、稳中向好的发展态势。

在深化农垦改革上实现新突破。聘请北京华夏基石企业管理咨询公司制定农垦集团发展战略，确定农垦未来战略转型发展方向和目标。完善党委会、董事会、监事会和经理层议事规则，在董事会设立了战略规划、薪酬考核和审计3个委员会，致力提升决策能力和水平。引入现代企业管理理念，结合农垦产业发展实际，设立了农场事业部、现代牧业事业部、服务业事业部、酒业事业部4个以经营管理、利润中心为核心的机构，强化了集团公司经营管理职责。在14个农场探索推行土地托管、租赁经营、统一服务等规模化经营模式，促进企业增效、职工增收和土地生产率提高。经过争取，农业部将宁夏农垦列为全国农垦改革6个综合示范区之一，赋予7项专项改革试点任务。

在产业转型升级上实现新突破。突出四个优势特色产业板块，大力推进一二三产融合发展。推进葡萄产业提质增效。推行葡萄园标准化管理，11个葡萄园入选宁夏优质葡萄园，占全区1/3；葡萄脱毒试管苗工厂化生产工艺获得国家专利；实施葡萄酒“清零行动”，对3年以上原酒集中促销，加快“去库存”；优化整合葡萄酒品系品种，西夏王多款葡萄酒获得国际国内大奖，不断提升西夏王在贺兰山东麓葡萄酒产区的龙头带动作用。提升奶产业市场竞争力。为有效应对奶业市场低迷的冲击，实施奶产业节本增效与市场开拓双轮驱动，鲜奶每公斤成本降低0.54元，全年销售鲜奶同比增长4%。下大力整治旅游业环境。抢抓宁夏回族自治区全域旅游机遇，修编沙湖旅游规划，加快构建以沙湖为核心的生态观光、休闲度假、农耕体验等一体化新格局。启动了沙湖环保治理及生态修复七大工程，狠抓景区环境综合治理，沙湖荣获“全国顾客满意行业十大品牌”称号，成为全国旅游业唯一获此殊荣企业。加快调整种植业结构。积极克服全区农业灌溉用水减少等不利因素，大力推行高效节水灌溉技术，创建农业部万亩高

沙湖·芦荡迷津

产示范区5个，推行订单农业，发展绿色优质水稻5.5万亩，垦区全年生产优质粮食37.4万吨。优化作物布局，在确保粮食总产稳定的前提下，积极推进各农场、公司结合自身优势，大力发展葡萄、枸杞、供港蔬菜、种业、饲草料及经果林等优势特色种植，农垦系统“一企一业、一场一特”的产业发展格局初步形成。

在开放合作上实现新突破。大力推进垦区资源优势转换和生产要素整合，通过合资合作合营，把垦区资源优势转换为经济优势、资本优势，改善了农垦集团经营结构，为农垦集团发展壮大注入了新的动力和活力。与固原市、银川市西夏区签订垦地合作协议，发挥垦地双方优势，在产业发展、精准扶贫、农场社会职能改革等方面开展合作。贯彻落实农业部农垦局“三联”战略，牵头组建中垦电商（西部）股份公司，推动宁夏农垦融入全国农垦发展大格局。以集团公司控股、社会资本参与的方式，成立宁垦金控公司，培育新的经济增长点，为实现农垦集团产融一体发展奠定了基础。

面对着经济发展与企业改革的双重压力，张存平同志始终立场坚定、勇往直前、踏踏实实做好每一件事情，用自己充满大局观的眼光指导着农垦的发展道路，用实实在在的工作，维护农垦的利益，认真履行着农垦引领现代农业的职责。

建制度、立规矩，不断夯实企业基础

在企业集团的各项经营管理工作中，张存平同志曾提出：“一个再强的团队，如果纪律不严，就会成一盘散沙。一个再好的企业，如果管理不严，就会慢慢失去活力，最终会变成‘僵尸’企业。”

张存平同志作为农垦集团的领头人，严于律己、以身作则、率先垂范，坚持把学习马列主义、毛泽东思想和中国特色社会主义理论体系、习近平总书记系列重要讲话精神放在武装头脑的首位，作为改造世界观、人生观、价值观的思想武器，作为解决思想理论问题和现实问题的途径，学深学透。他把企业经营管理作为主攻课，坚持每周读一本企业管理、经营类的书籍，主动提升业务水平，自觉把所学理论用于管理实践。认真钻研企业经营管理知识，向干部职工学，向班子成员学，向基层同志和老同志学，不断解放思想，开阔眼界，切实增强总揽全局、谋划发展的能力，努力把农垦的事情做好。

秉持着“做实、做细、持续”的思想，张存平同志提出开展规章制度“废、改、立”工作，共修订完善建立各项制度43项，规范了财务、资金、项目、薪酬、资产等管理，努力实现用制度管人、管钱、管事。推行依法治企，建立了集团公司总法律顾问、集团法务部门、子公司法律专兼职机构三级法务管控体系，实行重大投资、重大决策、重大合同法律审核制，进一步提高风险防范能力和规范化管理水平。

针对项目管理这一集团管理的弱项，张存平同志从加强重要环节管控入手，组织修订集团公司项目管理制度，推行项目招标、造价、监理、审计、决算等第三方机构代理制，下放项目建设施工责任权限，有效预防了项目建设中的违规行为。

在集团内部推行巡察工作制度，加大对子公司违纪违规行为的查处整改力度，促进子公司守纪律、讲规矩、严管理、防风险。

拓市场、强质量，建立农垦大品牌

面对市场开拓这一“短板”，张存平同志主张“将市场营销作为企业的命脉抓在手上”，通过定策略、拓市场、去库存、增效益，不断提高企业竞争力。从集团公司长远发展着想，认真分析市场需求，进一步整合优化产品结构，推广明星产品，着力构建以宁夏农垦为核心的品牌体系，打造宁夏一流、全国有影响的“宁夏农垦”品牌集群，增强农垦企业市场开拓力和影响力。

张存平同志始终将农产品质量安全作为企业发展的命脉来抓，围绕“引领健康生活”的企业使命，积极推进“三品一标”农产品认证和质量追溯体系建设。目前，农垦集团已通过“三品一标”认证农产品40个，5家单位完成质量追溯体系建设，实现了垦区食品安全“零投诉、零事故”，切实维护公众健康，努力营造出生产安全、质量放心的食品消费环境，确保“舌尖上的安全”，努力让“安全、绿色、放心”成为农垦产品的代名词。

西夏王酒厂

渔业捕捞

2016年，宁夏农垦集团共7家单位入围“首届宁夏质量百强企业”，宁夏农垦玉泉国际葡萄酒庄有限公司在“第七届亚洲葡萄酒质量大赛”上获得一金三银的好成绩，宁夏枸杞企业（集团）公司的“碧宝”牌枸杞荣获“第十四届中国国际农产品交易会”金奖。

保民生、促和谐，增强集团向心力

张存平同志坚持以保障和改善民生为根本出发点，大力实施民生工程，让企业员工分享农垦改革发展红利，切实增强干部职工的凝聚力和归属感。积极争取涉农惠农及社会事业资金4.8亿；配合宁夏回族自治区“多规融合”工作，推动农场美丽小城镇建设和农垦职工危房改造，职工生产生活条件逐步改善，不断提高职工幸福指数；顺利将6个生态移民安置区移交属地政府管理，着实减轻了企业负担；积极开展矛盾纠纷排查排解，信访总量下降60%，全力维护了农垦改革发展稳定大局。

张存平同志坚持文化管理企业的思想，将竞争意识、创新意识、市场意识、安全意识、责任意识等思想融入到企业文化建设中。在他的主张下，农垦集团将企业文化宣传作为企业的“发声筒”，利用新媒体，协调新华社、人民日报海外网、农民日报等中央级和宁夏回族自治区级主流媒体扩大农垦宣传报道，发布新闻稿件，传播农垦好声音，唱响发展主旋律；推动精神文明创建工作，开展农垦“最美家庭”评选、北京知青回宁演出、沙湖健步走等文化活动。

未来，我们将以习近平新时代中国特色社会主义思想为指引，坚持稳中求进总基调，践行新发展理念，抢抓“乡村振兴战略”新机遇，以推进农业供给侧结构性改革为主线，以深化农垦企业化、市场化、集团化改革为目标，以“管理提升年”为抓手，坚持质量兴农、绿色兴农、品牌强农，着力提高农业绿色化、优质化、特色化、品牌化水平，大力构建现代农业产业体系、生产体系、经营体系，为打造全国一流大型现代农业集团打基础、蓄能量、攒后劲。

【相关链接】

张存平，汉族，54岁，出生于宁夏中卫，历任宁夏中卫市市委常委、海原县县委书记，宁夏回族自治区政府副秘书长，宁夏回族自治区统计局党组书记、副局长，宁夏农垦集团有限公司党委副书记、总经理等职，现任宁夏农垦集团有限公司党委书记、董事长。

火电环保排头兵

——宁夏京能宁东发电有限责任公司

时光如沙漏，岁月似婉歌。蓦然间，历史的钟摆把我们送进了2018这个非同寻常的年份。

2018年，是中国推行改革开放国策的第40个年头，也是年轻的宁夏京能宁东发电有限责任公司迎来成立10周年华诞的重要年份。在西部大开发的号角声中，公司从建设到生产的十年间，脚踏实地，攻坚克难，锐意进取，立足宁夏，服务全国，为股东创造利润，让员工实现自我价值，为东部输送洁净能源，努力践行环境友好型企业的光荣使命，为首都国企树立良好形象，为打造一流绿色能源企业谱写了一曲激昂奋进的壮歌，为国家电力事业描绘着绚丽的崭新画卷，成为宁夏国企中出彩的一名火电环保排头兵。

宁夏京能宁东发电有限责任公司俯视图

在中国西北的版图上有这样一片神奇的土地，她在短短的15年间，由人迹罕见的不毛之地演变为高塔密集林立、厂房星罗棋布、马路纵横交错的国家级能源产业集群地，成为一个省级区域的经济社会发展重要引擎。她就是位于宁夏回族自治区首府银川市东南方向40公里的宁东能源化工基地，它与内蒙古鄂尔多斯、陕西榆林并称“中国能源金三角”。

从银川出发进入宁东能源化工基地，远远地就能看见一对硕大的间冷塔在蓝天下蔚为壮观，那就是拥有宁夏回族自治区十佳企业、五一劳动奖状、节能减排示范型企业、环境友好型示范企业和国家优质工程银奖、水利部节水型先进企业、中国电力信息化标杆企业、全国职工职业道德先进单位、全国工会职工书屋示范点等诸多荣誉称号的绿色环保发电企业——宁夏京能宁东发电有限责任公司（以下简称“京能宁电”）。京能宁电水洞沟电厂一期2×660MW（兆瓦）超临界间接空冷机组，是宁夏回族自治区“十一五”期间规划建设的重点电源项目。“双投”后生产电力经宁东±660kV（千伏）主网架西电东送至山东，践行了国家“南水北调，西电东输”的战略部署，不仅有效利用了“中国能源金三角”的资源，更为西部地区的快速发展提供了更多的契机。

作为“中国能源金三角”之一的宁东，是中国罕见的能源富集区，蕴藏着大量的煤炭资源，在西部大开发乃至国家发展全局中占据举足轻重的作用。21世纪初，面对国家区域发展战略的调整，面对宁东这片热土，为了响应国家西部大开发战略的号召，北京国际电力开发投资公司（京能集团的前身）于2004年5月25日批准成立了宁夏水洞沟电厂筹建处。经过4年多的前期工作，在宁夏地方政府的大力支持下，2008年8月18日，由北京能源投资集团有限公司和宁夏发电集团有限责任公司分别按65%和35%的比例出资组建的宁夏京能宁东发电有限责任公司。2008年12月11日，水洞沟电厂一期工程获得国家发改委核准。

2009年5月8日，宁夏京能宁东发电有限责任公司本着“热爱宁夏，建设宁夏，服务宁夏，为宁夏跨越式发展做贡献”的宗旨，正式开工建设水洞沟电厂。电厂一期工程总投资52.5亿元，拥有世界上先进的节能减排技术，它所采用的间接空冷技术创下了我国火力发电机组的海拔之最、纬度之最，它采取的环保措施在宁夏地区最为全面、最为彻底，它也是我国西北地区第一家担负着“FCB黑启动”使命的电源点项目，承担着一项特殊的社会义务：能够在电网大面积停电的极端情况下，保持自带厂用电运行，实现向电网快速送电，为电网的快速恢复提供有力支持。

在基建期，京能集团领导高度关注水洞沟电厂工程建设，充分调研国内外火电行业发展现状和远景目标，提出了“聚拢集团办电经验、展现集团办电实力、提升集团办电效益”的具体要求，对准国内一流火电机组先进指标，从水耗、电耗、煤耗、油耗和排放五方面实行能耗的超前预控。工程同步实施了机组脱硫、脱硝，脱硫取消GGH和旁路烟道，采用石灰石—石膏湿法烟气脱硫工艺，同时采用了低氮燃烧及SCR脱硝结合方式，氮氧化合物排放浓度小于每立方米61.3毫克，低于目前每立方米100毫克的最新国家标准。

京能宁电领导班子在集团公司的领导下，在公司全体员工和参建单位的共同努力下，认真落实集团公司工作部署，秉承“科学管理、设计优化、严谨施工、确保质量”的创优过程控制理念，以创国家优质工程为目标，紧紧瞄准行业先进水平，狠抓质量管理，对工程质量从设计、设备、材料及施工各阶段进行全过程质量控制；坚持优化为企业效益服务的原则，推动节能减排前期工作，展现企业良好形象，全力做好由基建向生产阶段的无缝对接。

在京能集团的正确领导下，在宁夏地方政府的大力支持下，在公司上下齐心协力的共同努力下，水洞沟电厂工程如期竣工。2011年3月28日，66万kW1号机组实现商业运营；6月20日，66万kW2号机组顺利通过168小时满负荷运行，正式转入商业运营。水洞沟电厂的正式运营对宁夏地区的经济社会发展产生了重大的积极影响作用。项目投产后，年发电量超过70亿kW·h，年上缴税收超过2亿元。

京能宁夏水洞沟电厂是宁夏目前同类型机组节能环保技术最为先进的火电厂，与传统火电冷却技术相比，电厂两台机组采用世界最先进的间接空冷技术，厂用电率由9%降低至6%以下，节水率达70%以上，每年可节约用水超过1300万立方米（相当于30万人一年的生活用水量），每年节约用煤约30万吨。

脱硝催化剂安装

为树立京能集团形象，展现首都国企风采，京能宁电本着节能减排“不遗余力、不折不扣、不留

宁夏京能宁东发电有限责任公司全景

后门"的理念，在宁夏率先实施脱硝、脱硫取消旁路的方案，实现了真正意义上的"三同时"，为子孙后代留下一片洁净的天空。

投产之后，京能宁电一以贯之坚持以打造"绿色生态节能环保型火力发电企业"为目标，认真贯彻执行国家和地方的各项环保法律、法规和政策，始终把环境保护工作作为企业的重点工作来抓，建立起完善的环境保护管理体系和制度，配备了各类污染物治理设施，建厂至今从未发生过任何环境污染事件。公司按照国家2015年1月1日实施的新《环保法》的具体要求，提前落实环保增容改造工作，并投资2.5亿元进行脱硫增容和电除尘改造，目前脱硫效率已达到99.2%，每年减少二氧化硫排放总量达3066吨，粉尘排放浓度每立方米仅20毫克，同时采用了低氮燃烧及SCR脱硝结合方式，氮氧化合物排放浓度小于每立方米61.3毫克，低于目前每立方米100毫克的最新国家标准。2016年公司两台机组也率先在宁夏回族自治区通过环保超低排放验收。公司废水采用"零排放"设计，建设了生活污水、工业废水、含煤废水和脱硫废水等废水处理系统。对废水水网进行改造，构建火电厂水网智能化管理系统，对全厂水务系统进行数字化的自动监控并进行了雨水、排水的回收，实现了真正的节能降耗。与此同时，按照国家节能减排升级与改造行动计划的要求，至2020年超临界火电机组煤耗要求降低到310g/kW·h以下，公司于2018年对汽轮机组进行提效增容改造，以满足国家节能环保政策要求。

安全生产和管理创新是企业生存和发展的根本。京能宁东发电公司遵循"安全为天，尊重生命"的安全理念，贯彻"确保安全生产为前提、精细化管理为基础、节能降耗为主线"的管理思路，坚持电力行业"安全第一，预防为主，综合治理"的安全生产方针，在日常的安全管理工作中乃至在整个公司运转中，将"安全管理零漏洞，人员行为零违章，设备状况零缺陷，作业环境零风险，发现问题零容忍，事关安全零阻力"的"六零"理念融入其中。同时,在全国电力行业率先使用电子工作票和操作票,并把QC质量管理体系融入生产安全工作,形成了独具特色企业安全文化。到2018年10月,已经实现连续安全生产运行2800天。

为推进精细化、信息化、人本化管理,京能宁东发电公司适时引进"整理、整顿、清扫、清洁、安全、节约、素养"的"7S"科学管理理念,建立了一套完整、科学的信息化管理系统,推行了ERP管理,实现了全方位对标管理、检修一体化管理、数字化安全系统管理、"两票"信息化管理、巡点检系统管理的可视化、数字化、专业化、智能化,同时近年来积极倡导"精细、精准、精确、精益、精美"的"五精"管理理念,大大提升了企业的便捷、效率和秩序。

大江汇流、奔腾入海,澎湃动力、生生不息;
节能减排,任重道远,绿色能源、造福百姓。

今天,京能宁电在打造"一流绿色能源企业"的豪迈征程中一路前行;展望未来,京能宁电人承载光明梦想,担当环保使命,为打造火力发电行业的绿色标杆续写新篇章。面对火电发展的新挑战,京能宁东发电公司将攻坚克难、傲霜斗雪,进一步拓宽视野,学习实践前沿的企业经营管理理念,大胆借鉴先进的节能减排技术经验,创新开发新型环保科技项目,当好宁夏节能减排的排头兵,为宁东能源化工基地国家循环经济示范区建设增光添彩,为宁夏经济社会发展不断做出新的贡献,以无愧于宁夏、无愧于首都、无愧于时代、无愧于历史的新业绩为实现中华民族伟大复兴的中国梦做出新的更大的贡献。

戈壁明珠　再书辉煌

——华能宁夏大坝发电有限责任公司

1988年，改革开放的春风吹绿了神州大地，西北第一台30万kW火力发电厂在塞上江南、神奇宁夏拔地而起，党中央为电力工业发展滞后的大西北规划出的崭新蓝图在大坝电厂初具规模！2018年，沐浴着改革开放40年的春风，华能宁夏大坝发电有限责任公司四期项目投产发电，蓝图终于实现，梦想已经达成。历代“坝电人”，践行着华能“三色公司”使命（努力建设为中国特色社会主义服务的“红色”公司，注重科技、保护环境的“绿色”公司，坚持与时俱进、学习创新、面向社会的“蓝色”公司），在新时代中砥砺前行，在改革创新中焕然重生，书写出西北电力工业的崭新篇章！

敢为人先　“坝电人”建成西北光明之城

30年前，大坝公司地处贺兰山最南端，是腾格里沙漠和“塞上江南”宁夏平原的交汇处，在“坝电人”到来之前，这里是茫茫戈壁，贺兰山口像是有一架巨型鼓风机在不停

华能宁夏大坝发电有限责任公司

地吹着七级以上的大风。在艰苦的自然条件下，老一辈“坝电人”和各路建设大军唤醒了这片沉睡了千年的荒原。先是出现了一排排帐篷和简易平房，后又建起了厂房、烟囱、办公楼、家属区，4台30万kW机组陆续建成投产，给这里带来勃勃生机。可是驾驭30万kW机组，对“坝电人”来说无经验可鉴。时常听到老一辈“坝电人”称呼机组为“礼拜机”，说的是机组生产不稳定，安全运行不超过一周。“因为要给大家带来光明，我们就要更努力！”这是“坝电人”的目标与动力。

“坝电人”在探索与学习、整顿与创新中，缺陷越来越少、管理越来越好，不但迅速扭转了事故频发的局面，还不断刷新着安全生产记录，发电量也屡创新高，从最初投产的机组平均利用小时数1100小时，年发电量174万kW·h，到2004年巅峰时机组平均利用小时数8100小时，年发电量97亿kW·h，发电量占据了宁夏的“半壁江山”。严格的安全生产管理淬炼了干部职工队伍，这里成为了宁夏电力人才的“黄埔军校”，不但培养出全国技术能手马自云，集团首席技师马学江，宁夏回族自治区劳模王飞等一大批先进个人，还将人才输送到全宁夏乃至整个西北电力行业，带动了整个宁夏地区的电力发展。

勇于担责 “坝电人”打造绿色高效发电机组

在成绩面前，勇于担责、善于自我加压的“坝电人”从不满足，走可持续发展道路，是“坝电人”的又一个新目标。保护环境、节能减排对老厂来说至关重要。建厂30年来，大坝公司将这个名为“三棵树”，实际却没有树的“行政村”，耕耘为绿化面积达2000多亩，花团锦簇，郁郁葱葱，洁净有序的现代化小镇。“全国植树造林400佳单位”就是对这里环境美的最好诠释。

进入新世纪，大坝公司又马不停蹄地进行了机组增容、脱硫脱硝、超低排放等一系列节能减排改造，机组的经济性得到了大幅度提高，设备能耗随之减少，企业节能工作迈上了新的台阶。在推进能源革命的发展机遇下，大坝公司积极履行社会责任，克服时间紧、任务重等一系列难关对机组进行了供热改造，向青铜峡市城区集中供热，全面替代高耗能小锅炉，不但改善了城市空气质量，还使居民家里更暖和了。“大坝干大事、华能有能人”，这是青铜峡市市长金永灵对大坝电厂的最高评价。能吃苦、善攻坚、勇担责的“坝电人”通过不懈努力，使大坝公司成为西北电力的龙头企业，被国家授予一流火力发电厂、宁夏回族自治区改革开放30年行业功勋奖、中国美丽电厂、全国文明单位等100多项荣誉称号。

不忘初心 “坝电人”建设塞上超级发电工程

适逢改革开放40年，大坝公司已经成为一个老厂，燃料成本攀升、环保成本增加等压力都在不断地考验着管理层和全体职工。面对新形势，“坝电人”锐意进取，争取到四期两台66万机组的建设核准，70、80、90后这群出生在改革开放初期的新一代“坝电人”，又迎来了老厂的焕然新生，继承父辈的使命成为工程建设的骨干力量。

从项目初设审查、前期筹建，到建设全过程管理，奋战在四期工程现场的党员、干部、职工都不记得加了多少班，熬了多少夜。“爸爸，为什么你从来不去幼儿园接我？”“爸爸，为什么你总是不在家？”……“因为要给大家带来光明，我们就要更努力呀”，“坝电人”不改初心，向着未来更加勇往直前。在道德讲堂四期建设专场宣讲中，听到了女儿对爸爸说：“你什么时候管过我的学习！我想你的时候，你在哪里？”听到过，“就知道上班上班，家里的事你管过哪样”的抱怨，听到过，“快回来吧，爸撑不住了，想见你最后一面”的离痛，听到了很多很多……可是回答却很简单，只有短短的三个字：“对不起！”这群“坝电人”有累计加班7000多小时的强人、有驻厂催货300多天的能人、有连续工作36小时不合眼的铁人，可是在这一刻，顽强的他们都低下了头，悄悄抹去了眼角流出的泪水……是啊！这群“坝电人”对不起父母、对不起爱人、对不起孩子!可是,他们对得起华能大坝发电“责任为重、诚信为本、创新为魂”的核心价值观，对得起“乐于奉献、长于拼搏、勇于担责”的企业精神。

虽然没有恶劣环境的考验，但是新一代“坝电人”还是同父辈们一样，坚持对品质的追求，而且更加坚定了敢为人先、勇于创新的精神。在大坝四期钢结构间冷塔的初期设计建设中，“坝电人”反复研究对比，决定大胆使用工期短、造价低、环保优的钢结构间冷塔。然而，组装高达170米的钢塔，在全世界都无经验可借鉴，巨大的压力考验着四期工程人员。这支党员人数占34%的团队牢记“我为党旗添光彩，确保四期早投产”的初心和使命，从开始塔吊吊臂够不着，大家集思广益提出“放两座塔吊”，却引来嘲笑和质疑的想法，到“办法总比困难多”，反复论证的坚持，终于诞生了国际上首次采用的双塔吊吊装方案和塔吊空中解臂方案，成功解决了施工难题。

数百个日夜的挥洒汗水，数千个小时的忘我付出，汇聚成一股建功立业的巨流，“坝电人”终于迎来了一系列历史性时刻：2018年4月13日，世界上最大的钢结构间冷塔正式建成；5月8日，大坝四期7号机组锅炉水压试验一次成功；9月16日，7号机组汽轮机冲转、并网一次成功；10月21日，机组实现168小时连续满负荷试运行。在这一刻宏图化为美景，希望成为现实。

华能宁夏大坝发电有限责任公司

牢记使命 “坝电人”践行承诺展央企风采

近年来，大坝公司党委在宁夏回族自治区党委、华能集团有限公司党组、华能宁夏能源公司党委的正确领导下，深入学习贯彻落实党的十八大、十九大精神和全国国有企业党的建设工作会议精神，用习近平新时代中国特色社会主义思想武装头脑、指导实践，把方向、管大局、保落实，不断增强“四个自信”，牢固树立“四个意识”，切实做到“两个维护”，有力地推动了公司各项工作任务的完成。

大坝公司始终以文明单位创建工作总揽全局，把文明单位创建工作列入企业年度总体目标，广泛开展文明创建系列活动。充分结合实际积极开展学雷锋活动，注册“三色帆”青年志愿者，建立志愿者队伍，每年定期组织团员青年开展青年志愿活动；认真做好精准扶贫工作，选派干部和职工到宁夏回族自治区海原县红羊乡石塘村，开展驻村精准扶贫工作；编写《2018—2020年三年脱贫攻坚规划方案》，对贫困户建档立卡，落实国家精准扶贫政策。2014年9月以来，在3年时间里重点扶持文明共建单位——青铜峡市叶盛镇五星村开展美丽乡村帮建工作，取得突出成绩，荣获2016年度吴忠市“城乡文明共建工作先进单位”。2017年6月以来，大坝公司贯彻地方政府部署，向青铜峡市同乐村、同兴村分别实施文化扶贫攻坚和百企帮千户扶贫工作。2014—2017年连续4年组织职工为“希望工程·青铜峡梦想助学基金”捐助善款16万余元。大坝公司用实际行动践行了华能集团有限公司的“红色”使命，展现央企新时代、新担当、新作为！

“风劲帆满图新志，砥砺奋进正当时。”在习近平新时代中国特色社会主义思想指引下，承载着“坝电人”的热望与梦想，这颗西北电力明珠将不忘初心再出发，续写一个更加辉煌、灿烂的明天。

滔滔黄河水，流淌着中华民族五千年生生不息的血脉，巍巍贺兰山，见证着石电儿女六十载坚韧不拔的步伐。

黄河岸边的崛起

——国电宁夏石嘴山发电有限责任公司

60年，在五千年中华文明历史长河中弹指一瞬，区区不计；60年，连接着石电儿女拥簇共和国走过跨越世纪的光辉历程，激情豪迈；60年，一头见证宁夏回族自治区成立以来一步步迈向繁荣富强的坚定信念，一头承载国电宁夏石嘴山发电有限责任公司60年来伴随宁夏回族自治区而成长，从单机容量6000kW起步一跃成为今天掌控200万kW的现代化火力发电企业的发展轨迹。

六十载　忆峥嵘岁月稠

今天宁夏石嘴山发电公司，厂区内外，绿树成荫，花团锦簇，亭台楼阁之间，雕塑奇石林立，置身其中，犹如游走在江南园林。然而，又有谁能够想到，同样是脚下的这片土地，60年前，竟是宁夏石嘴山区最北端的一片旷野荒滩，当时的民谣这般形容："天上无飞鸟，地上不长草，十里无人烟，风吹砂石跑。"也就是在这样的环境中，因为新生共和国的需要，因为共和国的缔造者、人民的领袖毛泽东主席手书"开发矿业"的号召，因为临铁路、近

1959年11月30日，石嘴山发电厂1号机组正式投产发电，成为宁夏回族自治区成立后的第一台发电机组，被誉为宁夏电力"先行官"

煤矿、靠黄河的得天独厚的自然条件，宁夏回族自治区成立后第一座火力发电厂在先辈的手中横空出世。

1958年3月，国家水电部正式批准建设石嘴山发电厂，同年8月，石嘴山发电厂筹建处的牌匾正式悬挂起来，它像一面旗帜，一支号角，感召着五湖四海风华正茂的热血青年，这里没有公路，在万古荒原上靠人拉肩扛运送着一件件设备；这里缺少起吊机械，建设者们集思广益，以蚂蚁啃骨头的毅力，把设备一个个组装；这里没有房屋，他们住在半地下的“干打垒”，风餐露宿，吃窝头就咸菜……

1959年11月28日，石嘴山发电公司首台6000kW火力发电机组终于投产发电。那是一个激情燃烧的年代。第一代石电人在艰苦卓绝的奋战中，在峥嵘岁月的跋涉中，伴着黄河的奔腾谱写了一曲“能量之源”的壮歌。从此，宁夏回族自治区有了第一座火力发电厂，为宁夏电力工业的发展竖起了第一块里程碑；从此，源源不断的电力通过欲与贺兰山试比高的巍巍杆塔，点亮了城市、乡村的灯火，驱动了工厂的马达。从此，在共和国的足迹里，力量在激荡，渴盼成长的希望在延续。

1960年至1978年，随着新中国经济和社会发展，石嘴山发电厂又先后进行了4次技改扩建，从最初的单机6000kW到1.2万kW，从2.5万kW到5万kW，成为拥有8台机组、总装机容量为18.6万kW的骨干发电企业。

再创业　奏嘹亮号角响

1979年，共和国迎来了新的春天，改革开放，给石嘴山发电公司带来了发展的历史机遇。在这个春潮涌动的时节里，石嘴山发电公司坚定地和宁夏回族自治区一道，从容迈步从头越，在1978年到2008年的30年间，先后进行了3次扩建，成为了西北地区装机容量最大的现代化发电企业。

1985年，宁夏经济社会发展提速，石嘴山发电公司这个“先行官”，在时代的号角声中一跃而起，进行了历史上的第5次扩建，新上了第九和第十号机组，使公司装机容量达到28.6万kW。这是二次创业新乐章的序曲，难得的是，石电人继续保持了艰苦创业时期的精神。石嘴山发电公司至今仍然流传着人们为了在黄河上拦起围堰，建起河心泵房，早日为发电机组提供循环冷去水，党员、群众，职工、家属，男女、老少，争先恐后跳进刚刚解冻的黄河中，趟着齐腰深的河水筑起了一道“人堰”……堤坝合龙了，机组发电了！

2001年是进入新世纪的第一年，石嘴山发电公司第六次扩建工程得到了国务院批准，于2月28日正式开工建设。从2001年到2005年间，4台33万kW机组陆续投产。这是一座按照全国燃煤示范电厂的设计模式和国家电力公司与宁夏电力发展战略定位兴建的全新电厂，在“大电力”的规模经济和技术优势的集合下，系统整体的资源配置能力得到极大地增强。

2005年8月1日，国家发改委核准了石嘴山发电公司建设2台33万kW“以大带小”机组技改扩建工程项目，老企业再次迎来了新生。机房内，先期退役的1—4号机组踪迹难觅，5—10号机组退出运行，辉煌退役；厂区内，曾立下汗马功劳的高达100米、服役40余年的烟囱在雷鸣般的爆破声中与石电挥手作别；不远处，新建机组正凯歌高奏，西北地区最大的火力发电企业最高、最显眼处，国电集团的标识熠熠生辉。

今天，当我们以审视的目光掠过历经7次扩建而成的国电石嘴山发电公司，历史的厚重感将使每个关注她的人感到生正逢时。这个企业先后共建成投产了16台发电机组，总装机容量自1958年的0到1992年的28.6万kW、最大机组从6000kW到5万kW，历时35年，从1992年的28.6万kW到2006年的198万kW、最大机组从5万kW到33万kW，历时15年，从2002年第一台33万kW投产到2006年6台33万kW机组全部投产……随着共和国的日益强大和宁夏回族自治区经济的发展，国家产业政策开始调整，小机组能耗高、污染大、效率低，已不能适应时代的发展趋势，更不能代表先进生产力的发展要求，于是，石嘴山发电公司小机组的命运除了退役关停已无出路。而随着国家经济体制由计划转入市场，随着电力体制改革的深入，2002年，石嘴山发电公司有幸归入了中国国电集团公司麾下，成为了总装机容量200万kW的大一类发电企业。2017年8月，随着国电集团和神华集团实施联合重组，按照现代企业制度要求，石嘴山发电公司开始进入了新的黄金发展期——如今，石嘴山发电公司将更加焕发无限生机，伴随着举世瞩目的成就，大跨步地走进新时代……

立潮头　领时代风流激

“德不优者，不能怀远，才不大者，不能博见。”如何实现可持续发展，石嘴山发电公司的回答是：转变观念，管理创新。

在检修管理中，以节能降耗和提高设备可靠性为目标，创造性地把危险点评价、作业环境控制和职业健康风险控制引入作业指导书，实施零缺陷管理，提升了设备健康水平。

在运行管理中，以建设节能环保型企业为目标，率先在西北实现了电厂主要系统集成管控下的全能值班员集中控制运行，首创导师带徒模式开展技术传帮带和技术竞赛、岗位练兵，长期开展经济运行指标竞赛活动，集控管理水平明显提高。

在安全管理中，大胆引进先进的安全管理理念，在国内电力企业中率先推广实施了NOSA安健环管理中，开展安全性评价管理，形成了一整套符合实际、切实可行的管理制度，形成了强有力的安全管理机制和安全监督机制，成为国电集团公司系统最早获评NOSA安健环四星级的企业之一。

在绩效管理中，从劳动用工、人事和收入分配三项制度改革入手，实行了“一岗一薪”制度，彻底打破“大锅饭”，职工收入与业绩直接挂钩，严格考核，收入、奖金和三项责任制等奖励性收入更是拉开档次，使得“同岗同效才同酬、干多干少不一样”在该公司第一次变成了现实。

在党群管理中，把党建工作融入生产和经营管理，引入国家质量标准，在宁夏电力系统率先开展了党群管理贯标，使党群工作实现了闭环控制，实行了入党积极分子平衡积分卡管理，受到国务院国资委党建局的肯定。创新开展了星级党支部创建、“一支部一特色”党建品牌创建管理，获得国电电力“抓支部、强堡垒”示范党委，2个党建案例被人民网、中国共产党新闻网刊登，《星级党支部创建强堡垒》入围第四届全国基层党建创新典型案例候选名单。

巍巍贺兰，风流人物还看今朝。通过管理创新，石嘴山发电公司在实现观念和体制嬗变的平稳转变过程中，始终保持了勃勃生机和活力，在60年发展历程中，创造了单机容量、装机规模和累计发电量等多项之最。特别是进入新时期，在33万kW机组建设过程中，创造了宁夏乃至全国电力行业的八项之最：

在宁夏电力行业首次采用项目法人责任制高标准建设；

在宁夏首次全部采用国产高参数、大容量发电设备；

在宁夏和西北首次完全实现电厂机、炉、电、燃、化系统全能值班员集中控制；

在全国首次采用燃煤示范电厂设计模式并首家建成投产；

在全国首次成功应用SIS系统，实现厂级信

2017年10月31日，石嘴山发电公司通过集团公司安全文明生产标准化验评，图为该公司员工在达标现场做最后冲刺，高学亮摄）

息系统集中监控；

在全国33万kW大型火电项目建设中，创造了每kW造价最低、整体投资最省的新纪录；

创造了全国同类机组的最好建设水平，工程被评为全国电力优质工程；

依靠自主能力研发的火电厂信息管理系统荣获全国科技进步二等奖，开宁夏获此殊荣之先河。

如今，拥有职工1300多人、总装机容量200万kW、年发电能力130亿度、年创产值最多近25亿元、年上缴国家利税最高达4亿元的石嘴山发电公司，正努力成为宁夏电力战线上的排头兵，为宁夏回族自治区今天和明天的发展奉献着光和热。

意难忘 铸无华丰碑久

回首家与国，白发霜染殊。

走进石嘴山发电公司的荣誉室，那一块又一块饱含着石电人辛劳和智慧的牌匾，无声地讲述着石电人创造辉煌业绩后留下的一份份特殊的荣光：全国五一劳动奖状获得单位、全国精神文明建设先进单位、全国首批“学习型”组织创建活动示范单位、AA级单位、全国绿化工作先进单位、全国民族团结进步先进单位、全国电力行业2012—2017年企业文化建设先进单位、第四批全国学雷锋活动示范点及宁夏回族自治区文明单位、十大纳税先进企业、先进工业企业、基层党组织建设先进单位……

俱往矣，60年上下求索，光明使者揽日月，大旗雄风展宏图，风流人物不朽。

60年栉风沐雨，给予了铸造辉煌的石电人更加开阔的胸怀。传承半个世纪铸就的优良传统、辉煌业绩和雄厚实力，石电儿女挺起共和国的电力的脊梁，放眼量，绘蓝图，描美景，写春秋，谱新篇，雄图再起，成功受托了内蒙古鄂尔多斯电厂2台330MW燃煤机组的运行和检修维护工作，实现了向石嘴山惠农区民用和工业集中供暖供热，拓展了市场，减少了污染，创造了效益。现在，他们凝聚在国家能源集团前进的队列里，不断完善现代企业管理运行机制，依托国家民族飞跃崛起之天时，拓展国电集团战略发展之规划，面向国内市场，汇聚八方英才，着力打造独具特色和市场优势的核心竞争力。

60年求实奋进，在宁夏回族自治区成立60周年之际，展现满目春华秋实。艰苦的环境，不懈的奋斗，培育了石电人诚信务实、吃苦耐劳、开拓创新、敢为人先的奉献品格和无畏精神，锤炼了一支艰苦奋斗、拼搏进取、诚信求实、团结亲和的职工队伍，造就了一批老中青结合的技术和管理骨干，涌现出一批行业知名专家:有全国劳动模范、全国

2007年7月27日，国电石嘴山发电厂2台5万kW、英力特2台2.5万千瓦机组拆除仪式

“五一”奖章获得者，有披着鲜红的绶带步入人民大会堂的彭发荣，有中央企业青年岗位能手陈忠，有宁夏回族自治区劳动模范谷风云，有首届中国电力楷模获得者、焊工能手张玉川……60年的耕耘，60年的奉献，宁夏石嘴山发电公司先后为周边发电企业输送各类管理、技术人才1800多人，为宁夏及周边省区电力事业发展，为宁夏回族自治区的发展做出了突出贡献，这一切都已经成为石电最宝贵的财富。

60年创业历程，是丰碑，顶天立地，是史诗，荡气回肠。未来的石电远景，一定会续写一个新的篇章，创造一个崭新的示范品牌，那就是——宁夏的石电，中国的石电。而这一切，属于石电人，但绝不仅仅属于石电人，正如石电人属于自己，但永远属于宁夏，属于光明的事业，属于我们伟大的祖国！

做金融改革路上新一代的“耕耘者”

——宁夏黄河农村商业银行股份有限公司

改革开放40年以来，发生翻天覆地变化的是什么？最先想到的答案无疑是中国经济。从落后其他国家到成为世界第二大经济体，中国实体经济的腾飞历程中有着众多关键领域的推动。不容忽视的是，金融领域的改革深入到了实体经济服务当中，各省市、各行业响应国家政策号召，通过独具特色的创新举措取得明显成效。宁夏黄河农村商业银行，正是中国银监会确定的首家全国省级农村信用联社改革试点单位，于2008年开始实践“农金”改革之路，至今已经耕耘十年，成长进步中收获了累累硕果。

创新金融服务 “宁夏模式”强化经济驱动力

中国属于“农业大国”，农民兄弟的生活水平是否提高直接反映出改革开放政策实施的成效。令人欣喜的是，党和国家在进行改革开放时，心系广大农村经济发展，通过农村金融机构改革拓展农民创收致富的渠道。千禧年之后，农村金融改革步入到“深水区”，备受关注的农村信用联社改革实质性开启，这也是宁夏黄河农村商业银行成立的重要背景。

宁夏黄河农村商业银行股份有限公司总部大楼

宁夏农村商业银行成立后，便确定了创新金融服务模式的方向，按照宁夏回族自治区党委政府要求，黄河银行党委对全区各县市联社（农商行）的党组织和主要负责人实行垂直领导、统一管理，同时打造金融持股公司的“宁夏模式”，逐步对各县、市联社（农商行）展开行业、资本、服务等多方面的管理，带给全区强大的实体经济发展驱动力。

具体在金融创新改革过程中，宁夏黄河农村商业银行鉴于各省市地区的特色不同，开始大力扶持特色产业，支持农业产业化发展。起初，银行出台了《黄河农村商业银行系统金融支持推进农业供给侧结构性改革加快培育农业农村发展新动能实施意见》，引导各机构依托各县（区）资源禀赋，紧跟宁夏回族自治区“一特三高”的现代农业发展思路，聚焦支持做精做优“1+4”特色优势产业，通过多种组合增信方式，支持农业产业化龙头企业强化带动专业大户、普通农户、贫困户的联农带农机制，全力支持农村一、二、三产业融合发展。

此外，宁夏黄河农村商业银行还通过改善融资环境来推进农村信用体系建设。具体措施方面，银行以全面开展信用户、信用村、信用乡（镇）“三信”评定工作为基础，组织信贷人员与乡村信用协会或信用小组联手，发挥信用协会人熟、地熟、情况熟的优势，逐村逐户对农户家庭基本经济信息进行摸底调查，建立家庭经济信息档案并评级授信。对“信用户”执行降低利率、提高额度等优惠信贷政策，让信用为农民带来看得见、摸得着的好处，改善农村诚信环境。放宽非恶意“黑名单”释放条件，实施“信用重建”，对于5万元以下、非主观恶意欠款的“黑名单”贫困户，借款人清偿贷款本息、保证

永宁联社客户经理在闽宁镇贫困户的蔬菜大棚开展贷前调查

人履行担保责任后，对借款人、保证人实时开展二次评级授信，帮助失信贫困户重建个人信用。

与此同时，随着国家“绿色金融”战略的倡导和实施，宁夏黄河农村商业银行大力发展绿色金融，全面落实生态立区战略。执行中，黄河银行系统结合自身实际，不仅逐步加强“政策指导”，确保有限的信贷资源优先投向国家产业政策支持的领域，并严格控制“信贷准入”，按照“环保达标、产品畅销”的绿色金融原则，再进一步“优化信贷结构”，加大对节能环保产业、企业及循环经济、先进装备制造、现代纺织、信息技术、新能源、新材料等新兴产业的信贷支持，着力满足枸杞、葡萄、硒砂瓜、长红枣、马铃薯、大米、滩羊、肉牛、中草药等“1+4”农业特色优势产业融资需求。完善绿色统计，将绿色贷款用途和环境安全等企业重大风险关键性字段纳入新信贷系统项目建设，在系统中添加有关绿色信贷分类标识，真正做到业务数据可核查、记录过程可追溯。

扶持特色农业建设成果显现，截至2018年6月末，全系统与19家县（区）政府建立各类产业贷款担保基金（或风险补偿金）6.08亿元，配套发放贷款58.4亿元，受益的各类农业经营主体9.35万户；农村信用体系建设同样有序发展，截至2018年6月末，全系统评定信用乡镇34个、信用村345个、信用农户67.7万户，向41.4万的信用户授信659.6亿元；“绿色金融”的实践成绩也十分显著，截至2018年6月末，全系统绿色贷款余额5795万元。

响应国家普惠金融号召　精准扶贫成绩显著

自2005年联合国提出“普惠金融”概念后，我国也积极加入到了全球普惠金融发展战略当中。对于宁夏黄河农村商业银行来讲，正因为要带给全区小微企业、农民、城镇低收入人群等群体重点金融服务，所以响应国家普惠金融政策过程中十分积极热情。本着普惠金融“重视消除贫困、实现社会公平”的原则，宁夏黄河农村商业银行金融“精准扶贫”模式，通过“健全体制机制”“加大信贷投放”“创新特色产品”“打造扶贫模式”“实施金扶工程”等一系列的落地举措来助力全区脱贫攻坚建设工作。

健全体制机制工作中，宁夏黄河农村商业银行围绕宁夏回族自治区脱贫攻坚战略部署，分别制定了金融扶贫、工作督查和作风治理等方案，取消建档立卡贫困户不良贷款全口径考核指标，实行免担保、免抵押、基准利率和尽职免责、投放增量双倍加分、下放贷款审批权等措施。专设金融扶贫工作部，专司金融精准扶贫。行领导分片包干，与班子成员薪酬绩效、评先评优挂钩，层层督查问责，按月考核通报进度。对存在问题坚决整改、严肃问责。

加大信贷投放措施中，银行深入推进金融脱贫富民“四个一”工程，被宁夏回族自治区金融工作局转发全区各县市配合落实执行。工程规划希望，到2020年在全区范围内打造100个产业扶贫示范村，支持培育100家扶贫龙头企业，支持培育1000家扶贫产业合作社，支持10000名致富带头人。可喜的是，截至今年6月末，全系统已支持培育致富带头人5873户，发放贷款14.3亿元；支持培育扶贫产业合作社348户，发放贷款1.9亿元；支持培育扶贫龙头企业68户，发放贷款4.68亿元。在全区创建金融扶贫示范乡（镇）19个、示范村71个，发放小额扶贫信贷余额10.2亿元，建档立卡贫困户贷款覆盖面达到72%。

创新特色产品工作中，银行为建档立卡贫困户量身定制“金扶贷”产品，一揽子解决贫困户贷款难、贷款贵等问题。以“黄河富农卡”为载体，首家为贫困户发放“无担保、无抵押、基准利率”贷款，“一次核定、余额控制、周转使用、随用随贷”，期限最长3年。对身体健康、有发展意愿的60岁以上贫困户，将贷款年龄放宽至65岁。为移民群众定制“移民贷”产品，解决了生态移民“老家有户没人无法贷款，新家有人没户不能贷款”的“两不管”难题。至6月末，全系统生态移民安置点贷款余额为8.97亿元，存量贷款农户1.9万户。

打造扶贫模式过程中，银行创新开启“盐池模式”，具体实施了“千村信贷 互助资金”工程、“631”评级授信、“无担保、无抵押、基准利率”三大举措，取得明显成效。2015年6月，国务院扶贫办在盐池县召开全国金融扶贫现场会，推广盐池经验。2016年1月27日，国务院常务会议提出对金融扶贫“盐池模式”给予督查表扬，并将盐池精准金融扶贫经验称为“盐池模式”。

金融扶持工程建设中，银行开启金融便民服务工程，先后投入资金2.4亿元，在行政村和人口相对集中的自然村重点打造了一批“便民金融服务点”有效消除了农村金融服务空白，实现了农村地区基础金融服务全覆盖。与此同时，银行还开启金融扶贫“希望工程”，实施“就业扶贫”，将固原地区121名建档立卡贫困户家庭子女招录到本系统就业，实现一人就业全家脱贫。此外，银行开展“教育扶贫”，连续12年向“黄河银行助学基金会”累计捐款8063万元，解决了14292名贫困家庭大学生的入学难题。

忠于人民忠于党　党委牵头肩扛大责

得益于国家改革开放政策的实施，金融产业被激发出了新动能，40年的改革开放道路上，党和国家对金融产业的政策引导与扶持起到重要作用。对此，宁夏黄河农村商业银行自成立之初，就已经按照宁夏回族自治区党委政府要求，黄河银行党委对全

盐池联社为评定的“信用村”颁发牌匾

区各县市联社(农商行)的党组织和主要负责人实行垂直领导、统一管理。10年的发展历程中,黄河银行党委牵头肩扛大责,主动响应党的领导和国家政策号召,为宁夏回族自治区金融产业营造出风清气正的发展环境。

黄河农村商业银行在党建工作中还引领丰富载体,凝聚队伍建设共识,通过学习教育、组织活动等方式营造浓厚的党建文化氛围。2011年,中国共产党成立90周年之际,黄河银行系统各单位组织开展了各种形式的纪念活动,创先争优活动表彰大会、职工演讲比赛、职工书画展等一系列活动掀起了庆祝中国共产党成立90周年热潮,进一步激发了员工爱党、爱国、创先争优、无私奉献的热情。

可贵的是,黄河农村商业银行在抓党建工作同时,将党和国家的号召与政策积极融入到业务发展当中,以市场需求为中心,强化业务转型导向。如2018年6月,黄河农村商业银行与兴业银行签署全面战略合作协议,双方实现多方面资源共享,优势互补,促进黄河农村商业银行的转型创新发展,推进实施东西部扶贫协作战略,扎实推动金融精准扶贫工作,助推打赢脱贫攻坚战。另外,随着科技时代的进步,黄河农村商业银行在抓党建过程中强化普惠金融导向,进一步响应国家提出的“数字普惠金融”号召,于今年8月相继实施“金融+通信”扶贫扶智工程,计划用两年时间向全区存量建档立卡贫困户共10万户免费赠送手机,通过手机终端载体“精准扶贫APP”,实时了解掌握黄河银行金融扶贫优惠政策、信贷产品,享受到手机银行、直销银行带来的金融科技便利及宁夏移动为精准扶贫专项定制的语音通话、数据流量减免优惠。今后还将在手机中植入电商合作APP，让贫困户通过手机参加电商平台来销售自己的农副产品。

与此同时，黄河农村商业银行抓党建工作中，一直在强化社会责任担当，围绕支持乡村振兴战略，10年来以“助学基金会”为平台不断拓展品牌影响力，先后投入近200万元用于改善定点扶贫村教学基础设施、发放助学补贴。此外，银行提出建立“本系统出资、政府部门配资、财政贴息”的涉农扶贫助学基金目标，并且实施“大学生返乡创业行动”，为具有创业能力的大中专毕业生、青年农民、城市农民工等提供小额创业贷款，将助学基金与信贷资金捆绑，扩大倍数为农村贫困家庭发放低息贷款，助其实现脱贫致富，保障子女就学。

结　文

“问渠那得清如许？为有源头活水来。”小至宁夏黄河农村商业银行的成就，大致中国金融业的日新月异，均得益于40年改革开放，从而成就新兴大国金融！相信在今后的发展道路上，宁夏黄河农村商业银行将不忘初心，继续响应国家改革开放战略，创造更加灿烂的未来。

西吉农商行在西吉县偏城乡柳林村开展精准扶贫结对帮扶

吹起绿色发展华电风

——华电国际宁夏新能源发电有限公司

时光似水，岁月如歌。回首征战宁夏大地的过往，华电国际宁夏新能源发电有限公司（简称：华电宁夏新能源公司）昂扬向上的精神、开拓创新的锐气、艰苦奋斗的作风，创造着一个又一个辉煌。不忘初心，牢记使命，10年间，华电宁夏新能源人“撸起袖子加油干”，驱动着管理和科技两驾“创新”马车，在宁夏大地上镌刻下一串串奋斗的足迹，铸就了劳动创造奇迹的辉煌篇章。

开启华电能源产业新征程

几载耕耘，硕果累累。这10年，数百台风力发电机拔地而起，尽情欢舞，吟唱着塞上最喜悦的歌谣；上千亩光伏电池板并肩而立，同心向阳，折射出世间最壮美的风景！

从2007年积极响应国家新一轮“西部大开发”和宁夏回族自治区开发建设宁东基地的重大战略决策，进军宁夏开发新能源，到2014年建成中国华电集团首个百万kW级新能源基地。该公司持续围绕“创建一流新能源企业”的目标，不断加大创新力度，做强做大企业。目前，已在宁东、海原、固原建设了三大新能源基地，风电和光伏装机容量达到133万kW，初步形

华电国际宁夏新能源发电有限公司朝气蓬勃的员工队伍

成"风光"互补的电源格局。短短10年时间,从无到有、从小到大,一步一步发展成为宁夏最大的新能源企业,开启了中国华电集团新能源产业的新征程。

自成立以来,华电宁夏新能源公司积极践行"实实在在做人、实实在在做事、实实在在谋发展"的企业文化,改革创新求突破,锐意进取谋发展,企业各方面工作成绩斐然。10年来,累计发电80亿kW·h,减少碳排放610万吨,上缴税金3亿元。截至2017年12月31日,实现连续安全生产3642天。先后荣获"中国电力优质工程奖""国家优质工程银奖""中国华电集团五星级发电企业"等70多项荣誉,在"追风逐光"的道路上,为实现宁夏碧水蓝天以及经济社会发展作出了突出贡献。

奋力打造电力行业新标杆

新格局提出新要求,新起点需要新作为。作为新能源产业的排头兵,华电宁夏新能源公司不断创新,积极探索企业管理新模式。率先在中国华电集团实现新能源区域化管理,将3家独立的公司合并成一家公司,实现了人力、物资、资金、技术等资源共享,不仅形成了科学的战略布局,而且每年还可以节约管理成本800多万元。

率先在中国华电集团实现远程集中控制和区域集中管理,生产管理实行"两集中、一分散"模式,即集中运行监控、集中区域检 修、场站分散维护的管理模式。由于实行了集中监控和集中区域检修,公司生产管控水平大幅度提升,不仅减少了运行人员,实现了人力、物资等的优化配置,每年还可节省管理成本700多万元。

2015年通过"国家标准化良好行为AAAA级企业"认证后,2017年,又在各部门、各班组全面推进精益管理,承担了中国华电集团财务、检修等多个精益管理试点工作,完成精益管理推进计划76项、短板改善193项、专项课题27项、精益提案192项,形成了人人参与精益管理的氛围,进一步提升了管理水平。同时,持续开展"星级"班组建设,精简班组记录,形成"5+2"班组管理模式,创建中国华电集团标杆班组2个。

坚持实施"人才强企"战略,通过创新人才管理机制让人才来得了、留得住。公司率先在中国华电集团新能源领域实行市场化用工,改革绩效考评和薪酬分配机制,强化业务能手培训,确保了人尽其才、才尽其用。

奋进中耕耘,前行中收获。华电宁夏新能源公司自成立以来,共节约工程投资13亿元,其中海原南华山杆杆梁项目以不含桩基单位kW 5920元的低造价,堪称风电建设的典范。抓建设不忘强管理,公司在全国风电场生产运行统计指标对标竞赛中,月亮山一、二期风电场连续三年蝉联一等奖,打造了新能源行业的标杆。

激活企业长远发展新动能

华电宁夏新能源公司10年的创业奋斗史，也是一部科技创新激活企业发展元素的创新史。

在风电场基建中，该公司针对主变、箱变和户外敞开式组合电器，进行设计创新。通过主变优化设计改型消除了系统振荡过电压；箱变新型设计避免了风机大面积脱网事故发生；敞开式户外组合电器以架空裸导线代替常规电缆引入，提高了系统安全性、自动化程度和经济效益。在光伏电站建设中，注重技术攻关，加强创新研发应用，采用钢管桩基础代替混凝土桩基础获得国家专利，太阳能预报技术研究和预报系统的研制提高了光伏发电功率预报精度。同时，宁东风电一、二期扩建工程8台风机在线远程诊断风机故障系统的研发与应用，提高了风机故障的发现和诊断能力。风功率及电量诊断系统的研发和使用，实现了风机理论风速、功率与实际风速、功率对比，为优化风机功率曲线提供了依据。

针对设备缺陷多发、频发的情况，成立技术攻关小组，实施技术升级，完成988台次齿轮箱油温高常规治理，完成60台齿轮箱油路技术改造，治理效果取得明显成效。416台风机完成APP网络设备安装及调试，使用效果良好。

10年来，多项科技创新成果获得国家及中国华电集团奖励，研发“风功率及电量诊

断系统”获得第五届全国电力行业设备管理创新成果一等奖，1项专利通过审核。编撰的《风电安全生产技术问答1000问》被“国家电力设备丛书”收录。“风电场移动作业平台（APP）”获得中国华电集团管理创新优秀成果二等奖，2项专利通过审核。宁东风电一、二期扩建工程8台风机在线远程诊断风机故障系统的研发与应用荣获中国华电集团科学技术进步奖。

积极展示责任央企新形象

华电宁夏新能源公司在抓好生产运营工作的同时，始终不忘“创造可持续价值”，积极采取各种措施，实现企业绿色发展、安全发展、和谐发展，积极向社会展示了一个负责任的中央企业新形象。

以“奉献清洁能源”为己任，创新实施“自备电厂替代”“大用户直供”和“跨区外送”等多种营销模式，替代落后自备电厂发电，争取市场电量6.34亿kW·h，较好地统筹了社会责任与企业经营目标的关系。自国家开展可再生能源绿色电力证书核发和自愿认购以来，公司积极开展绿证申领工作，并及时跟进绿证核发和交易。至2017年12月底公司共申领绿证63987个，为今后绿证随时交易奠定了基础。

积极响应国家“加快脱贫攻坚进程”的政策，华电宁夏新能源公司聚焦脱贫质量，将无偿援助等“输血式”扶贫与电力扶贫、技术扶贫等“造血式”扶贫有机结合，重精

华电国际宁夏新能源公司月亮山风电场

华电宁夏新能源公司李家洼110千伏升压站

准、巧组合、扶真贫。在形成风光互补、协同发展的电源格局的同时，引进风机装备制造商——华创集团作为海原新能源装备制造扶贫项目的合作方，本着"授人以鱼、不如授人以渔"的责任担当，在日常生产过程中实现地方就业人员技能扶贫，共解决当地人员就业约400人，为当地脱贫攻坚决胜贡献了力量。

集中各类资源、聚焦扶贫对象。先后投资90亿元建设海原百万kW风电基地，并列入《六盘山片区区域发展与扶贫攻坚规划》，先后投入4000万元支援当地生态环保建设；配套引进宁夏仁初包装有限公司，投资2000万元在固原市西吉县"宁夏吉德慈善产业园区"建厂，年产值约4000万元，年上缴利税50万元；引进山东省呈祥电工电气有限公司，投资3亿元在固原市原州区建设塔筒制造厂，年产值约2.4亿元，年上缴利税236万元；"十三五"期间，将在固原地区推出制造业、330kW输变电项目、新能源发电、农业光伏、湖光（渔光）光伏、屋顶光伏、光热发电和风（光）电供热扶贫等模块，有力地促进了当地社会经济发展。

忆往昔，岁月峥嵘；展未来，前程似锦。未来，在全面深化改革，决战全面建成小康社会、大力推进生态文明建设的历史时刻，华电宁夏新能源公司将深入学习贯彻党的十九大精神和上级公司的工作部署，全面落实从严治党责任，稳固安全基础，狠抓市场营销，深入推进提质增效，努力推动创新发展取得新突破，为建设一流新能源企业而不懈努力。

经济带之翘楚　交通网之巨星

——西部机场集团宁夏机场有限公司

回溯宁夏机场公司的成长历史，俨然一段筚路蓝缕、艰苦创业的奋斗史。在此期间，宁夏机场公司建设发展的每一步，都饱含着宁夏回族自治区党委政府、各级民航部门和西部机场集团的关怀支持，凝聚着宁夏民航人的心血和汗水，倾注了宁夏人民群众迫切腾飞的期盼。

1958年宁夏民航事业应运而生。1958年10月20日，随着一架伊尔14型客机平稳地降落在西花园机场，兰州—银川—包头—北京的国内航线开通，架起了宁夏第一条空中桥梁，宁夏终于有了真正意义上的民用航空事业。

1993年3月，国务院、中央军委批准银川新建机场项目建议书，并命名为银川河东

机场外景

机场。时任宁夏回族自治区计委主任的董家林感慨万千，因为终于结束了宁夏无法起降中大型飞机的历史，从根本上改善了宁夏航空运输条件。

转折：陕宁联合重组

2002年年初到2004年年底，中国民航机场属地化改革拉开序幕，当时的129个民用机场的管理体制进行改革，撤销了24个民航省（区、市）局，形成了有利于机场建设和发展的管理体制，实现了机场资源管理共享和企业化经营。对于银川河东机场而言，这是挑战也是机遇。

2004年10月，陕宁两省区机场实现联合重组。这一年，银川机场年旅客吞吐量突破50万人次。而对于银川河东机场来说，搭上西部机场集团这架时代的“马车”，真正走上了与先进机场的优势互补、资源共享、文化融合的快车道。

此后，在西部机场集团的带领下，宁夏机场公司遵循“为企业谋发展 为员工谋利益”的企业宗旨，“坚持以航空市场为主战场”的工作思路全面发力，借助西安咸阳国际机场西北航空枢纽地位，发展势头更加强劲，不断延伸跨越发展的通天大道。

2006年12月4日，这股动能催生实效，银川河东机场年旅客吞吐量突破100万人次。主业的快速增长对于机场基础设施和保障能力提出了新的要求，于是，银川河东机场二期扩建工程提上议程。经过三年的建设周期，2008年6月5日，银川河东机场T2航站楼正式启用，容量设计以2020年300万人次吞吐量为目标。至此，宁夏机场公司又一次完成革新，银川河东机场进入双航站楼运营时代。2008年12月26日，中卫沙坡头

机场正式通航，成为宁夏回族自治区首个支线机场。

2015年，银川通用机场项目在银川市兴庆区月牙湖乡开工建设，仅用8个月便完成规划报批、初步设计、建设完工，建成了通航服务保障能力国内一流的通用机场，创造了我国通用机场建设史上的一个奇迹。

目前，宁夏机场公司积极推进中卫机场航空+旅游融合发展模式，努力打造区域最佳旅游支线机场；全面挖掘固原机场区位优势和地区特色，打造全国具有影响力的红色旅游机场。目前，中卫机场已形成了以银川、西安为中转点，辐射全国的航线网络布局，大大带动了当地旅游、餐饮、酒店等行业的发展；固原机场外拓市场、内夯管理，“银固快线”和“西固快线”初具雏形。2017年，中卫、固原机场年旅客吞吐量双双突破15万人次。此外，月牙湖机场通航以来，全面承接了银川机场通航业务，先后与内蒙古、上海、山东等通航公司和航校签订战略协议，2018年8月又开通月牙湖至固原六盘山短途低空旅游航线。至此，宁夏机场公司干支协调、运通互补格局进一步成型。

据统计，自2004年联合重组以来，宁夏机场公司累计完成航空旅客吞吐量近4000万人次，拉动地方经济增长700多亿元，创造相关就业岗位超过3万个。在实现国有资产稳定运营、良性发展、保值增值的同时，创造了大量经济价值。显而易见的是，联合重组既是深化国有企业改革、做大做强国有资本的重大举措，也是加强陕西与宁夏协同发展、共同推动区域供给侧结构调整的战略选择，对进一步完善宁夏交通运输体系，转变经济发展方式，调整产业结构，改善投资环境，加快对外开放，促进民族团结，实现经济社会跨越发展具有十分重要的意义，夯实了陕西、宁夏两省区优势互补、合作共赢

机场全景

的基础，极大地推动了宁夏民航运输事业的蓬勃发展。

腾飞："双枢纽"助力宁夏开放

谈到宁夏，很多旅客第一印象是大漠和戈壁。那么，让世界了解宁夏、认识宁夏、走进宁夏就是宁夏机场公司的又一使命。为了解决宁夏不沿边、不靠海、腹地资源支撑不足等制约宁夏航空发展的关键问题，宁夏机场公司积极响应宁夏回族自治区战略部署和社会发展需求，坚决贯彻落实民航局、宁夏回族自治区党委政府的决策部署，抢抓"一带一路"机遇，立足集团化发展初衷，聚焦可持续发展，融合区位特色，结合自身发展实际，提出紧紧围绕打造面向丝绸之路经济带沿线国家的门户枢纽和区域支线航空枢纽的"双枢纽"战略，全面推进"西部一流机场"建设，国际化发展已悄然开拓起步。

2007年2月19日，银川至香港航线首航，正式将宁夏"没有航空口岸和国际及地区航班"写入历史。随着银川河东机场三期扩建工程正式启动，为进一步开通国际航线航班奠定了坚实的硬件基础。百尺竿头更进一步。2013年7月，作为宁夏回族自治区向西开放的"桥头堡"，民航局批复同意"银川河东机场"更名为"银川河东国际机场"，这是继西安咸阳国际机场后，西部机场集团所属的第二家国际机场，这对提高银川河东国际机场的机场等级和国际知名度，整合优势资源，与国际机场标准接轨具有重要意义。2015年，银川至日本名古屋、阿联酋迪拜、泰国曼谷、新加坡等航线正式开通，银川机场真正成为宁夏推进对外开放的重要支撑。

依托"双枢纽"战略，宁夏航空运输取得重大突破。银川机场在过去10年间吞吐量保持年均20%以上的高速增长，目前拥有31家航空公司运营77个航点的96条航线，直航比例超过80%。其中，银川至京津冀、长三角、珠三角通航点达到16个，航线41条，旅客吞吐量占比达到40%。从银川出发，可直飞迪拜、曼谷、大阪、芽庄、吉隆坡、新加坡以及中国台北等国家和地区。2017年，银川机场旅客吞吐量突破700万次；到2018年底，银川机场旅客吞吐量将突破900万次，其中国际旅客有望突破20万人次，旅客吞吐量和宁夏人口比例达到1.34次，位于全国省会机场前列。

使命：为千万量级指明方向

作为宁夏的对外门户，宁夏机场公司的发展始终坚持党的领导，始终围绕宁夏回族自治区党委、政府和集团公司党委的决策部署，历届领导班子勇于担当，带领宁夏民航人以推动宁夏经济发展为己任，攻坚克难。据统计，2013年至2017年，宁夏民航累计完成运输起降29.8万架次、旅客吞吐量3339.46万人次、货邮吞吐量20.04万吨，年均增速分别达到15.4%、16.1%、9.4%。其中,银川河东国际机场年旅客吞吐量由重组之初的74万人次增长至792万人次,增长9.7倍;航线由19条增至96条,增长4.1倍;中卫沙坡头机场旅客吞吐量由2013年的7.1万人次,增长至2017年15.9万人次,增长2倍多;固原六盘山机场旅客吞吐量由2013年的7.1万人次,增长至2017年15万人次,增长2倍。据国际民航组织研究,机场旅客吞吐量每增加100万人次,可带动地方GDP增长18.1亿元,直接带动就业5300人,过去五年,宁夏三机场累计为宁夏回族自治区创造600多亿元GDP。

习近平总书记在视察北京新机场建设时作出"新机场是国家发展一个新的动力源"的深刻阐述。西部机场集团2004年10月9日联合重组宁夏机场;2006年3月28日联合重组青海机场;2007年6月17日接管甘肃天水机场;2012年10月30日与甘肃省政府签署合作协议,负责接管天水、夏河、平凉等机场的建设运营。联合重组,这个自西部机场集团成立起就携带的优势"基因"指导着宁夏、青海、甘肃机场公司乘风破浪、披荆斩棘、勇往直前。

按照宁夏机场公司"十三五"规划,宁夏机场公司将争取到"十三五"末,银川河东机场通航城市和开通航线达到双百目标,银川机场形成运力投入充足、航线网络完善

机场大厅

的格局，逐步建设成枢纽型航线网络；支线机场夯实安全保障能力，通用机场稳定托管并向外输出管理；“三位一体”的产业布局搭建完成，传统业务保持领先、新兴业务实现突破、辅业比重整体提高，机场公司的综合竞争优势和持续发展能力显著增强。领未见，创非凡。立足新时代，宁夏机场公司又将开始新的征程。展望未来，任重而道远，机遇与挑战并存。面对新时代、新格局、新起点，宁夏机场公司将以完善基础设施、优化运行环境、提升通达能力为抓手，全面构建丝绸之路经济带战略支点的现代综合交通枢纽，力争早日实现西部一流机场发展目标，成为西部地区机场行业发展典范。机场作为宁夏回族自治区对外开放的重要窗口，肩负着建设“空中丝绸之路”和打造“丝绸之路经济带战略支点”的重要任务，承担区域繁荣历史使命。为进一步融入国家“一带一路”建设，加快宁夏回族自治区对外开放步伐，2017年启动银川国际航空港综合交通枢纽工程建设，预计2018年年底将正式投运，建成后可实现航空、高铁、轨道交通和公交旅客在银川机场的高效换乘、无缝衔接，对宁夏回族自治区打造银川都市圈，全面支撑内陆开放型经济区建设，推动宁夏回族自治区联动发展具有重大意义。

回溯宁夏机场公司的成长历史，就是一段筚路蓝缕、艰苦创业的奋斗史。在此期间，宁夏机场公司建设发展的每一步，都饱含着宁夏回族自治区党委政府、各级民航部门和西部机场集团的关怀支持，凝聚着宁夏民航人的心血和汗水，体现着宁夏人民群众对美好生活的向往和奋斗。改革开放40年一路走来，一代又一代宁夏民航人忠诚坚守，风雨兼程，奋发图强，追求卓越，绘就了一幅幅波澜壮阔的锦绣画卷，留下了一串串跳动不息的时代强音。

辉煌已铸六十年 奋力打造新基业

——宁夏煤炭基本建设有限公司

作为中国煤炭建筑行业十强企业之一，宁夏煤炭基本建设有限公司自1957年成立以来，伴随着共和国的成长步伐，艰苦创业，开拓创新，锐意进取，用一项项优质工程为建设祖国能源基地做出了卓越的贡献。如今公司已成为集建筑施工、制作加工、设备安装和从事国际建筑行业经营、施工、建材设备、劳务输出为一体的、具有年施工能力50亿元的大型综合建筑施工安装企业。

不忘初心 铸就祖国能源基地建设的功勋企业

1956年，国务院将位于宁夏与内蒙古交界的石嘴山矿区列为国家重点煤炭开发生产基地之一，宁夏煤炭工业的发展由此拉开了序幕。

承建神宁集团安全生产指挥中心

1957年，石嘴山煤矿筹建处土建队成立，这是宁夏煤炭基本建设有限公司最早的创业队伍。在此基础上，随着石嘴山矿区的发展，宁夏煤炭工业管理局建筑安装工程公司被改编为煤炭部直属的第七十九、八十、八十一工程处，其后又合并为煤炭部宁夏燃化局基本建设工程公司。

1981年8月4日，宁夏回族自治区人民政府决定，正式成立宁夏煤炭基本建设公司。12年后，国家煤炭部又将宁夏煤炭基本建设公司命名为中国煤炭第八建设公司。

2004年，宁夏煤炭基本建设有限公司并入宁夏煤业集团，作为二级单位管理。如今，宁夏煤炭基本建设有限公司为国家能源集团宁煤集团公司下属法人单位，是一家专业化的大型国有独资施工企业。

宁夏煤炭基本建设有限公司随着祖国煤炭事业的发展不断壮大，工程已遍布宁夏、陕西、甘肃、山西、江苏、广东、内蒙古、青海、新疆、云南、四川、贵州、河北、河南、福建、江西、西藏、海南、北京等省、市、宁夏回族自治区。公司承建各类大中型项目工程1000多个，有超过500个单位工程获得国家、省部和地市级优良工程称号。如今，宁夏煤炭基本建设有限公司是中国煤炭建筑行业十强企业之一，是国家能源集团旗下最大的建筑安装施工企业。公司具有矿山建筑总承包一级资质，国家房屋建筑工程施工总承包一级资质，机电安装工程施工总承包一级资质，防腐保温工程施工总承包一级资质，管道工程专业总承包一级资质，铁路、公路、市政建筑、土建试验检验一级资质，国际合作B级资质、国际劳务输出经济合作经营资质，是集建筑施工、制作加工、设备安装和从事国际建筑行业经营、施工、建材设备、劳务输出为一体的，具有年施工能力50亿元的大型综合建筑施工安装企业。

61年来，宁夏煤炭基本建设有限公司以其辉煌的业绩捧回了国家优质工程奖“鲁班奖”“新中国成立60年百项经典工程奖”“中国钢结构质量金奖”“中国经济百家诚信企业”“首届中国优秀企业”“全国用户满意工程奖”“中华人民共和国国家质量金奖”“全国煤炭行业优质工程奖”“太阳杯”“西夏杯”“宁夏十佳企业”等国家及宁夏回族自治区建筑行业各类大奖，为建设祖国能源基地做出了卓越的贡献。

艰苦奋斗　传承闯关夺隘重担当的企业精神

抚今追昔，61年的发展历程中，宁夏煤炭基本建设有限公司也曾因市场的风云变幻而举步维艰，面临重重困难。大风大雨里走过，大起大落中历练。经历了考验与磨砺，公司依然薪火相传，旗帜高扬。

1984年十二届三中全会召开前，中国的企业基本上是在高度计划内的经济体制之下生存的，企业的结构类型呈现为生产型，宁夏煤炭基本建设有限公司按照国家统筹，一直平稳生产。然而，市场经济初期，国家对企业所设置的“计划笼子”开始宽松了，公司由生产型向生产经营型进行转变，传统计划经济体制中的宁夏煤炭基本建设有限公司一时未能找到适应市场经济的运行模式，陷入了经营困难。

从1995年到1998年，拥有数千名职工的宁夏煤炭基本建设有限公司年均完成产值只有8000万元，4年累计亏损4280万元。这时期，公司机关总部员工8个月不拿工资，施工队甚至21个月发不出工资，加之“企业办社会”的历史传统，没有血液注入的宁夏煤炭基本建设有限公司已“背不动”学校、食堂、医院这些承办机构，职工上访不断，公司到了倒闭的边缘，成为宁夏回族自治区有名的特困企业。

面临举步维艰的境况，宁煤基建人发挥“特别能吃苦，特别能战斗”的“宁煤基建精神”，坚持攻坚克难的思想引擎，过紧日子、苦日子、穷日子，与企业同呼吸、共命运。困难当头，不减冲天之志；风雨之路，难挡壮士情怀。他们主动开拓市场，用质量和管理赢得机遇，仅仅用了四五年时间，产值就翻了几番，一举摘掉了多年亏损的帽子。

国企改革一直被称为“难啃的骨头”，进入新世纪以来，企业经营依旧存在困难。面对管理体制僵化、人员结构不合理、技术人才短缺、建筑行业竞争激烈、建筑市场不规范、工程款拖欠严重、公司产值规模逐年上升但创利能力不强等等问题，公司决策层、管理层在“做强”与“做大”方面确立了“稳扎稳打战略”和“全方面出击战略”，外拓市场内抓管理，积极开展组织结构、品牌战略、人才开发战略、创新机制、资金管理模式、多元经营、企业文化等各种各样的尝试并取得了明显成效。凭借“责任、创新、厚德、争先”的发展理念，宁夏煤炭基本建设有限公司变压力为动力，实现了公司的平稳发展，宁煤基建人的脚步更加矫健和迅猛。

公司坚守“干一项工程，树一座丰碑，赢一方信誉，拓一片市场”的信念，按照“有所为、有所不为”的原则，抓住“一带一路”新机遇，全面深化供给侧改革，加快企业转型升级，立足煤炭基建项目，大力拓展市政、电力、煤化工等内外部市场，迎来快速发展的春天。

海之博大，纳百川而浩瀚；山之厚重，历沧桑而雄浑。凭着“特别能吃苦，特别能战斗”的“宁煤基建精神”，宁煤基建人在祖国能源基地建设上写下了浓墨重彩的一笔，走出一条“踏平坎坷成大道”的荣光之路。

创新引领 打造最具核心竞争力的一流建筑企业

“干一项工程,树一座丰碑”,这是整个宁煤基建人的座右铭,也是公司为之奋斗的终身目标。公司始终坚持以创新助推高质量发展,用优质的工程、优质的服务赢得市场。

为了确保工程质量,宁夏煤炭基本建设有限公司在宁夏回族自治区行业内率先建立了远程控制调度指挥系统,使分布在全国各地的施工现场尽收眼底,极大提升了安全、质量及工期的保证和管理水平。在企业快速发展的同时,公司十分重视科技创新工作,出台了《科技创新管理办法》,制定了一系列措施,确保科研经费专款专用,吸引了大批专业技术人才,为企业创新发展提供了重要保证,由于在整装洗煤厂的大直径筒仓施工、钢结构栈桥制做吊装、工业主厂房设备安装和民用建筑施工过程中技术实施的不断探索、创新。近三年,宁夏煤炭基本建设公司申报获批了4项国家级专利、1项国家级工法、5项省部级工法和几十项企业级工法,达到了国内顶尖的施工水平,构筑了具有竞争力的核心技术。公司通过了国家“三标合一”管理体系认证,在多项工程施工领域处于行业领先水平,并使之转化为强大的生产力。公司首部独立完成的《大直径筒仓滑模施工平台轨道车运输混凝土工法》获中国煤炭建设行业(部级)施工工法成果。

壮观的施工现场

在宁夏煤炭基本建设有限公司60年的创新发展历程中，镌刻着一个又一个以质量赢得市场，获得赞誉的典范。

1992年，公司承建了当时直径为“亚洲之最”的山西大同云冈选煤厂储煤仓，施工中由于第一次采用滑模施工工艺，确保了工程优质快速高效的完成。

1997年，公司承建了甘肃华亭选煤厂设备安装工程。该选煤厂的整装设备全从奥地利进口，一无图纸二无翻译。就在这种情况下，宁煤基建人硬是在一个一个字母的设备身上“抠”，自拆自装整个设备，并一次运行成功。

在承建宁夏煤业集团羊场湾煤矿工程施工中，针对项目施工难度大、工期短、安全压力大等困难，公司精心组织，合理安排，科学施工，保质保量地顺利完成工程任务，把羊场湾煤矿建成宁夏第一个千万吨现代化大矿。这一工程获得宁夏乃至西北地区煤炭建筑施工行业第一个也是目前唯一一个中国建筑业最高奖——“鲁班奖”。

2007年，公司在承建的神华宁煤集团安全指挥中心项目中采用反季节施工，在确保安全的基础上，大胆改良施工工艺，不但大大加快了工程的进度，还进一步提高了工程质量，提前30天完成任务。这一工程被宁夏回族自治区建设厅授予“安全文明质量标准化示范工地”和“先进施工单位”，并在2010年捧回了代表宁夏建筑行业最高荣誉的“西夏杯”。

2016年12月28日，神华宁煤400万吨煤制油工程试车成功。在欢庆现场感同身受的宁煤基建人感慨万千，从煤化工到煤制油，这8年多的时间里，他们夜以继日地奋战在这个世界瞩目的项目里，参建了甲醇厂、二甲醚厂、烯烃厂的厂前区以及公用工程、输煤系统等煤化工关键项目，煤制油的输煤系统、水系统、气化站、动力站的基础工程以及厂前区、公用工程等多个项目，累计完成50多亿元的产值。特别是在煤制油工程的建设中，宁煤基建人以“撸起袖子加油干”的精神，完成煤制油长3.2公里，共96跨输煤栈桥的吊装任务，实现了第一次完成32座双层栈桥同时吊装的壮举。

享誉塞上的宁夏煤炭基本建设有限公司在广阔的外部市场也是屡建奇功。

2005年公司承建的陕西何家塔煤矿输煤栈桥是国内首座主跨长度达到67米的钢结构栈桥，横跨乌兰木伦河，跨度接近国家规范的极限，时称“中国第一跨”。在工程建设中，公司根据栈桥特点，研究制定了缜密的焊接工艺方案，并通过大量试验对工艺的科学性进行验证，保证了栈桥吊装的顺利竣工。

具有亚洲领先水平的槽型储煤仓内蒙古海勒斯壕集运站项目由4个总长度达230米，最大深度为39.5米的槽型仓组成。该项目地处内蒙古高原地区，地质条件复杂，风化砂岩、缩孔、塌孔严重，无法正常支护，技术挑战、安全管控难度前所未有。宁夏煤炭基本建设有限公司年轻的技术团队克服各种困难，不断尝试和改进工艺，采取掘进式锚杆支护方式，边打眼边注浆，最终安全顺利推进项目建设。

为“多快好省”地推进世界体积最大的煤储运筒仓群——黄骅港筒仓群早日竣工。2012年，宁夏煤炭基本建设有限公司在吊装中使用1600吨位履带吊车同时作业，将重达432吨的仓顶钢结构保质保量的整体吊装到位。2013年，公司承接了四期储煤筒仓建设任务，仅用58天时间完成了24座大直径、大容量储煤筒仓主体滑模升顶施工，创下了国内大直径钢筋混凝土筒仓群滑模工艺施工的新纪录，创新实施的轨道车运输混凝土工法获煤炭行业省部级工法，四期筒仓工程的上层钢结构项目荣获“中国钢结构”金奖。

深化改革　争当创新型可持续发展的新型国有企业

2004年4月，宁夏煤炭基本建设有限公司整体加入宁夏煤业集团，翻开了公司发展历史上新的一页。

借加盟宁夏煤业集团的东风，公司决策层果断提出了“紧跟市场导向走，围绕市场热点转”的经营战略，在立足实施好煤炭行业各项工程的同时，锐意创新，主动出击，以善打硬仗、能打硬仗的优良传统和工作作风，在区内外开拓更加广阔的市场。

随着国家能源基础设施投资力度的加大，宁夏煤炭基本建设有限公司不断培育新的经济增长点，先后承建了宁夏绿谷制药厂、石嘴山水厂、银川世纪大厦、宁夏启元药业针剂车间、宁夏体育局河东训练基地、宁夏河东机场、大武口150万平方米迁居工程等重要工程项目。同时，公司在铁路、公路、桥梁、市政等建设领域取得了丰硕的成果，承建了银川一中体育馆、叶盛黄河大桥、沙湖迎宾大道、汝箕沟铁路运输专线、石嘴山市中级人民法院审判楼、石嘴山日报社办公大楼、石嘴山市三中科技馆、平罗县行政中心、石嘴山市政府办公大楼、石嘴山市三馆两中心、石嘴山市创展大厦、星瀚集团指挥中心等重点工程项目，成为当地的地标性建筑。

宁夏煤炭基本建设有限公司全面深化改革，抢抓“一带一路”建设机遇，加大供给侧改革力度，加快企业转型升级，焕发企业活力，争当创新型可持续发展新型国有企业。在立足煤炭基建、市政建设项目的同时，公司逐步向矿建、电力、化工、铁路等多领域拓展，坚定不移地开拓内外部市场。由于注重开拓创新，严把工程质量，公司承建的项目开始从“小、低、差”向“高、大、精”转变，一批批单体量大、科技含量高、经济效益好的项目成为公司可持续发展的推动器。公司先后参与建设了山东寿光电厂、福建泉州石狮电厂、福建福州罗源湾电厂、江西九江电厂等多个大型电厂的建设，并取得了可喜成绩。

如今，宁夏煤炭基本建设有限公司开拓并形成了以宁东基地为中心辐射周边的宁夏市场；以内蒙古鄂尔多斯矿区为中心辐射内蒙古、山西、陕西榆林地区的北方市场；以河北、山东为中心辐射周边地区的东部市场；以陕西彬长、甘肃华亭矿区为中心辐射周边地区的中部市场；以及以新疆乌东、准东矿区等为中心辐射周边地区的西北市场，以福建、江西、安徽等地为中心的新兴市场。

深化改革也让宁夏煤炭基本建设有限公司步入发展的快车道。近几年来，公司年均完成施工产值33亿元，年均实现利润9000万元，向国家上缴各种利税2.7亿元，员工年均收入近9万元。全国科学大会奖、国家质量金奖、中国建筑质量最高奖——“鲁班奖”、中国钢结构质量金奖、国家优质工程奖、全国煤炭行业最高质量奖项——“太阳杯”、宁夏建筑业最高质量奖项——“西夏杯”等各项大奖接踵而来……一幢幢标志性建筑如一座座丰碑巍然屹立于神州大地，书写着宁夏煤炭基本建设有限公司可持续发展的光辉历史。

抓好党建　夯实发展根基塑造党建特色品牌

坚持党的领导，全面加强党的建设，始终是宁夏煤炭基本建设有限公司这支队伍的光荣传统和政治优势。

公司所承揽和投资建设的工程遍布全国，点多面广、人员分散、管理难度大，如何把这些分布在全国各地的项目和人员管理好、凝聚好？公司在不断地探索中，将健全基层党组织、抓实基层党建作为公司凝魂聚力的法宝。多年来，公司坚持“围绕中心抓党建，抓好党建促发展”，将管党治党触角延伸到最基层。

公司在设立工程项目部时同步设立党组织，明确职责任务，开展党的工作，实现党组织和党的工作在工程项目部、在基层的全覆盖，做到哪里有群众哪里就有党的工作、哪里有党员哪里就有党组织、哪里有健全的党组织哪里就有健全的组织生活和党组织作用的充分发挥。以标准化党支部、标准化项目部、标准化班组“三标一体化”建设为载体的创新争优活动已形成网络。近几年，公司践行的“联创共建”新模式与党支部标准化、规范化、星级化创建工程作用明显。

如今，宁夏煤炭基本建设有限公司拥有职工1000多人，公司党员人数已达到546人（包括已退休党员127人）。公司党委下设党总支1个、党支部17个，专兼职党务工作者64人。

党的十八大以来，公司坚持把党的领导摆在第一位，把全面从严治党纳入公司整

承建羊场湾煤矿

体战略部署，贯穿生产经营全过程，着力把牢政治方向，引领改革发展大局，保障决策部署落实，使党风、政风、企风持续向好。同时，公司党委认真贯彻十九大精神，认真强化落实全面从严治党的主体责任，充分发挥党组织的领导核心和政治核心作用，在党员中深入开展"两学一做"活动，进一步增强政治意识、大局意识、核心意识、看齐意识，引导广大党员自觉做讲政治、有信念、讲规矩、有纪律、讲道德、有品行、讲奉献、有作为的"四讲四有"合格党员，为进一步推动公司持续健康发展提供了坚强有力的保证。

回报社会　彰显国企责任实现企业科学和谐发展

在履行好国有企业发展责任的同时，宁夏煤炭基本建设有限公司积极履行社会责任，义不容辞地承担起宁夏煤炭沉陷区治理、矿区棚户区迁居工程建设的责任。以高标准、高效率、高品质建设迁居工程，确保矿区职工住房质量优良、环境优美、生活便捷。公司还先后参与了甘肃天水、青海玉树地震后的灾后重建，神华宁煤集团援建的宁夏南部山区厚德、吉德、同德、弘德、圆德慈善产业园等建设任务。

宁夏煤炭基本建设有限公司把"回报社会、关注民生"作为国有企业的责任和担当，长期致力于扶贫帮困、捐资助学、救助伤残等各类社会公益事业，积极开展职工互助、帮扶困难职工、"金秋助学"等活动。公司还主动联系银川鑫雅老年公寓、宁夏穆斯林孤儿院、宁夏兴平阳光家园智障儿童康复中心等社会福利单位，进行志愿者服务活动。近三年来，公司用于困难员工的慰问、补助和志愿者活动近百万元。2016年夏季，公司承建的九江电厂项目所在地江西省九江市湖口县流泗镇发生严重洪涝灾害，公司更是表现出强烈的社会责任感，奋勇当先，提供抢险机械、周转材料，安排施工人员在受灾卫生院搭设人行通道，彰显国有企业回报社会、奉献社会的责任担当。

谋势取实　开创宁煤基建建筑标杆新基业

只有认清形势，才能把握未来。现阶段，宁夏煤炭基本建设有限公司的主要矛盾已变成了自身求发展与任务不足、人员不足、管理能力相对不足的矛盾。要想求得良好的发展，必须要抢抓机遇、持之以恒、全力以赴解决这一矛盾。

国家能源集团的组建，无疑为公司的发展提供了更加广阔的空间。国家能源集团每年的投资和技改资金庞大，意味着所提供的工程总量庞大。作为国家能源集团的一员，如何获取施工任务、把工程干得漂亮、在大集团中有大作为，是摆在面前的首要任务。

肯取势者必为人先，能谋势者必有所成。公司领导班子召开会议，专门探讨和研究了在国家能源集团组建后给公司带来新的发展契机的情况下，公司今后的发展方向和发展战略问题。确立了公司充分发挥自身建筑优势，为国家能源集团提供优质高效的建筑安装产品的组织使命和真正成为支撑国家能源集团基本建设一流的建筑安装施工企业，成为国家特级总承包施工企业的愿景。同时，公司制定了2020年计划，在公司资质方面，确保到2020年取得国家特级总承包资质，取得钢结构工程、市政工程、煤化工一级资质，取得电力、环保二级资质，最终形成以矿建、土建、安装、电力、煤化工施工为主的产业布局。在人力资源方面，到2020年力争在册人员达到1500人，员工收入匹配增长。一是需依靠集团公司在大学毕业生的分配上给予基建公司政策倾斜，二是在集团公司内部调剂相应的管理人员补充到基建公司。在产值规模方面，到2020年力争实现施工产值50亿元；到2025年力争实现施工产值70亿元。根据宁夏煤炭基本建设有限公司规划设计的蓝图，公司将建立新的发展平台，继续进行结构调整，向新的高度冲击。

发展依靠职工，发展为了职工，发展成果与职工共享。宁煤基建人只要认清形势，与时俱进，做好充分的准备和努力，在机遇和希望面前，保持竞争意识，不错失机遇；保持忧患意识，不盲目乐观；面对挑战和困难，强化使命感坚定信心，强化责任感迎难而上，以饱满的精神状态和扎实的工作作风迎接新的目标任务，就一定能够开创基建公司新基业。

“油墨喷香”十四载 走出印刷事业的阳光大道

——宁夏银报智能印刷科技有限公司

当我们每天对着电脑、拿着手机迅速浏览碎片信息时，或许永远不会想到传统印刷这件事。甚至还会有人认为，印刷在智能化时代会被替代。然而，从印刷术成为中国古代“四大发明”之一起，历经岁月洗礼，至今依然蓬勃生机。尤其在改革开放40年的迅猛发展历程中，印刷产业随着时间洪流顺势而上，不仅求新求变为教育、传媒、商务、文化等产业做出突出贡献，更涌现出一批优秀的新时代印刷“匠心者”，这些企业在祖国各地默默耕耘前行……其中，风雨兼程60年的宁夏回族自治区就有着宁夏银报智能印刷科技有限公司这样的企业，在总经理白乐磬的带领下，“油墨喷香”十四载，现如今已经成为宁夏出版物印刷行业的佼佼者。

宁夏银报智能印刷科技有限公司厂区外景

勇挑"大梁"走马上任　挥洒青春成就银报印务

2004年，原银川晚报社（现银川市新闻传媒集团）出于发展需要，全额投资创建了宁夏银报智能印刷科技有限公司（原宁夏银报印务有限公司），迄今为止已经走过14年的历程。公司创建初期，正值中共十六大之后，国企改革创新进入纵深推进的新阶段，而作为一家国有印刷企业，银报印务也正需要一位敢闯敢干、眼光独到的经理人"掌舵"。此时，就职于银川晚报社办公室主任的白乐磬成为合适的人选。作为一个对印刷行业一无所知的"门外汉"，她无惧困难，勇挑大梁，走马上任，开始了开拓印刷事业阳光大道的旅程，并且执着坚守14年，带领员工拼搏奋斗成就了今天的银报印务。

初到公司时，银报印务只是一家"作坊式"的印刷工厂，仅1000余平方米的厂房也是从私企老板处租赁而来，印刷工人队伍只有十几人，单一的为《银川晚报》提供印刷服务。不过，这样的艰苦条件并没有让她退缩，她以一名优秀共产党员的标准要求自己，立足本职工作，落实科学发展观，审时度势大胆创新，逐渐让银报印务发生了改变。

初到银报印务的白乐磬并不精通印刷印务，但随着改革开放浪潮的涌动，她深知传统印刷模式必须做出改变，无论是生产设备、工艺，还是市场业务以及管理，都需要进行改革，而她本人必须要精通公司的各项业务。一方面每天的报纸要按时印刷发行，另一方面要从零开始学习印刷业务及管理知识。于是，她带领着员工加快创新进取步伐，无论工作压力多大，她都以匠心态度面对，几番努力下渐渐进入了"角色"。

自2007年开始，公司进一步扩大产能，积极参与市场竞争，购置时速4万份的北人40A塔机两台，及宁夏首台CTP直接制版机，实现16版双面彩色印刷，产品质量及生产能力得到进一步提升，公司也在数字化印刷方面迈出了坚实的一步。2012年4月，在她的积极努力下，在报社党委会的大力支持下，银川日报社数字化印务中心破土动工。期间她兼任基建办主任，积极申报项目资金，项目建设期间申请到市财政900万元、国家财政部500万元，共计项目资金1400万元。与此同时，申请到国家开发银行5000万元的基准利率项目扶持资金，一次性解决了基建缺口资金及设备缺口资金。

2013年9月底，占地25亩，总面积1万余平方米的银川日报社数字化印务中心厂房投入使用。与此同时，购入目前全区最先进的上海高斯Mag45印报塔机，购入配置最高、速度最快的海德堡商务印刷设备及精密达胶订、马天尼骑订等全区最先进的装订设备。在她的积极努力与带领下，宁夏银报智能印刷科技有限公司实现了跨越式的发展，业务拓展由单一印刷党报向行业报挺进，由区内印刷向区外延伸，并实现了从单一印刷报纸向多品种商务印刷的跨越式发展。此外，公司管理规范，通过了ISO9001质量体系，ISO14001环境体系认证，并通过了绿色印刷体系认证及保密印刷资格认证，银报印务走上了一条技术先进、充满活力、富有竞争力的良性健康发展之路。

争先创优转型升级　紧跟时代步伐走向绿色智能

2000年以后，中国改革开放战略在党和国家政策的鼓励推动下，呈现高歌猛进的发展态势，各行各业随着科技的进步进入转型升级时期，印刷产业也不例外。2012年之前，印刷市场在产能、工艺设备、业务模式等方面的弊端比较明显，从而加剧了市场竞争。尤其在国家提出“绿色印刷”号召后，为了让银报印务有更长远、更健康的发展，白乐磬不惧怕“阵痛”，率先带领企业积极主动走绿色发展转型升级之路，通过引进先进设备、加强人才队伍培养、完善内部管理等各方面的措施让企业关键技术不断升级、环保水平不断提高。

生产方面，设备、工艺的先进是保证印刷质量的前提，为此她与团队共同发力，引进了一批批提高生产效率和品质的设备与工艺。目前，银报印务除拥有全区智能化程度最高的Mag45报业轮转印刷机及海德堡等高档进口商务平张印刷设备、装订设备，还拥有全区唯一一台进口的彩色轮转印刷设备——日本三菱商业轮转印刷机，用于印刷教材、高档彩色杂志、商业DM广告等业务。同时，企业拥有用于数码生产的王牌机型——惠普indigo3550，这也是宁夏唯一一台全新惠普数码印刷设备，它采用电子油墨技术，是一款能媲美胶版印刷品质的高端彩色数码印刷设备。此外，公司还引进了先进

精密达胶包联动线

德国海德堡对开四色印刷机

的ERP管理系统，明确了走精益生产的发展路线。生产中，高精密的印刷设备成为质量和效率的有效保障，而且高度数字化、自动化的印刷控制系统大大提高了印刷质量的稳定性。

人才队伍方面，银报印务将带好队伍作为抓好印刷管理工作的重中之重，紧紧围绕“管理上台阶，人员提素质，工作创一流”这个中心，选派中高层管理人员参加管理培训，印刷技术骨干外出交流培训学习，聘请印刷专家讲课培训，订购印刷业务书籍、杂志，鼓励职工主动学习。通过多年来的不断学习实践，公司培养出了一批高素质、技术过硬的印刷优秀人才。

随着近些年国家对“绿色印刷”的大力提倡和推进，银报印务持续转型创新，勇敢实践节能环保的印刷新模式。实践过程中，银报印务从原料采购环节就已经开启了“绿色之门”，企业采用通过国家环境标志认证的纸张、油墨和润版液等，选择与在生产经营活动中实施环保措施的材料供应商合作，要求供应商提供材料的绿色认证；绿色工艺及设备应用中，银报印务在全区印刷行业第一家引进了免冲洗印版，淘汰显影落后工艺，实现了制版显影废液零排放，同时安装了VOCS空气净化设备，实现了生产废气的零排放。而面对印刷出现的固体废弃物，企业专门划区域设置固废品处理点并将其分类集中回收，危废的处理交由具备处置资质的公司进行处理，能回收再利用的则与专业回收公司合作。

银报印务在印刷事业的绿色化、数字化、智能化、融合化方面做到与时俱进，不断扩大企业影响力。最终，银报印务在宁夏的印刷行业绿色印刷认证通过率不到10%的情况下，成功获得了绿色印刷资格认证，并持续不断的提升改进，在行业内树立了良好的典范。正因为如此，白乐磬于2018年4月光荣当选宁夏印刷技术协会理事长。

拥护党的领导　党建融入到企业发展

小到企业大到国家，单至个人多至团体，中国改革开放40年的发展中，中国共产党的正确领导影响力巨大。换角度而言，银报印务在十几年的成长道路上，始终坚持党的领导，将党建融入到员工管理、文化塑造中，从而才有了今天的成就，并呈现一片生机勃勃的景象。

除了作为印刷公司的总经理，白乐磬还曾兼任银川日报社纪委副书记，她十分重视公司党建及企业文化建设活动。建立了企业党支部、职工工会，这些年里，银报印务积极参与到社会公益活动当中，有效加强了公司团队的凝聚力，打造出一支思想觉悟高、技能突出的精英团队。

企业为激发职工工作积极性、创造性，改革工资分配方式，充分体现“按劳分配、多劳多得”的绩效考核分配原则，公司对各部门、各机台进行定员定岗，根据不同部门、不

工会慰问贫职工

同岗位、不同业绩进行分配制度改革。打破了岗位分等级吃“大锅饭”分配方式，进一步完善薪酬考核评价体系，为企业实施提质增效、精益管理提供完善的薪酬体系保障。另外，企业崇尚以人为本，制定大病补助及助学补助政策，每年进行贫困户走访慰问。2009年、2015年公司职工因病住院，医疗费用巨大，职工家庭困难，无力负担全额医药费，除了公司给予困难补助外，她还组织大家带头进行捐款，为困难职工送去一份温暖；2008年汶川大地震，她积极带头为灾区捐款。与此同时，她还积极参加贺兰县妇联组织的关爱贫困母亲等活动，为贫困母亲送去一份爱心。正是她这种无私的爱心，温暖着公司每一个职工的心，同时也不断地在影响着身边的每一个人，去关心他人，传递爱心，也使公司这个大团队更加的团结，更加的有活力。

银报印务专门成立了工会委员会，白乐磬通过工会组织进一步深入到职工当中，倾听职工的想法，了解职工需求，听取职工建议，维护职工权利。她要求工会自身要不断创新工作方式、方法，真正发挥出工会的作用。同时，领导企业积极参与2018“丝绸之路”宁夏·银川国际马拉松赛，协办“丹青颂祖国——重阳节宁夏老艺术家国画作品联展”。每年组织开展“军民一家亲，融合心连心”主题党日活动，时刻牢记党的历史，学习党的章程，深入贯彻习近平新时代中国特色社会主义思想，充分发挥党建工作对企业的政治引领作用。

经过不断的深入实践与发展，企业逐渐收获认可。2013年，白乐磬被评为全区报业印刷管理先进个人，2014年论文《浅谈绿色印刷的现实意义及存在的问题》获全国报业协会论文大赛一等奖，2015年荣获银川市三八红旗手称号，而宁夏银报智能印刷科技有限公司也赢得了先进集体的殊荣。2017年度全国（人教版）中小学教材印装质量检测中，银报印务承印的《中国历史 七年级下册》等4个品种荣获优质品奖，印装质量综合评比排名为全国第二。荣誉代表着责任与使命，也为银报印务今后的高品质印制工作提供强大精神动力。

写在最后

大发展就有大志向，银报印务紧跟时代的步伐，不忘初心，砥砺前行，不光在智能信息化方面继续投入改造，立志未来还要在智能化生产方面有所作为，力争在行业内智能化管理和智能化生产达到全区领先水平，达成全区绿色印刷示范标杆企业目标，精益生产成为西北首家落地成功企业。与此同时，进行品牌的树立和打造工程，使“银报印务”品牌成为全区乃至西北地区有较大影响力的品牌，为宁夏经济的发展贡献自己的力量。

一位中国民营企业家的发展辩证法

——宁夏宝丰集团有限公司

没有谁天生就是人生“赢家”，只有天道酬勤。

宁夏宝丰集团董事长党彦宝用20多年的创业创新历程，再次证明了这一点。

他为摆脱贫困，开始创业，进而长期深耕实业，打造了中国最大最完善的“煤、焦、气、化、油、电”多联产循环经济产业链，实现了以煤代替石油生产高端化工产品，为填补国内高端化工产品进口缺口、推动国家和宁夏回族自治区能源发展战略做出了积极贡献。

他在企业步入良性循环轨道后，积极践行绿色发展理念，探索出了一条集“荒漠化土地生态治理、新型农业工业融合、特色产业精准扶贫”于一体的可持续发展新路子。

他通过8年潜心实践，每年拿出企业10%的利润，打造了全国最大的教育扶贫基金会；用公益的模式，创新打造“医疗、养老、教育”相融合的新型养老社区，树立了民企履行社会责任的标杆和榜样。

他始终“听党的话、跟党走”，以不懈的努力、坚强的毅力和担当的精神，成长为一名优秀的中国特色社会主义事业建设者，生动地演绎了一个民营企业家的中国故事。

这个故事，诞生于改革开放，具有一定普遍性和共性；这个故事，蓄含了创业者卓越的战略思维、不凡的情怀格局，具有一定独特性和个性。改革开放40年的辉煌历史，正是在这种个体与群体、个人奋斗与政策演进的互相促进中，创造了中国奇迹，谱写了世界经济史的新篇章。

从这个意义上讲，作为优秀民营企业家代表，党彦宝的奋斗史，正是中国改革开放历史、中国经济发展趋势的真实写照。

舍与得 企业家的创业哲学和发展之道

企业家精神从哪儿来？答案只有两个字：实践。

任正非创业始于被骗巨款要还债的压力，柳传志下海始于改善知识分子待遇的初衷，党彦宝的动力来源于朴素的“过上好日子”。

宁夏宝丰集团有限公司董事长党彦宝

1973年，党彦宝出生于宁夏盐池县，因分布大大小小20余个天然盐湖而得名，这里临近西海固、毛乌素沙漠南缘，地处宁夏干旱地带，年降水量200毫米左右，蒸发量却高达2000毫米。20世纪80年代，有3/4的人口和耕地处于沙区，农民无法耕作、生存困难，贫困发生率高达75%，严酷的自然环境制约着这个西北小城的发展。

做个体户，跑小买卖，成为党彦宝最初的选择。“种地只能靠天吃饭，做个小买卖还能养家糊口。”

那是中国改革开放后第二个黄金期。到了20世纪90年代末期，党彦宝有了一些积蓄后，首先想到的是自己的贫苦乡亲，于是他为村里打了十几口水井，让乡亲们在天不下雨的时候也有粮食吃。同时，他开始把重心放到了前景更好的贸易、运输上。“原来是为了生活。有了一定基础，就开始琢磨行业规律、发展潜力，想把企业做大。”党彦宝回忆说。

进入新千年，中国经济迎来了第三个黄金期。

党彦宝的创业领域一点点扩大，覆盖仓储、物流、房地产、石油加工、石油贸易，势头很猛，企业发展逐渐上了规模。

那几年，一帆风顺的背后，党彦宝内心一直有一个忧虑：贸易赚钱不少，但总感觉不“实在”。从长远看，这些甚至都算不上是真正的企业。“一直想做实体企业，心里才踏实。”

政策带来了新契机。

宁夏、陕西、内蒙古毗邻的鄂尔多斯高原，拥有丰富的煤炭、石油资源，被誉为中国“能源金三角”。

2003年，宁夏把煤炭资源富集的黄河东岸地区确定为宁东能源化工基地，举全区之力打造国家级大型能源化工产业基地、国家级循环经济示范区。

随着国家西部大开发战略深入实施，宁东能源化工基地作为宁夏“一号工程”持续升温。

电视、报纸上，宁东成为高频词汇。2005年的一天，党彦宝冒出一个大胆的想法：我们可不可以参与这个事儿！

这并不容易。

党委、政府有自己的考虑。宁东能源化工基地一开始就定位高端、站在产业前沿，而且化工产业本身就是资金密集型、技术密集型、人才密集型的产业。当时，宝丰只是一家多元化的民营企业，党委、政府对其了解不多，不敢松口让其进入基地。

怎么办？

党彦宝不断与党委、政府沟通、汇报，通过执着与真诚，为自己争取空间。

关键时刻，为打消党委、政府疑虑，党彦宝拿出了破釜沉舟的勇气，交纳了巨额保证金，并于2005年下半年与政府签署了一份承诺书：3年之内，如果规划的一期项目建不起来，政府就无偿收回土地及土地上的建筑物。

2006年，宝丰能源循环经济工业基地规划终于获得了政府批准，成为宁夏第一个循环经济产业园区。

为了聚焦实业，把这一件事做好，党彦宝停掉了贸易，卖掉了石油加工、房地产、物流等项目，全身心聚焦投入现代煤化工项目。

对于外人眼中的非常之举，党彦宝内心承受着巨大压力。但他坦言，自己不是赌运气。“做企业首先要控制风险。”党彦宝说：“我多年从事这方面贸易，深知当时传统煤化工管理水平普遍不高，而且当时国家正鼓励发展现代煤化工。综合看，机遇大于挑战。”

有舍，才有得。舍掉了原有的多元化成熟产业，集中精力、财力、物力聚焦实业、涉足新的领域，党彦宝得到的不仅是一个有前景的实体产业，还孕育着一个实业报国的“百年宝丰”梦想。

著名经济学家约瑟夫·熊彼特有一个广为人知的论断：创新的本质是颠覆一般认知，企业家只有一项任务，那就是打开创新之门。

现在回看，正是经历了前前后后“舍与得”的抉择和锤炼，党彦宝才从一个年轻的创业者，逐渐成长为一位具有创新精神的杰出企业家。

加与减　循环经济产业链上的科学运算

党彦宝作为宝丰能源循环经济工业基地的总设计师，对发展有独到的见解：“循环经济要做好‘加减法’，既要加长产业链条，提高产品的附加值，获得经济效益最大化，更要减少资源消耗与污染排放，为生态环境加分。这样的企业才能走得更远。”

宁夏宝丰能源集团股份有限公司循环经济工业基地

为此，从建设之始，他就秉持“资源节约、环境友好”的绿色、可持续发展理念，坚持项目建设一次规划，分步实施。这个规划的核心是走高端化、集约化、节约化、清洁化发展路线，追求煤炭资源的高效清洁利用，从而实现经济、社会和环境效益“多赢”。

宝丰能源循环经济产业具有“三高”特点，即高起点规划、高标准建设、高水平运营，通过科学布局实现集约化生产，最大限度减少公辅设施、仓储物流及管理成本、人工成本、流动资金等支出，投资比同规模项目减少30%以上，生产运行成本比国内同规模企业降低35%以上。

这个全国最大最完善的“煤、焦、气、化、油、电”多联产循环经济产业链，将上一个生产单元产品直接变为下一个生产单元原料，煤炭资源转化为100多种清洁燃料和化工产品，产品的差异化大幅提升了产品附加值，增强了市场抗风险能力，使传统能源释放出了新动能。

党彦宝始终将安全环保视为企业的生命线，环保设施与主体工程同时设计、建设、竣工，累计环保投入占到产业总投资的13%以上，循环经济产业链集成了国际国内先进的技术装备，既保证了产业链的安全生产运行，又节约了资源，保护了环境，环保排放指标严于国家标准，园区污水达到“零排放”，实现了现代煤化工产业的绿色、可持续发展。

中国工程院院士刘中民评价说，以宝丰能源为代表的一批煤化工企业，突破了诸多制约行业转型升级的重大关键瓶颈，让“煤代油”成为了现实，有效推进了煤炭清洁高效利用，对缓解我国石油供应不足、补充烯烃产品供需缺口、满足国家能源需求具有重大战略意义，也为“一带一路”建设提供了新型材料的原料保障。

党彦宝以改革创新的精神和先行先试的魄力，依托科技创新，树起了全国循环经济和实体制造业发展的新标杆。

值得一提的是，宝丰的快速发展还有一个法宝——上级党委的正确领导和企业党组织的政治引领和有力保障。

党彦宝认为，自己的企业是非公组织，了解党的方针政策渠道少、不及时，为了防止企业发展偏离国家和社会的发展方向，早在2008年，党彦宝就主动向宁夏回族自治区党委申请成立企业党组织。

2009年，宁夏回族自治区党委同意成立宝丰能源党委，隶属银川市委管理。由于公司党组织刚刚成立，加上自己对党建工作不太懂，为了把企业党建工作落到实处，党彦宝又向银川市委申请，由银川市委向企业委派一名经验丰富的党委书记，以支持宝丰党建和企业发展工作。

截至2018年，上级党委先后为企业委派了3任党委书记，宝丰能源党委从最初的5个支部、20名党员发展到今天的17个党支部、600余名党员。党彦宝说："成立党委的好处，一方面党组织充分发挥了政治引领作用，使企业能够与党的方针政策和党委、政府的决策部署保持一致，确保了企业发展'方向明、步子正、不跑偏、走得稳'；另一方面，党员发挥了先锋模范作用，调动全体员工的积极性，为企业的健康发展增添了动力和活力，形成了万余名宝丰员工上下一心、团结奋进的优秀团队。这才有了今天的宝丰。"

当下，民营企业成立党组织正成为潮流。但10年前，还很少见。

先富带后富　树立消除贫困的时代典范

改革开放后，邓小平提出"要让一部分人先富起来，先富带动后富，最终实现共同富裕"。实践证明，先富政策有效激发了企业家精神迸发，使我国改革开放40年的经济保持了高速增长。同时，一大批民营企业家主动承担先富带后富的政治责任，积极投身于扶贫攻坚的伟大实践。党彦宝就是先富带后富民营企业大军中的一名佼佼者。

宁夏经济欠发达，尤其是南部六盘山地区素有"苦瘠甲天下"之称，被联合国评为"最不适合人类居住的地方"，国家将其确定为14个集中连片特困区之一，是脱贫攻坚主战场。虽然党和国家、地方政府通过易地扶贫搬迁、产业扶贫等一系列举措，使贫困人口逐年下降，但仍有几十万贫困人口，攻坚任务依然很重。

作为伴随改革开放发展起来的优秀民营企业家，党彦宝始终心系家乡建设，始终不忘生活在贫困线上的父老乡亲。

2011年，党彦宝与夫人边海燕共同发起成立了家族式非公募基金会——燕宝慈善基金会，每年拿出企业利润的10%，大力开展扶贫帮困等公益慈善事业。

基金会成立当年，党彦宝夫妇分别到美国洛克菲勒基金会、福特基金会、盖茨基金会等具有国际影响力的公益慈善机构学习消除贫困的科学长效机制。同时，党彦宝积极响应宁夏回族自治区实施的中南部35万群众移民搬迁战略号召，在5000人以上生态移民安置区建设了9所学校和16所卫生院，同时资助了1.5万名贫困学生上大学。

党的十八大以来，党中央把扶贫开发摆到了更加重要的位置，吹响了脱贫攻坚的号角。党的十九大更是强调，要动员全党、全国、全社会力量，坚持精准扶贫、精准脱贫，坚决打赢脱贫攻坚战。

习近平总书记强调，扶贫先扶志、扶贫必扶智，让贫困地区孩子接受良好教育，是阻隔贫困代际传递的重要途径。

2013年，党彦宝通过对基金会两年运行情况和扶贫项目的深度调研发现，贫困群体要通过自身“造血”才能真正实现脱贫，而贫困家庭的希望在下一代，唯有让下一代通过学习知识实现自立自强，才能改写自己和家庭的轨迹，从根本上阻隔贫困的代际传递。

于是，党彦宝最终决定将“教育扶贫”作为公益慈善事业的重点和方向，主要针对宁夏六盘山连片特困区9县区5乡镇（包括原州区、彭阳县、西吉县、泾源县、隆德县、同心县、盐池县、红寺堡区、海原县及中卫市兴仁镇、蒿川乡，中宁县喊叫水乡、徐套乡，永宁县闽宁镇）考入二本及以上大学的学生全部进行资助，每人每年4000元，直到完成学业；对其他市县区建档立卡贫困户和城市贫困户的部分大学生，及全区部分建档立卡贫困户和城市贫困户的部分高职、中职、高中生进行资助；对本科连读硕士、硕士连读博士的受助学生进行持续性奖励资助，每人每年分别奖励8000元和16000元。

党彦宝的教育扶贫不仅从经济上进行资助，更注重精神上的支持和鼓励。他和基金会团队在对受助的困难家庭学生回访时发现，9县区5乡镇80%的孩子属于贫困家庭，越是贫困家庭的孩子自尊心越强，不愿因接受资助而被扣上“贫困生”的帽子、感到低人一等。于是他决定对这9县区、5乡镇全部考上二本以上大学的孩子，不分贫富实行全面覆盖无差别化资助。这样既解决了80%贫困家庭孩子上学难问题，也最大程度保护这些孩子的自尊心，让他们能够在平等、无差别环境中成长，也让20%家庭条件较好的孩子在受到资助同时心中埋下爱的种子，使“爱心”和“善念”扎根他们心中。

与此同时，他还将“助学金”改为“奖学金”，虽一字之差，但效果天差地别。“助学金”只是贫困帮扶，而“奖学金”是对孩子们努力学习、成长为优等生的鼓励和鞭策，激发了孩子们求学上进的动力，引导他们积极乐观的面对人生。

2013年8月28日，宝丰集团董事长、燕宝慈善基金会理事长党彦宝和副理事长边海燕为学生代表发放“燕宝奖学金”

目前，党彦宝资助的学生已遍布全国500多所院校，每年资助约10万人（每年新增资助约3万人、每年毕业约3万人），每年捐资约3亿元、为10万余家庭减轻经济负担、为3万余家庭实现了新经济增长点。截至2018年，已累计捐资16.53亿元，资助学生16.99万人，7万余名学生毕业走上工作岗位，成为家庭经济支柱。

今后，党彦宝将继续实施并扩大捐资助学项目，不断提高助学资金，计划2019年将吴忠市、石嘴山市考上的大学生也纳入全覆盖资助范围；未来几年还将逐步把银川市、中卫市考上的大学生全部纳入资助范围，实现对全区大学生全覆盖无差别化资助。帮助他们接受更好的教育，成长为更优秀的人才，带动家庭增收致富，促进经济社会发展。

新思路解决老问题　以创新之举承担企业社会责任

党的十八大明确提出：“建设生态文明，是关系人民福祉、关乎民族未来的长远大计”，“把生态文明建设放在突出地位，融入经济建设、政治建设、文化建设、社会建设各方面和全过程，努力建设美丽中国，实现中华民族永续发展。”

在政策感召下，2014年，党彦宝带领团队，开始对银川河东地区16万亩荒漠化土地进行可持续生态治理。

五年间，曾经沉寂千年的荒漠，展现出勃勃生机，成为银川绿色屏障。

五年间，宝丰集团打通了荒漠化生态治理路径：通过深入调查研究，在种植苜蓿改良土壤的基础上，借助宁夏枸杞特色产业优势，种植10万亩优质枸杞，以发展高产出的经济作物，以经济可持续发展推动生态可持续治理。同时，为综合利用土地资源和本地充足的阳光资源，在枸杞上方建设1GWP太阳能发电，打造了全球单体最大的单晶光伏电站，为传统能源化工产业提供了清洁能源供给，替代化石能源发展，极大降低了传统能源的能耗，促进了节能减排，守护了“绿水青山”。

绿色作物有很多种，党彦宝当初为什么选择了枸杞？

党彦宝的初衷是，响应国家关于“贫困地区发展特色产业促进精准脱贫”号召，借助宁夏枸杞千年特色和劳动密集型产业特点，实施枸杞产业精准扶贫。项目采取“企业+农村贫困户及城市贫困户”合作经营模式，帮助低收入人群实现就业，变成产业工人，在实现脱贫的同时，稳步提高经济收入；更为重要的是，让他们掌握一门长远的生存技能，激发内生动力和发展信心。枸杞项目将带动万余户贫困人口脱贫致富奔小康，促进社会和谐进步。

承担社会责任、打造社会企业的路上，党彦宝在医疗、养老领域也进行了深入探索。

宝丰集团枸杞产业精准扶贫项目

党的十九大报告提出实施健康中国战略，强调“人民健康是民族昌盛和国家富强的重要标志”。同时提出，“积极应对人口老龄化，构建养老、孝老、敬老政策体系和社会环境，推进医养结合，加快老龄事业和产业发展”。

宁夏地处中国西部，医疗、养老公共服务设施水平相对落后，医疗人才匮乏，人均寿命低于东部沿海发达地区近10岁，看病难、看病贵，养老难、养老贵等社会问题尤为突出。

党彦宝按照国家加快“医养结合”发展的决策部署，以社会主义核心价值观为指引，以缓解社会老龄化压力为目标，情系民族养老事业，心系民生健康福祉，在做大做强企业的同时，坚持扎根宁夏，深入研究宁夏老百姓“养老难、看病难”等社会痛点，投资100亿元，以公益理念，发展公益性养老、医疗、教育产业，建设容纳10000户的高端平价养老社区，其中建设8500套17000张床位的养老公寓，主要为健康型老人提供居家养老；建设2100张床位高端平价综合医院，首创将1500套的养护院设置为医院的科室，为失能及临终关怀型老人提供专业化服务，推行预防医学和健康管理，为养老社区老年人及社会百姓创造优质便捷的保健医疗环境；配套幼儿园、小学、初中、高中、大学的全龄化优质教育资源，方便老人带孙子上学，有效改善养老社区年龄结构，激发老年人活力，并减轻子女压力，开创全国“养老、医疗、教育”相融合的新型养老模式，填补全国新型养老、医疗产业发展空白。养老、医疗设施及服务标准高于同行，但只收取运营成本，收费低于同行同等标准，努力让老百姓能“进得来、住得起”，让老年人真正实现“老

宝丰集团以公益理念打造的“养老、医疗、教育”相融合的新型养老产业鸟瞰图

有所养、老有所依、老有所为、老有所乐”，为“健康中国”助力。

新嘱托　新期待　新作为

今年是改革开放40周年。40年来，我国民营经济从小到大、从弱到强，不断发展壮大，成为创新、协调、绿色、开放、共享新发展理念践行者、推动者。党彦宝一路走来，步稳而行疾，一个根本原因就是自觉地遵循了新发展理念的科学精神。

2018年11月1日，习近平总书记主持召开全国民营企业座谈会。这是我党历史上，首次由最高领导人主持召开、以民营企业健康发展为主题的座谈会。

习近平总书记指出，民营经济是我国经济制度的内在要素，民营企业和民营企业家是我们自己人。民营经济是社会主义市场经济发展的重要成果，是推动社会主义市场经济发展的重要力量，是推进供给侧结构性改革、推动高质量发展、建设现代化经济体系的重要主体，也是我们党长期执政、团结带领全国人民实现“两个一百年”奋斗目标和中华民族伟大复兴中国梦的重要力量。

内在要素、自己人、重要力量……既是在肯定一个事实，即民营企业对国家进步民族振兴的贡献巨大，同时，也体现了总书记对民营企业的殷殷期待和厚望。

对此，党彦宝动情地说：“感谢党给了好政策，创造了好时代。我们一定不辱使命，务实苦干、真抓实干，推动企业健康持续高质量发展，并主动承担更大的社会责任，积极回报社会、造福民生，努力为实现中华民族伟大复兴的中国梦做出应有的贡献”。

【相关链接】

党彦宝，1973年出生，宁夏盐池县人，慈善家、企业家，宁夏宝丰集团有限公司董事长、宁夏燕宝慈善基金会理事长，先后荣获“全国劳动模范、全国民族团结进步模范个人、优秀中国特色社会主义建设者”等荣誉称号；连续荣获“中华慈善奖、中国十大慈善家”等多项殊荣。2015年，宁夏燕宝慈善基金会被授予“中国消除贫困奖捐赠奖”，党彦宝在人民大会堂受到习近平总书记的亲切接见；2017年，党彦宝荣获“全国脱贫攻坚奖奉献奖”，受到时任国务院副总理汪洋的亲切接见。

为了心中那绿色的梦想

——宁夏大地循环发展股份有限公司

亲爱的朋友们,有一个人,如果你了解了他的故事,你就会被他震撼,被他感动。他凭着自己的胆识与智慧,在商海打拼搏击,历尽艰辛,终于开辟了一片天地,取得令人瞩目的成功。在他的企业不断壮大的同时,他致富思源,富而思进,用实际行动回报社会。他把关爱的目光投向社会公益事业,投向新农村建设,投向弱势群体,为建设富裕和谐社会做出贡献。

他是一个有梦想的人,从戴红领巾的少年时代开始,他就怀有一个充满希望与朝气的绿色理想。他是听着雷锋的故事长大的,他喜欢唱《三大纪律 八项注意》,他的心里铭记着毛泽东主席的诗词。他在贫瘠与困苦中起步,历经风雨,一直从华北平原走到祖国西部,带出了一个特别能吃苦特别能战斗的坚强团队。他的公司员工7000余

宁夏大地循环发展股份有限公司生产厂区环境建设

人，总资产130多亿，占地8000亩，是中国化工部500强企业，也是宁夏百强企业。

他是魏彦辉，一个热爱生活的人，一个热爱家乡的人。在南师钦父老乡亲眼里，他是成功人士的典范，是大家心中的榜样。他孝敬老人的故事、无私捐助的故事成为父老乡亲口中的一段段佳话。

诗经台上孕育的青春梦

关于他的故事很多，我们还是从他的家乡说起吧。饶阳县过去是出了名的贫困县。“饶阳县有三件宝，水蓬棵、稗子草，长流水、断不了”是真实地的写照。魏彦辉的家乡就是饶阳县的南师钦村，他从小就过着缺衣少穿的生活，喝的是红薯粥，吃的是玉米饼子、萝卜条，穿的衣服经常是改过的，住的屋子潮湿黑暗，夏天经常漏雨。魏彦辉从小看惯了父母愁苦的面容。生性好强的他，早早萌生了一个梦想——他要改变这一切。作为长子，他有责任为自己的家庭撑起一片天，再不想沿袭面朝黄土背朝天的格式去生活，他想要改变命运，甚至于要改变自己家乡的命运。所谓初生牛犊不怕虎，他要去外面的世界闯出一个精彩的人生。

初中毕业，他立即为理想付诸了行动。他准备好简单的行囊，来到爹娘跟前辞行，母亲拉住他的手，只叫了一声：“彦辉……”立刻泪如雨下，哽咽着说不出一句话。儿行千里母担忧，老娘是难舍娇儿出远门呀！小妹艳从扯住哥哥衣服的一角，哭着问大哥什么时候回来。父亲沉默了许久，一字一句地说：“孩子，去吧，不管干什么事，都要做好，违法的事情咱不干，凭良心做事，去吧！”于是，魏彦辉踏上了新的人生征程。

他怀着一种复杂的心情走到村口，看到一株株白杨树郁郁葱葱，风吹树叶哗哗作响，似乎在为他送行，那绿色是那样令人陶醉，那么充满旺盛的生命力。他驻足凝思，望着村南的田野，想起一段美丽的传说：公元221年，秦始皇为巩固自己的政权焚书坑儒，儒家文人毛苌逃避灾祸来到这里，受到乡亲们收留照顾，于是留下来，后刘邦灭秦，建立西汉，大搞文化复兴。毛苌为答谢这里乡亲厚意深情建筑诗经台，修诗经书院，他亲授弟子，亲自讲学，广招天下学子。诗经台的半亩荷花池，石龟神井天下闻名，此处人杰地灵、吉祥宝贵，成为饶阳八景之一。据说文人学士，从政官员经常来诗经台参拜。魏彦辉望着诗经台旧址的方向，热血奔涌，这段动人的传说更坚定了他干一番事业的决心，啊！南师钦，我的家，总有一天，我要回来，为你装扮。贫穷不是你的属性，我要让你穿上靓丽的衣裳。

好男儿志在西部

从滹沱河到石嘴山，路有多远，魏彦辉用脚量过，整整3000里呀！在这期间，他到处打工，做了很多工作，他吃了多少苦，受了多少累，自己也计算不清。他像一只小鹰，在暴风骤雨中磨砺翅膀。每当要坚持不下去的时候，他就会想起父母，想兄弟姐妹，想南师钦，想村南那段关于毛苌和诗经台的动人故事，想那郁郁葱葱的杨树叶子。是的，好男儿志在四方，他没有任何理由放弃。

于是，他不断看书学习，不断寻找机会，不断去尝试失败，他更多地时候，是朗诵毛泽东主席的《沁园春·雪》，给自己加油！“北国风光，千里冰封，万里雪飘……俱往矣，数风流人物，还看今朝！”

历经几年跌打滚爬，魏艳辉终于品尝了创业成功带来的甘甜。

2002年，魏彦辉投资成立了宁夏大地冶金化工有限公司，他用科学发展观统领企业，紧紧把握市场制高点，以雄厚的技术力量为底蕴，以自主创新为动力，使公司不断向更高台阶迈进。在竞争激烈的形势下，他以超前的思维智慧、独特的营销策略、坚定的信念带领企业平稳渡过市场低谷，使自己的销售市场占据全国十几个省市，以骄人的成绩独占鳌头。

魏彦辉非常注重依靠科技进步，努力提高自主创新能力，坚持走新型工业化发展的道路，使企业在高耗能行业中步入了一个健康可持续发展的道路。2004年以来，在他的倡导和带领下，以国家产业政策为导向，认真研究分析高耗能行业的形势和走向，走节能减排，发展循环经济的路子。按照“资源—产品—再生资源”的循环模式，开发以大型密闭电石炉为中心的电石化工的整体循环经济产业链。同时实现电石产品就地消化及尾气资源综合利用，发展下游产品，使原料—产品—原料的产业链不断延伸，将资源“吃干榨尽”。更有效地利用资源和保护环境，以尽可能小的资源消耗和环境成本，获得尽可能大的经济效益和

宁夏大地循环发展股份有限公司董事长魏彦辉

水泥生产基地

社会效益，从而使经济系统与自然生态系统的物质循环过程相互和谐，促进资源永久利用。

为适应公司发展的需要，实现公司经营多样化，他整合各种资源，朝集团化公司方向发展，2012年公司决定投资80亿元建设1000万条/年全钢、1000万条/年半钢、10万条/年航空子午线轮胎项目。该项目可以填补我区乃至西北地区子午线轮胎制造业的空白，既符合国家产业政策，又符合石嘴山市经济发展规划和宁夏回族自治区装备制造工业发展规划。项目建成后，对于调整优化化工工业结构，带动相关配套产业发展，吸纳生态移民就业，促进石嘴山乃至银北地区经济发展都起到了积极的推动作用。

魏彦辉的事业发展到今天，实属不易。目前，公司占地8000余亩，现有员工7000余人，总资产130亿元。公司是中国化工500强企业，宁夏百强企业位列第32位，石嘴山市30强企业位列第2位。

公司下设宁夏天瑞热能制供有限公司、宁夏坤辉气化有限公司、宁夏坤维高分子材料有限公司、宁夏神州轮胎有限公司、宁夏坤水水泥有限公司、宁夏太康药业有限公司、宁夏铸成仝业有限公司。主要产品有发电、活性石灰、电石、甲醇、液氨、碳酸氢铵、聚乙烯醇高强高模工程纤维、水泥、蒸汽、轮胎、石灰氮、双氰胺、单氰胺、肌酸、胍盐等。电石年生产能力60万吨、硅锰合金35万吨、活性石灰60万吨、合成氨联产甲醇18万吨、聚乙烯醇13万吨；聚乙烯醇高强高模工程纤维0.6万吨；水泥100万吨；轮胎年产

2010万条(已投产240万条生产线);钢帘线10万吨(已投产5万吨);炭黑10万吨(即将投产4万吨);石灰氮12万吨;双氰胺3.2万吨;单氰胺3000吨;肌酸1800吨;氨基胍碳酸盐1500吨。

回首漫漫创业路,他不禁感慨万千,当年自己是凭着一台1000kVA电石炉起家,披荆斩棘,才取得今天的成功,望着窗外蓝天白云,竟咏诵出一段《创业十七年感言》:“十七年的艰辛,十七年的苦,伴我创业之路走向成熟。从华北平原到祖国西部,三千里路程留下我的脚步。是苦是累说不出,只记得创业之梦永驻。”

腹有诗书气自华

据他的小妹妹艳从介绍,魏彦辉喜欢读书,重视学习,学以致用,理论联系实际。他能把自己在书本上学到的东西,巧妙地运用于企业管理。其中,他学习的政治经济学,收获最大。因为那是一门研究生产、购买及出售,以及政策、法规之间关系的学科。他说热爱学习让他终身受益。康熙大帝是典型的学习型皇帝,毛泽东主席是学习型领袖,他们酷爱学习,直到老年手不释卷。魏彦辉认为这两个出现在不同历史时期的伟人,都是他学习的榜样。

《三大纪律 八项注意》是中国人民解放军的一首军歌,它对统一全军纪律,加强部队思想和作风建设具有重要意义。人民解放军具有高度的革命事业心,自觉地把三大纪律八项注意作为行为规范严格遵照执行,从而获得了人民群众的真诚拥护和欢迎。

《三大纪律 八项注意》被誉为红色经典第一歌，多年来久唱不衰，在许多重大场合都能听到。20世纪70年代，毛泽东主席曾多次领唱这首歌。魏彦辉从小喜欢唱这首歌，因为这首歌曾陪伴红军夺取一个又一个的胜利，迎来了新中国的诞生。因此，他为他的大地冶金化工有限公司改编了一套属于自己的《三大纪律 八项注意》歌，要求员工学唱，以此来约束他的员工认真遵守公司的各项规章制度。他可谓用心良苦，独树一帜！

宁夏大地化工有限公司之歌《三大纪律 八项注意》

大地职工个个要牢记，大地公司铁的纪律。
第一一切行动听指挥，上下一致工作才有力。
第二工作一定要认真，把关严谨坚决负责任。
第三牢记公司二十条，崇尚道德把人要做好。
三大纪律我们要做到，八项注意切莫忘记了。
第一说话文明讲礼貌，团结同事对客户要友好。
第二坚持学习和早操，进步向上样样都做到。
第三晨会卫生我争先，布置的工作一定要记牢。
第四因公办事要报销，良心使我不差半分毫。
第五尊重自己的领导，闲坏话毛病一定要除掉。
第六严格要求我自己，虚心低调不把尾巴翘。

宁夏神州轮胎有限公司大门

第七宣传维护我大地，大地形象心中更重要。
第八我把员工要做好，处处事事和良心来对照。
遵守纪律人人要做到，响应大地各项的号召。
大地纪律条条要记清，大地员工处处为大地。
团结友爱奋勇向前进，大地公司真诚来欢迎。

魏彦辉对自己的三大纪律八项注意情有独钟，因为这首歌雄壮有力，深入人心。他认为，此项措施的运用在管理员工和激发员工内在潜能方面起到了最大化推进作用。商场如战场，一个优秀的企业管理者，正如战场上的指挥官，需要文韬武略，有胆有识。用铁的纪律管理员工，可谓“东边太阳西边雨，道是无晴却有晴”。虽然有时不被员工所不理解，可却有力推进了企业的良性发展，巨大的经济效益也使员工实现了自身价值。

优秀在于承担社会责任

庄稼人有句话“打蛇打七寸，牵牛要牵牛鼻子”。路子走对了，就能出奇制胜，取得成功。在商战中，更多时候魏彦辉打出的是组合拳，节节胜利。

创业两年后,他就被评为“优秀青年企业家”。创业四年后他的企业就跻身于宁夏回族自治区30个重点非公有制企业前列，多次被评为“百强纳税企业”“诚信企业”等。2008年，大地化工被国家发改委等部门核定为“千家企业节能行动”实施单位，2009年被宁夏回族自治区确定为循环经济重点发展企业，2010年被国家工信部、财政部、科技部等联合命名为“资源节约型、环境友好型企业”。魏彦辉入选宁夏回族自治区2009年度十大经济人物，2010年公司入选宁夏回族自治区50户工业龙头企业。2011年3月荣获平罗县2010年度“爱心助残优秀企业”称号；同时荣获市政府授予的“功勋企业”称号，并获得“工业项目投资奖”。2011年9月，被宁夏回族自治区人民政府授予“十一五”全区循环经济试点工作先进单位，同时奖励资金100万元。2012年4月，魏彦辉荣获“全国优秀企业家”称号。2012年4月荣获“全国优秀企业家”称号。2013年1月荣获宁夏回族自治区优秀企业。2013年9月荣获宁夏回族自治区优秀非公有制企业。2014年9月荣获全国民族团结进步模范集体。2015年12月荣获第二届宁夏民族团结进步模范人物。2015年4月荣获宁夏回族自治区劳动模范。2015年8月中国化工企业500强。2017年1月荣获第三届全区优秀中国特色社会主义建设者。2017年荣获宁夏统一战线助力脱贫攻坚先进企业。2017年5月荣获宁夏塞上英才称号。2018年2月担任平罗县企业家协会会长。2018年3月担任宁夏回族自治区中小企业协会会长。

魏彦辉在企业不断发展壮大的同时，深深体会到这一切都得益于党和国家的好政策，得益于党和政府乃至全社会的关心和支持。他时刻提醒自己，要积极承担社会责任，用实际行动回报社会，先后捐资1000多万元，用于新农村建设和社会公益事业，为建设富裕和谐社会做出了贡献。

树高千尺也忘不了根

树高千尺也忘不了根，成功后的魏彦辉时刻把家乡装在心里。2007年，他回家的时候看见村里的街道坑坑洼洼，乡亲们出入困难。魏彦辉听了乡亲们编的顺口溜——"雨天一街水，晴天两脚泥，庄稼拉不进，死人抬不出"，心情变得十分沉重。虽然当时自己处于创业之初，资金周转非常困难，但是他咬紧牙关，立即投资25万元为家乡南师钦村修整街道，安了路灯。很快，南师钦村街道宽敞平坦，灯火明亮。要致富先修路，这话一点也不假。脚底下有路，乡亲们像吃了顺心丸，心里踏实了，信心足了。在此基础上，2008年，魏彦辉又出资36万元为村里打了一眼360米深的水井，还配套铺设了水网管道，保证了村里24小时供水，解决了乡亲们长期吃水难的问题。逢年过节，魏彦辉看到乡亲们赌博成风，有些家庭为此矛盾重重，造成了许多不和谐因素，对农村精神文明建设造成了不利影响。魏彦辉忧心忡忡，他立即找到村干部，倡议成立一个"农民业余文化活动中心"。他自己出资购置了一套大型锣鼓和必要的乐器，给秧歌队买了100套运动服，作为演员练节目时用，还买了鲜艳漂亮的演出服装。农民业余文化活动中心成立以后，村子里马上活跃起来。人们敲锣打鼓，扭秧歌、唱戏，处处洋溢着欢声笑语，有人还编排了宣传计划生育、普法的小品、快板、表演唱等。从此，以南师钦为首的大型秧歌队每年都在饶阳的元宵节花会汇演中夺魁，他们的精彩节目还上了电视、报纸。乡亲们载歌载舞，表达着对党的富民政策的感激之情，农民的文化素质提高了，村风迅速好转。魏彦辉为创建文明新村打下了基础。

看到家乡文化事业的发展，感受到乡亲们文化素质的大幅度提高，魏彦辉的内心充满喜悦。家乡，永远是他最为眷恋的地方。一方水土养一方人，家乡的一草一木他都由衷地感到亲切，家乡的一点一滴令他牵肠挂肚，所有这一切，都是源于一个燕赵儿女对家乡由衷的爱。

因为这份爱，魏彦辉于2008年为饶阳中学捐资200万元建宿舍楼一座，以实际行动为饶阳教育事业的飞速发展贡献力量。紧接着又在饶阳县委县政府的大力支持下，在饶阳工业园区投资兴建了河北坤辉钢帘线项目，主要生产汽车轮胎骨架材料钢帘线和工业胶管钢丝,现已完成投资9亿元,年底可达到生产能力7万吨。他谈到自己的投资行为说:“我这样做,也许不能从根本上解决多大问题,但我想抛砖引玉,吸引带动更多的人关心支持饶阳的发展,促进饶阳尽快富裕起来,让它变为一个现代化的美丽城市。”

谁言寸草心,报得三春晖

2013年的5月25日,魏彦辉又一次回到了他的家乡南师钦村,这一次他是专程来看望老母亲的。那一刻,他们母子真正上演了一出现实版的《四郎探母》。77岁的老娘身患气管炎、肺气肿,常年吃药。前两年,还做过一次膝关节手术,走路不大方便。魏彦辉不放心老娘的身体,因此经常回家探望。此时,看见儿子风尘仆仆进门,母亲只叫了一声“彦辉”,眼里就噙着泪花,笑着不知说些什么。一直以来,这个儿子是她最大的骄傲。魏彦辉是个孝顺的儿子,前些年家里困难,是在外打工的彦辉寄钱,供妹妹艳从进修完本科学历。后来魏彦辉的父亲身患重病,魏彦辉不辞辛苦,从宁夏往返几千里路,每个星期回家一次,喂汤喂饭,端屎端尿伺候。亲属们看着他憔悴的面容,布满血丝的眼睛,心疼坏了,知道他身为董事长,公司那边工作千头万绪,劳心劳力,纷纷劝解说:“彦辉,走吧,家里有兄弟姐妹这么多人,不差你一个,忙去吧!”可魏彦辉还是照样来回跑,直到父亲去世。他虽然苦累一些,可内心总算没有留下更多遗憾。这会儿,魏彦辉更是把老娘的冷暖时刻记挂心中。每次回家,他总会买回来娘最喜欢吃的水果点心及肉、鱼、海鲜,并亲自烹制给娘吃。娘喜欢吃虾,他就一个一个给母亲剥好,给母亲吃。他亲自给老娘盛饭、夹菜,看着老娘吃着可口,他可开心了。因为他心里愧疚,自从年轻的时候离家创业,深觉和老人聚少离多,想在老娘有生之年,多尽孝心。

孝顺是什么,彦辉的母亲理解的最深刻。孝顺就是儿子亲手烧的菜,亲手盛的饭,剥的虾仁,孝顺是儿子温馨的电话,是儿子装在心里的牵挂。因此,她觉得自己是一个幸福的人,很满足。

魏彦辉的小妹妹艳从说:“在孝顺母亲方面,大哥为我们做出了榜样。他常说,一个大家庭,老人就像大树的根一样,浇树要浇根,根深才能叶茂。大哥经常教育我们,以顺为孝。老人年纪大了,我们不必要要求她去改变自己的行为习惯,只要她高兴就行。”

魏彦辉的孝顺在村子里是出了名的,乡亲们人人夸赞。村民闫会彩说:“魏彦辉给村里办实事,修路打井,办文化中心,与他父母是有关系的。他爹活着的时候就是热心肠,行侠仗义;他娘也是,乡亲们有了红白事她颠前跑后,喜欢帮助人。彦辉是受他们的良好影响才做那么多好事的。”

尾 声

成功只属于昨天。回首曾经的奋斗历程，几分坎坷、几分挫折、几分幸福、几分快乐。魏彦辉觉得他始终是一个农民，骨子里热恋着大地，血液里流淌着根深蒂固的质朴和坚韧。展望未来，他豪情满怀，不禁又想起毛泽东的《七律·长征》——“红军不怕远征难，万水千山只等闲。五岭逶迤腾细浪，乌蒙磅礴走泥丸。金沙水拍云崖暖，大渡桥横铁索寒。更喜岷山千里雪，三军过后尽开颜。”蓦地，他的眼前又浮现出当年村头的郁郁葱葱的杨树叶子，在阳光下，是那么碧绿、鲜亮。那叶子摆动着，是那么动人！那是青春的颜色，是生命的颜色啊！那里凝聚着他美丽的梦想啊！他的耳边又回荡着雄壮有力的《三大纪律 八项注意》旋律。在风云变幻，竞争激烈的严峻形势下，魏彦辉将带领他的队伍步伐坚定地走在充满希望的大地上。

【相关链接】

魏彦辉，现任宁夏大地循环发展股份有限公司董事长，并担任宁夏中小企业协会会长。

铸造不凡人生

——宁夏共享集团股份有限公司

彭凡同志自大学毕业后便扎根实业、心寄行业，学铸造、干铸造，30多年没有改变。从20世纪90年代开始就追寻着一个“铸造梦”，他经常感叹：“铸造工人太辛苦了，什么时候铸造工人能够穿着白大褂，在空调环境下体面工作就太好了！”这朴素的“铸造梦”融入了共享使命中，也造就了彭凡同志勇创新、敢担当、不服输的性格。他数次带领公司经受住外部环境的严峻考验，使公司发展逆势上扬，销售收入、利润逐年攀升，创新实力不断加强，传统产业提质增效，新兴产业创新发展。不断引领企业发展进

国家级企业技术中心

入快车道，是新时代企业家精神的生动体现。尤其在引领铸造行业转型升级方面，他以大魄力、大格局推进铸造3D打印产业化应用实现国内首创，铸造3D打印智能工厂综合集成技术世界领跑，为铸造行业转型升级探索实践了“3D打印、机器人等创新技术+绿色智能工厂”的行业转型路径，构筑了“互联网+双创+绿色智能铸造”的产业生态，正持续为中国由“铸造大国”迈向“铸造强国”作出积极贡献。

迎挑战勇突破 从“1到1500”

三峡电站是世界上规模最大的水电站，自20世纪90年代兴建以来，其70万kW水轮机叶片等大型铸锻件曾长期依赖进口，国际上仅有少数几个国家具备供货能力，采购价格高，供货周期长，而且还常处于“受制于人”的被动局面，使得工程建设进度等受到严重影响。

2007年，彭凡同志在与当时的国务院三建委三期工程重大设备制造检查组交流后，毅然决定承担起研制三峡巨型水轮机叶片的任务，啃下这块硬骨头。“国外能干成的，我们为什么就干不成？共享集团愿意承担研制任务！”就是凭着这样的决心、这股韧劲，不惧风险（如果试制不成功，数百万元的经济损失和从此会失去进入水电市场的风险将由共享集团自行承担），彭凡同志亲自担任项目组组长，亲自参与研究每一个技术细节（如该产品研发项目先期做了1/4比例模型，进行了62个热处理方案，取得了150组试验数据），在研制工作最为紧张的2007年11月，彭凡同志亲自带领工厂的领导连夜奋战在生产第一线。正是这种敢于攻坚克难的决心，最终铸就了三峡巨型水轮机叶片的按期成功研制，产品质量经检测鉴定，达到世界先进水平。这一个叶片的成功，实现叶片国内首创，替代进口，公司也成功进入了世界水电市场，随后给企业带来了1500多片价值数亿元的订单。三峡巨型水轮机叶片的研发是彭凡同志勇于创新、敢于担当的众多案例中的一个。目前，共享集团制造的水轮机叶片已经在法国、巴西、加拿大、中国等多个大型水电站得到应用，共享集团具备了向世界顶级客户批量交付大型水轮机叶片的能力。正是凭着这份坚毅、担当，多年来彭凡带领共享集团不断加大研发投入，坚持创新，铸件从只能生产“马葫芦盖”（下水井盖）到提供能源设备、发电设备等10余个工业领域的高端铸件，从市场囿于宁夏区内到形成美洲、欧洲、亚洲以及中国的“三洲一国”市场布局，从“低竞争力”到全球大型高端铸件的有力竞争者，国际高端铸件市场开始响起“中国声音”。其中，大型燃气轮机铸铁、铸钢件占世界市场供货量的40%左右，高端燃气轮机铸件研发及产业化项目获国家科技进步二等奖；大型内燃机铸铁件面向全球市场，制造技术世界一流；60万kW、100万kW及超临界、超超临界蒸汽发电机铸铁\铸钢件制造技术世界一流；核电铸件制造技术世界一流。

居内陆看全球　与强者携手

2000年，公司与美国通用电气公司（GE）全面合作正式启动，标志着公司国际化进程取得重大进展。为此，彭凡同志带领公司投资6000多万元用于设备更新，用于数十个新产品的研发、生产。但是，GE公司作为世界级巨头，严苛的质量标准对于寻求开拓国际市场的共享来说是极高的门槛，选择倾尽全力争取合作本身就是一件风险与机遇共存的事情，如果一旦合作不成，公司将面临巨大经济损失、失去与GE合作的机会以及可能对公司未来发展造成致命打击。彭凡没有退缩和质疑，他选择主动出击、快速行动，身体力行，带领技术人员开始了为期10个月的技术攻坚，并着手完善了公司管理体系，打开了“与强者携手”的企业发展通道。自此，公司开始了与GE长达18年的友好合作关系，2011年，为其生产的高端燃气轮机铸件一举荣获国家科技进步二等奖。站在巨人的肩膀上，公司国际化市场战略不断深化，50%以上产品销往亚洲、欧洲、美洲等10多个发达国家和地区的50余家著名企业，其中80%以上的客户是世界500强或行业领先者。

铸造3D打印机

重远虑抓持续　敢为他人先

2001年，彭凡在北京出差，当他从电视新闻上看到“9·11”事件的报道后，眼泪不由自主地流了出来。多年国际贸易经验的直觉告诉他，市场订单要受影响了！果不其然，随后的日子里，推迟交货、取消订单的事件不断发生。彭凡认为，订单少的日子是最痛苦的日子。所以，如“坐火山口”的危机意识写入了共享企业文化，《温水煮青蛙》的故事几乎月月都要讲。正是这些市场的洗礼，未雨绸缪的危机意识融入了共享人的血液中，彭凡同志带领企业实施了长达10余年的“国际化市场战略”，即“市场多角化、品种多族化、产业多元化”。2008年的美国次贷危机及后续的二次探底，共享集团的企业经营不但没有受到太大影响，主要产业还实现持续的增长。国际化市场战略的实施，增强了公司参与全球市场竞争的能力。面对全球金融危机，彭凡提出“迎接一个全新的世界”，进而提出了“数字化(智能化)引领，创新驱动，绿色制造，效率倍增”的转型升级方针，力争到2018年前后，实现向“技术创新型企业”和“数字化企业”转变的目标，带领共享集团进入了新的发展时期。

公司创新指标实现年倍增。截至2018年10月，累计申请受理专利1885项，申请受理PCT专利14项，拥有有效授权专利700项，其中发明专利398项；总结具有国内先进技术的专有技术421项；申请登记国家软件著作权48项；主持参与制定国家行业标准17项，其中9项标准已发布；发表核心期刊论文978篇。成为国家首批两化融合管理体系贯标及示范企业、知识产权管理体系贯标及示范企业、互联网和工业融合创新试点企业、国家首批46家智能制造试点示范企业、承担三项国家智能制造新模式及标准化项目、承担国家科技部重大研发计划项目两项、制造业与互联网融合试点示范项目、工信部绿色制造体系建设示范创建单位、国家智能制造标准化总体组企业成员单位(全国13家企业之一)。

大格局大视野　追逐“铸造梦”

2016年2月2日，国务院总理李克强考察时称赞公司已从“傻大黑粗”变成“窈窕淑女”，展示了“中国制造2025+互联网”的融合，是新旧动能转换的生动体现。称赞的背后是彭凡带领的创新团队5年，1500多个日夜探索研究的付出。在以多品种、小批量产品为主的传统铸造车间，铸造成形多以手工劳动为主，劳动强度大、工作环境差，工人经常是白脸进去，黑脸出来。彭凡作为行业从业者深深地感受到转型的压力，在他的心里有一个铸造梦，未来的铸造厂房将是整洁明亮的，工人能够在空调环境下工作，重体力劳动由按钮/APP取代。基于这种强烈的改变铸造环境的愿望，彭凡带领研发团队开始了探索铸造3D打印产业化应用的步伐。这仿佛是引发铸造行业变革的星星之火，仅仅5年，已成燎原之势，铸造梦清晰可见。

彭凡带领团队采用“互联网+协同研发”模式，主攻铸造3D打印产业化应用技术，成功攻克了材料、工艺、软件、设备及集成等技术难题，实现了铸造3D打印产业化应用的国内首创。彭凡还牵头组织200余人的研发团队，先后投入10多亿元资金，攻克了铸造3D打印产业化应用、虚拟制造、智能生产单元、综合集成等一批关键软硬件技术。2018年拟设计、建设累计达10个数字化示范工厂（已建成三座）、智能生产单元，其中宁夏银川建成世界首个万吨级铸造3D打印智能工厂，其设备、工艺、软件、硬件等铸造3D打印产业化应用综合集成技术世界领跑，以手工为主的多品种小批量砂型铸造生产方式将被彻底改变。传统“翻砂”车间变为空调工厂，使铸件生产由复杂变简单，生产周期可缩短50%，误差也从原来的1毫米降到了0.3毫米。生产效率提高3至5倍，成品率提高20%至30%，颠覆传统砂型铸造生产方式，有望实现“五无”：无吊车、无模型、无重体力、无废砂及粉尘排放、无温差（空调环境）。

而现在，彭凡有一个更大的目标：站在铸造行业角度，提出“3D打印、机器人等创新技术+绿色智能工厂”的行业转型升级之路。作为党的十九大代表，他将“聚焦高质量发展，共筑‘铸造强国梦’”确定为公司使命，旨在继续聚焦铸造3D打印产业化应用，推进行业转型，引领行业进步。他先后带领公司获批国家首批双创企业示范基地（全国七家之一），探索形成创新创业机制，取得初步成效。2017年，公司通过联合中国铸造协会、行业骨干企业等政产学研用金协同，牵头组建国家智能铸造产业创新中心（全国首家），秉承专业、协同、共享、共赢的发展理念，集众智、汇众力，搭建开放、共享、线上线下相结合的行业平台，正在围绕行业智能转型的关键共性问题，培育智能制造（铸造）软硬件研发孵化器，并在行业聚集区域建设若干国家智能铸造产业创新分中心，促进“四新”经济发展；成为智能制造（铸造）系统解决方案供应商，打造数字化网络化智能化示范工厂、示范园区，引领行业转型升级；建设面向铸造行业、区域制造业的工业云平台，提供创客服务、个性化定制、协同制造、协同研发、远程运维、供应链管理等服务。“互联网+双创+绿色智能铸造”的产业生态已经基本形成。

新时代催人奋进、新征程大任在肩。彭凡同志的奋斗成长史体现了改革开放以来国家和民族壮丽发展的生动缩影。在党的多年培养下，彭凡同志从一名技术员成长为企业负责人并荣幸当选党的十八大、十九大代表，带领企业成为中国铸造行业领军企业，共同见证了党中央坚强领导下宁夏走过的波澜壮阔的奋斗历程，亲历了宁夏改革

董事长彭凡(右一)现场考察

开放以来翻天覆地的变化。未来的日子里,彭凡同志还将和全体共享人一起牢记时代使命、承担社会责任、聚焦高质量发展,在新时代中国特色社会主义的伟大实践中振奋精神、实干兴宁,为推动中国由“铸造大国”迈向“铸造强国”作出积极贡献!

【相关链接】

彭凡,1963年4月生,四川省宜宾市人,中国共产党党员,中央党校研究生毕业,高级工程师。现任宁夏共享集团董事长、总裁。2018年10月被中央统战部、全国工商联推荐为改革开放40年百名杰出民营企业家。

获国家科技进步二等奖2项、宁夏回族自治区科技进步一等奖2项、国家科技部“十一五”国家科技计划执行突出贡献奖,承担科技部重大研发计划项目、工信部新模式、发改委双创项目等20余项,带领公司获得全国首批双创企业示范基地、国家智能铸造产业创新中心(全国首家)等国家级荣誉,荣获何梁何利奖、宁夏首届“塞上英才”、宁夏回族自治区有突出贡献专业技术创新人才奖。

建树中国管业标杆　锻造中国管业丰碑

——宁夏青龙管业股份有限公司

每一个行业都有它的传奇，“青龙”——中国管道行业的潜心创新者，在制管行业深耕43年，铸就了管道行业最值得信赖的领军品牌。目前，青龙管业是中国最大的混凝土压力输水管道制造商和品质最优的压力输水塑料管材制造商之一，是制管行业产品种类和规格最为齐全的企业。在国家基础设施建设中，青龙管业频现国家级战略工程，成为新时代创一流公司的践行者。

专注管业43年：从立足西北到面向全国

宁夏青龙管业股份有限公司的前身最早要追溯到1975年，诞生在中国最缺水的宁夏，到今天，已走过了43年的历程。专注管业43年，目标市场由建立之初的立足西北逐步到面向全国，“中国最大的混凝土压力输水管道制造商和品质最优的压力输水塑料管材制造商之一，国内制管行业产品种类和规格最齐全的企业”是青龙管业用43年时间交出的答卷。

1974年10月，为解决同心扬水工程所需大量的混凝土输水管，宁夏回族自治区政府和水利厅开始筹建制管厂，1975年9月建成试生产，1978年5月竣工。紧接着，又承接了固海扬水工程，根据企业所处生存环境的实际困难和广大职工的联名呼吁，水利制管厂于1980年搬迁至青铜峡市青铜峡镇，隶属于水利厅，厂子由事业单位改为企业单位。

20世纪80年代中后期，随着同心扬水工程和固海扬水工程先后竣工，水利制管厂随之失去了指令性生产任务，企业要完全走向市场自主经营，处于“找米下锅”的境地，1987年和1988年是历史上最困难的时期，许多职工纷纷调离。1988年年底，全厂职工由原来的240人减到106人，当年产值仅107万元，企业处境艰难，已濒临破产。

1989年3月水利厅决定实行厂长负责制，并组织全体职工民主选举厂长，锐意进取的陈家兴当选为厂长。陈家兴是个具有开拓精神的人,新领导班子组建后,他提出以改革求发展的思想,大胆实行三项制度改革,打破铁饭碗、铁工资、铁交椅,积极开发新产品,拓展销售市场和领域,从高校和社会广纳优秀人才,引入竞争机制,激发活力、提升能力,出任厂长的当年实现扭亏为盈。在水利厅和各级政府的大力支持以及全体职工的辛勤努力下,青龙管业实现了跨越式发展,陆续开发了大口径钢筒混凝土输水管、钢筋混凝土排水管和塑料供水管、燃气管和供热管几十个品种、上千种规格。

1997年上半年,股份合作制这种新的企业组织形式出现后,青龙管业主动提出改制申请,得到了宁夏回族自治区体改委和经贸委的大力支持,青龙管业被列为全区18家试点企业之一。1998年5月18日,正式挂牌更名为宁夏青龙管道有限责任公司。职工在企业有了股份,产权关系更加紧密,极大地激发了员工的工作热情和主人翁责任感,当年利润首次突破100万元大关。

2010年8月,宁夏青龙管业股份有限公司在深圳证券交易所正式上市,开创了宁夏民营企业上市的先河。从国营企业到试点承包,从改革转制到成功上市,陈家兴带领青龙管业一步步发展壮大,成为行业领先品牌,并向中国品牌、世界品牌升级蝶变,从宁夏走到了全国的舞台,让宁夏企业品牌助推中国经济腾飞。

改革开放40年来,青龙管业专注于高品质输水管道及相关产品的研发、设计、制造、安装和服务,并提供全面的管道系统解决方案和智能节水灌溉整体解决方案。员

预应力缸筒混凝土管

工由当初的200多人发展到现在的2000多人，总资产由原来的几百万元发展到2017年底的28亿元，管道产品由过去的一个系列3种规格发展到如今七大系列上千种规格，并被广泛应用于水利、电力、城市供排水、节水灌溉、城市燃气输配、供热和交通等多个领域。公司扎根宁夏，面向全国，在北京、天津、河北、山西、内蒙古、陕西、甘肃、新疆、河南、湖北、福建等地设立多家子公司和生产基地，实现了全国战略布局，成就了历史跨越。

宁夏青龙管业股份有限公司党委书记陈家兴

“青龙管业”风雨兼程，现已形成集研发、设计、生产、营销及售后服务为一体的良性运行机制，生产规模和综合实力居行业前茅。陈家兴也因为显著的成绩、突出的贡献，不断获得社会认可。2000年，陈家兴被评为宁夏回族自治区“优秀青年企业家”，2002年，被评为宁夏吴忠市“杰出企业家”，2003年，被评为全国“五一劳动奖章”获得者，2007年，被评为“全国优秀水利企业家”。2007年至今任中国混凝土与水泥制品协会副会长，2012年任《中国企业家杂志》常务理事。自2017年至今，陈家兴担任中国PCCP质量创新联盟理事长、宁夏企业家协会会长、宁夏水利行业协会会长和正和岛宁夏岛邻机构主席。

坚守匠心品质　技术创新领先前行

“工程的质量是百年大计，我们做的都是民生工程，对质量的要求会越来越高，质量和信誉是我们能够不断开拓市场的根本保证。”陈家兴在接受媒体采访时，说出这样的感悟。事实上，青龙管业从创立之初开始，已经极其重视工艺技术和产品质量的建设工作，几十年来以“创新+匠心”获得了不断超越、引领行业发展的动力。

人才是创新之源、立企之本。青龙管业不惜余力地广纳贤才，汇聚了行业一流精英，拥有各类专业技术人员600多人。在此基础上，青龙管业不断加大公司在技术创新方面的投入，确保了青龙管业的技术和产品始终处于行业领先水平。

技术创新是企业发展的引擎。公司成立了技术委员会和专家委员会、企业技术中心、水工结构博士工作站和多个实验室，同时公司技术中心与科研机构和高校紧密合作，经过不断努力开拓，公司现已经自主研发新产品、新技术、新工艺100多项，获得专利技术近80项，获得行业技术革新奖、技术进步奖20多项。诸如超声波水灰比控制系统在混凝土搅拌中的应用技术、缠丝机应力闭环控制技术、PCCP和PCP蒸养温度自动控制系统等均在国内行业中首家或率先采用。

质量是品牌的坚实基础。青龙管业始终秉承“质量为本、精益求精”的理念，建立了总公司、子公司、车间三级质量保障体系，实现了产品设计、原材料、生产制造、运输和安装的全面质量管理与控制。先后承接了上百项国家级、省级重点工程。南水北调中线工程中，青龙管业做的10多个项目，不论是质量，还是进度和服务都是名列前茅，这对激励青龙管业走向全国，走向世界，有着重要意义。

锐意创新，成就精品。由于青龙管业在人才、技术、质量等方面的改革突破，产品质量达到国内领先水平。主导产品在全国行检中获得第一名，聚乙烯管道获得“国家产品质量免检”证书，在河南省安阳市、南阳市南水北调配套工程劳动竞赛第二阶段荣获“管材制造一等奖”，在2013、2015、2016和2017年度中国预应力钢筒混凝土管行业评比中均获第一，荣获中国轻工业塑料行业十强企业，青龙商标荣获“中国驰名商标”。此外，公司多次被评为“全国优秀水利企业”和“全国守合同重信用企业”。

随着“一带一路”政策的实施，中国基础设施建设逐渐与国际接轨，时刻考验着中国工程团队在技术、工艺及产品方面的实力。而对于“塞上江南”宁夏来讲，它不仅是“一带一路”建设的重要塞道，而且承载着中国新时代征程中贸易、交通、文化等方面对

生产厂区

青龙管业建设发展团队

外交流的重大使命。此时，青龙管业毫不松懈，坚持与时俱进，积极参与水利改革发展建设、新型城镇化建设、城市管网建设、智能节水灌溉建设以及“一带一路”和西部大开发战略的深入实施。可以说，青龙管业一直走在创新的路上，不断向着世界一流管道公司的目标奋进，为我国的建设发展和社会进步做出突出的贡献。

响应国家政策　积极扶贫勇担责任

“吃水不忘挖井人!”这句话对于承建上百水利管道工程的青龙管业而言意义重大。公司发展之初，党委书记陈家兴有着强烈的爱国情怀，他深知改革开放的政策方针有力推动了青龙管业的发展。因此，陈家兴积极号召员工响应国家政策方针，拥护党的领导，并且勇于扛起社会责任，将爱国、爱党精神融入到扶贫、防洪等公益事业当中。

伴随着改革开放40年国家基础设施的建设，公司参与到了国家重大工程建设当中。先后承接了上百项国家级、省级重点工程，尤其在南水北调中线工程、鄂北水资源配置工程、新疆ABH流域调水工程、山西大水网工程、甘肃引大入秦、宁夏“1236”扶贫扬黄工程、盐环定扬黄工程中受到业主一致好评，得到了高度赞扬。

40多年的发展中，青龙管业加强检查促落实，结合实际抓党建，不仅组织员工展开红色之旅活动，增强“青龙人”的社会责任感和使命感，而且还针对宁夏当地、各分公司地区情况进行脱贫帮扶的工作。2016年，公司为当地驻军无偿提供10余万元塑料管材，帮助部队营房建设；2017年，公司又为隆德县扶贫点捐款15万元；2018年，为红寺堡区捐款10万元，帮助政府用于教育扶贫。安阳青龙管业公司积极响应宜沟镇人民政府发出的“百企帮百村，脱贫奔小康”文件精神的号召，通过人人献爱心方式筹集资金，以帮助当地困难群众早日脱贫。青龙管业良好的社会形象，更为其赢得了诸多工程订单，成为其发展的“助推剂”。

如果时间是一幅画卷，那么青龙管业从创立之初到发展至今，已经走过40多年的征程，随着改革开放的“画轴”慢慢铺开，在党和国家的关怀下成长为行业龙头企业和引领者。青龙管业将始终秉承“追求一流，持续进步”的企业精神，一如既往地奋进不息，为建树中国管业的标杆既往开来，为锻造中国管业的丰碑而奋发前行，将公司打造成具有强大创新能力的企业，为铸百年基业持续发力！

【相关链接】

陈家兴，汉族，1957年11月出生于河南沁阳市，大专学历，高级经济师。1975年参加工作，1984年5月加入中国共产党，现任宁夏青龙管业股份有限公司党委书记，中国混凝土与水泥制品协会副会长、中国PCCP质量创新联盟理事长、宁夏企业家协会会长、宁夏水利行业协会会长、正和岛宁夏岛邻机构主席，曾获“全国五一劳动奖章”“全国优秀水利企业家”荣誉称号。

以青春之我　创造青春之辉煌

——宁夏晟晏实业集团有限公司

这是一个最好的时代，这是一个企业英雄辈出的时代，也是一个机遇与挑战并存的时代。

晟晏集团自成立以来，始终秉承科技为先导、创新求发展的理念，着眼于行业未来发展趋势，紧紧围绕优势主业，打造绿色循环经济产业链，向着做强、做优实体经济发展道路风雨兼程，一路前行。

晟晏始终如红日喷薄，公司员工锐意进取、谋篇布局、奋勇向前、攻坚克难，见证了一个个飞跃发展的奇迹，跻身于全国硅锰行业综合实力十强企业第一，成为西北地区首屈一指的“投融资+全产业链”企业集团。

宁夏晟晏实业集团有限公司办公楼

实干成就梦想

宁夏晟晏实业集团有限公司董事长杨斌

2000年，年仅25岁的杨斌进入煤炭行业开始创业，杨斌成立了一个规模不大的洗煤厂，每天四处深入矿区联系煤源，凭借着对煤炭品质和市场的把控，生产规模渐渐扩大，并成立了宁夏晟晏实业集团煤制品有限公司。依托太西煤的优势，

公司初创时期，杨斌便布局市场、制定公司快发展目标，致力于从事煤炭的加工及销售，公司业绩逐日攀升，年生产能力达60万吨的数字让杨斌更加有信。

2008年正当煤炭市场一路上扬，杨斌在积累了近10年矿业生产和运营方面的经验和能源行业的积淀之后，带领团队开始考察新的投资市场，经过多方考察论证，于2009年3月实施企业经营战略调整，放弃煤炭生产销售，收购了平罗县福华冶金公司，正式进入硅锰合金生产行业。

多年来在杨斌的领导下，晟晏能源循环经济有限公司坚持“绿色+精品”的发展思路，统一规划、分步实施，实现土地集约化利用、项目就近化布局和产业集中化发展。通过兼并重组扩大公司生产经营规模，提高公司发展质量，相继投入近7亿元巨资收购整合了泰达、金顺等42家企业并调整产能，盘活工业用地近1500亩，开启了产业结构优化和升级之路。

截至目前，公司拥有密闭式硅锰合金炉矿热炉12台，中、低、微碳精炼炉5台，富锰渣炉6台、烧结生产线4条，尾气余热电厂3座、2×150MW供热站1座。已达到年产硅锰合金65万吨，中碳锰铁18万吨，低碳、微碳合金6万吨，富锰渣80万吨，高锰生铁150万吨的产能规模。同时拥有宁夏第一条国家与民营企业合建的“晟晏铁路专用线”枢纽，循环经济产业链得到进一步延伸，企业发展质量和发展水平得到全面提升，公司从单一硅锰合金生产一跃成为全国硅锰综合实力十强企业第一名，成就了其硅锰合金生产行业最具竞争力的领先地位。

高速发展的同时，晟晏集团始终遵循“坚持创新驱动、发展循环经济，建设绿色工厂”的发展方针，紧紧围绕优势主业“做精、做优、做强”的发展理念，凭借传统产业提升工程、产品结构优化升级和绿色制造三轮发展规划的顺利推进，在全国同行业率先形成了独具特色的“矿产资源—富锰渣—硅锰合金—中低微碳合金—粉矿除尘灰烧结—尾气发电—铁路专线运输—产融配套”为一体的全生命周期的循环经济产业体系，强力支撑企业的可持续健康发展，硅锰合金产能及流通规模等综合实力稳居国内第一。通过全力实施“降本深耕”，占据了从资源获取、勘查开采、运营流通、生产制造、尾气发电到全球采购、境内营销的行业竞争新优势，实现了硅锰合金优势主业的补链、延链和强链，循环经济赢利增长点和抗风险能力得到进一步凸现。产品供给覆盖普碳钢、优特钢、不锈钢等各类钢铁生产领域，综合竞争力不断增强，集团一跃成为全国产品质量最佳、经济效益最好的硅锰冶金跨国企业集团。

2011年宁夏晟晏实业集团有限公司已入围宁夏百强企业，2014年被评为宁夏回族自治区首批“环境友好型、资源节约型”优秀企业；2014年至2017年连续四年蝉联铁合金企业综合实力十强企业第一名，2018年荣获中国铁合金行业“标兵生产企业”。

18年时间，杨斌将宁夏晟晏实业集团做到了全国最大的硅锰合金生产基地！被授予“石嘴山市功勋企业家”“诚实守信模范”“人民功臣”“石嘴山市领军人物”“ 石嘴山市五一劳动奖章”“宁夏回族自治区第三届非公有制经济人士优秀中国特色社会主义事业建设者”等荣誉称号。

创新赢得未来

杨斌大胆创新，科学发展。面对低碳经济发展的挑战，杨斌始终秉承“科技是第一生产力”，运用科学，大胆创新，在杨斌的带领下，公司从单一硅锰合金生产一跃成为全国硅锰综合实力十强企业第一名，成就了其硅锰合金生产行业最具竞争力的领先地位。

在企业转型发展历程中，杨斌先进的工艺技术和过硬的产品质量，为晟晏集团赢得了良好的市场口碑，销售网络涵盖华北、西北、东部沿海、东北等城市，公司与河北钢铁集团、中天钢铁集团、沙钢集团、首钢集团、武汉钢铁集团、宝钢集团等60余家上市公司、国有大型钢企、民营钢铁集团保持长期稳定的战略合作关系，产品供不应求。同时，公司拥有遍布全球的贸易流通网络，全球采购、境内营销，硅锰合金产能及流通规模稳居国内第一。在原材料供应方面，晟晏集团与巴西淡水河谷、英属联合矿业、嘉能可、必和必拓等国际矿业公司，建立了密切而稳定的合作关系。

在推进产业结构调整和优化升级进程中，杨斌积极探索新的融资方式，从2013年开始进行“降成本，补短板”布局，通过创新融资方式、拓展融资渠道、提升融资能力、扩大融资规模，率先进入资本市场寻求发展，开启了多元化融资通道。通过公开市场进行债券融资，彻底破解了企业发展的资金需求瓶颈，优化了公司的负债结构，降低了公司经营风险，为公司循环经济可持续发展奠定了坚实的经济基础。

作为宁夏重点大型工业企业，杨斌始终将国家“五大发展理念”与自身优势紧密结合，抢占产业制高点建立绿色循环经济产业链，建立了一条以矿山开采、矿业深加工、尾气发电、粉尘回收利用为一体的矿产资源综合利用经济架构，打造出一条区别业内其他企业的循环经济产业链，构建了差异化的晟晏发展模式。先后累计投入科技创新资金4亿多元对现有的工艺和设备进行了节能技术改造，取得了节本增效的良好效果，为公司创造了可观的经济效益和良好的社会效益，2014年公司被宁夏回族自治区列为第一批“环境友好型、资源节约型”优秀企业、宁夏回族自治区级“绿色工厂”示范企业。

公司发展至今，杨斌提出“企业发展与员工共建共享”，带领企业秉承“致富思源，富而思进，扶危济困，乐善好施，发展企业，回馈社会”的发展理念。作为社会一分子，杨斌始终不忘履行社会责任，积极投身慈善事业，公司先后安排50多名的残疾人就业，先后通过希望工程、圆梦行动等资助27名贫困大学生就读，投资学校、养老院、清真寺的建设，为社会公益事业建设奉献一份力量。

一切机遇，只有在创新实干中才能把握；一切难题，只有在创新实干中才能破解；一切办法，只有在创新实干中才能见效；一切愿景，只有在创新实干中才能实现。纷繁

宁夏晟晏实业集团有限公司厂区一角

世事多元应，击鼓催征稳驭舟。面对更加严峻的新形势，更加繁重的新任务，杨斌要求各级管理人员和广大员工要始终做到思想上绝对忠诚、情感上高度信赖、大局上完全认同、行动上率先跟随。守得初心一片，方有云开雾散。杨斌要求团队员工必须以钉钉子的精神和功成不必在我的品格，坚持在创新中探索、在实干中前行。

"天行健，君子以自强不息"。晟晏集团将认真贯彻落实国家供给侧结构性改革，以科学发展观为指导，胸怀绿色中国梦和工业强国梦，在国家"一带一路"建设精神引领下，不忘初心、牢记使命、砥砺前行，坚持走出一条全新、高效、可持续的循环经济发展道路，在新时代伟大征程上续写全新的华美篇章！

【相关链接】

杨斌，回族，出生于1975年7月，1997年毕业于宁夏大学工商管理专业。现任宁夏晟晏实业集团有限公司董事长。集团旗下拥有宁夏晟晏能源循环经济有限公司、双欣矿业公司、鑫光矿业公司、隆鑫矿业公司、晟晏煤制品有限公司、宁夏星月安顺物流产业有限公司等多个实体公司。

长风万里鲲鹏起　立志勇走创业路

——宁夏凌云集团

昨天，凌云走过了29年不平凡的创业之路。

在凌云的家园里种下了一棵棵鲜活的树，这一切得益于这个四十年改革开放的时代，感恩伟大的党所营造的良好环境，使我们这些树能够健康茁壮的成长。也归功于支持我们的家人使我们全身心地投入到凌云的事业中。也感谢众多选择了凌云的忠实客户，给我们不断地提供了营养。

这一切是我们凌云人用“四牛精神”辛勤耕耘的结果。

今天，希望我们凌云人牢记让“家人生活更美好的初心，和用心工作把事做好，获得更多尊重于收获”的使命。珍惜所拥有的做事机会和工作平台，与企业同步走向更有希望的明天！

宁夏凌云集团厂区内景

明天，我们应更加自信，紧紧跟随着伟大的中国共产党——参与到实现国家两个百年梦，让中国强起来走向世界舞台中央的宏伟目标中。同时实现我们在凌云这个平台上的共谋、共创、共建、共享和把企业做久的目标。

——董事长尤兆云寄语

白手起家 实干兴业

“改革开放”“解放思想”“万元户”的召唤，激发了亿万中国人的活力。

1989年初春，28岁的尤兆云怀揣让家人生活更好的梦想，毅然辞去了大队会计职务，离开渠口老家，在凌云建材公司的现址上，注册了兆云水泥构件厂（个体户），带着三个工人，靠一台旧四轮，五亩荒地，2000元，开始了艰辛的“四无创业路”。

宁夏凌云集团董事长尤兆云

起初无钱买设备，生产必需的搅拌机、电焊机从收购站寻找，砂石、水泥、钢材都向厂家赊取，公司从白灰膏、温棚柱、水泥井盖做起，无动力电，拖拉机做动力、倒链三脚架做行吊，也没有客户，尤兆云便骑着自行车上门找，无钱雇工，样样自己干，白天领着工人做产品，晚上灯下学技术做模具，晴天一身汗，雨天一身泥，与工人吃住在工棚。

全县八家水泥构件厂相继关门，尤兆云的“兆云水泥构件厂”以坚韧的毅力，将一个不起眼的水泥井盖坚守了10年，做到地区驰名。到1999年厂庆，员工增加到53人，产品扩大到三大类58种，固定资产上百万。由此兆云构件厂以过硬的产品质量，满意的服务，锐意创新的产品，占据石嘴山市场，企业靠水泥制品赚到了第一桶金并升级为现在的平罗凌云建材实业有限公司。

2000年，走过10年艰难创业路的凌云建材已初步走上正轨，同时迎来了国家启动西部大开发战略的实施，创业者不满足于宁夏区域的水泥电杆等混凝土制品市场和销量，自2001年起先后到内蒙古、甘肃、新疆等地考察，寻找发展空间。2002年国家实施“呼包兰银”能源经济带战略，企业敏锐地看到了这一商机，于2003年成立了宁夏凌云化工有限公司，同时筹措资金1500万元征地300亩建起了年产5000吨双氰胺生产线和年产2万吨石灰氮生产线及两台12500kW新型密闭式矿热炉和配套的尾气循环利用的烧石灰回转窑，项目建设全部自主设计安装并取得了全区同业建设速度第一和装备水平领先，在企业“管理做细、产品做精”的经营方针指导下及全体员工的努力，到2012年凌云化工荣获“全区循环示范企业”等诸多荣誉。

2007年公司制定了“持续进步、管理做细、产品做精、企业做久”的经营方针和遵循森林理论——企业做得越久，植于社会之根越深，就会有更多的营养（资源）供给，才能枝壮、叶茂，成为能抵抗风雨的大树，达到做久之目的。

同年平罗县城市新区启动建设，以凌云建材为主体抓住这一机遇，取得了第一城开发用地——凌云苑（84亩），于2009年成立了宁夏众力房地产开发有限公司，同年竞得了平罗县2#地块——阳光城市花园，于2010年启动了建设，2012年实施了平罗县国税局办公楼置换项目及阳光北苑开发建设，2013年竞得了阳光南苑开发用地项目。截止到2017年共计完成开发建设40万平方米，为企业发展打下了良好的经济基础。同年竞拍同心最繁华地段，于2018年开始建设，为企业拓展了更宽的社会空间，也走了多元并举的成功一步。

尤兆云先生也先后多次获得了区、市、县各级表彰，荣获“优秀企业家”“先进工作者”等称号。企业先后被宁夏回族自治区人民政府评为“宁夏民族团结先进企业”“宁夏诚信经营优秀企业”，被石嘴山评为“环保先进企业”“产业转型先进集体”“循环经济示范企业”“十佳环保企业”“节能先进企业”、宁夏回族自治区“百强企业”和全区“保增长先进企业”，获得了区、市级“守合同、重信用”企业称号。

转变思路　创新置业

凌云集团应改革开放之号召，自1989年成立至今，已经走过艰苦创业、持续发展、不断成长壮大的29年光辉历程。中国以能源及资源为支撑的发展历史已经结束，将走向创新型、服务型的新经济时代。

在这新的历史时期，国家在“十三五”发展规划中明确提出“大众创业、万众创新”发展战略，创新成为了中国社会经济发展的新拐点，同时也成为企业发展的根本出路，为此，集团公司提出“倡导全员转变认识、提升创新能力，助推企业经营增质提效，达到增强核心竞争力之目的”为主题的企业发展创新之举措，倡导全员行动、开拓创新。

集团公司在2012年提出“改变思想认识，改变企业所有权形式，改变管理者身份，改变产品现状，改变有德、有才、有企图心人的命运”五项改变，并成立石嘴山科技产业园公司，快速完成住宅地产开发，于2014年筹划商业地产项目，2015年阳光商业拔地而起，成为了凌云人的骄傲。而今，凌云建材、凌云化工产品的同质化导致市场竞争恶化，科技产业园及商业公司依然困守于传统的管理和经营模式，房地产公司依然在寻找新的转型升级出路。纵观古往，因为不转变创新，最终无路可走；当下企业举步维艰，是因为缺乏核心竞争优势，唯一的出路在于只有转变创新、提升竞争力，才能有出路、有活路。

董事长尤兆云认为：“个人唯有转变创新才能与发展的企业同出路、同活路，同命运。”多年以来，企业辉煌便是凌云公司1000多名员工的骄傲，截止到目前90%以上的管理人员住上了新房，60%以上的管理人员有车，公司员工收入较五年前翻一翻。企业发展不忘一路相随的员工，同样在这企业转变创新的关键时期，公司也没丢下员工，员工激发奋勇争先的创新精神让尤兆云颇为感动，公司以“早谋、精准、高效、公正、强硬”为工作方针，规范员工行为标准，立足岗位，使员工人人成为创新能手、创新骨干、创新人才，达到与企业转变升级同步。

公司力求创新，旨在倡导全员打破传统，开拓创新，集团公司决定对表现突出，任务完成较好的团队及个人，除享受项目奖励外，一线员工列入公司三金缴纳范围，年末依照创新专项贡献度给予创新团队5万至20万元股份奖励，对认识落后、执行被动、不能与企业同步的人，坚决降职、降薪或辞退。

宁夏凌云集团经过29年的艰难发展，现已经是一家集能源化工、环保建材、房地产开发、创业园、商业广场建设及运营为一体的集团公司。企业总资产达10.32亿元，年销售收入超过10亿元，实现利税1.45亿元，从业人员1600余人，其中大专以上管理技术人员200人。

宁夏凌云集团公司先后荣获“宁夏民营企业诚信企业”“循环经济示范企业”“全区百强企业”、石嘴山市“民族团结进步先进企业”、区、市、县“守合同重信用企业”“环境保护先进企业”“尊师重教先进企业”等荣誉称号，是本地区最具发展潜力的民营企业。

阳光商业封顶

热爱公益　播撒温情

2018年第四届“母亲节”

在母亲节当天，为了能够铭记母亲的养育之恩，感谢母亲多年来的恩情，宁夏凌云集团，举办了一年一度的母亲节感恩回馈活动！活动当天，到处都能闻到康乃馨的芬芳。董事长尤兆云说：“滴水之恩，应当涌泉相报。母亲是给予我们生命的人，我们更应该给予更多的尊敬与回报。”

病痛无情，人间有爱。4月3日上午，宁夏凌云化工有限公司董事长及公司工会一行带着善款及慰问品前往平罗县中医院看望小马同志，并给予关怀。一直以来，公司秉承“广纳义举，广播善心”的宗旨，总经理得知公司员工身患重病，靠借贷维持生计等情况，积极带头组织全体员工为因病致贫的小马同志举行了慈善捐赠，筹集善款4000余元。凌云化工的员工们用实际行动奉献爱心，生动诠释了凌云的人文关怀。爱心时雨滋寒士，春日阳光暖心田，凌云化工及工会的领导们鼓励小马积极配合治疗，克服困难，早日康复回归凌云大家庭！

12月27日下午，在元旦、春节即将来临之际，宁夏凌云集团组织宁夏凌云化工有限公司领导和员工带着慰问品及演出到陶乐养老院开展送温暖慰问活动。寒冷冬日，传递温暖，凌云集团为每位老人送来了一片爱心，献上了一份真情，并向老人致以节日的祝福和慰问，陶乐养老院主任张虎，平罗县民政局局长何光银接待并陪同。

尊老敬老、养老助老是中华民族的传统美德，一直以来宁夏凌云集团秉承着“公益凌云 乐善人生”的理念，积极开展和参与各类社会公益事业，奉献凌云人爱心，弘扬社会正能量，进一步推广“公益凌云，乐善人生”的理念，生动诠释凌云人的大爱本质，真情践行凌云人的社会责任。

企业在发展的过程中，得到了各级政府与各界人士的大力支持与帮助，为了回馈社会，近年来，集团公司旗下的凌云化工有限公司，众力房地产开发有限公司在公司得到发展的同时，不忘履行所担负的社会责任。与百年名校平罗中学联合办学，开办“凌云班”，现已有10年，赞助品学兼优的贫寒学子完成学业；先后多次开展捐资助学活动，捐赠图书及学习用品；与县教体局联合举办了三届“众力地产杯”少年儿童歌咏绘画比赛等社会公益活动，累计投入400多万元，树立了良好的企业形象。

慰问陶乐养老院

习总书记在座谈会上指出是：“民营企业是推动我国发展不可或缺的力量，是创业就业的主要领域、技术创新的重要主体，更是国家税收的重要来源，为我国社会主义市场经济发展、政府职能转变、农村富余劳动力转移、国际市场开拓等发挥了重要作用。”凌云集团牢记使命，从初创的建材行业转型化工领域，强力进军房地产，并新建产业园、打造城市综合体扩大了凌云的实业平台，拓宽凌云人的创业平台，未来，凌云人将继续牢牢把握中国走向世界舞台中央的机会，扣紧国家两个“百年梦”的伟大宏图，规划好与国家同步发展的目标，向更高的梦想前进！

【相关链接】

尤兆云，生于1962年6月，宁夏平罗县人，回族，大专毕业。宁夏回族自治区企业家协会理事，石嘴山市人大代表、石嘴山市政协委员、石嘴山市工商联副主席、政协平罗县委员会常委。

胸怀担当屹立市场巅峰
凝心聚力实现重生崛起

——宁夏庆华煤化集团有限公司

2014年开始，受国家深化供给侧结构改革和经济结构调整等政策实施的影响，全国煤焦化市场竞争日趋激烈，宁夏庆华煤化集团有限公司持续亏损，运营效率低下。在此背景下，债务单位集体抱团持续上访，员工群体离职罢工讨薪，干部职工人心涣散，企业信誉跌至冰点，可谓命悬一线，几近崩盘。

2016年4月，屠图门巴依尔载着中国庆华集团总部的使命，带着吴忠市太阳山工业园区管委会的期许，胸怀着担当与责任，接任了已是满目疮痍的宁夏庆华集团总经理

宁夏庆华煤化集团有限公司全景

职位。

雄关漫道铮如铁，而今迈步从头越。2016年8月，宁夏庆华在屠图门巴依尔的力挽狂澜下，扭转乾坤，迎来了长期停产后的首次复工提产，仅3个月，宁夏庆华实现保平运行并略有盈余；2017年，宁夏庆华步入正轨式运营，实现经营收入11.2亿元。自他上任以来，新增工资每月按时支付，并先后发放拖欠工资3407万元，清还历史旧账18940万元。先后被宁夏回族自治区授予环境保护“先进单位”，荣获“恢复生产稳定奖”，荣膺“宁夏百强企业”“宁夏行业领军企业”称号。

两年多时间，屠图门巴依尔屹立市场巅峰，盘活了巨大负债的宁夏庆华，并带动公司如凤凰涅槃般浴火重生走向崛起。可以说，屠图门巴依尔短期内创造了奇迹，将一个无望的企业拉回了正轨，为太阳山工业园区社会稳定贡献了力量，为助推吴忠市经济发展履行了一个民营企业家最大的责任与担当。

势如破竹　战略部署挽救“寒冬”庆华

宁夏庆华煤化集团有限公司党委书记、董事屠图门巴依尔

2006年，屠图门巴依尔与宁夏庆华在吴忠市太阳山工业园区“同生共长”，作为宁夏庆华的“元老”，他见证了这个企业的诞生、发展及辉煌。2012年，他怀揣不舍，调任中国庆华集团总部。2014年，随着国家政策调整、焦炭市场价格下滑，宁夏庆华迎来了前所未有的“寒冬岁月”。至此，宁夏庆华一蹶不振，经营长期陷入绝境局面，粗苯、硫铵、甲醇等生产装置全部停产，70%的职工放假，宁夏庆华站在了“生死存亡”的风口浪尖。

远在北京工作的屠图门巴依尔带着对宁夏庆华的那份情怀，他再次踏进宁夏庆华这片熟悉的土地。他的上任，没有鲜花与掌声，面对的是企业生产基本停滞，产品库存和销售收入几近为零，财务账户枯竭债权单位群体上访，税费、社保拖欠及法院传票不断等各种窘境。

痛定思痛，发展才是硬道理。面对百舸争流，不进则退的市场经济大潮和战略制胜的时代，屠图门巴依尔审时度势，深刻分析企业面临的形势，准确把握发展大局，明确提出宁夏庆华“三步走”战略方针、“432”战略路径，即第一步：释放已有产能，盘活减产、停产项目，守住生存底线，其中包括焦炉达产、化产提产、甲醇复产以及选煤厂复产四小步；第二步：盘活在建停工项目，保住发展基础，其中包括复工建设合成氨、韦二煤矿、煤焦化二期项目三小步；第三步：做实规划项目，做好产业链延伸，实现企业愿景，具体是做好二期甲醇，甲醇制芳烃改建DMMn两个项目。

精准的战略部署，缜密的经营规划，宁夏庆华看到了第一缕发展曙光。

激流勇进　在“内改外联”中寻求突破

在屠图门巴依尔的主导下，宁夏庆华大刀阔斧的改革打响了第一枪：在“内改外联”中寻求突破。

在内部改革方面，一是对机构和人员进行压缩、优化，实行扁平化管理，将原有的22个部门精简合并为5部1室，将原有的117个车间、区队、科室合并优化为28个车间科室，各级管理人员由原来的145人精简为56人，配套严格的效绩考核制度，调动全体职工的积极性。二是降本增效，在做好资源回收再利用的同时，严格实行成本化管理，严格按财务预算指标执行，在合理范围内压缩行政管理费用。三是以“五个特别”创业精神、“八条铁规”基本准则为指导，用铁规精神加强企业文化建设，助推企业健康发展。四是发挥民营企业党建效应，成立党建活动室，重组庆华党委领导班子，结合贯彻落实“两学一做”文件精神，开展党员职工挂牌上岗，树立身边党员模范人物和先进典型，用塑造“新庆华”的标准鼓励企业员工正视现实，直起腰杆，坚定战胜困难的信心和决心。2017年，宁夏庆华以党建为引领，内推改革，外稳环境，顺利实现了安全生产规范有序、经济效益稳步提升、计划任务基本落实的总体工作目标，形成了“企业有生气、产品有名气、领导有正气、员工有士气”的良好发展环境。

在外联方面，宁夏庆华积极探索实施国企、民企联营的混合所有制发展模式，与太阳山开发区所属国有正阳投资发展有限公司达成股权投资合作协议，由正阳公司控股企业宁夏超睿化工有限公司对宁夏庆华的核心生产设施进行改造升级，全面运营宁夏庆华现有的煤矿、焦化、甲醇、合成氨等项目。

砥砺前行　在“大胆革新”中全面复工

在屠图门巴依尔规划的改制中，通过“大胆革新”实现全面复工是宁夏庆华打响的

"第二枪"。

2016年8月,宁夏庆华提出"大干一百天、实现新突破"的目标,包括返厂干部职工在内的所有人心往一处想、劲往一处使。以敢于担当的精神、勇于奉献的情怀忘我工作、苦干实干,达到一期焦化生产负荷在95%以上,完成了焦化结焦时间由135小时缩短到26小时的任务目标。煤焦、化产及甲醇系统全面复工提产,有效遏制了亏损,稳定了经营环境。

精诚所至,金石为开。屠图门巴依尔"带着想法找政府""拿着方案跑银行""怀着诚意谈合作"等一系列的努力为宁夏庆华发展开创了良好局面。2017年宁夏庆华煤焦价格倒挂现象日渐改善,公司运营情况大为改观。同年11月,合成氨项目完成续建工作顺利投产,使煤焦化一期一体化项目形成了完整的循环经济产业链闭环,实现了利润上浮。

宁夏庆华是以能源化工为基础的煤化工企业,要效益更要安全环保是屠图门巴依尔始终坚守的底线。2017年年初,宁夏庆华斥资5000余万元建设焦炉烟气脱硫脱销项目,斥资800多万元改造导烟除尘车项目,投入2000多万元对全厂的设备设施进行了提标改造,做到了环保工作全达标。在安全方面,开展"安全生产月""全国安全生产大检查"和《事故应急救援预案》演习等活动,做到了2017年无重大安全生产事故发生。

一系列卓有成效的改革,宁夏庆华迎来了寒冬中的暖阳,一个濒临破产的宁夏庆华涅槃重生,走上了前进发展道路。

锐意进取 千方百计绘就"庆华蓝图"

2018年,宁夏庆华先后与中国国储、淮北永旭等企业达成战略投资协议,完成第二步战略部署已近在眼前。

公司计划利用已建设完成的甲醇制芳烃项目土建设施,与中石化SEG合作同步建设聚甲氧基二甲醚项目,推进企业供给侧结构性改革。以上续建及新建项目预计将新增投资14.6亿元,全部达产后可新增工业年产值37亿元,实现利税9亿元,新增就业3000余人。届时,宁夏庆华工业年产值可望突破50亿元大关,并实现由传统煤焦化企业向现代煤化工企业的成功转型,实现以煤焦向化工产品为利润点的盈利模式转化,一个绿色智能化的"宁夏庆华"将在太阳山工业园区再次冉冉升起,熠熠生辉。

这幅发展蓝图或许还称不上"宏伟",但是,对曾经内忧外患濒临破产的宁夏庆华来说,实现这一目标,将是历史性的飞跃,并需要付出矢志不渝的努力。

美好的蓝图化作一股无形的力量，鼓舞着每一位庆华人砥砺前行。任重而道远的宁夏庆华，在发展道路上将积极抢抓新机遇、主动迎接新挑战。坚信，借着国家大力发展实体经济的政策东风，在各级党委、政府的正确引导下，宁夏庆华一定能够实现做大做强，跨越发展的目标，为盐池、同心、红寺堡集中连片区精准脱贫和促进地方经济发展做出应有的贡献！

务实进取 创新超越

——宁夏吉元冶金集团有限公司

宁夏吉元冶金集团有限公司是宁夏回族自治区重点转型升级标杆企业，也是石嘴山市和平罗县两级政府主抓的能源循环综合利用的示范企业。集团始终信守“务实进取，创新超越”的管理理念，通过强化内部管理，使公司在管理水平、生产技术和生产效能上得到全面、快速提升。

绩效彰显集团文化

企业理念是企业的思想体系和价值主张，吉元冶金以企业文化系统的基本精神及运作的原动力，主要服务于决策层，为其提供决策指引和经营依据。以其企业使命表明企业存在的意义和价值。

企业着力发展民营经济，回馈社会厚爱。民营经济是社会主义市场经济的重要组成部分。吉元公司是宁夏百强民营企业，石嘴山市30强企业，肩负着助推地方经济发展的责任，必须勇立时代潮头，致力经济发展。同时，吉元人心怀感恩之情，致富思源、富而思进，自觉履行社会责任，积极回馈社会，造福地方。共同愿景描绘了企业和员工

吉元集团外景

向往的美好未来图景。

企业发展的同时，致力于打造绿色、循环、高端发展的民营企业。吉元人以先人一步的观念、高人一筹的胆略看发展、谋发展、干发展，力争实现资源的绿色利用，在产业形态上实行全循环，在发展重点上跳出传统产业束缚，加快向新兴产业迈进。把传统产业作为转型平台，大力引进人才、引进技术、引进项目，加速进入新兴高端产业领域，形成多元发展格局，并以其核心价值观达成愿景。

道德诚信是立身之本、做人之道，“崇尚道德，恪守诚信”是吉元公司文明和谐发展的基石。吉元人是一个集体作战的团队，共谋发展大计、共创卓越价值、共担业绩责任、共享成功果实。吉元的成功是每名吉元人的成功，吉元为员工提供快乐工作和成长的环境，并分享企业的经营成果，吉元信奉共享成功才能不断成功。

吉元人秉承作风踏实、工作扎实、效率求实的精神风貌，在创新意识和实践中，具有超越他人的信心和勇气。基本理念是企业日常运营的文化信条，是将企业文化中最高一层的理念向中层和基层传导的桥梁，是执行层的管理思想依据。

诚信乃商者王道，牢固树立诚信可靠、履行合同、恪守承诺、合法经营的理念是吉元经营制胜的基石。做强、做大吉元公司必须不断拓展市场。执行科学严谨的制度是提高管理水平的重要保障。管理水平取决于细节是否精准严细，善于抓细节的管理就是精细化管理。吉元把安全生产作为以人为本的“天字号”工程来抓，用企业安全保障员工的安全，把安全作为最大的福祉送给每一名吉元人。

尾气发电现场

质量是吉元的生命线，不合格的产品就是吉元的废品。在吉元质量没有99分，只有100分。用精品回报客户的厚爱，用精品工程打造吉元品牌效应。节俭、省用就是节支降耗、快捷省时，精打细算，修旧利废。只有养成节约意识，才能在生产产品中严格控制成本，一丝一毫、一点一滴的节约成本，会为吉元带来巨大的效益。

吉元冲破用人机制上的亲缘观念束

缚，吸引人才，公开选贤，使一大批懂经营、会管理、有技术的人安心工作，成为公司的中坚力量。广泛采纳同行业的先进管理经营和生产技术，立足企业发展，鼓励员工创新，用永无止境的创新精神推动企业发展。弘扬团结协作的精神，心往一处想，力往一处使，使组织的效能发挥到最大。信任吉元的每个人，使员工与企业成为命运共同体，在企业使命愿景的感召鼓舞下，同呼吸，共命运，齐发展。

2003年吉元集团以冶金起家、以冶金立业、以冶金得以发展壮大；公司现有矿热炉8台，总装机容量219000kVA，年产硅锰36万吨、发电2.5亿度、矿棉18万吨，年实现产值26亿元，实现利税近2亿元。吉元集团已初步形成以合金为主导产品、集尾气发电、矿棉生产、物流等为一体的能源循环综合利用、清洁生产的产业链格局。公司下辖宁夏吉元君泰新材料科技有限公司、宁夏平罗弘运达实业有限公司、宁夏中铁吉元物流有限公司三家子公司。

转型升级实现绿色清洁发展

宁夏吉元冶金集团有限公司徽标以公司吉元的缩写字母“J、Y”为基本造型，变化为一块金属造型，寓意宁夏吉元冶金集团有限公司的事业锐意创新，不断进取，努力创造广阔的发展空间。色彩方面，红色代表企业的活力和热情，蓝色代表企业锐意进取的精神，绿色代表企业勃勃生机及绿色环保的概念。

2018年8月28日下午以石嘴山市人大副主任田生宇带领市人大部分代表、石嘴山市工信局领导等一行莅临吉元集团调研节能降耗工作落实情况。吉元集团副总经理兼吉元君泰总经理王春强陪同调研。

下车后，田生宇副主任一行直接来到宁夏吉元君泰新材料科技有限公司，深入生产车间详细了解资源综合利用再造矿岩棉项目的建设及生产运行情况。吉元集团副总经理王春强向市人大代表团一行详细汇报了吉元集团能源双控工作开展及矿岩棉项目建设运行情况。田生宇副主任一行对吉元集团主动作为、坚持创新驱动战略、积极落实市委、市政府能源双控政策、深入开展节能降耗工作所取得的成效给予充分肯定和高度的赞扬。

近年来，吉元集团在各级政府的大力指导帮助下，坚持创新驱动，以对标活动推进为载体、以智慧工厂建设为契机，稳步推进四个体系建设，通过引进先进技术、装备和工艺，深挖资源循环综合利用潜能，圆满完成传统产业转型升级，走上清洁绿色的良性循环可持续发展之路。

目前，通过深入开展对标等一系列节能降耗工作，吉元集团产品综合能耗由0.980

吨标煤下降到对标后的0.952吨标煤，下降2.94%；万元产值能耗由1.99吨标煤下降到1.23吨标煤，下降率34%。年节约标煤1万吨，减少CO_2排放量2.6万吨。吉元集团取得了“降耗、增效”的双丰收，资源综合利用、环境治理、清洁生产等综合效益愈加明显，使原本污染环境的废气、废渣变为支撑集团可持续发展的强劲引擎。

通过对传统工艺设备的改造淘汰，使集团在设备装备、技术水平、自动化生产上得到大幅度提升，整体装备、生产成本始终处于全国同行业领先水平。

吉元集团大力发展循环经济，深入推进产业转型升级，2015年投资3.2亿元，建设冶金废渣综合利用年产18万吨矿棉生产线项目。目前，一期工程2条3万吨生产线建成投产，二期工程4条3万吨生产线土建工程完工进入设备安装，预计2018年年底建成投产。两期建成投产达效后，预计年可新增销售收入4.6亿元，新增就业岗位100个。

集团成立十年来，始终肩负“发展民营经济、回馈社会厚爱”的企业使命，坚持“打造绿色、循环、高端发展的民营企业”的共同愿景，被宁夏回族自治区人民政府评为“节能先进企业”“宁夏十大领军企业”、全区百强企业和46家大型企业，被石嘴山市委、市政府授予“石嘴山市30强企业”和“功勋企业”等多项荣誉称号，2017年吉元集团被国家工信部列为国家级电力需求侧管理示范企业和两化融合试点企业。

近年来，吉元集团着眼国家“一带一路”建设布局，加速内部转型升级步伐，通过资源循环综合利用项目实施，深挖资源、设备及工艺节能潜力，使工业“三废”成为集团循环链条上降本增效的强劲引擎！引领吉元集团不断拓展延伸循环经济产业链。未来，吉元集团将加大液态熔融渣在高档建筑装饰材料行业的品牌拓展，助推吉元集团率先成为全国冶金行业“绿色发展”的标杆。

宁夏诚信经营优秀企业（宁夏回族自治区企业家协会）2007年9月；2010年8月被宁夏回族自治区人民政府评为“节能降耗先进企业”三等奖；2013年6月被宁夏企业家协会授予“诚信示范企业”；获得宁夏银行2013年度AA级信用企业；2014年12月获得“宁夏诚信示范企业”“宁夏十大领军企业”荣誉；2015年7月

合金生产车间外景

获得2014年宁夏回族自治区工业企业履行社会责任“优秀企业”；2016年4月公司被评为2015年度硅锰综合实力十强企业；2016年11月“吉元”商标被认定为第十届宁夏著名商标；2017年11月获得2017宁夏企业100强。

冶金废渣之匿岩棉技术现场

吉元集团始终把“发展民营经济，回馈社会厚爱”作为企业使命，发展不忘回报社会，积极主动履行社会职责。近年来，吉元冶金集团在提升管理工作进程中，注重诚信体系建设，以客户需求为导向追求卓越产品质量，从产品工艺环节到产品销售服务，不断完善集团诚信体系，在社会及行业中发挥了良好的宣传示范作用，助推集团品牌价值不断提升，为集团后一步做强、做大、做优打下了坚实的基础！

【相关链接】

莫良宗，1951年2月15日出生，1967年前进农中毕业，中共党员，政协平罗县第九届委员会委员，现任宁夏吉元冶金集团有限公司董事长。2003至2004年被县委、县人民政府授予“先进民营企业家”称号；2006年被石嘴山市人民政府、平罗县委、县政府和平罗工业园区管委会、农村信用合作社联社授予“支持党建工作非公有企业主”、被太沙党委授予“优秀共产党员”“优秀党务工作者”；2007年被宁夏回族自治区企业家协会评为“宁夏诚信经营杰出企业家”；2009年度被平罗工业园区管理委员会评为“优秀共产党员”，被平罗县委县政府授予平罗县第一届六百工程“能人”“人民功臣”“诚信之星”荣誉称号、被平罗县委评为“优秀党务工作者”荣誉称号，被平罗县农村信用合作联社评为2009年度至2010年度“诚信之星”。

砥砺前行奋斗“镁”梦　转型发展赢在未来

——宁夏太阳镁业有限公司

前　言

这是怎样的魄力？5年来，始终坚持科技创新，打造新型镁业循环经济产业链，创下行业内多项领先技术，为国家创汇和发展地方经济作出了重要贡献，企业连年位列宁夏500强企业之一，并有幸荣登“中国有色金属工业协会镁业分会副会长单位”之座。

这是怎样的胸怀？积极以节能环保为建厂理念，累计投入5000多万元用于环保设施建设，平均每年投入200万元用于厂区绿化，只为赢得“世界镁都”花园式镁业厂区，为宁夏太阳山工业园区树立了“生态工业”模范。

宁夏太阳镁业有限公司外景

这是怎样的责任？坚持按时支付、按时缴纳、胸怀慈善"三原则"永尘不变，每年解决就业人数上千人，帮扶贫困人数上百人，肩负着一个民营企业家真正的责任与担当。

十年发展五载飞跃，在赵校军带领太阳镁业发展的近5年历程中，赵校军以独特的发展魄力将太阳镁业推向至一个崭新高度，并将胸怀未来、责任担当纳入企业发展"必备课"，为下一个五年发展规划出蓝图谋篇章。

披荆斩棘不负期许　全面"精准内改"铺设长足发展之路

2008年，宁夏太阳镁业有限公司正式成立，2013年，赵校军委以重任，带着盾安集团的期许，成为太阳镁业第二任"总指挥"。

宁夏太阳镁业有限公司董事长赵校军

面对百舸争流，不进则退的市场经济大潮和战略制胜的时代，刚刚走马上任的赵校军一刻也未懈怠，凭借多年丰富经验，审时度势，深刻分析企业面临的形势，准确把握发展大局，深挖太阳镁业现状，全面调整经营思路，以精准的战略部署，缜密的经营规划，果断的内部改革，将一个经营持续下滑的太阳镁业扭转乾坤走向了正轨，并在之后的5年内，每年以20%的销售增长速率稳居国内外镁行业领先地位，为太阳山工业园区社会稳定贡献了力量，为助推吴忠市经济发展履行了一个民营企业家最大的责任与担当。

然而，每一个企业家的成功与辉煌都不是一撮而就，赵校军也不例外。

2015年，镁行业行情低迷，许多金属镁企业开始停产、裁员，金属镁销售价格更是降到历史最低。一场又一场的镁业"金融动荡"，全国镁业一片"怨声载道"，镁业市场"摇摇欲坠"，太阳镁业的生存更是举步维艰。在金融危机带来的经营困难重压之下，赵校军却提出了唯一性原则：力保就业岗位稳定。企业赵校军变"被动"为"主动"，结合镁行业发展现状和市场需求，根据国内市场特点，对销售区域重新布局，每天带领营销团队深入客户一线，有策略的展开市场销售及开发布局。两年时间，太阳镁业不仅未被市场"淘汰"，反而逆势而上，在不裁员不减薪的情况下实现主营业务销售收入10亿多元，顺利通过工信部第二批镁行业准入。

为了改善公司之前规划设计不合理现象，赵校军提出了"企业发展不能以破坏环境为代价"的人文理念，先后于2014年投入3000多万元用于职业健康及环境治理，建立完善各类设备、车间的烟气收集、处理、排放系统，硅铁排烟系统改善，生活区污水处理系统的改造等。投资200多万元建成了集培训和活动为一体的职工活动中心和产业商学院，在活动中心专门建立电子阅览室、读书室、台球室、乒乓球室、篮球场、足球场，建立健全了太阳镁业党、工、团、妇组织，大大提升了员工的凝聚力，增强了员工的归属感。与2016年投入200多万元用于厂区绿化建设，目前占地3000多亩厂区实现绿化率10%，初步建成了花园式工厂。在此基础上，赵校军还提出"公司三原则"：按时支付员工工资、按时缴纳员工各项保险费用、积极参与社会公益慈善活动。太阳镁业在赵校军"三原则"的坚持下，截至目前，从未出现过一起拖欠工资员工工资不良记录，累积捐助物资上百万，每年救助人数达200余人。

赵校军认为，一切好的经营成果绝对离不开正确的思想核心意识，这种核心意识最终是坚持党的正确领导。作为一名优秀的老党员，赵校军将太阳镁业非公党建工作全面开展，重点落实，形成了企业上下比学赶优、廉政自明、积极向党组织靠拢的全新党建局面，先后赢得了太阳山开发区颁发的优秀基层党组织荣誉及宁夏回族自治区颁发的"双强六好"党组织荣誉称号。

科技创新力促转型　奋力向环保节约产业迈进

在赵校军的经营理念里，坚持"绿色环保和可持续发展战略"是首要原则，更是必须原则。五年来，太阳镁业在赵校军带领着下，始终秉持科学、合理利用资源和环保、节能的开发理念，以打造"世界镁都"为愿景，以循环经济为方向，始终注重节能减排的技术开发和应用,始终坚定不移走以科技创新引领环保事业发展的路线。

发展至今，太阳镁业自主创新技术以及生产工艺、技术装备、产品质量等均处于国内领先水平，建成了具有现代化工业特色和具有市场竞争力的镁合金综合利用示范工程和循环经济产业链。

2013年至今，宁夏太阳镁业先后在精炼车间烟气回收工程投资365万，还原渣处理工程中投资680万元，还原车间技术改造项目投资4000万元，盾镁电热法镁合金项目投资4.68亿元，生活污水处理系统项目投资200万……

随着环保项目的建设投入与实施，太阳镁业的转型之路真正拉开篇章。其中，"还原炉优化设计及工程应用项目"的应用为太阳镁业每年降低成本820万元；投入使用的国际先进的德国德马克自动上料系统，可减少70%的炉前操作人员，直接杜绝配料、上料、加料时粉尘的产生。在此基础上，太阳镁业采用的电炉烟气除尘系统实现了粉尘高效回收；利用硅铁电炉余热，每年可减少燃煤4万吨以上；硅铁电炉铜管、短网、变压器循环水利用软水设备的发明与高效利用，直接实现节约用水40%。在全国率先自主研发镁还原渣处理综合利用技术；自主研发适用于镁行业的特色闭式循环水冷系统，实现吨镁耗水比行业均值减少39%，达到了生产污水零排放。

一系列节能环保工程的大力度投入以及环保项目的引进与实施，大大提升了太阳镁业环境保护和生态健康发展，有效降低了人工成本，为实现向环保节约产业转型奠定了坚实基础，真正走上了精益化生产、精细化管理道路。

怀揣“镁梦”锐意进取　带领宁夏镁工业挺进国际市场

在企业经营管理中摸爬滚打了一辈子的赵校军内心始终怀揣着一个“镁”梦：努力带领宁夏镁工业走向全国，实现引领全国镁行业发展，建立宁夏镁合金、硅系合金产业在全国的主导地位。

全国工人先锋号

在赵校军的带领下，太阳镁业以创新作为企业发展的内生动力，通过自主创新，研究开发一批具有自主知识产权的新产品、新技术、新工艺和新装备。其中，产业级创新项目5项，公司级创新项目4项，部门级创新项目13项；申请实用新型专利9件，参与1项国际标准和3项国家标准的修订工作；获各项荣誉19项，其中国家级2项、省级7项。先后被国家知识产权局评为“国家知识产权优势企业”，被评为“全国有色轻金属标准化分技术委员会会员单位”，被工业和信息化部列入《镁行业准入条件》企业，被宁夏经信委评为“循环经济试点企业”。

2018年，太阳镁业自主研发的“2.5万吨盾镁电热法镁合金”项目已通过国家级审核。该项目成功实施后，不仅对宁夏经济发展做出重大贡献，同时对我国镁产业水平升级、促进其优化发展起到积极推动意义。同时将有效促进国际范围镁合金材料行业的规范化，有利于提升我国镁行业在国际标准中话语权，提升宁夏镁合金材料行业在国内和国际上的影响力，规范和引导企业有序竞争，为镁业健康、可持续发展做出有益贡献。

5年来，太阳镁业自主研发的系列产品，开发的各项技术为宁夏乃至全国炼镁工艺提供了全新的、可行的指导方向，打破了镁冶炼领域技术壁垒，填补了我国除皮江法、

厂区厂貌

电解法以外的产业化炼镁工艺的技术空白。为带动和稳定镁及镁合金、铁合金制造企业在国内的行业优势地位起到了举足轻重的作用，同时也为国家创汇和发展地方经济作出了重要贡献。

2018年，是太阳镁业特别值得记忆的年份。这一年，宁夏迎来60年甲子辉煌，太阳镁业迎来10年光辉征程。10年间隙，太阳镁业从单一产业到循环经济、节能环保经济实现了成功转型，经营产值成倍翻番，创新技术引领行业，社会贡献走在前列……太阳镁业一路坎坷一路奋进，站在了新的历史节点上，掀开了新的"镁梦"征程。

时间的脚步不停歇，奋斗的脚步就不会停歇。站在新的起跑线上，如今的赵校军正在带领着太阳镁业全体员工向一个世界一流的环保、节能型循环经济工业园区全力挺进，并将跟随国家发展的步伐和发展的道路迈向新的时代。

【相关链接】

赵校军，1966年7月生，中共党员，浙江诸暨人，北京师范大学经济学博士，自2013年至今任宁夏太阳镁业有限公司董事长，兼具宁夏政协委员、吴忠市政协委员、吴忠市工商联副主席等殊荣，获第五届"宁夏十佳优秀企业家"称号，是中国500强企业之一盾安集团新材料事业领域优秀职业经理人。

“灵州雪”之歌

——宁夏荣昌绒业集团有限公司

奏响现代化企业新乐章

翻开历史这部巨著，看着那凝聚全人类血汗史的篇章，它无不在向我们昭示着这样的信息——人类的发展需要创造。人们常说，时势造英雄，然而，在广袤荒凉、原始野蛮、贫困落后的一片热土上，却孕育出了许许多多勇于创新、敢于拼搏的宁商企业家，时代赋予他们驾驭风云的智慧和才能，锐意开拓的气魄和胆略。而今，最具有影响力的一位，就是宁夏叱咤风云的企业家宁夏荣昌绒业集团董事长杨建荣先生。

从普通司机到成功的企业家，34年来他白手起家、锐意进取，伴随着他的积极乐观，杨建荣实现了商界角色的蝶变，演绎着企业家精彩的人生之路。曾经年少的他，25

宁夏荣昌绒业集团有限公司外景

岁便老成持重，困苦的生活压力没有填充他少年的犹豫，反而赋予了他更加坚毅的性格，透过他的精气神，可以感受到他运筹帷幄的气场、商人的从容淡定。他一边依托着宁夏人的厚道，一边承载着他的梦想，踏上了羊绒产业的创业路，迈进了精梳羊绒的尖端制造行业，这对于在商海中还懵懂的年轻人来说，无疑是在挑战人生的极限。

从一无所有到功成名就，荣昌的成长似乎也是董事长杨建荣的成长历程。如今，荣昌日见繁华，可董事长杨建荣却不再年轻，他回忆道："当时，资金方面并没有使我担心，可技术跟人才的问题却让我心力交瘁，也因为当时激烈的竞争，所以，我在不断的追寻新的突破口。在设备方面，当时鄂尔多斯的工厂用的是意大利、英国进来的设备，意大利、英国的设备当时我们是没办法使用的。我买了几台棉纺厂的设备进行了改造，改造后设备的问题是解决了。接下来就是厂房的问题，当时因为政策的原因，没办法征地，我看上了村上的鱼塘，跟村里签了合同，每年给村上交5万块钱，把鱼塘改造成了车间。再接下来就是人，我采用考试制度在村上选用了40个工人，工人必须是高中毕业的年轻人。"努力的背后有一颗雄心，至今的一切，回报了董事长杨建荣无畏的青春。

经过几十年的发展，而今荣昌已成为国内外绒毛界的翘楚，更是国内绒毛业的骄傲。与此同时，还获得了多项国内外专利，并打造了家喻户晓的国际性自主品牌——"灵州雪"。国际绒毛业就是靠他赤手空拳打拼出来的。

一路风雨兼程"灵州雪"站稳脚跟

1979年，改革的春风吹遍祖国的大江南北，中国迎来了一个崭新的全面建设的新时期。此时"十年浩劫"结束，随之而来的拨乱反正，以经济建设为中心的号角催动着社会向前发展。

1984年，正是在此大好形势下，杨建荣凭借着敏锐的商业嗅觉，触碰到羊绒购销的商机，说干就干，一头扎进了羊绒收购买卖，他大胆承揽原绒加工业务，先后给鄂尔多斯、鹿王、雪莲等知名厂商供应原绒，为后期荣昌的发展奠定了基础。可是仅仅拘泥于羊绒的收购，并没有满足董事长杨建荣的野心，经过与鄂尔多斯多番接触，杨建荣了解到，如果把羊毛进行粗加工，那收入更会令人瞠目结舌，更何况加工工艺大同小异，这样，在创业道路上他又找到了新出路。

1997年，本土的羊绒厂如雨后春笋，董事长杨建荣深刻的意识到羊绒供货是商海浮沉的小粒沙子，要不想沧海一粟，就必须有自己的产业链。时不待我，他带着5名员工，从调研到引资、从零件组装到设备运转、从订单到"灵州雪"商标的注册成功，每迈出一步，杨建荣都亲力亲为，而每一次新品的实验期，对杨建荣来说都是不眠之夜，踏实留给属下，压力自己担当，凉水洗把脸，沐浴晨光，又给员工开会鼓劲，他就是带着这样脚踏实地的创业情怀，塑造了铁打的团队。

宁夏荣昌绒业集团有限公司董事长杨建荣

2001年，在政府、各部门的支持下，荣昌绒业公司落地生根，大型的纺织企业在灵州古老的县城拔地而起，“灵州雪”品牌孕育而生。

2007年，是荣昌绒业公司实现跨越式发展的一年，经济上的弯道超车，让杨建荣的心思舞动，荣昌绒业迎来了与全世界最大的羊绒企业鄂尔多斯集团的合作，达成了技术、资源共享的合作意向书，杨建荣说：“当时鄂尔多斯在人才和技术方面，给予我公司很大的支持，我亲自去鄂尔多斯选拔人才，只要被我挑中的，都将跟我在荣昌大展拳脚，最长的干了三年，鄂尔多斯告诉自己的员工，在任职期间要是被荣昌开除那就是被鄂尔多斯开除了。”可见，在商业与资源的双重合作中，那时候的荣昌已被鄂尔多斯看好，而荣昌也并没有在经变的商业竞争中黯然失色，双方实现了强强联手、市场双赢的现代经济运作格局，名不见经传的“灵州雪”成为了家喻户晓的知名品牌，“灵州雪”经历市场冲击，经历顾客对产品的层次定位，一度获得了国际金奖的荣誉。如今荣昌绒业公司已成为国内外绒毛界的翘楚，更是宁夏纺织品的骄傲。

2008年，金融危机的爆发使企业效益一度下滑，董事长杨建荣却显得格外沉着冷静，他说：“1988年中国的“雪潮”经济，这一年我没有投资经营，我带领几个董事出去学习，没有任何目标，任何地点规划，就是到处走，到处看。此次金融危机并没有让我感到意外，其实早在2006年的时候我已预料到，这得益于我经常去英国、法国、德国、意大利等国家学习，才让企业在此次危机中化险为夷。在此次危机中，公司虽未受到强有力的冲击，可经济效益也并不乐观，很多企业在此次危机中受到牵连，开始裁员，但我们企业没有辞退一名员工，在我们公司，任何领导都没有权利开除员工，我们开除员工只有董事会有这项权利，当然荣昌从成立到现在也没有开除过一名员工。”

董事长杨建荣还说：“其实我个人认为危机并不是一件坏事，大浪淘沙，淘掉了一些不合理的企业，更有利于这个行业的发展，也有利于资源的整合。危机危机，只要你把“危”挺过去了，“机”遇也就来了。就像石泰峰书记在民营企业家峰会上说的，企业，有盈利的时候就有亏损的时候，这一切都是发展的自然现象。只要你诚信经营，守法经营，政府会做你们最强有力的后盾与民营企业经济发展的服务员的。”

功夫不负有心人，努力的人更值得被眷顾，“灵州雪”品牌开始走向全国，走向普通老百姓家。弹指之间，“灵州雪”品牌效益日渐攀升，与同行业中的知名品牌“鄂尔多斯”在国内市场平分秋色，2018年该公司已成为宁夏企业的排榜之冠。

寻变 赢在起跑线

人才创新。人才是一个企业的财富，创新决定公司和员工的命运。杨建荣在公司发展过程中，始终不忘企业的发展都跟员工的素质和文化息息相关。他提出：“用事业吸引人，用待遇留住人，用制度管理人，用文化凝聚人”的经营观点，创造管理层去外学习的机会，并在公司创造良好的学习氛围，要求全体员工，特别是大学生带头保持学习的动力，不断用最新的技术和技能来武装自己。他常常选拔优秀员工为某部门经理或组长，以双赢的政策获得双赢的局面，事事为他们着想，这样员工们才有归属感及长久为公司忠诚服务的意识，给公司带来稳定的成长和长期的繁荣。

技术创新。董事长杨建荣在技术队伍充实的前提下，不惜重金，选购了国内外同期先进水平的羊绒加工设备及检测仪器，产品技术指标达到了内控标准，质量为产品赋予了无限的生命力。董事长杨建荣说：“2008年以后我们拿了30多项国家专利。尤其是我们发明的羊绒粉碎机，这台设备到目前为止带动了世界羊绒业的发展。”目前，公司羊绒纱线走俏意大利等欧洲国家，羊绒衫等制品销往美国、日本、中国香港等国家和地区，发展前景不可估量。

销售创新。董事长杨建荣对于产品的创新和研发，资金上从来都不吝啬，加强产学研用合作，逐年加大研发经费投入比例。每年开发上百款羊绒系列新产品，新款按季度展销，主打秋冬季新品。在销售旺季到来之前，召开新品发布活动。

荣昌发展至今，已经历30余年的沧桑蜕变。这离不开企业的文化、员工的素质、品牌的创新，从起初的绒毛销售到现在的精细加工，样式改造，荣昌一直处于向上蔓延的趋势，现在荣昌已有围巾、羊绒衫、袜子等多种主打产品，而“灵州雪”，让羊绒不再只属于冬天。董事长杨建荣说：“制作一件羊绒产品需要几百度工序的加工，只要其中有一道工序出现了问题，出来的产品就不是那回事了，一直以来我们都是以鄂尔多斯为榜样，到目前为止，从品牌上来说，我们的品牌还没有赶上鄂尔多斯，鄂尔多斯的品牌已经有30年了。从品质上说，我们在5年前就已经赶上了鄂尔多斯。以前都是我们荣昌学习鄂尔多斯，现在是鄂尔多斯向我们学习。甚至鄂尔多斯一些产品都是我们加工的，目前我们跟鄂尔多斯的差距只有品牌的价值，其他方面我们甚至赶超了鄂尔多斯。”荣昌，在国际化的道路上越走越远。

与时俱进　品牌不惧挑战升级国际化

成绩代表过去，未来只在前方。透过目前国内外经济形势来看，中国已成为世界第二大经济体，市场规模与前景不可估量，自主品牌“灵州雪”也面临着外资品牌的“夹击”和如何走向世界的双重挑战。在这方面，荣昌选择与时俱进、不惧挑战，已经开始展开品牌升级，进入国际化发展大战略中。

目前荣昌的国际影响力及社会地位等成绩斐然，集团已获得多项国内外专利，在业界享有良好声誉，并且通过“灵州雪”品牌的打造，使越来越多的人了解到宁夏，了解到宁夏的文化，时至今日，“灵州雪”“白中白”等产品已渐渐的深入人心，可见杨建荣高瞻远瞩的市场触觉。

在此基础上，杨建荣有着肩扛企业发展的使命和国家情怀，他认为随着中外国家交流的逐渐深入，经济在科技创新的大力推动下，“进口代替”“贸易主动权”等国家政策要积极响应，让中国的自主品牌能够在国际化的道路上越走越远。为此，荣昌规划未来将以非凡的创造力把中国绒毛业的文化延伸至各个领域，不难看出，荣昌在自主

宁夏荣昌绒业集团有限公司办公楼

品牌走向国际化道路的宏观大势中显得信心十足。

回馈社会　义不容辞

正如上述面对国际化大发展中具有的使命感和情怀，荣昌虽然至今取得如此高的成就，杨建荣也可谓“功成名就”，但他却为人低调、不张扬，他处处以身作则，率先垂范，为社会和家乡建设起到了桥梁纽带的作用。因为他知道，责任重于山！

杨建荣是灵武市三级人大代表，先后被中国科委国家发改委国资委科技部联合授予“全国科技标兵”；被中国畜产品流通协会评为“中国羊绒行业十大杰出人物”；被中国纺织联合会评为“中国纺织行业人才建设突出贡献人物”；被宁夏回族自治区人民政府评为“宁夏十大经济人物”等荣誉称号。

感恩一方水土，感恩家乡福地。杨建荣回报社会的脚步从来没有停止过，他淡泊名利、生活坦然。自荣昌企业成立以来，为回报家乡的父老，公司解决就业人数2900余名，其中，农民工1400人，社会闲散人员700人，南部山区移民800人，100%签订劳动合同，缴纳养老、医疗、工伤、生育和失业保险，并斥资2200万元购买了280套“龙凤佳苑”的廉租房，解决了职工住房难的问题。在改善民生方面，荣昌先后捐资1000余万元，扶贫帮困，修桥铺路，为30户村民改造自来水工程，整治了村容村貌，改善了当地群众的生活生产环境。20年间，成长的荣昌公司给灾区和教育事业捐助400余万元。

谈及这些，董事长杨建荣总是淡然地说，我就是一片绿叶，家乡就是一棵大树，在我的心中，绿叶对根的深情，是不能用金钱来衡量的，担当是我的责任，担当是我对宁夏这片热土的深情。

杨建荣凭借坚持不懈的精神和坚守诚信的德行，在绒毛业拼出了一条出路。商场上虽叱咤风云，却不忘公益事业，造福百姓，肩负推动故乡发展的重任，是新一代商人的典范。

【相关链接】

杨建荣，于1997年注册宁夏荣昌绒业集团有限公司，现任其董事长兼法人代表职务。公司2008年4月被国家科学技术部火炬高技术产业开发中心授予“国家火炬计划灵武羊绒产业基地骨干企业”，2008年12月被银川市人民政府授予“小巨人”企业称号，被中国农业发展银行授予“农发行系统黄金客户”称号。

恒丰织就千千"结"

——宁夏恒丰纺织集团

宁夏恒丰纺织集团成立于2014年11月，位于吴忠市利通区毛纺织产业园，计划投资35亿元建设集高端纺纱、织造、服装于一体的产业链项目。截至目前，集团已建成宁夏恒丰纺织科技股份有限公司、吴忠恒和织造科技有限公司、宁夏恒丰同利巾被有限公司3家企业，形成了年产20万纱锭、5000万米高档家纺服装面料的生产能力，解决就业2000余人。短短3年时间，从几十人发展到两千多人，生产能力从几万锭发展到几十万锭，项目从洽谈到落地仅用了40天，从动工建设到试生产用了120天，实现了当年引进、当年建设、当年投产的"恒丰速度"。而这些奇迹的创造离不开集团总经理韩国锋的领导。

坚定信念 勤奋学习

1995年7月，韩国锋从天津工业大学毕业进入了德州恒丰纺织有限公司，从事销售

宁夏恒丰纺织集团外景

处科员工作。初到单位的他，一切都很陌生，工作也很艰苦，但是韩国锋依然很热爱自己的工作，他坚定意志一步一个脚印的向前迈进，即使身边的人陆续离开，他也依然坚定信念不动摇。在他的毅力与坚持下，慢慢适应了工作环境，并成为了公司内青年职员的典范。他说在他的内心深处始终有一个信念："我是一个刚毕业没有实践经验的大学生，必须一步一个脚印去走，要多学习，掌握技术。"在这3年的艰苦奋斗中，他时常积极与纺织销售的专业人士展开交流，三年如一日。在这个过程之中，他得到了很大的进步，也开拓了眼界。

宁夏恒丰纺织集团总经理韩国锋

1998年，他成为德州恒丰纺织有限公司销售公司处长。这个机会对他来说得之不易，他更是加深了对工作的热爱与激情。在工作中他扬长避短，学以致用，通过参加公司之间的企业合作以及与纺织企业家的接触，他深入地了解了纺织设备自动化，在这个高端的平台之上，他看到了更加广阔的未来，由此他坚定了自己的信念。经过近10年的历练，2008年他被集团调任为陵县恒丰销售公司处长；2012年被任命为陵县恒丰总经理助理。由于宁夏恒丰纺织的成立，正是需要人才的时候，又被集团任命为宁夏恒丰纺织股份有限公司总经理。

任职期间，他带领公司管理成员，根据公司目前组织机构的状况，转变观念，及时调整内部组织机构，整合优化人力资源，围绕公司中心工作，充分挖掘、利用公司自身优势，加强内部管理，建立、完善各种工作制度，创新工作机制，解决了公司能耗高的难题，稳定生产消耗。他带领全体管理人员共同努力、勤奋工作，圆满完成了各项工作任务，为公司纺纱设备的平稳运行做出了突出贡献。在他的带领下，公司党支部充分发挥政治核心作用，为推动公司经济社会快速发展提供了坚强的组织保障。由于工作富有成效，公司连续2年被政府授予"先进企业"光荣称号。

管理创新　提高成效

在重组公司结构、人员发生变动后，新的机构，新的工作重心需要新的管理制度与之相适应。韩国锋通过一线调研，组织领导、基层骨干集思广益，先后破除了影响和阻碍公司发展的僵化思想、惯性思维、过时做法，以能力提升为目的，大力实施管理创新、

生产车间

制度创新、技术创新等，不断推进公司维保工作观念的转变，使思想观念更加符合公司生存发展的要求，开展了多项创新性、有效性活动。根据集团公司的《6S管理手册》，编制了6S推进计划，分步骤，提出要求和标准，编制统一目视标准，解决车间检修班组、检修现场脏乱差现象。加强对标及精细化管理工作。根据对标工作要求和精细化管理工作标准，深入开展现场检查工作，查找隐患，及时整改，消除漏点，保证系统安全生产。对车间、班组定期进行周检查、月评定，严格检查、认真考评。每周由公司常务副总亲自带队，对党群、安全、检修现场等基础管理工作进行综合检查，不断完善各项数据，理顺对标工作流程，促进各项工作的进展落实。以制度为依据，以考核为动力，相继建立了《财务流程制》《企业管理上墙制》等多种机制，每季度开展创先争优、劳动竞赛等活动，增加职工收入，稳定检修工作队伍，保证维保工作的正常开展，有效解决维保工作难题。

2015年在完成维修保运工作的同时，他主管开展精细化管理，节资降耗、小技改活动，截至2015年年底，技改项目4项，经过逐步统计，共完成效能项目2项，节约资金140多万元；运行成本下降明显，人员减少，节约资金30多万元。

落实党建设责任制　纯洁党员干部队伍

宁夏恒丰纺织集团坐落在吴忠市利通区毛纺织产业园B区，占地530亩。走进厂区，一座座整齐的厂房，一张张醒目的党建标语，昼夜不息的机器轰鸣声以及员工们自信的欢声笑语，无不为这里充满正能量的氛围所感染。

“集团自2013年开始在利通区投资建厂，短短3年多的时间，从无到有，从小到大，现已建成3家企业，形成了25万纱锭、580台织机的生产规模，安置当地员工3000名，被称赞为创造出‘恒丰速度，利通精神，吴忠奇迹’。其中一条重要的经验就是坚持‘同频同向、双向进入’工作思路，形成了企业搭台，党建唱戏，互融共进，同步发展的工作模式，充分发挥出党组织的战斗堡垒作用和党员的先锋模范作用”。作为在国有企业从事党建工作几十年、现年63岁的集团党委书记马保东一语道破宁夏恒丰纺织集团成功的秘诀。

所谓“同频同向，双向进入”就是推行党组织和行政生产部门同步设立，党建班子与行政班子交叉任职，以保证党的书记和生产行政高层在工作职责、任务目标、节奏步调上保持高度一致。

为了增强大家的党员意识，成立党员突击队，让每名党员佩戴党徽上岗，工地上插上了鲜艳的党旗。工作中，大家心往一块想，劲往一块使，遇到困难，就聚在一起，群策群力，集思广益；生活上，没有独立的食堂，他们就在工地上与施工人员同吃一锅饭。有的人从来到项目组到设备进场安装调试，整整半年时间没有回过一次家。硬是在一马平川的土地上，创造出“当年筹建、当年施工、当年投产、当年见效”的恒丰奇迹。

“企业发展为党建工作提供舞台，党建工作为企业发展保驾护航”。在近4年的时间里，他们在宁夏兴建的8个项目，全部按照“同频同向，双向进入”的模式搭建工作班子，项目提前完成任务，取得圆满成功。

恒丰纺织集团成功的实践证明：加强党的建设，发挥好党组织的战斗堡垒作用和党员的先锋模范作用，就能够完成看似不能完成的任务。从这种意义上讲，党建工作

宁夏恒丰纺织集团庆祝中国共产党成立97周年

本身也是一种生产力，也能够产生出经济效益。

面对人生地不熟的新环境，面对时间紧、任务重的工作压力，韩国锋带领新班子自我加压，保证完成项目建设任务。他根据集团公司党风廉政建设责任制统一要求，联系工作实际，将党风廉政建设同生产经营同步部署，明确党政一把手是责任目标制定、检查、考核和实施责任追究的第一责任人。同时按照谁主管、谁负责、部门再落实，一级抓一级，层层抓落实的工作原则，将反腐倡廉工作任务分解到各基层党支部，明确责任内容，落实具体责任人。在日常工作中，他严格遵守财务规定，用好集团公司赋予的权力 。财务审批中，坚持遵守财务制度，集团拨付的每一笔资金每月进行公示，接受监督，严格执行财务纪律，把有限的资金管好、使用好。

回报桑梓　和谐发展

在韩国锋的带领下，集团下属子公司宁夏恒丰纺织积极为当地乡镇失地农民搭建就业平台，解决了多名失地农民的就业问题。2016年3月公司与利通区扁担沟乡同利村签订劳动输送协议，并招收当地村民入企工作。公司还与利通区政府签订“扶贫攻坚承诺书”，为当地教育事业捐助10万元，并且为当地残疾人员提供工作岗位。

公司发展的同时不忘回报社会，关注宁夏教育事业发展，热心公益事业，向吴忠市利通区希望工程捐款5万元，用于资助困难中小学生。2013年7月宁夏恒丰纺织科技股份有限公司被共青团吴忠市利通区委员会和吴忠市利通区希望工程领导小组办公室评为“捐资助学·造福桑梓”荣誉称号。2015年5月同利燕宝小学赠恒丰纺织集团“情系教育倾情捐助奖”；12月公司在“2015年度“希望工程·圆梦行动——利通慈善助学基金”活动中被共青团利通区委员会评为“捐资助学·情暖利通”荣誉称号；公司在热心公益事业，关爱贫困学子活动中，慷慨向“希望工程·圆梦行动——利通慈善助学基金”捐款两万元。

在总经理韩国锋的带领下，宁夏恒丰纺织得到了快速发展与成长，同时也获得了各级政府的认可与肯定，在2013年度评选中被中共吴忠市利通区委员会和吴忠市利通区人民政府评为“先进工业企业”；10月被吴忠市利通区全民创业工作领导小组评为利通区创业“优秀企业”。2015年2月在工业园区综合指标考评中被宁夏工业园区联合会评为“优秀企业奖”；4月被吴忠市利通区安全生产委员会评为“先进单位”；7月被中共吴忠市利通区委员会和吴忠市利通区人民政府评为“民族团结进步创建模范集体”；12月被吴忠市利通区安全生产监督管理局和共青团吴忠市利通区委员会评为“青年安全生产示范岗”称号。2015年8月宁夏恒丰纺织科技股份有限公司被2015年宁夏企业

100强审定发布委员会评为“2015年宁夏企业100强”。2016年6月被授予“战略合作伙伴”；11月被确认为“2016年度标准化良好行为企业”。2017年5月1日荣获“宁夏回族自治区五一劳动奖状”。2018年1月被宁夏回族自治区经济运行协调领导小组评为“突出贡献企业”荣誉称号；2月荣获吴忠市利通区政府“和谐企业”荣誉称号。同时，宁夏恒丰纺织自2016年起，连续三年冠名全国沙滩排球巡回赛，被相继评为“战略合作伙伴”荣誉称号。

扶贫捐赠

恒丰仁和，仁和恒丰。恒丰人发扬“团结拼搏，永不言败”的企业精神，务实，高效，和谐，创新，正是总经理韩国锋带领的这支团队不断刷新着吴忠市纺织园区的建设速度，为当地经济发展贡献了力量，为社区和谐做出了努力，为纺织产业转移升级塑造了典型。

【相关链接】

韩国锋，汉族，现任宁夏恒丰纺织集团总经理，2016年任吴忠市利通区人大代表及中国共产党党委会代表。

五十年兴衰史　五十年创业梦

——宁夏西北骏马电机制造股份有限公司

宁夏西北骏马电机制造股份有限公司是由前西北煤矿电机厂(原宁夏西北煤机三厂)经整体改制而成的股份制民营企业,是我国矿用防爆型三相异步电动机生产的重点骨干企业,该厂曾是石嘴山现代化工业起源地。

五十年兴衰亲见证

50多年来,马树成和老一辈支援宁夏的建设者们克服重重困难,满怀激情为建设石嘴山抛洒汗水,亲历见证石嘴山工业50年兴衰发展史。特别是近14年来,马树成团结和带领全体员工坚持走改革之路,使一个净债权只有1.9万元,濒临破产的企业起死回生,并在强手如林的市场竞争中不断拼搏,成为全国生产矿用隔爆电动机的重要企业。如今72岁的他精神矍铄,谈起建厂发展史仍记忆犹新,如数家珍。

宁夏西北骏马电机制造股份有限公司外景

宁夏西北骏马电机制造股份有限公司董事长马树成

马树成是辽宁省阜新市彰武县人，宁夏西北骏马电机制造股份有限公司前身是原宁夏西北煤机三厂，于1966年开始建设。1969年，他和妻子从北京矿业学院（现中国矿业大学）机械系毕业，一同被分配到原宁夏西北煤机三厂基建组。

因该厂前身是三线企业，建厂之初，辽宁抚顺煤矿电机厂支援包建原宁夏西北煤机三厂。1970年，由厂党委书记带领400多名技术工人及管理人员来到宁夏支援工业建设，并在当地分3批招工300多名学徒工，由抚顺厂进行业务培训，加之100多名转业军人被分配到此，由此组建了有着800多名员工的宁夏西北煤机三厂。

马树成来到三厂时，厂子正在建设中，工作和生活条件十分艰苦，男大学生住在半成品库房，女大学生则住在工具库房。电视连续剧《爱在苍茫大地》就在西北轴承厂和宁夏西北煤机三厂取景拍摄，以“三线建设”为背景，讲述了大批支宁人艰苦创业的奉献精神。

马树成回忆，1970年，从大武口到原石嘴山区都是扬土搓板路。随后，地方政府开始组织修建石大公路，该工程属石嘴山会战项目之一，煤机三厂负责修至原石嘴山区安乐桥处。那时，每个工厂都要派工人参加路面修建，三厂安排他担任修路小组组长。怎么熬沥青，如何喷沥青路面，马树成带领4名技术人员边学边干，终于1971年将石大公路变成了交通便利的柏油路。

当时，厂内只有厂房没有道路，1972年，马树成又负责修建厂内道路，于次年完工。出色的工作能力，令马树成成长迅速，1980年，担任厂总调度；1981年，任调度室副主任；1983年，担任副厂长；1994年，被组织任命为西北煤机总厂电机厂厂长；2004年，该厂改制，马树成任董事长。

临危受命　挽救企业

宁夏西北煤机三厂建厂之初，生产能力只有5万kW，一年的产值只有280万元，均由国家煤炭部下达生产计划。20世纪80年代经过技术改造，该厂产值达到1000多万元，生产能力达10万kW。20世纪90年代，煤炭行业进入困难时期，该厂亏损严重，资不抵债。

面对库存没有产品，生产没有配件、没有资金，拖欠职工4个多月的工资等困难，1994年，马树成临危受命，被西北煤机总厂任命为电机厂厂长，他和宁夏回族自治区经贸委立下减亏军令状，果断提出"咬紧牙关求生存，尽量延长企业的生存时间，苦苦支撑谋发展，抓住机遇争取实现发展目标"的口号，带领全厂员工生产自救。充分利用宁夏回族自治区政府支持的200万元的扶持减亏贷款，尽快恢复生产。找亲朋、求好友，组织回来价值600多万元的原材料，随后，又争取了1000多万元订货合同。1994年7月1日，全厂恢复生产，当年年底，实现减亏400多万元目标。1995年至1998年，实现年年减亏、年产值逐年递增向好趋势。

贺兰山在蒙古语中意为骏马。2004年，企业国有资本完全退出，该厂改制时欲改成贺兰山电机公司，因该名已被注册，定为宁夏西北骏马电机制造股份有限公司。说到这里，马树成激动地指着办公室挂着的座右铭说："骏马驰骋显腾飞盛世，壮士创业展移山雄心，天道酬勤。"这就是公司发展的真实写照——成为市场中的一匹骏马，早日腾飞。

不忘初心　继续前行

企业改制后，西北骏马公司赶上了煤炭行业快速发展黄金十年。20世纪90年代，该厂每月职工工资总额50万元，2012年，这一数字达到500万元。2011年，骏马公司实现年产值9亿多元，利润8000多万元。2017年，实现年产值5.4亿元，实现利润3000多万元，实现纳税4171万元。2018年，预计年产值可达7.2亿元，可实现利润5000多万元。

西北骏马公司走过了几十年的艰难岁月，在全体员工的奋斗和努力下，公司发生了翻天覆地的变化。改制13年来，产值一年上一个台阶，生产经营规模每年以20%的速度递增，累计纳税5.18亿元，是石嘴山纳税大户，纳税超过原国企34年纳税总额的10倍以上，产品品种从1993年的50多个增加到现在的900多种，全国百万吨及以上大煤矿都在使用骏马公司生产的电机，在全国150多家煤矿电机行业中，骏马公司排名第二，技术质量服务水平属行业一流。同时，产品的国内市场占有率高达32%，部分产品出口走向了世界，有10多种产品荣获了国家科技进步奖和宁夏名牌产品奖；骏马公司的"煤友"商标成为中国驰名商标，取得ISO9001-2000质量管理体系认证；荣获全国煤炭机械工业优秀企业、宁夏回族自治区高新技术企业、宁夏回族自治区矿用电机系统

生产现场

节能智能技术研发院士工作站等20多项荣誉称号。公司生产的“煤友牌”电机荣获“中国西部理想品牌”，为宁夏赢得骄傲，实实在在为石嘴山经济建设做出了突出贡献。如今，西北骏马公司已成为了一个产值10亿元的现代化企业，全国煤矿机械行业50强企业，宁夏50名龙头企业，并带动宁夏20余家企业生产配件，共同发展。

企业的发展与国家命运分不开，宁夏发展环境好，企业才会好。企业盈利，不能忘记回报社会、回报群众。正是基于这样的思路，企业积极出资参与绿化家园、扶贫帮困、帮助灾区恢复生产等公益事业，赢得社会各界的赞许。马树成也因此当选石嘴山市人大代表、市企业家协会副主席、市老年科协副主席、石嘴山市“五一”劳动奖章获得者、石嘴山市优秀共产党员、石嘴山市功勋奖获得者、石嘴山市一级功勋企业家、宁夏回族自治区劳动模范、宁夏回族自治区优秀企业家、宁夏回族自治区诚信经营企业家、宁夏回族自治区民族团结进步先进个人、全国煤炭机械工业行业优秀企业家、宁夏回族自治区党代表等荣誉。

勤能成事　奋斗不止

公司员工历经四代人，每年评选厂级劳模10名并进行奖励，从建厂初期到现在，已有百名厂级劳模。如今，公司电焊工人每月收入4000至5000元，技术骨干月薪达6000元。今天的骏马公司，厂区占地24万平方米，生活区占地95万平方米，现有1098户。

多年来，骏马公司始终倡导绿色发展理念，厂区、生活区绿树环绕、枣花飘香，给职工创造良好的生产和生活环境，公司因此荣获全国绿化先进企业。企业在追求经济效益的同时，十分重视党建党群工作，公司现有党员240多名，党委下设组织部、宣传部、党委办公室、党群工作部、团委等，党组织机构健全，活动丰富多彩，党员、团员纷纷成长为企业骨干力量，公司党委多次被上级党委命名为先进基层党委，企业先后被授予全国绿化先进单位、全国环保先进企业、宁夏回族自治区五一劳动奖状等百余项荣誉称号。

2006年，马树成退休，后又被公司返聘继续担任董事长至今。72岁的马树成，现在每周仍坚持以公司为家、以工作为乐，几十年的工作日志依然坚持用毛笔小楷字记录。他说，作为企业带头人，必须有“发现问题就要解决问题，绝对不能让问题过夜”的坚持。面对各种挑战和困难，要想把一个以前仅有两三千万元的小企业，发展成为年产值10亿元的现代化大型企业，没有拼命精神是不行的，要在困难中求发展，事事难办事事办，事事难成事事成，勤能成事，依靠团队的力量，不断提升队伍素质，才能最终达到奋斗目标。

新时代要有新思想、新气象、新担当、新作为，马树成说，国家的强盛要靠举国奋斗实现，宁夏工业的兴盛要靠企业奋斗和打拼，靠企业员工汗水和智慧，唯有勤奋努力，

七一组织党员攀登贺兰山

因为天下不会掉馅饼，好日子是干出来的，幸福生活是奋斗出来的。企业的健康发展，离不开党和国家的政策，更离不开宁夏回族自治区党委、政府及石嘴山市、大武口区党委和政府以及社会各界的帮助和支持，一定要珍惜新时代和谐稳定的大好环境，努力勤奋、拼搏上进，在平凡的岗位上干出不平凡的事业，以优异的成绩回报党和人民以及社会，不断增强员工获得感和幸福感，以实际行动喜迎宁夏回族自治区成立60周年、改革开放40周年，为宁夏的振兴、石嘴山市的腾飞做出更大的贡献。

【相关链接】

马树成，毕业于北京矿业学院，大学学历，高级经济师，石嘴山市人大代表，1994年任原西北煤炭电机厂厂长；2004年改制后任宁夏西北骏马煤矿电机制造有限公司董事长、总经理、党委书记；现任宁夏西北骏马电机制造股份有限公司董事长。

三十六载的安居“人生”

——宁夏中房实业集团股份有限公司

成立于1982年的宁夏中房，已过36载，为宁夏回族自治区的发展贡献了自己的力量：从火车站到解放街道；从银川第一个商品房小区唐徕小区到银川一中新校区……宁夏中房不但为宁夏回族自治区建造了第一个全国优良样板工程（唐徕小区63号楼），也为宁夏回族自治区建设了一个又一个“宁夏记忆”和“宁夏地标”。

近年来，宁夏中房坚持从开发商向服务商的转型，轻资产项目正式起步，以地产主业为基础的“房地产+”模式初见雏形。2017年，宁夏中房与万科集团达成战略合作，共同创办中房万科实业公司，率先在银川、西宁开疆扩土。

“买好房，找中房”是一句流传于市民中间的顺口溜。作为宁夏成立时间最早、累计开发规模最大且首家取得国家一级资质的房地产开发企业，宁夏中房这个品牌在西北市场已经被人们广泛熟知。截至目前，宁夏中房涉及房地产开发、金融、教育、养老、采暖供热、物业服务等多个行业，在银川、西宁、陕西咸阳等地拥有一家房地产开发企业，累计开发面积超过1000万平方米，服务业主人数超过10万名。

2015年，宁夏中房投资建设景博中学，正式进军教育产业。2017年，宁夏中房顺利取得民办高中教育资质，逐步形成从幼儿园、小学、初中、高中到培训学校的“全龄段”教育体系；2017年中房养老公司正式成立，10月，玺云台康养中心正式开业。

经营向好：可持续发展的企业才是好企业

近年来，宁夏中房在所进驻的城市和行业，都向社会交出了不错的成绩单：房地产主业上，2017年度，集团系统各地产公司全口径销售额突破37亿；大本营银川市场业绩良好，不但夺得2017年度宁夏回族自治区销售冠军，而且连续第十四年获评银川市“房地产开发企业10强”。集团下属的西宁公司连续多年稳居西宁房地产行业综合实力排名第一名，开发建设的中房·国际村、中房·萨尔斯堡成为西宁市地标；咸阳公司自成立以来，综合实力稳居咸阳房地产市场前三。

在集团进驻的其他行业，成绩同样骄人：中房小贷公司连续多年稳获“全国小额贷款公司竞争力100强”企业称号，景博全龄段教育体系初具规模，在校学生阳光、健康成长，计划用5年时间把“景博”打造成银川乃至宁夏民办教育的领跑品牌；中房物业作为西北首家新三板挂牌上市的物业服务企业，成为宁夏口碑最好、服务质量最高的物业品牌之一，在区内承接了政府、医院、学校、银行、商场、住宅等多种类物业服务，广受社会认可。

企业持续盈利，纳税情况正常，员工收入增加，社会口碑良好，发展前景乐观……宁夏中房对好企业的定义，就是这样。

重客户导向：从开发全过程关注客户需求

“只有跑在别人前面才能生存。”这是宁夏中房有关“生存”的悟道。对中房来说，企业的生存意味着不断突破与挑战，简单的合格、达标并不足以支撑优秀的企业继续发展。宁夏中房这个品牌的长青不老，是中房人的坚守：从银川市老火车站，到宁夏科技馆；从宁夏商业大厦，到解放东街商业楼群；从北京路上的中房桥，到北塔湖畔的中房林；从唐徕小区到玺云台……从20世纪80年代开始，宁夏中房在银川创造了几代人心中共同的地标，中房品牌就自然而然在市民中传承了35年。

2017年5月18日，宁夏中房集团成立35周年庆典上，集团执行总裁张君女士向全社会做了战略发布，概括阐述宁夏中房成立至今走过的四个阶段：

品牌1.0时代，宁夏中房靠质量起家；

品牌2.0时代，宁夏中房更关注品质与文化，为产品融入了更多生命力；

目前，宁夏中房围绕“168社区生活服务体系”成功转型，已经进入了“社区美好生活

银川中房物业完成股份制改造后，顺利挂牌，成为西北首个新三板上市的物业企业

服务商”的品牌3.0时代；

未来，中房的目标是进入“让美好自然发生”的品牌4.0时代。

从品牌1.0时代到品牌4.0时代，宁夏中房面对每一位客户都充满诚意：从房子的设计、建设、营销、等待、售后、居住等各个阶段，都在贴心为业主护航。

设计阶段，宁夏中房除了考虑房屋的使用功能，更注重研究如何让人住的更自由、更舒适。宁夏中房规划的168社区生活服务体系，要求所有在建项目在社区都成为一个和谐大家庭，内部包括“健康服务中心”“儿童娱乐中心”“长者活动中心”等六大中心；外部辅助以银行、药店、果蔬商店等八大商业配套，确保满足居民日常生活需要。

建设阶段，中房坚守传统优势严格把控产品质量关。“视质量如生命、担责任于泰山”，对工程质量的要求近乎严苛，中房工地的建筑要求标准，比国家标准还要高，近年来公司内部检查的现场实测实量合格率均在95%以上，部分工地能达到100%（国家要求80%）。从沙子水泥的质量与配比，到楼宇管线布置的位置，宁夏中房的工地上样板领路、全程监控，保证所有施工细节都对得起客户。

销售阶段，宁夏中房不允许销售人员给客户开“空头支票”，以任何欺瞒形式蒙蔽客户，在售现场施行“项目开发不利因素告知”义务，如附近商业体可能造成的光污染、噪音污染，房屋周边有加油站、大型停车场等可能对客户产生不利影响的区位弱势，都会在选房阶段统统告诉客户，不会掖着藏着，不会让客户因为不了解、不知道而花冤枉钱、跑冤枉路。

等待阶段，宁夏中房对客户敞开胸怀、坦诚相待，为解决开发商与客户之间的信息不对等，宁夏中房在整个宁夏房地产行业创新施行“工法展示”和“业主预验房”，就是把房屋建造过程中的各种隐蔽工程，通过展示墙的方式，集中陈列给客户，把客户看不见的“内幕”提前展示，统统摆在明处，让客户眼见为实。2017年4月，中房·粹园项目提前达到准交付标准，开展业主预验房活动，高标准、高规格、高质量的准新房让业主欣慰不已。

入住后，宁夏中房持续关注业主生活，项目体检、入住回访等活动，每一位中房业主，都能感受到“中房社区一家人”的美好承诺。

因为对品质的坚守，宁夏中房在银川和西宁市场屡创销售奇迹，赢得社会认可。中房开发的楼盘，屡获市级、省级各类建筑质量奖，中房·东城人家、中房·丽景湖畔、中房·高尔夫家园、中房·粹园、中房·玺云台荣获国家建筑行业最高奖“广厦奖”，中房·玺云台、中房·萨尔斯堡获得国家绿色建筑三星、二星设计标识，成为宁夏、青海市场上的明星楼盘。

持续创新:做最懂西北市场的开发商

“专注品质,用心筑家”是宁夏中房的品牌理念,也是植根于每一位中房人心中的行事方针。宁夏中房认为,品质包括质量、文化内涵、科学技术、体验式服务等。从公司内控角度来看,为了保证中房品牌的生命力,宁夏中房的管理正在努力向行业标杆看齐。作为宁夏唯一一家加入“中城联盟”(中国房地产行业最大企业联盟)的会员企业,宁夏中房从战略制定、材料供应与采购、成本控制、建设标准、管理体系、销售策略等多个方面向“联盟”取经修炼,2017年牵手万科后,宁夏中房在不断对标、不断完善的过程中稳步上升。

顺应时代发展,科技住宅和全品房,已经成为当下潮流,对宁夏中房来说,如何让科技照进现实、为房子带来生命、让居者感受更多便利成了宁夏中房的最新课题。

对房屋的技术创新,宁夏中房一直当之无愧的领跑于银川房地产市场。由于银川处在地震带,住宅的抗震技术一直是业内关注的重点之一。早在1995年,宁夏中房就在全区内率先采用当时全国领先的滑移减震技术。2008年汶川大地震后,宁夏中房组织专家考察团,第一时间赶赴地震灾区现场,实地调研房屋抗震性能提升办法,并于中房·东城人家项目实施过程中制定并执行“磐石计划”,从设计、建设等多个方面全面提升房屋抗震性能;中房·玺云台项目在宁夏区内首先采用“橡胶垫隔震技术”,为住户的安全又加了一份“保险”。

同时,宁夏中房在宁夏本土和青海西宁首推“绿色建筑”理念,做“宁夏、青海绿色建筑倡导者、先行者”。公司建设项目先后通过了国家2A级住宅性能认定和国家绿色建筑设计评价标识二星级标准认定;宁夏中房西宁公司目前在建的所有项目均通过国家绿色建筑设计评价标识二星级标准认定。中房·玺云台采用的“恒温、恒湿、恒氧”“同层排水”“24小时置换新风”等绿色科技,领跑宁夏人居,获评绿色建筑设计评价标识3星级认定,受到了住建部领导、房地产行业大佬任志强、冯仑等权威专家热情点赞。任志强在中房·玺云台参观时向记者表示,在宁夏,中房·玺云台这样的科技住宅还太少,但这是发展趋势,绿色科技是房屋建筑的必由之路。

中房·玺云台、中房·东城人家、中房·高尔夫家园等知名项目,赢取了全国地产界建筑质量、绿色建筑、科技创新等多个大奖,其中很多都是“宁夏首家”。2017年,中房·玺云台喜获“全国绿色建筑创新奖”,是继中房·东城人家后第二次摘得全国行业大奖。

2018年,中房·东方韵、中房·苏荷阳光接待银川市住建局、质量监督站、贺兰县住建局等各级部门组织的相关领导、业内同行的观摩活动。参会代表纷纷表示,从房屋的建设标准，到科技含量，再到交付流程和物业服务，中房项目已站在了新的行业高度。

在创新、发展、进步的路上，宁夏中房从未止步，砥砺前行。

社会责任：做公益是做慈善的升级版

作为宁夏慈善总会的创会成员之一，宁夏中房从未忘记回报社会，播撒爱心。近两年，确立了三个贴合企业特色、关注社会热点的公益方向：一是关爱农民工子女，二是关爱社区独居老人，三是传播健康生活理念。

每年高考结束后，宁夏中房及时了解中房工地的农民工子女升学情况，对考上大学的农民工子女，给予助学金奖励。与此同时，宁夏中房与银川市农民工子弟学校——兴庆区24小结成长期公益伙伴，为学校出资建立"中房阅览室"，丰富学生课余文化生活；定期组织员工与孩子们外出游玩，增长见识；今年"六一"儿童节来临之际，集团领导、员工前往学校，为孩子们送上丰富的文体用品和奖学金，与孩子们共度佳节，鼓励孩子们快乐、健康成长。宁夏中房还以农民工子女真实故事为案例，拍摄反映农民工子女上学难的公益广告，受到社会好评。

如果说孩子是我们的希望，那老人就是我们每个人的牵挂。宁夏中房尤其关注社区老人的生活质量、精神健康问题。168体系中明确要求中房项目建立老年人活动中心，中房·玺云台还将建设全区首个嵌入式社区老年人帮助中心。日常生活中，中房物业的客服经理都对辖区的独居老人格外"上心"，定期走访，帮着老人跑腿买菜、收拾屋子，陪老人外出散步、谈心说笑都是他们的日常工作。

长期捐资帮助农民工子女上大学

2015年重阳节，宁夏中

房组织“重阳敬老百叟宴”，家住中房小区的百余位老人欢聚一堂、饮酒叙旧，场面热闹。2016年开始，重阳敬老活动延续为“敬老月活动”，丰富的文化表演活动、健康体检活动走进中房社区，老年人的精神、文化生活得到进一步保障。2017年5月18日，宁夏中房“司庆日”当天，没有铺张浪费大办仪式，而是拿出1000万元回馈社会，其中包括修缮老旧小区、成立关爱老年人特别基金。每年妇女节、端午节、冬至等重要节日到来时，社区还会组织丰富多彩的休闲娱乐活动，邀请老人家到场参与，以免独居老人“每逢佳节倍孤寂”。这些年，宁夏中房的慈善事业从单一“捐款”走向了普惠“公益”，不再一味强调物质帮扶，更多的关注健康生活理念的推崇。不但在公司内部，推行健身文化、阅读文化，还致力将这种正能量播撒社会各界。

从2014年开始，宁夏中房在银川、西宁推行的全程乐跑活动，近万名市民热烈响应，“西宁慢跑节”已经成为当地市民喜闻乐见、积极参与的“人造节日”。2015年，宁夏中房联合《新消息报》，冠名主办2016—2018年银川“元旦乐跑”活动。2018年第一天，宁夏中房集团董事长方陆热情领跑，超过5000人参与新年乐跑，健康、快乐的乐跑正在塞上湖城演绎。

除此之外，在环境保护、支持教育等方面，宁夏中房同样伸出援手：作为SEE会员，宁夏中房常年支持生态环境的改善，累计捐款近百万；2016—2018年教师节，宁夏中房通过景博教育基金会，向银川二中、景博中学、银川实验小学累计捐赠超过400万元，用于奖励优秀教师、支持学校发展。

赠人玫瑰手有余香，宁夏中房向社会播撒了爱心的种子，也必将收获满园鲜花。2016年宁夏中房荣登“首届宁夏慈善榜”，2018年宁夏中房再次上榜“第二届宁夏慈善榜”。

宁夏中房也许不是区内体量最大的企业，但在所进入的行业和领域，宁夏中房积极争做行业领跑者。旗下品牌，正在持续影响宁夏乃至西北的人居、生活习惯。

【相关链接】

方陆，毕业于宁夏大学，现任宁夏中房集团董事长兼总裁，国家一级运动员（攀登类）。15年来，企业销售总额、纳税总额、产品质量等多项指标连年位居宁夏、青海第一，并带领企业获得“广厦奖”“国家级诚信企业”“国家绿色建筑”“国家优良工程”“西部品牌企业”等荣誉。

二十年拼搏耕耘　二十年辉煌历程

——宁夏住宅建设发展集团有限公司

宁夏住宅建设发展集团创建于1997年，是一家集房地产开发、建筑工程设计、建筑工程施工、建筑工程监理、建筑新材料开发、物业管理、玫瑰园林绿化、咨询服务及酒店管理为一体的综合型集团公司。国家一级房地产开发资质的民营企业。

20年的发展历程，宁夏住宅集团用辛勤的汗水，求真务实的作风，坚韧不拔的精神，艰苦奋斗、开拓创新，20年拼搏耕耘，走过了20年辉煌的历程。

金源大厦（办公场所）

二十年的辉煌业绩是干出来的

宁夏住宅建设发展集团有限公司总裁、党委书记王新生

1997年9月28日北安小区安居工程正式奠基，银川市首家经济适用房示范项目开工建设。也是宁夏住宅集团首次承担为百姓筑家建房的光荣使命。高度的责任心、精心的策划、精准的设计，一个布局新颖、造价不高、功能齐全、环境优美、体现不同层次功能需求的经济适用房北安小区展现在人们的面前，轰动了当时的宁夏房地产界，成为宁夏经济适用住房建设的亮点，也是宁夏房地产对外宣传的名片，受到社会各界的好评和认可。时任党和国家领导人、宁夏回族自治区领导人温家宝、曾庆红、吴官正、姜伟新、陈建国、马启智、王正伟相继到北安小区视察，对小区的建设给予了高度的评价和赞誉。

2003年新世纪花园的建成是公司发展中的第二部杰作

独树一帜的设计理念，清新雅致的居住环境，水景风情商业街处处体现着江南园林的特点，带动了整个银川市南部城区的开发建设，是银川市南部城区最大的现代智能化居住区，荣获银川市住宅小区人居环境奖。

2005年4月清水湾绿色生态住宅示范项目开工建设，开创了宁夏绿色生态住宅的先河

体现了北美风情，人文市镇的风貌，被评为宁夏唯一的国家级绿色生态住宅示范项目，住宅性能国家认定为AA级。清水湾幸福枫景项目进一步提升了绿色园林生活，健康生活新理念，打造运动、快乐、健康、幸福的居住环境，倡导住宅引领生活的新观念、新时尚，清水湾幸福枫景荣获国家房地产最高奖项“广厦奖”。

二十年来集团先后开发建设项目

金源大厦、建设大厦、燕赵大厦、名人国际大厦、宁夏人才大厦、住建厅综合办公楼、平罗汽车站、府地金源、嘉木花园、逸馨苑、凤凰园等住宅项目，还承担建设了银川

防非典隔离留观站，建设了宁夏新型抗震设防标准化小学，圆满完成了两项关于人民生命安全的重大工程。宁夏回族自治区领导赞誉宁夏住宅集团是特别能战斗，能打硬仗的建设队伍。20年来集团完成总建筑面积280多万平方米，总投资达到102亿元人民币，为宁夏房地产业和经济发展做出了突出贡献。

诚信铸就了宁夏住宅荣誉的光环

20年风雨兼程、20年辛勤耕耘，宁夏住宅人始终坚持“诚信、服务、质量、效益”的经营理念，把“让我们的业主都有一个满意的家”的宗旨始终贯彻于房地产开发及施工管理的全过程，提出建筑产品实现“零缺陷、零改造、零维修”的三零目标。打造出了一批节能低碳、绿色环保的高品质建筑精品，赢得了良好的经营业绩和社会口碑。公司连续四年荣获宁夏回族自治区“百强企业”，连续13年荣获银川市“房地产开发十强企业”，多次被评为银川市“守合同重信用”单位，银川市“诚信企业”，银川市“AA级纳税企业”、宁夏回族自治区“百强纳税企业”，并荣获“中国房地产企业信用等级AAA级企业”、全国房地产诚信企业、国家工商总局“守合同重信用”单位、全国企业文化建设示范单位、全国助残先进集体等200多项荣誉，为创建企业品牌，建百年老店打下了坚实的基础。

宁夏住宅集团在市场经济大潮中发展壮大

20年弹指一挥间，宁夏住宅已经走过了辉煌的20载春秋，集团从一家小公司发展到拥有16家公司组成的企业法人联合体，总资产30多亿元人民币。成为集房地产开发、建筑工程设计、建筑工程施工、建筑工程监理、建筑新材料开发、物业服务、咨询服务、广告策划、生态旅游及酒店管理为一体的综合型集团公司。创建了十大资质优势，搭建了集团资源共享的平台，市场产业链不断拓展。开发公司取得国家房地产开发一级资质，工程公司取得国家房屋建筑工程施工总承包一级资质，监理公司取得国家房屋建筑工程监理甲级、市政公用工程监理甲级资质，物业公司取得国家物业管理一级资质，宁夏住宅在市场经济大潮中扎稳了根基，得到长足发展。

热心社会公益事业，企业发展不忘回报社会

20年来，公司在取得经济效益的同时，时刻不忘回报社会，积极参与社会公益事业，热心慈善事业，扶贫助残，奉献企业的爱心。集团为宁夏回族自治区希望工程捐款100多万元，为宁夏残疾人事业捐款200多万元，为宁夏慈善总会捐款600多万元，多次

为地震灾区人民捐款、为环卫工人捐款、为贫困母亲捐款、为贫困大学生捐款、为社区捐建活动室、治安室、自行车棚，为社会捐赠廉租房，为辖区困难户送慰问金、慰问品。多年来坚持送温暖献爱心活动，向社会各类公益事业捐款捐物总额达2800多万元，为宁夏社会公益事业做出了突出贡献。

牢记党的宗旨，增强党性观念，创建服务型党组织

宁夏住宅集团属民营企业，集团党委书记王新生同志非常重视民营企业的党建工作。几年来，在区直机关工委、宁夏回族自治区非公经济组织和住建厅机关党委的领导下，集团党委一班人坚信党的领导，依据国家对民营非公企业党建工作的基本要求，做到了“两个覆盖、两个作用、两个队伍”即党的组织全覆盖，党的工作全覆盖；党的核心作用、党的引领作用；党的书记队伍、党的指导员队伍，在加强和改进党建工作中取得了突出的成绩。围绕贯彻落实党的各项方针政策，扎实开展“两学一做”学习教育和服务型基层党组织创建活动，充分发挥党组织的政治核心作用和政治引领作用。2016年集团党委被评为宁夏回族自治区非公企业“双强六好”基层党组织。

集团党委认真宣传贯彻十九大精神，认真贯彻落实区直机关工委、区非公经济组织和住建厅机关党委关于创建服务型党组织的文件精神，积极开展服务型党组织创建活动。结合民营企业的工作特点，开展以服务企业品牌建设、服务企业发展、服务业主、服务员工、服务党员为主要内容的创建活动，取得了很好的效果。

服务企业品牌，为企业持续发展保驾护航。品牌就是企业发展的竞争力。围绕集团的中心工作，强化企业的品牌建设，建优质精品工程，树立“工程质量零缺陷，安全零容忍”的责任意识，以精品工程树企业形象，提高了企业员工品牌意识，并提出了建设百年老店的战略目标，努力创建宁夏住宅优质品牌。

服务企业发展，为创建服务型党组织丰富内涵。围绕集团“中心”工作，各公司坚持诚信守法经营，自觉担当社会责任，按时纳税。同时，引领企业文化建设，将企业的经营理念，宗旨意识，价值观念与党建工作有机结合，为企业发展注入了正能量。

服务业主，为创建服务型党组织做好载体。各党支部结合企业特点，开展“四心”服务，一是服务客户要热心；二是化解争议要有爱心；三是接受咨询要尽心；四是办理业务要精心。要做到来有迎声，问有答声，谈有笑声，去有送声，以热心换回客户的真心。使许多客户成为回头客和忠实客户，让客户和业主感到很满意。

服务群众，为创建服务型党组织凝聚民心。集团党委坚持把服务群众放在重要位置，各党支部对员工群众在政治上关心、生活上关怀、工作上关爱，坚持开展争先创优

活动、评比表彰先进、开展道德大讲堂活动，树立先进典型，弘扬奋发进取的敬业精神。在员工福利上解决供给绿色环保食品。随着企业的发展，员工的物质文化生活在不断提升，促进了企业的和谐发展。

服务党员，为创建服务型党组织提供组织保障。各公司党支部开展“共产党员示范岗”活动，配发了党章、党徽，激发党员立足本职，爱岗敬业，率先垂范的荣誉感和责任感。集团党委组织全体党员赴井冈山、延安、西柏坡等革命圣地参观，进行红色革命史教育，增强了党组织的凝聚力、保持了党员队伍的先进性和纯洁性。

几年来，党委通过创建服务型党组织，评星考核，开展贯彻落实“三强九严”工程，进一步加强了党的基层组织建设和党员队伍建设，发挥基层党支部的战斗堡垒作用和党员的先锋模范作用，营造积极向上的精神氛围，培育和践行社会主义核心价值观，不忘初心，牢记使命，做新时代政治合格的共产党员。

新起点、新征程、再创新辉煌

宁夏回族自治区60年大庆，也是宁夏住宅集团的20年大庆。宁夏住宅通过庆典活动，展现全体员工的精神风貌和团队意识，使全体员工增强荣誉感和使命感，进一步增强企业的凝聚力和战斗力。我们要把庆典活动作为集团发展的新起点、新征程。进一步谋划好企业持续发展的战略目标，认真学习和把握国家的大政方针，牢牢把握当前市场经济发展的阶段性、地域性特征，结合集团20年发展的成功经验和品牌效应，制定和推进“三个区域”（银川片区、京津冀雄安片区、阿曼片区）发展战略。

作为实力雄厚的多业态、多产业、多类型地产集团，宁夏住宅建设发展集团正以卓越的行业表现和优质的地产项目，悄然改变着城市的格局，改善着居住环境的品质。现如今，多个地产项目正在如火如荼的多元推进。

清水湾·幸福枫景——国家“广厦奖”项目，优越位置，景观、样板户型、完善配套、一级物业等元素的构成，项目现已成为银川市住宅项目的标杆代表。

燕赵大厦——银川市阅海湾中央CBD核心项目，建成后将是集办公、公寓、星级酒店、高端商业中心为一体的新兴城市综合体。

阿曼（杜古姆）产业园——该项目为海外全产业链项目，由宁夏回族自治区政府招商引资，总投资107亿美元；随着国家“一带一路”的提出，作为西部区域中心城市银川跃升为我国对外开放的前言，成为推进“一带一路”建设的战略支点；公司全面参与建设阿曼（杜古姆）产业园，对推动宁夏与中东国家“一带一路”合作将起到积极地促进作用……

宁夏住宅建设发展集团正在通过自己的雄厚产业实力与专业娴熟技术不断构筑和助力城市发展的未来。

这是一个波澜壮阔的时代，这是一份基业长青的事业，宁夏住宅人会继续本着“诚信、服务、质量、效益”的经营理念，用时代建筑精品引领行业发展；时刻牢记“让我们的业主都有一个满意的家”的企业宗旨，扬幸福之帆远航，执感恩之桨渐行。

【相关链接】

王新生，汉族，1953年出生于河北乐亭，中共党员，中国社科院研究生学历，高级工程师、高级经济师，国家注册一级建造师，宁夏住宅建设发展集团有限公司总裁、党委书记，银川市兴庆区2007年第二届、2012年第三届人大代表；银川市2004年第十二届、2009年第十三届、2014年第十四届人大代表；宁夏回族自治区2012年第九届、2017年第十届政协代表；宁夏回族自治区2007年第十次党代会代表。先后荣获“宁夏回族自治区五一劳动奖章”“宁夏回族自治区首届道德模范”“全国建设系统精神文明建设先进个人”“全国建设系统劳动模范”“全国五一劳动奖章获得者”“全国道德模范提名奖”。

两代朴实“庄稼汉”扎根土地二十载 谱写昊王米业风雨故事

——宁夏昊王米业集团有限公司

就在CCTV大型纪录片《航拍中国》的镜头里，我们可以看到壮阔劲美的黄河两岸，分布的块块稻田水满欲溢，阳光之下犹如明镜，一派生机盎然的景象……这正是我国优质水稻生产基地之一黄河宁夏灌区。或许很多人会称赞这里得天独厚的自然资源优势，但是殊不知，形成今天在全国乃至世界有名的壮观景象，背后是一代代农民同胞们辛勤汗水的浇灌。

王忠，地地道道的农民的儿子，风雨无阻几十年，扎根黄土地，铸就农业大智慧。他用勤劳勇敢的纯良品德，以坚韧不屈的奋斗，打造出宁夏唯一走向国际的大米品牌“昊王”，建设出宁夏“粮食银行”。他的创业故事曲折却充满力量，见证了中国农民在改革开放40年的经济浪潮中实现价值的不凡历程。

宁夏昊王米业集团有限公司厂景

传承勤劳朴实“家风” 历经磨难炼就商业眼光

宁夏昊王米业集团有限公司董事长王忠

初次见到王忠，你似乎看到了自己家乡亲切的农民长辈，慈眉善目中透露着亲切和朴实，但脸上也被岁月刻画了一丝丝的沧桑。用他自己的话说：“我是农民的儿子，男儿不吃十年闲，父母将我培养成人后，从村、队上的保管、出纳、记分员到乡镇企业10余年的历练，什么苦我都能受，什么苦我都不怕，就是怕穷，我要创办企业的初衷很简单，就是为了多挣点钱，改善全家10余口人的生活环境，报答父母的养育之恩，改变自己的命运，想出人头地”。落座后的王忠董事长徐徐而谈，娓娓道来往昔创业故事。

“没有粮食的日子真的很苦，当时看到父母经常唉声叹气，心里很不是滋味，我也暗下决心要出人头地，勤劳致富改变这种命运。”王忠这样说道。尽管生活很难，可王忠的父亲一直踏实肯干、思想前卫，积极乐观地想办法为全家生计奔波。五六十年代，国家解放土改之后，荒地上有了农场渠，王忠父亲充分利用机会开荒种地，黄豆、黑豆丰收，甚至扩大生产有了牛、有了车。除了之外，父亲还坚持让王忠姊妹兄弟学习知识，供他上完小学和半工半读的初中园艺专业……这些不屈不挠的做法都让王忠看在眼里，更让他传承了这种既朴实又敢想敢干的“家风”，为以后的创业带来很大帮助，受益无穷。

此后数十年的成长中，正值青春年华的王忠不怕苦、不怕累，同时展现出天赋异禀的商业头脑和才华。1968年知识青年下乡参加农业生产队，王忠不仅努力劳动，而且创新了记工分方法，令队长大为赏识，随后记账、采购等更多工作落到王忠身上，吃苦耐劳的他很有一套，经常高效完成任务，还结识了不少朋友，拓宽了人脉资源。1978年改革开放政策实施，全国上下鼓励创业致富，公社再次提倡大办乡镇企业，此时的王忠在各项工作劳动的锻炼中已经更加成熟，大展拳脚兴办了建工队、食堂、磷肥厂、牛奶厂等，创收成绩明显，被任命为综合厂厂长。尽管干的风生水起，但是受到当时社会环境的限制，王忠同样面临着父辈遭受的吃不饱饭的生活压力，已经成家立业有儿有女的他觉得一定还要努力奋斗。

凭着坚定的信念和魄力，王忠在1983年国家实施农村土地承包政策后直接回到家乡，走进了田间。不同的是，王忠不拘泥一味的劳作，他把种地放在经营生产的高度，经济条件困难的情况下大胆贷款，购买拖拉机农业用具，提高生产效率，同时还寻找更多赚钱的机会。直到1993年，王忠与粮食打上交道，通过自己广阔的人脉、商业眼光进行大米贩运，再到加工出售，很快赚到了1.3万元的“第一桶金”。

“这第一桶金来得不容易，当时条件简陋、经费有限，我们夫妻俩就在租来的5间简易房里承揽大米加工的所有工作，只有一台小型大米加工设备，运输工具却还是那台四轮拖拉机，受冻受累都挺过来了。”王忠感慨到，可也就在这样艰苦的环境下，王忠在1996年成立了灵武市兴旺精米厂，正是昊王米业的前身。

1998年，一个新的机遇到来了，洪水把东北铁路、公路冲断了，这个时候全国各地的经销商都朝宁夏涌来要大米，新疆、乌鲁木齐、西藏、青海、甘肃、陕西、石家庄、张家口等地的客户都过来了，王忠当即决定扩大再生产，新购置了两台150的碾米机，加快效率。但是新的问题又来了，由于靠路边的原因，一台设备安装不上，王忠心急如焚。就在这个时候，他的一个新疆朋友来了。这次来他带了30万元准备收购大米，他决定把这30万元全部交给王忠，等王忠的设备安装好之后，用于收购他加工的所有大米。之后不到一周，大米就开始疯狂涨价，今天六毛钱，明天六毛二，可王忠还是按照当初说好的价格加工，虽然那个时候没有合同，但是说到做到，王忠依约将加工好的大米运送到新疆。正是因为这份守信，直到现在他们依旧还有业务往来。

虽说无商不奸，但是王忠知道只有诚信才是企业长久发展的根本。所以，他一直立足诚信经营。当时，大米市场鱼龙混杂，很多商贩以次充好。以前开面粉厂时，他曾去过映北市场做实地考察，发现消费者对好的产品认可度很高，但是品质差的劣质产品，消费者并不认可，买的人很少，由于那时候面粉厂都没有名字，很容易混淆。“这是谁加工的，这是王忠加工的，这是徐超加工的，我就要买王忠的……”王忠从中得到一个启发，就是一定要创建自己的品牌。要想做自己的品牌，就必须有先进的设备、先进的工艺，只有这样才能生产出优质的大米，塑造好的品牌。由于他曾在综合厂工作过，对原材料很熟悉，并且有过大半年的技术研发经历，因而他开始自己琢磨工艺怎么做，碾米机怎么装。与此同时，王忠进一步进行设备改造，将大米加工流程“透明化”，当经销商来到厂里时，就可以一目了然地看到加工程序，从而以诚信服人，与客户搞好了关系。久而久之，呼和浩特、张家口、新疆等远方的客户都被吸引而来，甚至直接住在王忠家里，形成了良好的合作关系。正因为王忠审时度势、大胆升级，企业生产规模不断扩大，日加工水稻200吨的生产线投入生产，而且获得首批“国家工业产

永宁粮食银行

品生产许可证”。

老子英雄儿好汉　农民父子良心治企谋发展

2003年时，兴旺精米厂的经营已经进入到了正轨，有着不错的市场口碑，业绩也持续上升。但此时的王忠已经上了年纪，曾经的棒小伙偶尔也会身体不适。令人欣慰的是，王忠的儿子王建华、王建宁十分精明能干，并且特别孝顺。这让王忠心里非常踏实，他学着当年自己的父亲一样，同开放、信任的心态拥抱孩子们，将企业的很多工作逐渐交给他们处理，此时兴旺精米厂即将迎来又一次的全方位升级。

老子英雄儿好汉，王忠的两个儿子正值市场经济环蓬勃境下成长起来的青年，思想与时俱进、敢于挑战。于是，新鲜的“血液”注入企业当中，带来更大的发展空间。上阵父子兵，齐心搞经营。王忠和儿子细心观察市场发现，20世纪年代中后期的中国，随着改革开放，经济增长，人民生活水平的提高，销售者对产品质量、品牌的依赖也逐渐提高，打造品牌，尤其是打造知名品牌迫在眉睫。于是，又是3年的时间，王忠再次投入技术革新资金2000万元，对精米加工机械无生产再度提升突破，产品品质得到更大升级。

产品品质可以带来优质的口碑，可消费者的认知度、品牌美誉度还没出来。于是，王忠强调，必须要把品牌建设提上日程。再三考虑后，王忠决定以西夏昊王历史中文化风情为优质大米产品赋予“灵魂”，注册了“昊王”商标，品牌之路就此铺开。2003年到2006年之间，“昊王”精制大米凭借高质量、独特包装等优势深受经销商和消费者的认可与青睐，“昊王”品牌的影响力逐渐从西北地区到北京、上海、深圳等大中城市中传播开来。

影响力打造过程中，“昊王”品牌陆续荣获“宁夏品牌产品”“中国粮食行业协会‘放心米’”、国家农业部“无公害产品认证”等至高无上的荣誉。就在2006年，高瞻远瞩的王忠与儿子们又有更大的挑战创新计划，申请注册正式成立了“宁夏昊王米业有限公司”，家族企业向着现代股份制企业华丽蜕变。

大胆创新再转型　服务三农迈向企业腾飞阶段

2006年，随着“昊王米业有限公司”的成立，王忠也意识到，现在股份制企业已经不是自己一个人、一个家庭的事，要想取得更长远的发展必须与时俱进，从技术、生产工艺、市场渠道、内部管理、品牌建设等各个方面打开“闭环”，而此时，国家“三农”政策已经实施起来，农村呈现出良好的发展局面，粮食生产出现重要转机，农村改革迈出重大步伐。王忠审时度势，大胆创新再转型，于是改变思想，以“服务三农”为发展方向模式，一系列的创新举措开始实施。

开辟出转型新路后，王忠和儿子们先从内部管理入手，大力引进现代企业管理体制机制，企业构建了从董事长、总经理、党支部、工会到中层骨干、财务管理、质量管理、后勤保障等运行机制，同时聘请大量高学历、专业技能人才，整个企业管理体系日趋完善成熟。

“置业先齐家”，内部管理建设走上新轨道后，面向的就是对外市场，产品质量、品种等丰富的矩阵急需打造。为此王忠四处奔波，深入到全国各地参加“大米深加工研讨会”，听取农业专家们的学术报告，并且展开“原生态种植有机大米”的课题研究，成立“昊王公司科技研发中心”，大胆从理论到实践，努力创新。2008年，600亩的原生态种植实验田开始投入研发生产，最终获得成功，“昊王有机大米”与广大消费者见面，纯天然无污染的绿色品质深受消费者的青睐，成为“米中贵族”，得到国家认证中心的肯定，“昊王”品牌逐步打入了西安、北京、上海、深圳等大中城市的超市专柜，属于高端大米产品的代表。2009年，成立了优质水稻种植专业合作社，自建基地达到1万亩。推出“昊王”牌有机发芽糙米、有机大米、营养强化米、胚芽米、富硒大米、宁粳43长粒香米等20个系列80多个单品。

一番努力下，“昊王米业”从2007年开始企业进入了腾飞阶段，实现了生产规模、销售业绩的大翻番，当时公司占地面积64000平方米，建筑面积达到28000平方米，总产值

宁夏大米深圳推介会

9400万元，固定资产5325万元。2010年年底，员工数量达到170多名，生产能力达到年产16万吨，销售“昊王”牌系列大米6万多吨，公司总资产达到1.9亿元，固定资产达7600万元。

打造宁夏“粮食银行” 不忘初心助力乡村振兴

“作为企业愿景，我们现在是要聚焦稻米产业，聚焦我们现有的行业，进一步塑造我们昊王产品价值和品牌价值，我们要争做全国稻米产业引领者！”当谈起昊王米业未来的发展时，总经理王建华这样告诉我们，言语中透露出年轻人的雄心壮志，正如父亲当年雷厉风行、迈步飞跃的精神被他传承了下来。

转型谋发展的历程中，昊王米业以服务“三农”为宗旨，以改革创新为动力，建立了“产业+科技+资本”的运营模式，同时“龙头企业+粮食银行+联合体+基地”的服务产业模式，开展“产前、产中、产后”多层次、全方位、系统化和专业化“的全产业链服务。另外，企业以“龙头企业+院校+项目”的模式进行科技创新，开展“新产品、新技术、新工艺”科研及应用……就这样，昊王米业慢慢做到了行业领先地位。

值得一提的是，2014年，昊王米业率先在永宁县投资3.05亿元兴建大型现代农业产业化创新项目——永宁粮食银行，为服务三农和新农村建设提供强有力的后勤保障，通过“粮食仓储加工龙头企业+粮食银行+产业联合社+基地+农户”的水稻产加销一条龙服务模式，不仅解决了农民储粮难、卖粮难的问题，实现了农民增收，还帮助失地农民再就业，解决农村劳动力问题，为带动全区民族经济繁荣，民族团结，促进民族、社会和谐发展做出了卓越贡献。因此，该项目被列入“宁夏回族自治区农业重点示范项目”和“新农村建设改革城乡一体化推广项目”。

2015年，集团公司与时俱进，又成立了宁夏塞上优谷电子商务有限公司，通过线上平台下订单的销售模式，为消费者提供送货上门的服务，打造健康安全饮食厨房。这些大跨步式的发展举措产生巨大的轰动效应与社会经济价值，甚至在2015年第三届中阿展会开幕式结束后，得到时任国务院副总理李克强的高度赞赏。昊王米业总经理王建宁分享到：“当了解到发芽糙米是我公司自主研发的产品时，李克强总理表现出极大兴趣并赞扬自主研发新产品的企业行为。”

2017年，党的十九大提出“实施乡村振兴战略”，为此昊王米业积极贯彻实践，发挥龙头企业带动作用，与20家农业经营主体的共同协商成立“昊王优质大米产业联合

五优水稻订单种植户奖励资金兑付会现场

体”;2018年,昊王米业集团将实施“好优质粮食订单”,努力实现昊王农业全程化服务,树立宁夏大米公用品牌,提高昊王大米在全国的知名度和美誉度,让全国每一位消费者吃到高端、放心、健康、绿色的宁夏昊王大米。

后 记

改革开放风雨60年,中国农民生活风貌如何大改变?或许从昊王米业就足以看出,也从王忠、王建华、王建宁两代农民身上见证。这段路既有作为上一代农民的王忠为企业注入吃苦耐劳、大胆肯干的文化力量,也有其儿子王建华作为新时代年轻农民紧跟时代潮流、求新求变的奋斗风貌。

【相关链接】

王忠,汉族,1952年7月出生,中共党员,现任宁夏昊王米业集团有限公司董事长,是中国乡镇企业30年功勋企业家、全国县域经济科学发展突出贡献人物、宁夏十大经济人物获得者。曾担任宁夏粮食行业协会常务理事,灵武市政协委员,灵武市粮食协会副会长。1993年王忠同志创办灵武新华桥镇粮食综合加工厂,1996年创办了兴旺精米厂,2006年注册宁夏昊王米业有限公司,2014年组建宁夏昊王米业集团有限公司。

商海破浪赤子心

——宁夏光耀实业(集团)有限公司

乘风破浪会有时，直挂云帆济沧海。

——题记

巍巍贺兰山，九曲黄河水。被誉为“塞上江南”的银川，作为黄河的流经地，有着古老悠久的黄河文明，它哺育了一代代能人志士，马耀庭就是其中的佼佼者。

2018年6月23日，阳光明媚的清晨，我应约来到了兴庆区宝湖路南端的商务大楼——光耀中心，伴随着热情的笑声，马耀庭用略带普通话的宁夏方言向来访者介绍这栋富有现代化气息及智能化综合的办公大楼，随后便聊起了他创业的种种经历和下一步的发展规划。

吹尽黄沙始见真金

马耀庭是宁夏光耀实业有限公司董事长。他精力充沛、稳健乐观，一双眼睛里似乎永远写满了刚毅和自信。在30年的风雨历程中，他聪明好学、任劳任怨，创造了宁夏回族企业家历史的辉煌。在他身上，我们不仅看出了勇于吃苦，敢于担当，善于经营的本色，还看到了乐商坚毅、锐意进取、大公无私的企业家精神。

1949年，一个被所有中国人铭记的一年，一个不同寻常的一年——新中国成立了。此时，一个小生命也在那一年诞生，谁也没有想到，69年后的今天，他会是宁夏回族自治区商业角色中的佼佼者。1953年，马耀庭随外祖父和父亲落户到了金凤区双渠口村，兄弟姊妹8个，他排行老大，这意味着他比别人肩上的压力更大，担子更重。为了解决生活问题，无奈之下便辍学回家，跟着银川郊区一个有名的木匠学习手艺，严师出高徒，马耀庭不负家人重托，在短短的时间里，不仅学了好手艺，还经常赚几个零钱贴补家用，年少的他便有了成年人的稳重，想的也比别人多，随着年龄的渐渐增长，他对自己的人生规划也有了别样的想法。1968年刚刚成年的马耀庭被招到银川郊区一家农具厂当了一名临时工。1972年，又因为他的踏实能干、为人忠厚又被招进了一家磷肥厂做一名合同工，从临时工到合同工，从乡镇企业到县办企业，这成为了他人生最重要的转折点。1974年，由于化肥厂的倒闭，他跟其他的工友一起转入了银川建材厂，这一干就是6年，时光转瞬，日月如梭，马耀庭在个人的事业上奋力拼搏了12个春秋，12年的风雨兼程，不仅凝聚着他的热血和激情，还磨炼了他吃苦耐劳、坚强不屈的精神，更是他青春记忆的烙印。

宁夏光耀实业（集团）有限公司董事长马耀庭

1978年，党的十三中全会召开，强国富民的政策春风吹遍了神州大地，也吹进了董事长马耀庭的心田，这让独具慧眼的马耀庭从中看到了希望，他渐渐意识到一种具有划时代的社会变革即将拉开帷幕。

马耀庭预料到，中国经济将会迎来跨越式发展，而经济建设也会翻开新的篇章。当他在考虑如何在此大好形势下抓住此次发展机遇，却遭到了亲友们的劝阻，可意气风发的马耀庭还是毅然决然的辞去了建材厂的工作，在宁夏军区制作办公用具，这一干，又是5个年头，虽然在此期间没有赚到很多钱，但却使他在制作方面技艺日臻娴熟，也使他朦胧地意识到中国经济会越来越强盛，人民生活水平也将越来富裕，而家具行业会在未来有大的发展潜力。

商海搏击　初露锋芒

时势造英雄，1982年，改革的春风吹过了马耀庭的耳际，吹进了马耀庭的心头，他决定这一年干一件大事，一个大胆的想法涌现心头，“如果现在办一个木器加工厂，不但能带动周边经济的发展，还能改善邻里的生活水平，”马耀庭说道。于是，他着手干起来，建立了双渠口木器厂，主要做木质木窗和木门，这样一共干了两年，企业效益也是红红火火，党委政府也特别支持，功夫不负有心人，凭借着他熟练的技艺和厚道的人品，很快在双渠口这片土地上享有盛名，在宁夏也很快站稳了脚跟，公司产品还远销陕西、内蒙古等地。良好的开端让马耀庭对未来更加信心十足。

商机总是为那些有头脑、善思考、展未来的人而准备的。公司业绩蒸蒸日上，生意也红红火火。随着房地产业的逐渐兴起，同时也带动了家具、装饰等行业经济的发展，这种产业延伸的趋势又让马耀庭看到了商机。1993年，他又创办了银川郊区装饰工程公司，在建筑装饰市场也占有了一席之地，无疑是为他后来的房地产开发埋下了伏笔。回顾自己创业的种种经历，他淡然地说："我能有今天的辉煌成就，离不开党和政府的殷切关怀。1992年，时任国务院副总理的李铁映来双渠口村视察，我大着胆子提到希望政府支持我在街面上开一家家具专卖店。可没想到政府支持了，将一家店面转让给了我，这也是银川第一家家具城，至今银川的老百姓还记得老光耀曾经的辉煌。"

20世纪90年代末，随着社会经济的发展和城市化元素的注入，经济模式和人民需求也发生了大的变化。家具行业渐渐呈现出了品牌化、多样化和高档化的发展趋势，只有将店里的品牌多样化，让消费者有多种选择，才不致家私城捉襟见肘，所以与时俱进就显得尤为重要，于是，马光耀开始思考如何将家私城做大做强，才不致被淘汰。

智者不惑、仁者不忧、勇者不惧。马耀庭在创业的过程中一再面对困难，多次受阻，当他有了建写字楼想法的时候，贷款受阻并没有让他失去信心。经过多年在商海中的历练，以及在家具行业的打拼，光耀大厦在2001年1月9日隆重开业，这是由家具销售和商务办公为一体的3万多平方米的写字楼，汇聚了70多家知名家具品牌，为塞上银川注入了新的消费理念和新活力，推动了银川家具业的发展。

董事长马耀庭通过一年半在盐池县的经历，使他备受启发，在一片荒泽地上，马耀庭有了盖房子的想法，也在那时，他遇到了贵人张晓汉，他想试试能不能盖起来住宅区，但没想到却成功了，天道酬勤，他成功地开发了电力小区，也因为此次的成功经历，为他后期创业奠定了坚实的基础。2000年成立了光耀房地产开发公司，通过马耀庭坚持不懈的努力，光耀公司在银川已家喻户晓。2002年，公司更名为"光耀房地产公司"。

人间正道是沧桑

"泪水和汗水的化学成分相似，但前者只能为你换来同情，后者却可以为你赢得成功——比尔盖茨。"

2004年，银川新阶段经济的发展又使善于思考的马耀庭陷入了深深的沉思，他深深意识到商业服务是城市发展的驱动力，他不惜重金聘请了国内外著名的设计大师，为新建的商业中心做规划设计。同时，多次邀请知名专家为项目提出宝贵的意见。并及时提出了大型项目——光耀美居中心。

2005年12月，光耀美居中心，以独特的雄姿在银川的大地上拔地而起，成为银川标志性的建筑之一，为银川注入了新的文化气息。现如今，光耀美居已成为银川家具行业的龙头企业，最大限度了提升了光耀实业的社会影响力，他大胆地将新的文化、新的经营理念注入公司，引领新时代的潮流，并为公司引进优秀人才，使光耀集团在激烈的市场竞争中立于不败之地。

经过宁夏回族自治区政府以及党委政府的大力支持，光耀与中国建筑界的龙头企业北京居然之家、中国500强企业华润万家、国内著名的家电企业国美电器等企业实现了强强联手、优势互补的局面，在此战略合作中实现共赢。通过此次合作，不仅带动了银川商圈的发展，还为市场的可持续发展奠定了坚实的基础。

鲲鹏展翅　志在蓝天

在他的脑海中，事业的起跑线从未间断，如何将光耀做大、做强，是他一直思考的问题。

2013年，马耀庭已经迈过了65岁，处在这个年纪的老人，一般都颐养天年了，可他依旧在事业的道路上拼搏着。他又把眼光转向了宁夏回族自治区中宁县，并投入了巨

家具品牌交流会议

资，建设宁夏光耀荣城和光耀美食街项目。

马耀庭对美食街的经营理念，有自己独到的见解，他提出：“前三年，入驻美食街的商户不收租金，前提是一种产品只选一位商家。”这个思想战略不仅提高了美食街的经济效益，还为居民改善了居住条件，促进了城市建设，带动了周边经济的发展，同时，也弘扬了回族的民族文化。公司着力打造光耀美食街，成功举办了“第三届中国美食文化节”，深化了“吃在吴忠”的经营理念，得到了宁夏政府的褒奖和人民的喜爱。

爱心奉献　屡获殊荣

只要功夫深，铁杵磨成针。光耀的名号愈加响亮，他始终不变的是质朴的本色，他经常告诫公司员工：“光耀今天所取得骄人的成绩，不在于我个人，源于政府和群众的支持和肯定，只有用企业财富为社会创造更大的价值，我个人的价值才会得以体现。”

马耀庭以过人的胆识和魄力，弘扬企业文化，经过33年的打拼，形成了以高档家具销售、工程施工、房地产开发、商贸物业管理、酒店经营为一体的综合性商业集团，得到政府和社会的高度认可。马耀庭先后当选为银川市兴庆区人大代表、银川市人大代表，被评为宁夏回族自治区杰出回商、宁夏回族自治区劳动模范，被银川市政府授予“首届民族团结进步先进个人”等称号。

他勤劳淳朴的精神面貌，自强不息的奋斗精神，体现了一个质朴的农民企业家的本色。即使现在功成名就，也不忘感谢党的政策，他说道：“没有十三中全会就没有我的今天，我衷心的感谢党和人民的支持。”

自2001年以来他先后多次为贫困地区通过捐资助学、扶贫济困、救助灾区等各类公益形式奉献爱心、回报社会。先后向银川市见义勇为基金会、预防非典机构、金凤区敬老院、华林社区、城管局负伤职工、农民工危重病人、双渠口小学等10余家单位和个人捐款、捐物数百万元。其中2001年1月9日，在光耀家具汇展中心开业典礼上，他捐资50万元设立双渠口小学光耀奖励基金，以资助家庭经济困难的学生上学，奖励品学兼优及考入大中专院校的学生和为家乡教育事业做出突出贡献的优秀教师，为农村的教育事业注入了力量。

描绘蓝图　展望未来

虽然他已经69岁，眼前的他依旧精神抖擞，谈起光耀的历史他激情四射，作为年轻人的我不由得惭愧。在光耀历史的舞台上，他用辛勤的汗水，浇灌着青春，用辉煌的事业铸就了他不平凡的一生。光耀，在新的高度和磨难中践行着。

33年的奋斗史，成就了今天的光耀实业，成就了马耀庭，可以说，董事长马耀庭为

弘扬长征精神 永葆革命本色

自己奋力拼搏的一生画上了圆满的句号，社会地位高却没有让他急功近利，采访过程中，他多次提及到对党和政府的感谢，他爱乡爱国，爱党和人民，当所有光环折射在他身上时，他却谦卑不亢、为人低调。

处在那个时代的马耀庭，是什么促使他一路坚持不放弃，那时候信息并不畅通，而这个18岁开始创业的农民，是什么激励他坚持到最后。马耀庭不停地为自己充电，通过报纸、电视等。自创业以来，一有机会，他就会去外面走一走，学习新的知识和技能，他不断提高自身素质，用知识和文化点缀自己，是一个有勇有谋的宁商企业家。

马耀庭说："虽然我已到这个年纪，家庭美满，子孙满堂，令我欣慰，但是不断学习依然是我的方向；虽然我没有文化，但我身边有文化人……知识是开启世界的钥匙。"谈到这里，面对着69岁的马董事长，我陷入了深深的沉思，他积极乐观的心态让我们颇为感动，他"达则济天下"的民族情怀更值得我们敬佩！

【相关链接】

马耀庭，回族，生于1949年，现担任宁夏光耀实业集团董事长、中国烹饪协会清真委员会副会长。集团公司先后获得"中国保护消费者权益信用单位""宁夏回族自治区百强纳税企业""银川市劳动关系和谐模范企业""消费者信得过单位""重合同守信用单位""光彩事业先进单位""民族团结先进单位""宁夏回族自治区级五星级信用市场""银川市五一劳动奖状"等殊荣。

苦难成就事业　机遇创造财富

——宁阳集团

因为一份眷恋，他把一片深情融入宁夏经济发展、跨越发展的实践里；因为情系故土，他将建设开发家乡事业作为毕生追求；因为肩上一份责任，他把奉献留在黄河两岸、塞上山川的巨变里。30年风云变幻，商海搏击，他用显著事业使自己跻身西部大开发前沿阵地，带动宁夏经济蓬勃发展，以实际行动确定了企业目标、企业方向，以追求卓越铸造企业辉煌成就，他便是宁阳集团董事长徐安万。

宁阳文化商业广场

一朝出山　敢于决断掘进人生“第一桶金”

宁阳集团董事长徐安万

徐安万出生在宁夏南部山区的农民家庭，吃过苦，受过累，生活的艰辛让他很小就担起养家糊口的重担。起初做瓦工来维持生计，后来又间接跑一些小生意，遇到过各种各样的困难。但是，勇挑重担的责任感似乎是与生俱来，这恰恰成为他不断前行的动力。正所谓“动心忍性，曾益其所不能”，风浪没有击退他，苦难没有压垮他。相反，每经历一次苦难，他的抗击能力都会更加强大，对人生和事业的理解和感悟也更加丰富。正是抱着这种信念和对未来生活的憧憬，趁着十一届三中全会的历史机遇，他开始通过做生意来捕捉市场信息。

那个年代，信息闭塞，交通不便，但他却很喜欢出门，每年都会去全国各地看看，当时深圳是改革的最前沿城市。1988年，徐安万第一次到深圳，看到巨变的城市面貌，才知道改革开放的意义。之后他又到广州、浙江等沿海城市，了解更多改革开放的政策和商机，加之生活的艰辛，一度激起了他创业的激情。

1983年，国务院批准成立彭阳县，开始大规模建设，此时徐安万高瞻远瞩、抢占先机，招呼同村的兄弟组成了第一支建工队，靠打零工维持生计，风餐露宿，寒暑易节，在光辉的岁月征程中艰难跋涉，在黑暗的隧道中逐渐摸索。随着事业之路愈加平顺，徐安万创立了自己的建筑公司，聘请专业技术人员，购置建筑设备，依靠诚信、质量、效率在业内占据了一席之地，企业也得到了快速发展。1990年该建筑公司有员工200多人，年产值500多万元，年可实现利润近60万元。

随后，国务院批准宝中铁路工程项目，路段由宁夏中卫至陕西宝鸡，对于家乡人来说真是一件大喜事，都知道要通火车。可徐安万却陷入了深思：“火车通了我能干什么？我的家乡六盘山区是一个纯农业地区，有180万人口，生产资料极度匮乏，以往每年春耕播种所需的磷肥全靠银川、兰州、西安购进。每年我去外地拉磷肥时，都要仔细观察他们的生产工艺和运营模式。经过观察了解，发现建磷肥厂投资并不大。这引起了我的极大兴趣，为什么不能就近建厂生产磷肥以满足当地人的生产资料需求。而且磷肥生产原材料产于云南、四川，需要铁路运输。宝中铁路快要建成投用，原料运输瓶颈迎刃而解，机遇也随之而来。”一番斟酌后，再加以实地考察，他决定自己办磷肥厂。

1992年，徐安万开始征地订购设备，1993年年底一条年产5万吨磷肥生产线正式投产，农民再也不用跑到300公里以外买磷肥，是当地唯一一家磷肥厂。在磷肥销售旺季，等待装车的车辆排成了长龙。后来，磷肥厂效益越来越好，肥料品种也越来越多，徐安万决定扩大生产规模，以满足当地农民的需要。磷肥生产30%的原材料是硫酸，在磷肥厂效益不错的第三年，也就是1995年，徐安万又投资2000万元建成年产3万吨酸洗流程硫酸生产线，是西北地区工艺最先进的硫酸生产线，一方面降低了生产磷肥需要硫酸的成本费用，同时也解决了外购硫酸供应不足的问题。工厂产值、利润都翻了几翻，成为当时名副其实的龙头企业，并组建了宁夏彭阳县化工有限责任公司。

正是因为在改革开放多年间他敢于决断，才使企业在经济发展中取得了令人瞩目的成绩。

收购国企　雄韬伟略再展事业新宏图

2000年，大量国有企业破产重组，大批职工下岗待业，彭阳麻棉纺织厂宣布破产，产品滞销，收购无人问津。为了下岗职工再就业，维护社会稳定，徐安万积极参与当地破产企业重组，果断收购，并投资400万元进行技术改造，使生产规模由原来的2000锭棉纱生产能力扩至6000锭棉纱生产能力，产量翻两番，产值达2000万元，利润过百万元，职工人数由原来的120人增至240人，社会效益、企业效益达到双赢，公司得到长足发展。同年，又投资500万元建成年产2000吨白酒生产线的宁夏彭阳县酒业有限公司。2001年5月，在宁夏彭阳县建筑有限责任公司、宁夏彭阳县化工有限责任公司、宁夏彭阳县麻棉纺织有限责任公司、宁夏彭阳县酒业有限公司的基础上，组建宁夏宁阳实业集团有限责任公司，实现了多产业发展、集团化经营。

2001年9月，银川棉纺厂宣布破产拍卖。获悉后，他决定进军首府银川，收购银川棉纺织厂。之后投资2500万元进行技术改造，使生产规模由原来的11000纱锭扩大到50000纱锭，提高了产品档次，扩大了市场占有率，经济效益大幅度提高，并安排了下岗职工700多名再就业，帮助政府解决了后顾之忧，化解了矛盾。2004年，徐安万成立了宁夏宁阳房地产开发有限公司，对原棉纺织厂旧厂址用地进行整体规划开发建设。此后，公司积极投身大银川建设，于2006年8月开始将棉纺织公司整体搬迁至银川市经济技术开发区，2007年1月完成搬迁，正式投入生产。2007年，公司又投资收购了占地56亩的宁夏亚麻纺织印染厂，进行房地产开发。

2013年,公司以3600万元和4500万元的土地总价拿下位于石嘴山市及银川阅海中心商务区的两块开发用地,建成石嘴山"馨苑家园"和银川"首创金融商务中心"项目,完成开发面积11万多平方米。2014年,以4.2亿竞得银川市西夏区工人文化宫原址黄金商业地段,其中一期工程20万平方米,商业面积11万平方米,由商业、公寓、酒店、写字楼、大型地下停车场等组成。在项目设计、策划、建设过程中,始终坚持"绿色、环保、节能"的理念,采用空气源热泵采暖、制冷,成为环保节能改造示范工程。项目已于2017年12月实现工程竣工开业,为上千家商户提供了创业平台,安排大学生、社会青年及下岗工人5000多人就业,该项目的完成将极大地提升了公司的经济实力和影响力。

2014年4月,公司收购宁夏鲁银化纤公司,打造宁夏唯一的文化产业园区,入驻文化传媒、动漫设计、大学生创业等商户300多家,实现年收入近亿元。公司在注重经济效益的同时,不断加强企业文化建设,坚持"创新、务实、诚信、高效"的理念,始终倡导"以人为本"的人才战略。

集团公司经过近20年的高速发展,转型升级整合为地产开发、化工酿酒、商业贸易、酒店服务、房屋租赁、物业管理、文化娱乐、环保科技等为一体的大型综合性企业集团。目前,集团拥有八家子公司,现有固定资产近20亿元,年销售收入10亿多元,拥有职工1500多人,各类专业技术人员350人。

硕果累累　始终坚信发展才是硬道理

徐安万强调,企业在实现自身持续发展的同时,必须积极履行社会责任,保证国家、企业、员工和客户的共同利益,促进社会和谐。身为企业领导人,他始终不忘自己的定位,始终坚持党的改革开放路线不动摇,坚持以经济建设为中心,永远跟着党的既定政策走,他始终坚信发展才是硬道理。

公司致富不忘回报社会,积极参加社会公益事业,为汶川地震灾区、彭阳县教育局、宁夏残疾人联合会等合计捐款近千万元。为加强党的领导,公司于2006年成立了党支部、基层工会组织,并坚持科学发展观,为员工谋利,对社会负责。

徐安万的出彩人生路,模范引领了当地经济建设和人民群众脱贫致富,受到党和政府的充分肯定。为了使企业管理上水平,他不断学习企业管理经验,先后参加了团中央举办的"全国优秀青年厂长(经理)企业管理"研讨班,中国社会学院组织的"全国私营经济理论"研究班。1997年,参加宁夏干部科学院"经济师"认证培训班并获得认证。

30多年来,徐安万脚踏实地,艰苦创业,使公司从无到有,从小到大,从弱到强,经过转型，逐步将自己的非公有制企业稳步发展成为一家地产开发、化工酿酒、商业贸易、酒店服务、房屋租赁、物业管理、文化娱乐、环保科技为一体的多业并举的民营实体集团企业。

宁阳集团公司及下属公司多次被评为宁夏回族自治区“明星企业”“先进企业”，并获宁夏回族自治区石化总公司“质量效益显著奖”以及固原市的表彰奖励。他本人在1995年被评为“全国劳动模范”“宁夏劳动模范”，获“五一”劳动奖章和宁夏回族自治区“十大杰出青年企业家”、2004年获优秀中国特色社会主义事业建设者称号，当选银川市十五届人大代表。2001年以来也先后被宁夏各级政府和组织评为先进企业、文明非公有制企业、先进乡镇企业、宁夏诚信企业、银川市房地产开发诚信企业、先进基层党组织、纳税先进单位、诚信私营企业、扶残助残、爱心奉献企业等多种荣誉。

现在企业越做越大，宁阳集团知名度也越来越高。但他没有当今“大款”的做派，也没有“成功企业家”的傲气，始终保持着创业之初的本色：为人谦和，生活俭朴，待人忠厚。他的成功源于他质朴的人品；源于他的善抓机遇，敢于决断；源于他坚忍不拔的毅力和勇于拼搏的个性；源于他脚踏实地一步一个脚印的实干作风。在徐安万的带领下，现在的宁阳集团正在以勃勃生机跻身于宁夏回族自治区企业界。

在竞争激烈、充满风险的商海中，徐安万以务实发展为舟，以勇敢开拓做帆，搏击风浪，勇立潮头，创富一方，回报桑梓。从彭阳县到银川市，从建筑工人到企业家，徐安万用了30多年画出了自己事业的辉煌轨迹，并且继续一路高歌猛进！

【相关链接】

徐安万，现担任宁阳集团董事长。1995年被评为“全国劳动模范”“宁夏劳动模范”；获“五一”劳动奖章和宁夏回族自治区“十大杰出青年企业家”；2004年获优秀中国特色社会主义事业建设者称号，当选银川市十五届人大代表。

爱心撑起永久的春天　慈善导航永远的时尚

——宁夏红宝集团有限公司

因红果枸杞而得名的宁夏红宝集团，董事长孙占财靠一台手扶拖拉机起家，经过30多年的艰苦奋斗，现在已发展成为一家大型民营集团。2000年被宁夏回族自治区评为劳动模范。2008年被宁夏回族自治区评为“爱得之星”光荣称号。2008年被中华人民共和国第七届少数民族体委会评为先进个人。2006年获“第二届全国优秀中国特色社会主义事业建设者”称号；2008年被宁夏回族自治区评为“改革开放30年宁夏十大民营企业家”；2009年获“新中国成立60年来为宁夏建设做出突出贡献的英雄人物”称号；2010年获“宁夏经济人物”称号；2011年被中卫市评为“慈善企业家”的光荣称号。

这些奖章和成绩的取得，记录着红宝人的拓荒和耕耘历程；记录着红宝人艰苦创业、勇于创新的精神；记录着红宝人与时俱进的拼搏精神；记录着红宝今日的繁荣昌

一小红宝育才楼

盛，更是对董事长孙占财致富思源、回报社会的认可和赞许。

心系教育 扶弱济困

“我是一个连小学都没读完的人，没有知识是一个人发展的最大阻力，在我创业的过程中深有感悟，”孙占财如是说。鸟需巢，蛛需网，人需要爱心。1998年4月的一天，孙占财收到一封署名赵运同学的来信，信中写道：“敬爱的孙叔叔，我是城镇中学初二的一名学生叫赵运，我从去年某一期的《宁夏日报》上看到报道您捐资助学的先进事迹后……”孙占财同志看完这封信后热泪盈眶，得知这名年仅13岁的孩子原籍甘肃，10年前随父母迁到中宁县长山头机械化农场五队，因遇上丧父的厄运，家境困难，仅靠母亲每月几十元的护林费艰难度日，孙占财很同情孩子的遭遇，当即指派了一名副总经理和办公室主任驱车找到孩子的家，给孩子送去了1000元钱，让这名孩子重返校园，重回课堂，重新背起书包遨游知识的海洋。2001年3月，一位就读于江苏渝州电子工业学院的中宁县舟塔乡农家女孩马淑萍同学，因母亲残疾，家庭困难，为免遭辍学的命运，向孙占财求助。孙占财带头捐资3000元，集团公司全体员工捐资共计6000元，帮其完成大学学业。孙占财在开发建设长山头一条街时，看到亮沟村从山区搬来的移民孩子没地方上学。他看在眼里，记在心里，毅然投资84.5万元新建了中宁县长山头红宝学校，学校于1997年建成，无偿移交给县政府管理使用，成为我区私营企业援建的第一所希望小学，让这里的山里娃走进了宽敞明亮的教室，实现着自己的希望与梦想，使他们靠知识改变命运，致富奔小康。填补了这里再无教学资源的空白。

2002年3月，为解决县城的学校校舍不足的困难，孙占财又一次投资148万元，为中宁县一小捐建了一栋教学楼，建筑面积1820平方米；2011年9月，为中宁县130多所中小学，赠订了“法制新报”价值15000元；2011年5月，为中宁县教育基金会成立捐款50万元。

2013年9月14日，向固原一中捐资50万；在第29个教师节来临之后，为中宁一小捐资10万元、中宁五小捐资20万元，先后为恩和中心小学、新堡小学、新堡中学、中宁中学捐款16万元。2016年6月25日为固原市一中考取清华、北大的14名学子，每人捐资5000元。“关心下一代是我们红宝人应尽的义务，少年强则国强。”这就是孙占财从山城固原捐资助学到中宁长山头捐资建校的初衷，也是作为红宝人的使命。

一方有难，八方支援。2008年5月12日，四川汶川发生八级地震，孙占财带领家人慷慨解囊，向灾区捐赠20万元，在他的带动下，全公司职工向灾区捐资共计26万元；2008年2月，为抗击冰雪灾害，孙占财为中卫受灾群众捐款10万元；1999年1月19日，数九寒天,北风刺骨,恩和乡敬老院12名孤寡老人,无煤取暖,冻得直打哆嗦,孙占财得知后送去了13吨煤;1998年中宁县人民政府对口扶贫固原市开城乡,孙占财得知开城乡海沟村100多户贫困户缺粮少衣时,派车送去了2000斤大米、300件衣服。让这个山区只听说过大米,没有吃过大米的群众第一次尝到了大米的味道。看到贫困户马生林家缺劳动力,生活无法维持时,掏出了200元钱以渡难关;看到特困户马生贵丢失了唯一种田的两头牛,四人盖着一床被子,又掏出了500元钱递给了他,并把捐献的衣服亲自为马生贵的女儿穿上。与此同时,每年还为本生产队部分贫困户,送去过冬取暖用煤和春耕化肥、种子,帮助贫困户走上了致富路。2000年9月为中宁少数民族移民乡,马家梁和大战场乡修建扶贫公路,义务拉垫土方10万方,折合人民币60万元,2001年为县城新南街建筑和平安东街道路开通,无偿提供大型机械完成拆迁,折合工费人民币40万元。2018年尽管公司资金十分困难,孙占财还为喊叫水乡特困村麦垛村捐款2000元。

心存善念　大爱无疆

2000年为解决中宁县医疗设备落后和120急救中心缺车的困难,捐赠价值11万元的救护车一辆,出资60万为县医院、中医院购买医疗设备。2016年在宁安东街为解决

老一代革命后代在六盘山合影留念

当地居民看病难的问题,设立了红宝诊所。2008年6月为中卫市医院捐资6万元、沙坡头区医院、市医院各捐救护车一辆;2008年12月为中卫市慈善基金会成立捐资100万元。

员工是企业的主体,企业的发展离不开员工的奉献。孙占财把员工看成是企业发展的动力,从2013年开始,每到春节都拿出10万元慰问困难职工,并亲自到困难员工家里嘘寒问暖。他始终把关心员工、服务员工放在重要位置。公司员工遇到困难,无论工作时间长短,职位高低,都会伸出援助之手。

2001年公司以低于成本价为128户职工解决了住房,并为他们垫付4年的房贷利息,解决职工子女保育、教育问题,成立了红宝集团职工子弟托教中心,配备了专门车辆、专门保育员、教师,负责职工子女的食宿、上学和课外辅导,让职工免除后顾之忧,安心工作。2003年4月为表达对全国第七届少数民族体育运动盛会的支持,向运动会捐资10万元,受到筹委会的表彰。2004年投资350万元,新建了中宁县老年人活动中心;2007年,支持中国西部省市领导干部乒乓球赛在吴忠举行,向吴忠市政府捐资10万元;2009年,为中卫市120所小学,赠订了"法制新报"120份;王女士是公司的一名员工,2006年11月,其丈夫被查出患有尿毒症,病情进入晚期,每周需要做3次血液透析,每月万元以上的治疗费用对这个家庭来说,无疑是雪上加霜,不到3个月,丈夫医疗费用高达7.8万元,因为丈夫无力工作,家中14岁女儿又要上学,就在一家为钱发愁时,孙占财带头捐款5000元,并发动全体员工为王女士捐款,帮其渡过难关,缓解了一家人的经济压力。公司员工常伟患肝硬化,孙占财立即与北京医院联系,办理住院手续,做了肝移植手术,几十万元昂贵的医疗费大半都是孙占财垫付。

2010年员工毛毅去西安随孙占财出差时,突发心脏病,孙占财跑前跑后挂号住院,交付药费4万元,直到病情稳定才离开医院。大夫们问孙占财:"这是你什么人?"他答道:"这是我的员工。"大夫们都说能有这样的董事长,是员工的福气。

慈善的目的就是学会做人,把自己修得自尊、自重、自爱、自律。这种精神对于企业的发展有很大帮助。企业要想做大做强,必须做到。"一个有爱心的企业家,才是合格的企业家。"孙占财这么说的,也是这么做的。

一个城市的形象,标志着当地政府的形象,是一个对外宣传的窗口。环卫工人就是维护城市形象的"美容师"。孙占财视环卫工人为亲人。2014年、2015年、2016年,每到春节,孙占财拉上米、面、油慰问中宁、固原等市县的环卫工人。3年为固原市原州区、中卫市、中宁县环卫工人义赠早餐,让环卫工人感到了企业的温暖和大爱,与此同时,为了减轻环卫工人的劳动量,先后为中卫市沙坡头区、中宁县、彭阳县、海原县捐赠

慰问环卫工人

环保清扫车、警车、救护车四辆，价值150万元。当看到清扫车上宁夏红宝集团赠送的大字时，过路人都伸出大拇指，夸奖不已。

一个人做点好事并不难，难的是一辈子做好事。同样，一个人一时、一地、一事担当责任并不难，难的是时时、事事、处处、一辈子都负责任。孙占财就是这样一位企业家。他的大爱善举，像红枸杞一样传遍杞乡大地，成为了家喻户晓、茶余饭后的美谈，也载入了中宁县县志，励志后人。

【相关链接】

孙占财，汉族，宁夏中卫人，1953年9月出生，无党派，宁夏红宝集团有限公司董事长。2000年被宁夏回族自治区评为劳动模范。2006年获“第二届全国优秀中国特色社会主义事业建设者”称号；2006年1月至2007年12月任中卫市人大常委会副主任；2007年12月当选中卫市人大常委会副主任；2008年被宁夏回族自治区评为“爱得之星”光荣称号；2008年被中华人民共和国第七届少数民族体委会评为先进个人；2008年被宁夏回族自治区评为“改革开放30年宁夏十大民营企业家”；2009年获“新中国成立60年来为宁夏建设做出突出贡献的英雄人物”称号；2010年获“宁夏经济人物”称号；2011年被中卫市评为“慈善企业家”的光荣称号。

"红"色传奇

——宁夏红枸杞产业集团有限公司

一句嘱托成为一生使命

1963年,张金山出生在中卫县宣和镇的一个普通农民家庭,1983年从学校毕业后,被分配到了原青铜峡糖酒公司工作。工作期间,张金山以突出的业务能力和独特的人格魅力,被提拔为公司副经理、经理并兼任青铜峡酒类专卖局局长。

1996年,不安于现状的张金山主动丢掉了金饭碗,放弃了国家干部的身份和待遇,甚至没有给自己留丝毫的缓冲机会,毅然回到家乡中卫县,开始了自己的创业之路。

1999年,"中国的香山,天下的美酒"大气魄打造成的"香山春"唱响了宁夏山川,占领了宁夏市场90%以上的市场份额,香山系列白酒成长为一个具有强劲冲击力的区域性品牌。

1999年10月28日,国务院原总理朱镕基视察中宁县时,品尝了枸杞酒,认为枸杞酒非常好,于是便询问枸杞酒的生产情况、枸杞酒厂的情况以及枸杞产业的发展情况。当得知枸杞酒厂已经破产4年多了,还没有拍卖掉,农民种的枸杞没有被收购,农民已经开始挖枸杞树了,政府虽然采

宁夏红枸杞产业集团有限公司外景

取了很多措施，但是也还没有解决。总理听了汇报后，当场指示，枸杞产业是宁夏的特色产业，应该通过枸杞酒这一产业促进宁夏的特色经济，并且重视其发展。总理走后第5天，时任宁夏回族自治区领导找到香山酒业集团董事长张金山（“宁夏红”集团前身），希望他能够收购中宁枸杞制品厂，盘活枸杞酒，拯救枸杞产业，将宁夏的枸杞产业延续下去。总理的殷切期望，让他毅然接手了已经破产的枸杞酒厂，一句嘱托成为一生使命。张金山的责任、使命、执着与坚持，不仅成就了枸杞果酒这一全新的品类，更是在数千年的枸杞文化中，承载起了一代民营企业家的使命和责任。

宁夏红枸杞产业集团有限公司董事长张金山

2000年4月，香山酒业集团收购了中宁枸杞制品厂。收购容易，盘活难。在张金山董事长的带领下，一方面寻求权威技术合作，与中国食品工业发酵研究所等国内权威科研院所进行合作，研发枸杞酒的生产方法，一方面以高于当时市场价格30%至50%的价格收购枸杞，鼓励农民种植枸杞，同时也在思考如何将宁夏的枸杞产业推向全国，甚至走向国外市场。宁夏枸杞是宁夏的特色资源，也是中国的特色资源。正是有了特色资源，也给了张金山董事长灵感与思路：白酒豪爽，葡萄酒时尚，保健酒有价值，而枸杞果酒可以具备这些所有的特性。

“红”色传奇的开创

2002年，在经历了上千万的投入、上千次的试验、上千吨不合格酒体的废弃、经过47道生产工艺以及上百道工序的技术研发与突破后，“宁夏红”枸杞酿造果酒终于在一次次改进的基础上问世了。“宁夏红”枸杞果酒以时尚、健康、品味开创了一个全新的品类，并亮相央视等全国性媒体，在行业内引起了不小的震动。同时获得了业界专家的高度评价。果酒泰斗郭其昌曾这样评价“宁夏红”：“‘宁夏红’的诞生是一项科学技术的创新，更是中国酒业发展的重大突破，使中国酒类又添一新族，也是对人类健康的重大贡献。‘宁夏红’枸杞果酒的问世是枸杞产业发展中的一次重大革命，直接或间接推动了枸杞产业的发展。”

因为有了张金山董事长的魄力与执着，在政府政策的支持下，中宁枸杞的种植面积从过去不到2万亩，发展到如今的近100万亩，枸杞价格也是几十倍的上涨，不仅当地农民富了，更带动了数百家枸杞深加工企业的加入与发展。

2007年，“宁夏红”已成为“中国名牌”，“宁夏红”商标成功注册并获得中国驰名商标称号，“宁夏红”通过GMP认证审核。“宁夏红”名称在传播上必须具有不可改变性、识别的清晰性、载体的高档性，具有固定字体、固定颜色、固定搭配。“宁夏红”的LOGO：外围轮廓像枸杞的造型，能使人联想到酒杯且线条顶部挺拔向上，寓意“凤舞九天”“宁夏红”为品牌名称，“枸杞健康果酒”为品牌定位；流畅变化的笔路线条将浪漫与尊贵完美交融，仿佛敦煌壁画中的飞天，柔美的眸光将红酒的时尚经典抒写得生动自然。红的果酿成红的酒，红的酣美结成红的健康。“宁夏红”——红的情谊缔造红色文化！“宁夏红”枸杞果酒生产方法荣获联合国知识产权组织和国家知识产权局共同颁布的“中国专利金奖”。“每天喝一点，健康多一点”成为“宁夏红”的代名词，产品以其独特的品质和时尚的健康消费理念，迅速走红全国市场，并出口到美国、加拿大、日本、韩国、新加坡、中国香港、中国台湾等14个国家和地区。

2008年1月，由张金山董事长主导研发的“宁夏红”枸杞果酒的生产方法，荣获联合国颁发的中国专利金奖，这也是迄今为止酒类企业唯一获此殊荣的企业。

2012年2月，“宁夏红”集团成功收购了法国波尔多第一坡地最大、最古老的酒庄

枸杞

——“大慕爱”中级酒庄，为引进国际先进技术、管理经验以及实现枸杞文化、葡萄酒文化的国际间对话，搭建了技术与文化交流的平台。

2014年，“宁夏红”十三年磨一剑，在张金山董事长的带领下，技术团队攻坚克难，坚持创新理念，成功酿造了世界上第一支枸杞干红：酒杯中的“传杞”摇曳着金黄色的光芒，散发着淡淡的酒香。无可置疑，这是一款酒中的“传奇”之作。传杞，圆了“宁夏红”十三年的中国梦；传杞，传承的是长达千年的枸杞文化；对此，张金山董事长说，中国酒业重塑、消费理念发生变化对“宁夏红”集团推出的枸杞酿造的传杞枸杞干红而言是难得的机遇。当消费越来越理性，人们不再纠结为别人喝酒而是为自己喝酒时，健康类产品应该是今后市场增长的最大一块。当“宁夏红”带领传杞枸杞干红走出国门，成为枸杞干红的代表时，“宁夏红”将创造新一轮的中国式传奇故事。同年3月，国家标准委员会在人民大会堂举行了隆重的“枸杞干红”品类标准发布会，这也成为了世界第一部有关枸杞干红酿造的标准。

“宁夏红”依托“中国枸杞之乡”得天独厚的枸杞资源优势，通过现代高科技手段对枸杞鲜果加以提升精炼，实现了对传统的枸杞消费观念和消费方式的革命性引导，造就了枸杞消费的新时代，为枸杞资源找到了一条转化增值的新出路。“宁夏红”现已具备2万吨枸杞果酒生产能力，成为独特的枸杞果酒专业生产厂家。在“宁夏红”品牌效应下，农民直接和间接地参与到枸杞产业中，使枸杞产业的价值得到了最大的体现。面对振兴枸杞产业的历史责任和历史使命，“宁夏红”将以市场为导向，发挥农业产业化龙头企业的带动作用，通过打造世界枸杞之都，打造枸杞产业链，打造世界枸杞第一品牌，让枸杞成为世界的朝阳产业，健康产业，让宁夏枸杞走出中国，走向世界。

“传奇”的文化与责任

“小胜靠技巧，中胜靠思路，大胜靠文化。经济决定实力，文化决策魅力；经济决定地位，文化决定品位。”一个人改变了一个产业命运，推动了一个区域的经济发展，更为重要的是，张金山董事长为中国古老文化的传承保住了一方命脉。20年风雨兼程，在张金山的带领下，“宁夏红”已成长为中国枸杞果酒的领军人，并取得了开拓性的发展。张金山董事长站在国际市场的战略性高度全面进行枸杞产业的远景规划，主张高起点、高标准的打造强势的国际性品牌，对产业的发展也进行了战略性的规划。

正如张金山董事长所说：“一个人不仅仅是自己的，也是社会的，一个人有了一些客观的符号，在成长与发展的每一个阶段，都会有一种使命感。”作为一个企业家，除去利益之外，张金山董事长还具有强烈的社会责任感、政治责任感及历史使命感，他将企

枸杞晾晒

业及个人的发展置身于社会发展之中，使企业获得持续、良性发展的同时，也持续对社会做出了很大的贡献。使“宁夏红”成长为国家级农业产业化重点龙头企业，引领了中国枸杞产业的发展，肩负起了打造世界枸杞之都、打造世界枸杞第一品牌、打造枸杞产业链以及振兴民族经济的历史使命。

企业成立20年来，员工上下形成了“勤、诚、智、信”的核心文化，打造了一支“敢打仗、打硬仗、打胜仗”的优秀团队。坚持以科技打造品牌，以质量开拓市场，打造中国枸杞产业的领军品牌。张金山这位业界精英，以他的真知灼见、创新求实的非凡才干，造就了“宁夏红”今天的辉煌。事业的成功，总是伴随着鲜花与掌声，一个个荣誉也接踵而来。张金山曾先后被授予全国“五一劳动奖章”获得者，“全国专利系统先进工作者”，中国25位战略经营家之一，中国营销盛典营销创新奖获得者等称号，这一个个有着耀眼光芒的荣誉背后是他追求卓越、完善自我、创新发展的历史使命感和社会责任感使然。他说：“企业来源于社会，就要服务于社会，回报于社会。企业的竞争，就是人才的竞争，科技的竞争。哪个企业有了人才，哪个企业就有了活力，就有了效益。一个民族的兴旺发达，归根到底在于教育。”因此，在企业发展的同时，他始终不忘教育。多年来他热心公益，积极投身于希望工程的教育基金捐款总计近200万元。“百年大计，教育为本”，他有着更为深刻独到的理解，倾全力支持教育事业进步。1997年，对于刚刚改制不到一年的企业来说，资金运转还比较艰难，很多生产设备、项目技术，策划都需用大批资金启动，恨不得一分钱当两分钱来花，但在支持教育上，他却从来都是先人一步，尽力满足。

1997年10月2日，为宣和中学捐资5600元；1997年12月24日，当他得知中卫县新北乡郭滩小学，由于初建经费不足，几个学生挤在一张桌子上听课的消息时，立即安排公司财务部买了100套崭新的桌椅送到了该校；1997年12月27日，位于原中卫县南部山区的景庄乡景庄希望小学经过各方面的努力建成后，因资金短缺无法添置教学用具，又是张帮助该校解了燃眉之急；1998年6月1日为内蒙古乌海市捐助教育资金近30000元；1999年年初，中卫中学有一些因家境贫寒而无法继续学业的优秀学生面临辍学的危险，他得知后便与校方商定：自1999年起，每学期拿出5000元，捐助给10名品学兼优的特困生完成学业。对考入清华大学、北京大学、复旦大学的学生每人奖励10000元。正式于4月22日与中卫中学签订捐资助学协议，并设立了“助学奖励基金”。到目前为至企业共投入20万元，资助了150多名品学兼优的特困生和10多名考入亚洲名校的学子完成了学业。1999年9月24日，为中卫县民政局捐助3400元，用于救助全县残疾儿童上学，并为中卫聋哑学校捐款5000元，为南部山区失学儿童捐资200元。2000年又为吴忠市教育大会捐款10000元；近年更是大手笔投资，在此不一一赘述。

张金山关爱学生、尊师重教，投身于公益事业。他只求付出，不图回报。如今，受“宁夏红”资助的部分学生已经走上了工作岗位，这也是他最为欣慰与开怀的。古人云：“赠人以鱼，不如授人以渔。”这就是他几十年如一日深深实践着的行为。

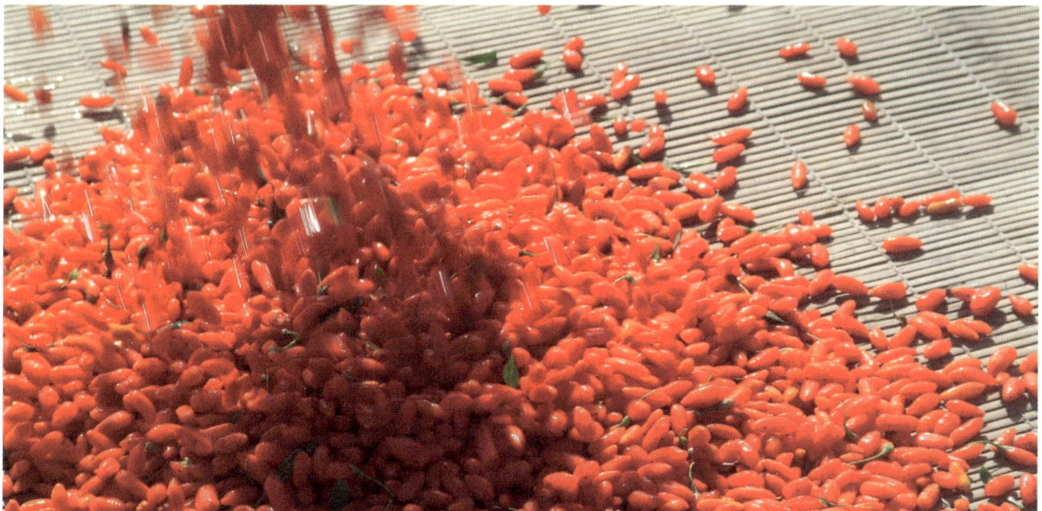

枸杞晾晒

【相关链接】

张金山，汉族，宁夏中卫人，1963年9月出生，中共党员，研究生学历，硕士，高级经济师。现任宁夏回族自治区政协委员、第九届宁夏回族自治区工商联副主席、宁夏红枸杞产业集团有限公司董事长

历“酒”弥香“昊王曲”

——宁夏昊王酒业有限公司

改革开放以来，中国白酒行业开始蓬勃发展。早在1985年，全国上规模的白酒企业只有900多家，历经40年的沧桑巨变，白酒总产量增长了8倍之多。正因为改革开放的壮举，白酒行业有了茁壮成长的肥沃土壤，计划经济向市场经济的转变过程，涌现出一批国内各省、市的中流砥柱白酒企业和功勋人物。其中，宁夏昊王酒业有限公司（以下简称“昊王酒业”）唱响“昊王曲”，在其董事长强振平的领导下，发扬宁夏人民勇于创新、敢于拼搏、乐于奉献的精神，打造出全国以首府城市命名的白酒品牌“老银川”，打响了“宁夏第一酒”的名号，驰名塞外！

强振平统揽全局　打响“昊王牌”地域影响力

昊王酒业前身为银川市酒厂，此厂建于1953年，1979年注册银川白酒商标，至今已有60多年的白酒酿造历史。

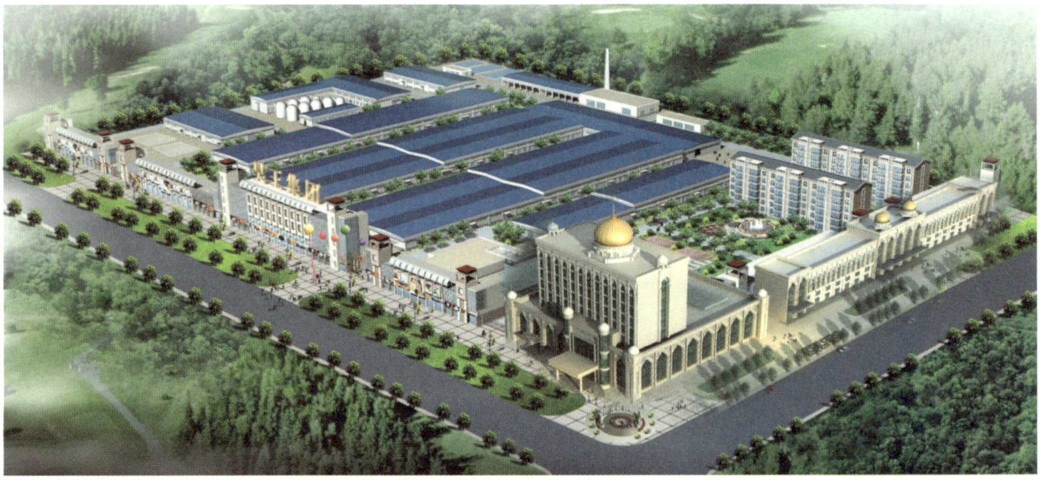

宁夏昊王酒业有限公司鸟瞰图

宁夏昊王酒业有限公司董事长强振平

1990年，强振平担任银川市酒厂经营副厂长，4年时间里，他前瞻性地预估市场风险、分析市场潜力，带领酒厂全体职工稳步发展、突破新高，使得银川白酒在市场中销售的如火如荼，取得了良好的市场消费口碑。企业自营、自筹资金修建住宅楼，改善职工住宿环境，让职工搬出低矮平房住上了楼房，受到银川市国资委领导的重视。他是个敢想敢干的人，在市场定位上大胆创新，首次从产品价格、消费需求、市场化运营及酿造工艺等方面打破西方传统消费理念，以消费引导消费，首次引进浓香型酒品，为银川市酒厂创造了辉煌成绩并以此为银川白酒打下了坚实的基础。强振平大干、敢干的精神可谓“时代弄潮儿”。

1994年，在市场经济全球化大背景下，40岁的强振平怀揣着梦想与抱负，毅然决然地辞去了银川市酒厂经营副厂长职务，创办了全区第一家酒类民营企业——“宁夏99酒业”公司，并在市场经济发展的感召下，以之前的经营经验，对“宁夏99酒业”公司未来发展做出预判，深入探索消费者的需求，通过科学管理、市场定位、品质保障、产品设计等多项措施使得“宁夏99酒业”产品得到消费者青睐，声名远扬，并为国家上缴利税348万元，创造了宁夏酒业发展“神话”。同年，随着强振平离开，宁夏首个上市企业——银广夏入股银川市白酒厂。在6年的管理经营中，因体制等诸多因素，导致原白酒厂效益逐年下滑，在市场经济发展中遇到瓶颈，使得1500多名职工3个多月发不出工资，只能领到基本生活费，逐渐陷入濒临破产的境地。当时银川市政府和国资委看到曾经辉煌的银川市酒厂陷入经营困局，为着力挽救，研究决定通过全区海选“能人”来接管酒厂。经过多次的筛选和推荐，政府看“宁夏99酒业”公司经济效益非常好，便把目光落在了该公司创办人强振平身上。经过多次劝说强振平回到银川市酒厂接管继续经营。

2000年，强振平经过深思熟虑后，带着政府领导给予的重托和信任，重新回到熟悉的酒厂，面对眼前的“烂摊子”，强振平通过内部机制梳理和市场化分析，审时度势、统揽全局解决原有企业遗留问题，在这基础上打破以往的管理体制，将国有企业正式改制为股份制企业，并带领1500多名职工解放思想、攻坚克难，紧抓市场和消费者需求，重新对产品研发、品质管理、品牌塑造等做详尽研究和部署。从酿酒工艺创新入手，紧抓产品质量，同时带领研发攻关小组从香型、品质、包装等方面进行调整，打造正宗银川白酒，产品从原来的单一化走向多元化产品矩阵，相继推出了可以满足低、中、高消费群体的系列酒品，将分为“三星”“五星”级老银川、“小红帽”等系列多品牌并进行全国营销，依靠品质赢得了市场份额，取得辉煌成果，并于2002年将银川市酒厂更名为宁夏昊王酒业有限公司。

“昊王酒业”振翮高飞　塑造品牌价值驱助酒企站稳脚跟

随着强振平重新对酒厂和品牌的定位以及高起点价值取向，企业日益发展壮大，为了能让“老银川”牌白酒走出宁夏，奔向更大的舞台，“昊王人”不断付出艰辛，苦心酿制高档酒品，填补产品空白，在中国白酒专家的督导和泸州老窖白酒专家的参与指导及全体员工的努力下，“至尊老银川”的浓香出窖，彻底打破了宁夏无高档白酒产品的历史。该酒秉承了昊王酒业多年的酿造工艺精髓，品质可与水井坊、国窖1573、五粮液等名酒相媲美，是宁夏目前品质非常高的白酒，其问世对昊王酒业来说具有里程碑的意义。值得一提的是，2007年4月28日，在一场爱心拍卖会上，随着拍卖师历史性的一槌落下，昊王酒业“至尊老银川”拍卖出了1.8万元的高价，创造了宁夏酒行业的价格纪录。拍卖会后，昊王酒业把拍卖所得善款全部捐献给了宁夏特殊教育学校，用于支持残疾人事业的发展。与此同时，随着市场需求扩大和生产量低，原有的厂址已经阻碍了其生产规模，重新选址扩大生产规模迫在眉睫。

2008年，贺兰县政府响应国家政策开始规划工业园区建设，多次邀请强振平带领的昊王酒业落户至贺兰县，当时的贺兰县工业园区一片沙滩，在强振平的再三调研下，决定落户贺兰县并制订了“大干一百天”的建设搬迁计划。强振平跟员工同吃同住，演绎了“昊王人”共患难、同发展的历史画面，新的昊王酒厂拔地而起。新的酒厂意味新的发展，强振平再一次用超前的眼光和对企业未来的发展提出更高要求，重金引进同行业最先进的工艺设备来扩大生产规模，引导企业快速健康发展。在生产工艺方面不断地进行工艺的创新升级，酿造出符合消费者口感的高质量酒品。多年来，昊王酒业不仅与宁夏大学合作，联合搭建了产、学、研平台，而且每年坚持招收相关专业的优秀大学毕业生，进行重点培养。同时，昊王酒业多次聘请国内顶尖级的白酒专家亲临现场，为公司研发人员进行现场技术指导。中国白酒专家委员会专家赖登燡大师、中国白酒协会技术顾问、四川大学生物工程系原主任胡永松大师等都是昊王酒业聘请的高级顾问。

“这酒喝了口感好！”是消费者的评价，也从中折射出强振平“不抓质量，企业就无法生存”的经营策略。多年来，昊王酒业始终秉承“重质量讲诚信”的理念，生产中，针对原料采购、制酒工艺、原酒选择、勾兑过程、成酒储存、灌瓶包装等各个环节，层层严把质量关，确保让消费者喝上安全、健康的好酒。正是过硬的产品质量，使得企业在激烈的市场竞争中牢牢站稳了脚跟。

同时，为带动上下游经济发展，强振平开始历史上的第一次大规模市场调研。为了能让“老银川”牌白酒走出宁夏，在率领昊王酒业提高产品品牌含金量的同时强振平，积极整合资源，寻找与国内外投资商合作的战略。具体“战术”中，昊王酒业先是与香港华建国际投资有限公司、香港银建国际实业有限公司牵手，通过投资和融资，促进产品升级。随后，打造宁夏白酒业“旗舰”的昊王酒业又经过努力，在四川崇州建立了“老银川”原酒生产基地。

紧接着，昊王酒业在此基础上扩大产能，丰富品种，组建真正意义的营销队伍，经过一番努力，昊王酒业先后荣获“中国驰名商标”“宁夏名牌产品”“宁夏著名商标”等殊荣，通过HACCP体系认证和“CNAS”国家实验室认可。“老银川”白酒凭着过硬的产品质量，良好的售后服务，现已逐步占领周边省市，并远销北京、上海、江苏、深圳等地，备受广大消费者的喜爱，对提升宁夏银川地域经济影响力做出了突出贡献。目前，宁夏1号、昊合、九曲流觞、星级、年份、天禧、银泰烧坊、原浆、昊王贡酒等系列产品在区内外市场销售名列前茅，并在西北市场占有率达到70%。

昊王酒业为了走向全国，苦练内功，通过塑造技术人才团队、建立独特企业文化、实施严苛管理制度等一系列的“人和”措施，才成就了今天的诚信品牌。同时，强振平被推选为宁夏酒业协会会长，开始带领新一届的酒协会领导班子紧紧围绕“为企业和行业发展服务，在政府与企业之间起到桥梁与纽带作用，协调会员之间的合作关系，维护会员合法权益和行业共同利益，促进宁夏酒行业发

银川万吨储酒库房

展”的宗旨，积极开展各项工作。他认真思考产业问题，提出产业发展思路，积极倡导树立行业自律诚信理念，倡导企业良性竞争，实力竞争，坚持以质量为本，通过不断提高产品质量和服务水平来增强企业核心竞争力、坚守职业道德、珍惜企业声誉，不忘初心，守住匠心，携手进步，共享成长，共创宁夏酒类行业的新发展。

此外，昊王酒业无论对消费者还是员工自身，始终坚守“以人为本、诚实经营”的价值理念。多年来，昊王酒业对员工讲诚信，关爱、厚待员工，把每一名员工都看作是公司的宝贵财富。早期发展过程中，强振平一直秉持“放手”理论，对于财务、活动等细节事宜从来不过多插手询问，完全信任自己的团队，他认为：“公司要对员工讲诚信、讲情义，员工才会对公司讲奉献、讲忠诚。”正因为昊王酒业的诚信管理，让员工对公司有了归属感，竭尽全力干好每项工作，这种爱岗敬业的精神是昊王酒业产品质量的有力保证。

事物的发展都有一定的规律性，所以市场经济也迎来了寒冬，经济不断下滑，消费萎缩等诸多不利因素。2014年，随着政策导向和各行业产能过剩，酒企又一次面临经营压力，强振平结合实际情况，审时度势，从产品优化、队伍优化、产能优化做了又一次重大调整，转向高质量发展。同时作为酒业协会会长，敢为人先，多次召开会员大会，通过市场调研考察学习，号召会员企业提高政治责任意识，正确把握政策导向，以贯彻落实十九大精神和我区十二次党代会总体发展目标引导企业抱团取暖、抱团发展，推动企业高速发展转向高质量发展，为行业可持续发展建言献策，做出了卓越贡献。

拥护党的领导　践行社会责任促进和谐宁夏建设

回顾昊王酒业的发展史，其前身银川市酒厂是伴随着新中国共同成长起来的，60多年发生沧桑巨变。时间长河中，昊王酒业始终能感受到党的关怀，尤其在改革开放后的几十年中，仅仅抓住时代的机遇，响应党的号召，心系国家和人民，积极践行社会责任，通过党委班子组织建设、公益活动为宁夏回族自治区乃至全国和谐发展做出突出贡献。

2012年，昊王酒业召开了第一届党员大会及第一届职工（会员）代表大会，通过宣传教育，号召员工在工作中统一思想、统一认识、坚定思想和企业一起迈向发展之路。正是因为强振平及其企业在党建工作上的出色表现，强振平荣获由中共银川工业和信息化工作委员会颁发的“支持党建突出贡献奖”，2013年又被宁夏回族自治区党委、人民政府授予“优秀企业家”荣誉称号。此外，昊王酒业党委还通过参与党建活动贯彻党的指导，就在银川市工信系统举办党的十九大精神及党员干部应知应会知识竞赛中，

户外拓展

昊王酒业党委取得了第二的好成绩。

值得肯定的是，昊王酒业公司除了坚持把党建工作与生产经营、产业发展等方面相结合，使党建工作渗透到公司经营管理之中，还将使命感融入到社会责任实践之中，以党建创新聚人心，树立了良好形象。2010年，青海玉树发生地震，昊王酒业及时行动，全体公司员工在强振平的带领下为灾区捐资24万元；2013年四川雅安地震时，昊王酒业再次伸出援手，为灾区捐款10余万元并送去慰问品。

另外，昊王酒业一直重视教育事业，从2010年就陆续展开助学公益活动，不仅为高闸镇30名学子进行捐助，而且对公司职工子女考入大学的学生予以鼓励；就在昊王酒业60年之际，企业再次携手“宁青会”捐资助学，打造希望工程圆梦行动，向这些莘莘学子献上诚意与爱心助学金。此外，多年来银川昊王酒业有限公司还为贫困山区捐款、捐物，并向金鸡百花电影节等大型文艺、公益活动提供赞助，累积出资达30余万元人民币。并积极展开“希望工程·昊王酒业爱心课桌”捐赠活动，缓解农村学校课桌紧缺的问题，改善学校的基础设施，为农村孩子们创造了良好的学习环境。

多年来，昊王酒业“掌舵人”强振平率领企业，始终奉行着“穷则独善其身，达则兼济天下”的使命，热心公益事业，致富思源，始终不忘回报社会，从捐资助学、扶贫帮困、到慰问困难职工、向残联捐助等各个方面捐资，得到了社会各界的好评。强振平先后被银川市工信局、银川市工商联、银川市妇联、银川日报社联合评为“2012年度经济人物发展银川贡献特别奖”，企业还被宁夏回族自治区政府办公厅、宁夏回族自治区政协办公厅等部门联合授予“第三届宁夏十大公益企业”荣誉称号。

透过昊王酒业的发展征程不难发现，中国白酒产业在改革开放的浪潮中实现了快速发展，如今分别走向千亿元、万亿元时代。除此之外，昊王酒业更让我们看到，宁夏回族自治区历经60年的斗转星移，因为诸如昊王酒业这样的塞上儿女拼搏奋斗，从而阔步走进了中国特色社会主义新时代。

【相关链接】

强振平，回族，生于1954年，现任银川昊王酒业有限公司董事长，1994、1995、1996年连续被评为银川市政府授予“优秀厂长、优秀企业家”称号；宁夏回族自治区政府办公厅、宁夏回族自治区政协办公厅等部门联合授予“第三届宁夏十大公益企业”荣誉称号；2004年中国食品协会授予“全国食品行业质量管理优秀领导者称号”；2004、2005年被银川市经委评为“安全生产先进个人”；2007年被区企业家协会、区整顿和规范市场经济秩序领导小组办公室授予“宁夏诚信经营杰出企业家”；2008年贺兰县国土资源局评为国土资源系统政风行风监督员；2013年1月30日，被银川市工信局、银川市工商联、银川市妇联、银川日报社联合评为“2012年度经济人物发展银川贡献特别奖”；2013年2月18日，被宁夏回族自治区党委、人民政府授予“优秀企业家”荣誉称号；2013年3月，被中华人民共和国人力资源和保障部、中国轻工业联合会、中华全国手工业合作总社联合授予“全国轻工业劳动模范”荣誉称号。

追求卓越写春秋

——平罗农村商业银行

在五十载的人生道路上，他凭着孜孜不倦的追求，磨炼成一名金融战线的行家里手；在二十七个春秋岁月里，他捧出一颗赤子之心，默默将人生最美好的青春献给了他倾心的农村金融事业；在企业经营最艰难的时候，他临危受命，勇挑重担，坚定地走在前人没有走过的路上，以“逢山开路、遇水架桥”的作风、以“宁可挣死牛，不能翻了车”的担当，事不避难，敢抓敢管，用辛勤和汗水为企业走出困境做出了无私的奉献，他就是平罗农村商业银行党委书记、董事长——苏义学。

理思路明方向　提振全行攻坚克难的信心

2015年11月苏义学与其他三名同志被黄河银行党委派到平罗农村商业银行组成

平罗金融大厦

新的党委班子，临危受命，他通过一个多月的调研和走访，对平罗农商行目前所面临的经营困境进行了认真的分析和研究，找出了该行转型发展的优劣势。提出了“班子团结、带好队伍、防范风险、结构转型、走出困境”二十字总体工作思路和“一年夯基础、两年有起色、三年上台阶”的发展目标，并以打好“清收不良、存款组织、增户扩面”三个攻坚战为突破口，从而为全行的经营管理工作理清了思路、明确了方向。

平罗农村商业银行党委书记兼董事长苏义学

平罗农商行能不能在复杂的环境下经受住考验立于不败之地，关键要看新班子带头作用好不好，风气正不正、作风硬不硬，团队精神强不强。为此，他在几次的全行职工大会上都强调指出，班子成员一定要从大局出发，为人正派，办事公道，积极维护班子团结。尤其是在目前全行发展遇到前所未有的困难时期，班子成员一定要勇担当、敢负责、有作为、走在先、干在前。他是这样要求的，也是带领班子成员这样去做的。对于历史遗留问题，班子集体研究逐一解决；对于不良化解，他义不容辞挑起领导小组组长的重担，并身先士卒，带头去清收盘活不良；在存款营销上他更是亲自出面，积极与有关单位对接洽谈，想方设法争取的对公账户在本行开立，特别是在深入基层调研，解决基层实际困难和问题上，他每月至少拿出一周的时间走访基层支行和客户，并通过多次调研及广泛征求员工意见后，建立健全了以岗位定基本薪酬，以业绩考核挣绩效的薪酬考核机制；建立了以各项管理制度为准绳，以各类检查考核考评为依据，以经济损失金额大小定赔偿标准的责任追究机制；建立健全了对机关职能部门、支行、机关人员、客户经理、柜员定期考核考评激励机制；建立了以业绩论英雄、凭贡献坐位子，能者上、平者让、庸者下的干部任用机制；建立了不良贷款时间划段、名单制管理、以户定策、一户一策的不良贷款处置机制。同时下达了各项工作考核目标任务，确保各项工作有制度、有措施、有目标、有任务、有考核，各项工作有序推进。同时，根据全行原有的内设职能部门设置情况和黄河银行的转型发展要求，按管理条线进一步梳理和调整了各部门的设置和职责，并对部分支行和机关职能部门的负责人进行了公开公正透明的竞聘，使各部门职责和各岗位工作定位更加清晰明确，改变了以往工作推诿扯皮、效能不高的现状。近三年，该行先后提拔年轻中层干部37人，岗位调整或末位淘汰中层干部15人，尤其是通过选聘提拔一些支行行长，他们工作劲头足、办法多、责任心强，为全行摆脱经营困境起到了很好的带动示范作用。

喊破嗓子不如做出样子。正是他和班子成员的团结务实、苦干拼搏和责任担当，让全行干部员工看到了希望、增强了信心。在存款营销、增户扩面、清收不良三个攻坚战中，大家上下一心、克难奋进，发挥各自的积极性、主动性。存贷款近三年稳定增长，市场份额始终保持在全县10家金融机构半壁江山的优势地位；小额贷款客户三年新增1.3万户，贷款客户翻了一番；累计清收、盘活、化解不良贷款10亿余元，不良贷款额和不良贷款率实现双下降；三年累计实现经营利润21515万元，上缴利税8794万元，成为石嘴山市纳税20强企业，经营管理逐步走上有序管理、稳步前行的轨道。

支持县域　积极发挥服务地方经济的主力军作用

苏义学同志带领平罗农商行始终秉承服务“三农”、服务县域的宗旨不动摇，从高效农业、骨干企业、民营经济及第三产业的发展壮大，从基础农业到“清真牛羊肉、制种、蔬菜、优质粮、生态水产”五大特色产业，从农业生产到农产品加工，从个体民营经济到全县重点骨干企业，从基础设施建设到城市化改造，都得到了平罗农商行极大的信贷支持和帮助，切实发挥了支农服务的主力银行、县域经济的主流银行的作用。

一是破解贷款难题，促进农户增收。平罗县是全国首批确定的土地经营管理制度改革试验区，结合平罗县农村土地产权的确权情况，该行积极配合县委、县政府探索性地推出了农村土地经营权抵押贷款，业务覆盖全县13个乡镇。首先，创新产品，制度先行。该行创新探索推出了“金钥匙”农村土地经营权抵押贷款业务，配套出台了相关的贷款管理办法和操作流程，并结合农村土地改革机制的不断健全而先后进行更新、完善贷款产品及制度，简化贷款手续。其次，宣传动员，全面推开。该行与县政府、县人行共同启动了平罗县农村土地产权抵押贷款仪式，现场签订360万元土地经营权抵押贷款意向书，并根据各个支行管辖行政村的农村土地经营权确权户数，向全辖20家涉农支行下达放贷指导任务，同时将农村土地经营权抵押贷款办理情况纳入支行综合经营业绩考核体系，按月通报办理进度，并对办贷滞后的支行进行问责，并借助平罗电视台、石嘴山日报、宁夏日报、人民日报等媒体宣传，扩大全社会对农村土地产权可以抵押办理贷款的认知。再次，放宽条件，大力支持。为进一步推广此项业务，对于经营状况良好、诚实守信且无不良记录的农户，若提供的土地经营权评估价值足额覆盖贷款金额，且农村土地经营权抵押率符合县农改办规定的比率，积极推广办理纯抵押贷款，不需要再追加担保人，以切实解决小额农户融资难问题。同时让利农户，高效办贷。对农村土地经营权抵押贷款利率最高执行基准利率上浮50%的优惠政策，仅此项利率优惠平均为办贷农户每年户均优惠利息700元。截至2018年9月，该行已累计办理土地经营权抵押贷款31914笔、金额12.2亿元,存量“两权”抵押贷款9729笔、金额2.4亿元,占全县该项业务的87.19%。农村两权抵押贷款业务的大力推行和积极开办,切实解决了农户融资担保难,激活了农村“沉睡资产”,助推了农民实现增收致富。

该行在大力推广办理农村“两权”抵押贷款的同时,为适应当前农业规模化、集约化经营和现代农业发展的趋势,该行积极创新金融信贷产品,带领全辖上下把支持地方经济发展作为自己义不容辞的责任。针对农村贫困户、新型农业经营主体、专业合作组织和其他农户生产经营活动及机关事业单位干部职工,创新性地推出“随薪贷”“富农卡”“富民卡”“农地贷”“农房贷”“扶贫贷”等信贷业务产品,这些产品都具有手续简便、利率优惠、办理高效、使用方便的特点,可以满足不同群体的信贷需求。目前,已累计办理房屋按揭贷款1962笔、余额为2.1亿元;推广办理“随时贷”业务,累计办理341笔、授信总额8972万元,已用信3929万元;累计办理富农卡21449张,授信金额1.5亿元,已用信1.2亿元;累计办理富民卡5636张,授信金额7.1亿元,已用信4.9亿元;累计办理随薪贷2945户,授信总额为2.1亿元,其中已用信1908户,用信余额为1.1亿元;特别是围绕县域优质水稻和制种、草畜、瓜菜、生态水产产业发展,积极投放“一优四特”产业基金贷款。截至9月末,该行已投放“一优四特”产业基金贷款1.3亿元,并向485个新型农业经营主体投放信贷资金3亿元,为从事个人生产经营的妇女客户发放了“妇创贷”60万元,投放全民创业贷款380万元。同时深入推进“三信评定”工作开展。截至目前,已完成“三信”评定37700户,评级授信面占全县农户总数83.8%。面广、分散、额小、多产品的信贷投放不仅极大的满足和解决了城乡居民生产、生活和消费需求,而且也为本行改善信贷结构、提高资产质量夯实了基础。

二是提振客户信心,银企共渡难关。面对当前经济形势和企业经营举步维艰的现状,该行牢固树立“救企业就是救自己”的理念,坚持“不抽贷、不压贷、不惜贷、不缓贷”的基本原则,积极支持小微企业发展,保障小微企业资金链稳定,扶持企业平稳度过经济下行期。目前,全县大中规模以上的40多家企业在该行贷款余额近1 5亿元,有力维持了县域支柱产业的生存和发展,促进县域经济发展。同时大幅减费让利。近3年该行主动降低贷款利率,不断向客户让利,贷款加权平均月利率从2016年8.72‰下降至2018年9月份的6.13‰,累计让利金额8000余万元。

三是完善支付体系,打通金融服务最后“一公里”。通过布放ATM机、电话自助终端等机具设备,着力满足辖区各乡镇尤其是偏远地区和移民村等金融服务薄弱地区的金融需求。截至9月末,该行共在全县13个乡镇、144个行政村安装ATM机61台、POS机1162台,建立银行卡助农取款代理点134个,安装电话自助终端229台,进一步拓宽了辖区金融支付结算渠道，实现了农户取款“大额不离镇，小额取现汇款不出村”。

心系群众　一腔热情帮助移民群众脱贫致富

平罗县具有宁夏引黄灌区的天然优势和多年发展的农业产业优势，2010年以来该县先后从宁夏南部干旱山区迁移到此的生态移民有5364户27134人，其中有建档立卡的贫困户2132户，并且这些移民户大部分都是少数民族群众。为了让这些生态移民能够早日脱贫致富，苏义学同志将金融精准扶贫脱贫作为该行一项政治任务来抓。他积极带领共产党员志愿者，主动与平罗县政府对接，按照“财政+金融+扶贫”的模式，向建档立卡贫困户、生态移民安置点农户发放小额扶贫贷款，并给予利率优惠。截至2018年9月末，剔除未搬迁常年在外打工等原因无法评级185户贫困户，该行已完成全县2518户建档立卡贫困户的信息采集，评级授信面达到100%，已投放小额扶贫贷款1309户6552万元，贷款投放占建档立卡户50.82%，占全县各家金融机构发放金融扶贫贷款的92%，帮助移民村80%的农户搞起了养殖，40%的移民扩建了新房，移民日子越过越红火。

勇担责任　做热心公益事业带头人

多年来，苏义学同志时刻不忘贴近社会、关爱社会，坚持开展各类扶贫济困社会公

金融宣传活动

益活动，从活动的发起、组织到实施，不仅积极协调落实，动员广大员工伸出友爱之手，还身先士卒带头捐资，为广大员工作出了表率。他积极组织和督导全行青年员工成立青年志愿者服务队开展创先争优活动，该行营业部先后荣获宁夏回族自治区、市、县三级“青年文明号”荣誉称号；积极开展尊老敬老献爱心活动，每年到敬老院开展献爱心捐助活动；积极开展“金融服务三下乡”活动，全行金融志愿者们成立小分队，进村入户，向广大群众免费宣传普及金融知识，推荐金融产品，为群众送去“金融大礼包”；心系平罗县贫困高考生，组织干部员工向黄河银行助学金捐款，近3年累计捐款100万元，帮助贫困高考生圆了大学梦；积极响应黄河银行党委“积分圆梦，共建梦想村塾”公益行动倡议，捐款22760元，为解决农民工子女教育献上自己的一片爱心；与移动公司共同联合对平罗辖区建档立卡贫困户免费捐助“致富”手机126部，价值50400元；积极主动与平罗县红崖子乡红翔新村建档立卡贫困户进行了对接，先后对19户帮扶解困对象提供生活物资捐助价值5700元、生产补助资金15300元、累计资助大、中、小学生上学55人次，提供教育帮扶资金5.85万元；为红瑞村燕宝小学“七彩书屋”捐赠2万元书籍，并荣获共青团石嘴山市委“青春扶贫助力行动”特别贡献奖和希望工程优秀合作伙伴奖。

惟其艰难、更显勇毅，惟其磨砺、始得玉成。或许这些荣誉和成绩更能体现苏义学同志这几年的辛勤努力和汗水付出。该行2016年、2017年连续被平罗县委、政府授予“支持地方经济社会发展先进单位”“改革创新先进单位”和“石嘴山市纳税20强企业”。同时，他本人2017年荣获宁夏回族自治区优秀志愿者个人奖，2018年荣获宁夏回族自治区第八次民族团结模范个人。

【相关链接】

苏义学，汉族，1968年12月出生，中共党员，大学本科学历，现任平罗农村商业银行党委书记、董事长，平罗县工商联副主席、平罗县政协委员、石嘴山市人大代表。先后在中国农业银行、农村信用社、农村商业银行工作，从事金融工作已达26年；先后担任泾源县农村信用合作联社、隆德县农村信用合作联社、永宁县农村信用合作联社、盐池县农村信用合作联社、平罗农村商业银行党委书记，基层党委书记工作年限已达15年。2010年荣获永宁县人民政府“先进个人”荣誉称号；2013年荣获盐池县人民政府“先进工作者”荣誉称号；2017年荣获宁夏回族自治区“优秀志愿者”荣誉称号；2018年荣获宁夏回族自治区第八次民族团结“模范个人”荣誉称号。

匠人 匠心 做匠事

——宁夏宁平炭素有限责任公司

炭素行业流传一句话——世界炭素看中国，中国炭素看宁夏，宁夏炭素看石嘴山，石嘴山炭素看哪里？这不得不说起宁夏宁平炭素有限责任公司。宁平炭素作为国内多灰炭素综合制品大型企业，是宁夏煤基炭材骨干企业和宁夏“百家成长”、国家“万家成长”重点企业。宁平炭素已经走过25个年头了，这在风云激荡的炭素行业实属不易。究其缘由，这与董事长刘祯的“工匠精神”是分不开的。刘祯和一代宁平人用25年专注做了一件事：创宁平业、走宁平路、做宁平人。

宁平业，铸大业

1993年夏天成立的石嘴山市炭素供销公司，对于许多宁平人而言是一个开始，对于刘祯，它是一个开始，也是一种延续。刘祯的炭素事业开始于1990年。这一年，三十而立的刘祯担任了石嘴山炭素厂的团委书记，“贤者以其昭昭，使人昭昭”，为了能更好地组织980人的团员青年队伍进行工作，刘祯首先投入到炭素工作的学习中去。毕业于文科专业的刘祯，却对炭素研究展示出了异于他人的天赋，加之热爱与勤奋，刘祯的工作能力得到了肯定，于1991年兼任石嘴山炭素厂供销科科长。1992年4月，出差在外的刘祯接到文件，上任石嘴山炭素一分厂厂长。在石嘴山炭素厂工作3年多，刘祯从基础学起，不仅掌握了炭素的相关知识，更是首次建立起全国炭素销售网络，让宁夏太西煤走向全国，走向世界，做出了突出贡献。

1993年春天，全国“两会”将“市场经济”写入了宪法，这个消息使得刘祯吃下了一颗“定心丸”，早就看好炭素前景的刘祯于1993年夏天毅然辞去厂长一职，和当时厂里的一批生产经营、技术骨干创建了石嘴山市炭素供销公司。从最擅长的销售开始，石嘴山市炭素供销公司逐渐壮大，1995年即开始集煅煤、生产、销售为一体，1997年投资建设了宁平炭素厂，2001年实行公司制改革，正式更名为宁夏宁平炭素有限责任公司。

建设中的宁平炭素，遭遇过山洪席卷，也遭遇过资金短缺。洪水自会褪去，困境终会度过。“你，我听说过，是个干事的人，我们支持你。”刘祯至今记得当时石嘴山城市信用社李登芳同志同意贷款给他时说的话。投之木桃，报之琼瑶，20多年来，宁平炭素与石嘴山城市信用社（现石嘴山银行）一直保持着良好的合作关系。

宁夏宁平炭素有限责任公司董事长刘祯

2010年，宁平炭素为全面推广专利技术，实现由量的扩张向质的提升，实行了整体搬迁改造。位于宁夏平罗县太沙工业园的新厂，占地达15.3万平方米。如今，宁平炭素有限公司资产总值达4.2亿元人民币，年生产能力各类炭素制品为12万吨（糊类：8万吨；炭砖类：4万吨），年产值3.5亿余元，年销售额3亿余元，年纳税近2千万元，现有员工236余人。目前，宁平炭素已具备生产包括各种规格的炭砖、电极糊在内的近百个炭素产品的生产能力，是国内生产品种最多的大型炭素生产企业，西北最大的多灰炭素制品企业、宁夏炭素行业龙头和市级重点企业，并通过ISO9001质量体系、ISO14001环境、OHSAS18001职业健康安全管理三项认证，“宁炭”牌产品被授予宁夏知名品牌。

宁平路，创新路

宁平炭素从成立之初就汇集了众多的炭素生产技术及管理人才，致力于从“宁平制造”到“宁平精造”达到“宁平创造”，面对宁夏炭素行业“小、散、乱”的现状，企业明白，想要长久地发展下去，只有走“技术支撑质量、质量支撑品牌、品牌支撑市场”的道路，而这一切的根本是创新。要创新，就要更新、要发明、要改变。宁平炭素依托强大的科研团队，以新产品、新发明、新管理为抓手，打造发展新引擎，培育发展新动能。

新产品。1986年，石嘴山市承担了国家“七五”规划炭素研究项目，作为宁夏炭素行业龙头，宁平炭素多个技术骨干作为主力曾参与研发。有材料，才有新产品。就炭素产品质量来说，宁夏太西煤具有三低六高（低灰、低硫、低磷、高密度、高强度、高发热量、高出块率、高回收率、高化学活性）的特点，宁夏的炭素产品因为所用原材料是太西无烟煤，在原材料上占有很大优势，可以生产出国内多灰炭素制品里品质最好的炭砖和电极糊。由于我国在多灰炭素领域一直采用前苏联的技术，此次以太西煤为原料研发的全煤高炉炭砖、大型矿热炉用电极糊，不仅使我国炭素技术有了巨大的飞跃，也奠定了宁平炭素的品牌基础。

2000年，宁平炭素开始研制高密度低气孔率电炉炭砖，该产品以优质太西煤为原料，降低气孔率、提高密实度后，炭砖的抗氧化、抗冲刷和抗渗透能力大幅度提高。模压振动成型技术使炭砖的外形尺寸统一，大大提高了矿热炉的安全性、可靠性和使用寿命，使原本平均不到2年的炉龄提高至平均炉龄4年至5年，更长的可达7年以上。增产、增效效果明显。2001年产品推向市场后，产品质量被进一步验证，宁平炭素的创新技术得到肯定。2002年，刘祯在重庆召开的西南五省铁合金学术交流会上，公开发表论文《新型高密度低气孔率电炉炭砖的开发与运用》。之后，这篇论文相继在全国炭素权威杂志《炭素技术》《炭素》《铁合金》上发表，在高耗能业界引起强烈反响。宁平炭素研发的矿热炉用低温冷捣糊、高石墨质铝用阴极炭砖和半石墨碳化硅砖等高品质产品，在生产技术与生产工艺上亦居国内领先水平。新技术、新产品的研制和生产，使宁平炭素的高端炭素制品在国内钢铁、电解铝、冶金界树立了良好的声誉，也为企业赢得了市场，产品覆盖量遍布全国，也先后出口到哈萨克斯坦、巴西、印度、马来西亚、伊朗、不丹等国。

第23届全国铁合金学术研讨会

宁平炭素近五年论文发表情况

年份	论文题目	刊物名称	论文作者
2018	《电极糊质量纠纷和索赔的法律思考》	《炭素技术》	曹培峰、刘祯、杨沛刚
2017	《矿热炉用炭电极取代电极糊商榷》	《铁合金》	曹培峰、邸俊明、刘祯
2017	《冷捣糊膨胀/收缩率对矿热炉寿命的影响》	《铁合金》	曹培峰、罗英涛、刘祯、张赤
2015	《矿热炉炉衬寿命的几点误区》	《第23届全国铁合金学术研讨会论文集》	刘祯、曹培峰
2014	《800mm × 800mm大截面矿热炉用炭块的开发与应用》	《第23届全国铁合金学术研讨会论文集》	刘祯、曹培峰、张永斌

宁平炭素近五年专利及获奖情况

年份	项目名称	获奖等级	排名	种类
2018	一种电煅炉下放电极的方法	国家级	1	发明专利
2017	多功能煤炭分拣装置	国家级	1	实用新型专利
2017	防止产生煤尘的装置	国家级	1	实用新型专利
2017	具有相对移动式布料、平料装置的炭块成型机	国家级	1	实用新型专利
2015	被聘为中国铁合金学术委员会电极炉衬组组长	中国铁合金学术委员会		受聘
2015	被聘为中国铝用炭素行业协会副会长	中国铝用炭素行业协会		受聘
2014	被聘为钢标准化委员会专家组成员	冶金标准化委员会		受聘
2013	被聘为有色标准化委员会专家组成员	有色金属行业协会		受聘

新发明。宁平炭素先后参与并主笔起草了《阴极炭块用电煅煤》《炭素材料比电阻的测定》等15项国家标准的制定工作；发表《新型高密度低气孔率电炉炭砖的开发与应用》《电极糊质量纠纷和索赔的法律思考》等各类论文19篇；取得发明专利《一种电煅炉下放电极的方法》等共9项。

新管理。宁平炭素脱胎于国有企业，汲取了国有企业一些优秀的管理经验，同时在工作中不断学习积累，形成了自己的管理体系。2002年，按照国家有关技术创新体系建设要求，宁平炭素建立了技术中心，实行公司领导下的技术中心负责制，中心主任对技术全权负责，领导和组织技术中心的全面工作，以此保证中心的技术创新工程化应用目标的完成。技术中心以产品中试推广新产品研制开发、企业人才培养、培训以及资源共享四大功能，通过以产品研发平台、中试平台、测试平台、信息化平台及人才培训平台5个平台为内核来强化技术中心的作用完成上述四大功能。技术中心致力于把宁平炭素技术中心建成一个装备精良、技术先进、管理科学、运行高效的技术研发实体，并具备较强的、开放性的公共技术服务平台，使宁平炭素成为炭素行业重要的研发基地、成果转化基地、创新服务基地和人才培训基地。

宁平人，为匠人

刘祯有多次机会投资兴办其他产业，他没有；宁平职工跳槽到其他炭素厂可以做技术骨干，他们没有。25年来，刘祯用“工匠精神”打造“工匠企业”，宁平职工亦然——做“匠人”，修“匠心”，这是属于宁平炭素的企业精神。

“工匠精神”的内核落在宁平炭素有限公司，即是宁平人的企业精神。专注是宁平炭素的精神内核。在地方国企改制时，大批技术骨干和熟练工人投入宁平炭素，使宁夏的炭素产业得以保留和延续；在企业经济处于低谷时，宁平人没有选择放弃，而是潜心研发促生产；当现代企业一味追求大而全时，宁平人坚持精、新、稳。创新是宁平人的精神动力。宁平人通过从产品创新到技术创新、管理创新到全面创新，从创新中提高产量、扩大市场、获得红利，在获得创新红利后，继续加大创新投入、促进产业创新升级，形成良性循环。

“信用兴厂、科技富厂、新产品强厂、以德育人、善待员工稳厂”是董事长刘祯亲自执笔起草的企业经营管理指导思想，他把“善待员工”作为企业文化建设的重要内容列入其中，他认为“以员工为本”是企业可持续发展的基本保障，“有一个好的职工队伍，就不怕企业走不下去”，刘祯说。

宁平炭素的职工多为“元老”，留得住人，必是物质关怀和精神关怀都不少。宁平炭素的职工工资高，保险全，福利好。每年的春节、五一、七一、十一等节日，企业都要举行各种文化、体育和慰问活动。党团工会关注困难职工家庭，为考入大学的职工子女发放助学金，为职工过生日，尊重、和谐的思想渗透在宁平炭素有限责任公司的企业文化中。

“拥有了财富时，要拿出可支配的资金去造福你身边的人。”宁平炭素在敬老、拥军、助残、助学、济困各个方面奉献力量，积极参与社会公益事业。汶川地震、玉树地震、芦山地震时，宁平炭素捐资抗震救灾；立足本地，宁平炭素每年都积极参与捐资助学，为石嘴山市希望公益服务中心建“微善之家”和“七彩小屋”，并且多次捐赠图书。“得益于社会，奉献于社会”，是宁平人的良心。

首届宁夏著名商标(品牌)峰会

炭素属于基础材料工业的基础，是国民经济发展中不可或缺的基础材料，炭素材料及其制品广泛应用于冶金、电子、化工、机械、医疗、能源、航空航天、核工业等领域。炭素产业是一个低能耗低污染的行业，产品由常规到尖端品种门类繁多，是国家发展的战略性产业。在国家历次发布的技术发展政策中均被列为重点发展内容。近年来，石嘴山市也积极出台政策，引领炭素行业“绿色崛起”，在这样的背景下，宁夏宁平炭素有限责任公司未来有着广阔的发展前景，“术业有专攻”让宁平炭素成为行业“领头羊”，“工匠精神”助宁平炭素为匠人，有匠心，做匠事。

宁平人的工匠精神，是在技术精湛的前提下，不骄傲，不盲目，精益求精，推陈出新，匠心筑梦。

【相关链接】

刘祯，1960年生于陕西咸阳，高级材料工程师，毕业于中央民族大学，硕士研究生学历。1979年参加工作，先后在石嘴山矿务局、宁煤基建二中、宁煤基建公司一处团委、石嘴山碳素厂工作。1993年8月创办石嘴山市炭素供销公司(现宁夏宁平炭素有限责任公司)，任董事长。目前被聘为中国铁合金学会电极及炉衬专业组组长；中国铝用炭素行业协会副会长；中国有色标准化委员会委员；中国钢标准化委员会委员；铁合金技术理事会理事等多种学术职务，发表学术论文多篇。

情牵故土志业以报 激情燃烧的岁月

——宁夏金顺集团

“大雁听过我的歌，小河亲过我的脸，山丹丹花开花又落，一遍又一遍……”当这首歌的旋律响起时，或许当下的70、80后都会熟悉的跟着哼唱起来。这首传颂大西北地区之美的流行歌曲曾经火遍全国。

“初听不识曲中意，再听已知曲中人！”对于这首歌更加感同身受的人，莫过于七八十年代随着国家改革开放浪潮成长起来的西北中、青年一代，现如今已经在各行各业功成名就，并且感恩回报故土。就在占据西北地区重要地缘格局的宁夏平原上，正有这样一位情牵故土，兴业感恩的人物，他来自素有“塞上江南”之称的宁夏石嘴山市平罗县，在巍巍贺兰山与滔滔黄河水之间抒写了自己“激情燃烧的岁月”。他就是宁夏金

宁夏金顺集团办公大楼

顺集团董事长哈学忠,

毅然"下海"开启创业之旅　多业并举奋斗拓出新光景

宁夏金顺集团董事长哈学忠

可能按照现在大多数人的想法,如果拼搏数年,拥有了稳定收入和不错职位后,应该可以享受一下生活了?然而对于哈学忠来说,人生字典里没有"享受"这两个字。改革开放前的20几年中,哈学忠先后担任平罗县灰沙石总厂负责人、平罗县农工商联合总公司平罗县外贸公司总经理等职位,甚至到了1986年,正值青壮年的哈学忠已经是县乡企局副局长、局长党委书记。但是,对于他而言,这只是他人生转折的开始。

1996年时,改革开放的大潮已经涌向全国各地,西北地区也深刻感受到了党和国家的号召与鼓励,哈学忠更是心潮澎湃,他深爱着平罗这片土地,他希望能跟着党的领导再"闯"出一片天,改变家乡面貌。"打破传统生产模式、积极努力创新"的思想始终在哈学忠的脑海中盘旋。最终,哈学忠审时度势,毅然下海,组建金顺集团公司,开启了金顺追逐梦想的序幕。

金顺集团成立之初,哈学忠也遭受了"一无办公场所,二无资金,三无项目,四无人员"的困难。可在他心里,似乎只有"确定了前进的路,就不怕路远"的决心。带着为梦想拼搏的信念,哈学忠率领集团公司提出规划,坚持"一五打基础、二五求发展、三五见成效、四五上规模"的奋斗目标,多元开发、多业并举的发展战略。清晰、可行的规划战略下,哈学忠携集团进入到了创业实践之中。

探索开始时,哈学忠认真考察平罗县的待发展格局,综合当地资源的优势,找到摆脱家乡贫困的方法,先后组织成立平罗县农林牧综合开发公司、金顺煤碳运销公司。于是,高荣5300亩治沙林场开工,县政府和集团公司、林业局、区、县团委组织姚伏中小学近1000余人参与植树造林,启动治沙改田工程建设;同时在汝箕沟、白芨沟开办年产3万吨惠农、陶乐两个煤矿,逐步为集团打下扎实的基础。

1997年,西大滩农场及万亩扬水工程进入开发建设阶段,每年坚持全体员工春季植树造林，艰苦创业、自力更生，经过20年的创业，将戈壁滩改造成一片绿洲，功在当代，利在千秋。同时组建金顺药材开发公司，先后在西大滩农场、步口桥、惠北、长城公墓、石炭井农业指挥部等种植甘草1600多亩。1999年集团公司收购兼并了县铁合金的外贸公司，并投资改造装修焕然一新，于2001年5月外贸宾馆开业运行。

2003年起，金顺集团再次多方考察和论证，经平罗县人民政府研究决定，报请宁夏回族自治区民政厅批准，投资建设平罗长城公墓和贺兰山陵园，成为隶属民政部门管理的生态陵墓。经过10余年的不懈努力，先后投资3600多万元开发建设，曾经的"茫茫沙滩"和"乱石坟岗"现已成为掩映在绿树成荫的生态陵墓。陵墓规划建设布局合理，道路硬化贯通，生态绿化成效显著。占地面积15亩，建筑面积1500平方米的殡仪服务中心设施完备齐全，占地2971平方米的生肖广场规模宏伟壮观。

正是哈学忠这种敢为人先的精神，远见卓识的洞察力，填补了平罗县无公墓和无殡仪服务中心的空白，解决了平罗县文明殡葬的社会大问题，为县人民政府排忧解难，先后为高速公路、翰泉海、包兰铁路、全县土地治理、工业项目建设迁坟达6800多座，为推进平罗县殡葬事业发展贡献了一份力量。两处公墓可供全县汉民殡葬使用70年至100年。2003年经多方考察论证，充分利用西大滩资源优势，新建建材开发有限公司，实现了建材、房地产综合利用的节能效果。机会留给有准备的人！1998年至2003年间，公司尝试涉足房地产领域，金税苑、外贸公司综合楼等房地产开发，由此集团事业开始走向正轨，慢慢显现出成长潜力和发展前景。

紧抓时代创新机遇　文化兴业助力集团腾飞

千禧之年以后，中国社会面貌在改革开放战略举措实施过程中发生了翻天覆地的变化，全国各地、各产业之间的联系愈发紧密，带来了新时代创新的机遇。此时，金顺集团经过几年的探索和实践也进入了新的发展时期。面临"新机遇、新挑战、新征程"，哈学忠再次率领集团队伍，开拓事业版图，并且以企业文化建设作为强大推动力，迎来集团发展的腾飞时期。

2004年之际，金顺房地产有限公司经宁夏回族自治区建设厅批准成立，以房地产开发为主。公墓开发、房地产为先，同时集团其他产业并驾齐驱，多元发展矩阵就此形成。

经过十几年的发力，金顺集团的各个产业都取得了不俗的成绩。其中，"金顺医药"现已发展了30余家连锁加盟销售网点。2014年至2015年先后注册又成立了平罗县友谊、九州两家医院。与此同时，金顺集团的其他产业也得到了同步发展。青铜峡新建冶炼公司、平罗西大滩、陶乐精细化工基地建设建材公司分别进行了整改扩建搬迁，物业公司、外贸宾馆、农林牧、粮业、石雕、煤业等实体公司也步入了良性发展的阶段。

值得一提的是，多年来“金顺房地产”事业实现大跨步前进，先后在平罗县城开发了金种楼、外贸综合楼、金税苑、金顺花园、金都家园等商住小区，累计开发面积34.2万平方米，房地产开发已成为金顺的主营项目，业务已拓展到银川，2011年又开发建设了“贺兰月湖名邸西B区”11.6万平方米住宅小区。2013年，金顺房地产开发有限公司被宁夏回族自治区住房和建设厅等8家厅局评定为A级信用企业；2015年7月26日，金都家园一期3.6万平方米10幢，二期2.16万平方米8幢举办了盛大开盘仪式。同时，在银川南门原宁夏回族自治区建行西侧筹划开发建设银川金都商务城，项目有序推进。标志着金顺集团进入了腾飞的发展阶段。

金顺花园会所

众多产业发展过程中，离不开哈学忠推崇并大力建设的企业文化工作。哈学忠始终认为，“物质财富回报社会，精神财富奉献人类”，一切物质资源都会枯竭，唯有文化生生不息！也正是这样的坚持，才让企业文化带给集团强大的驱动力。值得一提的是，金顺集团将企业文化融入到生产、员工价值、生活、人生成长等各个环节之中，企业编辑出版的《管理与文化》一书成为了企业文化的灵魂，是企业的血脉，是企业的动力和源泉，是企业的核心竞争力。

饶有心意和新意的是,《管理与文化》一书将哈学忠董事长多年工作和生活中的亲身感悟、体会用格言的形式表述出来,是他多年从事企业管理的理念的精到表达。翻开书籍悄然看到,既有“产品就是人品”“抓住弱点、攻克难点、争创亮点,方向比努力重要”的工作指导,又有“相识就是缘分,合作就是信任”“总结昨天,干好今天,准备明天,开创后天”的员工教导,更有“井无压力不出油,人无压力轻飘飘”“贫者与书结缘,可以致富,富者与书结缘,可以致贵;贵者与书结缘,可以致贤”的人生哲学;还有“讲党性、讲原则、讲团结、讲大局、讲正气,敢于碰硬”的思想倡导……这些哈学忠的精辟之言,正是他所领导的金顺集团在发展中被全体员工普遍认可和共同遵循的价值观和行为规范的集萃。

文化兴业,造福社会。金顺集团大力倡导企业的追求和员工价值观的统一,把企业文化建设纳入管理的议事日程,紧抓不懈,并不断完善和提升,形成了较完备的文化体系,以此来规范企业的经营,激励员工的积极性、创造性,为社会提供品质优良的产品。现如今,金顺集团已经逐步发展成为一个集房地产、公墓、建材、农林牧、冶炼、宾馆、煤炭、物业管理于一体,拥有12个实体公司,工程技术管理员工86人,从业1500余人(含农民工),资产达5.8亿元的优秀企业。

忠于人民忠于国家 “投之以桃报之以李”回报社会

时过境迁不忘初心,这不仅是个人难得有的品质,更是企业发展中的珍贵风致。而对于哈学忠以及率领的金顺集团来讲,这种价值观已经产生了巨大的能量。20多年来,哈学忠始终铭记甚至教育员工,集团能够有今天的成就源于党的正确领导、国家改革开放政策的推动,家乡人民的支持。因此,忠于人民忠于国家,“投之以桃报之以李”的回报社会是哈学忠个人与金顺集团在多年发展中一直坚持做的事。

20多年来,金顺集团所属企业累计为国家上缴税金7896万元,连续10年缴税位列全县前10名。同时,集团累计发放农民工和管理员工工资、福利达1.33亿元,并且对在公司第一线10年以上做出特殊贡献的6名员工享受特殊津贴奖,对在档员工缴纳社会保险,应保尽保,充分调动了员工干事创业的积极性。

而哈学忠个人,成就事业的辉煌却不忘初心,多年中坚持回报社会,感恩家乡。他心系弱势群体,积极发展公益事业和当地生态建设,在20多年中投入到公益慈善、生态建设的资金累计达到1900.46万元。其中,既有教育捐资助学,为平罗中学敬立毛主席巨型汉白玉雕像一尊,捐赠汉白玉雄狮一对;为平中捐款智能化教学教具230部,也有为平罗敬老院捐赠生活运输车辆;更是为市、县慈善会捐款30余万元,扶贫济困,功载千秋。

与此同时，哈学忠还率领集团援助农村路桥建设近100万元，修建金顺桥等；用于社区文化会所和广场建设投资210多万元；在不毛之地西大滩先后投资1200多万元，经过20年的艰苦奋斗，在4000多亩戈壁白僵地上创建了农林牧综合开发生态建设，得到石嘴山市政府生态绿化贡献奖；为保护文化遗产俞翰林墓地，先后投资30多万元，对俞翰林墓、长城、玉皇阁等国保文物进行大范围修缮和捐资；此外，哈学忠组织为传承平罗文化遗产投资编印出版发行了《影像平罗》，为保护文化遗产作出了贡献。

更多的行动中，哈学忠提倡厚养薄葬，对进入墓区的贫困者给以公墓救助200多万元的优惠扶助。英雄儿女献生命，长城公墓寄深情，目前筹划的平罗县烈士陵园正在规划设计中。2015年"六一"，公司积极响应市团委《关于开展投身关爱工程：我为孩子捐本书》活动倡议积极捐款。2015年中秋节，集团公司对平罗第一、第二敬老院、宁夏陶乐养老中心进行"尊老爱幼、奉献爱心"慰问活动。献爱心，见行动，2016年春节前金顺外贸宾馆爱心献环卫，情暖平罗城，对全县环卫工人免费提供早餐40天，并对头闸、灵沙两个敬老院进行慰问。2017年为全县800名环卫工人捐赠保温杯，心系环卫，爱心无价。2018年拥军爱民、献爱心、见行动，先后到县中队、消防大队、相关乡镇进行慰问老兵。

大爱无疆，善举可见。哈学忠善行济世，得到了区、市、县领导的高度重视和赞扬。先后被评为市县"优秀党务工作者"，市县党代表、人大代表、政协委员；获得"和谐中国百名优秀企业家"称号；荣获华夏和谐杰出贡献创新人物、德艺双馨爱心大使荣誉称号；被评为平罗县第二届"六百工程"敬业之星；享受政府特殊贡献津贴等，被社会荣称为慈善的富贵者。2014年在全区第四届殡葬协会大会上被选为副会长。2010年获平罗县工商联、总商会"扶贫帮困先进个人"，平

"一杯温情，心系环卫"

罗县“重教楷模”；陵墓公司受到民政部通报表彰奖励；2015年，宁夏金顺集团被宁夏回族自治区民政厅、宁夏慈善总会授予“宁夏慈善突出贡献（单位）奖”，共青团石嘴山市委“情系青少年，爱心献公益”表彰；2017年石嘴山市委、市政府授予“优秀慈善企业”称号；2017年获国家发改委、经济日报、中国国际品牌研究中心、中国发展创新推介活动组委会“2017创新中国年度公益人物”。

金顺集团的成长过程中，同样因敢于担当社会责任得到了区、市、县相关领导的关注，并多次来金顺集团调研考察指导，并就金顺集团对社会做出的贡献给予了积极的评价。金顺集团先后荣获石嘴山市工商联合会“优秀会员企业”；市慈善会“扶贫济困，功载千秋”奖；石嘴山市人民政府“全市义务植树贡献奖”、市绿化委“园林化厂区”称号；2008年至2009年县人民政府“守合同、重信用” 企业称号；2010年至2013年获县、市人民政府“守合同、重信用” 企业称号。

后 记

走进金顺集团时，远远就能看见“二龙腾飞”的LOGO标志，充满中国文化韵味和文化气息。而进入到公司的文化阅展室，则能看到6大类1000多件不同时期的收藏展品……这意味着什么？或许已经不言而喻。哈学忠率领金顺集团走过20多年，已经用行动告诉我们，改革开放浪潮汹涌，宁夏儿女心怀感恩，努力拼搏，激情燃烧的岁月从未间断，未来更会在党和国家的引领下，走向更大的胜利，创造长青基业！

【相关链接】

哈学忠，1959年出生，汉族，现任宁夏金顺集团董事长。并担任宁夏金都建筑公司董事长、县市人大代表、政协委员、宁夏殡葬协会副会长。先后被评为市县“优秀党务工作者”，获得“和谐中国百名优秀企业家”称号；荣获华夏和谐杰出贡献创新人物、德艺双馨爱心大使荣誉称号；被评为平罗县第二届“六百工程”敬业之星；被社会荣称为慈善的富贵者。2010年获平罗县工商联、总商会“扶贫帮困先进个人”；2017年获国家发改委、经济日报、中国国际品牌研究中心、中国发展创新推介活动组委会“2017创新中国年度公益人物”。

德厚存立身之本 泓深储万物之源

——德泓国际绒业股份有限公司

厚重的历史文化与现代的羊绒文化交融相映，构成了这座“中国羊绒旅游文化名城”的迷人画卷。

立足本色 巧占先机

马海科董事长创业于天津，1986年至1997年，历任天津海河毛绒厂厂长。公司于2006年开始建设高档羊绒精纺纱线及高支羊绒精纺面料的开发与生产项目。引进意大利先进羊绒精纺面料生产技术，进口意大利、德国先进的纺纱、织造、染色、后整理等生产设备、聘请意大利、韩国羊绒纺织专家，边建设边生产。该项目于2009年国家发改委、工信部确定的重点产业振兴和技术改造项目。2012年全部建成，并通过了宁夏回

德泓国际绒业股份有限公司外景

族自治区经信委等机构的项目验收。该项目建成不仅填补了我国羊绒精纺面料生产的空白，也大大提升了我国绒业在世界的竞争力。项目共计划投资7亿元，完成了绒纺车间、绒织车间、染整车间、梳绒车间、污水处理中心、工程技术中心、三个仓库等180亩的基础设施建设，公司成立至今共计纳税：3.56亿元，公司职工有1400人左右。

德泓国际绒业股份有限公司董事长马海科

自成立以来，公司立足羊绒产业现状，大力实施人才“森立计划”，打造了一片与公司发展相适应的经营管理、专业技术、产品设计、生产管理四大树林。同时，始终把人才队伍建设提升到企业发展的战略层面，超前谋划，统筹考虑，形成以事业吸引人才，以绩效评价人才，以薪酬激励人才，以责任锤炼人才的良好环境，建设一支专业素质较为过硬，充满创造力和创新思维的人才队伍，为企业创新发展提供坚强的人才保证。

德泓国际目前拥有含洗绒、梳、纺、织、染、整全流程产业，是集纺织特种纤维及羊绒原料培育与收购、精纺产品的研发、设计、生产与销售全产业链覆盖的系列产品提供商。公司以生产精纺羊绒制品为核心，实现了从原绒收购、分梳山羊绒及绒条的初加工，到各类精纺和粗纺，针织和梭织羊绒线，再到精纺羊绒面料，及各类高端羊绒制品，服饰的生产和销售，是羊绒纺织行业内专注于本行业发展且产业链完整的企业。

公司以“德厚存立身之本，泓深储万物之源”为宗旨，建立了现代企业管理体系，培养优秀，专业的人员队伍，通过了质量、环境、职业健康安全管理体系认证，环球服装生产社会责任组织WRAP认证，并通过了SQP验证，相继获得“宁夏十届著名商标证书”、2016年年度脱贫攻坚先进集体、中国羊绒行业十强企业、宁夏回族自治区100强企业、宁夏纺织工业十强企业、宁夏轻纺创新发展先进集体、宁夏回族自治区工业经济(保增长)工作先进企业和银川市小巨人企业等称号。

融于自然　创新发展

马海科多年致力于发展羊绒产业，提倡注重生态环境安全，发表的《羊绒产业发展与生态环境安全》获宁夏回族自治区首届环境科学研讨会优秀论文奖。曾荣获全国和宁夏回族自治区“首届优秀环境科技实业家”。2005年当选为金凤区政协常委，同年当选为全国畜产品流通协会副会长，被国际名人交流中心评为世界知名人士，被授予“世界杰出华商”称号；2006年当选为宁夏企业家协会副会长，并被评为“优秀诚信企业家”，所写论文“把握羊绒市场态势 防范诚信道德缺失”荣获三等奖，被授予“世界杰出华商”称号；2007年当选为最具有社会责任感杰出企业家、宁夏诚信经营优秀企业家、优秀民营企业创业家、“2007全球华商纺织行业十大管理英才”，被授予“银川市拔尖人才”称号；2008年被评为“振兴宁夏经济·构建和谐社会”杰出企业家、民族团结进步先进个人；2009年被评为全区第四届优秀环境科技工作者、宁夏杰出回商。

马海科不仅是公司的董事长，而且是宁夏特色羊绒产业的领军人物之一。作为宁夏指定的扶贫龙头企业，董事长提出了重振宁夏羊绒产业的雄风。马海科建议政府引导、集中支持宁夏羊绒特色产业的发展，并以文字材料汇报到宁夏回族自治区党委、政府，得到了宁夏回族自治区党委、政府领导的高度重视。然而他并没有将这一雄风停留在表面，而是付诸了实施，他动员在外经营羊绒产业的宁夏人回乡报效家乡，并在同心、灵武相继成立了两个羊绒工业园区，建立了羊绒加工企业150多家。

面对全球经济的快速发展，公司凭着务实、创新的精神、立足中国，打造精品，走向世界。德泓团队从自身出发，不断否定自我，开拓自我，培养出巨肥开拓思维、真诚品质、务实态度、突破自我能力的一批生力军。德泓，让羊绒不再只属于冬天。在德泓坚实的根基上不断创新，积极进取，从而衍生一系列的羊绒精品。德泓羊绒制品谱写于自然的四季之美，体现“融于天然，崇尚自然”的和谐理念。

经过多年探索，德泓公司集产品设计、生产、营销于一体，逐步发展成中国羊绒服饰面料的领军企业。德泓国际专注于做好整个羊绒产业的纵向发展，从原料采购到生产工艺，从产品设计到技术创新，品质上层层把关，工艺流程上步步优化，质量进行严格把控。根据产品自身特性，融合中国古典文化与西方时尚设计的元素，奉行“融于自然、崇尚天然”的设计理念，不断进行产品创新。

公司秉承“德厚存立身之本、泓深储万物之源”的经营理念，现已形成稳定、高效运行的内部经营管理机制。强大的营销网络和完善的售后服务体系为德泓在海内外赢得美誉，并建立起长期互信的战略合作伙伴关系。

马海科董事长的创业历程大大促进了宁夏羊绒特色产业的发展，为宁夏特色羊绒走向全国做出了一个宁夏人的贡献。

引领时代　大胆作为

以习近平新时代中国特色社会主义思想为指导，奋力推进新时代党建工作，全面加强党的政治建设是德泓国际绒业股份有限公司这支队伍的光荣传统和政治优势。

公司党委自成立以来十分重视党建工作，在党委书记马海科同志的领导下，始终坚持党的领导，按照党的要求进行组织建设，在企业发展的同时，积极承担社会责任。

公司的党建工作在宁夏回族自治区民营企业中处于领先地位，并受到组织部的充分肯定；工会组织工作多次获得全国总工会、宁夏回族自治区、银川市各级工会的表彰奖励，先后荣获银川市“五一”劳动奖状、银川市五一巾帼标兵岗、巾帼文明岗位、女职工先进集体、五一巾帼奖状、银川市劳动关系和谐模范企业、先进基层党组织、全区创先争优先进基层党组织、全区非公企业“双强六好”党组织等荣誉。

公司党员人数已达到58(包含已退休党员)。积极开展对标工作，是公司实现可持续发展的必然要求，是查找不足、开源节流的有效措施，是提升企业整体管理水平的实际需要，也是加快企业技术创新的重要手段。对照指标要求，公司从生产管理、质量管理、人力资源管理、财务管理、销售管理等各个方面都取得了较好业绩。

目前，公司羊绒精纺面料技术已公认为同行业领先技术。公司生产设备自动化、智能化水平高，工艺先进，人才济济。公司自行研制的50支单经单纬羊绒面料、永久防辐射羊绒面料、双面羊绒呢、超薄羊绒呢系列等羊绒纯纺新产品300余种，获得多项科技成果，开发艾香抑菌面料、机可洗羊绒面料等功能性羊绒面料等多种，获得科技进步三等奖一项，拥有发明专利一项，拥有实用新型专利10项，2017年又申请实用新型专利10项，公司核心竞争力持续提高。

公司获得质量、环境、健康三体系认证，被《福布斯》评为“2015福布斯中国潜力企业”，被宁夏回族自治区确定为重点出口创汇企业，被商务部评为企业诚信AAA和进出口示范单位，是中国纺织服装企业竞争力500强企业。在2015年宁夏100强企业中占据第65位，2017年排名43位，属于宁夏回族自治区60户重点龙头企业之一。获得“宁夏回族自治区百强企业”“宁夏纺织十强企业”“工业保增长先进企业”“宁夏最具影响力十大企业”“小巨人企业”“宁夏轻纺创新发展先进集体”“中国羊绒行业十强企业”等荣誉称号，是2018年宁夏诚信企业副会长单位、2017年度扶贫优秀会员、2017中国羊绒企业十大出口品牌。董事长马海科先生是2018年度中国畜产品流通协会羊绒分会轮值主席，获得“世界杰出华商”；被中国畜产品协会评为“2017年度人物”“羊绒行业十大领军人物”“宁夏杰出回商”“宁夏诚信企业家”等荣誉。

德泓国际绒业股份有限公司办公大楼

近期,宁夏回族自治区质量技术监督局应国家质监总局要求委托天祥(天津)质量技术服务有限公司对德泓国际绒业股份有限公司羊绒、羊毛制品进行了监督抽查,共随机抽取四项产品,分别是纯羊绒单面顺毛呢、全毛哔叽、全毛双面顺毛呢、纯羊绒哔叽。该四项产品由天祥(天津)质量技术服务有限公司依据国家标准及《2018年宁夏质量技术监督局生产领域学生校服、面料、成人服装、絮用纤维制品(床上用品)产品质量抽样检验实施方案》的要求对纤维含量、PH值、色牢度、异味、甲醛含量、起球、强力、汽蒸收缩等物理化学指标进行了检验,同时也对可分解致癌芳香胺染料的24项芳香胺进行了检测。检验结论指出:"所检项目全部符合标准要求,依据本次抽样检验实施方案,判定该批商品通过本次监督检验"。特别要指出的是,检验报告表明"可分解致癌芳香胺染料"的24项芳香胺"均未检出"。以上事实说明公司特别注重产品质量,深深懂得质量是企业的生命。

公司将一如既往,对标先进生产力水平,以提高产品质量为己任,形成发展新动能,创造竞争新优势。以增品种、提品质、创品牌的"三品"战略为重点,促进企业实力迈向新高度。

【相关链接】

马海科，回族，1955年出生于宁夏同心县，现任德泓国际绒业股份有限公司董事长，并担任金凤区政协常委、全国畜产品流通协会副会长、宁夏企业家协会副会长。曾荣获全国和宁夏回族自治区“首届优秀环境科技实业家”；被国际名人交流中心评为世界知名人士，被授予“世界杰出华商”称号；被评为“优秀诚信企业家”；所写论文“把握羊绒市场态势 防范诚信道德缺失”荣获三等奖，被授予“世界杰出华商”称号；2007年当选为最具有社会责任感杰出企业家、宁夏诚信经营优秀企业家、优秀民营企业创业家；“2007全球华商纺织行业十大管理英才”，被授予“银川市拔尖人才”称号；2008年被评为“振兴宁夏经济·构建和谐社会”杰出企业家、民族团结进步先进个人；2009年被评为全区第四届优秀环境科技工作者、宁夏杰出回商。

艰苦朴素求务实 与时俱进创佳绩

——宁夏兴尔泰集团

白手起家 凭借智慧闯天下

沐浴着新时代的春风，伴随着改革开放的浪潮，他——一位农民的儿子，没有雄厚的资金、没有坚实的后盾，借着超人的智慧、凭着一腔热血"站"出来了，这就是现如今宁夏兴尔泰集团董事长——李兴元先生。天降天降大任于斯人也。1984年他拿出自己所有的积蓄，在宁夏中宁县舟塔乡创办面粉加工厂。自此李兴元先生的艰苦创业史拉开了帷幕。1994年他在甘肃省永登县成立兴宁石英砂联合公司，在宁夏中宁县成立兴龙工贸有限公司、兴龙碳化硅厂；1997年在宁夏平罗县成立兴泰工贸公司，在陕西省神木县成立兴宁焦化厂，在宁夏中宁县新建兴泰石油城，收购粮食局批发市场。

宁夏兴尔泰化工集团有限公司厂区外景

抓机遇 抢市场 做贡献

中国的企业家在塑造时代的底色时,争议尚存,但奋斗的精神与过程弥足珍贵。随着时光的变迁,时代的进步,市场经济的变化,在国家好的政策的呼吁下,2003年李兴元先生凭着自己多年对市场经济的观察,做出了一个大胆的决定,整体收购宁夏中宁县化肥厂——原有的一家国有企业,新的机遇和挑战如期而至。浪花拍案、逐浪翻卷,一扇艰苦创业的新大门打开了……

宁夏兴尔泰化工集团有限公司董事长兼总经理李兴元

宁夏兴尔泰化工集团于2008年4月30日经自治区工商管理局批准成立,其母公司宁夏兴尔泰化工集团有限公司成立于2003年,宁夏回族自治区49户大型企业之一,自治区"循环经济试点企业"中卫市重点民营骨干企业。艰苦创业,艰苦朴素,求真务实是李兴元董事长的一贯作风,经过10余年的艰辛创业历程,宁夏兴尔泰集团在国家各项政策的激励下,在李兴元董事长的英明领导指引下,在宁夏这块广袤的土地上扎根、立足!

近十年来,宁夏兴尔泰化工集团及其控股子公司实现了跨越式发展,企业规模不断扩大,实力不断增强,发展步伐加快,已步入良性发展的快车道。以宁夏兴尔泰化工集团有限公司、兴尔泰集团中宁兴德化工有限公司、兴尔泰集团中宁兴鑫冶金制品有限公司、在原有的基础上又新成立了中瀛建筑公司、宁夏兴达能源有限公司、宁夏兴尔泰新型材料有限公司等9家子公司为基础,形成以化工、农资化肥、钾肥、电石、房产、电力、新材料和运输为一体的跨行业的综合性民营企业集团。集团现有员工1200余名,其中吸纳国有企业下岗失业人员200余名,解决残疾人就业110名,为解决社会就业压力,做出了积极的贡献。企业主导产品碳酸氢铵、液氨、电石、硫酸钾、硫酸和白灰,其中液氨年产12万吨,电石年产23万吨,硫酸年产12万吨,硫酸钾年产5万吨,白灰年产16万吨,产品销往西北、华北和东南、西南等地区。2015年集团资产总额16亿元,实现销售收入8.4亿元。

扩规模 填补缺 转型升级

每项伟大的举措都不是一马平川的，在创业的路上李兴元董事长凭借自己的坚定毅力，一步一个脚印扎实稳步向前走。随着市场经济的转变与需求，他发现宁夏兴尔泰化工集团公司存在的短板，公司虽然已跨入自治区大中型工业企业行列，并被自治区政府列入循环经济重点示范企业，在激烈的市场竞争中具有一定优势，但从长远发展的角度看仍存在一些制约企业长足发展的瓶颈问题，主要表现在：产品链条短，产品结构不甚合理，缺乏下游产业链延伸产品。针对这些问题，李兴元董事长苦思冥想，他想到了扩规模、填补缺、转型升级。围绕企业的创立、扩张、成熟、整合和蜕变各阶段的发展状况，经过深思熟虑后，他高薪聘请专业人员，整合资源，筹备资金，新的项目出台了：投资5个亿，采用成熟可靠的技术，建立循环经济产业链。2015年3月新的项目启动建设，大刀阔斧的开干了。在中宁新材料循环经济示范区成立兴达能源自备电厂、建设硝基复合肥及尿基复合肥项目，建立碳化硅副产尾气综合利用项目。兴达能源为供热中心，配套建设2×260t/h高温高压煤粉锅炉2×N70MW凝汽式汽轮发电机组。碳化硅新型材料项目建成后利用以年产50万吨碳化硅项目冶炼生产过程中生产的纯度为82.5‰的一氧化碳气体，燃烧后释放的热量、碳化硅冶炼炉生产过程的尾气资源来实现发电不外购能源。65%电力消耗主体来自自身发电，年减少碳化硅项目外购电量65765×104kW·h。自项目投产后，年供电量4.929亿kW·h。对中卫市、中宁县“十三五”期间能源消耗增量、GDP能耗也没有产生负面影响，反而消减了能源消耗量，降低了单位工业增加值能耗。

响应国家政策 打好环境保卫攻坚战

为响应国家“十三五”计划，坚决打好环境保卫攻坚战，让祖国绿水青山、蓝天净土。为兴尔泰集团长远发展考虑，李兴元董事长认识到，绿色发展是解决污染问题的根本之策，推进产业低碳化，首先要增强集团生态发展理念意识，要以最低的污染排放，最小的生态影响来支撑中宁县经济社会的发展。

公司投资4.83亿元，集中实施三个项目，实现两条循环经济产业链；对合成氨项目进行技改，新建2×25500KVA全密闭电石炉，12万吨/年硫酸生产装置，对2×16500KVA全密闭电石炉技改为2×21000KVA全密闭电石炉。对电石炉尾气进行全回收，一部分送化肥厂成为合成氨原料，一部分用于电石厂烘干窑对原料兰炭进行烘干，此项尾气利用每年为合成氨生产节约优质无烟煤6万吨；利用硫酸余热蒸汽为化肥提供原料气

中控室

和动力源，此项利用每年可节约原煤3万吨；化肥厂热软水输送到电石厂作为设备冷却用水，硫酸厂建有年处理35万吨浓水回收装置一套，可节约用水26.28万立方米，各公司间高效循环的综合利用，形成了产业链的大循环，实现了循环经济可持续发展和节能减排，减少二氧化硫、氮氧化物、粉尘的排放量。

针对工业扬尘类废气问题，李兴元董事长也是高度重视，多次召开高层领导会商议研讨。之后，集团公司根据董事长意见制订了《环保督查反馈问题自查整改方案》，方案项目共28项，投入资金1100万元，截至2018年9月13日，已全部完成。

自2013年以来，集团累计共投入环保资金7526万元，建设19套脉冲式布袋除尘器，对出炉口粉尘、配料粉尘、电石尾气等进行净化除尘。建密闭式钢结构原料库、白灰库、硫酸渣库2.88万平方米、防风抑尘墙1.9万平方米、密闭皮带输送走廊1.68万平方米，有效地控制和解决电石生产过程中的粉尘污染；建成100立方米/小时处理能力的污水处理设施，硬化地面3.6万平方米、对老厂区建筑物进行粉刷、更换门窗，极大地改善了周边环境和职工的作业环境，在各级环保部门及集团公司委托第三方检测机构的监测下，集团公司废气、废水等污染物的排放检测结果均达到国家排放标准，并向社会及公众公示公开。

在环保问题上李兴元董事长说，兴尔泰集团将以“创新发展，节能高效，绿色环保”为企业发展主体目标，进一步完善管理制度，健全组织机构，在今后的生产工作中，企业发展与环境保护同步进行，充分发挥各单位负责人带头作用，传播绿色环保理念，把员工参与环境监督作为加强环保工作的重要手段，提高集团全体人员环保意识，让每个人成为环境改善的受益者，环境保护的践行者，力争把集团建设成为中卫市“环境友好型企业”典范。公司将派出相关人员外出参观学习先进生产工艺，推行清洁生产、开展节能降耗，提高资源利用效率，同时他还提出利用公司的大检修再投入2000万元，对

老厂区照片

老旧设备、部分管道、催化剂、布袋除尘进行更换，彻底治理生产过程中“跑、冒、滴、漏”的现象，全面完成减排计划，以低消耗、低排放、高效率实现企业可持续发展。

如何实现高质量发展？宁夏兴尔泰集团紧攥“绿线头”，坚持发展和生态两条底线，实现生态效益和经济效益双赢，为建设美丽中国不断奋斗。

时势造英雄，近20余年的摸爬滚打，李兴元董事长凭着百折不挠、勇于拼搏的顽强毅力，勇于担当的无畏精神，肩负起社会的使命，肩负起兴尔泰发展的使命，永不言败，为华夏大地谱写华丽篇章！

【相关链接】

李兴元，汉族，1964年11月2日出生，宁夏中宁县舟塔乡人，中共党员，宁夏中宁县十五、十六、十七届人大常委会委员，宁夏中卫市政协第二、三届政协委员，现任宁夏兴尔泰化工集团董事长兼总经理。

商界俊彦凌空翱翔 心怀赤诚领袖宁夏

——宁夏汇融实业集团有限公司

“为客户建设美好家园，为社会承担公民责任，为员工提供发展空间。”走进宁夏汇融实业集团有限公司（以下简称“汇融集团”），这三句话总给人留下深刻的印象。这看似普通的三句话，恰恰折射出一个民营企业家扎根宁夏、搏击商海、勇立潮头、争创一流、奉献社会的赤诚之心。

将这三句话镌刻于心、实践于行的，就是宁夏汇融集团董事长任彦豹。这位奋斗在改革开放最前沿的青年才俊，1994年大学毕业后，立足宁夏，心系民生，先后投身医药和房地产等行业，将青春年华全部奉献给了自己的事业，用一片赤诚，为宁夏房地产事业又好又快的发展贡献着自己的才华与心血。

宁夏汇融实业集团有限公司办公大楼

回首任彦豹商海走过的20年，处处闪耀着责任、专注、执着、毅力和创新的光辉，这种光辉激励着他带领广大员工创造了辉煌的业绩。

20年间，任彦豹秉承“忠诚、用心、诚信、高效、勤奋、团结、健康、快乐”的企业核心价值观，从医药行业起家，转型房地产业，延伸到物流运输、城市农业、钢材经营等各个行业，从名不见经传的小企业迅速成长为宁夏民营企业20强，净资产超过了15亿元。2013年至2017年，在全国经济形势下行压力巨大的情况下，宁夏汇融集团依然取得了良好的经营成绩，上缴税收约13000万元。

诚信至上　为客户建造美好家园

宁夏汇融实业集团有限公司董事长任彦豹

1994年，走出大学校门，年轻的任彦豹便弄潮商海，做起药品生意。他先后任吉林敖东药业集团驻宁夏办事处主任、西安化工药械采购站驻宁夏办事处主任等职。1999年，在商海淘得第一桶金的任彦豹抓住建筑业和房地产行业风声水起的历史机遇，果断转型，出任宁夏区建一公司十分公司项目经理。2002年，任彦豹自己成立了宁夏龙锦实业有限公司，并持有了宁夏汇融房地产开发有限公司47%的股权。2007年，任彦豹又实现了对宁夏汇融房地产开发有限公司的全资控股，同时担任公司的董事长、总经理。至此，宁夏汇融集团开始了扬帆宁夏房地产市场的征程。

在竞争激烈的宁夏房地产市场，凭什么才能站稳脚跟并茁壮成长，成为宁夏一流的房地产企业呢？经过对宁夏房地产市场的分析和自己奋斗历程的回顾，任彦豹最终确信：只有诚信至上，一心一意为业主建造质量优、设计好、性价比高的房屋，才是唯一出路。

在这一理念的指引下，任彦豹带领广大员工，精准把握市场需求，秉承精品人居理念，打造宁夏一流房地产项目。

汇融地产成立10多年来，陆续开发了汇融·艾依公馆、汇融·常春藤、汇融·新天地、汇融中心等10多个商业及住宅项目，总面积达100万平方米。凭借项目注重将城市、住宅、自然充分融合及与当地居民生活习惯相结合的先进设计理念，项目普遍受到了业界的认可，并得到了广大业主的广泛好评，获得了良好的口碑。

诚信，让宁夏汇融集团走上了快速发展之路，不断做大做强，由单一的房地产开发逐步发展到物业管理、城市农业、电梯销售与安装、酒店管理等多个领域。目前，汇融集团的房地产项目不仅遍布银川、石嘴山、固原、吴忠等区内市场，而且还走出宁夏，在内蒙古、甘肃等地开发了优质的房地产项目。

诚信，让宁夏汇融集团品牌形象逐渐扎根社会，赢得口碑。近年来，汇融集团先后荣获“最具员工归属感雇主”“宁夏民营企业二十强”“宁夏区域品牌优秀企业”“宁夏诚信经营优秀企业”“宁夏行业品牌优秀企业”“银川市房地产行业十强五优企业”等殊荣。

真情回报　为社会承担公民责任

“我们做企业一定要做一个有良心的企业。”在创业的10多年中，任彦豹时时刻刻对自己的员工说着这句话，他是这样说的，也是这样做的。

2008年，任彦豹为了报答家乡对自己的养育之恩，专门设立了“汇融助学金”，用于帮助家庭经济困难的大、中、小学生顺利完成学业。基金创建以来，已先后向宁夏青少年基金会、盐池希望工程、西吉县小学生和贫困大学生捐款40余万元。

任彦豹不仅在公司设立了助学基金真情回报社会，而且他还多次亲自捐款帮助困难群众。每当听说家乡人因为缺钱看不起病、上不起学时，任彦豹总会主动拿出1万或2万元钱亲自送过去。他不仅自己捐钱，还动员身边的亲人一起和他做慈善。“谁都会有困难的时候，我们只要能帮一把就应该帮一把。”任彦豹不知道自己捐出去了多少钱，但他始终认为这只是举手之劳，并不是图名图誉。

作为宁夏回族自治区政协委员，任彦豹还充分履行委员职责，在充分调研的基础上，分别就“延长亲水南大街公交线路”“垄断行业垄断施工”“送电影进学校”等社会问题提交了建议，为社会的发展尽心尽力、尽职尽责。

10多年来，在任彦豹的积极推动下，汇融集团先后为盐池、西吉等地的在校贫困学生、社会孤寡老人以及生活困难职工等弱势群体及员工捐款近100万元，体现了一个企业家“以人为本、回报社会”的人文情怀。

任彦豹带领汇融集团进行的慈善之举得到了社会各界的称赞，公司不仅获得了“希望工程圆梦行动贡献奖单位”“爱心之举、情义无价”“捐资助学、千秋功业”等多项荣誉，而且还受到了宁夏回族自治区、吴忠市和盐池县、西吉县等人民政府的表彰。

以人为本　为员工提供发展空间

从创业之初，任彦豹就清醒的认识到，一个企业的发展，仅仅依靠老板一个人的力量是永远不可能发展壮大起来，必须团结每一个人，与广大员工一起发展壮大。

正是基于这种认识，任彦豹在做大企业的同时，十分注重为员工提供较好的保障，让大家在汇融这个平台上愉快的工作，最终实现企业与个人的双赢。公司不仅为员工缴纳了五险一金，而且还为员工提供健康体检、防暑福利、采暖补贴、假日福利、旅游休假、商业意外保险等多项社会福利。为了留住员工，公司还特意设立了企业忠诚奖，10年以上工龄员工享受每年年终时根据员工的工龄发放每年200元的忠诚奖。

从2012年到2016年，在对银川市房地产企业员工薪酬福利水平进行调查的基础上，任彦豹对企业薪酬福利制度不断完善。近5年来，汇融集团员工平均工资每年都超过了10%的增长，远远高于银川市职工工资上涨的平均水平，为员工基本生活提供了更好的保障。

2014年，任彦豹又带头捐款10万元，并动员员工捐款4万多元，成立了“宁夏汇融集团员工互助基金”，专门帮扶遇到困难的在职职工。互助基金成立后，已帮扶了5名家庭有困难的员工，让他们切切实实地感受到了企业大家庭的温暖。

同时，任彦豹还提出打造学习型企业、培养学习型人才的管理理念，他总是说“给员工更多的机会，不怕他们犯错，我们企业愿意支付这笔学费。”他不断鼓励员工加强自我学习，同时公司还通过内部培训、听公开课、外出考察、网络学习等多种平台为员工提供培训学习的机会，员工在专业能力和职业素养方面不断增强，在公司内逐渐形成了一种“讲专业的话、做专业的事、尊重专业的人，凡事为业务着想”的良好职业氛围。

正因为任彦豹千方百计为员工提供发展空间，广大员工也一心一意为企业的发展锐意进取。2017年，在房地产行业极其低迷的情况下，汇融集团下属的汇融房地产公司开工建设了20多万平方米的项目，完成销售收入3.7亿元，实现了高效发展。2018年，汇融集团开工面积将超过20万平方米，成为宁夏房地产行业中的主力军。

人生重要的不是所站的位置，而是你所做出的贡献。任彦豹做出的贡献，也得到了社会的认可。他先后荣获“宁夏诚信经营杰出企业家”“振兴宁夏经济、构建和谐社会杰出企业家”“宁夏诚信企业家”“宁夏十大商界领袖”“宁夏最具影响力20位民营企业家”“行业品牌建设杰出企业家”“诚信建设杰出企业家”“宁夏区域品牌建设杰出企业家”等荣誉称号，2015年，他又从全区众多的参评企业家中脱颖而出被评为“宁夏十佳优秀企业家”。

积极履职　为工商联事业不懈努力

当选西夏区工商联主席以来，任彦豹积极发挥企业家的优势，强化对外联络合作，积极开展招商引资活动。积极牵头开展“走出去、请进来”招商引资活动21次，举办西夏区与温州市产业合作座谈会等系列活动，成功引资20亿元的宁夏绿色集成建筑工业产业园项目，大力弘扬光彩精神，推进村企结对助力精准扶贫，以产业扶贫、就业扶贫和爱心慰问等方式，筹集资金50余万元，进行敬老爱老、捐资助学等活动，增强企业家社会意识和社会责任。同时加强商会组织建设，开展“四好”商协会建设工作，积极开展各基层协会现场互学互查经验交流活动，对辖区9家镇街商会及3家商协会采取上门、督促整改等指导措施，推动商协会工作有序工作，深入开展调查研究，积极发挥参政议政职能。

办公大楼侧影

任彦豹主席坚持为非公有制经济人士搭建参政议政、民主监督、政治协商的政治舞台，举办参政议政培训班，提升广大非公经济人士的参政议政能力，引导非公经济人士围绕辖区内经济社会发展的难点、热点问题积极开展调查研究，撰写高质量议案提案20余篇、调研报告3篇，其中《西夏区非公企业创业创新环境调研报告》被宁夏回族自治区工商联评为“优秀调研成果一等奖”、西夏区工商联被银川市工商联评为“2017年度参政议政先进单位”。西夏区工商联通过不断加强自身组织建设，被中华全国工商业联合会授予2016、2017年度全国“‘五好’县级工商联荣誉称号”。这些，只是其作为西夏区工商联主席做出的点滴成绩，但这真正体现了一名工商联主席心系西夏区发展并为之行动的不懈努力。

雄鹰选择了天空，便赢得了凌空翱翔的机遇；瀑布选择了峻岭，便拥有了飞流直下的壮美。风华正茂的任彦豹先生，这位汇融集团的掌舵人，凭借自身不断开拓创新、锐意进取的拼搏精神，正带领汇融集团广大员工不断创造新奇迹，向实现“成为受人尊敬的，宁夏一流、国内知名的房地产综合运营商”的发展目标奋力迈进，为宁夏经济社会发展做出新的更大的贡献。

【相关链接】

任彦豹，宁夏盐池人，1972年出生，现为宁夏汇融实业集团有限公司董事长，并担任西夏区工商联主席、宁夏民建会员、银川市政协委员、中国人民解放军银川预备役高炮团副参谋长。2010年荣获宁夏诚信企业家称号；2012年荣获宁夏十大商界领袖荣誉称号；2013年荣获宁夏最具影响力20位民营企业家荣誉称号；2014年荣获宁夏区域品牌建设杰出企业家荣誉称号；2015年荣获宁夏推动区域经济发展杰出企业家荣誉称号；2016年荣获盐池县委、县政府颁发的宁夏诚信示范杰出企业荣誉称号。

东方“艺术之魂”

——宁夏华夏西部影视城有限公司

小　序

自改革开放以来，中国的现代化建设迅猛发展，以北上广为代表的其他周边小城市，纷纷盖起了高楼大厦，并且地标性的建筑成为了一个城市艺术与文明的象征，就在人们渐渐习惯纷攘的城市喧嚣、看惯了高高的大楼，却越来越留恋和向往比较原始朴素、比较荒凉自然的风情。此时，广为人知的“宁夏之旅必游影城”渐渐深入人心。

中国电影从这里走向世界

艺术的历史 谱写生命的痕迹

据历史记载，镇北堡西部影城原是明清时期的边防戍塞，在中国西北地区像这样的边防戍塞从明朝到清朝大大小小修筑了500多座，现存的还有200多座，仅在宁夏，比镇北堡完整的尚有四五处。辛亥革命后，清军作鸟兽散，镇北堡被附近的农牧民占有，变为一个大羊圈，被岁月和人为的破坏摧残成颓垣残壁。

1961年冬天，25岁的张贤亮戴着"右派分子"的帽子从宁夏贺兰县的一个农场释放出来，到距银川市20公里的镇北堡集市买盐时，他发现在荒滩上耸立着的两座古堡废墟有特殊的视觉效果。平反后，就将它写入了小说《绿化树》，称之为"镇南堡"，后来又将镇北堡介绍给电影界。20世纪90年代初，第一个在此拍摄的电影《一个和八个》走火，这部电影成就了张艺谋、陈道明等"大碗"明星。接着，《红高粱》获得了第38届西柏林电影节金熊奖，《黄河谣》获得加拿大蒙特利尔电影节大奖。这两个国际电影节大奖让世界初步认识到改革开放后的中国电影。接着，从镇北堡又诞生了包括《大话西游》在内的多部经典影视片，这里成了升起国际巨星的风水宝地，被誉为"中国电影从这里走向世界"。

1992年年底，全国掀起了"机关兴办第三产业""干部寻找第二职业"的"下海"热潮，张贤亮先生那时是宁夏文联主席，面对"十亿人民九亿商，还有一亿等开张"的局面，也不禁卷入其中，1993年9月21日，他以个人的外汇存折向银行抵押贷款，共筹得79万元资金，创办了镇北堡西部影城。

当时，"美国大片"也已进口，一部《侏罗纪公园》让张贤亮先生预见到影视艺术的前景：未来的电影不再是拍摄出来的而是"制作"出来的，也就是说外景和背景将大量甚至全部运用电脑。这样，斥巨资打造专为影视剧组提供场地的所谓"影视城"就不能持久，所以，张贤亮先生就四处收集各种古代建筑构件、生活用具、生产用具、家具等并将他们展示于西部影视城，把影视剧组在此搭建的简陋的影片场景用古代的"真材实料"加以置换，将其变为具有古代建筑特色的永久性景点，使游客来此如同穿过"时光隧道"进入古代，身临其境有种真实的"质感"。张贤亮先生的意图就是将镇北堡办成一个中华传统历史文化与现代影视艺术相结合的特色旅游景区，一开始这里就没挂"影视城"的旗号而命名为"影城"就体现这个想法。所谓"影城"，即"中国古代北方小城镇"的投影或缩影的意思。

通过智力策划、设计、创意，运用文化经营理念，在短短的10来年中，坐落于一片荒凉土地上的无水、无电、无路的两座古堡废墟，获得了三块金色招牌"国家5A级旅游景区”“国家文化产业示范基地”“国家级非物质文化遗产代表作名录项目保护性开发综合实验基地”，被评为“全国十大指定影视拍摄基地”等荣誉称号，而这个影视拍摄基地与其他拍摄基地不同，第一，不收取“场租费”，只提供良好的服务；第二，不专门提供影视片所需要的场景，场景由影视剧组搭建或改建，拍摄后，如影视片受到观众喜欢或热播，反而付钱“收购”影视片的场景。这样，每在此拍摄一部电影电视，都会增添一些景点，而景点就是旅游产品。因此，镇北堡西部影城内部的旅游产品不断充实，越来越丰富，这种“双赢”的经营理念，使镇北堡西部影城成为宁夏回族自治区首家文化产业。

张贤亮认为：“未来社会的竞争是科学技术竞争”，他大胆地提出“文化是第二生产力”，以崇高的爱国之心，缔造了一个具有特色民族文化的艺术企业，让更多的人解读到他的思想：“我们在现代化的进程中，缺乏具有现代化中国特色的文化建筑，致使大量珍贵的物质文化遗产和非物质文化遗产流失殆尽。我们非常严重的丧失了民族记忆，对于我们先人创造的文化很不尊重。一个对于自己历史文化记忆淡漠的民族，就没有雄厚的想象资源，这才使我们的民族缺乏创新能力，这是我们即将面临的严峻挑战”。这个想法是很残酷也很现实，民族文化的发扬才是我们现代人的使命，而张贤亮将民族艺术的重新呈现，既是对历史文化的尊重，也是对民族文化的继承和传承。他将荒凉变成黄金，着实令人匪夷所思，可就是一个热爱艺术的人，却用民族的艺术，谱写了不平凡的一生。

如今，镇北堡西部影城已发展成为集观光、娱乐、休闲、餐饮、购物于一体，有各具特色的大小场景100多处，不仅具有观光价值，并且有极大的参与性，让游客享受到中国独一无二的“来时是游客、走时是明星”的影视娱乐。

1993年9月21日，宁夏华夏西部影视城有限公司正式成立，由著名作家张贤亮先生任董事长。因以古时屯兵的镇北堡两座废堡为基地，俗称“镇北堡西部影城”。

20世纪90年代初，张贤亮先生以“继承中华传统，弘扬民族文化”精神为主线，逐步实现了从“出卖荒凉”向“出卖文化及历史”的跨越，成为中国古代北方小城镇的缩影，吸纳了大量物质和非物质文化，再现了我们祖先的生产、生活、娱乐、战争方式。

2004年9月17日，第十三届金鸡百花电影节在镇北堡西部影城成功举办，许多从这里冉冉升起的明星再次汇聚到影城的怀抱，同年正式宣布不再收取剧组场地费用。

2014年，张贤亮先生因病去世，但文化的传承仍在继续，子承父业在艺术与文化缔造领域依然默默地奉献……

笑担责任　满眼是春

自张公辅(张公辅,男,1981年出生,毕业于四川美术学院)担任宁夏华夏西部影视城有限公司董事长之后,民族艺术的底蕴仍在不断地挖掘阶段,他深深意识到,对于目前来说,企业面临的最大挑战,不是社会的经济动荡带给人们的压力、政策变迁以及社会日益的竞争威胁,而是结构臃肿、无秩序、人才库匮乏、成本无意识等基础的管理问题。

张公辅认为,企业的发展必须精益求精,无论是员工还是技术,或是管理,都需要着力提升,这是在此大形势对每个行业大发展的要求。所以,更需要有长远的目光,精耕细作,从细节着手,从每位员工做起,持续提升企业的生存能力和竞争优势,继而让镇北堡西部影城未来能为游客提供更美好的旅游体验。

迄今为止,这里已拍摄过《牧马人》《红高粱》《黄河谣》《老人与狗》以及著名的影视片《大话西游》《乔家大院》《逆水寒》等电视剧。所以越来越多的明星来这里拍电影,而获得国际、国内的影视大奖有目共睹,因为古堡的地貌和影视内部的场景代表了中国西北地区的乡镇风情,所以被誉为“中国一绝,西北大观”。

如今,张公辅作为80后的掌门人,他渐渐将新的理念、新的创意、新的思想慢慢融入到现代企业文化建设中,在景点布置上别有用心、独具特色。古老的建筑、独具匠心的风格吸引越来越多的游客来到这里,体验另一种别具一格的文化熏陶。而在管理上,张公辅要求员工“关爱同事　创造价值　实现自我”,对于游客“始终把游客的需求放在第一步,以游客为向导,以质量为核心”,力求为游客提供更周到的服务,成为游客的文化大讲堂。

尽展民族风韵

事物总有产生、发展和衰弱的过程。而一切事物“最美的时期就在他的初始阶段”。这是一个文学家的人文情怀,古堡、古代建筑构件、生活用具、生活用品……已经或正在经历着自己的繁荣期,下一站西部影城得发展将何去何从?

镇北堡西部影城的中国古代村落微缩景观是出自董事长张公辅的创意,由美工木工集体制作完成,是孩子们的乐园,一个个约3厘米穿古装的小人物、房屋建筑、婚假形式、娱乐方式。通过古代热闹的街市、杂要卖艺、古代丝绸之路等表演,小朋友可以感受到古人的生产方式、生活方式、娱乐方式的转变过程,将古代生活与现代生活相结合,体验他们对生活的热爱,这也将是一种对文化的传承。

镇北堡西部影视城的中国古代村落微缩图

张公辅善与探索并不断总结经验，通过在影城中建立“精怪展”，人们对于鬼的印象都是凶神恶煞，可是通过他笔下的鬼却显得格外可爱，与此同时，人们对于鬼的理解也有了别样的想法，同时也让更多的人了解到了中国的鬼文化。

抗日战争微缩景观也是有张公辅亲自设计指导并策划的，建成于2016年9月，占地40平方米的景点正是由按比例缩小的山川、河流、植被、房屋、飞机、大炮、车辆、人甚至还有动物组成的一副反抗日素材的微缩景观，栩栩如生的呈现了中国的历史，如：卢沟桥事变、台儿庄战役等战争画面，用这样的景观禁示国人珍爱和平、自强不息，并珍惜这来之不易的美好生活。

为了表达对父亲的怀念，在张贤亮去世一周年之际张公辅打造了张贤亮纪念馆于2017年9月27日正式开放，通过文字、图片、视频、实物等形式，展示了张贤亮先生的身世、作品以及创办影视的经历。在张贤亮79周年诞辰举办了张贤亮纪念馆开馆仪式暨文学成就研讨会。

2014年9月21日，镇北堡西部影城作为西北地区具有夜间游览条件的景区，正式开启了新的模式，成为银川第一家开展夜游项目的景区。奇幻夜游项目的开展不仅丰富了人民的夜间生活，还增添了不少的现代化文学气息。穿越、神秘、奇幻是本次活动的代名词，穿越回曾经，感受旧时光带给你的美好，精彩的奇幻夜游项目吸引了数万名游客，在社会各界引起了很大的反响。

2015年7月10日至10月5日张公辅在影城投资并举办了“2015·中国宁夏银川镇北堡西部影城首届国际艺术节”。此次艺术节的举办，符合国家“一带一路”的发展策略，符合宁夏回族自治区的产业发展要求，这不仅增强了宁夏地区及社会的创新意识和提升审美的能力，并带动和激励了中国当代艺术的发展，同时还推动了自主创新的

镇北堡西部影视城抗战微缩图

步伐。此次活动是张公辅亲自策划的，可以说这又是古堡塞上的一次盛典。企业的改革，需要文化的创新，此次活动将世界艺术引进西北人民生活，实现了人类与艺术共鸣，文化与世界相连的宏伟蓝图。本次艺术的主要雕塑《重生时刻》，寓意着影城重新起航，也有了新的方向。

张公辅先生在不断力求创新的同时，紧抓“把游客放在首位”的标尺，无论是国际艺术节、奇幻夜游的成功举办，还是张贤亮纪念馆的正式开馆，均在社会上引起了很大的反响。这一年，张公辅先生不仅为父亲交上了一份满意的答卷，更为宁夏文化、文学、艺术等领域的发展贡献着自己。

爱的奉献

如今，镇北堡西部影城已成为当地著名的旅游景区，也是宁夏文化的代表。西部影城的诞生，跟张公辅优秀企业家的精神是分不开的，对于他个人或企业对社会所做的贡献，我们更应该竖起大拇指。

多年来，镇北堡西部影城积极履行自己的社会职能，从为镇北堡西部影城原住户提供经济援助到2010年设立“救生行动”基金，每年拿出150万至180万元为宁夏籍人民提供大病治疗互助。2014年公司将每年的资助金上升到200万，一方面资助特困家庭，一方面救助大病患者；2015年救助12岁白血病女患者司玉婷，其家人赠影城锦旗一面；2015年马越母女烧伤，张公辅捐助6万元医疗费，影城员工捐助1万余元；2016年8月，张公辅倡导影城延续“救生行动”，向银川市慈善总会捐赠200万，用于0至3岁脑损伤患儿的康复治疗；2016年5月，张公辅向宁夏青少年发展基金会捐款100万，援建同心希望小学让7至12岁儿童获得受教育的权利，希望医院改善宁夏南部山区妇女的医治环境；2016年7月，向穆斯林孤儿院捐赠扩声设备、净水器等21.16万元，完善孩子们学习、生活环境；2016年8月城管环卫马军同志在工作岗位离开人世，得知其妻子未受过教育，生活上无经济来源，影城捐款5万元，西夏区城管环卫工会委员会将赠锦旗一面。此外，景区还积极组织员工到敬老院义务演出表演，免费为幼儿园小朋友提供夏令营活动场，还推出了60岁老人、残疾人、军人免票，学生、记者优惠购票的措施。虽然形式不同，方式不一，但做到了一个真正负责任的企业应做的一切。

西部影视已慢慢与世界文化接壤，创造了中国旅游产业的奇迹，希望在张公辅的带领下，可以强大西部影视的文化产业，使民族文化发扬光大。

镇北堡西部影视城景观一角

【相关链接】

张公辅，1981年出生，毕业于四川美术学院，现任宁夏华夏西部影视城有限公司董事长。

做有长度·有宽度·有温度的企业

——宁夏双玉防水防腐材料集团有限公司

世纪之交，党中央、国务院审时度势，统揽全局，做出了实施西部大开发的重大战略决策，满怀抱负的薛玉梅响应国家号召，“走出”燕赵大地，“引进”至塞上江南。如今，扎根西部、建设宁夏的薛玉梅一家已经将宁夏作为第二故乡，他们创建的宁夏双玉防水防腐材料集团有限公司已经成长为西北地区防水防腐的龙头和标杆企业。“玉质融梅香，行业树翘楚”，从1999年至今，历经20年沧桑和蜕变的双玉，依然不忘初心，致力于做一个“有长度、有宽度、有温度”的企业。

长度：成于专，久于新

对于一个企业的“长度”而言，终极价值是卓越，要达到这种精进程度，须有四把钥匙——专注与专业、创新与人才。双玉能够成为集建筑防水材料研发、生产、销售、施工于一体的西北地区防水行业龙头企业，离不开这几种要素。

专注是指引企业发展的思想灵魂，专注意味着双玉对防水防腐事业有着精深的学习与孜孜不倦的研究；专注意味着双玉在原有的基础上不断地学习与创新；专注意味着双玉员工极高的职业道德与职业操守，专注体现专业。

将专注作为发展思想，双玉在防水防腐行业不断专业化。在企业规模方面，1999年双玉创立之初，厂址远在灵武马家滩，只有10余个工人生产、销售；2018年，双玉位于贺兰县暖泉工业区的公司占地面积达到4万多平方米，集团下属4家子公司，员工人数达120余人。在销售市场方面，最初的双玉仅在贺兰县有一间20平方米的门店，批发与零售相结合，店员就是薛玉梅和家人。如今，双玉在全国各地设有25家经销部，产品在国内320个县市销售，甚至已远销海外。在生产品种方面，刚刚成立的双玉只是河北与宁夏的桥梁，将河北先进的防水防腐材料“搬运”至还在使用牛毛毡的宁夏，自己生产的改性沥青防水卷材很难打开市场。而现在，双玉集团公司拥有“双玉”和“宏越”两大系列品牌,产品包括四大系列20多个品种,实现了行业内为数不多的品种全覆盖、功能全满足的产品链。

双玉不仅在国内遍地开花,也搭乘着国家“一带一路”快车,怀抱着“小省也能干大事”的壮志,向国外进军。2015年3月,吉尔吉斯斯坦共和国商务考察团走进双玉考察工作;2015年下半年双玉在迪拜开办办事处,当年在中东地区的出口额达4000多万元人民币;2016年5月,中国阿曼(杜古姆)宁夏产业园签约仪式在阿曼首都马斯喀特市举行,双玉在杜古姆获得100亩土地建厂;2018年1月,双玉产品亮相喀土穆国际博览会,获得了苏丹共和国副总统阿瓦德·阿勒甲兹的肯定;2018年4月,苏丹共和国阿里董事长一行在到双玉进行考察,苏丹共和国阿里董事长与薛玉梅董事长就苏丹棚户区改造项目达成了合作共识;2018年7月,双玉应邀到朝鲜合作建厂。双玉先后在迪拜、哈萨克斯坦、吉尔吉斯斯坦、沙特、阿曼、苏丹、朝鲜等国出口防水产品并拟计划合作投资建厂,这是双玉确立国际品牌,把自身建设成为国际化双玉非常重要的一步。正是因为专注,双玉才有了今日直达通途的底气与运气,精心、精细、精致,更专业,是新时代赋予双玉的使命要求和责任担当。

创新是引领企业发展的第一动力,人才是创新的关键。当前,衡量一个企业的发展程度,已不再单纯以它拥有多少年历史、拥有多少名员工为主要标准,而是以它的创新技术为基本准绳。双玉“坚持以质量求生存,以科技创新求发展”的发展思路,将科研创新作为企业发展的重要支点。双玉于2013年确定研发思路,2014年即推出了ZSSY非固化橡胶沥青防水涂料、ZSSY喷涂速凝橡胶沥青防水涂料、CPY反应黏结型湿铺防水卷材三种产品。ZSSY非固化橡胶沥青防水涂料耐久、耐腐、耐高低温、延伸性能优秀的特点,为双玉打开了更广阔的市场,西起新疆,北起黑龙江,南至海南,双玉的名气传遍国内防水防腐行业。ZSSY喷涂速凝橡胶沥青防水涂料采用特殊工艺,喷涂后5秒即可成型,对异形结构或者形状复杂的物体非常适用,使隧道、桥梁、堤坝等施工更为简洁高效,宁夏区内的宁东防护坝、滨河大桥等标志性建筑都采用了这种工艺。CPY反应黏结型湿铺防水卷材是经过优质沥青和各种高质量配合料经科学配方制成,具有优良的黏结性能,可在多种基层环境条件下进行施工,适用于工业防水工程与民用建筑防水的层面,吴忠市城市地下综合管廊、石嘴山市地下综合管廊、鄂托克前旗通用机场等均使用了这种卷材。获得了科研创新带来的果实,双玉将更大的精力投入研发,创造了一个个防水材料新项目,如今已成为中国喷涂防水十强企业和中国改性沥青防水卷材十强企业。

从创新成功因素看,人的因素也是企业创新成功的关键所在,双玉十分注重人才资源战略，广纳贤才，注重对员工的科技知识和业务技能的培养。目前，双玉具有大专以上学历和具有专业技术职称的人员占员工总人数的90%和30%，国家二级建造师5名，中级以上专业技术人员15名，专业防水施工队伍230多名，为公司发展奠定了雄厚的人才基础。双玉重视人才的培养与衔接，先后与银川大学等科研院校联合建立了产品开发实验室和研发中心，形成了产学研互动融合的格局。同时，双玉主编了宁夏《建筑防水工程技术规程》，为宁夏防水施工技术发展奠定了坚实的基础，为防水行业的健康发展提供了有力的保障。

宽度：润于玉　强于心

企业的"宽度"，不是它涉足了多少其他领域，而是它为本行业的发展做了多少事。对于非公有制企业而言，领导人的"宽度"，就是企业的"宽度"。眼界、胸怀及意识是一个人的"宽度"，角色的丰富与平衡，也是一个人的"宽度"。双玉集团的董事长薛玉梅，无疑是一个有眼界、有胸怀、有意识的人，而她，也将多种人生角色做到最好。

宁夏双玉防水防腐材料集团有限公司董事长薛玉梅

作为双玉集团董事长，薛玉梅被双玉集团总裁吴忠孝称为"女强人"。企业成立初期人手不够时，薛玉梅既是老板又是装卸工，20斤的防水涂料、130斤的防水卷材，一扛就走，一趟又一趟地运送。企业产品上市打不开销路时，薛玉梅又是销售人员，她到中宁、灵武等地一家家拜访客户，在市场上追着客户的车介绍产品，忍受着酷暑和语言不通的困境，她用执着"捡"到了客户，打开了销路。与员工相处时，薛玉梅没有领导的架子，和蔼的她被大家叫做"大姐"，她关心员工的物质生活，更关心他们幸不幸福、快不快乐。每天工作时间超过16个小时，每天接打超过100个电话，开颅手术后不到半个月就出院回到工作岗位，"女强人"薛玉梅的"强"，是自强自立、是精明强干、是坚强如钢。

作为宁夏建筑防水协会的会长，薛玉梅展现的是对防水防腐行业的"大爱"。2014年6月，薛玉梅当选宁夏建筑防水协会会长，2017年，她再次被推选为协会会长，能够管理好拥有100多位会员的协会，薛玉梅付出了大量的心血。面对防水行业施工后很多都会发生渗漏的现状，薛玉梅大胆地指出是因为防水防腐行业没有形成规范。由此，她自费邀请防水培训师对会员进行培训以提高宁夏防水防腐行业的整体素质。同时，她将会员带到防水防腐技术发达的城市去，“什么都不说，让他们去看”，以“润物细无声”的方式影响着区内其他防水企业主动提高生产质量和施工技术。“每一个行业都像一个原始森林一样，有大树、树苗和小草，强的带着弱的，弱的带着更弱的，一同发展，才是整个行业的发展。”薛玉梅说。

作为妻子，双玉的企业名称与企业标志就是薛玉梅爱的体现。“双玉”即是薛玉梅与丈夫王玉刚名字中各取一个“玉”字，以示夫妻同心协力，共创辉煌。企业标志是红色的心连心图案，时刻警示二人要夫妻同心，不忘初心。“恩波曾出九重天，阶前双玉，早已奋鹏抟”，是夫妻二人共创双玉的最好写照。

温度:德于心　践于行

“长度做不好，做宽度，宽度做不好，那就做温度”，薛玉梅如是说。薛玉梅是一个有温度的人，双玉是一个有温度的企业。在企业发展壮大的同时，双玉自觉承担社会责任，始终怀着“践行责任、回报社会”的态度，关爱员工，投身公益，传递爱心，从多方面回馈和服务社会。

薛玉梅认为，企业在承担社会责任时，最基本的就是要做好符合国家各项标准的合格产品，用放心的质量、先进的技术造福百姓。“干哪一行，就要做专、做精，不要给社会带来危害。尤其防水行业，水就是洪水猛兽，一定要树立良好的责任感”。在防水行业有“三分材料、七分技术”的俗语，研发了新材料，技术更要提高。双玉践行着李克强总理倡导的“工匠精神”，着力打造正规的施工队，每个月都对员工进行技术培训，还通过考试进行考核。

作为一家负责任、有担当的企业，双玉以带给职工“幸福感”为导向，如何让员工体面劳动、安全工作、幸福生活，始终萦绕在薛玉梅心中。薛玉梅为全体员工办理人身意外保险，为困难职工举办“扶危济困、互帮互助”活动，考核评比后为员工颁发奖状与奖金。员工物质有了保障，没有了后顾之忧，能认真投入工作，提高技术。能力赢得尊重。在这样的氛围中，双玉形成了诚信天下、质量兴企、服务用户、发展自我的核心价值观。

双玉以感恩之心承担更多的社会责任，为社会公益慈善事业提供力所能及的资源和贡献。双玉先后解决400多人的就业问题，同时带动防水防腐行业就业3000多人。汶川地震时，薛玉梅主动拿出30万元帮助灾区建设，双玉职工也纷纷在汶川、玉树等灾害时尽一份爱心。来自农村的薛玉梅，深知贫困家庭供读孩子上学的不易，捐资兴建希望小学,同时资助贫困大学生多人,让他们“走人生必须走的过程”。薛玉梅说,无论做人还是做企业,不是为了获得多大的财富,而是要知道能给人留下什么,双玉能够被铭记,就是双玉最大的荣耀。

企业的生存和发展靠长度,企业的思想和气质靠宽度,企业生命力的美好靠温度。人的生涯有四度:长度、宽度、温度和高度。如人一般,双玉将长度、宽度和温度做到最好,无疑便有了高度。

【相关链接】

薛玉梅,1974年生于河北,宁夏建筑协会会长、宁夏女企业家协会副会长、银川市生物科技园商会会长、宁夏河北商会常务副会长、宁夏双玉防水防腐材料集团有限公司董事长、贺兰县政协委员。2006年荣膺“宁夏诚信企业家”称号,2007年、2008年连续两年荣获“具有突出贡献企业家”称号,2009年、2011年相继获得“宁夏十大杰出女企业家”称号,2015被聘为全国防水技术产业联盟副理事长。

求变 求知 求真

——宁夏贝利特化学股份有限公司

1904年，美国《企业家》杂志创刊，发刊词引用了托马斯·潘恩的一段话：

我是不会选择做一个普通人的，如果我能够做到的话，我有权成为一位不寻常的人。我寻找机会，但我不寻求安稳，我不希望在国家的照顾下成为一名有保障的国民，那将被人瞧不起而使我感到痛苦不堪。

我要做有意义的冒险。

我要梦想，我要创造，我要失败，我也要成功。

这段话成为诸多企业家精神的经典概括，贝利特化学股份有限公司董事长李玉忠的身上就生动体现了这样的企业家精神。

任何一段有关经济发展的宏大叙事中，都不会也不能忘记那些星火燎原的企业家群体，正是他们筚路蓝缕、以启山林的先锋之姿和创新、实干的企业家精神，顺应改革开放潮流推动经济发展。

“变经”：求变，博鳌商海创大业

1989年，正值舞象之年的李玉忠进入石嘴山发电厂工作，过上了令人艳羡的衣食无忧、前途光明的生活。可是，他只在电厂工作了一年多，就做出了一个大胆的决定：辞职，创业！那时候，辞职不是一个热门的词汇，更多的是被人们定义为“疯子的行为”。然而，在一片惋惜声中，李玉忠却实现了成功“蜕变”。

1990年至2007年，李玉忠先后创办了石嘴山市创艺机电物资有限公司、石嘴山市银利达物资有限公司、石嘴山贝特机电有限公司、西域名都大酒店等企业，17年创业生涯，李玉忠不仅实现了资本早期积累，而且掌握了丰富的企业运营管理经验。

李玉忠的生意雪球越滚越大，在宁夏已然是一个小有名气的老板了。企业家的过人之处不仅在于他的胆略和魄力，更重要的是要眼光好，要能看到别人看不出的机遇。当公司上下都处在陶醉期,想着如何稳步发展之时,李玉忠却开始筹划新的事业目标。

2007年冬春之际,不满创业现状的李玉忠再出重拳,他出资300万元收购了原平罗神马化工有限公司,创建了宁夏贝利特化工有限公司。经过产业整合、财务规范、健全制度、内部控制、战略规划等一系列“内改外联”的创新变革,昔日步履维艰的神马化工以贝利特的全新形象涅槃重生,一飞冲天。

宁夏贝利特化学股份有限公司董事长李玉忠

2008年,贝利特在氰胺行业刚刚立足就实现利润1000多万元。

2012年,根据市场需求新建双氰胺生产线,实现了生产规模迅速扩大化。2014年,李玉忠再次对公司氰胺循环经济产业链进行整合优化,并启动了向氰胺下游农药、医药中间体产品延伸产业链。这一关键性的战略决策,为公司转型升级和创新发展迈出了坚实的一步。公司目前已拥有氰胺及下游多个中间体产品,且产能规模、产品质量和工艺水平均处于行业领先地位。

2015年6月,贝利特正式完成了股份制改造,并于2016年3月成功在全国中小企业股份转让系统挂牌(股票代码:835882),成为宁夏第39家在“新三板”挂牌的企业。

2017年,公司获得国家高新技术企业认定,同时被国家工信部评定为两化融合试点企业,2018年又被宁夏回族自治区经信委评定为氰胺行业标杆企业。

在李玉忠的带领下,贝利特大力推进产业转型升级和技术创新,通过项目建设精准实施延链、强链、补链工程,企业总资产从创建初期的300万元增长到目前的4.3亿元,产品由过去单一的石灰氮产品发展到目前涉及农药、医药、印染、造纸、环保、新材料、电子技术、航天等多个领域的12种产品,年工业总产值由过去的3000多万元增加到近10亿元,初步形成了以双氰胺和氰胺下游产品为主导产业的循环经济产业链。公司产品不仅国内有稳定市场,而且远销美、法、德、意、日、印度等50多个国家和地区,出口创汇自2012年以来连续7年位居全区和全国同行业前列,氰胺产业已被宁夏回族自治区人民政府确定为宁夏“十三五”规划重点支持的传统支柱产业。

熟悉李玉忠的人,对他的第一印象就是聪明、能干、能“折腾”。了解他的人对他的“折腾”却有更深的诠释——不安于现状,因变而立,正是这种勇于向一切挑战的“折腾”改变了他的人生，也让他实实在在成为市场经济的弄潮儿。

“知经”：求知，变革创新成就企业家梦想

时代如潮、大浪淘沙，落后就要出局。当下，全球市场已没有绝对的蓝海，所有企业都在红海中拼杀，这就需要企业家们不断学习开拓自己的视野和思维，以应对日新月异的技术变革和层出不穷的新商业模式，带领企业在未来日益激烈的竞争中脱颖而出。企业核心管理人员只有不断地学习充电，才能使企业获得充足的能量，在“变”中求胜，这是李玉忠常说的一句话。

李玉忠每天的行程很满，除了要忙公司的事务，他经常得赶往一个个会议或讲座现场，给自己“充电”。从国内到国外、从高等学府到合作伙伴，很多地方都能看到李玉忠“求知”的背影。学习让他深切的意识到，贝利特要想获得可持续发展，就必须从基础化工原料产品向高附加值的下游深加工产品转化。通过完善产品结构和延伸产业链提升企业核心竞争力。

学以致用，敢为人先。李玉忠将每一次的“充电精髓”经过实践，全部应用在贝利特的建设发展中。2017年，贝利特精准把握现代工业企业发展趋势，率先启动了工业化、信息化“两化”融合建设项目，以信息化带动工业化，以工业化促进信息化，走新型工业化道路，成为全国“两化”融合试点企业。

在李玉忠的理念中，自己充电只能实现小目标，只有打造学习型团队、建设学习型企业，坚持不懈地给企业充电，才能实现大目标。

自2012年以来，贝利特率先设立技术创新中心，并先后与天津大学、华东理工大学、兰州大学、宁夏大学等高等院校建立了产、学、研合作关系，通过科技创新平台建设、专业技术人才引进，围绕氰胺产业新技术应用和新产品的开发，

公司会议

积极开展行业关键、共性技术研究及其成果的转化应用。

2018年,为了响应石嘴山市政府提出的转型升级、绿色发展理念,贝利特与天津大学联合创立"氰胺产业技术研究院",公司计划每年投资1000万元用于氰胺及其下游新产品、新工艺、新技术的研发和产业改造升级,着力打造产、学、研、用一体化的氰胺产业关键技术研发服务平台,真正培育"科技型小巨人"企业。公司现有研发技术骨干30多人,先后获得国家专利15项,转化科技成果6项,主持完成宁夏回族自治区、市级科技项目6项。企业自主研发的"硝酸胍生产新工艺研究"等技术成果填补了国内空白,带动了氰胺领域的技术进步,贝利特也因此被命名为"科技型创新团队"和"国家级高新技术企业"。

公司考察规划

科技创新为贝利特带来的不只是一项项光芒四射的荣誉,高科技、高附加值的产品更为贝利特带来了丰厚的回报和一系列创新发展的新机遇。

"真经":求真,不忘初心,牢记责任和使命

多年的商海打拼,李玉忠深深地感到,企业的发展离不开社会各界的支持与帮助,企业发展的最终目的是为社会创造价值,普惠于社会。

也许,在大众看来经营企业最根本目的是"要效益""要利润",但经李玉忠打造的贝利特,不仅始终将创新发展、绿色发展作为发展第一理念,且从未忘记自己作为一名土生土长的石嘴山民营企业家的社会担当。多年来,李玉忠胸怀担当,情系脱贫工作,带动贫困劳动力就业,设立专项资金捐资助学、优先考虑贫困户大学生就业,还发动员工扶贫帮困,成立义工服务队等积极开展社会公益与帮扶活动,以企之力坚持回馈社会、反哺社会。

经过11年的发展,贝利特从一家产品单一、管理粗放的中小企业发展成非上市公众公司,留给行业和外界的不仅是一连串惊叹号,更对化工企业有了全新的认知。按

照公司的发展规划，贝利特未来要通过实施产业整合、创新驱动、资本融合、上下游协同发展等战略，力争将贝利特打造成为氰胺产业的龙头企业、全球新烟碱类杀虫剂和农药、医药中间体原料的专业供应商，为加快推进氰胺产业转型升级，把宁夏打造成为名副其实的世界氰胺研发、生产、加工基地做出不懈的努力。

李玉忠是个居安思危的人，也是个永不满足的人。为此，他和他的团队抱定“守正出新、和合共生、积力众智，勇毅笃行”的信念，朝着既定目标砥砺前行，一步步迈进！

如今，贝利特宏大的发展愿景犹如一幅美丽的新画卷正在徐徐展开……

【相关链接】

李玉忠，回族，1970年出生，大学学历。1989年1月至1990年3月在国电石嘴山发电厂工作；1990年5月至1993年12月创立石嘴山市创艺机电物资有限公司并任总经理；1994年1月至1998年1月创立石嘴山市银利达物资有限公司并任总经理；1998年3月至2003年8月创立石嘴山贝特机电有限公司并任总经理；2003年9月至2007年5月在创立西域名都大酒店并任总经理；2007年6月至2015年12月在宁夏贝利特化工有限公司担任董事长；2015年7月至今在贝利特化学股份有限公司担任董事长。先后被评为宁夏经济建设“行业明星企业家”，创优质品牌、树诚信楷模“杰出企业家”，宁夏最具影响力20位民营企业家、最具影响力实业家、未来之星“杰出青年企业家”，2018年6月评为第七届“宁夏十佳企业家”。

飘香“涝河桥”:让世界尝到中国味道

——宁夏涝河桥肉食品有限公司

当火锅汤翻滚沸腾,一片片精致鲜嫩的牛、羊肉滑入其中时,幸福感油然而生……这就是泱泱中华的火锅美食文化,它正在传遍世界。你可曾知道:火锅之精髓,香气四溢的牛、羊肉,超过54%来自“塞上江南”——宁夏。其中,宁夏涝河桥肉食品有限公司作为宁夏回族自治区的农副产品龙头企业,每年向全国市场输送着高达4000吨的牛、羊“冷鲜肉”,美味传万家。

西北风味饮食一直为社会喜爱,特别是牛、羊肉为代表的各类菜肴已经成为高中低档餐饮的必备。宁夏回族自治区,可谓牛、羊肉美食的“发源地”,得天独厚的自然地理条件和多民族聚居形成的融合文化,赋予了以牛、羊肉为代表的美食更多品质生活的味道,同时也在历经沧桑风雨60年的发展道路上,培育出宁夏涝河桥肉食品有限公

宁夏涝河桥肉食品有限公司效果图

司这样的“独角兽”代表企业。宁夏涝河桥肉食品有限公司已成为宁夏回族自治区伴随共和国一起成长篇章中的缩影，多年的艰苦奋斗终迎来新时代的光荣。

从羊皮小生意到管理最大的牛羊肉屠宰交易市场

国旗一展映天红，1979年改革开放政策的大力实施，激活了全国各地市场经济的“生命力”，宁夏回族自治区也沐浴着祖国开放的春风。随后的20多年里，宁夏成长起来一大批敢于创新、大胆经商的年轻人，周学河正是其中一位。1990年，年仅22岁的周学河在羊皮身上看到商机，于是筹措资金开始经营羊皮贩卖生意。周学河把诚实守信的经营理念融入到他的羊皮贩卖生意中，加上创新多样的经营方式，羊皮贩卖生意如日中天，一片红火。

宁夏涝河桥肉食品有限公司总裁周学河

与大多数年轻人一样，周学河身上有着青春的激情与冲劲，总在寻求不断进取。从事了多年羊皮生意的他积累了大量农副产品的发展经验，终于在2003年迎来了人生的又一次转折，入股宁夏涝河桥肉食品公司，成为公司最大的股东。

周学河刚到宁夏涝河桥肉食品有限公司上任，心里已经做好了改革创新的计划。他通过经营经验以及熟悉市场竞争形势后，深感宁夏环境优越、水源清洁、远离污染、交通便利。不缺客观市场条件，缺的是企业自身强大的优质生产能力。于是周学河大刀阔斧的对公司生产环境进行优化，先从生产设备入手，购进先进高效的加工机器、建设冷库、分割生产线等配套设施。没有资金支持，周学河四处奔波，想尽一切办法筹集到1000余万元，果断建成了冷藏能力500吨和1000吨的冷库各一间、1056平方米的全封闭水冲式牛屠宰大厅、1052平方米的牛羊下水加工车间、1500平方米的半机械化悬吊式屠宰生产线、先进的牛羊肉分割生产线、电子商务系统及锅炉水电暖和场区硬化绿化美化等配套设施，使公司的经营环境大为改观，基础设施进一步完善。短短几年间，宁夏涝河桥肉食品有限公司的羊屠宰量由原来的30万只上升至60万只，牛屠宰量由原来的3万头增加到4万头，2009年市场交易额已达到6亿元。

2010年，周学河再次做出革故鼎新的重大决策，在各级政府和部门的关怀和支持下，公司倾力注资5000多万元对生产厂区进行全面改造升级，现已建成国内较为先进的牛羊吊宰线各一条；副产品加工车间、库房648平方米；牛羊肉鲜销大厅1260平方米；排酸间1512平方米；冷鲜分割肉加工车间1080平方米，速冻调理米面食品加工车间1000平方米；储量5000吨的冷库5760平方米。极大地改善了屠宰、加工环境，提高了加工生产能力，特别是环境的改造改善，为食品安全提供了安全保证。

现如今，宁夏涝河桥肉食品有限公司已形成了集牛羊养殖繁育、定点屠宰、分割冷鲜肉加工、速冻调理食品、速冻米面食品加工及功能滋补型牛羊副产品加工、餐饮服务等为一体的大型综合型企业，管理并经营宁夏吴忠市区最大的清真牛羊肉屠宰交易市场。

产品质量赢得品牌口碑 走向亚运会专业营养餐桌

正所谓金杯银杯不如消费者的口碑。对于宁夏涝河桥肉食品有限公司而言，近些年的努力带来显著的销售成绩，而这个“酒香也怕巷子深”的时代，加强品牌建设，提升市场影响力是企业发展十分必要的策略之一。周学河认为，作为食品企业，安全品质是铸就品牌“灵魂”的支撑，为此加强产品质量的战略举措大力展开。

发展过程中，宁夏涝河桥肉食品有限公司在抓好硬件建设的基础上，逐步强化企业质量管理工作。为此，周学河提出了“人人代表市场形象，人人参与市场服务”的经营理念，制定完善了公司管理制度，激发员工的工作热情，树立良好的公司形象，变单一的管理型市场为管理服务型市场，为个体经营业主创造了良好的经营环境，给外地客商留下良好的印象，使他们进得来、留得住、做得强。

除此之外，周学河始终注重质量管理的科学体系建设，他带领公司专业人才进行管理机构、组织等搭建，并且在牛、羊肉制品的加工环节中融入过程管理、质量监督管理、检验检测管理，使肉制品生产达到了安全、有序、保质、保量的先进水平。值得一提的是，涝河桥肉食品有限公司在这么多年进行牛、羊肉系列产品生产中，做到了质量检测“0”事故，在自治区食品检验检测机构检测中各项指标全部合格。

付出总会有收获，精细化质量管理还来产品品质的保障，市场上树立了良好口碑，“涝河桥”肉食品的影响力得到了有效提升。努力之下，涝河桥肉食品有限公司获得了国家ISO9001：2008质量管理体系认证（GB/T19001-2008）、产地认证以及HACCPA体系认证，并取得出口食品生产备案。2008年，“涝河桥”荣获“宁夏品牌推动力大型调查和评选活动老百姓喜爱和信赖的宁夏清真品牌”荣誉，并且多次获得区、市两级荣誉；2009年6月，公司又被自治区人大等相关部门授予“推动宁夏可持续发展功勋单位”，自治区人民政府授予“农产品骨干流通企业”和“清真牛羊肉专业批发一级市场”等殊荣。

从地方走向全国，宁夏涝河桥肉食品公司实现了跨越式成长，在2008年获得自治区十五部门授予的《诚信企业》称号，最重要的是，宁夏涝河桥肉食品于2010年10月中标国家清真牛羊肉生产、储备库单位和广州第十六届亚运会清真牛羊肉生产供应商，2012年获得清真牛羊肉“中国驰名商标”。

对于任何一家企业而言，能够得到如亚运会这样的国家级运动赛事单位的认可，足以彰显出企业产品的过硬实力，涝河桥肉食品公司做到了品牌腾飞，也为高品质产品走向千家万户、走向世界人民的餐桌做足了充分保障。

红色初心如磐 绿色使命在肩

周学河经过20多年的艰苦奋斗，带领宁夏涝河桥肉食品公司取得了令人瞩目的成绩。但在这个过程中，周学河心系故乡百姓、心系党和国家，做好绿色安全牛、羊肉食品的前提下，始终坚持责任一肩扛、初心不忘的作风，为社会稳定、加强民族团结做出自己的一份贡献。

企业自成立初，周学河就以民族团结互助为基础打造“民族清真企业”，以“诚实守信、依法经营”为宗旨，积极深入员工、了解各民族信仰，并通过少数民族节日向员工宣传民族宗教政策，为民族团结、社会稳定不断努力。公司党支部成立于2006年，现有党员16名，预备党员1名。公司积极贯彻党的思想路线，实时塑造党员形象，号召党员积

中国好人榜三月入选名单发布仪式（左一：周学河）

极履行党员义务，认真学习新时代中国特色社会主义思想，自觉遵守党的纪律，对党忠诚，维护党的利益，建立正确的科学发展观，做一名合格的党员。为了更好的开展工作，宁夏涝河桥肉食品公司还专门成立了“工会委员会”，全力维护广大员工权益，拥护党的政策，号召工会会员积极学习政治、经济、科技、文化等基础知识，维护工人阶级的团结和统一，并建立“职工之家”，增强工会与会员群众之间的联系，积极开展各项职工文化体育活动，赢得了广大员工和社会各界的认可。

企业在加快经济发展中，每两年举办一届以“加强民族团结”为主题的职工运动会、开展“民族大团结、回汉互相帮”主题活动、回族炸油香送汉族同事、好同事家宴联谊会、回汉职工技能比赛、年终总结文艺晚会等丰富多彩的活动，对企业发展和民族团结均取得了非常显著的成效。与此同时，周学河观察到在民族员工技术和专业技能知识稍作薄弱，所以提高回族同志的技术基础和文化基础，对于工作和民族之间的和谐有着非常重要的作用。

除了在企业自身发展中积极响应贯彻党和国家的号召，肩负民族团结使命的周学河还不忘对家乡、对社会进行公益帮扶。公司繁荣发展带来了致富机会，周学河便开始以“活一方经济、富一方百姓”的公益理念来解决乡亲们的困难，大力促进周边地区畜牧业的发展和农村剩余劳动力的就业。每当面对上门求助的乡亲，周学河都主动帮忙，授之以鱼不如授之以渔，让长期接受政府救济的残疾夫妇也能通过肉羊育肥工作得到生活保障，并且每年都会号召公司拿出上万元来慰问更多贫困户。现如今，涝河桥肉食品公司已安置失地农民就业达300人，年均收入15000元，带动相关产业发展万人以上，成为当地经济发展的重要支柱。

通过周学河对善意公益、民族团结等社会工作的坚持与努力，社会赞誉也接踵而来，自2004年起，周学河先后被授予宁夏“优秀青年农民”、吴忠市利通区第二届“十大杰出青年”“全国农村青年创业致富带头人”、宁夏“优秀农村实用人才”、吴忠市第三届“优秀企业家”、吴忠市“十大清真食品用品行业带头人”、吴忠市第二届“优秀青年企业家”等荣誉称号；2009年11月荣获宁夏回族自治区精神文明指导委员会颁发的“道德模范”奖。而企业先后也获得吴忠市民族团结先进企业、自治区创先争优民族团结优秀企业等荣誉。

尾声

百舸争流千帆竞，乘风破浪正远航！宁夏涝河桥肉食品公司诞生在古老的“丝绸之路”要道之上，并且成长于朝气蓬勃的多民族融合文化中，将牛、羊肉美食文化传播至远。随着“一带一路”的正式实施，时代浪潮中涌现无限淘沙空间，相信宁夏涝河桥肉食品公司将继续砥砺前行，不仅把宁夏清真味道带到全世界，更能在各族人民一家亲的努力中让我们见识到宁夏企业的风采，成为宁夏对外形象的一张“名片”！

【相关链接】

周学河，回族，1968年6月出生，中国共产党。现任宁夏涝河桥肉食品有限公司总裁、宁夏肉食品协会副会长、吴忠市第二届企业家协会副会长。自2004年起，周学河先后被授予宁夏“优秀青年农民”、吴忠市利通区第二届“十大杰出青年”“全国农村青年创业致富带头人”、宁夏“优秀农村实用人才”、吴忠市第三届“优秀企业家”、吴忠市“十大清真食品用品行业带头人”、吴忠市第二届“优秀青年企业家”等荣誉称号。2009年11月荣获宁夏回族自治区精神文明指导委员会颁发的“道德模范”奖。

“蛋”打宁夏第一牌

——宁夏顺宝现代农业股份有限公司

有这样一个企业，2001年落户在青铜峡市邵岗镇甘城子村2000亩荒坡土地上；有这样一个企业家，从桑棉粮种植到蛋鸡养殖，从5万羽小户型养殖发展到如今的100万羽智能化蛋鸡规模，以17年的历程成功跻身全国蛋鸡养殖前十位。他率先在全国推出了“全产业链规模化蛋鸡养殖模式”，资产规模从200万元发展到如今的2亿元，年销售额1.1亿元。企业被列为全国“百例畜禽养殖标准化示范场”之一。同时，解决周边移民200多人从事蛋鸡循环产业，夫妻工达40对，员工人均年收入超过4.5万元。

梦开始的地方

说起胡登吉，就要追溯到2001年，打拼煤炭行业多年的他，在当时煤炭行业还非常火热的时候，就高瞻远瞩谋划产业转型。他意识到在不久的将来农业一定会有非常大

宁夏顺宝现代农业股份有限公司俯瞰图

的发展潜力，于是由投资工业转型投资农业，这个决定在当时是很具挑战性的。恰逢国家西部大开发，他在全区范围寻找机遇，最后将脚步停留在远离城市污染、气候温度适宜的贺兰山东麓甘城子地区，选择了一块2000亩的荒坡、碱地，注册成立了宁夏顺宝现代农业有限公司。这一干，就是整整17年。17年里，他尝试和探索过多种行业，引进国外优质树种栽培，尝试猪牛羊养殖，从事桑棉粮种植，均以失败告终，先后投入资金1000多万元，精力的投入、资金的失利、股东的抱怨，这一切，让原本在工业行业如鱼得水的他，不禁陷入了深深的沉思！

宁夏顺宝现代农业股份有限公司董事长胡登吉

经过一段时间的思考，胡登吉用1000多万投资，让昔日的荒坡、碱地变成了绿树成荫，生机盎然的地方，他认为这就是无形的效益，有梧桐树，自然会有金凤凰。顶着重重压力，他开始多方筹资，调整产业方向，第一步便是从养鸡开始，随后各个系统开始循环，请专家、建鸡场、安设备、买鸡苗，很快，一个在当时已经非常先进的蛋鸡养殖场平地而起。就在那一年，他又先后与新材料加工、钢结构制作、种子经营等企业强强合作，打造“顺宝非公有制经济园区”。

公元2005年，他的蛋鸡场养殖规模不足5万羽，工人不到30人。从外购原料、跑市场到内抓管理、树品牌；从小到大，由弱到强，他都亲力亲为，企业发展开始缓慢而稳重地往前走。2007年，他的鲜鸡蛋成功注册“塞上一宝”商标，通过“无公害农产品”认证，“塞上一宝”鸡蛋开始走入千家万户，品牌质量深入民心。2009年，第一栋全自动化蛋鸡舍拔地而起，实现了从人工饲养到全自动化模式，蛋鸡养殖走向了现代化、工厂化、标准化、科学化的“四化”时代。此后，第一台进口的荷兰“MOBA”蛋品分选设备入驻鸡场，鸡蛋正式有了专属的身份标志——喷码，从此，结束了靠人工拣选的历史，结束了千百年来鸡蛋“无日期、无产地、无品牌”的三无时代。紧接着，公司产品又通过了中国绿色食品发展中心绿色食品认证，“塞上一宝”成为了宁夏蛋品行业唯一获得A级绿色食品的品牌，打破了多年宁夏鸡蛋行业绿色认证的空白。2012年，公司以蛋鸡养殖为主线，建立了上游饲料加工、雏鸡培育、下游蛋品加工、食品加工、有机肥料生产的循环产业模块，在全国率先推出“全产业链规模化蛋鸡养殖模式”，从此公司成了行业的标杆性企业。2015年,公司以投贷联动方式与石嘴山银行达成合作,企业股权、法人治理结构得到了进一步优化,企业被农业部认定为"首批蛋鸡标准化示范场",宁夏回族自治区也先后授予企业"农业产业化优秀龙头企业""宁夏科技型中小企业""宁夏50强企业""宁夏十佳企业""宁夏专精特新中小企业和示范企业""五一劳动奖状""守合同重信用企业"等荣誉称号,同时被宁夏回族自治区批准建立宁夏现代农业示范基地和宁夏农科院产学研试验示范基地、宁夏科技技术创新中心和院士专家工作站等产、学、研合作机构。

一路风雨兼程,从5万羽一直到今天的100万羽,他又把自己长远的目标锁定在"200万羽蛋鸡养殖规模",为了这个目标的早日实现,2014年公司启动了"新三板"挂牌的申请工作,凭借扎实的工作作风、规范的企业管理,"新三板"的推进非常顺利,2016年2月,企业在"新三板"成功挂牌。下一步他要借助资本市场,尽快完成自己定下的"200万羽蛋鸡养殖规模"目标,并整合全区鸡粪资源,发展高效液体有机肥产业,改良被污染的土壤,让人们吃到放心安全的有机农产品,进一步引导人们树立保护环境,与自然和谐共生的意识。

宁夏顺宝现代农业股份有限公司办公大楼

纷至沓来的荣誉

常言道:"十年磨一剑"。当初5万羽的养殖规模到100万羽,资产从200万到2亿,这样的变化12年前他没有想过，没有想到他的鸡蛋要以吨计算，没有想到他不经意间填补了多项宁夏蛋鸡养殖行业的空白，他做强了一个企业，也引领了一个行业。

中卫宣和是宁夏最早从事蛋鸡养殖的地区，但设备落后，观念陈旧。面对同行，他毫无保留，以大公无私的心胸，接待了几十家从中卫慕名而来的养鸡人，他认真讲解，从自动化设备、智能化环控、产业链模式、网络视频监控，到销售，到管理，将企业生产经营环节完整的展现给大家，他认为："只要每一家养鸡的人都能把鸡养好，给市场提供安全、健康、放心的鸡蛋，那就是所有蛋鸡养殖人的荣耀。"他说道："我们是有着社会承担的企业家，不是投机的商人，做诚信企业，做良心食品，是我们企业家的天职。"在他的带动下，如今的中卫养鸡人先后有300余养殖户通过养殖模式的转变走上了致富路。

伴随着养殖规模的不断扩大，畜禽粪便的污染逐渐成为制约行业发展的瓶颈。为了探寻一条粪污无害化处理、资源化利用模式，早在蛋鸡养殖场发展初期，胡登吉就凭借工业企业的管理理念和选矿专业的知识，通过不断的尝试、创新与改进，研发畜禽粪污肥料化利用模式，利用好氧、厌氧和浓缩等多种方式并举，生产高品质固体、液体和生物有机肥产品，系列产品经Eurofins（欧陆）分析各项化学成分均达标，并通过了有机生产投入品认证，在宁夏回族自治区农科院专家指导下，已在全区不同作物种植上连续进行了三年的田间试验，试验效果非常明显。他的研发成果先后有17项申报了国家专利，不仅在改良土壤板结、提升土壤有机质含量、改善农产品品质等方面发挥着越来

顺宝公司饲料加工厂

越重要的作用，而且已经被宁夏回族自治区和农业部列为畜禽粪污资源化利用典型模式。如今，行业内多家企业已经受益于该项技术的应用。

随着企业规模和影响力的不断扩大，企业被越来越多的人关注，很多人因为“塞上一宝”而走进顺宝，各种荣誉、奖牌也随之而来。2016年宁夏回族自治区总工会授予他“五一劳动奖章”，2018年被中华全国总工会授予“全国五一劳动奖章”的光荣称号。面对各级党委、政府的认可和关爱，他丝毫没有沾沾自喜，每天依旧如履薄冰，谨小慎微，因为他知道，自己每天面对的是一群同呼吸、共命运的生命，稍有不慎，就会状况百出。为此，他成立了专门的蛋鸡事业部，组建了精干的专业防疫团队，聘请了国家注册兽医师担任负责人，严格免疫，科学养殖。同时，注册成立了“顺宝农业产业技术（研究院）有限公司”，引进了天津科技大学发酵专业团队，共同开展农业废弃物资源化利用和生物菌剂研究与应用。

造福桑梓的情怀

行事风格高调的胡登吉，生活中却是一位不善于表达自己的人。低调、随和、善良，乍接触他的人，都不能把他与一个企业家联系在一起，在小辈面前他是一位可敬的叔叔，在同辈面前他是一位善意的大哥，宁可自己吃亏，也不让员工们吃亏，多少年来，很多员工都一心追随他。敬人者人恒敬之，提起胡登吉，大家都很敬重。企业效益稍有改观，他第一件想到的就是提高员工收入，改善员工生活条件。来过企业的人，在吃过工作餐之后，都会由衷感慨，这里的伙食比家里的都好，谁说不是呢？他认为把员工当作自己的家人、亲人，员工才会把企业当家。《大学》里“财聚则民散，财散则民聚”的经典之言，在他身上得以体现，这也许就是他多年来历经坎坷但终究能做大做强企业的根本所在。

“平平淡淡才是真”这句话是胡登吉创业的真实写照，两种普普通通的农产品，他却当作一种责任在做。17年的艰辛创业史，浓缩、反映了他对生活积极、乐观的心态，作为有良知的企业家，他认为企业向社会提供绿色无公害产品，将是对消费者最好的回馈，胡登吉站在时代前沿，胸怀桑梓，为打造健康、绿色、无公害食品继续努力！

【相关链接】

胡登吉，现年56岁，出生于宁夏西吉县新营乡，现担任宁夏顺宝现代农业股份有限公司董事长、宁夏绿色食品行业委员会第一届会长、青铜峡市第十五届人大代表，荣获宁夏回族自治区和全国“五一劳动奖章”、宁夏回族自治区区域经济功勋人物及区域经济勋章。

吹响"工"坚战号角

——宁夏嘉峰化工有限公司

人说宁夏好地方，山秀川美赛江南。一直以来，宁夏作为中华文明的发祥地之一，历史上"丝绸之路"的重要贸易交通枢纽，得天独厚的历史、地理条件孕育出如今宁夏的辉煌，而在这辉煌背后，一些民营企业家用辛勤汗水浇灌滋补着这片热土。

其中，位于宁夏回族自治区石嘴山市惠农区红果子工业园区的宁夏嘉峰化工有限公司，从2003年6月成立至今，紧随时代发展步伐，经过15年的艰苦创业，已发展成为宁夏经济大河中重要的一份子。嘉峰如今的成就，离不开创始人石少峰先生。

不坠青云之志

石少峰，生于宁夏，长于宁夏，创业于宁夏，人若其名，年少登峰，似乎少年的他便

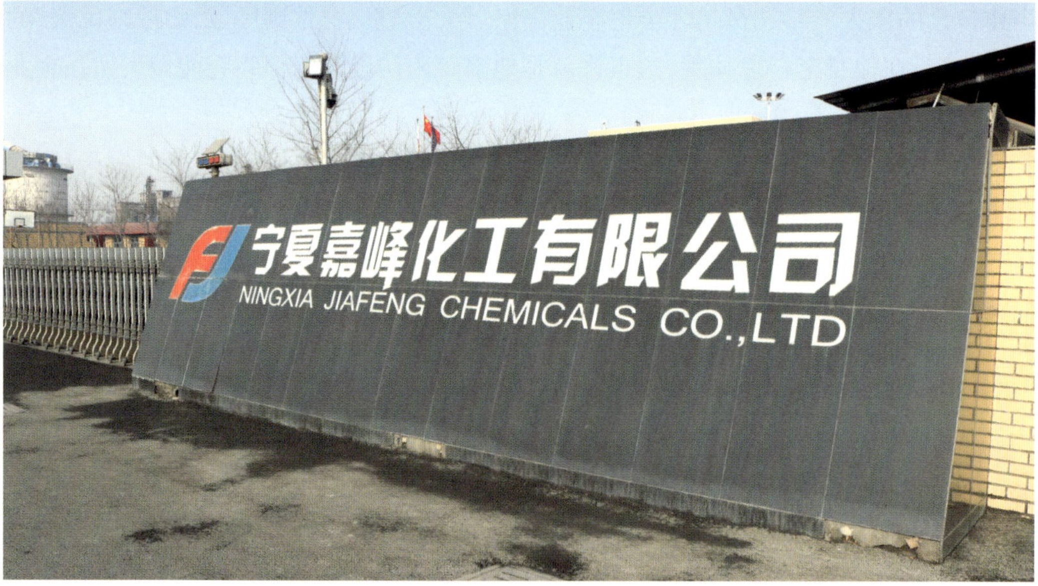

宁夏嘉峰化工有限公司大门

气宇不凡，淳朴的外表遮挡不住他的才华和胆略，少年时期就怀揣着梦想，立下脱贫致富的斗志和信心，希冀用自己的勤劳和智慧创下一番事业。

宁夏嘉峰化工有限公司董事长石少峰

2002年，20岁出头的石少峰牵头另外两个合伙人，创建了一个小小的工厂。公司从零开始，要想在强有力的市场竞争中占有一席之地，必须多方借力，更少不了银行方面的支持，这对于刚刚起步，没有知名度、没有资源、没有经验的石少峰来说充满了挑战。常言道"登天难，求人更难"，这句话是对初创嘉峰时的真实写照，但即便如此，眼前的困难也没有使石少峰恐惧、退缩。创业之初，凡事他都亲力亲为，四处寻找合作伙伴，每天都忙得焦头烂额。世上无难事，只怕有心人，通过坚持不懈的奋力拼搏，命运似乎为他开启了一扇窗，公司产品在市场的销售率稍见起色。

2002年至2005年，对于公司来说是一个积累的过程，也是渐渐成长的过程。为了在生产、资金、市场方面有所突破，石少峰带领团队在生产能力及规模方面革故鼎新，完善了管理组织结构，建立了管理考核制度，并引入了ISO9001质量认证体系，这不仅使公司架构更加完善，产品的质量更是上了一个新的台阶。

2005年至2008年，公司运营状态日益见好，效益逐渐攀升，为满足庞大的市场需求，石少峰决定扩大生产规模，并建立技术研发团队，对生产工艺进行改造，大量组织实施新技术新工艺的设计和试验，开发新产品，引入ISO14001环境体系和职业卫生体系。经过多元化定位及系统化的改革，嘉峰在石少峰的带领下进入了发展快车道，商业化的角色转变让石少峰信心十足，公司也从全国60家生产双氰胺规模最小的公司逐渐成为全国最大的公司。

2014年至今，嘉峰开始重整与优化，结合当前的工业发展趋势，始终抓住产品品质、安全、环保、节能、智能的主线，实现先进的生产工艺，率先在氰胺行业使用液体CO_2，减少数万吨的矿石和煤炭资源消耗，利用了数千万立方米的CO_2废气，为温室气体减排做出了贡献。

经过15年健康、快速的发展，公司固定资产3.3亿元，具备年产20万吨石灰氮、2.5万吨双氰胺、0.8万吨电子级双氰胺、0.5万吨双氰胺微粉的生产能力，成为一家集研发、生产、销售石灰氮、双氰胺及系列产品的精细化工企业。2017年公司实现销售收入4.7

亿元,出口额位居全区同行业前列。主导产品石灰氮、双氰胺产量居全国第一。

在经济新常态下,机遇与挑战并存,从初创到公司渐渐有知名度,石少峰抓住每一次机会,坐在了“头牌交椅”上,团队在商业角色中实现了华丽转身,产品质量被客户肯定,公司名号渐渐在国际市场唱响,至今,一切的卓越成就便是石少峰奋斗的缩影,嘉峰将更加努力的维护市场平台,在市场竞争中大展拳脚。

路漫漫其修远兮

要想将企业做大做强,绝对不能坐井观天,必须将业务推广,走向国际市场是公司继续发展的一条道路。石少峰对公司抱有很大的期待,而嘉峰自身的优势,就是双氰胺只有中国有原料能生产,嘉峰有能力、有资本在国际化的道路上走得更高、更远……

嘉峰要想在市场占领先机,首先需要有顽强的生命力以及不怕挫、不怕败的信心。同时,还需要先进的管理体系以及独特的企业文化。初创嘉峰,公司就特别注重文化建设与文化创新。制定了“务实、规范、发展、创新”的宗旨;以“安全第一、预防为主、综合治理、全员参与、持续改进”的安全理念为信条;以“质量至上、诚信服务、持续改进、顾客满意”为理念;以“德才兼备、以德为先”的用人理念为中心。

经过多年精耕细作式的发展,独到的战略眼光,嘉峰的资源、市场与“一带一路”倡议紧密相连,一路奋进。企业的发展与人才紧密相连,嘉峰不断从外引进优秀人才,培养有主见、有才能、有创新意识的领导班子,为企业未来发展奠定坚实的基础。

嘉峰一边积极引进优秀人才、先进技术和企业管理理念,一边不断地进行生产工艺和设备的改造创新,并强化内部员工的管理。石少峰认为,人才供应链是企业长青的基础,强化人才培养无疑又是壮大人才队伍最根本的途径,但同时也是最耗时、最费力的途径,属于一种“长期投资”,短期内很难“立竿见影”。因此,嘉峰在加强人才教育培养的同时,敞开大门招引天下英才,迅速壮大人才队伍,提升企业竞争力。

扶摇直上九万里

超前战略必将引领整个市场经济,对于全球经济动荡的现代化民营企业,创新举措又是企业“长生不老”的重要手段,企业现阶段走向国际化舞台的阵势锐不可挡,那面对坎坷征程,嘉峰又将如何在庞大的市场需求、强有力的商业竞争、“走出去”的宏观挑战中,不大失所望?

就现阶段而言,石嘴山正在打造“氰胺之都”,2016年时,石嘴山市将氰胺产业进行了合并整合,石少峰响应政府号召,将宁夏煜林化工有限公司、石嘴山市东明化工有限公司这几个负债累累的公司收购。目前，这几个合并的公司所欠下的上千万债务已还清，已经开始盈利。

如今，已新建成两台31500kVA密闭电石炉，运行状况良好，并将于2018年8月续建2台31500kVA密闭电石炉，全部项目计划于2019年完工。项目建成后，可新增就业岗位600多个，预计每年可完成产值12亿元，上缴利税1亿多元，出口创汇1500万美元，具有良好的循环经济示范效果和经济社会效益。

另外，嘉峰已投资完成了2×10万吨自控回转窑生产石灰氮项目，成为世界首家自主研发实现单台回转窑年产10万吨石灰氮的企业，并投资完成了液态二氧化碳代替白灰窑窑气生产双氰胺技术改造项目，成为氰胺行业首家自主研发实现液体二氧化碳生产双氰胺的企业，完成了年产1万吨单氰胺项目。

随着规模的不断扩大，产品产量、质量都有了很大的提升，企业核心竞争力也大幅度提高，借此，嘉峰不惜重金，引进先进设备，改进生产工艺，追求精益制造，严格执行ISO9001:2015质量管理体系，确保产品质量、优化服务水平。不断扩大营销网络，已在国内设立多个营销网点，依靠改革、创新的进步，面向国际、国内两个市场，不断壮大企业的综合实力和市场竞争力的经营战略，并延伸至高端技术领域，由传统的单一产品制造业成长为能够研制生产新型化工产品的企业，向上向下不断延伸形成循环经济产

宁夏嘉峰化工有限公司办公大楼

业链。

百尺竿头更进一步

社会经济的高速发展带来了国民生活水平的不断提高，同时也伴随着废旧物资产生量的大幅上升，为我国再生资源产业的发展提供了良好的发展机遇。中国再生资源产业在“十一五”期间得到快速发展，“十二五”规划提出坚持把建设资源节约型、环境友好型社会作为加快转变经济发展方式的重要着力点。大力发展再生资源产业，既是解决资源短缺问题的有效途径，也是发展循环经济，建设资源节约型、环境友好型社会的必然选择。

石少峰非常注重资源的再次利用，率先于浙江工业大学合作，研究氰胺废渣的综合利用，将工业废渣转化为高端炭材和轻质碳酸钙产品，最终实现吃干榨净、变废为宝。

目前，嘉峰利用分公司石嘴山市东明化工有限公司产品生产中产出的尾气，建设年产2.4万吨双氰胺自动化生产线，实现了氰胺企业升级。同时延伸了双氰胺产业链，建设年产5万吨胍盐及配套的公用设施及辅助设施项目，又利用“一带一路”的政策，在东南亚等地开发高价值农药中间体。嘉峰在新能源汽车这方面还处在生产初级产品中，未来，将向新能源汽车产业链的上游原材料行业推进。

经过多年发展，石少峰带领团队勇闯难关，嘉峰在市场的名号愈加的响亮，得到了党和政府的充分肯定和赞扬。荣誉和鲜花接踵而至，众多的头衔使石少锋成为名人加忙人，但他并没有沉醉在荣誉编织的光环之中，而是以更敏锐的目光、更博大的胸怀和更超人的毅力，向着更高的目标进发……

【相关链接】

石少峰，现任宁夏嘉峰化工有限公司董事长，并担任惠农区三届二次政协委员、石嘴山市第十三届人大代表。公司先后荣获“诚信企业”“安全生产工作先进企业”“外贸进出口先进企业”“文明单位”等荣誉称号。

带着LED技术 让宁夏"智"造名声更响

——宁夏荣光科技集团

宁夏人民会堂是宁夏回族自治区首府银川标志性建筑之一。为了以更加完美的灯光效果迎接宁夏回族自治区人民代表大会和政协会议的召开，宁夏决定升级改造人民会堂照明工程。因为时间紧、要求高，这个光荣而艰巨的任务落在了荣光科技集团的肩上。

业内人士说，只有荣光科技集团具备这个实力，能够保质保量按期完成。经过科研人员和施工师傅艰苦卓绝的努力，宁夏人民会堂照明升级改造工程按期完美收官，璀璨的灯光为宁夏两会增光添彩，受到人民代表和政协委员的绝口称赞。

科技释放动能 创新引领发展

荣光科技集团是宁夏回族自治区目前唯一一家集工业技术研究、L E D智能照明技术研发、智能制造、现代智能农业科技应用、"产、学、研、培、服、赛"六位一体校企合作技能人才培养模式于一身的高新技术企业。

梁少荣董事长认为：科技是第一生产力。他非常重视科技兴企、科技强企。作为科技创新型企业，荣光集团拥有20多项核心专利技术及自主知识产权。为提升区域工业核心技术水平，荣光集团组建了以13名国内知名专家教授为首席科学家、高级顾问，100多名高等科研院校专家教授为核心成员的高水准科研团队。

荣光工业技术研究院与中国科学院、中国电子工程设计研究院、北京大学物理学院光电研究院、中科院广州分院电子研究所、中国农业科学院等科研院校互融合作，荣光科技集团从经费投入、项目评先、研发实施到技术扩散，构建完整清晰的研发价值链，形成有效的研发管理体系。主要以科技成果转化为研究目的，进行战略性、前瞻性产业及公共平台技术研究；以市场为导向，打造中小型企业创业服务平台，培育创新科技公司；以自主创新为重点，突破和转化一批智能制造、LED智能照明、现代生态农业、

3 D打印等领域的共性技术、关键技术和核心技术。针对产业可持续发展获得一批自主知识产权，在宁夏工业经济发展中充分发挥智库作用，推动了宁夏地区现代工业技术进步和工业经济的新一轮快速增长。

近年来，集团充分发挥自身优势，力争在宁夏工业经济发展中充分发挥智库作用，助力宁夏地区现代工业技术进步和工业经济的新一轮快速增长。集团计划用 3 至 5 年时间，将科研成果以直接投资、技术转让的方式，为宁夏地区孵化30多家高科技公司和产业化公司，力争培育 5 家上市公司，在西北地区乃至全国，研发一批主导产品，孵化一批龙头企业，建立一批服务组织，建设一批商品基地。

目前，宁夏荣光集团已成为宁夏唯一一家集智能制造、机器人研发生产、3D打印机技术、半导体照明及智慧农业为一体、拥有20多项核心专利技术及自主知识产权的高新科技企业。

宁夏荣光科技集团董事长梁少荣

梁少荣先生被评为“2016 年度中国品牌十大创新人物”，获得 2016 年宁夏回族自治区经信委年度互联网+工业创新设计大赛优秀奖。“中国侨界贡献奖二等奖”，是宁夏唯一一位获得此殊荣的企业家，为宁夏的侨界企业做出了表率。此次奖项是国家为了表彰在改革开放以来，众多海外高层次人才心怀爱国之情、报国之志回国创新发展、投资兴业，为推动经济高质量发展和推动科技创新发展、建设社会主义现代化国家做出了重要贡献的侨界企业家。

教育为基础　人才是根本

随着我国经济高速发展，产业结构调整、发展模式转型升级，社会对高素质技能型人才的需求日益增大。党的十九大报告提出“人才是实现民族振兴、赢得国际竞争主动的战略资源”。

“中国制造 2025”企业与职业教育发展论坛去年 11 月 24 日在宁夏召开，论坛围绕国家重点战略“中国制造 2025”，以如何为制造业等实体经济的可持续发展提供技术技能型人才进行广泛的探讨。院校领导、教授、企业专家、学者、技能大师、技术能手、一线工人及职业学校师生代表等500余人参加了论坛。论坛邀请宁夏荣光科技集团在论坛会上介绍经验。董事长梁少荣以《“中国制造2025”背景下职业教育面临的机遇与挑战》为题进行了主旨演讲，他围绕智能制造2025职业技术教育，分享了宁夏荣光创立的“产、学、研、培、服、赛”六位一体的模式，他认为，“机器人换人，换不来操作机器的人，只有搭建起人才供给的血管，才能让“中国制造2025”得到充分持续发展”。

荣光集团创新发展新模式，将人才培养与脱贫攻坚相结合，将供给与需求相结合，重视培养贫困家庭的子女，注重人才的质量和结构，坚持产教融合、校企合作，坚持工学结合、知行合一。创新和拓宽路径，实现全方位多层次融合，服务脱贫攻坚，服务区域产业，推进专业与产业的融合；改革合作模式，推进教学与生产的融合，优化运行环境，推进校园与中心的融合；搭建研究平台，推进科研与技术的融合。

荣光集团LED研发生产实训中心和智能制造研发生产实训中心分别引进一批各环节国内外高端设备，学生看得见实物、练得上操、接得上实际，切切实实弥补了“实践”和“经验”短板。通过校企合作“六位一体”的实施，让学生面对面、零距离接触生产线，缩短理论与实践的距离，接地气、在学看、看中练，真正实现学生踏出校门就能上岗，上岗就能产，实实在在学到技术、学到本领。创建半导体创新中心、3 D打印创新中心，公司每年可培养产业技能人才1000名以上。

荣光集团以智能制造技术、LED智能照明技术、现代生态农业推广应用三大领域技术研发和成果转化的项目为载体，打造创业服务平台，吸引国内外高层次技术人才，培养适合现代工业发展要求的本土化人才。通过公司带动、社会扶持，延长产业链、拓宽产业覆盖面，大幅增加劳动位，有效拉动就业，变“职业实训”为“订单式培训”。

在校企合作中，充分利用了学校与荣光集团在人才培养方面各自的优势，将间接传授知识为主的课堂教育环境，与直接获取实际经验能力为主的生产现场环境有机

“荣光杯”主题征文颁奖诵读晚会

结合，培养学生的能力，提高全面素质。荣光集团现已与宁夏工商职业技术学院、宁夏职业学院、宁夏工业学校等多所院校进行合作，用“产、学、研、培、服、赛”校企合作的创新型模式建立了实训中心。今后，还将此模式推广至全宁夏乃至整个西北地区，全力打造西部地区职业实训高地。

梁少荣董事长说：“培养出来一个西部贫困家庭的孩子，相当于帮助一个贫困家庭脱贫。我们一定要不忘初心，牢记使命。只有大家携手同心培养出许许多多的人才，宁夏的发展才会有牢固的基础。”

风从南方来　一片赤子心

作为出生在中国第一侨乡之称的广东台山市的侨眷梁少荣先生，青年时期在加拿大多伦多约克大学做访问学者，成为较早旅居海外学习充电的华侨，家族多位亲属均在国外发展，女儿至今在海外留学，在国外顺利发展事业。

梁少荣发现国内有着良好的经济发展环境和巨大的市场潜力，拳拳爱国之心促使他放弃优越的生活，成为早期回国创业的侨商企业家。他周游列国学富五车，心系宁夏这块贫瘠的土地，凭借敏锐的洞察力和高度的预见性，在西部大开发的号角声中奋力向前，另外，“一带一路”蕴藏着各国互通有无、文明交流互鉴的密码，抚今朝，蜿蜒徐行的梁少荣已化为千里奔腾的骏马。

“第十一届亚洲品牌盛典”现场

从苦苦探索到破茧成蝶，从艰难破冰到砥砺前行，从创业起步到气势如虹。让我们把目光投向那片他曾经战斗过的土地，重温那段激情燃烧的峥嵘岁月，聆听奋进的足音，触摸成长的年轮，追寻前行的足迹。10年间他穿过历史的尘埃和如歌的岁月，从无到有，从弱到强，从平凡一路走向卓越。以开阔的胸襟和长远的眼光，立足塞上江南，探索出一条校企融合的创新发展新路，开创出宁夏唯一也是亚洲五百强之一的宁夏光电企业——宁夏荣光科技集团。

梁少荣非常关心宁夏精准扶贫方面的工作。2008年，荣光集团刚创建时，公司投入很大遇到的困难很多，但他为帮助解决定边堆梁镇的安全饮水，捐款捐物达180多万元，荣获“打井工程爱心大使”称号。近些年，他先后为定边县贺兰圈镇中心小学捐赠20多万元教学设备，为盐池县花马池卫生院捐赠办公家具一批，捐款捐物达62万元，为陶乐养老院送去温暖，捐赠物资50多万元。2001年至2015年多次为宋庆龄基金会捐款捐物达80多万元，为希望工程捐款捐物达60多万元。在“心系环卫工人”捐赠仪式上，在助学扶困捐款现场，他用自己的行动诠释了一个新时代支宁人的拳拳爱心。

2016年4月，时任国务院副总理的刘延东同志来到宁夏考查，在荣光集团了解校企合作情况，对这种与工厂融合的实训教学方式给予充分肯定。她说：“你们的产业都是国家倡导并支持的，将引领宁夏的经济发展，这样的产业非常好，政策该支持的要支持，该倾斜的要倾斜，在职业教育发展上，你们不仅要打造西部职业教育高地，也完全可以争创全国一流，我祝你们梦想成真！”2017年9月6日在中阿博览会人大常务会副委员长张平、宁夏回族自治区党委书记石泰峰、主席咸辉、科学技术部副部长黄卫等领导下，莅临荣光集团2017中阿博览会高新技术成果展厅参观指导，张平副委员长对企业的创新模式和产业方向给予充分的肯定，各级领导对企业的关注与认可将鼓舞着全体员工发扬专注的匠人精神！

荣光集团自成立以来，先后获得了国家高新技术企业称号、中国新侨创新企业奖，成为中国侨联新侨创新企业联盟副理事长单位、中国照明学会农业照明专业委员会副主任单位、重庆市机器人与智能装备产业发展联合会副理事长单位、亚洲品牌500强创新企业与亚洲最具影响力企业、广东省光电技术协会副理事长单位、宁夏民营企业副理事长单位、宁夏市场营销促进会副会长单位、中国品牌年度创新企业、专精特新示范企业。

“创新驱动发展，科技创造未来。”荣光在不断发展的同时，也着力于当地的精准扶贫，我们坚信，荣光集团在梁少荣董事长的带领下，将以永不懈怠的精神状态，一往无前的奋斗姿态，向着更高的目标扬帆起航，不断夺取事业新的胜利，开创公司发展建设新局面。

【相关链接】

梁少荣，宁夏荣光科技集团董事长，先后被推选为中国新侨创新创业联盟副理事长、澳门文学艺术界联合会名誉主席、中国照明学会农业照明委员会副主任、重庆市机器人与智能装备产业发展联合会副主席、广东省光电技术协会副理事长、宁夏回族自治区民营企业科技创新联盟副理事长、宁夏回族自治区企业家协会副会长、银川市工商联第十三届执行委员会副主席、银川市光彩事业促进会第三届理事会副会长、兴庆区政协第四届委员会委员、宁东双创基地创业导师。

为社会展现真实　助客户挖掘价值

——宁夏天华会计师事务所

宁夏天华会计师事务所成立于1989年，现有180余名专业人员，其中注册会计师36人，注册资产评估师11人，注册造价工程31人，其他相关资格98人(个)，开展财务审计、管理咨询、资产评估、工程造价、全过程咨询、税务咨询、招标代理等专业服务，具备行业全部的专业资质和充足的人力资源，在宁夏各地市、兰州市设有分支机构。自2011年起连续6年进入"全国注册会计师行业前百家排名"，2016年晋位全国第57位，规模实力长期稳居宁夏行业前列。

宁夏天华会计师事务所在从业人员中，积极贯彻"为社会展现真实，助客户挖掘价值，携员工实现自我"的企业宗旨，受到各级政府的表彰奖励和广大客户的广泛认可。成立20多年来，宁夏天华会计师事务所紧密围绕党委政府的工作重心，立足服务客户需求，为社会展现真实，助客户挖掘价值；不断加强诚信为基、以人为本的内部治理机制建设；不断加强党组织建设，创新工作方式，其中，党建工作对企业发展有着重要引领和推动作用。

服务为先

充分发挥在本地区独有的财务审计、管理咨询、工程造价、评估估价、税务咨询、招标代理 "六位一体"的平台优势，在为客户提供经济鉴证意见和专业咨询建议方面，一是服务好宁夏发展战略，服务好"两区"建设，服务好宁夏重点项目、全过程咨询、司法鉴定业务；二是服务好客户需求，做好大、中、小全方位和"一站式"服务；三是继续开发好金融业务、管理咨询等高端项目。

宁夏天华对优质服务的解读是"事务所内部治理是规范化优质服务的核心。"所以，在中注协《会计师事务所内部治理指南》的指引下，宁夏天华先后从"三个层面、一个保证" 着手宁夏天华内部治理完善工作，三个层面，即：战略层面、制度层面和执行层面，一个保证就是为建立优秀的企业合伙文化作保证。

在战略层面，宁夏天华提出了“规范化、特色化、集团化”的三步战略步骤；在制度层面，建立了合伙人的进入、晋升和退出机制、完善的企业制度；在执行层面，设立了多个专业委员会，负责各层面的联系、执行。

早在2003年，宁夏天华会计师事务所首席合伙人王海智就敏锐地意识到了先进、科学、可行、可用的管理制度是企业科学发展的重要保障，先后制定了24项管理制度，并组织从业人员学习、执行制度，这些制度“能用”“管用”，有力地推动了事务所早期的发展，天华事务所逐渐成长为全国百强事务所的规模。近年来，随着行业规范化管理的推进，事务所抓住机遇，及时总结发展成果和经验，多次对各项管理制度进行全面修订完善，在事务所各项工作开展中发挥出明显作用。

首席合伙人王海智

内部治理的价值体现在优质服务上。事务所遵循“客观公正、诚实守信、快捷高效、服务经济”的企业服务原则，明确规定每个员工对来所客户，在遵守独立审计准则和职业道德的前提下，热忱服务，让客户满意。某集团来宁投资初始曾经历过波折，事务所安排注册会计师多次上门服务，及时出具了相关鉴证报告，保证了投资工程的顺利开工，得到了投资商的一致好评，成了事务所的朋友。目前，宁夏回族自治区属、市属一批重点企业是该所的长期固定客户。

诚信是基础

注册会计师行业从事的职业活动依靠的是社会公信力，这需要从业人员面对利益诱惑和冲突时能够坚守诚信，坚持准则。“德才兼备，以德为先”，天华事务所始终把诚信建设作为生命线和基石，通过职业道德建设来防范执业风险、规范执业行为、提高执业质量，充分发挥注册会计师的专业胜任能力和专业示范作用，以诚信执业、规范经营、做负责任企业的实际行动来服务全面深化改革。

在天华人看来，力量源自于团结，智慧源自于勤奋，成就源自于奉献，而这一切都源自于人，源自于宁夏天华的每一个员工，“专注事业、忠诚客户、尊重同行”是宁夏天华的员工品格，“公众利益高于客户利益、客户利益高于天华利益、天华利益高于个人

组织开展丰富多彩的企业文化活动，图为第六届员工运动会

利益”是天华的利益观。近年来，通过组织扶贫助困、履行社会责任、团队教育、文化传统教育、健康教育、警示教育等活动，帮助员工分析自身学识差异、能力差异，增强学习动力，提高自身素质；通过组织优秀文章评选和组编公司《历程》《公司志 1989—2012》，增强荣誉感，开阔视野；通过军训，提高了战斗力、执行力，增强了团队意识；通过组织员工参加丰富多彩的旅游及娱乐活动，让大家放松身心，享受生活。这些有利于和谐企业文化建设的活动，使企业文化建设和企业经济效益、社会效益形成一种良性的互动关系。

天华对诚信文化的坚守，受到政府的肯定，先后被宁夏回族自治区政府授予“宁夏会计工作先进集体”“宁夏司法鉴定工作先进集体”等荣誉，多次被宁夏注册会计师协会评为“宁夏注会行业履行社会责任评价优秀机构”。

党建引领发展

“党员是企业发展的重要动力，党组织是企业壮大的政治保障”。天华在改制之初就成立了党组织，目前公司党员数量由改制初的6名党员发展到36名，党员队伍成为推动宁夏天华事业发展的先锋队。

天华党支部在上级党委的领导下，认真贯彻党的十九大和十九届二中、三中全会精神，学习贯彻习近平总书记系列重要讲话精神和关于注册会计师行业要“紧紧抓住服务国家建设这个主题和诚信建设这条主线”的重要批示，以“围绕发展抓党建，抓好党建促发展”为目标，把企业发展与党建工作融为一体、综合推进，把基层党组织建设融入到从业人员的成长、企业的发展、行业的发展，从机制上解决“两张皮”的问题，实现党建与业务同步评价、通盘考虑、统筹安排，不断加强党组织建设，始终以“示范党支部”和“百强事务所”来严格要求，坚持“三贴近”工作法，创新工作方式，从严从实开展“两学一做”学习教育，开展党员教育培训“学分制”考核工作，积极履行社会责任活动，进一步创建“服务型党组织”及党群共建主题党日活动等重点方面的活动，切实增强了企业党组织的凝聚力和战斗力，为宁夏天华顺利完成全年各项工作任务，提供了坚实可靠的保证。党建群建工作明显进步，近年来先后被授予“全国注册会计师行业先进党支部”(2次)“全国行业青年文明号”“全国注会行业五四红旗团支部”“宁夏社会组织先进基层党组织”“宁夏社会组织党建示范点”银川市首批四星级“五个好”规范党支部等荣誉，天华工会组织被宁夏回族自治区工会授予“模范职工小家”荣誉。

市场经济越发展，改革开放越深入，注册会计师行业就越重要。宁夏天华会计师事务所将准确把握新时代国家发展重要战略机遇期内涵和条件的深刻变化，坚守诚信，强化服务，把握需求，提升能力，创新发展，积极服务宁夏地方经济发展。

组织党员前往红旗渠开展主题党建活动

【相关链接】

王海智，现任天华正业通董事长（主任会计师）、首席合伙人、党支部书记，在职研究生学历。中国资深注册会计师、中国注册资产评估师、中国注册房地产估价师、中国注册土地估价师、高级会计师。宁夏注册会计师协会副会长；银川市第九届、第十届、第十一届政协委员；银川市工商联副会长，中国注册会计师协会注册管理委员会委员、宁夏企业家协会常务理事、宁夏司法鉴定协会常务理事。多次受到各级政府的表彰奖励，荣获宁夏先进注册会计师、"中国西部开发杰出贡献个人""宁夏最具社会责任感优秀企业家""宁夏第八届优秀青年企业家""银川市劳动模范""宁夏社会组织优秀共产党员""银川市优秀社会主义建设者"等荣誉称号。

西部——留下了拓荒者的足迹

——宁夏吉运开发建设(集团)有限公司

永远都不能忘怀1977年的那一个夏天,在黄河流经中卫段的一截河岸上,一个16岁的少年面对滚滚东流奔腾不息的黄河水,面对河对岸隐隐约约只能看到个轮廓的村落,心里暗暗发誓:我一定要离开这个令我伤心的地方,凭我的努力,不让我的亲人再受穷,受欺负! 转过身,将旁边一大捆铺盖卷背上肩头,大踏步向着自己憧憬的未来走去,脚步坚定而有力,渐行渐远的瘦小身躯被那捆笨重的铺盖"淹没"……

这个年轻人叫尤天彪,这一天是他考上高中,离开自己从小长大的家乡——中卫县宣和镇马滩村的日子,父亲用羊皮筏子载他过了黄河,离开时,还郑重其事地给了他一块钱生活费,嘱咐他要好好学习,将来能出人头地,光宗耀祖。谁也没有想到,20年后,这个瘦弱的年轻人白手起家创办吉运集团,积累财富上亿元,成为宁夏房地产业界叱咤风云的人物。

童年回忆

20世纪60年代初,尤天彪出生于马滩村一个普通的农民家庭,那个特殊年月里给他留下最深刻的记忆就是:穷,吃不饱饭,受人欺负!

在学校里,虽然尤天彪的学习成绩总是名列前茅,但由于家里穷,总是得不到应有的尊重。四年级的时候,学校要演一出批林批孔的样板戏,尤天彪很想在剧中扮演一个角色,但老师却不同意他演,原因有两点:他的个头太矮,穿的衣服太破。一股强烈的表现欲支持着他死不罢休,一次次找老师软磨硬泡,耐不住纠缠的老师扔下一句话:"如果开演那天你能穿上新鞋子和袜子,我就让你上场。"四处奔走了几天,尤天彪借到了一双像样的鞋子,但袜子怎么也找不出来,一天经过学校后面的一个大黑泥坑时,他突然灵机一动,有了主意。演出那天下午,尤天彪提前两个小时来到学校,把借来的新鞋子脱掉,赤脚趟进早已看好的大黑泥坑里,在里面站了十几分钟,走出泥坑时,两脚

宁夏吉运开发建设(集团)有限公司董事长尤天彪

挂满黑泥,他就这样在太阳底下又晒了近一个小时,双脚的泥巴终于晒干了,他小心翼翼把泥巴拨开,双脚被染成黝黑的颜色,穿上鞋子乍一看,真像是穿了一双黑袜子。就这样,他争取到一个对他而言难能可贵的小角色。

尤天彪的父亲是入赘到马滩村的,在村里算是个"外来户",再加上他们家及外祖父连带成分高,父亲常常连带被村民拉到外面批斗,父亲常常因此外出躲避,不敢回家。尤天彪幼小的心灵滋生出一个强烈的愿望:一定要改变这一切,一定要离开这个找不到丝毫温暖和快乐的放马滩。

穷人的孩子早当家,很小的时候,尤天彪就显露出非凡的领导才能,10来岁的他往往能让大他三四岁的孩子俯首帖耳,再加上学习成绩突出,小学、中学、大学,直到中国人民大学MBA班,他都在担任班长的职务,从而让他有了一个很亲和的封号"老班长"。

"冬天后面不是秋"

由于种种原因,全家共有9个人,却有不同的6个姓氏,种种矛盾暗中潜伏,家庭成员往往因为一件鸡毛蒜皮的小事而吵得鸡飞狗跳。在这样的环境下长大,中学时的尤天彪身上"愤青"两个字的烙印很是明显,这时候,他遇到了影响他一生的语文老师——郭行章。

郭行章是上海人,"文化大革命"期间被打成右派,下放中卫。之后就职于宣和高中,教语文。尤天彪上高一时,一位远房亲戚家中失窃,因为这位远房亲戚儿子的婚事是由父亲一手促成的,仅以尤父"对这位亲戚家里的情况比较熟悉"为由,这位远房亲戚便怀疑是父亲偷了他家的东西,这位亲戚在当地当时算个大官(相当于乡长),横竖有些势力,很快,父亲就以"偷盗"的罪名被抓起来。坏事传千里,宣和镇是个不大的地方,这件事很快被传到宣和中学,不少老师、同学都对尤天彪白眼相加,暗地里称他为"贼的儿子"。颇有戏剧色彩的是,不久,那个盗窃犯在偷另外一家人时,被当场抓获,在交代犯罪事实时供出了曾经盗窃那位远房亲戚的经过,案情大白于天下,最后的处理结果是:父亲被放出来,并公开予以平反,而平反的代价是那位远房亲戚给了父亲

330元钱“私了”了事。

这件事虽然过去了，但留给尤天彪的伤害却久久不能愈合，被他认为是自己一生中所遇到的最大的耻辱，他会在不同场合以不同方式排解愤懑，有时候甚至偏激到想以死来得到解脱。有一次，他在作文中流露出了这种情感，当时作为语文老师的郭行章显然对尤天彪父亲的事有所了解，看到自己学生作文中流露出的这种带有愤青色彩的情感，颇为担心，便在这篇作文的评语中附了一首小诗，“冬天后面不是秋，不因岁月而发愁，人生道上路漫漫，当为明天去苛求！”看到这首小诗，少年老成的尤天彪感动得流下热泪，这首诗很快被他背下来，后来成为影响他一生的座右铭，每当他遇到挫折时，都会想到郭老师的谆谆教导，都会用这首诗激励自己，鞭策自己。

向命运叫板：我要在黄河上架座桥

1983年的又一个夏天，也算是学业有成的尤天彪，被分到中卫工作，此后的10年中，他分别在中卫修理厂、中卫县劳动服务公司、中卫县团委、宁夏回族自治区老干部局活动中心工作，工资由当初的三十多元涨到七十多元，但这对于一个本身就负债上学、成家又已经有了两个孩子的家庭，并同时还要帮衬父母，扶助弟妹上学的他而言，贫困的境况并没有得到缓解。

窘迫的生活面前，尤天彪天生不服输、不认命的倔劲被激发出来，怎么能挣点钱，改变这种抠抠搜搜靠工资生活的窘境？他想到自己的专长：书法。1992年，他的刻字店正式营业，在他的苦心经营下，当年揽了银川市刻字市场近两三成的份额，一年下来挣一万多元。20世纪90年代初的一万元非比寻常，尤天彪立刻感觉自己有了钱，腰杆子挺直了不少，要不是后来发生的一件事，他可能就这样小富即安地过完这一辈子，但命运往往就是这样，不会让一个拥有非凡经营头脑的人庸庸碌碌毫无所成。

1993年6月份，老家突然打来电话，

吉运集团送爱心进敬老院

“孩子突然发烧不停，村卫生院毫无办法，赶紧回家！”尤天彪和妻子都有自己的事业，年幼的儿子一直在老家由年迈的父母亲看养，此时接到这样一个电话，心急如焚，请假，赶往老家……

马滩村是一个四周绕河的“孤岛”，出入村都要乘羊皮筏子过河，如果想绕河进村，必须要走近四五十里的冤枉路才能到达。那天中午，尤天彪赶到黄河岸边时，恰逢割麦子的农忙季节，黄河两岸连一个羊皮筏子都没有，他孤零零一个人站在广袤的岸边，叫天天不应，叫地地不灵，毫无办法。

几个小时过去了，滚滚东逝的河面上，仍然没有一个羊皮筏子的影子出现。生性沉稳的尤天彪开始烦躁不安，来到河边，汛期的河面比平时显得更宽阔，浑浊的河水肆意地翻滚、漩涡、溅起浪花，怒吼着消失在东方的水天相接处。儿子可爱的脸庞不停闪现在脑海里，往日被颂以母亲河的黄河此时变得万分狰狞，似乎张开血盆大口正一点一点吞噬着那张可爱的小脸庞，他再也忍受不了这漫长、难挨、死寂一般的时间，大喊大叫大跳，像个疯子一样，抱起河边几十斤重的石头，一个接着一个使劲扔进波涛汹涌的河里，“扑通”“扑通”“扑通”……他也不知道自己扔了多少石头。尤天彪的无奈，只是马滩村所有村民遇到突发事件时的一个缩影，贫困、闭塞，不知道让多少人在突如其来的变故面前束手无策，也制造了无数人间悲剧。

尤天彪诅咒贫困，诅咒横亘在眼前的河流，诅咒命运对他的不公，诅咒一切……朗朗晴空下，他发誓：“我要改变命运，我要在这个地方架起一座桥，要有自己的小车赶自己的路。”后来，尤天彪有了自己的车，甚至很多辆，再也不用等羊皮筏子渡河回家了。现在他笑着告诉别人，当时已经不是天真的年龄，之所以狠心发誓造桥，只是一种与命运叫板的真情流露，他知道要在黄河上建造一座桥，不仅需要很大的资金支持，而且还需要强大的技术力量，事实上，他所有身家也不过是一万多元的积蓄，但当时的叫板似乎也在隐喻着他后来的成就。

“三个半人”的创业史

从那以后，尤天彪变得更加沉默寡言，他要为自己的理想寻找一条出路，他开始关心政策，开始留意身边的一切商机。他知道，只凭自己的刻字店混日子，永远摆脱不了“老婆孩子热炕头”的小富即安，他要干大事，赚大钱，穷其一生创造一番惊天动地的事业来。

终于，机会来了。宁夏老干部局下设一个老年实业公司，欠债13万元，濒临倒闭。当时，所有人都认为这个公司是一个沉重的包袱，没人敢去当经理，尤天彪却视其为上天眷顾自己的一个绝好机遇，他拿了家乡的土特产拜访局里的领导，并用了一个晚上的时间写了10多页纸的报告，将这个公司争取过来。

然而，困难远比尤天彪想象得严重。这个公司其实就是个空壳，除了牌子和13万元债务，别的什么都没有。老干部局给了尤天彪3个人，其中一个还是合同工，没有编制，加上自己被人戏称为“三个半人”；没有办公场所，花钱在银川北门金三角租了一间房子；接不起电话，租了一部电话；简单地买了一些办公桌椅，招了两个办公人员……一个公司就这样悄无声息地成立了，这些简单的设备，花光了尤天彪一万多元的仅有“家底”，自己还欠了朋友的一些债务。1994年6月28日，宁夏老年实业公司正式更名“宁夏对外经济建设开发公司”，尤天彪做上了这个“空头公司”的“空头经理”。

公司的主要业务是承包工程、搞建筑，对于之前从未接触过一砖一瓦的尤天彪而言，永远也忘不了公司承包的第一宗业务——承建固原县委办公大楼。一年多没日没夜地苦干，眼看着工程很快按照要求实现竣工，但工程款却迟迟要不来，无奈尤天彪一纸诉状，将当时的固原县委告上法庭。可能老一辈固原人还能记得当时这个轰动一时的新闻：固原有史以来第一起民告官事件，而且最后的结果是“民”赢“官”败，但很少有人知道这个“第一个吃螃蟹的人”就是尤天彪。官司虽然胜诉了，但是工程款还是没有要回来，固原县委用县委大院的土地和其他顶账，拿着毫无用处的土地证、房产证，尤天彪欲哭无泪，这就意味着，100万的工程，自己忙碌了一年时间，还亏损了近30多万元，加上此前的13万元债务，此时的公司已经债台高筑至40多万元！尤天彪不止一次地问自己：我该何去何从？

“第一桶金”背后的辛酸往事

在固原摔了跟头，这给尤天彪上了一堂风险课，但他坚信：只要坚持，只要实干，总有一天能把事干成！1996年对尤天彪而言也算作一次大手笔，他一次性承揽了内蒙古乌海的13栋楼工程，这次他似乎学会了乖巧，不再亲历亲为，而是把这13栋楼工程全部转包给其他人，所有的工程垫资由承包单位承担，而自己收取百分之三的管理费。这样一来，工程所潜藏的风险都转驾给二级承包单位，自己坐收渔翁之利，这被他形象地称为“借鸡下蛋，借船出海”。他之所以这么谨小慎微，是因为他再也输不起了，40多万元债务在当时对他来说像一座大山，沉甸甸地压在背上让人喘不过气来，他要翻身，就容不得有半点闪失。

同时，通过合作、联营等多种方式，尤天彪率领他的团队先后与区内外近20家企业和个人合作，从小处起步，先后在甘肃、青海、内蒙古、陕西等地施工，筑桥、铺路、维修、垫土，不管大活小活，有活就干。在内蒙古高新区建设，可以说是在一片荒无人烟的沙滩上创造奇迹，其间的艰苦卓绝令人难以想象：盛夏的太阳像个火球炙烤着这片沙滩，沙滩上没有一棵可供乘凉的树荫，最高的沙枣树不足一人高，沙滩反过来的热浪扑面而来，薰人耳鼻，难受的令人发晕。每天都有大风来袭，风沙遮天蔽日，吃面的时候，往往都要把面条挑起来，抖干净面条上的沙子才能下咽。在这样恶劣的环境中，尤天彪和工人们同吃同住同工作，一干就是数个月。

党员上六盘山接受红色革命教育

每次回到家，妻子都看到尤天彪一身的狼狈样，总要忍不住流下酸楚心痛的泪水：每次出门，妻子总要把干净的白衬衣让其换上，回来的时候，白衬衣又变成黑衬衣，颜色跟脸色分不开来，脱掉鞋子，鞋里的沙子能倒出大半斤来。

“你是总经理，犯不上和工人们一样拼命，况且我们现在也不缺钱，别太拼命把身体拖垮了。”妻子老这样劝尤天彪，但总是无济于事，尤天彪横下一条心，一定要干出个样子来。

乌海的工程结束后，对外经济建设开发公司步入正轨，进入良性发展阶段。1999年年初，尤天彪嗅察到“银川市城市建设将会西移”的决策苗头，做出了以银川市新城为立足点的决定，瞄准了新城区宁夏汽车运输七公司的地盘。经过多次接触、洽谈，公司与七运公司达成共同开发“金运小区”的规划。从此，公司有了“根据地”，随着“金运小区”的建设开发，总公司相继成立了建筑安装公司、吉运旅游宾馆、物资公司、物业公司、装饰公司、园林公司、吉华劳务公司、融信担保中心等子公司。2000年8月，企业成功实行股份制改制，宁夏吉运开发建设集团有限公司正式成立，尤天彪同志同时出任董事长兼总经理、党委书记。

抢占银北市场

吉运集团成立伊始，公司的资产多变为有形资产，流动资金不足百万，无法与银川房地产“列强”争夺项目，尤天彪提出“迂回战术”，挥师北上，意欲开发银北市场。当时公司高管层曾普遍反对这种做法，他们认为进军银北市场风险太大，不如稳妥一点，利用宾馆、出租房屋等收入支撑企业运作，再等更好的发展机会。然而尤天彪力排众议，坚持自己的决定，他深知机会稍纵即逝的道理，况且，他的决定不是盲目、毫无准备的。他率领自己的团队对石嘴山市场进行多次考察发现，该地区拥有十六七万人的人口规模，市场潜力巨大，但当地却没有一栋真正意义上的商品房，甚至连“按揭”是怎么回事都不明白，如果不能及时填补这个市场空白，迟早有人会发现这块宝藏一般的“荒原”，到时候悔之晚矣。

“拓荒者之所以伟大，是因为他敢于向荒原挺进！”就这样，尤天彪和他的团队在石嘴山市惠农区黄河以东的岸边荒滩上，创造了一个奇迹——“吉运88”城市花园。2004年年中，“吉运88”一期工程近8万平方米顺利竣工，400多户居民入住，商业一条街及有20多栋楼宇的新型社区吸引了惠农区人民的眼球，大批商户开始抢购，掀起第一批住宅房的抢购热潮。2005年4月30日，“吉运88”二期工程顺利开工……至今，“吉运88”已开发了五期工程，实现了尤天彪“一期亏钱，二期保平，三期发展，四期五期赚钱”的发展规划目标和方略。

其实，之所以敢在这片荒原中押上所有的身家豪赌一把，还有一个秘诀：这个项目是当时石嘴山市区与惠农县的交接区域，中间只隔了一条国道，根据当时的政策风向，他敏锐地判断，这片区域迟早要合并到市区范围内，如果这个判断实现了，那这个项目将身价倍增。结果，2005年“撤县并区”，惠农县与原石嘴山区合并为惠农区，事实再次验证了尤天彪高瞻远瞩的眼光和精准的判断，也成就了“吉运88”如今的成功。

2007年12月，公司在惠农区的升级版建设项目“巴塞小城”通过了规划审批，这个总投资2.4亿元的项目已于2009年竣工，届时，“巴塞小城”将成为惠农区首选的高档社区。目前，“吉运88”城市花园开发面积近30万平方米，成为了惠农迄今为止规模最大的“核心居住区”，延伸板块总规划面积72万平方米：“巴塞小城”、石嘴山市二中、“湖景水岸”社区、“惠农吉运商城”“三星级酒店”、延伸段专业市场及“吉运88”城市花园及“吉运别墅区”八大组团构成的城市名片，集居住、商贸、休闲娱乐、教育和酒店服务业于一体的多功能城市板块，将进一步引导着石嘴山“绿色地产”的方向。

“三道坎”

纵观尤天彪的创业史，有三道坎横亘在面前，如果处理不得当，都会“死”掉。第一道坎是1994年，那一年的建筑行业市场低迷，尤天彪又经历了首次包揽工程失败的厄运，他在夹缝中生存，纵然伤痕累累，但还是顽强地生存了下来；第二道坎是2000年与别人合作开发“新思路商业区”，一年后，尤天彪意识到不管自己如何努力，都在为别人做“嫁衣裳”，开发的是别人的品牌，所以果断从中抽身退出，虽然获得了仅80万元的毛利润，但由于当年的市场状况很好，他和他的团队白白耽误了一年时间，无所作为；第三道坎是2003年SARS期间，当时正是开发“吉运88”城市花园一期的关键时期，土地出让金全部缴纳，土建工程刚刚开始，自己虽然负债累累，但基于对市场前景的看好，信心十足，然而突如其来的SARS袭击，让所有工程无条件停工，每天要支付庞大工程费用开支，最可怕的是，这种境况一时间没有丝毫好转的迹象，面对又一次的重创，让当时的这位“老班长”心如刀绞。

尤天彪清楚地记得：2003年3月18日，一期工程奠基，影响颇大，然而好景不长，5月初，SARS来袭，工程停工；6月份，开始封路，工地里的人不让出来，外面的人不让进去，施工现场成为一座“孤岛”……五六月份的石嘴山，正是沙尘暴肆虐的时节，飞沙走石，遮天蔽日，尤天彪的心情糟糕到了极致，站在一幢盖到4层停工的楼上，眼看着自己苦心经营的事业，因为一场始料不及的突发事件而面临“打水漂”的命运，他心如死灰，真想一闭眼，跳下去，一了百了。但这个念头只是一闪而过，“冬天的后面不是秋”，他重新整理了一下自己的思路，开始收集各种关于SARS的资料，关注各种关于SARS的报道，他判断，这场灾难很快就要过去。果然，8月份，各种禁令解除，工地又恢复了热火朝天的繁忙景象，尤天彪长舒一口气，他轻声地说：“冬天已经过去，春天还会远吗？”

……

吉运集团党委荣获先进基层党组织

尤天彪，这个从

穷乡僻壤里走出的农家汉子，凭借着超前的眼光、精准的判断、“敢为天下先”的魄力和百折不屈的韧劲，闯荡在宁夏这片土地上，为“吉运”这个得之不易的品牌继续着他未竟的事业。他深知“分久必合，合久必分”的道理，在今后的10年里，他思考着将旗下的10多个产业“分家”，让他们各谋发展，实现多赢，共同铸造“吉运”这个不断发展和成熟的企业品牌而不懈努力。

现在的尤天彪，这个吉运的“老班长”，一直在心里默念着：“一个真正的企业家的伟大不仅在于他拥有更多的财富，而在于他能培养更多的企业家。”所以他说：“我的最大的成就不是来自凭一己之力将‘吉运’打造得如何强大，而是要将现在的吉运人尽可能多地培养成为优秀的企业家，让大家共同为‘吉运’的品牌之路而不息地开拓，为社会赋予更多、更大的责任！”

【相关链接】

尤天彪，1963年8月出生，汉族，中共党员，宁夏中卫县人，中国人民大学研究生学历，高级工程师，现任宁夏吉运集团董事长、党委书记，兼任中国吉运集团董事局副主席。同时担任中国中小企业创业促进会副会长、世界杰出华商协会副理事长、YBC全国导师委员会宁夏导师俱乐部主席、政协宁夏回族自治区委员会委员、宁夏回族自治区青联常委、中共银川市住房保障局系统党委委员、宁夏回族自治区工商联常委、石嘴山市人大代表、中国青年企业家协会常务理事、宁夏企业家协会副会长、宁夏青年企业家协会副会长、宁夏中小企业家协会特邀副会长、宁夏光彩事业促进会副会长、中国人民大学宁夏校友会常务副会长、中国房地产协会理事、华北电力大学企业硕士生导师、宁夏山东商会名誉会长、中国物流与采购联合会理事会理事、中国书画创作院理事、中国东方艺术家协会会员、华夏文化艺术研究院院士等职务。

浅谈"中国的波尔多"

——御马国际葡萄酒业(宁夏)有限公司

进入21世纪以来,中国的葡萄酒市场呈现高度增长,中国本土葡萄酒产区及企业在市场竞争中也逐步蓬勃发展,在迅速发展起来的中国葡萄酒产区中,宁夏以其得天独厚的地理优势资源,培育种植出高品质的世界名贵酿酒葡萄,一度成为葡萄酒专家和投资者的热土,如同一匹黑马,遥遥领先且冲劲十足。在宁夏贺兰山东麓葡萄酒产区,占据黄金位置,最受瞩目的莫属于御马酒庄。

御马酒庄拥有20000亩优良葡萄种植园,种植着赤霞珠、梅鹿辄、西拉、黑比诺、霞多丽、蛇龙珠等世界名贵酿酒葡萄,处于贺兰山东麓中部,东临黄河、西傍贺兰山。这里具有高积温、强光照、少降雨、大温差、可控水、无污染的特点,所产葡萄是酿制高档

御马国际葡萄酒业(宁夏)有限公司酒厂正门

葡萄酒的优质原料，果实成熟缓慢，色素发育良好，糖酸比例平衡，品种优良，香味浓郁，后味悠长，品质上乘，加上酿造工艺，构成了御马葡萄酒“晶莹悦目的颜色，馥郁幽雅的香味，醇厚柔和的独特风格”，近20年培育种植世界名贵葡萄品种使御马葡萄庄园蕴含了无限生机。

御马庄园是一座集葡萄种植、科研、葡萄酒酿造、旅游观光、休闲度假于一体的现代化葡萄种植区。目前是宁夏最大、最先进的葡萄酒生产线，年产近3万吨。御马酒庄无疑是宁夏贺兰山葡萄种植产区的先驱者。

创业维艰

1998年御马酒庄董事长尹向彬先生来到了宁夏，经过多方考察，冒着巨大的风险，投资了1.5亿元建立了宁夏甘城子葡萄种植产区。当时的贺兰山脚下荒无人烟，遍地是石头，当地人这样形容：“风吹石头跑，树上不落鸟”。董事长尹向彬倾注了巨大的心血，当时周围有1500户移民农户，董事长尹向彬雇佣了一部分农户共同开发这片土地，进行土地的开垦，因为石头比较多，要先把石头捡掉，让土地满足种植的条件，另外还有四分之三的沙子，又带领大家在这里建防护林，逐渐改变这里的生态环境，也间接地解决了农户吃饭、生存的问题。

御马酒庄总经理贾兰香骄傲地说：“在恶劣的自然条件和艰苦的工作环境中，御马人始终坚信脚下这片土地可以种植出最好的葡萄，酿造出最好的葡萄酒”，因为董事长尹向彬认为，要想让企业长期生存并繁荣，必须要有充分的原料供应。所以先后从法国、意大利引进了国际名优葡萄品种赤霞珠、梅鹿辄、霞多丽等。但是植物就跟人一样，到一个地方要适应一个地方的水土，比如自身根上带着的红叶病，一旦出现就得要拔掉重新种植。就这样，反复的种植、研究，才培养出了适宜在这里生存的葡萄品种，建成了今天值得骄傲的葡萄庄园。

董事长尹向彬深知产品的品质就是企业的生命，作为一个企业的经营者，必须与时俱进，技术是企业的核心，品质是企业的生命。董事长尹向彬提出了以优质原料为基础，以现代科技和传统工艺相结合为出发点，引进法国现代化工艺，意大利先进的灌装线，聘请了一流的酿酒师，严格按照一流的工艺标准进行组织生产。御马从刚开始的几款产品到现在的几十款产品，跟董事长的严格要求是分不开的，并且我们是首家推出干红、干白葡萄酒品种。发展到现在，御马也是唯一一家能够把一款产品卖十几年并且还在生命周期内品牌的企业。

人才是企业的基石，古今中外，治国也好，治企也好，得人心者得天下，失人心者失天下。对于当时社会匮乏的人才资源，董事长尹向彬深知人才的重要性，他认为，人才是企业最宝贵的财富，是兴企之本。提出了干事创业，加快发展，必须在坚持正确用人导向的前提下，着眼于建设干事创业的企业队伍，大力推进选人用人工作思路的创新，一是要用能干事的人，二是要用敢干事的人，三是要用干成事的人。根据这一目标，御马逐步建立了自己的人才团队。

倾注深情

企业都想做一个百年品牌。做品牌的本质是在消费者心中占据永恒的一席之地，创造长久自然的消费循环。对于御马来说，走出大家闺秀的眷恋，面对更广阔的天地才是目的。

近几年，随着我国葡萄酒业的快速发展，宁夏葡萄酒产业也迎来了前所未有的发展热潮。对宁夏产区来说，政府重视、良好的发展态势也是产区进一步提升的重要机遇。

御马为了更好地切入市场，给消费者一个接受的理由，品牌定位从单一到多元化，但是，归根结底却只有一点，那就是能否促进消费者的认知，能否带动销售。因此，具体考虑因素则有以下两方面：

产品推介现场（右三董事长）

首先，从品牌本身出发，挖掘有益于传播的、有益于消费者接受认可的品牌内涵，御马以“高起点、高标准”为指导，以“为市场提供高质量产品”为宗旨，以“现代科技与传统工艺相结合”为出发点，尽可能使葡萄酒的潜在品质表现出来。未来，面对国际化、信息化、市场化的汹涌大潮，机遇和挑战并存。御马葡萄酒将始终抓住发展不放松，把企业做强做大，逐步走向世界，把御马葡萄酒建设成为一个拥有强大竞争力走向世界的大产业。

其次，从市场出发，御马将不断适应市场、满足市场、发现市场、创造市场，不断完善营销体系，提升产品力、销售力、形象力，为广大消费者提供更快捷、更新鲜、更亲和、更便利的服务。

御马的销售总监张裕说：“刚开始御马做市场的时候，将宁夏市场定为‘大本营’，制订的是‘直营+分销’的销售模式，即自己建立直营销售公司，使产品直接进入餐饮，商超终端，但是大部分消费者对‘干红葡萄酒’的概念不认识，不接受，公司针对消费者进行大规模的宣传，以免费赠饮，免费品尝，户外大型活动等形式将葡萄酒的健康、品质、品味及饮用葡萄酒的益处深入的宣传和沟通，经过长时间的宣传和培育，逐步改变了消费者消费习惯和消费理念，使得御马产品逐步走入消费者心中，在宁夏市场建立了深入人心的品牌基础”。御马产品被越来越多的顾客接受，品牌逐渐在业内传播开来，也受到了经销商的关注，在此时，御马启动了“分销”模式，获得了区内各地经销商争先签约经销的品牌和产品。随着宁夏市场的发展，御马品牌及产品在宁夏获得了消费者的认可，也获得了稳定且增长的势头，但是宁夏市场毕竟太小，品牌再强大也只是区域品牌，也不符合企业产值及做大做强的战略，于是，御马提出了“立足宁夏，面向全国，展望未来”的销售指导思想，面向全国，御马制定了四种销售模式：

一是战略合作商经销商。二是品牌定制。面对大的经销商，御马在目前现有产品的基础上，根据不同区域的地方文化定制属于自己特色文化的红酒。比如，今年御马就为河南的经销商根据日照时间专门定制了一款3019系列，为福建的经销商根据福建的文化定制了一款海上丝路系列。三是设立5个战区。分为中原战区、福建沿海战区、上浙苏战区、广深战区、华北战区，这是御马未来5年的销售战略目标。四是专卖店。要让专卖店规模化、专业化、系统化。专卖店里要有消费链接、红酒品鉴、葡萄酒文化的塑造、品牌的推广等服务，因为走出去面向的是国际市场，所以葡萄酒文化及品牌的建设是重中之重。

未来，御马仍将坚持以“种好葡萄，酿好酒”为根本，始终坚持“艰苦创业，勇于创新，顽强拼搏，勇攀高峰”的精神，发挥最大潜力，做中国葡萄酒之精品，创国人信赖之品牌，争取在国内市场占据领先地位。

未来，御马将依托贺兰山东麓产区优势，将产区品牌葡萄酒推向全国，让御马成为代表，引领贺兰山产区葡萄酒文化品牌，并且御马将依然承担产区向外走的责任。

与时俱进写春秋

在经济学领域中，市场营销的过程是个博弈的过程，是品牌与市场相互影响、适应、改变的过程。企业要赢得市场，就要赢得营销过程；而赢得营销过程的根本则是要在影响消费者的接受机会和接受理由之间做权衡。

企业要赢得影响消费者的机会，就是要在市场的渠道建设中，给予消费者更多的接触机会并满足符合销售机会的消费需求，即在消费者需要的时候能够买到。

对于影响消费者接受理由则有多方面。首先满足消费需求的机会就是一种理由；此外，就是产品本身的原因了，如品牌定位、品质口感、包装、价格、广告与促销等等。喝一种酒总有一个喝的理由，一个品牌的接受理由就是要寻找到目标消费对于品牌的内涵渴求并把它诠释出来。

机会和理由的市场作用是相辅相成的，谁都不可以孤立地存在并发挥作用，恰如销售机会创作消费理由，而消费理由营造销售机会一样。

再观御马，它是把红酒当成一种文化来做，大手拉小手，要把宁夏贺兰山产区出产的葡萄酒做成产业链走出去。不仅是要把御马做出去，还要带着整个宁夏贺兰山产区出产的葡萄酒一起走出去。未来，御马将不断创新，引领健康消费时尚，把握时代潮流，为消费者提供新鲜、健康、绿色、环保的产品。宁夏贺兰山葡萄种植产业区作为后起之秀，除了它自身的优势以外，跟企业的员工也有着密不可分的关系。

一腔真情献大地

美国著名的管理学者托马斯·彼得曾说："一个伟大的组织能够长期的生存下来，最主要的条件并非结构、形式和管理技能，而是我们称之为信念的那种精神力量以及信念对组织全体成员所具有的感召力"。创始人是一家公司的指路人，指对了路，公司蒸蒸日上；指错了路，公司江河日下。总经理贾兰香说，刚开始创业的时候每天3点起床从上海飞到银川，到银川跟员工简单的吃个早饭开始开会，然后晚上还要赶回上海。董事长不仅自己严于律己，对员工也是严格要求，有一次，他看到一位员工的工装不整，就亲自去商场买了一套西装给这位员工，虽然这是一件微不足道的小事，但有一句话这样说："细节决定成败。"细节正好看出了一个人的做事态度，而御马将"锐意进

葡萄园基地全景图

取，奉献社会”作为企业的核心理念，“超越自我，追求卓越”作为御马的企业精神。

御马对产品的品质也是精益求精。种植葡萄的土地所需要的肥料都是有机、纯天然的，每年的花费都是一笔不小的费用。御马的种植基地、厂房就设在基地的旁边，是为了减少运输当中的日照、空气、水分等污染，并且严格禁止员工在种植葡萄的旁边种其他东西。御马人将种地看做是一件严谨的事，并怀着一颗敬畏的心，有情怀的在种地。

御马注重团队建设，尊重人才，关心人才。人才是社会经济发展的基础和保证，是民族振兴的关键。社会的进步，经济的发展，主要取决于雄厚的人力资源作保证。一个企业的发展同样必须拥有足够的人力资源。现代企业的竞争，归根结底是人才的竞争，谁拥有了人才，谁就拥有明天。御马注重员工的福利，关心员工的生活，总经理贾兰香说：“公司有一个员工，产假后回到公司上班，因为孩子还在母乳，就让她该操心孩子的时间回去操心孩子，这样在工作的时候她能百分百投入，工作效率也高。公司的每一次员工活动，都要求员工的参与度，尽可能地让每一个员工参与到公司企业文化建设中，这不仅有利于加强员工和团队的凝聚力，也提高了员工对企业的忠诚度。葡萄酒酿造是科技含量很高的产业，要实现跨越式发展，就要积极构筑人才高地，完善用人机制，公司的运转、发展离不开人才，御马始终把人才培养作为关键环节紧抓不放。

酒是什么？酒是中华民族千古以来最具代表性的情感交流与沟通的载体。御马作为一家拥有20年酒文化历史的公司，它在酒文化上有自己独有的见解与沉淀。“种好葡萄，酿好酒”是御马的原则，御马也在一直坚持不懈的秉承这一优良品质，热爱酿酒事业，献身御马酒业是御马员工打造精品酒的精神写照。

【相关链接】

尹向彬，汉族，1963年7月出生，大学本科学历，御马国际葡萄酒业（宁夏）有限公司董事长、总经理。1983年9月至1986年7月在南通航海学校海轮专业学习；1986年8月至1987年12月在江苏省海运公司任技术员；1988年1月至1992年7月 在连云港市云海疗养所任经理；1992年8月至1998年8月 在连云港永昌房地产开发有限公司任董事长总经理；1998年8月至今担任御马国际葡萄酒业（宁夏）有限公司任董事长总经理。2001年被评为“青铜峡市外商投资先进个人”、2002年被评为“宁夏回族自治区先进企业及先进个人”、2005年被评为“青铜峡市非公有制经济先进个人”、2006年8月被评为“吴忠市第二届企业家协会副会长”等荣誉称号。

"杞王"之星

——宁夏红枸杞商贸有限公司

"世界枸杞在宁夏，宁夏枸杞在中宁"。据记载，中宁已有600多年的人工种植史，是世界枸杞的发源地和正宗原产地，也是中国核心产区，被国务院命名为"中国枸杞之乡"。中宁县地处沿黄河城市带、清水河城镇产业带及中太银发展轴"两带一轴"交汇中心，作为丝绸之路经济带战略支点，区位优势和产业基础优势突出，再加"一带一路"建设为中宁县的发展提供了历史性机遇，中宁枸杞的名号渐渐在国内外市场唱响。

忆往昔岁月

黄河水从中卫淌过，见证了古老丝绸之路的千年沧桑。如果说，回医药是外来文

宁夏红枸杞商贸有限公司厂区风貌

化输入宁夏的智慧结晶，红红的枸杞则是宁夏代表中国走向世界的金字招牌。作为改革开放以来枸杞文化的传承者、引领者、开拓者，周金科不畏担负“枸杞大王”的称号。

处于那个时代的周金科，家境贫寒。1956年，周金科顺利考入中宁中学，被生活所迫，在同学的介绍下他开始了寒暑假的打工生涯。1962年，高中毕业的周金科成为了名副其实的农民。1958年人民公社成立，由于社会风气及多方面的影响，阶级剥削现象十分明显。父亲当时对外放款，用利息来维持全家人的生计，对周金科起到了一定的影响。几经周折，岁月流逝，周金科结识了天津贸易的朋友，那时的他，年轻聪明，富有活力，又写着一手漂亮的好字，被领导和同事很看得起，所以有什么事朋友都会找他，间接的也与枸杞有了渊源。在上中学与高中六年的寒暑假里，他了解到收购枸杞的方方面面，所以在观察枸杞品种好坏方面，他可谓是火眼金睛。由于母亲身体不佳，种地和生活的压力全部压在了他的身上，在种粮食的同时，他和乡亲们在自留地也种一些枸杞，然后卖到药材公司，以维持生计。由此与天津外贸建立了联系，每年周金科都为其收购和代加工。

宁夏红枸杞商贸有限公司董事长周金科

一分耕耘，一分收获。20世纪70年代，因为能干和踏实，周金科被生产队公选为队长，这无形给予了他很大信心，以前只担心一家人的生计，现在扩展到整个生产队，高瞻远瞩的他有了压力，“当时几公斤枸杞就能换一辆好的自行车，我想，要是我们农民都能在自家多种几亩枸杞，这饿肚子的日子是不是就结束了，农民生活是不是会得到大的改善”，周金科回忆道。

1978年，党的十三中全会召开，中国改革开放拉开了序幕，当这个好消息吹进西北小城的生产队时，大家不是欢呼雀跃，而是满脸迷惘：“改革？会怎么改？会让我们填饱肚子吗？”这时，独具慧眼的周金科却从中看到了希望，他开始大番鼓励村民种植枸杞，自家的房子便成了枸杞收购基地。

1980年，周金科将收购的枸杞贩卖，却被当地政府用投机倒把的罪名关进了看守所，一判就是3年。当时，他的内心充满了迷惘，在看守所里与当时的审判长相识，交流过后，他为周金科感到惋惜，并告诉周金科：“我一定将这事儿调查清楚，还你清白。”经过调查，的确没有犯罪的证据，含冤入狱的周金科一年就被放了出来，而且当地政府也替周金科平反了。经过这一磨难，不仅没有打击周金科的信心，反而使他内心的激情烈焰高涨，周金科回忆道："我觉得国家前途明确了，就是要走改革开放的路子，做买卖并不犯罪。"

做中流砥柱

1983年，通过周金科不懈的努力，事业上稍微有了起色，在天津外贸的支持下，周金科在自家盖了一栋二层楼，开始正式做起了买卖，帮天津外贸收购枸杞，不管多少，周金科都收购了过来，由于价格公道，加上他坚守诚信的德行，到枸杞成熟的季节，农民都排队将自家的枸杞交过来，那虽是周金科的家，却成了枸杞收购基地，农民能排两三公里。至此，人民的生活水平日益改善，而周金科，成了村民口里的"枸杞大王"。"太惭愧了，对不起'枸杞大王'的称号，我没有把中宁的枸杞做好啊"是78岁的周金科说得最多的一句话。

当时，枸杞的价格定夺其实已经落在了周金科的手里，如果从农民手里低价收购枸杞，然后高价贩卖给天津贸易，这样一进一出，在20世纪80年代，周金科就可以一夜暴富。"种枸杞比种粮食费劲，只要能带村民改善生活条件，带更多的人种枸杞，生活才有盼头，生意才能继续下去"，当时周金科怀着朴实的信念，带着村民一路前进，不仅不压价，而且还逐年上涨枸杞收购价格。

1984年，是被周金科铭记的一年。受国际、国内市场变化的影响，枸杞价格降到了历史最低，卖不出的枸杞成了田间肥料，农民开始砍伐枸杞树。1985年，他成立了宁夏首个经营枸杞的私营企业——中宁宁安商贸商行，公司成立之初，"带领中宁枸杞走向世界"就是周金科的美好愿景，"以前有不少人收购中宁枸杞，他们以利益为中心，而我将全力以赴推广中宁枸杞，我成立公司的初衷，就是要专注中宁枸杞，为中宁枸杞走向世界找到突破口"，周金科意味深长地说。

至此，周金科带着枸杞走南闯北，引进天津外贸与宁夏外贸合作，从国内到国外，周金科一步一个脚印，在枸杞事业中艰难跋涉，用汗水和泪水浇灌，努力实现自己的雄途大志，一路坚持和不屈不挠，中宁枸杞的品牌逐渐打响，枸杞价格也开始稳步回升。通过采摘、生产、加工、销售，越来越多的人加入到这条产业链，中宁枸杞经过市场风险的考验后，尽显顽强的生命力。

从1985年到2000年，中国人民的生活慢慢富裕起来，生活水平得到显著提高和改善，经过15年的风雨洗礼，中宁枸杞从每公斤4元涨到每公斤30元，中宁枸杞品牌的市场价值更是不可估量。但是命运就是这样，它好像总是喜欢跟人开玩笑，正当周金科的事业做的风风火火的时候，不幸却降临……

1994年末，周金科在总结年度报表，突流鼻血，同事将他送去了医院，医生说没有什么大事，1995年，他偶尔觉得胃痛，就来到了银川医院，通过检查得知54岁的他得了胃癌，大家都非常担忧，怕他一病不起，可是他却顽强的对抗病魔，“当时虽然生病，但我好像根本就不在乎这些，那时候我还是在跟着天津外贸干活”周金科学回忆道：“您最多只能活5年。”这句话让家人和朋友悲痛不已，可是周金科却很从容，手术后他就致力于枸杞事业，带领中宁枸杞，依然走在市场前沿。

2000年以前，是周金科那代人激情燃烧的年代，他们激流勇进、不轻易言败，为后期中宁枸杞走出中国打下了坚实的基础。至今，周金科依然奋战在枸杞市场的潮流中，是中宁枸杞行业最令人信服的一块压舱石。

截至目前，周金科荣获多项荣誉。1988年12月3日当选中华全国工商联六届执行委员，又连任七届八届执行委员；1990年7月被国家税务总局评为“守法模范纳税个人”；1994年9月被中华全国工商业联合会评为“中国优秀民营企业家”；1995年被国家工商局和中国评价协会评为中华人民共和国500家最大私营企业；2003年当选为宁夏回族自治区第九届人大代表；2004年8月被宁夏回族自治区党委、政府授予“优秀中国特色社会主义事业的建设者”称号；2009年10月，被宁夏回族自治区党委宣传部评为

车间场景图

“100位为宁夏建设做出突出贡献英雄模范人物”等。这么多的荣誉，是党和人民政府对周金科成绩和贡献的肯定。

喜子承父业

出生于1972年的周佳奇怎么也没想到，除了枸杞啥都倒腾，不想在父亲庇护下生活，会继续扛起“中宁枸杞”的大旗，为中宁枸杞寻找新出路。

1992年，邓小平同志发表南方谈话，标志着中国改革开放和现代化建设进入新的阶段，当时就读于中央民族大学的周佳奇和其他大学生没什么区别，雄心万丈的他对未来充满美好期望。1993年，他带着优异的成绩毕业，从北京回到了中宁，在父亲的安排下，在公司做了一名会计。年轻的他很有干劲，虽说是会计，可他什么都干，既收购枸杞也做行政，但毕竟是两代人，思想和观念难免有一些差别，此时，周佳奇不想再跟着父亲的步伐走。

看着儿子意气风发，决心已定，周金科什么都没有说，同意儿子自己闯荡。贩卖羊绒、做房地产等，和同龄人一样朝气澎湃的干事业，周佳奇在市场考验中跌宕起伏，有赚的盆满的激动景象，也有上当受骗的痛苦经历。从21岁至35岁，在自己的领域，周佳奇收入不菲，能力有目共睹，虽然一路还是跟枸杞有千丝万缕的联系，但是他想自己怎么也不会再与枸杞扯上关系。

2007年，中宁枸杞商会的挂牌成立，将周佳奇带进了枸杞的渊源。大家认为周佳奇有文化、头脑灵活，被公选为会长。“枸杞大王”周金科看着这个倔强的儿子，对他寄托了无限的信心。实际上，周佳奇在市场闯荡多年，父亲一直默默地在背后支持着他。“看到儿子今天的成绩，我心里为他感到高兴，我从来没对我儿子说过，干吧……”周金科意味深长地说。

“突然觉得自己身上有了担子，当选为会长，这是老一辈人对我的信任，也是一种精神层面的寄托，”周佳奇说。也是从那一年起，周佳奇开始寻找父亲的历程，慢慢投身于中宁枸杞的事业。

2007年，中宁枸杞的种植人遇到了事业的瓶颈，市场的扩充带动了市场的需求量，但由于资金的缺乏，中宁本地商人无法做大做强，“中宁枸杞”品牌受市场等多方位夹击，好枸杞卖不上好的价格，外地枸杞以次充好为“中宁枸杞”带上了一层朦胧的面纱。

此时，足智多谋的周佳奇站了出来，为此次危机出谋划策，他决定借力于商会，为中宁枸杞引来生命力。“要想保住现有市场，拓展新型市场，就应该提高枸杞品质，实现有机枸杞研发，加工企业强强联合闯市场，”周佳奇回忆道。

员工工作分拣场景

通过多年在市场的打拼，周佳奇与银行建立了良好的合作关系，由商会作担保，贷了数额的款项，当时，所有人都按时还款，在银行树立了良好的信誉。2009年，中宁枸杞的生产规模再次扩充，枸杞产业链不断延伸、完善，附加值大幅攀升，至此，中宁枸杞价格大大涨价，这成为了人们口中的生钱宝贝。

多年来，周佳奇奋战在枸杞事业的热烈风暴中，他将多家枸杞加工企业和流通大户组建起来，组建了中宁大型枸杞加工合作社，中宁枸杞从单打独斗到强强联合，为中宁枸杞后期发展奠定了基础。

宁夏枸杞是药食同源的枸杞佳品，是唯一载入《中国药典》的枸杞品种，天下黄河富宁夏，中宁枸杞甲天下。下一步中宁枸杞将何去何从？中宁枸杞应该走向医药渠道，周佳奇认为。

多年来致力于枸杞事业的周佳奇，比别人想的要多，眼看着家族企业的管理及经营模式已不适于现代企业的发展需求，周佳奇毅然决然的成立了新公司。李蔚，成为了周佳奇新公司的合伙人之一，彼时，他们正在新规划的道路上干得热火朝天。

面对日益激烈的市场，两代人用热血书写着中宁枸杞的史卷，被誉为“枸杞大王”的周金科、周佳奇父子两代弄潮儿，乘着改革的春风和新时代的浪花，伴随着宁夏社会经济迅猛发展的步伐，带领本土企业家、老百姓跨步向前。

【相关链接】

周金科，汉族，1941年9月生，宁夏中宁县宁安镇城关村人，高中文化，宁夏红枸杞商贸有限公司董事长、总经理。中卫市第一届政协委员，全国工商联第六、七、八届执委，宁夏回族自治区第九届人大代表，宁夏回族自治区第五届政协委员，中宁县第六、七届政协常委，宁夏工商业联合会副会长，全区知名私营企业家，被誉为“中国枸杞大王”。

匠心坚守十六年打造黄河金岸“粮仓”

——宁夏中航郑飞塞外香食品有限公司

“世界遗产”对于我们而言并不陌生，大家都知道申遗成功是非常不容易的事，当一项文化或自然景观被联合国教科文组织认可时，足以证明这项文化或景观的影响力之大。2017年，宁夏青铜峡引黄古灌区申报“世界灌溉工程遗产”成功，从此全世界见识到了“塞上江南”自然与人类和谐共处的魅力，青铜峡市的水稻农业也声名远扬。而作为青铜峡市唯一一家“宁夏大米核心企业”，塞外香食品有限公司自2002年起就依托黄河灌区优势，由“掌舵人”胡学文从一家小作坊做起，匠心坚守16年，打造出了黄河金岸“粮仓”，成为国内外了解宁夏粮食产业的知名绿色品牌，香飘华夏。

顺应改革开放时代浪潮　胡学文毅然下海创建“塞外香”

2000年以后，我国改革开放的浪潮已经汹涌至高峰时期，继中共十五大提出“调整和完善所有制结构”的论述后，解除了人们多年关于“股份制”姓“公”还是姓“私”问题的顾虑，一大批企业开始进行结构调整，非公有制经济市场迅猛发展。改革中必有“阵痛”，当时已经在青铜峡当地一家国有粮食加工企业担任副总经理的胡学文经历了这场变革，2001年企业被迫宣布倒闭，这也让和粮

宁夏中航郑飞塞外香食品有限公司办公大楼

食打了20年交道的胡学文无奈成为“下岗潮”中的一分子。不过，身为共产党员的他深刻理解时代大势下的决策，坚决拥护党和国家领导，要勇敢实践做出改变。

下岗初期，胡学文开始静心思考，如果要大胆变革还是从自己擅长、难舍弃的粮食产业入手，毕竟深耕粮食行业多年，对产品的品质、收购、储存、加工等多个环节有全面的了解。另外，胡学文发现，市场经济条件下，民众物质生活水平明显提高，对于粮食的需求也走向品质化。于是，“做好面、做好米”这个想法深深印在胡学文脑海中。2002年，他与4位下岗同事集资贷款130多万元，创办了宁夏塞外香面粉有限公司。

宁夏中航郑飞塞外香食品有限公司董事长胡学文

建厂之初，胡学文从购买设备、安装到抓生产、跑市场、找销路，他都亲力亲为，走过了一段辛酸艰苦的日子。然而，胡学文总是积极乐观，他自己常觉得庆幸，认为在做好一件事所具备的“天时地利人和”条件中，天时地利的恩赐已经拥有，因为青铜峡昼夜温差大，光照时间长，农作物生长期长达5个月，可以吸收很多营养物质，尤其是大米，在明清年间一直是皇室青睐的贡米，这说明当地是具备高品质粮食作物生产条件的。接下来，则是自己充分发挥人为奋斗的力量。

“要想使企业有新的发展，必须在产品质量和企业规模上有所突破。”胡学文说。于是，2004年开始，胡学文率领公司在青铜峡瞿靖镇瞿靖村建立了“塞外香”公司的原粮基地，把第一车间建在了田间地头，为公司发展订单农业打好了基础，由此“塞外香”也开始了品牌远近扬名的奋斗历程。

科学种田 品质为先 “塞外香”首创订单农业大发展

“科技是第一生产力。”这是邓小平同志在改革开放初期就提出的指导方针，对于胡学文来讲，粮食产业建立了生产基地还不够，同样需要运用科技创新种植栽培模式，改变传统加工流程。于是，胡学文找到了宁夏农业科学院农作物研究所，签订了新品种研发协议，由研究所为“塞外香”公司负责研究开发水稻、小麦作物新品种，做技术推广指导工作，保证产量和品质，公司将每年利润的2%作为研究所的研发经费。在胡学文的建议下，研究所在大力推广723水稻的同时又引进了新品T39水稻在基地300多家农户1000亩稻田里实验种植，并指导农民改传统水稻旱播为插秧方式。

令人欣慰的是，技术融入粮食生产后，当年农户亩产就增加了100斤左右，喜出望外的胡学文也毫不吝啬，安排“塞外香”公司按订单农业合同里高出市场价5%的价格进行收购，大大提升了农民朋友们的生产热情，而“塞外香”公司723水稻加工的精米销售一片大好，实现了“开门红”。胡学文也找到了信心，于是在第二年将“塞外香”原粮基地迅速扩展到了5000亩，同时建立了300亩优质水稻展示园区，种植了宁香1号、宁香4号、花87、宁粳38号等8个水稻新品种，形成了百花争艳的新格局。

为了不断追求更高的品质，“塞外香”不断投巨资购进了进口的精米光电色选机全套设备，胡学文本人也参与生产管理，尤其是大米生产工序中的清杂、粗碾、分级、色选等重要工艺他更是常常亲自监控。此外在经营管理方面，胡学文始终坚持“敢于竞争，追求卓越”的经营理念，采用“企业+科研+基地+农户”的经营模式，按照高起点设计、高标准要求、高质量验收、高效能服务的要求进行产业化发展。

随后的几年中，胡学文观察到市场经济环境下粮食产品乱象丛生，不仅对自身产品不利，而且对整个宁夏乃至全国粮食市场都有影响。“打造品牌化、产业化的日程还要加快，才能打造宁夏特色粮食产业，拥有地域优势的招牌。”本着这样的想法，胡学文结合青铜峡地理资源现状、农民生产情况以及企业自身的发展水平，制定了一套延伸产业链的创新方法。

为解决农民产粮无法储存导致发霉的困难，创新在国内首创开办“粮食银行”，帮粮农存粮，并且支付利息。胡学文决定重磅打造品牌，过程中通过创新研发既丰富了产品类别、提升产品包装形象又参与行业国内外推介活动、创造粮食文化节等形式进行品牌大升级，一番努力后取得了非常显著的效果。

据胡学文介绍，农民将粮食存进公司后，经过先进的保险措施处理，以“塞外香”品牌外销市场，普遍增值10%至20%。2011年，公司为丰富产品矩阵建立了占地505亩的“塞外香绿色食品产业园”，采用全自动生产线，设计年加工15万吨有机大米、1500万盒方便米饭、2万吨营养米汁、18万吨面粉和2万吨挂面。对外交流推介活动中，“塞外香”产品登陆中阿博览会，迅速引起关注，5天内销售近万份，成为中阿博览会上一道亮丽的风景。目前，公司2万吨营养米汁项目相继投产，填补了宁夏米乳饮料行业空白，具有较强市场竞争力。

品牌对外形象方面，“塞外香”在产品包装上使用“宁夏大米”地理标志，以人性化服务理念，突出黄河文化的丰厚底蕴，依托黄河文化全新打造“塞外香，香飘万家”的精

董事长胡学文视察粮食基地

品品牌；同时，公司通过举办“大米节”、大米食味品质评定会，特邀各位专家、领导、客户代表作为评委，按照大米食味品质评定程序，现场对优质米品种从外观、口感、色泽、香味、冷饭质地等方面进行打分评定，根据各方面、各层次消费者意见反馈，掌握市场动态，确定研发方向，把握产品质量，明确市场定位。

功夫不负有心人。2013年，“塞外香”公司获得由国家工商局认定，宁夏回族自治区工商局颁发的“中国驰名商标”证书。同年10月，公司产品又通过绿色食品、有机食品认证及ISO9001质量体系认证。目前，“塞外香”公司产品在所有包装上使用统一的品牌标识，提升产品市场占有率和竞争力，真正做到无公害农产品、绿色产品、有机农产品、地理标志农产品。此外，公司先后被评为“中国十大地域大米品牌”“全国粮油优秀科技创新企业”“中国十佳粮油创新引领企业”“全国放心粮油进农村进社区示范工程”、国家级“守合同重信用企业”、中国驰名商标、宁夏农产品优势品牌、全国放心粮油示范加工企业、“2016中国十大好吃米饭”等多项荣誉和称号。现如今，“塞外香”产品销售已全面覆盖宁夏周边省市，并已辐射全国省会城市包括发达的二线城市诸如宁波、大连、厦门等地，建立了20个“塞外香”高端大米营销中心。

忠于人民忠于党　践行社会责任有担当

时至今日，塞外香食品有限公司已经走过了16个年头，谈及所取得的成就，胡学文总会提到离不开党和国家领导的感触。事实上，胡学文不仅对党和国家好政策有着极高的思想认识，十几年来一直都把党的领导和国家鼓励扶持当成一种神圣的使命，不忘初心，始终以感恩心态带领农民发家致富、践行社会责任。创业初期，胡学文已经率先在非公有制企业建立党支部，发展党员，壮大党员队伍，开展党支部活动，吸引要求进步的员工入党，使党员人数由成立之初的3人发展到36人。

多年来，胡学文一直重视企业文化建设，积极发挥党员带动作用，以传帮带、培养人才等方式来促进团队建设，同时重视对员工的企业文化熏陶，时刻为员工打造宽松开阔的发展空间，开展以“建立个人档案、制度关爱、关怀基金，关心员工思想进步、身心健康、家庭幸福和形象树立”为主要内容的“三建四关心”活动，并号召公司设立中小学生爱粮节粮教育活动实践基地、开展健康有益的文化娱乐活动、组织慰问军人家属及特困职工、到社区做帮扶工作、在员工中组织开展争创“青年文明号”和“巾帼建功标兵”，合理化建议有奖征集、迎春联欢会、趣味运动会等活动，开展党群共建，丰富职工文化生活，激发了全体员工的工作积极性，形成了组织温暖党员、党员凝聚职工、职工靠拢组织、共建和谐企业的良好氛围。

“塞外香”九寨沟救灾现场

而在对外的发展中，身为中国共产党党员的胡学文指导公司提高思想认识，加强组织领导，抓住重点工作，突出企业特点，开展行之有效的创建活动。2004年“三农”政策实施后，胡学文利用“粮食银行”的资源，率领“塞外香”团队，充分发挥现代“农业产业化龙头企业”对发展农村经济引领和助推作用，体现企业服务“三农”，落实“放心粮油”进农村，解决农民储粮条件差，温湿度控制难，虫害鼠害多，自储浪费大等问题，并使农民吃到安全放心，营养健康的粮食，特别在各乡镇村庄设立的农村连锁超市，把粮食当作现金储存，存粮如同存钱，真正做到了为民服务的实践。

除了结合产业担负社会责任外，胡学文还率领企业坚持捐赠公益事业，并为部队发展做贡献，在遇到国家发生重大自然灾害时，胡学文董事长号召大家积极捐款捐物，为国分忧，为社会助力，积极参社会公益事业和爱心捐助活动，多次向敬老院、清真寺、慈善协会捐款捐物，结对帮扶我市20名贫困大学生完成学业，对粮食基地的50户回族群众从资金、项目、就业等方面帮助脱贫致富，多年来“塞外香”公司累积捐助大米、面粉等570吨，价值上百万元，促进了民族团结和谐，营造了融洽的民族关系。

当遇到国家发生重大自然灾害时，公司总是积极捐款捐物，为国分忧，为社会助力。2014年8月，云南鲁甸县发生6.2级地震，公司组织人员加班加点赶制了2万盒价值60万元的方便米饭，派专车送往云南地震灾区。2016年，公司对西吉王垴村进行了多次慰问，并捐助大米、面粉10余万元，在“惠农广播下乡企”活动中，捐赠1万元的广播等设备，同时在得知公司职工肖月萍的儿子由于感冒引起呼吸衰竭时，公司组织全体干部职工捐款1.56万元。2017年7月，九寨沟发生地震，公司派车辆送去了1.5万盒价值40万元的方便米饭，并向边防战士捐赠1万盒、价值30万元的自热米饭，以表达对边防子弟兵的敬意，以实际行动支持国防建设。同时不忘我们的人民警察，于2017年10月慰问青铜峡市公安干警，送去价值1万元的营养米汁及自热米饭。以实际行动支持国家建设，真正发挥“西北地区清真食品动员中心”的应急保障能力，来回馈于部队，回馈于社会。

慈爱之心，坚守前行，胡学文率领企业发展中拥护党和人民的行动以及社会责任实践，赢得了社会各界的认可。现如今，胡学文成为了中国粮油学会常务理事，中国粮食行业协会理事，宁夏粮食行业协会理事、宁夏工商联常委，宁夏食品工业协会副会长，宁夏质量安全协会副会长、吴忠市政协常委等。同时，胡学文先后荣获“全国民族团结进步模范个人”“全国优秀科技特派员”“宁夏回族自治区质量贡献奖”“宁夏诚信经营杰出企业家”“宁夏十大经济人物”“全区优秀共产党员”“宁夏回族自治区质量贡献奖”等荣誉称号。

结 文

“塞上江南”风雨前行六十载，宁夏儿女伴随着宁夏回族自治区前进的脚步，沐浴着改革开放的春风，艰苦创业、砥砺前行。从而才会涌现出“宁夏塞外香食品有限公司”这样的知名企业，涌现出胡学文这样的优秀企业家，值得骄傲。可以相信，未来发展中，“塞外香”在胡学文的率领下，会一次又一次站在新的起点上，高瞻远瞩，极目远眺，在思考中破茧，在转变中突破，如旭日初升，欣欣向荣。

【相关链接】

胡学文，生于1965年，中共党员，研究生学历。胡学文先后被评为“全国民族团结模范进步个人”“全国优秀科技特派员”“中阿博览会顾问委员会委员”“宁夏诚信经营杰出企业家”“宁夏十大经济人物”“全区优秀共产党员”等称号。

宁夏枸杞从沃福百瑞走向世界

——宁夏沃福百瑞枸杞产业股份有限公司

“六月杞园树树红，宁安药果擅寰中”。枸杞被誉为“东方神果”，是人类文明的瑰宝，它承载着历史记忆，延续着文化血脉，如一杯陈酿，历久而弥香。中宁枸杞沐塞北之甘露，润天地之精华，享誉中外。谈及枸杞企业，沃福百瑞家喻户晓。作为集枸杞产品研发、有机枸杞种植、加工、销售、红枸杞文化建设为一体的全产业链高科技民营企业，沃福百瑞是宁夏枸杞产业的龙头企业，是宁夏枸杞产业人才的高地，是宁夏有机枸杞的“先行者”。

宁夏沃福百瑞枸杞产业股份有限公司全景图

情系宁夏　传承发扬红枸杞文化

“天下枸杞出宁夏，中宁枸杞甲天下”。独特的地域环境，鲜明的产品质量，突出的保健价值，知名的产地品牌，使宁夏枸杞驰名中外。作为引领宁夏枸杞走出国门的领军人物，出生于中宁的潘泰安从小就立志办企兴杞，兴企传杞。

宁夏沃福百瑞枸杞产业股份有限公司董事长潘泰安

潘泰安出生于泉眼山东麓、清水河畔的舟塔乡潘营村，舟塔乡是宁夏枸杞种植规模最大的乡，也是宁夏枸杞产业发展的主产区和核心区。成长于连绵的枸杞林，潘泰安的童年记忆里全是大片的枸杞，从盛夏到暮秋，碧绿的枝条在清风中摇曳，红玛瑙般的果实在枝头舞蹈，玩耍时不小心，枸杞刺芽子就会扎到手或胳膊。一直以来，枸杞就是家乡人的经济来源，潘泰安对枸杞充满了喜爱，也立志立足于枸杞做出一番事业。

潘泰安从小就勤奋好学，在恢复高考的第一年，18岁的潘泰安于千军万马中脱颖而出，以千分之二十几的比例荣登榜首，成为宁夏农学院“文化大革命”后第一届名副其实的大学生。作为农家子弟，潘泰安身上继承的是朴实、踏实。他珍惜来之不易的大学深造机会，潜心学习，遨游于中国乃至世界先进农业科学的知识海洋，逐渐成为了师长眼中的可造之材。大学毕业，潘泰安申请留校，成为了农学院最年轻的助教之一，由此，潘泰安进入了食品科学技术研究的大门。

一年的助教时间转瞬即逝，师长们欣赏眼前这位吃苦耐劳、锐意进取的少年，决定派潘泰安出去深造，为农学院的发展“树人”。1983年至1986年，年轻的潘泰安先后被派往北京农业大学、成都科技大学、无锡轻工学院深造，在那里，名师、学者几十年如一日地致力于农业新品种的研究，新学科的开发和拓展，诲人不倦的教风、精益求精的学风、矢志攀登的奉献精神，使潘泰安受益匪浅。

完成食品工程硕士学位课程后，潘泰安于1992年开始致力于枸杞资源的开发和高新技术的应用研究，并组织筹建了宁夏农学院食品科学与工程系，成为了食品科学与工程教研室主任。1997年，宁夏回族自治区为了发挥区内特色农业优势，在食品再加工与提纯方面进行突破，潘泰安作为特殊人才被引进到宁夏生物食品工程技术中心任中心主任，从事枸杞及农产品开发研究，成为当地有机枸杞研发领域的带头人，并致力于有机枸杞的国际化路线。

一路风雨兼程，潘泰安在工作的点滴沉淀中成长为枸杞产业的时代标兵，红枸杞文化的坚定传承者，他发挥党员的先锋引领作用，让"杞"心扬帆远航。

随着事业之路愈加平顺，付出也有了回报，荣誉接踵而至。2000年，潘泰安被聘为宁夏回族自治区政府专家委员会专家成员；2002年担任宁夏食品科学技术学会副理事长兼秘书长；2006年任中国食品科学技术学会理事。在《食品科学》《中国乳制品工业》《食品工业科技》等刊物上发表学术论文23篇，主编了《软饮料工艺学》，副主编了《乳制品工艺与进展》《食品工厂设计原理》等4本大学专用教材，主持的课题获得省部级二、三等科技进步奖8项，取得了良好的社会和经济效益。

绽放特色　引领枸杞有机化发展

作为有着15年教学经验的教授，中宁土生土长的大西北男子，他深知用知识让枸杞产业发光发热是自己担负的责任与使命。1998年，他创立了沃福百瑞公司，2000年，他将企业正式更名为宁夏沃福百瑞生物食品工程有限公司并投入运营。至此，潘泰安一心致力于枸杞的开发和高新技术的应用研究。

为回归酒业原料的天然种植，潘泰安率先在枸杞业界提出和实践枸杞原果的有机种植。这种创新的发展思路，适应时代需要，是对现实生态环境的适应，是对原生态环境的回归，也是沃福百瑞创新发展的第一个关键要素。

沃福百瑞于2002年在全国率先开始有机枸杞种植，率先在远离城市和工业区域的边远净土，开创并还原了绿色生态种植环境。超临界CO_2萃取枸杞籽油生产方法，枸杞原汁常温保鲜工艺技术等发明专利全部实现了工业化生产和产业化示范，科技贡献率超过了50%，是宁夏发明专利转化率最高的科技工作者。

目前，沃福百瑞在宁夏、甘肃、青海等地建立有机枸杞种植示范基地3万多亩，从枸杞种植环境选址、苗木选育、栽种、施肥、生物农药防治、采摘、运输、加工、销售等环节严格按照有机枸杞种植规范管理，精心构建了从田间到舌尖全产业链食品安全经营模式。在他的带领下，全国有机枸杞种植面积已推广到10万亩以上，不使用化肥，不使用化学农药，禁止兽药和抗生素的污染，减少了土壤污染和板结，种植过程自然、生态，生产的产品做到了无农药残留、无兽药残留、无化学物质残留，连续13年通过了北美（USDA）、欧盟（EU）和日本（JAS）有机认证。由于品质卓越，2013年公司成为宁夏首家通过美国FDA官方认证的企业，2014年是亚洲唯一进入美国FDA绿色通道的企业（免检）。

2017年是枸杞行业第一个获得药品生产许可的企业。按照国际标准进行枸杞产品生产与加工，实现了与国际接轨，保证产品质量和工艺水平同步提升，实现了标准化、规模化、集约化和现代化生产。

宁夏枸杞种植面积和产量虽然较高，但是枸杞深加工利用程度较低，发展枸杞深加工，成为沃福百瑞创新的另一关键要素。自沃福百瑞成立以来，就以振兴宁夏枸杞深加工产业为己任，在公司的创建、发展与经营过程中极为重视产品的技术创新。

在枸杞产业面临科研成果转化低、产业化滞后，产品科技含量和附加值不高等诸多发展瓶颈下，潘泰安始终坚持"立足宁夏，面向全球，创新发展，合作共赢"的发展理念，坚定走产学研融合发展之路，先后与江南大学合作，开发了高抗氧化性枸杞浓浆、高活性枸杞玉米黄质；与中国中医药研究院合作，开发了具有提高人体免疫力和抗氧化功能的枸杞保健饮料、枸杞保健油丸；与内蒙古农业大学合作，开发了枸杞益生菌含片、益生菌饮料、高硒枸杞；加强国际科技合作，与美国阳光生物研究中心共同开展的枸杞多糖提高免疫力和细胞修复研究达到基因工程水平，取得新的突破；与德国夏洛蒂医科大学合作，开展的枸杞多糖防治糖尿病机理研究，表明枸杞多糖能提高胰岛β-细胞活性，增加胰岛素的释放量。这些研究成果为新药的开发奠定了基础，在国外重要学术刊物发表论文11篇。

20多年的创新发展，潘泰安带领沃福百瑞公司在宁夏枸杞深加工行业创造了七项国际第一：第一个采用超临界二氧化碳萃取技术生产枸杞籽油并获得国家发明专利和

宁夏沃福百瑞枸杞产业股份有限公司外景

产品出口；第一个采用冷冻升华干燥技术生产冻干枸杞全粉并获得国家发明专利和产品出口；第一个攻克了枸杞鲜果汁常温保鲜技术难题，获得国家发明专利，并实现产品出口；第一个采用膜分离技术从枸杞中提取枸杞多糖并实现工业化生产和产品出口；第一个研究成功枸杞鲜果农药降低关键技术，并有效进行了实施和产品出口；第一个在国内实施建立了自己的有机枸杞基地，基地得到国外权威认证机构德国BCS认证，实现了有机枸杞产品出口；第一个改变了传统枸杞干果出口方式将枸杞干果制成枸杞果脯并获得国家发明专利和产品出口。研发生产的高活性枸杞浆、枸杞籽油、枸杞多糖、枸杞粉、有机枸杞等7大类30多种枸杞深加工产品远销北美、欧盟、澳洲、日本及中国台湾等22个国家和地区，实现了宁夏枸杞深加工产品从沃福百瑞走向世界。

为了共同发展做大枸杞产业，他为宁夏杞乡、宁夏泰丰、宁夏圣杞乐、宁夏红、宁夏瑞、宁夏乐杞、宁夏厚生记等公司输入专利技术7项，提供技术服务达1000多次。科研成果的推广应用，惠及了宁夏枸杞企业同仁，联合带动了宁夏枸杞产业提质增效，实现了枸杞加工企业深加工产品年增值15亿以上，宁夏枸杞深加工转化率提高到15%以上，为建立、完善宁夏回族自治区枸杞深加工产业链做出了突出贡献，带动了三农经济及枸杞加工产业的发展。

现阶段，"沃福百瑞"品牌被评为"中国枸杞十大品牌""宁夏名牌产品""宁夏标志性品牌""宁夏知名品牌""宁夏著名商标"等，被宁夏回族自治区人民政府批准为"农业高新技术企业""宁夏回族自治区农业产业化重点龙头企业"，其世界品质、高科技、高质量，促成"沃福百瑞"成为世界枸杞第一品牌。

惠民致胜　助推枸杞产业提质增效

潘泰安始终站在枸杞研究的科技前沿阵地，他潜心枸杞研究20多年，攻克了20多项枸杞深加工产品技术难关，弘扬匠人精神，把自己全身心的交给了枸杞产业，他坚信只有科学发明、科技的推广应用才能促进生产力的发展。

他认为，枸杞自野生到人工栽培，形成产业，是科技的进步，历史的必然。由于近代工业革命尤其是化肥、农药、塑料等"白色革命"对环境和生态的影响，致使宁夏枸杞的品质和功效发生了锐变。秉持食以安为先，以自己能吃的枸杞为底线，良心生产为第一原则。他带领的科技创新团队历经12年，执着于千百次实验，攻坚克难，面对失败不退缩，成功研发枸杞病虫害防治"1–5"号专用生物制剂，可对枸杞"六虫三病"进行有效防止，颠覆了当下农药防治模式。业已推广面积已超过30万亩，得到德国权威有机认证公司BCS的高度认可。无化学农药成分，不造成环境和土壤污染，具有杀虫、抗菌、防病，安全、高效等作用，目前是世界上最为安全高效的生物制剂，未来可在瓜果、蔬菜、农作物上推广使用，真正惠泽百姓，让中国老百姓吃上放心、安心、舒心健康的食品。

潘泰安创新了枸杞种植模式，采用“龙头企业+枸杞合作社+农户”的合作模式，免费为种植农户提供有机枸杞种植技术指导，免费提供枸杞“六虫三病”防治的生物制剂，包销农户所产枸杞，解决农户后顾之忧，收购价格高于同期市场价20%，充分保护农户利益，实现双赢。近3年公司收购有机枸杞干果6700多吨，收购枸杞鲜果7300多吨，带动农户3200多户，农户直接经济收入11.3亿元以上，累计为农户增收利润3.12亿元，所有与沃福百瑞公司合作的农户不但脱贫致富，早日达到了小康水平，有效地带动了农民增收、农业提质增效。

潘泰安以专注枸杞产业技术进步，弘扬枸杞文化传承精髓，为人类健康事业做贡献为使命。依靠科技创新、商业模式创新、服务创新，为中国有机枸杞产业发展夯实了基础，在宁夏枸杞良好农业规范化种植（GAP）、有机枸杞种植基地示范，建立、完善宁夏枸杞深加工产业链、带动农户脱贫致富、捐资助学、带领宁夏枸杞行业共同发展等方面做出了突出贡献。他要用最好的枸杞让消费者生活的更加幸福，他要用最好的有机枸杞让种植户和经销商有钱可赚，实现共同富裕，他要用最好的枸杞深加工产品为人类的健康做出贡献是伟大的梦想。

潘泰安的梦想已然实现。沃福百瑞以先进的技术、创新的工艺、科学的管理为引擎屹立于宁夏枸杞产业，以“诚信、敬业、创新、共赢”的企业方针打响了品牌影响力，成为了国际市场产品知名度最高的枸杞深加工企业，实现了“宁夏枸杞从沃福百瑞走向世界”的美好愿景。办企兴杞，兴企传杞，沃福百瑞，“三心”枸杞到永远！

【相关链接】

潘泰安，宁夏沃福百瑞枸杞产业股份有限公司董事长、中国（宁夏）枸杞工程院院长，食品工程专业资深专家、教授，中国食品科学技术学会理事。银川市工商联副主席、银川市政协委员、宁夏食品工业协会常务副会长，宁夏回族自治区进出口商会常务副会长、宁夏回族自治区枸杞协会常务副会长。

搏击商海的铿锵玫瑰

——宁夏金双禾粮油集团有限公司

有人一见钟情柔肠百转，有人温情脉脉伉俪情深。在商业界，她野心勃勃、攻城略地；在爱情面前，她温情脉脉、柔肠百转。朱淑萍，宁夏金双禾粮油集团有限公司法人代表、总经理，汉族，现年44岁，大学文化。经过20多年的创业，她现已具备企业管理能力，是一位历经磨练、苦干务实的女强人，从创业到兴业，一路带领企业发展成为地方经济快速健康发展积极贡献着自己的力量。当今越来越多的女性创业创新者活跃在经济社会发展的舞台上，女性企业家在成长发展过程相对于男性面临更多的挑战，其中，女性企业家面临更多来自事业和家庭的双重压力，一方面作为企业领导人，面临着工作压力和事业的挑战，另一方面，作为女性又面临着传统家庭的角色期待，在这样的

宁夏金双禾粮油集团有限公司外景

双重压力之下，兼顾和平衡实属不易。

有志者创业事竟成

宁夏金双禾粮油集团有限公司总经理朱淑萍

1994年，年仅23岁的朱淑萍高中毕业就踏上了她人生的创业之路，开始从事服装零售行业，刚走上创业之路的她什么都不懂，但她凭着勤奋好学的精神和坚韧不拔的毅力，走南闯北。随着时间的推移，经营范围不断扩大，转眼间两年过去，她的经营理念，市场开拓意识发生了新的变化，把业务扩大到服装批发。正当生意越来越好，经验越来越丰富的时候，“女大当嫁”，她只好放弃了服装行业，随夫君从事粮油加工。丈夫自幼随父亲从事粮食贩运、加工，1988年创办粮食加工企业，2006年正式注册宁夏金双禾粮油集团有限公司，是灵武乃至全区规模较大的私营企业。

朱淑萍将学到的市场开拓经验、经营管理知识运用到企业。为尽快提升企业管理水平，她白天忙忙碌碌奔走在企业的各个岗位上，晚上还要加班为自己充电。为了能把员工管好带好，苦活累活亲自干，以身作则。她常说：“管理者喊破嗓子不如干出样子”，凭着她吃苦耐劳的精神，敢为人先的胆识，在很短的时间便掌握了企业经营管理知识，工作得到丈夫和员工的认可，便被确定为公司法人、总经理。

私营企业原本就是一种家族管理模式的传统企业，朱淑萍自担任总经理一职，便把“诚信为本，质量第一”的经营理念贯穿于企业管理，一切从严要求。她经常对员工讲：“企业发展一靠安全，二靠质量，这是企业的生命线，必须抓紧、抓实、抓好”。对工作一丝不苟，对员工亲如姐妹。为了不断丰富企业管理知识，她坚持经常性地深入到员工中学习了解相关知识。

为了顺应市场发展和企业创新建设需求，她于2014年参加了南开大学企业经营管理人才培训，2016年参加了厦门大学——宁夏回族自治区企业经营管理人才素质提升工程——现代企业制度建设研修班学习。由于朱淑萍不断提升自身素质，企业管理日趋完善，人生价值也得以充分展示。

发展致富不忘回报社会

在朱淑萍的精心管理和勇于创新中，经过20多年的不懈奋斗，现已发展成为集无公害、绿色食品、有机食品、优质水稻培育种植，收购储存大米、面粉、食用油加工生产、销售、科技研发为一体，二、三产业融合发展的非公有制集团企业，是宁夏回族自治区农业产业化重点龙头企业。

集团公司下辖宁夏金双禾粮油有限公司、宁夏丹富粮油食品有限公司、宁夏兴灵粮油有限公司、宁夏新桥粮油配送有限公司、宁夏金双禾优质粮食产业化专业合作社、宁夏昊天农业专业合作社。现有员工150人。拥有日处理水稻300吨，国内先进大型精选大米生产线一条；年加工水稻15万吨，拥有日产100吨电气水自动化食用油预榨生产线一条；拥有日产150吨面粉生产线一条。年加工生产面粉5万吨，食用油1.3万吨。

产品先后被评为“宁夏绿色品牌”“宁夏名牌产品”“中国著名品牌”，“塞上金双禾”牌大米先后荣获第十一届、第十五届中国国际粮油产品及设备技术展金奖，第十二届中国国际农产品交易参展产品金奖，宁夏第十届著名商标，企业获得科技新中小企业，“专精特新”中小企业，中小企业50强荣誉称号。

产品销售已占据宁夏乃至西北半壁江山，在宁夏粮油行业处于领先水平，远销北京、昆明、西安、西宁、乌鲁木齐、拉萨等30多个大中城市，在全国各地建立营销网点500多家。为地方经济健康发展，发挥着引领示范作用，成为宁夏大米行业一颗璀璨明珠。而朱淑萍作为一名优秀的企业管理者，在荣誉面前总是表现的那么谦和、务实，她总是说：“我还做得不够，只想踏踏实实地把企业做得更好。”真可谓巾帼不让须眉！

宁夏金双禾粮油集团有限公司生产规模不断扩大，为了进一步助推地方经济发展，带动农业增产、农民增收、企业增效、公司先后建设“五优”富硒水稻生产基地39300亩，有效带动农民3000多户，农民直接实现增收490多万元。公司每年通过优质优价，以高于市场价10%至15%收购水稻，带动周边种植优质水稻农户20000

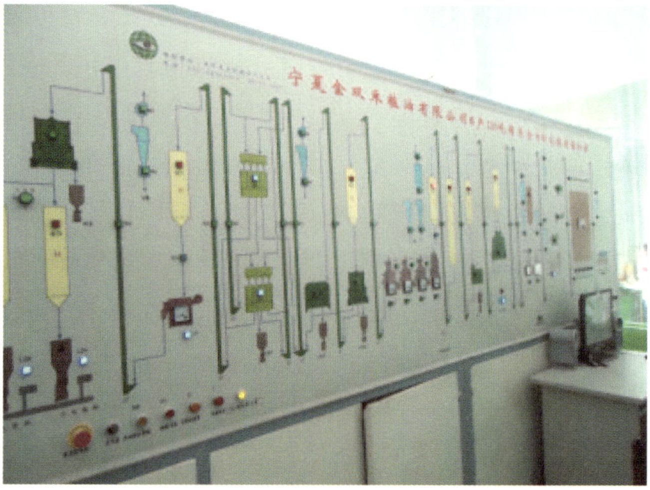

生产车间

慰问退伍(现役)军人

多户,农民从中实现增收1600多万元。

公司发展致富不忘回报社会。多年来先后为汶川地震灾区捐款10万元,为甘肃泥石流捐赠大米8吨。每年“七一”为本村和基地老党员发放米、面、油等慰问品1万多元。在促进民族地区教育发展、民族团结工作中,企业慷慨解囊,先后为海原县罗山中学连续十年每年捐款图书价值2万多元,大米5吨,并且每年充分利用开斋节、古尔邦节等重大节日回族困难群众捐赠粮油等物品价值1万多元。

企业是一个民族团结友善、和睦相处,非常融合的大家庭。作为总经理,她不定期请公司员工聚餐聊家常、谈工作,她随灶就餐,定期为员工调节生活。员工有病她第一时间带上慰问金、慰问品去看望。今年6月份员工杨学忠的弟弟意外交通事故身亡,她带着丈夫、公司领导及5000元慰问金第一时间到医院看望杨学忠及其家属。

由于她这种亲如手足的关爱和宽容博大的情怀,员工对她特别尊敬,在工作中个个都表现出忘我劳动,默默奉献的敬业精神,尽职尽责为企业的发展做着不懈的努力。

有一种事业叫“家庭”

朱淑萍在企业是一丝不苟的优秀管理者,工作上总是以身作则,严格要求,具有创新思维、先进理念,在她的带领下,公司从小到大,从弱到强,历经20多年的不懈努力和创新发展，已成为远近闻名、具有专利知识产权的民营企业，资产总额达到2.82亿元，投资规模2.45亿元。

生活中她是一位好妻子、好儿媳、好母亲。丈夫作为企业董事长，日常工作繁忙，压力大，在工作中她总是身先士卒，常对老公讲："你工作压力大，把公司的大事抓好就行，企业生产、销售、财务、人事这些琐碎事你就少操点心，由我带领公司其他领导来做"。日常管理她不辞辛苦，连节假日都不愿出去度假，年复一年日复一日，走过了整整23个春秋。

工作再忙她也不忘孝敬父母，每次看望公婆嘘寒问暖，买点水果、营养品，每逢换季她都早早给老人买上各种服装。对待子女严格要求，又倍加关爱。儿子从上初中起每逢节假日，她都安排儿子到公司以打工仔的身份从事各种生产活动，给儿子按员工工资标准计发工资，让儿子感受员工的辛苦、感受企业管理的严谨、感受挣钱是何等的不易，也感受人生的艰辛；小女儿上幼儿园，她每天有多忙都要抽时间去接送。金双禾能走到今天，离不开她的勤劳、大胆和创新。2017年公司又投资3700多万元，引进日本佐竹公司"佐竹色选机"，国内领先的"双体抛光机"等20多套设备进行技术更新改造。年加工能力提高到5万吨，力争2018年产值达到6.2亿元。下一步计划投资3000多万元，新上一条大米生产线，力争产值实现10亿元。

宁夏金双禾粮油集团有限公司，能够有今天的成就，是金双禾人不懈奋斗的结果，是朱淑萍同志一路走来，风风雨雨，辛勤付出的劳动结晶。在她身上我们看到了企业家的无私奉献，愿她带领宁夏金双禾粮油集团有限公司走得更远，飞得更高。

【相关链接】

朱淑萍，女，汉族，1973年出生，大学学历，中共党员。现任宁夏金双禾粮油有限公司总经理。

相信国标舞艺术的力量 绽放光荣与梦想

——宁夏锦绣集团有限公司

世界第一通用语言是英语，无可厚非。但假如没有文字性语言的前提下，舞蹈艺术或许是全球最早的“交流语言”，尤其是国际标准舞，在长达10个多世纪的历史长河中，对促进世界各国的文化交流乃至政治、经济、贸易等方面发展有着重大的推动作用。

改革开放40年以来，中国舞蹈取得了空前的进步。而作为中国舞蹈文化重要的组成部分，中国国标舞在历经时空淬炼过程中，与世界接轨的步伐似乎走得慢了一些：英国的“黑池”成了国标舞的“圣地”，黑池舞蹈艺术节这一全球艺术顶级盛会已经有了94年的历史，我们却很难见到中国舞者的身影；亚洲的国标舞一直以日本为中心，中国没

宁夏锦绣集团有限公司大楼

有话语权……不过，这些中国国标舞领域尴尬的文化交流状态，正在因为宁夏锦绣集团董事长袁斌而改变。他相信国标舞艺术的力量，他让中国文化在“舞动”中走向世界！

因为热爱所以专注 改革开放浪潮中坚守艺术初心

1924年，英国皇家交际舞专业教师协会对国标舞进行了整理规范，迅速在世界各地传播开来。对于中国民众来讲，真正熟悉国标舞是在20世纪80年代初，正值改革开放的浪潮涌起，交谊舞大肆盛行。那几年中，从小就受到母亲影响的袁斌，深深爱上了国标舞，被热情奔放的舞步所感染。尽管学习期间主攻工科专业，但他常常也会在业余时间参与舞蹈活动。后来，袁斌还远赴英国皇家艺术学院深造艺术专业，全方位接触西方文化，对于国标舞始终带有一种特殊的情结。

回国后，袁斌基于工科专业，先在政府部门工作9年，后又离职，帮助父亲管理家族企业，现如今也作为宁夏锦绣集团的董事长，投入到循环经济固废综合治理、节能轻量化轻合金汽车装备制造、新能源光伏发电、物流运输、文化产业等领域贡献自己的力量。但是，酷爱国标舞的袁斌并没有忘记那份艺术初心。

宁夏锦绣集团有限公司董事长袁斌

近些年中，袁斌非常清晰地看到，改革开放让中国人民的身心得到解放，市场经济打开了工业、农业等多方实体经济的“闸门”，文化建设也取得一定的成就。然而，国标舞作为舞蹈艺术文化的重要分支，却没能有更长远、实质性的进步。对于国标舞的定义，任何百科都有这样的解释：来源于世界各国的民间舞蹈，国标舞对舞姿、舞步要求非常严格。对此，袁斌渐渐意识到：国际舞蹈文化的交流包容不断加速，中国舞蹈既是世界舞蹈的重要元素，也是世界舞蹈中一个不可或缺的组成部分。因此，如果不把中国舞列入世界舞蹈序列的话，世界舞蹈将是不完整的。

带着那份对国标舞艺术的初心和热爱，袁斌开始专注中国国标舞艺术的深入探索。2016年以前，袁斌和他的团队进行长达5年的艺术教育舞蹈领域的市场调研，充分了解了中国国标舞的发展现状。他认为，国标舞以独有的审美已经成为当今各国人民精神风貌的艺术写照，这是时代的召唤和发展主旋律，能够让中国国标舞与世界接轨并超越其他国家，将是中国文化走向世界，带来巨大交流价值的建设工作。对于这方面的信心与渴望，从已过四十不惑之年却依旧身材颀长，气质不凡的袁斌身上就足以看得出来。

随后，袁斌开始率领锦绣集团用赞助举办赛事、组建国家舞蹈队等实际行动支持国家国标舞事业，推动中国文化交流。2014年开始，锦绣集团组织举办了三届中国宁夏文化艺术节“中传锦绣杯”系列国际舞蹈赛事，而2018年喜迎宁夏回族自治区成立60周年·宁夏文化艺术节2018“中传锦绣杯”WDC世界国际舞蹈锦标赛和全国青少年国际标准舞锦标赛吸引了38个国家和地区，8000多对次选手参与其中，赛事阵容的权威性，汇聚全球的目光与焦点，更以舞蹈为媒，为中外文化交流做出非常积极的贡献，为全世界带来的一场文化的饕餮盛宴。

同时，袁斌携锦绣集团不断为中国国标舞队伍输送人才资源，并安排他们参与到世界级的赛事之中。2016年，企业邀请到舞王马科斯·希尔顿爵士以及拉丁舞世界顶级实力派冠军索尔盖·苏尔科夫与标准舞的维拉利奥、莫妮卡为中国国家队进行全方位的训练，并在集训后公益资助国家队选手参加临近在香港举行的两个世界大赛——“Donnie Burns Cup”“亚洲巡回赛之世界超级明星”香港公开赛，让国家队选手利用学而致用的职业教育在比赛中进步，在比赛中收获了友谊。

2016年至2018年，袁斌带领锦绣集团的文化团队不断取得国标舞建设工作的突破。锦绣集团为落实全民健身国家战略，积极响应并以“中传锦绣杯”冠名，组织时尚舞蹈春节健身大拜年活动。G20峰会之际，企业配合支持了“中传锦绣杯”世界舞蹈超级巨星亚洲巡回赛(中国杭州站)暨第三届中国少年舞蹈公开赛，此后又与宁夏回族自治区党委宣传部、宁夏回族自治区文化厅、宁夏回族自治区广电局、宁夏回族自治区文联、石嘴山市政府等共同出资举办中国宁夏“中传锦绣杯”WDC世界公开赛、积分赛、锦标赛等重大赛事。

临近2017年，袁斌已经和团队在不断努力下逐渐为中国国标舞打开了更大的发展空间。此时，企业不仅参与到了由世界舞蹈总会(WDC)召开的一年一度英国黑池会议当中，“中传锦绣”董事长袁斌当选为世界舞蹈总会（WDC）副主席、世界舞蹈业余联盟（WDC-AL）第一副主席、亚洲舞蹈总会（ADC）的首席执行官（CEO），更大的挑战与惊喜即将来临。

打破黑池艺术节93年历史　中国开拓世界国标舞新纪元

2017年3月，“第94届英国黑池舞蹈节”在首都北京钓鱼台国宾馆举行签约仪式。

袁斌宣布:以“中传锦绣”为代表的中国国标舞新势力,将与世界舞蹈总会、黑池文化娱乐公司形成战略合作,以中英联合性质举办“黑池舞蹈节”这一全球艺术顶级盛会。这是中国国标舞界,乃至整个中国舞蹈领域重大的历史时刻。就连黑池娱乐公司CEO麦克·威廉姆斯表示,在黑池舞蹈艺术节93年的历史上,第一次能够与中国合作,这将为黑池舞蹈艺术节带来许多不同的元素,中国元素在这里的展示,也是其他国家与中国进行文化交流的绝佳机遇。

或许这个时刻,身边的人们才发现袁斌对于中国国标舞艺术的执着,他的热忱、他的远见卓识,已经深深融化在了中国国标舞艺术之中。以往,英国以及欧洲其他国家对世界国标舞规则的制定、赛事的举办和评审制裁拥有绝对的话语权。而在今年的5月,由于袁斌及其团队的努力,这一切均发生了历史性的改变,黑池舞蹈节首次绽放出绚丽的中国元素。为此,袁斌也荣获了“黑池特别贡献奖”,其照片永久悬挂在英国冬季花园荣誉殿堂。这也标志着,中国在世界舞蹈领域,拥有了更多的话语权,占有了重要的一席之地。

同在2017年5月,袁斌以主办方中国代表的身份致辞,欢迎参加这次国标舞顶级盛会的各国来宾。同时,由中华人民共和国文化部立项、中国文化传媒集团主办的“视觉中国—洲际行”活动在黑池拉开序幕,将中国画、中国舞的传统中国文化展示给来自60

“视觉中国—洲际行”黑池新闻发布会(右三)董事长袁斌

多个国家的观众。袁斌在活动交流中，自信地说出心声：我们想向世界传递一个信息，国际标准舞在中国已经有了很好的发展，我们能够接纳外来的文化，同时中国也有自己的舞蹈文化。早年英国强大，将英国舞蹈制定成了舞蹈的国际标准，向世界推广，后来又不断吸收了拉美国家等舞蹈文化更加丰富了舞蹈的国际元素。

除了黑池舞蹈节，2017年11月的马来西亚世界（WDC）国际标准舞锦标赛、12月法国巴黎的（WDC-AL）国际标准舞锦标赛也由袁斌与团队协调组织，成功让中国作为了大赛的“东道主”。此外，袁斌还组织展开了“中传锦绣杯”国际标准舞世界冠军赛及“全国艺术院校艺术教育创新联盟”。而今成为世界舞蹈总会副主席的袁斌，始终保有使命感，他认为自己要承担更多的责任与义务，为中国的国标舞走向世界，提升中国国际标准舞在世界的影响不遗余力。

搭建中国国标舞艺术与世界接轨的舞台，让中国舞者更加自信、从容的传播中国舞蹈文化，袁斌和团队“对外”做到了。与此同时，“对内”他也深刻意识到国内国标舞产业的“乱象”，诸如非法、诈骗性质的国标舞培训组织横生、中国国标舞缺乏一套全新的国际标准舞教育培训体、国内的国标舞与体育舞蹈管理区分等问题都受到他的重视，因此在实际建设工作屡次提出改进创新建议，并且尝试探索更多方法。

现如今，享誉全球的三大国标舞赛事中，最重要的是每年5月的黑池舞蹈节，次之是每年1月在英国伦敦南部小镇波密斯举行的英国公开赛（UK）和每年10月在伦敦举行的国际锦标赛（International）。自去年开始，黑池舞蹈节的主办权，已由袁斌代表的中国控股一半；目前，其他两项国际赛事也正在努力争取与我们合作。“一旦UK和International 都由中国参与或控股，中国国标舞才能说是真正走向了国际舞蹈的前台。”

宁夏砥砺前行60年　用文化为“一带一路”播撒种子

恒如上述中国国标舞“对内”的发展弊端，这一点在全国各省市都表现十分明显，对于成立60年的宁夏来讲，承担着“一带一路”文化交流的重任，决不允许有更多不利出现。同时，国标舞作为中国与世界“碰面”的重要艺术形式，更是成为“一带一路”传播中国文化的核心载体。此外，面对喜欢参与国际标准舞的越来越多的受众，大量国际标准舞的人才缺口也相继出现。对此，袁斌希望，培养出更加专业与出色的国标舞者，让中国人拥有国标舞的话语权并能参与国标舞规则的制定，进而在国标舞的世界之巅牢牢地竖立起中国形象。

基于此，袁斌正在尽自己最大的努力来践行中国特色社会主义价值观，积极贯彻和响应党的政策，通过“深耕”国标舞艺术领域为新时代背景下的“一带一路”做出贡献。可喜的是，近年来袁斌组织他的团队，积极培养可以参与国际竞争的选手，已经签约近800位非常专业的国标舞教师和考官，在每一个省份甚至地级市组织培训，学制两年左右，一般在周末学习，先培养老师，再由老师培养学生。目前，培养的老师今年已有1000多人，而由他们培养的学生已超过6万人。与此同时，他的团队与世界国标舞的历届冠军、世界舞蹈总会、世界舞蹈业余联盟的诸多公司均有合作，意在为中国的国际标准舞培养出更多适合于市场发展的人才。

来到了2018年，袁斌有着更大的愿望，他表示愿意作为中英合办方，将黑池舞蹈节放到中国来举办。这样一来，“世界之巅”级别的国标舞盛事黑池舞蹈节可以融入更多的中国文化元素，让世界通过国标舞的艺术“窗口”眺望到东方文化之美。另外，中国国标舞艺术领域也能够获得更多的交流机会，将往年拉开的差距慢慢弥补甚至超越。袁斌还考虑，中国可以举办一个中国舞的国际锦标赛”，因为已经有越来越多的外国人在学中国舞，可为中国舞蹈建立一个秩序良好的国际平台。为了这一个目标，袁斌与团队正在布局，着手制定中国舞蹈向国际发展的规则。

谈到促进“一带一路”建设发展的文化交流事业，袁斌还认为国标舞艺术可以如同其他遵循市场经济发展的产业领域一样，通过推广、创投等多方面的渠道带来更大的发展空间，这样才能让软、硬实力相结合，为中国的经济建设腾飞贡献一份力量。

宁夏回族自治区文化艺术节-2018:“中传锦绣杯”

后　记

从一名国标舞舞者到登上世界级艺术之巅，让黑池舞蹈节融入中国元素，让中国在世界舞台上拥有了话语权。袁斌的这一段路见证了他的光荣与梦想，更见证了喜迎宁夏回族自治区成立60年，特别是改革开放40年来，文化事业为宁夏经济社会发展注入的强大动力和活力。为此我们期待，希望袁斌用他在国标舞艺术领域的奋斗，使塞上江南乃至全国的舞蹈文化焕发出勃勃生机。

【相关链接】

袁斌，汉族，中国社会科学院在读研究生，青铜峡市政协常务委员会常委、中国国民党革命委员会党员，现任宁夏锦绣集团有限公司董事长、宁夏节能环保促进会会长、宁夏中山书画院名誉院长、宁夏国际标准舞体育舞蹈联合会名誉主席、世界舞蹈总会（WDC）副主席、世界舞蹈业余联盟（WDC-AL）第一副主席、亚洲舞蹈总会（ADC）的首席执行官（CEO），荣获了“黑池特别贡献奖”

聚焦制冷　厚积薄发——20年做好一件事

——宁夏万仕隆冷冻科技股份有限公司

“任何时候，企业要想发展，就要关注客户的需求，围绕着客户的需求来服务”。凭借敏锐的商业前瞻，1989年，陈晓华董事长辞去稳定的宁夏回族自治区供销社公职，创立了万仕隆商贸有限公司，主要从事食品机械的销售。在业务往来中，陈晓华发现：随着居民生活水平的不断提高，市场对冷鲜商品的消费需求逐年增加。公司在不断发展的过程中很快在制冷领域探索到更广阔的市场前景，随着专业技术人才的不断汇集和专业技能的不断提升，2008年公司成立了万仕隆冷冻设备有限公司，是全区第一家也是唯一一家专业制冷技术企业。2015年9月公司新三板挂牌上市，完成企业股份制改革，更名为宁夏万仕隆冷冻科技股份有限公司，专业从事设计，安装大型冷藏、冷冻、气调库、成套压缩机、工业制冷设备、制冷材料的生产安装及销售。企业具有制冷空调安装及维修一级资质、钢结构工程二级施工资质、机电设备安装三级资质、压力管道安装资质等，通过质量管理体系、环境管理体系、职工健康安全管理体系认证。

宁夏万仕隆冷冻科技股份有限公司外景

创业是条艰辛的路,董事长陈晓华挎着包包拜见每位客户的坚守,不去诋毁每个竞争对手品格,只将自己的服务承诺做到最好。客户采购设备出了问题,万仕隆负责维修,其他的企业现场安装引起的扯皮问题没人管,万仕隆去解决。最终客户被陈晓华带领的万仕隆团队的专业技能和诚信服务打动了。

企业不断扩大和事业的成功并没有让陈晓华故步自封,止步不前。在一番考察后,预计未来中国冷库的平均年增长量在五成以上。瞅准时机,说干就干,2008年公司先后成立了陕西和新疆万仕隆公司,在更专业的领域和更广阔的市场里不断发展壮大。伴随企业工程项目不断取得客户好评和业界认可,万仕隆公司陆续在甘肃、上海、福建、河南、北京成立代表处;项目实施范围覆盖了北京、河北、福建、重庆、陕西、甘肃、宁夏、新疆、内蒙古、四川、山东、广东等省区;为物美集团、百盛集团、北京同仁堂、乐百氏、轩尼诗、福建中骏、福建华莱士、上海众萃、良中行、科尔沁牛业、云南褚橙、联想佳沃、现代农业、佳农集团、江苏盐城大丰港等集团公司承建了400余座具有社会影响力的大型冷冻工程。

宁夏万仕隆冷冻科技股份有限公司董事长陈晓华

陈晓华带领万仕隆冷冻相继建成了西北第一座大型冷库、第一座钢结构总包冷库、第一座上万吨的冷库、第一座气调库、第一座复核低温冷库……依靠过硬的技术团队、工程团队和售后团队在制冷行业中独占鳌头。最有代表性的是承接了云南实建果业有限公司褚橙冷库项目,这个项目邀请国内研究冰糖橙权威学府——华中农大参与研发设计。

褚橙是云南的特产冰糖脐橙,因"褚时健"而得名。万仕隆专门针对褚橙的特点,在制冷、通风、加湿等方面都采用了定制化方案,使用了最先进的冷链设备和技术,确保褚橙中冰糖橙制定标准。陈晓华告诉编者,水果是最复杂、技术要求比较高的品类,因为水果有呼吸,对温度、湿度、空气含量、二氧化碳的要求极高。褚橙正是因为看中万仕隆的精品冷库项目和系统方案解决能力,所以选择万仕隆成为合作伙伴。一个个优质项目的建成,在不断取得制冷行业认可和赞誉的同时也赢得制冷空调工业协会和中冷联盟的邀约,成为制冷空调协会副主任单位和中冷联盟副理事单位,中国食品工会协会食品冷链物流委员会会员单位,全国城市农贸中心联合会常务理事单位。承

冷库内景

办中冷联盟2016冷链物流“沙湖论剑”技术研讨会、中国制冷空调协会2017制冷技术“长河论坛”技术研讨会。被中冷联盟确立为中国西部地区制冷行业领军企业，受邀参加全国制冷标准化技术委员会《制冷基本参数标准测量方法》国家标准制定、参编上海市住房和城乡建设管理委员会《港口物流工程设计标准》。

市场的全国布局让陈晓华把眼光放得更远，没有核心技术就没有市场竞争力。经过20余年的发展，公司现拥有员工160余人，硕士研究生3人，高级工程师5人，建造师15人，研发人员24人，专业技术人员40余人，公司共取得国家实用新型专利26项，软件著作权1项。董事长陈晓华带领公司研发团队改进由单机冷库发展的并联压缩机组控制冷库技术，升级为螺杆机新技术，同年自主研发万仕隆智慧冷库信息管理平台，并通过技术创新成为国内最早采用热氟冲霜的制冷企业。目前公司已拥有的制冷工程设计、安装及调试的操作规范；制冷机组的研发、设计、生产规范；葡萄酒自动控温技术的设计、安装及调试规范；制冷系统PLC自动控制及远程监控技术等被升级为行业和国家标准。公司率先建立、实施制冷行业标准体系。在行业标准缺失的情况下，公司严格按照质量体系运行，技术和服务标准已走在行业前列，为客户提供了更好的节能效果和更高效的服务。经过多年的不懈努力和历练，“万仕隆冷冻”已打造成为全国制冷行业知名品牌。先后被认定为国家级高新技术企业、科技型中小企业、专精特新示范企业、自主创新标杆企业。

公司以“成为具有国际竞争力的冷冻产业集团”为企业愿景，始终坚持国家标准，以专业水准向客户提供高品质的产品和服务，公司秉承坚定、革新、敬业、协作的精神。20年的技术积累，严格的施工管理，智能化的监控运营系统，密集的售后网络等配套服务。万仕隆冷冻将以扎实的行业竞争力，全方位地为客户解决后顾之忧，公司设计采用国际最先进的BIM建模设计软件工程利用PM2项目管理软件实现精准设计和工程施工。在持续发展的19年间，规模效益持续良性发展，管理水平科学规范，未发生过安全质量事故，无任何违纪违法行为，获得国家、行业和宁夏回族自治区级众多嘉奖，中国冷链物流50强、优秀产品应用案例“金链奖”、优秀冷链物流技术服务商、中国农产品批发市场行业发展30年优秀服务商、食品全产业链优秀冷链装备企业、“质优、品优、价优”三优服务商、“绿色、节能、安全”冷链装备供应商、转型升级创新发展示范企业、宁夏十大行业领军企业、宁商企业20强、宁夏中小企业50强、宁夏优秀自主品牌……

公司服务质量优势：公司的冷库定制化服务为客户切实解决能效提升和能耗降低的问题，公司推行变“维修”为“维护”的服务理念，建立了与客户的良好关系。项目竣工交付后，公司执行三个月调试人员跟踪服务和一年免费维保服务，与客户达成长期维护协议，每年的定期巡检，积极跟进客户，了解设备运转状况，成功获得客户的信赖与支持。售后维护与客服回访的分离，更高效、彻底、快速的反应、解决用户问题，对于维护中出现的问题，维护人员会及时反馈技术部，也会成为技术改进的第一手资料。

宁夏万仕隆冷冻科技股份有限公司创立大会

“企业的每个员工就是一个家庭，我们的责任就是把企业持续做好，让每个员工的生活都有保障，小家好了，我们社会大家庭才会幸福、安康”，公司的企业文化在发展中不断积淀。公司倡导快乐工作，认真生活，以愉悦的心情工作，让产品展现我们的专业、专注和专心。每个人做到关心同事，关爱自己，关护家人。企业每年举办丰富多彩的企业年会，邀请职工及家属参与；组织职工健康体检、举行各项体育竞技比赛、集体出游等形式多样的职工文化活动，凝聚了企业员工，推动了企业文化氛围，公司被西夏区授予劳动关系和谐示范企业和厂务公开民主管理示范单位。企业也不忘记履行社会责任，诚信经营奉献社会，获宁夏回族自治区守合同重信用企业、爱心企业等荣誉。

制冷有保障了，我们国家的产品安全才会有保障。不忘初心，方得始终。陈晓华就是这样一位坚守着匠心精神的制冷行业企业家，用自己的行动守护食品安全，专注制冷20年，陈晓华带领万仕隆公司致力于为用户提供定制化的制冷系统解决方案。公司利用精细、严格的质量控制体系来管控施工质量，利用BIM建筑信息模型技术、智慧冷库系统、PM2系统等信息化平台系统保驾护航高品质、全生命周期的冷库工程，通过完善的售后服务体系让客户安全无忧，多纬度地增强客户体验感。

经过多年的不懈努力和历练，“万仕隆冷冻”已打造成为中国制冷系统集成服务商标杆企业。

【相关链接】

陈晓华，1966年出生，毕业于天津商学院，本科学历，中共优秀党员，宁夏万仕隆冷冻科技股份有限公司董事长、宁夏四季青冷链物流有限公司董事长。2013-2017年研修EMBA工商管理硕士。1989年至2001年任宁夏棉麻日杂公司业务经理；2001年至2002年任宁夏日杂鞭炮公司副总经理；2002年5月创办宁夏万仕隆商贸有限公司并任总经理；2008年7月创办宁夏万仕隆冷冻设备有限公司并任董事长；2009年创办宁夏四季青果蔬冷藏物流有限公司并任董事长；2012年创办宁夏融合投资有限公司并任董事长。荣获“市长邮箱”优秀建议提出者荣誉称号、宁夏科特派员创业行动组评为“优秀科技特派员”、宁夏科技特派员创业行动组评为“法人科技特派员”、中阿国际交流促进会常务理事、中国创业国际计划“青年创业导师”、连续五年获得中冷联盟事业“贡献奖”2016年度中国冷链物流行业年度人物、2017年中国冷链物流行业30年功勋人物等荣誉。

物流通天下 诚信赢未来

——宁夏新华物流股份有限公司

世界上没有比脚更远的路，没有比人更高的峰。闫兴华在创业的路途，用独特的卓识和宽阔的视野，带领宁夏新华物流股份有限公司一路“走”下来，实现了创业路上的很多目标，并将自己的目标设定的更高远。

提起新华物流，很多人都会把他和本土最大的百货集团——新华百货，联系在一起。但当真正了解新华物流以后才发现，这是一家已经在宁夏打拼14年的企业独有魅力。公司在闫兴华的带领下，努力创造着一次次的飞跃和奇迹。

闫兴华是土生土长的宁夏青铜峡人，家里祖祖辈辈都以种地为生，他是家中四个孩子中唯一的男孩。由于家境贫寒，他15岁这年不得不辍学，开始跟随同村开大车的师傅跑起货运，虽然年龄小，但作为家里的顶梁柱，也希望通过努力，能缓解父母的经

宁夏新华物流股份有限公司形象墙

宁夏新华物流股份有限公司董事长闫兴华

济压力，这是他最初的梦想。

此后的三年里，他跟师傅冒严寒、战酷暑，跑遍了祖国的大江南北。虽然辛苦，但是凭借着心中对车辆的喜爱、对家庭的责任，不仅学习和练就了过硬的驾驶技术，开拓了视野，同时也更加懂得了只有辛勤的付出才会有丰厚的回报。

18岁时他考取了驾照，可以独自驾驶车跑运输了，于是向亲朋好友东拼西凑的借了些钱，买了他人生中的第一辆货车，尽管只是一辆二手车，但是也让他如获至宝，从此开始独自跑起了运输。随后的几年里，他凭借吃苦耐劳的精神，拉土方挣了一些钱，紧接着他购置了第二辆车，而这辆车对于他来说，不只是财富，也是发展的一个起点。

几年的积累下来，不仅让他拥有了车辆资源，同时也结识到许多客户，快速积聚了人脉，在当时还不健全的物流市场里，再次让他发现了商机——物流信息共享。于是他一边做着运输，一边开起了物流信息部，做货运中介。在一位朋友指导下，他注册了自己的公司—宁夏新华物流有限公司。短短几年间，他从货车司机成为公司负责人。

这期间，他的客户从私人老板、零星散货、小活拉运发展成规模化、条约式的合作模式。与宁夏伊品生物科技合作时，为了保证时效和服务，每一个环节他都是亲自前去洽谈确定，不懈的付出和努力，得到了合作伙伴的认可和支持。

到2008年，这一年西夏啤酒被嘉士伯收购了。啤酒的货运量，在同行业中位居前茅，嘉士伯作为全球知名外资企业，各个环节的标准均要求严格。他们的物流运输均是招投标的形式，若拿下项目，必须要符合对方的招标要求。闫兴华觉得与这样的企业合作，才能真正地让自己成长，只有高标准严要求，才能提升企业的整体服务水平。面对多家公司激烈竞争的局面，他审时度势，最终以最低价中得此标。

合作的第一年，为了满足客户需求，专门在企业安排了驻厂人员，除了安排车辆，更主动帮助客户装货卸货，给客户提供良好的服务体验，周到细致的服务也得到了企业认可和支持，从此便与嘉士伯结成了长期的合作伙伴，业务量也越来越大。因为服务赢得了口碑，所以业务范围从信息部、单一货运扩展到大宗货物、生活用品等。

2010年，新华物流已成为一家中小型的物流公司，拥有20多台车，员工40余人，年利润300多万，在业界小有名气，发展势头也越来越好。随后的几年间，全国的大型物流企业开始规模化的进驻宁夏，在众多物流企业招投标时，原有的人脉、车辆、信息等优势，突然就不复存了。因为这些大企业完善的服务体系，各种车辆资源，全国的线路信息，无论是运力还是运价，都为本土企业发展带来了极大的挑战。

企业领导者的思路要能跟得上形势的变化，环境越是残酷，就越要寻找出路。中国有句古话“不谋万世者不足谋一时”，企业领导人的眼光决定了企业发展潜力。闫兴华觉得当时最大的问题就是如何立足于激烈的竞争环境。通过缜密的思考，他做出了走专业化路线，打造特色物流服务的决定。在这样激烈的竞争环境下，再不行动，多年辛苦开创的事业就会付诸东流，必须要直面竞争，快速行动。这期间，他发现电子商务对于物流业产生了很大的影响，这个影响是积极的，物流有时候也是一种信息流，随着电子商务将这种信息更加完善和发展，物流业对它的依赖程度也越来越深，为开拓客户群，拓宽业务范围，加大行业间的联系都起到了不容忽视的作用，他对“互联网+物流”的认识更是提高了一个阶段。

2015年是新华物流的转折年，那段时间受“滴滴打车”的启发，闫兴华觉得公司目前的业务类型及体量非常需要一个货运版的滴滴打车，那样不仅可以提高运输效率，还可以为客户带来更好的服务体验。于是前后多次考察了一线城市的物流市场及与之相关的软件公司后，他选择了上海一家专业软件开发公司，前后投入800余万元，研发了CTM协同运输管理系统。该系统能够实现物流运输资源的集约化整合，解决物流业因信息不畅，分散化导致的高成本、低效率、体验差的问题。

CTM系统植入“互联网+共同配送”的服务模式，订单式货运既使得运输车辆有条不紊无间歇运作，又解决了供货商谁来运、如何运的问题。而且智能平台实现了物流全程的可追溯，平台的

现场操作

规模化极大地提升了物流的效率以及推动物流服务水准的提升。形成公共信息平台与电子商务平台的有效结合,实现信息化功能中的车联网、物联网、商联网,准确无误的发布车源信息、货源信息、商源信息,实现网上订单、网上交易、网上结算,真正做到物流体系中的“四流合一”。通过电子商务、物流配送服务交易和物流配送一体化服务,实现以产品生产、产品销售、售后服务、物流配送整个产品供应链到产业链的服务转变。

这一年,很多物流企业还在用传统的方式艰难前行时,新华物流再次打破传统观念,在新三板挂牌上市,成为宁夏物流行业唯一一家上市公司。为了提升公司内部管理,规范各项规章制度,通过ISO9000质量体系认证,提高企业的竞争力。根据企业需求,提供定制化服务,为了保证货物运输安全,降低合作企业及自身的风险,所运输的货物单单投保,一年下来仅保险费就上百万元,虽然企业利润下降了,但是提升了信任度。目前,合作企业有:宁夏银川中储粮米业有限公司、宁夏伊品生物科技股份有限公司、华润万家有限公司、青岛日日顺(海尔)有限公司、宁夏康师傅饮品有限公司等国内外知名企业。

每个创业人都有一段辛酸史,成功总是伴随着痛苦与泪水,闫兴华也不例外。2006年,在他事业小有成就时,他的三姐夫在公司帮忙跟车。冬天,车辆驶入兰州境内时,下起了大雪,由于雪天路滑,车速没能控制好,追尾了前车。车祸非常严重,后车车头整个没入了前车车尾。当闫兴华接到消息赶到兰州时,车上两人已被送到了殡仪馆。自己的亲人、员工突然的离世,一下子让他陷入到巨大的悲痛与绝望中。在亲人朋友的帮助下,他积极筹措资金,解决了这场交通事故。后期,无论是做干线运输,还是同城配送,车辆行驶安全、货物安全,始终在他心里排第一位,公司的所有车辆均上了百万保险。车辆行驶过程中,通过软件不定时检查车速及行驶状态,发现情况第一时间提醒。因为使用了信息化的系统,严禁调度人员在司机驾驶过程中电话催促,避免不必要的事故。

凡是事业有成的人都能脚踏实地的从基层做起,现在很多年轻人都无法做到心如止水,无法从小处着手,尤其是在创业的路上。目前,公司年营业额近一个亿,他依然会不定期到分拨中心值班到凌晨一两点钟,在工作一线,现场跟进调整。公司的司机、库管、装卸工都成了他的兄弟,因为他心里清楚,公司成功的每一步,都离不开这些与他一起奋斗在第一线的同事们。没有他们的起五更、睡半夜,就没有新华物流的今天,他口中总有一句话:“我的愿望,就是把新华物流打造成大家的新华”。

近三年来,企业的快速发展离不开各级政府的支持。2015年他进驻高新技术开发

爱心扶贫

区，得到了上至市政府相关部门，下至园区办公室工作人员的大力支持。在这里，他得到了第一手的资源信息，参与到政府牵头的多个项目当中。他积极参加政府组织的社会公益活动，用行动和成绩回馈着社会。2017年末，新华物流年营业额已达到8846万，缴纳税款300余万。闫兴华的成功离不开自己的努力，他对未来非常有信心。

思路决定出路。“创业，设定目标很重要，没有目标，就缺少了奋斗的方向，设定了目标后，坚持不懈的奋斗更重要。不要荒废自己的每一分钟，人生路上，付出一定会有回报的，”闫兴华如是说。

【相关链接】

闫兴华，生于1978年，现任宁夏新华物流股份有限公司董事长。2016年度、2017年度连续两年被银川市商务局、银川市供销社联合评为“银川市商务供销工作先进个人”；2017年度被评为“感动宁夏十大青年创业人物”；2017年度被选为银川市政协委员。

恒者久远 通达天下

——北京中天恒通投资管理集团

在经济全球化的大背景下，中国正日益走近世界舞台中央，世界经济体系也需要注入更多的中国元素，以推动社会经济的全面均衡发展。作为民营资本的代表，站在服务国家战略高地，立足国内，同时以“一带一路”建设为重点，坚持推动地方经济发展，构筑产业化商业平台，促进宁冀文化交流。

中天恒通投资集团扎根于这片热土，投资于国内实业与金融市场，以价值为基础，以趋势为导向，充分发挥资源整合能力、资源实力、品牌等优势，优选新兴目标行业，实施战略整合，打造可持续发展商业模式。

艰辛创业 功夫不负汗水

东流逝水，叶落纷纷。随着中国经济新格局开展，地方经济也随之受影响，投资行业成为新热点，各大工程项目焕发新的生机。此情此景之下，北京中天恒通投资集团在赵维刚的带领下也愈加富有生命力，时过境迁，如今回归故土，他感慨万千。

赵维刚出生于宁夏固原，那是靠天吃饭的贫瘠之地，现实让他早早体会到了生活的艰辛，父母都是地地道道的农民，靠种几十亩田地来维持生计，懂事的他看到父母艰辛的背影，初三便早早辍学。初入社会，他来到了砖厂做小工，开始了他人生的第一份工作，每天都很艰辛，主要就是拉砖

北京中天恒通投资管理集团董事长赵维刚

胚、抱砖头，刚开始手上还起水泡，到最后直接变成了老茧，那是实实在在的苦力活。后来，听说北京赚钱快、路子广，大城市机会也多，在憧憬和徘徊下，背井离乡。来到陌生的城市，他突然有点恐惧，因为从未来过大城市，看到熙攘的人群和车水马龙，他觉得自己甚是渺小，与这个城市格格不入。那段时间，是他最煎熬的时日，啃馒头的场景如今便是他心头最难抹去的回忆。几经波折，他来到了一家酒店当服务生，生活也渐渐尘埃落定，传承大西北男子特有的不怕苦、不怕累精神的他，工作上也稍有起色，并得到了老板的赏识，通过一段时间的历练，他慢慢熟悉了酒店经营模式和其中的商业奥秘。那时，他便励志：有一天也要开一家属于自己的公司。

创业的天空广阔无边，它既有万里无云、风和日丽的一面，同时也时时挟裹着狂风暴雨、雷霆万钧的凶险。时光荏苒，风雨过后现彩虹，10年后，他如愿以偿的开了一家属于自己的KTV公司，开拓公司业务面临着巨大挑战，在这个处处都讲人际关系的经济社会，此公司发展举步维艰，但他坚信再坚硬的冰块也终将融化，只要心中充满热情。面对生意上的重重困难，他始终坚持诚信第一的信念，皇天不负有心人，从商之路在此悄然开启。在此过程中，公司守法经营，依法纳税，在工商、税务、公安等部门管理下，依靠优质的服务赚取合法利润。

随着社会经济的发展，单一的经营模式面临的风险越来越大，寻求多样化、集团化的发展是每个创业型公司面临的严峻挑战。2003年，赵维刚创立了北京中天恒通投资管理集团，专注金融投资管理业务，随着公司逐渐强大，困难也渐渐迎面而来，公司的人才库匮乏曾让他忧心忡忡。因此，他专注于公司人才的吸纳和培养，每年都会拿出一定的资金对员工进行培训，其中包括经营管理、市场营销、团队建设等等。

经过15年的快速发展，北京中天恒通现已发展成为一家以金融投资为基础，涵盖旅游、地产、文化传媒、建筑工程、科研研发、医疗健康六大业务板块的多产业发展的集团公司，业务领域遍布北京、河北、上海、广东、重庆、宁夏、贵州、湖南等省市，拥有10余家分公司。

创新发展　争做上游企业

穷高极远，而测深厚!岁寒方知松柏之劲!作为高度创新、先行先试的大型民营投资集团，中天恒通将在经营发展的同时，因势而变、与时俱进、谋定而动，不断调整和完善自身的发展战略和商业模式，使之与国家战略、外部环境、市场需求相匹配，担负起引领和示范民营企业发展的重任。

公司自建成以来，集团员工时刻铭记和遵循“恒者久远，通达天下”的企业核心价值观，以精致本，以诚取信的企业经营理念，用理念引领伟大事业，用事业实现核心价值。一路风雨兼程，中天恒通投资集团在投资领域逐渐站稳脚跟，并“为企业创造价值，为投资人增长财富”视为神圣使命，谋求全面发展、创新发展，在资本市场占有一席之地，力争做一家基业长青的投资管理集团。

目前，中天恒通投资管理集团涉及领域较广，致力于优先发展生态旅游建设和文化传媒板块，全力开拓医疗健康产业，同时，随着产业与资本的逐渐密切，资本需求不断壮大，产业发展伸出了橄榄枝，中天恒通投资集团始终坚持以实体经济产业发展需求为导向，以产业服务创新为手段，做好资源沟通的桥梁、纽带，充分结合区域资源与市场力量，打造高精尖产业集聚地和创新资本投资平台，定期组织交流洽谈、互访、推介等活动，积极搭建合作平台，不断聚集金融、科技、产业、人才等各项优势资源，致力于构建有益于各方共赢的经济链。

随着科技创新的逐渐深入，传统产业也面临愈加严峻的考验，智能化、信息化、精细化、个性化等产业的快速崛起，成为投资业的新宠。看到高科技产业投资风险较高，有些投资“泥牛入海”，赵维刚表示：“在高科技产业领域，将更加注重民生领域的投资，比如政府的智慧城市建设、基础设施的智能化应用等”，可以预见“民生工程”将是未来中天恒通集团投资的重要着力点。

除此以外，公司更注重个性化服务，不遗余力的提升产品服务质量，致力于获取消费者青睐和信任，尽力增加每一项投资的附加回报。中天恒通投资集团基于负责投资的理念，前瞻性地布局与社会大众、地方经济紧密相连的新兴产业，积极促进产业升级和经济转型，以不断创新的财务投资模式“领航”，以科学完备的风险控制能力“护航”，建立多元的资产管理业务“舰队”，充分整合金融及地方投资产业资源，全面提升资产和资本价值，管理集团的优质资产。

同时，“一带一路”建设对推进中国全面开放新格局意义重大，汇聚沿线国家的共同需求，为沿线国家优势互补、开放发展开启了新的机遇之窗。中天恒通投资集团积极响应国家战略，贯彻落实“一带一路”倡议，在国家经济结构调整和转型升级中发挥关键作用，实现民企发展与国家战略的结合，公司价值与社会价值的统一。

中天恒通将建设“道相同，利相共，心相通”的公司文化，弘扬宁商精神，创新宁商品牌，展示宁商形象。秉承“携手合作、共同发展、做大做强、贡献社会”的理念，发扬企业家精神，不断开创民企发展新格局。

心系宁夏 促进宁冀经济

长江奔腾万里源在高山，大树长至千丈根在大地。作为从宁夏走出去的民营企业家，赵维刚以建设家乡事业、推动地方经济为己任，架起宁夏与河北省的经济文化交流，整合在冀的宁商力量，对接政府平台，实现资源共享，共同合作交流，实实在在为宁夏做事。

2018年5月，河北省宁夏商会正式成立，赵维刚被推选为会长。商会作为连接政府、企业及市场的纽带，是资源互补、信息互通、情感互融的重要平台，是为广大会员服务，创造更多成功机遇的良机。作为商会会长，赵维刚表示："商会将坚持以服务会员为核心，以努力创办和协商会为宗旨，把服务和维权作为商会永恒主题，并将不辱使命、竭尽全力，带领全体会员，努力落实做好商会各项工作，为全体会员办好事、办实事，同舟共济，共谋发展，为大家提供一个广阔和形式多样的发展平台，不断开创商会工作的新格局。"此商会的成立，标志着宁冀经济、文化交流将步入新的台阶，踏上新的征程。

赵维刚还表示，随着国家西部大开发政策深入实施，越来越多的异地商会将会相继踏入宁夏这片投资热土，投资兴业、开创发展，而冀商更是这批外来投资者的主力军。为此，河北宁夏商会今后将会开展各种各样的活动，以"走进来""请出去"方式，不断推介宁夏银川的投资环境，为地方招商引资献计出力、牵线搭桥，在发展自身企业的同时，引导河北企业走进宁夏，真正地将商会搭建成为宁冀两地经济交流合作的特色平台，促进两地经济的共同繁荣发展!

"吃水不忘挖井人"，赵维刚又怀着朴素的信念，为家乡建设奉献微薄之力。谈及美好的从商回忆，赵维刚回忆道："为家乡投资最令我开心，宁夏中南部安全水源工程——中庄水库，是宁夏回族自治区历史上规模最大的水库，是'西海固'人民盼望了近半个世纪的引水项目，是宁夏回族自治区头号民生工程"。工程建成后，为固原市原州区、彭阳县、西吉县以及中卫市海原县44个乡镇、693个行政村的113.5万城乡居民提供生活用水水源保障，将创多项宁夏及西部水利建设之最。赵维刚怀着为家乡做点事的信念，参与竞标，成功拍取地皮，成立了宁夏固原市中庄水库御泉湾生态旅游有限公司。此项目第一期拟建游客服务中心、生态停车场、五星级旅游公司、生态餐厅、田园花海；二期拟建国际标准垂钓中心、自驾营地、室内水上乐园等，第三期拟建体验式滑雪场、跑马场。通过固原市和泉村旅游开发项目引领、促进固原市和泉村绿化、亮化、美化再上新台阶、再提新水平，打造美丽和泉村，加快当地产业结构调整，解决剩余劳动力，促进农民增收，改善农民生活，带动旅游扶贫，促进原州区整体经济快速发展。同时，为增加就业、促进旅游与农村扶贫深度融合，增加农民收入具有重要促进作用。

为振兴一方经济，赵维刚以“民生工程”为纽带，致力多种扶贫模式。2018年，固原市众兴农业观光旅游专业合作社正式成立，以“民办、民管、民受益”的原则，以服务成员、谋求全体成员的利益为宗旨，实行自主经营，民主管理，盈余返还。以生态采摘、农家乐、农产品销售、乡村旅游技术服务及推广为主，紧紧围绕固原发展的经济需求，以带动贫困农户发家致富为目标，积极响应国家乡村振兴战略、坚持产业发展、助力扶贫攻坚，它是集农业生产资料供给、农作物生产技术指导、农产品销售为一体的新型经济合作组织，采取营销与种植的经营模式，以服务农民、致富农村为目标。

新时代，新气象，新征程。在赵维刚的带领下，北京中天恒通投资集团必将在未来的竞争格局中占据优势地位，迈入更加美好的未来，而河北省宁夏商会也将成为紧密联系宁冀两地经济友好合作的纽带，为塞上湖城的经济社会发展做出新的更大的贡献!

【相关链接】

赵维刚，汉族，出生于宁夏固原。现任北京中天恒通投资管理集团董事长、河北省宁夏商会会长。

问渠哪得清如许

——宁夏汇高科技集团有限公司

2007年次贷危机后，美国意识到了“实业”的重要性，奥巴马提出“美国再制造”，要重建世界制造强国、大国，德国提出“工业4.0”，日本提出“工业复兴”战略，各个发达国家、制造业强国都在重塑制造业，并提供了非常优惠的政策为制造业服务。中国于2015年李克强总理提出“中国制造2025、互联网+、大数据”。中国也出台了系列优惠政策、减负政策，可是收效并不是太理想，从各地的工业园区、同行业交流、政府的机构相关数据得到的结论：不理想！

为有源头活水来

自中国改革开放40年以来，中国制造业得到了飞速的提升和发展，从技术上消化、吸收国外的先进技术和设备，中国靠“三利”及政策得到了发展，从而实现了大企业顶天立地，小微企业铺天盖地，中国成为“世界工厂”，是举世公认的“中低端制造大国”。高端制造在国内占有很小很小的比例，当时，几乎所有的有志之士开始意识到中国制造面临的大机遇，产业亟待升级。

为有源头活水来。

为抢抓党和国家全力打造宁夏作为“一带一路”路陆上丝绸之路发展的大格局，李儒强先生第一次将目光锁定塞上江南、第一次考察这里、第一次在这里投资成立宁夏汇高集团。旗下项目将汇集高端装备、高端人才、高端技术、高端产品，打造集团在西北地区高端装备制造生产基地。计划利用先进装备、先进技术、产业资源优势和政府携手打造以“智能制造”为核心的百亿产业园区，通过自身示范、规模扩张、筑巢引凤、上下游合作、整体服务等措施，稳定发展，实现既定目标。

宁夏汇高科技集团有限公司位于吴忠青铜峡市嘉宝轻纺工业园区京藏高速西侧，纬四路以北、大故铁路以南、苏锡光电公司以东区域。于2016年5月25日在青铜峡市工商行政管理局注册成立，注册资本为15000万元，占地面积1172亩，主要建设铸造、数控机床。汽车刹车盘生产车间及配套生活设施49万平方米，安装设备4000台、套。(包括10条全自动先进铸造生产线、100条汽车刹车盘生产线及工业机器人生产线，用于3000万套汽车刹车盘的铸造、机加工智能工厂等)。项目总投资35亿元，其中固定资产投资26亿元，建设期30个月(2017年3月至2019年12月)分三期建设。项目全部达产达效后，可实现年销售收入达50亿元以上，利润5亿元，税收1.5亿元，

来到汇高集团办公区域，首先映入眼帘的是一面整齐摆放很多荣誉证书、奖杯的墙，形状各异的奖杯在默默告诉每一个到访这里的人，宁夏汇高集团历经时间的洗礼，已盛誉满载。

促成校企巧融合

汇高集团来到宁夏这片热土后，不走寻常路，开启了一条校企合作建立“产、学、研、培、服、赛”六位一体的技能人才培养的创新之路。

“当初，刚准备进校的时候。校方很抵触我们，主观认为我们和他们之前接触过的企业一样，说得好听，不办实事，只是想利用学校的资源，并不能真正意义上培养技能人才。专业的事情需要专业的人来做，作为科技创新型企业，汇高集团以宁夏汇高工业技术研究院、中科院广州分院电子研究所、中国农业科学院、华南理工大学、台湾工业研究院、暨南大学、浙江大学、华东理工大学、广州大学为技术依托，通过柔性、硬性引进英国、美国、德国、西班牙等地的多位国外专家，多位国内专家、教授为首席科学家的高科技创新团队，致力于科技创新。同时，在后期的合作中，更是感受到了铸就校企深度融合的益处。”自动化应用集成板块设计研发主要在深圳康道科技、博立斯工业机器人公司，是我集团参股单位，主要业务就是对于金属削切行业、传统工厂的升级改造，生产加工放在山东、江苏、浙江。领头人是清华大学自动化博士“林泽恩”先生，是清华大学对外合作的唯一的“工业4.0研究院”，具有多项专利和软件著作权，成型的产品为给企业带来了丰厚的收益，为企业的发展奠定了夯实的基础！

宁夏汇高科技集团有限公司董事长李儒强

在此期间一边靠丰厚的收入来壮大规模，一边开始了自己理想中的“装备制造”，期间的脚步踏遍了大江南北，结交了大批的技术专家。和西安交大、中科院、沈阳机床、大连机床、齐齐哈尔第一机床厂、国家数控中心、江南大学、华中科技大学、山东大学、合肥工业大学、科研四所、山东科技大学等学府和科研机构建立了业务合作关系，并在广东成立了东莞冠宏智能科技、参股了深圳康道科技、博立斯工业机器人、东莞瓦力机器人，建立了一个智能装备所需求的完整技术库、人才库！涉及主要装备的研发人员89人，各个公司一方面在完成自身业务的同时兼顾集团公司的技术需求，多年来孜孜不倦的追求，至今已经积累成一个强大的专用生产线的技术堡垒和生产制造能力！

创新驱动再发展

当下，宁夏汇高集团着力研发LED智慧照明，分为智慧城市应用领域、道路亮化应用领域、医疗应用领域、教育照明应用领域、太阳能一体化应用等5个领域。李儒强介绍说，我们成立了LED技术创新中心、3D快速成型打印技术中心、智能制造研发中心、智慧农业设施中心，形成了专业人才最多、扩建整合最完整的孵化基地，以线上线下的培训模式，培养半导体照明应用型人才。创新团队的建立，不仅为汇高集团的几个重大产业方向提供了有力的技术保障，而且为宁夏地区经济创新发展提供智库，同时也为宁夏职业技术教育、师资及产业型技术人才的培训提供了平台。

李儒强先生在行业摸爬滚打27年，从制造轴承套圈到轴承，期间把中国轴承行业所有的设备了如指掌，并亲身实战！凭借自身的兴趣和经验，多次大胆创新进行设备改造和工艺的变革，取得了经济效益的同时也更加热爱本职工作，自2004年不再满足于改装、改造，和设备制造厂家多次协商，想要打破常规设计针对轴承套圈的设备，可是多数设备制造小厂家不具备设计开发能力，而大厂家我们又高攀不起，他们的体制机制太僵硬，不愿意去千辛万苦的攻关研发（因为只是轴承套圈的车削设备），他们不了解市场份额，也看不起细分产品的加工设备，认为市场面太窄！

怀揣一个梦想，时值而立之年，毅然拿着积累的3000万元开始探索一个新的领域“专用设备的研发制造”。下定决心今后半生完全交付给自己喜欢的事业！从铸造开始！因为设备的稳定性能和铸件有太多的关系，从源头就要求规矩，期间选择了国际上最佳工艺“消失模铸造”，当时“消失模铸造”工艺在国内能够掌握的企业不超3家，因为我们国家自1987年开始引进，至1993年才有了国产的第一条生产线，后一直用于军工，对于民间一直处于技术封锁状态！2000年以后才逐步对民间输送技术，但是能够掌握核心技术的人才太少太少。皇天不负有心人，遍访名师，走遍千山万水，历尽诸多磨难，凭着一份执着、一份热爱、一份拼劲，每一道工序都亲自操作、尝试、揣摩，历尽千辛万苦终于成功驯服这匹野马！

汇高集团以自主研发为依托，专业研究、开发、生产新型刹车盘，建立完善质量保证和管理体系，引进国内外高科技新工艺，将先进技术与用户使用要求完美结合起来，产品的各项性能指标居国内同行业领先地位，成为中国刹车盘行业规模最大的集研究、开发、制造、推广、出口为一体专业化、多样化、科技型企业。经过母公司几年的努力和汽车厂家磨合，成为长春一汽的合格供应商，近几年汽车刹车盘国内和国外需求甚大，其市场品质、价格甚是混乱！小厂居多，不但质量无法保证，并且成本不低。比如：奥迪A6刹车盘装车品质（连续三年供应商）生产成本只有40元左右，加所有运输、包装、税金、营销等在70元左右，可是在4S店一般是800元左右，在二级市场在200元上下，差距还是蛮大的。汇高科技集团刹车盘项目是公司智能制造的重点项目，示范项目。将装备集团自有知识产权、自主研发的全自动的现代化生产线100条，引进国内外先进检测设备，形成年产汽车、电动车刹车盘3000万片。2019年将达到年产1000万片，每片保守利润在10元以上，可实现利润1亿元。

诚信是发展之源

“诚信是企业的生命，是企业生存发展之本。一个发展良好的企业必然是诚信的。企业越诚信，你的合作方就越信任你，合作才会更顺畅，社会对企业本身的认可度也会很高，这一切是一个良性循环圈。”问渠哪得清如许？十年风雨兼程，才有今日辉煌呈现。汇高科技集团没有忘记这片热土十年前的接纳和给予，以诚信之心回报这里，以实际行动回报社会。在瞬息万变的市场大潮中，希望这样有良知的企业继续激流勇进，努力开创更加辉煌灿烂的明天。

【相关链接】

李儒强，汉族，1976年06月生。2012年被评为“山东省机械工业重点行业关键零部件和机械基础件技术创新卓越贡献带头人”，2013年12月被评为“富民兴聊”劳动奖章获得者，2014年中共聊城市委和聊城市政府授予“先进企业经营者”，2015年被山东科学技术厅和山东知识产权局授予“中国专利山东明星企业”，2016年当选吴忠市政协委员。

美好生活无限 保障在你身边

——宁夏通宇电梯制造发展股份有限公司

很久以前，人们就使用一些原始的升降工具运送人和货物。公元前100年前后，我国古人发明了辘轳，它采用卷筒的回转运动完成升降动作，因而增加了物品的高度。19世纪末，升降机开始采用电力驱动，真正出现了电梯。

自从世界上第一台电梯诞生至今已经超过了百年，中国电梯也已经走过了60多年的发展，电梯企业从无到有，从小规模生产到成为全球最大的电梯制造大国和电梯使用大国，电梯年生产保有量已经可以达到百万台。

宁夏银川作为西夏首府，随着城市化进程不断加快，城市的规模越来越大，电梯的

宁夏通宇电梯制造发展股份有限公司办公大楼

保有量呈爆发式增长，但宁夏一直没有属于自己的电梯制造企业。

宁夏通宇电梯制造发展股份有限公司董事长许卫东

董事长许卫东自1988年上海建校毕业以来，担任江苏南通第六建筑公司技术员，公司承接大型项目比较多，提供了优质锻炼平台，个人技术提升很快，两年后被提升为项目经理。这期间董事长许卫东边工作边学习，理论基础和实践经验进一步提高，为今后的发展奠定了基础。建筑行业和电梯制造业联系密切，2000年许卫东到南通大通公司任业务员，加深了对电梯制造业的了解，后发展为大通公司股东至今。过去十年建筑行业的从业经历，不仅丰富了他的业务水平和管理能力，也拓宽了他的视野，在西部大开发的战略背景下，他看到了商机，从秀丽的江南水乡来到了西北宁夏银川，成立了自己的建筑公司。公司从小到大，完成了资本积累。看到银川市城市化建设进程欣欣向荣，每年的电梯采购以30%以上的速度在增长，发展前景很好，自己又有电梯从业经历，从而决定转行二次创业，从大通公司撤股，成立自己的电梯制造公司—宁夏通宇电梯制造发展股份有限公司，作为银川市的招商引资企业落地银川经济技术开发区。

宁夏通宇电梯制造发展股份有限公司是集电梯设计、制造、安装、维保为一体的公司，于2010年10月注册、2012年竣工、2013年元月取得A级制造、安装、改造、维修许可证，通过了ISO9001质量管理体系、ISO14001环境管理体系、OHSAS18001职业健康安全管理体系认证。主要产品有乘客电梯（小机房客梯、无机房客梯、观光电梯、医用电梯、家用电梯）、载货电梯、杂物电梯、自动扶梯和自动人行道。是宁夏唯一的一家电梯生产制造企业。公司的入驻，填补了宁夏装备制造业的空白，结束了宁夏不能生产电梯的历史；培育了宁夏本土民族品牌；增加了社会就业；提升了宁夏GDP和税收的增长；带动了地方原材料销售及配套供应链的发展，已经成为我区经济建设的一个新的增长点。

公司一期厂区占地50亩，生产办公区3万多平方米，拥有研发中心、生产车间、检测中心和物流中心，建造近80米的四井道电梯试验塔作为公共服务测试平台面向社会。引进了先进的机器设备、采用法国爱玛斯制造和控制技术；拥有较强实力的设计研发团队和一只专业的安装维保队伍，其中高级工程师比例占10%，工程师比例占15%，其他各类专业技术人员比例占25%。公司建立了完备的特种设备质量保证体系，并将其贯彻于产品设计、制造、安装、改造、维修和服务的全过程，使得每道工序、每个环节和每个过程都处于受控状态，以确保为顾客提供满意的高品质产品和服务，电梯产品种类的多样化及设计研发制造能力均已达到行业先进水平，具备年生产各类电梯5000台的能力。

2013年6月，公司入选宁夏回族自治区中小企业“百家成长千家培育工程”企业；2013年被宁夏回族自治区政府采购办列入政府采购目录，被银川市工信局、银川市财政局列入“五优一新”产品目录；2014年公司被宁夏回族自治区科技厅和宁夏回族自治区经信委授予“科技型中小企业”、纳入规模以上企业、荣膺第三届“宁夏十佳企业”称号；2016年被宁夏回族自治区非公有制经济服务局认定为“专精特新”示范企业及宁夏回族自治区中小企业创新梯队企业“行业之星”；2017年被宁夏回族自治区评为“省级安全示范企业”。

2018年6月7日，公司荣获售后服务三星级证书，该证书表明通宇电梯的服务体系已十分成熟、完善，得到了专业部门的高度认可，同时也对今后工作提出了更高的要求，通宇也将持续为用户提供更优质的服务。2018年11月5日，公司首次取得知识产权管理体系认证证书，这标志着公司将开创知识产权管理体系的新时代，对下一步公司提高市场影响力和行业地位有着重要意义，也更加规范了公司的知识产权管理，为公司创新驱动发展提供了核心动力。

公司秉承“诚信、专业”的经营理念，坚持“用户至上、质量第一”的经营宗旨，在开展生产的同时，积极开展科研工作，先后完成县级科技项目立项1项——“4米/秒超高速电梯研发项目”，申报了10项实用新型专利、2项发明专利和14项软件著作权。公司注重企业文化建设，不断健全完善各项规章制度，开展丰富多彩的文化活动，培育员工素质，树立良好的企业形象，提升企业核心竞争能力。公司的电梯展厅及试验塔为介绍和宣传电梯科技知识的场所，接待了大量外地来访者和相关院校的实习师生，公司被宁夏质量技术协会授予“宁夏质量技术协会电梯作业人员培训基地”。

作为一个民营企业家董事长许卫东严格遵循一个原则：遵纪守法、照章纳税、合法经营，这是企业长远发展、持续的根本。2017年全区质量工作会议在银川国际交流中心召开，宁夏回族自治区政府副秘书长薛刚宣读了《宁夏回族自治区质量和商标战略工作领导小组关于表彰2016年度宁夏名牌服务业企业和宁夏名牌产品生产企业的决定》，公司“塞上通宇”品牌电梯被认定为“宁夏名牌产品”。近年来，公司针对新常态下

生产车间

遇到地实际困难，果断及时调整策略，创造名优新产品是公司跻身于市场的经营宗旨，并为广大顾客提供优质的“全天候、零距离”的24小时售后服务保障。

“宁夏名牌产品”是对产品质量水平、市场占有率、品牌知名度和用户满意度的充分肯定，公司此次获得“宁夏名牌产品”，不仅体现了“塞上通宇”品牌在业界的影响力，同时也反映出社会对企业的认可。

董事长许卫东在全区质量大会上，代表全区各行业、各区域发出《优化质量供给，建设质量强区》的倡议。提出要坚持以质取胜，提升质量水平，推动质量强区建设，追求质量诚信、践行社会责任、确保质量安全，为实现经济繁荣、民族团结、环境优美、人民富裕，与全国同步建成全面小康社会目标而奋斗。

“建设美丽新宁夏，共圆伟大中国梦”。通宇电梯、通宇人时刻牢记这个宗旨，不忘初心跟党走，在社会主义祖国的大家庭中，沐浴着祖国的阳光政策。通宇人在公司董事长许卫东的领导下，以饱满的热情、坚定的信心、高度的责任，团结奋斗的精神，为美丽宁夏的繁荣进步增砖添瓦。

【相关链接】

许卫东，1968年11月出生，建筑工程师。1988年6月毕业于上海市建筑工程学校；1988年7月至1999年12月，供职于南通六建公司，历任技术员、项目经理；2001年1月至2010年9月，供职于江苏大通电梯公司，历任项目经理、副总经理；2010年10月至2016年4月，供职于通宇有限，任执行董事兼总经理；2016年5月至今，任公司董事长、总经理，并兼任银川市工商联副会长、宁夏特种设备协会副理事长。

传承地域品牌“宁安堡”

——宁夏宁安堡土特产品有限公司

枸杞具有丰富的营养价值和药用价值，中国药典明确规定唯宁夏枸杞方可入药，其药食同源的特性是世所公认的健康补品。宁安堡，中宁县之古称，地名历史悠久，以其蕴含的丰富历史文化逐渐被世人所关注。在过去以其家喻户晓的“宁安枸杞”闻名于世，现以所产中宁枸杞名扬天下。

《朔方道志》记载：“枸杞宁安堡者最佳”。黄恩赐有诗曰：“六月杞园树树红，宁安药果擅寰中，千金一斗矜时价，决胜腴田岁早丰。”在“中国枸杞之乡”宁夏中宁县，有这样一群人正沿着父辈的足迹走在接力传承的道路上，他们就是来自宁夏宁安堡土特产品有限公司的全体员工。

落叶归根　回乡创业

宁夏宁安堡土特产品有限公司位于“中宁枸杞”中心产区中宁县恩和镇，公司拥有优质绿色食品原料种植基地5000亩，种有宁杞1号、宁杞5号、宁杞9号等优质枸杞品种。当地高积温、强光照、少降雨、大温差、无污染的特点造就了高品质的枸杞原料，公

宁夏宁安堡土特产品有限公司厂区厂景

司以田间地头为“第一生产车间”，以龙头企业带动农户、合作社规范化种植，产业化发展，集研发、生产、销售为一体，逐步走上了产业化、规模化、网络化的发展道路。

1986年，王金堂老先生为了全家人的生计，带领曹登科一起到宁夏银川市以摆地摊贩枸杞谋生，从大街小巷到农贸市场，父子两的足迹踏遍了银川市的各个角落，贩运生活练就了曹登科敏锐的市场嗅觉。1996年，曹登科先生筹资在银川市新华街成立了第一家以枸杞为主营业务的宁安堡枸杞专卖店，准确的市场定位为曹登科先生捞到了创业发展的第一桶金。随后的5年间，专卖店渐渐从1家发展到10家，生意越做越大，但落叶归根的想法在曹登科的内心深处日渐强烈，他深知企业的发展离不开品牌的培育，能走上发展致富的道路是因为老祖宗留下的瑰宝——“枸杞”造就了现在的事业，于是他下定决心要传承好老祖宗留下的产业，把宁夏枸杞传播到全国各地，带领家乡人民共同致富。2001年他毅然回乡筹资2000多万元，在家乡中宁县恩和镇注册成立了宁夏宁安堡土特产品有限公司。

总经理曹登科先生回忆：“成立之初得到了家人和亲戚朋友的大力支持，资金问题很快得到解决，可接踵而来的人才和技术问题让我一筹莫展，由于地处乡下，高学历人才招聘很困难，引进的设备缺乏操作人员，关键环节没有技术人员，导致整条生产线时好时坏，经常处于半生产半瘫痪状态，于是我就亲自带领部分‘泥腿子’员工成立技术攻坚小组，深入生产一线，多学习，多实践。经常是员工下班我们上班，员工休息我们加班。通过两年多的努力，终于培养出一批实践经验丰富的技术骨干和管理人员，公司也得以走上正轨。”

宁夏宁安堡土特产品有限公司总经理曹登科

“宁安堡”作为一个地域品牌，始终传承着宁夏枸杞产业发展的痕迹，公司牢牢把握这一特色优势产业，始终将“宁安堡®”作为品牌战略核心，通过历史文化的挖掘，将品牌和文化牢牢结合在一起，将枸杞产业推向全国，不断加大品牌宣传力度，以市场需求为导向，以客户满足为宗旨，通过网络资源展示企业文化，宣传产业发展特色和健康养生之方，通过优质的产品和满意的售后服务，为企业树立形象，打造品牌。

经过多年的创新发展，“宁安堡”搭上了网络化发展的主流车道，紧紧围绕“产品质量”“市场维护”“品牌战略”“人才储备”四条主线，以农业物联网为主要发展方向，以网络化带动产业化，不断加大对“宁安堡”品牌的宣传力度，实现线上线下的融合互动方式，真正发展成为宁夏枸杞产业发展的领军企业。

以质取胜　健康发展

公司成立之初就定下“绿色引领健康，责任成就未来”的愿景目标，企业要实现可持续发展，必须打造过硬的产品质量和叫得响的企业品牌。

2004年，公司成功注册“宁安堡”商标，同时立足品质以田间地头为第一生产车间，坚持打造绿色食品优质原料基地，通过自有种植和指导农户连片规范化种植枸杞绿色食品原料基地5000亩，优质红枣基地500亩，以绿色食品原料为发展基础先后通过了枸杞和枸杞芽茶的绿色食品认证，从源头保证了优质产品原料的规范化生产和供应，通过培训和指导性生产保证了种植技术、销售渠道，并带动了基地农户的生产积极性。公司签约的枸杞原料种植基地，直接带动农户1800户，种植区农户人均年增收5000元以上，为种植区农户年均节约制干成本500万元。

生产型的企业，产品研发是关键。公司围绕枸杞产业，以枸杞健康养生为主要发展方向，先后开发出枸杞干果、枸杞花蜜、枸杞芽茶、枸杞休闲食品等6大系列80余款产品，通过不断引进现代化生产技术和生产线，保证了产品质量的稳定性，从初期的手工作坊到后来的半自动化生产，如今已全部实现了流水线生产的自动化，全部采用GMP加工车间要求，实现了全过程的无菌化生产，大大提高了生产效率，稳定了产品质量和产量，为公司的发展壮大奠定了坚实的基础。目前，公司以枸杞膏体和枸杞麦片为主要研发方向的休闲食品深加工，已取得了初步成果，新产品的研发推广为行业的可持续发展提供了积极的借鉴作用。

在商场摸爬滚打多年，总经理曹登科深知市场营销体系的建设对企业发展至关重要，要打牢基础、稳步推进，切不可造“空中楼阁”。起步阶段他们坚持本地市场，以大型商场、旅游景点、终端销售为主，做好市场拓展和售后服务工作，逐步占领区内市场，以宁夏为支点逐步向全国发展。

2009年，公司主动调整服务方式，建立自己的网络展示平台，积极培养建设自己的营销队伍，通过网络让更多的消费者认知“宁安堡”品牌，通过电子商务平台，建立了自己的互联网销售模式，分别在天猫和京东电商平台申请注册了“宁安堡天猫旗舰店”和“宁安堡京东旗舰店”，并陆续入驻1号店和苏宁易购等电商平台，通过网络平台的销售，公司的销售额度有了大幅度的提升。

目前，产品销售网络遍布全国近100个中心城市，拥有各级经销商近900家，设立银

生产线

川销售分公司1个、北京销售分公司1个、杭州天猫运营团队1个、北京京东运营团队1个、实体销售渠道5个，建立起一支优秀的管理团队和一支不断开拓进取的营销队伍，营销人员60余人，其中电商团队22人。

通过不懈地努力，公司已具备可持续发展的销售能力，“宁安堡”枸杞系列产品在天猫和京东电商平台销售量始终保持在平台前三的水平，取得了良好的经济效益和品牌效益。

不忘初心　回报社会

2012年公司为了谋求更大的发展，在恩和镇政府的协调下，公司投入6000多万元对恩和镇占地50亩的闲置厂房进行改造升级，建设标准化车间7000平方米，仓储物流仓库6000平方米，改造升级后公司的生产能力得到了极大的提升，至此进入了全面发展的快车道。

在此期间，曹登科没有忘记带领当地村民共同致富，以公司牵头出资成立了中宁县宁安堡枸杞专业合作社，曹登科亲自担任合作社理事长，吸纳朱台村村民加入合作社，带领家乡人民共同致富，村民的钱袋子越来越鼓，可他担负的责任也越来越大。2012年8月，在朱台村全体村民投票下，曹登科先生全票当选了中宁县恩和镇朱台村党委书记，当选的当天，家里人非常反对：“企业管理本身已经让你投入了全部精力，现在还要担任村书记，身体能吃得消吗？”可他却说：“作为一名党员干部，村民能够推选我是对我的信任，我就有义务担起这个责任，我当初回乡创业不就是希望能够带领大家共同致富，现如今企业已经步入了正轨，能为村民多做一些事也是值得的。”如今的“宁安堡”已经是名副其实的农业产业化龙头企业，每年为恩和镇的社会事业发展提供就业岗位100多个，支付周边留守妇女进厂工资500万元，在曹登科的带领下朱台村现如今已发生了翻天覆地的变化，村民安居乐业，收入连年增长。

除此之外，曹登科积极倡导宁安堡公司把恩和镇朱台村小学列为重点帮扶对象，每年六一儿童节定期给所有老师和孩子派发节日礼品，同时设立教育帮扶基金，对家庭条件较差的孩子进行帮扶，为了让本地孩子也能够享受到城里的教育资源，公司主动为学校购买电脑，解决朱台村小学网络化教育问题。同时每年都会以公司和个人名义对恩和镇70岁以上老党员和孤寡老人进行慰问，主动倡议部分党员和公司领导以他为首捐款捐物。2018年，在全国掀起"精准扶贫"的关键之年，公司义不容辞积极对接中宁县喊叫水乡马塘村扶贫点，帮扶当地进行危房改造，在回馈社会的道路上以公司和曹登科先生个人名义捐款捐物累计价值人民币100万元以上。

企业发展的同时，曹登科也在自己的人生道路上实现华丽转身，"未来的宁安堡枸杞，将以发展带动宁夏枸杞产业为己任，紧紧围绕'绿色引领健康，责任成就未来'的愿景目标，致力于打造中国枸杞行业最具影响力和竞争力的品牌，为消费者提供最放心的良心枸杞!"展望未来，曹登科信心满满。

展厅

【相关链接】

曹登科，汉族，1967年1月20日出生，中共党员，2001年至今担任宁夏宁安堡土特产品有限公司总经理。2012年至今担任中宁县宁安堡枸杞专业合作社理事长；2012年～2015年担任恩和镇朱台村党支部书记；2014年获评市庆十周年建设中卫突出贡献先进个人；2015年获评中卫市十佳创业带头人、中卫市政协委员。

厚积薄发 打造中国亚麻产业航空母舰

——宁夏六盘珍坊生态农业科技有限公司

出身贫寒　顽强拼搏勇追梦

王芳平出生在宁夏偏远山区一个普通的农民家庭，家境贫寒，上小学时，甚至连考试用的铅笔都没有，早晨上学经常因为姊妹之间争夺一块土豆粗粮饼而让父母作难。13岁时，他辍学来到银川郊区农场打工，挣够了学费继续回到老家读完初中。1996年，以优异的成绩考入宁夏商业学校市场营销专业学习，靠勤工俭学完成了四年的学业，在校期间自学完成宁夏大学经济管理系企业管理专业。

宁夏六盘珍坊生态农业科技有限公司厂区效果图

2000年学校毕业后，他放弃了公职，选择留在城市打拼，此时的王芳平有一个目标，就是如何通过自己改变贫困的家庭现状。如果选择了成为国家公务人员，可能自己的生活会有所保障甚至实现小康，但未必能改变整个家庭的贫困，思虑再三，他选择留在大城市里打拼，立志用自己的努力改变家人的生活，梦想通过自己的努力干出一番事业来，带动乡亲致富。六年的职业生涯，他从一名早出晚归、整日奔波的业务员做起，通过不断地努力晋升至销售主管、营销总监。

2006年，有了一定的资本积累和行业经验后，王芳平创办了第一家公司——银川互赢商贸有限公司，主要代理销售食用油和酒水饮料等。经过艰苦打拼，公司蒸蒸日上，营业额连年攀升。

开发生态产业　构筑人民健康生活

宁夏六盘珍坊生态农业科技有限公司董事长王芳平

王芳平毅然放弃了已经成熟的商贸生意，回到老家山区农村，流转了1000亩地开启种植有机亚麻籽的二次创业。

亚麻籽油，俗称胡麻油，是以亚麻籽为原料萃取的食用油，被公认为是含ω-3脂肪酸最高的天然食物之一，ω-3脂肪酸的母体α-亚麻酸的含量高达56%，是深海鱼油的两倍多，被誉为陆地上的“液体黄金”，亚麻籽油中被证实含有丰富的木酚素，其对癌症、糖尿病等有着神奇的效果，已成为孕产妇、婴幼儿及白领阶层和中老年人的天然营养食用油之首选。

2010年王芳平组建了“西吉县六盘山七彩亚麻籽种植专业合作社”，依托宁夏六盘山区黄土高原独产的七彩亚麻籽的优势，从事有机亚麻籽产业的种植、加工、销售。经过5年的发展，于2015年又在固原市发起成立了“六盘山生态农产品联盟”，会员企业120家，带动社员1万余户，种植面积达到10万亩，所有种植、加工过程通过了国家权威机构有机认证，获得有机证书，并且采取高于市场价30%的价格从社员手里收购原料。

为了社员有更大的收益，2011年王芳平成立了宁夏六盘珍坊生态农业科技有限公司，倡导“整合一切资源、合理分配利润、实现共赢发展、构建和谐社会”的经营理念，走联盟化的发展道路，做全产业链的种植、加工、销售为一体的综合性生态农业科技企业，并与宁夏大学和宁夏农科院共同建立了产、学、研基地，建成了年产10000吨有机亚麻籽油生产线，注册有“六盘珍坊、聪明的油”商标，取得了“亚麻籽有机产品认证证书”“亚麻籽油有机产品认证证书”和国标一级亚麻籽油生产许可证，真正做到了“从田间到餐桌”的安全放心使用。目前，采用小玻璃瓶包装的产品已进入北京、上海、广州、香港高端市场和多家电商平台销售，与国内行销多年的橄榄油争夺天下。公司被宁夏回族自治区经信委和宁夏回族自治区科技厅认定为“专精特新中小企业”“科技型中小企业”和固原市农业产业化重点龙头企业。

开发特色生态产业，构建健康美好生活。王芳平自强不息，顽强拼搏，通过自己的智慧和汗水完成了由一个贫寒的农家子弟到实力雄厚的企业家的转变，实现了当初的梦想。未来，他将再接再厉，带领六盘珍坊全体员工开发更多有利于人类健康的绿色产品，使人类生活更健康。

组建“固原市六盘山生态农产品联盟” 把六盘山最安全的食品推向全世界

2015年3月5日，国务院总理李克强在政府工作报告中提出“互联网+”行动计划，王芳平迅速行动，经过三个月的筹备，在固原市供销社、农牧局、中国农产品经纪人协会、固原市人民政府的支持下在宁夏固原市创新的成立了“固原市六盘山生态农产品联盟”，王芳平任会长，整合了当地120家农业企业、农民专业合作社、种植养殖大户成为会员，统一品牌、统一包装、统一监管、统一宣传、统一销售，把地道的原生态、无污染、安全放心农产品推向全国。这个平台，是一个以农产品产业链整合、提供加工销售及流通一揽子解决方案的综合性平台，是致力于打造“六盘山”农产品品牌，真正带动和助推农业企业、合作社规范化、品牌化、专注式发展的平台，将更好地带领当地农民脱贫致富，把六盘山最安全的食品推向全国、走向全世界。

整理农产品目录　申请五个国家地理标志产品

2016年，由六盘山农新品联盟配合、固原市供销社牵头整理出了固原市农产品目录，有38家企业38个农产品首次入选，建立了固原市农产品品牌目录制度，完善农产品质量安全追溯信息网络，实现生产记录可存储、产品流向可追踪、储运信息可查询、销售环节可把控。

同时由联盟发起、固原市市场监管局牵头将“固原胡麻油、固原马铃薯、固原黄牛肉、彭阳果脯、彭阳朝娜鸡”五个产品申报“中国地理标志产品”，2016年获得国家质检总局128号文件公告通过，实现固原市地标产品零的突破。

因王芳平工作突出，2017年在固原市供销合作社联合社第一次代表大会当选为副主任，负责固原农产品品牌打造和销售工作。

筹建“六盘山亚麻（胡麻）产业融合发展园”实现一二三产业融合发展

为了做强做大固原胡麻产业，保证产品质量，扩大产品销售，提高农产品附加值，宁夏六盘珍坊生态农业科技有限公司在固原市开发区轻工产业园建设33772平方米，六盘山亚麻（胡麻）产业融合发展园内有六盘山生态农产品联盟、原生态有机农产品（亚麻籽）科技研发中心、农产品精深加工基地、农产品质量检验中心、电子商务交易平台和冷链仓储、物流配送中心。

年均深加工2万吨中国地标产品固原胡麻油、六盘珍坊有机亚麻籽油、高纯度亚麻酸保健食品、亚麻蛋白粉、减肥代食品、精深加工生产线6条。项目建成后六盘珍坊公司作为龙头企业，采取公司+合作社+农户、订单农业的模式，在宁夏固原六盘山境内及周边，规划实施年示范推广有机亚麻籽高产种植50万亩，在固原市一区四县分别成立亚麻产业合作联社，以乡镇为单位与农民专业合作社、种植大户合作，带动贫困户，免费提供种子和技术，以高于市场价30%收购，形成集研发、精深加工、检验检测、仓储物流、六盘山生态农产品电商运营中心为一体的亚麻产业融合发展园。

“六盘山亚麻（胡麻）产业融合发展园”农村产业融合发展园是固原市政府落实中央扶贫工作会议精准扶贫战略的一个落脚点，相关产业链增加1000个就业岗位、带动1万户农户增收。通过不懈努力，必将推动固原市农业发展方式转变和结构优化，提升农业经济效益，推进可持续发展，致力于将六盘山麓打造成为绿色、有机农产品基地，把固原农产品打造成为全国、全世界人民喜爱的优质生态农产品，为固原市打赢脱贫攻坚战而共同努力！

农村产业融合发展园的第一个五年计划目标是产值超过10亿元，2022年实现公司整体上市，提升知名度，扩大融资、实现再发展，使企业再上一个新台阶。

开发“宁亚怡好”六盘山高原亚麻籽油 提升全民健康体质

世界卫生组织（WHO）规定，食用油中亚油酸与亚麻酸的比例4:1为正常范围，中国营养学会2013年“中国居民膳食营养素参考摄入量”规定：α-亚麻酸每天摄入量1600-1800毫克。据调查，我国人群膳食结构普遍缺乏α-亚麻酸，导致一系列慢性病（亚健康人群数据）：糖尿病患者已达到1.14亿、高血压高血脂人数达到1.6亿、肥胖和超重人数达到2.6亿、老年痴呆症患者数量超过600多万、心血管疾病人数达到2.9亿……

生产车间

亚麻籽油被公认为是含α-亚麻酸最高的天然食物之一。2018年12月，六盘珍坊推出六盘山高原亚麻籽油"宁亚怡好"系列产品，采用产自海拔2000米以上六盘山自有种植基地种植的亚麻籽，经低温物理压榨、闪蒸技术、充氮保鲜灌装，充分保留了亚麻籽中的有效营养成分α-亚麻酸，产品生产实现了全程溯源。

宁亚系列品种是经过宁夏农科院固原分院专家团队系统选种、抗病鉴定、精心培育而成。地处北纬36度的宁夏六盘山区黄土高原，高寒干旱、方圆百里无工业污染，独特的地理位置和气候特点造就了"六盘山——有机亚麻籽黄金产区"的美称，亚麻籽已成为六盘山区支柱产业之一。

【相关链接】

王芳平，汉族，民盟盟员，1978年9月出生，宁夏固原市西吉县人，宁夏商业学校市场营销专业、宁夏大学经管系企业管理专业、西安交通大学市场营销专业毕业。现任政协宁夏固原市第四届委员会委员、固原市供销合作社联合社副主任、固原市六盘山生态农产品联盟会长、宁夏六盘珍坊生态农业科技有限公司董事长。2010年获得宁夏首届创业大赛银川市金凤区冠军奖；2013年度被评为"民盟宁夏区委会优秀盟员"；2014年度被宁夏回族自治区科技特派员创业行动领导小组聘为"农产品加工领域科技特派员"；2014年荣获第三届"感动宁夏十大青年创业人物"荣誉称号；2015年被中华供销总社"农产品流通经济人协会"授予"全国百强农产品经济人"称号；2016年被中共西吉县委、县人民政府授予"西吉在外创业成功人士"并受邀参加表彰；2018年获得民盟中央委员会民盟社会服务工作先进个人。

明翔人与明翔精神

——宁夏明翔粮油有限公司

奋斗其实就是不断的克服一个又一个困难，消除一个又一个烦恼，在克服困难过程中成长，在消除烦恼过程中升华。一个碌碌无为的人没有这体会，一个不谙世事的人难解其中味，一个少年得志的人无法领悟。

“干什么都不容易”是一句普普通通的话，却又凸显着人生的智慧。在人生的奋斗路上，做什么都不是一蹴而就的。这是一位企业家在创业之路上的奋斗过程，也是他人生经历的真实写照。

艰苦创业　几经周折

九月的宁夏，风吹稻浪翻。秋收结束，宁夏明翔粮油有限公司总经理周广礼又到

宁夏明翔粮油有限公司外景

了一年之中最忙碌的时候,从新粮收购、品质检验、烘干入库,到产品加工、对接销售,事务细碎而杂乱,都需要他去协调解决,工作虽然忙碌,但是看着各项工作在自己的安排下有条不紊地进行着,周广礼油然而生一种自豪感!

宁夏明翔粮油有限公司总经理周广礼

谈及创业历程,他感慨万千。出生于普通农民家庭的他,初中刚毕业便跟着父亲一起经营自家的米厂作坊,可能那时候他也从未想过,自己会在粮食加工行业里一干就是十几年。初入行业,一切都显得很陌生,事业起步就面临艰辛,周广礼有着传统农民家庭孩子的韧性和毅力,跟着父亲从学碾米开始,积累着自己的经验。随后,他接手了父亲的米厂。

那时,贺兰县有很多小作坊式的米厂,经营模式大多是以家庭为单位,秋收结束后,收购本村和邻村的水稻进行加工。那时碾米的利润相对可观,这些作坊式的米厂每年的收入也算得上丰厚。"但时代在变,不成规模的小作坊式米厂迟早会被淘汰",在全盘接手了米厂后,周广礼深度分析了粮食加工行业特点,并对行业做出了自己的判断,几经考虑,周广礼决心改变现状。2011年,周广礼积极筹措资金用于厂房建设和新设备购进,来扩大自己的生产规模,同时创办了现在的公司,建立了"唐徕""玉昊翔"两个品牌。而结果也正像周广礼预测的那样,由于大型粮食加工企业的成立,外地价格相对较低的大米进入宁夏市场,导致行业内的生产利润逐渐降低。宁夏的大米加工行业进行了内部优化式的大洗牌之后,大浪淘沙,家庭式作坊米厂没过几年便已日薄西山,被迫退出了行业竞争。

公司刚成立时一无资金,二无市场。由于当时很多经销商对新产品认可度不高,不敢轻易销售公司的产品,导致周广礼带领员工开拓市场时曾被拒绝过多次,有时还被经销商挡在门外。如何打开局面,让企业活下来,这是摆在周广礼面前亟待解决的难题。"没有办法就要想办法,办法总比问题多,我们自己的东西首先要过硬,才能让别人慢慢接受我们的东西。"这是周广礼在公司初创时激励员工时常常说的肺腑之言。

面对困难他从不轻言放弃。对内,他狠抓商品质量,做到不合格的原料不进厂,不合格的半成品不流入下道工序,不合格的产品不出厂。产品生产要严格按国家标准、行业标准或企业标准及产品特征进行检验,使之达到公司的质量目标,确保公司的产品合格率达到100%;对外,他虚心地向同行标杆学习,主动想客户之所想、急客户之所急,用心办实事,真心交朋友,硬是靠自己努力和真诚叩开了事业发展的大门,打破僵局,使公司产品赢得了广大消费者与经销商的青睐。

把握机遇　勇攀高峰

"雄关漫道真如铁,而今迈步从头越"。一个容易满足的人,取得成功的时候,他会停下来欣赏沿途风景;一个充满前进动力的人,攀上一座高峰时,他会仰望另一座更高的山峰。周广礼是一个充满前进动力的人。"比我们成功的人还在努力,我们为什么不逼自己一次,把自己的潜力发挥到淋漓尽致。"周广礼语重心长地对员工们说,他又把目标指向更高更远的前方。由于"唐徕""玉昊翔"两个品牌系列大米价格亲民,深受新老顾客喜爱,市场对产品需求不断增加,针对这种情况,周广礼连续召开了三次会议。他认为,未来想要在宁夏粮食加工行业走得更远,就要做事有魄力,要提前布局,抢占市场份额,全面提升产品质量。最终,周广礼做出了对厂区进行全面升级优化的决定。

2017年5月,周广礼投资600多万元,引进各种先进生产设备,使公司成为行业内一流的大米生产加工企业。在加强硬件设施优化的同时,他着手提升企业的软实力,因为他深知好的服务是提升产品价值的重要因素。为此他提出了"用户至上、服务第

公司新引进的设备

一”的公司产、销、售经营方针，并专门组建了由他担任领导小组组长的售后管理小组，制定了从产前、产中、产后到售后为一体的产品售后服务制度，确保产品销售客户满意度达到99%。

在周广礼的不懈努力下，短短几年时间，公司突飞猛进的发展壮大，目前公司已成为占地8000平方米，固定资产近1900多万元，年加工大米能力4万吨，年销售量从2011年建厂的800万元增加到2018年8000多万元的宁夏回族自治区重点农业龙头企业。公司围绕着“信誉拓市场，质量稳市场，品牌保市场”的战略模式，内抓管理深度，外扩市场广度，使公司在贺兰县同行中，加工销售量名列前茅，产品远销新疆、内蒙古、山西、陕西、云南、贵州等地。

饮水思源　回报社会

周广礼始终认为，企业是社会的企业，无论是做人还是做事，都要学会感恩，只有真情的回报社会，企业才能赢得社会的信赖和支持而不断发展壮大。

对于一个出身农家的孩子，周广礼深知“面朝黄土背朝天”的艰辛，他最初选址建厂的时候，就考虑到要解决部分农民就业问题，为农家子弟提供就业机会，先后安排了100余名当地的乡亲进企业工作。目前，公司员工人均月工资3000元以上，使乡亲们由地地道道的农民变成了企业工人，进一步缓解了当地闲散劳动力就业难的问题，加快了当地群众脱贫步伐。

同时，为增加种植农户的收入，保证企业有足够的优质原料，2014年，周广礼利用企业的影响力，与贺兰县农户签订订单合同，建设8000亩优质水稻种植基地。通过“龙头企业+合作社+基地+农户”的方式，在基地广泛推广隆优619、宁粳43号、宁粳27号、富源4号等水稻新品种。同时他要求公司按照统一品种、统一播种、统一施肥、统一田间管理、统一机械收获、统一销售“六统一”模式，指导并帮助农民进行水稻种植管理。对农民收获的水稻按照每公斤高于市场收购价0.4元的价格进行收购，辐射带动公司周边水稻种植农户1398户，每亩多增收200余元。

粮油是国民经济的命脉，是一个城市或地区加快经济建设，保持和谐发展的基础，而粮食企业是推进粮食稳定增产、农民持续增收、实现市场稳定的主力军，在市场经济中粮食企业所承担的保证市场供应，稳定市场粮价，维护粮食正常流通秩序，确保国家粮食安全，为民谋利，兴粮富国的神圣使命。

面对未来市场新的需求与更高的要求，周广礼不断思索，下一步，企业应该在新的基础上，深挖“吃得好”概念，利用成熟的物联网技术，建立完善的从水稻生长到产品销售的精细环节的产品质量追溯体系。做到让消费者购买产品时就能看到从田间到餐桌的全过程,实现生产记录可存储、产品流向可追踪、储运信息可查询,从而让消费者吃得放心、吃得安心。同时,细分目标市场,通过对市场的细分结合企业产品或服务的特点有针对性的出击,围绕"宁夏大米"这一国家地理标志,挖掘其深厚而独特的历史文化内涵,打造独特而非凡的品牌形象,在满足顾客需求的同时可以获取相对更高的利润。

"路漫漫其修远兮,吾将上下而求索"。周广礼坚信,只有不断地创新、与时俱进、开拓进取,提升品牌质量,才能赢得市场,企业未来才能得到发展,才能为社会做出更多贡献。

【相关链接】

周广礼,汉族,1983年11生,贺兰县常信人,从事大米加工行业15年,现为宁夏明翔粮油有限公司总经理。2009年12月荣获银川市创业之星称号,现为宁夏回族自治区企业家协会会员。

唯有奋斗 方显本色

——宁夏欣欣向荣苗木有限公司

酿酒葡萄苗木培育是一个很专业的行业，"脱毒"酿酒葡萄苗木培育，就更专业，一般的行业人士听了都是一头雾水。可是，这却是支撑我区酿酒葡萄产业最坚实的基础。

初入沙海 扎稳脚跟

1997年王继杰从林业学校毕业，进入了当时全国酿酒葡萄治沙的典范——银广夏公司，并参与到银川市西部几万亩风沙源头"西沙窝"的治理改造。王继杰与团队并肩奋斗三年多，"西沙窝"被几万亩绿油油的麻黄草种植基地和几万亩酿酒葡萄基地取而代之，这项工程创造了宁夏治沙的传奇，同时点燃了中国葡萄酒比肩法国波尔多葡萄酒的星星之火，得到了国家领导人和国家各部委领导、国内外友人、同行及学者的慕名参观，在这里他学到了从葡萄苗木培育到酿酒葡萄种植的系统管理技能和知识。

青铜峡市酿酒葡萄良种苗木繁育基地鸟瞰图

2000年，他离开公司开始艰难的创业之路。在"果树苗木经纪人”这条路上，王继杰没有人脉资源和资金基础，依靠的只是宁夏回族自治区政府产业发展政策的指引和自己的一腔热血。

2004年，他注册了自己的民旺经济林苗木繁育基地，用4年的艰辛付出，换取了酿酒葡萄苗木培育规模全宁夏第一的成绩，随后又用了3年时间，不断赢得各地企业和政府的招标活动，特别是和“张裕”“长城”等全国著名葡萄酒公司的合作，这促使企业成为酿酒葡萄苗木培育行业全国第一，至今在行业中稳居全国第一，“1.28亿”株，这是一个了不起的数字。公司所有出售的苗木全部由自己亲自培育，没有外购和委托培育，在全国同行业中绝无仅有，这是对客户的一种责任，是对事业的一种担当，是对宁夏回族自治区产业结构调整给他发展机会的珍惜，更是对人过留名、雁过留声的最好诠释。

宁夏欣欣向荣苗木有限公司总经理王继杰

为了更好地服务全国各地客户，提供质优价廉、保证纯度的酿酒葡萄苗木，2012年在永宁县政府的引导下，王继杰来到望洪镇东和村，接手了当时拖欠老百姓3年地租而承租老板已不知去向的500亩蔬菜种植大棚基地，接手基地后他注册成立了宁夏欣欣向荣苗木有限公司，并将老百姓的地租从550元涨到了750元一亩。基地的落成解决了他上一个基地用工远、不及时的问题，同时也解决了当地农村冬季没地方务工、爱打麻将的问题，增加了当地农民收入。

目前，当地的劳动力已经不能完全满足公司的用工需求，在春、秋劳动旺季，公司还要通过各种途径从周边40多公里外的其他村部调集劳动力，满足生产需要，一个生产基地一天的用工数在200多人，这样的基地有三个。连续几年，每年的用工人数在6万人次以上，每年给全区以及全国各地提供的酿酒葡萄脱毒苗木数量在500万株以上，为宁夏回族自治区酿酒葡萄产业发展做出了巨大的贡献。

指路引航　打造品牌

2004年是我区大力推广庭院经济，帮助农民脱贫致富，惠民政策落实之年。鲜食葡萄被一些地方政府列入扶贫项目，由农户自己出工出力，公司提供鲜食葡萄苗木，政府专业部门提供栽培管理技术指导，三方一起推动工作进展。

为了落实好各项工作，保证成活率，王继杰亲自去现场查看乡亲们的工作落实情况，到现场后他惊呆了，全部超标准完成各项准备工作，这种干劲让人感动。老百姓说："都是国家政策好，不仅给老百姓想到了生钱之道，还提供技术，督促我们落实每个工作细节，我们再不积极配合，那这辈子就别想翻身了。"

第二年6月王继杰去当地回访时，发现其中有个别村庄有近20%的苗木是杂株，随即将这件事告知有关部门，并协商处理办法，最后商定全面统计所有混杂品种的株数，和当地老百姓沟通，将杂品种更换成相应的正规品种。

事情虽已了结，但是，这件事给了他很大触动。从小到大，父亲一直教导他："人过留名，雁过留声"，想起当时老百姓对这件事情的热情，想起他们付出的汗水，想起他们对美好未来的憧憬……王继杰感到后怕和愧疚。作为从农村走出来的人，最能体会老百姓那种上当后气愤、失望和绝望的心情，这种事情如何才能永远彻底的避免，之后成为了他考虑的重点。

人，最大的痛苦不是你做生意赔了多少钱，而是你做生意时带给了别人多少痛苦！其实，王继杰所提供的这批苗木并非他自己所培育，而是从河北的苗木供应老搭档那里购买的，事后他曾多次询问对方苗木纯度及来源问题，均无果。对方在电话里一再保证品种不会有问题，问到有何保障时，总是避而不谈。

大地自根苗木东和基地

2003年，通过与同行和各级行业专家领导对未来产业发展趋势的分析，王继杰决定建立了自己酿酒葡萄苗木培育基地，组建自己的育苗管理队伍，积极参与各个葡萄酒公司和各地林业局的苗木采购竞标业务，将盲目生产变成订单式生产，最大限度减小育苗投入风险，彻底解决品种混杂问题。

宁夏欣欣向荣苗木有限公司的苗木质量得到各方领导、客户和同行的认可，以自有的育苗基地为核心竞争力，以“用良心做事，用实力干事”为企业遵旨，以苗木的纯度和品质赢得了客户的赞同，订单量逐年增加。2005年，中国葡萄酒第一品牌张裕葡萄酒业，决定在世界最好的葡萄酒原料产区“宁夏贺兰山东麓酿酒葡萄产区”投资建设自己的10万亩酿酒葡萄原料种植基地。第一年的苗木培育，他们并没有选择和王继杰合作，2006年他们打算重新寻找苗木培育合作伙伴，经过多方对比、考察、公开招标，张裕葡萄酒业宁夏种植公司最终选择了与口碑和实力突出的王继杰合作，这一合作就是6年，这6年他真正意识到高标准、高规格、严要求的市场效益，也从本质上提高了公司的管理理念和标准。2006年底，经人介绍，他又跟甘肃和新疆客户签订苗木培育合作协议。自此，2007年的生产任务区内外加起来已经超过了2000万株，一举成为当时国内自繁自育自销的行业第一。2009年与中粮长城宁夏葡萄酒业公司建立合作关系，连续4年保持每年培育苗木近2000万的数量，给宁夏酿酒葡萄产业发展做出了卓越的贡献。

肩负重任　谱写新篇章

2012年到2013年是宁夏贺兰山东麓葡萄酒产业发展历史上具有里程碑意义的一年。为了让宁夏葡萄酒与世界葡萄酒接轨，宁夏回族自治区党委、政府决定由林业厅葡萄酒局协调从法国波尔多直接引进一批脱毒种质资源，建立宁夏自己的脱毒种苗培育资源圃和种苗培育中心，为宁夏酿酒葡萄产业发展提供高档次的优质脱毒种苗，从根本上夯实行业发展的基础，生产世界一流的酿酒葡萄原料，酿造世界一流的产自宁夏贺兰山东麓的优质葡萄酒。

国外引种育苗，如果成功，意义深远，如不成功，责任重大。2012年底，为了选择符合国家检验检疫总局各种苛刻要求的引种条件的公司和基地，宁夏回族自治区林业厅多次组织多批专家，对全区基地资源进行多轮考察、评选。经申请，国家检验检疫总局和宁夏回族自治区检验检疫局多次考察论证，最终将“国外引种脱毒酿酒葡萄苗木培育中心”隔离苗圃确定在新建的永宁县望洪镇东和村宁夏欣欣向荣苗木有限公司繁育基地。这是一份沉甸甸的信任和责任，为了保证圆满完成党和政府交给的任务，时任林业厅、葡萄酒局局长、林业高级工程师等亲自监督指导引种采穗圃、采条圃及苗木培

宁夏葡萄专家陈卫平博士来我公司东和基地指导工作，观察崔根情况

育工作。由于当时已经进入了夏季，已超越了正常酿酒葡萄苗木培育的季节，全国同行并不看好育苗能取得什么好结果，也没有人愿意承担技术指导任务。王继杰暗自下决心："我必须用120%的精心准备争取1%的成功可能。"

"反季节育苗成功！成活率93%，首批培育出优质苗木120多万株。"听到这个消息，国家林业司副司长突击检查，飞机降落到河东机场才通知宁夏回族自治区林业厅接机，坐上车要求司机直接驶向"隔离苗圃育苗现场"看看脱毒苗木的培育情况，看了后终于露出了欣慰的笑容，轻松地说道："我以为你们在骗人呢，现在看来，你们做得非常好。"对宁夏的引种育苗赞不绝口。

提供种质资源的世界知名葡萄苗提供商，法国波尔多的"梅西公司"，70多岁的董事长老梅西先生来到基地参观时，看着外表陈旧的土温室大棚说："你们用最原始的设施，培育出了世界一流的苗木。"期间国家林业司、国家检验检疫总局领导、宁夏回族自治区检验检疫局领导、宁夏回族自治区领导和林业厅领导多次到基地视察引种育苗工作进展情况。

不忘初心，方得始终。如此大规模的引进国外脱毒种质资源，在全国尚属首次，而且，能反季节育苗如此成功在全国更属首次。欣欣向荣苗木有限公司在酿酒葡萄脱毒苗木方面成为全国同行业的领导者，在连续几年的发展过程中，公司不断总结和提高自己，共拿到宁夏回族自治区和银川市2个科技成果和12个实用新型专利。目前还有10个专利正在筹备申请当中。给客户提供最高档次的优质葡萄苗木，给全区和全国酿酒葡萄产业的发展坚决打好坚实的苗木基础，为宁夏贺兰山东麓葡萄酒走向世界贡献力量，便是欣欣向荣苗木有限公司的目标。

坚韧前行　创新新道路

为了有更加广阔的发展舞台，更加长远的道路，2015年王继杰邀请深圳一家管理咨询公司对现有资源进行了梳理，重新制定了公司的战略、模式和股权结构，对公司整体发展做了长远的规划，他希望能更好地统筹身边的资源，给客户提供更加增值的服务，将目标定在了葡萄酒产业链的延伸。

宁夏贺兰山东麓葡萄酒产区具有世界独一无二的葡萄酒资源优势，与法国波尔多地处同一纬度。可是，即使拥有世界一流的葡萄酿酒原料，聘请世界一流的酿酒大师，酿造世界一流的葡萄美酒，也不能有效助推宁夏美酒快速走向全世界，问题的关键就在于销售，销售是个硬功夫。深圳是全国经济发展的前沿，也是葡萄酒消费市场的前沿，于是他将市场重心放到了这里。

世界葡萄酒看中国，中国葡萄酒看宁夏。葡萄酒不仅喝的是健康和品味，同时它更是一种身份的象征。随着葡萄酒消费者将目光聚焦到宁夏，宁夏葡萄酒将来一定会大有作为，王继杰将和深圳几百名企业家共谋发展、共建平台，一起打造属于宁夏人自己的民族品牌葡萄酒。

【相关链接】

王继杰，汉族，1977年10月出生，毕业于宁夏林业学校。现任宁夏欣欣向荣苗木有限公司总经理。曾被中共永宁县委员会、永宁县人民政府评为2014年度优秀科技特派员；2017年被宁夏贺兰山东麓葡萄产业园区管委会特聘为宁夏葡萄与葡萄酒产业标准化技术委员会专家。

情系中华　爱洒宁夏

——中国汤瓶八诊国际健康事业连锁机构

2008年宁夏回族自治区成立50周年大庆时，宁夏党委宣传部所负责出版的50周年大庆专刊对当时宁夏的“一文一武”（文：张贤亮，武：杨华祥）做了重点专题报道，这两位在宁夏是享誉盛名的“文武双雄”，已成为宁夏对外宣传的两张名片。2018年，在宁夏回族自治区成立60周年之际，我们专程采访了杨华祥教授。杨华祥教授受泰国总理府邀请，正在筹备“汤瓶八诊”项目进驻泰国。刚刚归宁的杨华祥教授在匆忙中挤出时间，欣然接受了采访，杨教授表示：“宁夏回族自治区成立60周年是一件大喜事。我1971年从上海支边来到宁夏，宁夏是我的第二故乡，这些年来，宁夏在党和国家的领导下所发生的巨变历历在目，我以身为宁夏的一员而感到骄傲。在宁夏的岁月长河里，我积淀了许多挥之不去的记忆，如今严父慈母已安息在贺兰山下的回民公墓，宁夏必然会成为我永恒的牵挂。生命不息、奋斗不止，我将一如既往地以国家级非物质文化遗产“汤瓶八诊”为桥梁，衔接宁夏与阿拉伯国家的友好往来，努力把宁夏的地域文化很好地传播出去，让世界更了解中国，了解宁夏。”

自幼不凡　志存高远

出生于武术、气功、医学世家的杨华祥，精神矍铄，充满活力，中气十足，杨华祥已经习惯大家惊讶于与他年龄不符的精气神。杨华祥的母亲买文英老人如健在如今已是110岁，老人家在87岁高龄接受宁夏电视台采访时讲道，她整整孕育杨华祥24个月才生出，他的诞生透着一股子神秘与奇异。之前一直把怀孕当成疾病在医治的买文英老人，对这个久经磨难而诞生的儿子充满了期许。在母亲期望中长大的杨华祥，朴重高洁，正直善良，从未让家人失望过。原宁夏军区司令员、将军书法家胡世浩为杨华祥赠送的字——一身正气无媚骨，心底无私天地宽，非常吻合杨华祥的品行。

杨华祥自幼便跟随父母习武行医，习武可以强健体魄，行医更能存心养性。“形而下者，谓之器；形而上者，谓之道”，武术滋养了杨华祥刚正不阿的性格，医学造就了杨华祥正直善良的品行，即使在后来遭遇太多不公与愤懑，杨华祥依旧保持着武术精神——精忠报国，匡扶正义，刚健有为，宽容待人……

杨华祥教授

习武正心修身，学医治病救人。自先祖杨明公创立汤瓶八诊以来，汤瓶八诊疗法一直在杨家传承。杨华祥的父亲杨耀钧老先生，以医为术，广施仁义，多年来义务以汤瓶八诊为周边百姓施治，在上海、宁夏受到了广泛的赞扬。杨华祥在父亲的教导下，继承祖辈衣钵，从小潜心研究民族医学，现已成为国家级非物质文化遗产汤瓶八诊的传承人。

1971年初，刚步入社会的少年杨华祥自愿支边到宁夏，毅然从繁华都市来到了当时贫瘠落后的宁夏。18岁的杨华祥青春热血，首先进入铁路系统工作，从农场劳动者到工厂工人再到干部，他始终不忘初衷，利用业余时间以祖传汤瓶八诊疗法义务地为病患者治病疗疾。同时，他无私地为离退休老干部及众多病患者传授祖传汤瓶功法，赢得了广大病患者的爱戴。1984年为宁夏南部贫困地区的病患者筹集扶贫款，杨华祥积极联合宁夏总工会、体委、卫生厅、民政厅、宁夏日报、宁夏电视台等多家企事业单位开展工作，他多次率领弟子进行以汤瓶硬气功与武术为主的大型义演，将所筹集的费用全部购买成药品并捐赠给了南部贫困山区的患者。“大仁博爱而无私”，一时间杨华祥成为了人们茶余饭后谈论的名人，宁夏日报、宁夏电视台等多家媒体曾对他的事迹做过多次报道。

20世纪80年代，国内正处于气功热的高潮，杨华祥科学而务实地传授祖传的汤瓶功，他倡导练习气功要信而不迷，迷而不乱，防止误入歧途，走火入魔。他亲力亲为地为广大气功爱好者传授汤瓶功，并于1984年6月10日在宁夏回族自治区总工会、宁夏回族自治区体委、宁夏回族自治区科协的关怀支持下，成立了全国最早的省级气功协会。1987年，杨华祥为了能使汤瓶八诊惠及更多的百姓，他以宁夏回族自治区政协提案的方式申请创办宁夏回民医院，他的提案引起了政协各界人士的关注。经审核，宁夏回族自治区人民政府批准由中国宁夏伊斯兰信托投资公司投资，正式成立了中国第一家伊斯兰汤瓶气功医疗健康中心(即回民医院),杨华祥被任命为第一任中心主任兼回民医院院长。回民医院的诞生,开始了宁夏地区以回族医学为主体、中西医相结合、特色科室为亮点的业务。杨华祥创立的回民医院也是宁夏整形美容的摇篮,至今他所培养的整形美容专家为业界都做出了杰出的贡献,回民医院亦在宁夏整形美容史上留下了不朽丰碑。

在这期间,杨华祥没有忘记医者的本分,一直坚持用汤瓶八诊疗法服务于广大病患者。1986年,时任宁夏回民医院院长的杨华祥受邀到浙江海军疗养院为离休老干部传授汤瓶八诊疗法。

杨华祥为促进宁夏与其他国家的文化交流做出了积极贡献,1991年,为更好地宣传宁夏,弘扬民族医学,杨华祥应马来西亚精武体育会的邀请来到马来西亚,传授了汤瓶养生功和汤瓶八诊疗法,在马来西亚成立了中华汤瓶文化研究院。1993年,杨华祥归国参加宁夏政协会议期间,宁夏《黄河商报》对杨华祥进行了专访,杨华祥在该报发表了一篇题为《哀宁夏之不幸,怒宁夏之不争》的文章,在文中,杨华祥提出宁夏应珍惜党中央国务院给予宁夏回族自治区的政策关怀,同时,他以超前的眼光倡导宁夏应以回族文化为桥梁,走出宁夏,走向世界,将宁夏的商贸、旅游、文化等资源作为衔接中外交流的抓手,提升宁夏的国际地位。

1995年已在马来西亚首都吉隆坡客居四年的杨华祥,在马来西亚首富郭鹤年家族的支持下,成立了海外第一家汤瓶八诊诊疗机构。在马来西亚,杨华祥曾为马来西亚最高元首端姑嘉法、副首相嘉法巴巴、朝圣基金局主席阿玛拉沙里等人调理病患,汤瓶八诊疗法在马来西亚获得了高度的赞誉,杨华祥也被马来西亚多家媒体称为中马交流的"民间大使"。

德高志愿"苦中乐"

为了宁夏的对外宣传,多年来杨华祥不顾倦怠,默默耕耘。1991年,杨华祥在大连促成中台企业家成立了中国伊斯兰华祥保健品有限公司,他将个人大部分公司收益都投入了对宁夏的宣传中;1997年香港回归,杨华祥出资数十万元组建了宁夏青年民族艺术团,并出资举办了为期十天的展演,用宁夏民族艺术敲开了香港了解宁夏的大门;1998年,杨华祥与马来西亚国会议员拿督刘衍民携手承办,组织艺术团赴马来西亚演出,再一次将宁夏民族艺术瑰宝呈现给国际友人;1999年,杨华祥促成"中国宁夏回族自治区文物展"在马来西亚古城马六甲展出,之后又促成马来西亚精武合唱团和宁夏文化厅在银川进行了文化交流。杨华祥为促进马来西亚民众了解宁夏、走进宁夏、观光宁夏起到了积极的推动作用。

杨华祥身在异国，心系宁夏，为了扩大宁夏的国际影响力，他促成马来西亚两任首相到访银川，并招商马来西亚前首相阿卜杜拉巴达威的胞弟伊布拉欣巴达威投资宁夏农业投资公司旗下的法西姆食品公司。汤瓶八诊是宁夏与国际合作交流的特色文化亮点，他多次以此为契机邀请阿拉伯国家及东盟国家的高层人士来宁夏考察、访问。早在1987年，苏丹苏中友好医院院长法依兹博士应杨华祥邀请专程到访宁夏回民医院，向杨华祥学习汤瓶八诊疗法；2003年，杨华祥应邀到沙特阿拉伯、阿联酋及卡塔尔传授汤瓶八诊疗法及汤瓶养生功；2007年，卡塔尔王室医生阿克尔不远万里来到宁夏向杨华祥学习汤瓶八诊疗法；2013年，卡塔尔半岛电视台为杨华祥拍摄专题片《汤瓶八诊及传人》，专题片播出后引起了阿拉伯国家对厚重的中国民族文化及中国民族医学的强烈反响。发自内心对宁夏的大爱，杨华祥自筹资金购置房产，组建驻马联络处，把所购场所命名为"宁夏苑"，宁夏苑已成为"马宁"交流的公共场所，也是宁夏回族自治区政府代表团到马来西亚访问的办事处。2015年宁夏商务厅为支持杨华祥多年来为促进马宁在经济、文化、旅游、医学等方面的交流成就，支持补贴杨华祥共建宁夏驻马商品展示中心，因该中心的成立是受吴忠市一商贸城的委托携手打造，最终因其他原因挫败，导致杨华祥承受了巨大的经济损失，但杨华祥没有计较，为此也不难看出杨华祥对宁夏的热爱，用他的话说："人活着不能光有'钱心'，每个人的价值观不同，我的价值观就是活着不能只图虚名，要做实事"。

"人生茫茫几十年，感慨万千难了断。静心慧思悟正道，汤瓶壶中留妙泉。花红不几日，人美只少年。少年惜春色，奋进五月天。一抬两手六门关，万思归心守真元。采得天地浩然气，留下誉名天下传。"这是汤瓶八诊员工在上岗前所歌唱的一首歌，这首歌是杨华祥自己所做，歌声低沉悲壮。哀伤的音乐，源自于辛酸的故事。杨华祥人在异国却情系宁夏，心怀对宁夏的赤子之心不知疲倦地奔波与贡献，几十年来在宣传宁夏的过程中，他从没向政府要过分文的补助，但是宁夏却给他带来了许多伤心的回忆。2004年《宁夏日报》《华兴时报》《宁夏政协报》《新消息报》以"民间大使杨华祥银川四讨说法"为标题报道了杨华祥的投资遭遇，有关杨华祥为了招商引资投资龙池海鲜广场经济纠纷案久经挫折，最终获得了法院的公正判决，但执行案款迟迟未能追回。旧事未结，新事又出。浙江有兄弟俩来宁夏投资，因资金链断裂导致项目马上就会搁浅，他们找到了杨华祥，对方告诉他"现在我资金链断了，我和银行做了大量沟通，他们同意给我贷款，而且此项目是绝对安全的。但按照银行的程序要求，必须要找到一个企业予以担保，银行才能放款。"杨华祥是一个热心的人，在与他们同来的信贷负责人表达了担保这个项目的安全性后，杨华祥就在他们事先准备好的文件上签了字。如今，借款者却避而不见甚至不知去向，银行联系杨华祥予以解决，杨教授回复银行：当时我签字也是出于对你们银行的信任，他们作为当事人，你们应该通过相关部门协助，找到本人，我们共同协商、解决此事。而银行在没有通知杨华祥的情况下，已向法院起诉浙江兄弟俩，并提出要拍卖杨华祥为其担保的、正在运营中的国家非物质文化遗产——汤瓶八诊，这一“动作”让杨华祥感慨万千。但是，杨华祥没有因为这些挫折与磨难，动摇他对宁夏的热爱，杨华祥说：“宁夏是我的第二故乡，我热爱宁夏，却一再受到欺骗。我希望宁夏的司法效率能够得到快速提升，我不愿看到因为个别人的行为丑化了宁夏的形象，破坏了宁夏的投资环境。”

即使在维权期间，杨华祥也一直没有停下推介宁夏的脚步，以汤瓶八诊为纽带，杨华祥几十年如一日，为宣传中国、宣传宁夏做着贡献。2007年，吴忠市人民政府授予杨华祥“民间大使”牌匾。

传承汤瓶八诊、弘扬民族传统医学大健康文化，对提升和加深宁夏和阿拉伯国家的交往有着十分重要而深远的意义。为搭建“一带一路”交流平台，更好地让世界了解中国，杨华祥在马来西亚经内政部批准出资下创办综合性国际刊物《丝路之窗》杂志，致力于打造一个介绍国家经济、旅游、文化、健康等多方面元素的互动媒体，让好项目同关注、好资源共分享。《丝路之窗》由中英文两种语言编辑出版，免费发放给东盟及“一带一路”相关国家的商会阅读，这能为了解多国经济、文化、旅游等提供更多的资讯。

“一带一路”与时俱进

汤瓶八珍是在长期的实践中逐步形成的一套综合自然疗法，具有较高的价值，是丝路医学文化交流的结晶。杏林春暖，大医精诚，作为汤瓶八诊第七代传人，杨华祥为汤瓶八诊的传承与发展付出了他毕生的精力。

兼收并蓄方显大家气度，心念民瘼遂成一代名医。继承祖辈衣钵，杨华祥始终不渝地坚守汤瓶八诊这一文化瑰宝，潜心钻研，终有收获。杨华祥将祖传的“汤瓶八诊”疗法进一步的完善传承。他打破了祖辈们“传男不传女、传内不传外”的家规，凡是热爱健康养生医疗事业、对汤瓶八诊颇有兴趣之人，他都乐意传授。跟随他学习近四十年的汉族徒弟刘旭晨，现已成为宁夏回族自治区级汤瓶八诊的传承人，让他感到欣慰的是他的长子杨庭亮已懂得理解父亲，勤奋好学，勇于担当，做好了接班的准备。

2003年，因杨华祥给台湾病患治疗得到了台湾著名企业家何起沄先生的认同与赞扬,他说服杨华祥并共同携手在广州开办了“汤瓶八诊养生坊”。回族医学的根在宁夏,2005年杨华祥在宁夏打造了“汤瓶八诊”传承保护体验馆。为了更好地将汤瓶八诊发扬光大,他向国家工商总局商标局申请将创始人杨明公所创立的“汤瓶八诊”注册为商标,并得到了批准。2006年在宁夏回族自治区政府和马来西亚雪兰莪州的共同见证下成立了汤瓶八诊国际连锁机构。2008年,汤瓶八诊被国务院、文化部列为第二批“国家级非物质文化遗产代表作名录”,并代表宁夏参加北京奥运会“中国故事·祥云小屋”文化展示活动,得到了奥组委和社会各界的高度关注。2009年,经宁夏回族自治区政府办公会议通过审议,由宁夏教育厅批准正式成立了宁夏医科大学回族汤瓶八诊职业技术培训学院。2010年,汤瓶八诊代表宁夏回族自治区参加了上海世界博览会“中华元素”宁夏文化宣传周活动,为了弘扬世博精神,汤瓶八诊应邀入驻上海世界博览会三民馆。2012年,汤瓶八诊被国家中医药管理局确定为“治未病预防保健服务试点单位”,是国内唯一一家非医疗机构荣获此荣耀。自2005年以来,国家中医药管理局授牌的“国家非遗汤瓶八诊治未病实验基地”,为医养、康养、大健康事业做出了突出贡献,汤瓶八诊在马来西亚、阿联酋等国以及北京、上海、江苏、云南等省市都建立了汤瓶八诊传承体验机构,将汤瓶八诊疗法分享与广泛的亚健康人群,为宣传宁夏起到了积极的作用。

杨华祥注重对人才的培养与文化的传承,依托培训学院,不间断地为社会培育出更多合格的技术人才,同时,汤瓶八诊在时代潮流中不断壮大自己。在推进“康养医养大健康产业”进程中,汤瓶八诊将永远屹立在中国民族医养之林,汤瓶八诊已联合国内专业互联网运营商“地道天下味”“地道中国味”共同打造资源共享、互惠多赢的大健康平台,给未来大健康产业带来一种全新的创新思维与模式。同时,马来西亚宁夏总商会获取批准,“马宁”经贸文化交流会有一个起色。国家非遗汤瓶八诊传承人杨华祥此时在马来西亚“宁夏苑”和老朋新友欢聚一堂,共商携手努力促进中马友谊,马来西亚和中国宁夏的经贸互动、文化交流,旅游资源分享课题。

国家级非物质文化遗产“汤瓶八诊”,作为丝绸之路上的记忆,中阿传统医学文化交流的结晶,必定会在“一带一路”的经济圈大舞台上异彩绽放。汤瓶八诊在走向世界的过程中,将更好地宣传中华文化,让世界更了解中国,了解宁夏。而这,就是杨华祥的初心。

【相关链接】

杨华祥，回族，祖籍河南周口，出生于上海，1971年支边来到宁夏回族自治区。国家级非物质文化遗产汤瓶八诊疗法杨氏家族传承人，副主任医师、传统医学教授（主要从事回族传统医学研究），宁夏第五届、第六届政协委员。现任宁夏政府驻马来西亚经济贸易代表处主任、马来西亚国际刊物《丝路之窗》杂志总编、宁夏汤瓶八诊文化产业有限公司董事长、宁夏医科大学回族医学研究所特邀研究员、宁夏医科大学汤瓶八诊职业培训学院院长、世界中医药联合会“一带一路”标准与健康产业联盟副理事长（专家委员会副主任）、世界中医药学会联合会专业委员会副会长、中国回族医学专业委员会高级顾问、东盟-中国工商总商会高级顾问、马来西亚汤瓶八诊国际资源有限公司董事局主席、中国台湾汤瓶气功协会最高顾问。

一朝恋枸杞　积爱成杞痴

——宁夏杞乡生物食品工程有限公司

他于1957年出生于中宁县一个普通的农民家庭，大专学历，中共党员。1981年中专毕业后在乡镇工作，1988年在宁夏回族自治区党校深造取得大专学历，1994年提拔为正科级干部，与同龄人相比有令人羡慕的人生光环。由于对家乡枸杞的热爱，1998年41岁的他依然放弃了从事18年的机关工作，辞去公职，一心扑到了枸杞事业上，踏上了人生二次创业的历程，在一无资金、二无厂房、三无实验设备、四无专业知识的情况下，他却两眼一黑地把研究枸杞当成了营生。盛夏的酷暑，冬日的严寒抵不过火热的枸杞情。迎着启明星出门，顶着皓月归来，伴着春夏秋冬的轮回，一心扎入枸杞事业当中，鲜红的枸杞和一日三餐的方便面，伴随他度过了一个又一个日日夜夜，他以惊人的毅力和科学务实的创新精神，一边学习一遍摸索，在综合了区内外有关科研机构和枸

宁夏杞乡生物食品工程有限公司办公大楼

宁夏杞乡生物食品工程有限公司董事长王自贵

杞生产企业研究枸杞产品的基础上，到处求师学艺。在简陋的实验室里经历长达30个月成千上万次的试验和探索，仅做实验倒掉的鲜枸杞就有几十吨，整个人都消瘦了十几公斤。功夫不负有心人，在2000年10月，他终于突破了枸杞原汁不能在常温下保鲜的禁区，产品经区内外多家法定检测部门检验测试，各项理化指标和微生物指标均达到果蔬汁饮料国家食品标准要求。他大胆创新，利用番茄酱生产线进行技术改造，综合枸杞实验过程总结的枸杞原汁生产工艺，科学务实地对每一项关键程序进行产品敏感性分析，多次将一袋袋枸杞背到天津设备生产厂家，复水后从产品破碎、研磨、均质、杀菌、灌装等工艺方面和设备厂家技术人员进行现场试验。2001年他将枸杞原汁实现了工业化生产，一次性出口美国103吨，独闯出了将枸杞原汁出口到美国的技术和企业，也为宁夏枸杞精深加工产品进入国际市场开拓出了一条新路子。他就是宁夏杞乡生物食品工程有限公司创始人王自贵。

今年61岁的他，总是把实在话说给朋友听，他只是大专毕业，研究枸杞产品更是半路出家。正因为敢想、敢干、敢创新、不怕挫折的性格才成就了今天的他。他酷爱写作，为了宣传枸杞，在做好科学研究和枸杞产品开发的同时，加班加点写出了35万字的《神奇的宁夏枸杞》科普读物，并译成英文三次印刷出版1.5万册，分送到了60多个国家和地区，将中国红枸杞知识向全世界传播和推广，如今仅他写出的枸杞专业论文就超过60万字；为了弘扬枸杞文化，他还创作了红枸杞歌词30余首，率先发起、组织、制作推出由杞乡人作词、作曲、演唱的地方风情原创歌曲《美丽的杞乡我的家》专辑并多次获奖，同时积极参与策划了中国第一部反映枸杞精神的电影故事片《杞乡》的拍摄工作。2017年由他主持创作的70幅剪纸作品《枸杞传奇》被瑞士苏黎世图书馆收藏，同时参与了美国草药药典《枸杞子》的编著工作。他把经济人、文化人与专家学者的长处集于一身，互为兼容发展，充实了自己的头脑和开拓了广阔的视野，是具有枸杞精神和枸杞内涵的杞乡优秀儿女的代表。而他所做的这些都是为赞美家乡的枸杞，深深地表达出了他对枸杞这一人间天物的挚爱：

美丽的杞乡是我的家，黄河浇开了茨园的花。
家乡的枸杞贡果展风华，中宁枸杞甲天下。
红枸杞，枸杞红，红红的枸杞红又红。
红红的枸杞红出了中宁我的家，红火了神州大中华。

他是中国枸杞深加工业的奠基者，是常温保鲜枸杞原汁生产工艺和标准化有机枸杞种植技术的开创者，是中国枸杞鲜果汁（枸杞原汁、枸杞浓缩汁、枸杞清汁）和枸杞鲜果粉标准制定者。同时，又是将中国枸杞深加工产品销往美国的首家企业法定代表人。他作为宁夏枸杞产业发展的科技领军人物，始终依托"中国枸杞之乡—中宁县"得天独厚的鲜枸杞资源优势，根据市场需求，依靠科技创新促进企业不断进步。自2000年以来，先后在枸杞精深加工和种植方面荣获国家和宁夏回族自治区多项个人科技进步奖，其中：他参加的"枸杞新品种选育及配套技术研究与应用"项目，荣获中华人民共和国科技进步二等奖；"有机枸杞生产树体保健和病央可持续调控研究与应用"项目，荣获宁夏回族自治区科技进步一等奖；"宁夏枸杞新品种与医学加工技术开发"项目，荣获宁夏回族自治区科技进步二等奖；"枸杞常温保鲜技术工艺研究"项目，荣获宁夏回族自治区科技进步三等奖；"宁夏枸杞雄性不育种质及其开发利用研究"项目，荣获银川市政府科学技术创新二等奖；他主持的"枸杞浓缩汁生产工艺研究"项目，荣获宁夏回族自治区科技进步三等奖；"高速离心法生产枸杞清汁工艺研究"项目，通过了宁夏回族自治区科技厅科技成果登记。他申报的8项枸杞加工专利技术和外观专利先后得到国家知识产权局批准和受理，他创办的宁夏杞乡生物食品工程有限公司于2011年被宁夏回族自治区科技厅授予"宁夏枸杞（中宁）技术创新中心"，2018年入库国家级科技型中小企业目录。他在我国枸杞行业的科研、种植、加工、文化等方面做出了特殊的贡献，实现了中国枸杞从这里走向世界的宏大愿望。

他是中国标准化有机枸杞种植的先行者，世界上第一块标准化有机枸杞种植基地—舟塔600亩有机枸杞种植基地就出自他手，先后取得中绿华夏，欧盟、美国等有机枸杞种植基地认证，该基地于2013年被宁夏回族自治区政府命名为"宁夏现代农业示范基地"，被中宁县政府确定为"标准化枸杞种植观光园"，多年来他怀着善待自然的热忱，秉承在大自然的土地上不使用人工合成的化学杀虫剂、除草剂及肥料。遵循自然规律和生态发展的原理，利用可持续发展的耕作方式种植枸杞。积极利用现代管理制度和质量管理可追溯体系，保证了优质枸杞产品从田间到餐桌的健康安全，为企业的可持续发展和进一步拓展国际市场奠定了坚实的基础。今天,公司的自建有机枸杞种植基地已发展到5000亩。

他是宁夏回族自治区科技厅科技特派员,始终坚持以科技为支撑,以市场为向导,以人为本,以企业信誉和产品质量为发展根本。遵循客观规律,从实际出发,充分利用有益于社会和企业发展的各种条件,发挥人的主观能动性和创造性,拓展经营思路,提高业务技能,优化经营能力,积累竞争实力,扩大市场份额,励精图治,把企业的经营建立在健康持续发展的基础上,率先在行业中制定出了枸杞产品五个方面的质量管理体系。2010年1月6日,他的创业事迹在中央电视台《科技苑》栏目进行了专题报道。

他领衔的技术创新团队,引领中国枸杞产业积极与国际标准接轨,坚持产、学、研相结合的科学模式,建立了宁夏枸杞(中宁)技术创新中心,在科技专业研发团队中汇聚了宁夏区内外枸杞深加工、生物食品工程、自动化控制和食品分析、检验检测等方面的专业人才;2014年,根据市场需求,他主持研究枸杞清汁生产工艺,2015年"高速离心法生产枸杞清汁工艺研究"项目通过宁夏回族自治区科技厅科技成果鉴定。从2013年开始,他瞄准国际最前沿科学技术——超高压冷杀菌技术在枸杞果汁中的应用,经过3年多的努力,掌握了该项技术在枸杞果汁加工方面的技术参数,于2017年建成年产600万支枸杞鲜果汁生产加工线一条,同时结合现代高新技术超临界CO_2萃取技术,开发生产出了枸杞籽油;利用枸杞果汁,结合现代生物技术研究开发出了枸杞提取物枸杞多

捷克客户车间考察

糖；利用枸杞原汁研究生产了枸杞喷雾粉和低温抽真空枸杞粉。多年来，他研究开发的产品得到了市场的认可和应用。80%以上的产品出口销售到了美国、日本、欧洲等18个国家和地区，为国家累计出口创汇3000多万美元，为宁夏枸杞产业精深加工、科技创新、带动农民增收产生了巨大的社会和经济效益。他在产品质量标准制定、产业化科技示范、枸杞深加工企业的培育、无公害、有机枸杞生产标准化操作规程与国际标准接轨等方面做出了极大的贡献。

他是中国食品科学技术学会的首批高级会员，中国管理科学研究院学术委员会特约研究员，宁夏枸杞协会常务理事，宁夏食品科学技术学会常务理事，宁夏中宁县第十届、十一届政协委员，优秀民营企业家。2007年被中国管理科学院授予“企业管理创新企业家成就奖”，中卫市十佳企业经营管理人才；2009年度被评为“中宁县十大优秀人物”，被宁夏回族自治区绿化委员会评为“全区林业生态建设先进个人”；2010年被宁夏回族自治区科技特派员创业领导小组评为“十大农村科技创业明星”；2011年在中宁荣获全国枸杞生产基地50周年，被评为“枸杞科技文化人物”；2017年享受中卫市政府特殊津贴。

如今他创办的宁夏杞乡生物食品工程有限公司已成为中国最专业的枸杞生产加工制造商和出口商，多年来，公司获得了ORIGIN注册；在美国FDA官方备案注册；获得了英国BRC食品认证，德国BCS有机食品和枸杞种植生产认证，通过了1S09001质量管理体系认证和ISO22000食品安全管理体系认证。连续两届被宁夏回族自治区科技厅授予科技型中小企业，现已入库国家级科技型中小企业名单；被宁夏回族自治区经信委授予专精特新企业，专精特新示范企业，宁夏回族自治区成长标杆企业；连续八届被宁夏回族自治区政府授予农业产业化重点龙头企业，现在正向国家高新技术企业迈进。

他以枸杞研发、基地种植、生产加工、市场营销、红枸杞文化传播为己任，坚持“诚信、创新、持续、共赢”的原则，用一切人性化的服务，做世界最好的枸杞汁，为社会负责，为自己负责，为每一个消费者负责。他承诺:将世界的每一位客户作为共同发展红枸杞事业的真诚朋友，为他们提供天然、安全、健康的产品。

他以1万元起家，20年的风雨历程，用智慧和汗水把一个羸弱的小厂培育成今天在枸杞鲜果汁研发、生产加工、销售、枸杞文化为一体的全产业链科技型企业。他留下了创业的艰辛和成功的喜悦，更留下了将枸杞产品从中宁走向世界的辉煌历程。今天的他更加感到责任重大，不仅要传承先辈们留下的枸杞财富，更要创新和培育未来枸杞在食品、保健产品、生物制药等领域的科学技术和生产方法，为人类健康造福。

20年的风雨历程，造就了他朴实无华的品格。他深知，自己能有今天离不开党的改革开放政策，离不开社会各界领导和朋友的关怀与支持，离不开杞乡大地对他无私的赐予，离不开当地百姓默默无闻的支持，他深知取之于民，用之于民的道理。在这走过的这20年当中，他没有忘记家乡人民对他的帮助，没有在金钱名利的道路上迷失自己，始终心系家乡的百姓和当地经济、教育事业的发展，先后向中宁县教育部门、宁夏回族自治区公安英烈基金会等社会各界捐款捐物累计达100多万元。他20年如一日，每年春节都要回到生他、养他的家乡，慰问父老乡亲。不忘初心，砥砺前行，他始终将自己的光和热奉献给这片热土上的人们。

一朝恋枸杞，积爱成杞痴，在他的生命里，没有自己，只有枸杞，年逾六旬的他，正在和所有与他一般痴情于枸杞事业的人赛跑。他就是宁夏杞乡生物食品工程有限公司董事长——王自贵。

【相关链接】

王自贵，1957年出生于中宁县，大专学历，中共党员。1981年中专毕业后在乡镇工作，1988年在宁夏回族自治区党校深造取得大专学历，1994年提拔为正科级干部，现任宁夏杞乡生物食品工程有限公司董事长。他参加的“枸杞新品种选育及配套技术研究与应用”项目，荣获中华人民共和国科技进步二等奖；“有机枸杞生产树体保健和病虫可持续调控研究与应用”项目，荣获宁夏回族自治区科技进步一等奖；“宁夏枸杞新品种与医学加工技术开发”项目，荣获宁夏回族自治区科技进步二等奖；“枸杞常温保鲜技术工艺研究”项目，荣获宁夏回族自治区科技进步三等奖；“宁夏枸杞雄性不育种质及其开发利用研究”项目，荣获银川市政府科学技术创新二等奖；他主持的“枸杞浓缩汁生产工艺研究”项目，荣获宁夏回族自治区科技进步三等奖。

谁家新"燕"振翅飞

——吴忠市茂鑫通冷藏运输有限公司

马红燕，一介女子，在商路上走着，潇洒飘逸，用坚毅的精神踏出一条成功之路。马红燕很优雅，她的优雅来自生命的深处，那是生活阅历的积淀，更是商海弄潮技艺的娴熟。

商海初弄潮　巾帼不让须眉

1977年6月27日，一个生命降临人世，便是马红燕，现任吴忠市茂鑫通冷藏运输有限公司董事长，公司是集农业种植、蔬菜分拣预冷、冷链运输为一体的多元化企业。在马红燕的带领下，她以把业务做大做强为宗旨，在全国各地设立了业务接洽办事处。在上海、广州、杭州、武汉、深圳、香港等主要城市建设了中转储运仓库及万吨冷库。为

吴忠市茂鑫通冷藏运输有限公司外景

吴忠市茂鑫通冷藏运输有限公司董事长马红燕

了科学化、专业化、精细化的做好冷藏运输业务，公司先后购置专用冷藏车60余辆，协议车辆300余辆。

为了确保车辆冷藏温度精确性，公司为每辆冷藏运输车上安装了GPS定位系统和智能温度记录仪，确保在运输过程中出现问题后能够准确追溯到系统关键点，做到企业运输物流网络具备流通可追溯性，确保物流货物的安全性、快捷性、销售流通性。

2012年，吴忠市茂兴蔬菜种植专业合作社正式成立，马红燕积极用自己掌握的科学技术知识服务于广大种植户。始终坚持把科学技术的推广普及作为工作的出发点和落脚点，采取一切有效措施，大力推广适应科技，很好地推动和引领了当地经济社会的发展。主要种植无公害有机蔬菜，利用天然的黄河水引灌，使种植基地达到真正的无污染，主要销往全国南线的上海、广州、杭州、武汉、深圳、香港等主要城市。

合作社成立以来，积极围绕当地蔬菜生产建设发展，开展了多项工作，带动了周边乡村蔬菜产业的快速发展，促进农民增收致富，建立了比较健全的组织机构。在管理上，合作社按照“依法、自愿、有偿”的原则，实行企业+合作社+基地+农户种植产模式。为进一步合理利用农业资源，充分发挥合作组织的现有优势，加大基地建设力度，提高为农民服务的水平，增强成员的科技意识和运用科技的能力，带领农民在致富道路上快速前进。

通过项目的实施，使项目区的农户在有限的土地面积上获得最大的经济效益，种植效益是一般种植作物的十倍以上。

是苍鹰，那么蓝天终会是它飞翔的地方。马红燕在熟悉了公司的经营之道后，毅然决定要扩大规模再生产。2018年，马红燕及股东在宁夏吴忠市利通区高闸镇李桥村投资建设茂鑫通农产品物流园，以利通区农业产业园区为依托，可为吴忠市及周边地区2000多家工业企业和商贸企业提供物流服务，带动吴忠经济大力发展。

除此之外，区域物流环境和服务意识的强化，吸引了更多的外商企业投资落户当地。目前，许多跨国公司和国际先进企业在选择新的区域市场和物流基地时，其着眼点逐步从优惠政策转向综合投资环境以及当地的物流设施和物流服务水平上，物流环境的优劣已经成为投资者评价一个地区投资环境的重要内容。

总之，茂鑫通农产品国际综合物流园的建设是以物流项目开发为基础，以物流基础设施建设和物流效率提升为支持、以促进农特产品等相关产业发展为中心的经济开发形式，对吴忠市经济增长方式转变和传统物流业优化升级具有积极意义。

利益共同体　积极带动农户

李桥村1500户农户共计5781亩土地入股茂鑫通公司农业种植经营，参与企业的生产经营分红，各农户按照入股亩数，按照每亩每年800元人民币支付股本金；按照企业经营情况和当年蔬菜行业整体价格、利润情况确定当年红利，红利每亩每年不低于20元人民币，年底12月20日前公布经营红利，按照农户入股土地亩数计算。

农户按照企业种植种菜品种、质量标准、规格等要求种植蔬菜；农户种植的蔬菜符合标准的全部予以收购，按质论价，并以保护价和不低于市场平均价收购农户蔬菜。

为了保障农户利益，由农户代表委托村委会和企业签订书面“入股分红协议”和“蔬菜收购协议”，企业法人代表书面做出承诺内容，按照承诺内容认真履行义务。

为方便服务农户，提高农户种植积极性，公司邀请农机服务中心和农业技术员免费为农户进行技术培训，鼓励入股农户参与到农业生产中来，提高了农户蔬菜种植技术，解决农村剩余劳动力同时也增加了农民收入，不同工种每天工资80–100元付劳动

万亩蔬菜种植基地

报酬；每年4-11月份农忙期间，季节性临时用工人数400余人次，聘用固定劳动人员80余名。

蔬菜产品具有特殊性，保鲜时间短，为保障农产品质量，公司投资在李桥村新建了两处共计约2000平方米的冷藏保鲜库，一方面用于公司农产品储藏、周转，另一方面农户自己种植的蔬菜农产品，公司免费提供冷藏库，延长了蔬菜产品生命周期，降低了种植农户损失，直接增加了农户收入。

冷库

"吴忠市茂鑫通农产品物流园"建成后于今年5月12日成功举办了启动仪式，在启动仪式上与广州江南市场和顺风速运公司签订了战略合作协议，在本地区出现农产品滞销后，公司通过在广州、深圳等地区设立的办事处及时和各农贸市场、各大企业联系，在最短时间内将滞销蔬菜销售、运输出去，最大限度降低农户损失，保护农户利益。

企业发展的同时，马红燕坚持以农业产业化为导向，坚持走"龙头企业+家庭农场（专业种植合作社）+基地+农户"的发展道路，以科学种植技术为先导，让农业成为有奔头的产业、让农民成为有吸引力的职业、让农村成为安居乐业的美丽家园。2017年公司紧紧围绕宁夏回族自治区"1+4"特色主导产业，紧扣供销社"两个体系"建设目标和"12345"工作思路，投资3385万元在利通区高闸镇李桥村建设了"吴忠市茂鑫通农产品物流园"，该项目依托辖区周边丰富的农业资源，解决农产品分拣加工包装、冷藏储存、运输和"最先一公里"问题，带领李桥村农户走农业产业化发展致富道路。

公司先后获得"宁夏中小企业50强""全国农民专业合作社示范社""吴忠市农业产业化重点龙头企业""中国冷链物流百强企业（六十七名）""AAA级物流企业""全国农产品百强经纪人"等殊荣；2018年被宁夏回族自治区确定为"农产品冷链流通标准化试点企业""服务业标准化试点企业"。是中国物流与采购联合会冷链物流专业委员会会员、宁夏现代物流协会会员、宁夏蔬菜产销协会会员、宁夏企业家协会会员、吴忠市富硒农产品协会副会长单位、利通区瓜菜产业联合体副理事单位。

保产品质量　重员工健康

企业财富来源于社会，也必将回馈社会，在今后的企业发展过程中，将一如既往地做好慈善、贫困、救助等社会活动，为建设和谐社会做出自己的贡献。

为保证能种出高品质、高产量的蔬菜产品，在生产种植前，委托有资质检验机构对李桥村土壤进行了检测，经检测各项指标均符合种植高品质、高产量的蔬菜。

环境资源方面，保证土壤不被污染，坚持利用天然黄河水进行灌溉，在生产种植过程，坚持施有机肥、生物肥和无残留农药，保证所种植、生产的蔬菜健康、营养。

为保障产品质量，蔬菜农产品在销售运输前，按照规定由吴忠市利通区农业技术服务中心对每批次蔬菜产品进行植物检疫，经检疫合格后方能销售。为节约水资源，对所有种植农田铺设了喷灌管道，起到了节约资源的目的。

马红燕自2010年以来，先后捐助贫困大学生5人，向福利儿童园、敬老院、高闸镇老人托管中心等累计捐款捐物金额达15万余元。为保障员工利益，公司成立了“工会委员会”，工会会员代表和企业签订了集体工资协商协议，每年根据物价上涨情况共同商议工资上浮比例。公司为全体员工购买了50万元额度的人寿商业保险，保险范围涵盖了医疗、重疾、意外伤害、住院等，保障员工安全，让员工安心工作。

公司职工子女考上大学院校的，按照一本3000元、二本2000元、三本和专科1000

分拣

元的标准每年给予学生补助，教育职工干好工作的同时，还要关心子女学业。每年三八妇女节期间组织员工进行体检，由工会牵头组织公司女员工就餐并发放节日福利；古尔邦节对职工进行慰问，并发放现金500元；春节前，公司组织全体员工进行趣味运动并设置奖项，年底进行优秀员工、优秀管理者评先选优活动；夏季为员工发放冰糖、茶叶等防暑用品。工会和公司共同做好职工福利，激励员工勤奋工作。参照国家和地方有关规定，公司员工婚丧嫁娶、小孩满月、住院、白事等享有3-15天的休假和300-500元的福利，公司提倡从简而办，反对挥霍浪费，关心职工生活。在八一建军节前夕，对武装部官兵进行慰问；每年向“金秋助学”活动捐助5000元；公司法人连续三年在妇女家协会联手资助贫困学生3人；公司董事长得知贫困女学生马晓妮无钱上学后，决定个人出资每年5000元资助该生直至毕业。

马红燕在人才任用与管理方面有独到的见解，秉承尊重人，关心人，爱护人，以人为本的原则，广泛吸纳人才，培养人才。她告诉我们，科技水平无疑是企业最具有战略的部分之一，而人才是最佳载体，并使其体现出最大的价值，只有人才才是企业真正的发展之源，竞争之本。所以她着重开发人才的潜能，给人才以足够的发展空间，让员工们不断增值，不断进步，切实地调动了员工的主动性和积极性。人才是有长有短的，个人的能力也是很有限的，把人才组织起来构建一个使企业持续、快速、健康发展的人才结构，是马红燕一直所想的，也是她所不断努力的。

公司的各项事业和经济效益的发展，离不开茂鑫通公司所有员工的辛勤努力。今后茂鑫通公司将继续做好带农、富农、兴农工作，积极探索农业产业化融合发展思路和模式，带领农户共同增收致富，为地方经济发展、社会和谐稳定做出企业的贡献。

【相关链接】

马红燕，女，1977年6月27日出生，现任吴忠市茂鑫通冷藏运输有限公司董事长、吴忠市茂兴蔬菜种植专业合作社法人。

智慧润物引领产业辉煌
有德乃大承载枸杞文化

——宁夏润德生物科技有限责任公司

习总书记指出，扶贫路上，一个都不能落后，一个也不能掉队。贫困没有固定模式，各有各的成因；贫困不是落地生根，一成不变。脱贫关键在思想，核心在缺乏技术和致富的路子。吃水不忘挖井人，致富要帮好相邻。

“万企帮万村”——一个英明的决策，一个时代的号召！

立足本地优势　转型企业发展

大学毕业的郭嘉，和其他同龄人一样，赶上了人才走向市场化、自主择业的转型期，本来他还有机会进入政府单位工作，但他却偏偏选择了进企业。在一家化工企业

宁夏润德生物科技有限责任公司俯瞰图

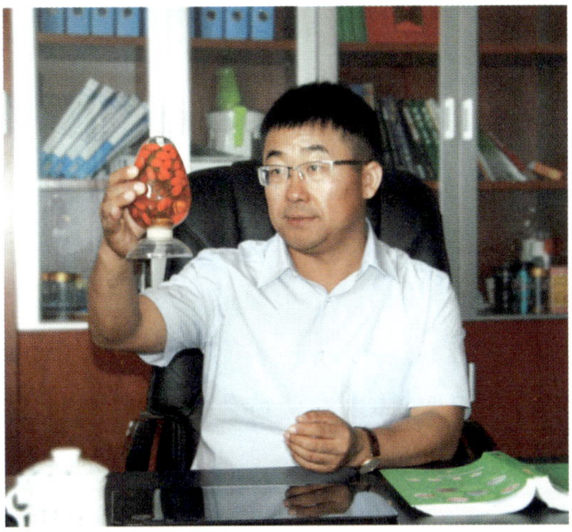

宁夏润德生物科技有限责任公司总经理郭嘉

工作一年多时间后，他不安于做一名普通工人，慎思之后开始了自己的创业之路。2003年，郭嘉创立了宁夏傲天信息科技有限公司并担任总经理，进入IT行业打拼。IT行业当时确实是个热门行业，众多政府、企事业单位都成批采购电脑、建立信息网络，企业业务和订单很多，郭嘉和他的团队整日忙得连饭都顾不上吃，在这里，他捞到了人生第一桶金。但很快，大家都盯上了这个行业并陆续进入，行业竞争开始加剧，到2007年，行业竞争进入白热化，加上网络销售日益成熟，IT实体贸易进入微利阶段。郭嘉准确分析市场形势后，果断决定企业转型退市，在陆续转让企业业务及资产后，他开始寻找新的商机。

筛选了众多行业后他发现，枸杞是宁夏特色优质产业，在宁夏有多年的栽培历史，宁夏人拥有优质的枸杞品种资源，掌握着丰富的栽培技术和经验，且枸杞作为特色产业正在宁夏全区乃至周边省区甘肃、新疆、青海、内蒙古大面积推广种植，郭嘉认定了其中的商机并开始了解、关注这个行业。他开始四处考察，去枸杞种植区、转枸杞市场、走周边省份，了解市场信息，在准确掌握市场对枸杞苗有巨大需求后，他果断把业务确定在枸杞育苗上。刚接触枸杞育苗，他是个门外汉，对什么都不懂，但郭嘉是个倔脾气，只要他认定的事就一定要做下去，并一定要做成、做好。说干就干，他立刻租场地、搭设施、建房屋、找工人干了起来，在技术上他则是选择与农科院合作，由其提供技术指导。一切就绪，但在育苗过程中苗木的成活率却只有30%，成为技术瓶颈始终提不高，这让他很着急，但郭嘉善动脑子，也很好学，他开始购书、上网，大量查阅资料，潜心钻研技术，拜访有经验者向其取经，向农林科学院枸杞研究所、宁夏大学农学院专家求教。很快他就攻克了技术难关，掌握了育苗关键技术，在他指导下，工人严格按技术标准执行，苗木成活率迅速提升到80%以上，成活率提升如此之快连农科院的专家们都向他竖起了大拇指。他开创的“枸杞嫩枝扦插育苗新技术”还曾获得宁夏回族自治区科技厅科技进步二等奖。随着业务增加，育苗规模不断扩大，2011年，郭嘉正式注册成立了宁夏润嘉农林开发有限公司，成为国内唯一一家从事枸杞苗木良种培育的综合型农业科技公司，不到一年时间，企业业务已扩展到甘肃、青海、新疆等省，在行业已有了影响力。

抢抓政策机遇　推动精准脱贫

同心县地处宁夏中部干旱带核心区，全县国土面积4662平方公里，辖7镇4乡1个管委会154个行政村，总人口39.8万，其中，农业人口30.2万人，占75.9%；回族人口34.1万人，占85.7%，是全国建制县中回族人口比例最高的县。同心县是典型的“老、少、贫”地区，干旱少雨是最显著的自然特征，县穷民贫是最大的县情。为了使当地群众如期实现脱贫，县委、县政府把产业发展作为脱贫的根本途径，积极探索符合同心实际、契合群众愿望、体现时代特色的脱贫路子。2012年，在中央统战部光彩事业指导中心、中国光彩事业基金会、中国光彩事业促进会、宁夏回族自治区工商联的精心组织和帮助协调下，42位企业家慷慨解囊，为同心县捐款3121.245万元，计划在同德移民村建设“中国光彩事业扶贫慈善枸杞产业园”，发展枸杞产业，造福移民百姓。

郭嘉敏锐地意识到，这是一次千载难得的机遇，决不可错失。凭借润嘉农林开发有限公司在枸杞育苗行业内的优势和影响力，在随后与同心县政府招商谈判中，郭嘉成功夺得同德移民村“中国光彩事业扶贫慈善枸杞产业园”全部枸杞育苗及种植订单，同心县政府还同意由郭嘉组建成立新的企业，负责产业园整个建设、运营及管理。2013年，宁夏润德生物科技有限责任公司成立，并且最终承担起扶贫慈善枸杞产业园建设任务，借助这一利好政策和机会，先后投入1.8亿元在枸杞慈善产业园基础上打造出润德庄园万亩有机枸杞种植基地。在郭嘉的带领下，经过一年多时间的发展，企业已初

种植基地

具规模，并进入发展快车道，实现了从传统到新型枸杞种植模式的大跨越。经过3年的市场探索经营，企业厚积薄发，加快了农业产业转型升级的步伐。目前，公司已建成润德庄园高标准万亩有机枸杞基地，建成办公楼、职工活动中心、研发中心等设施12000平方米，建成色选、包装、芽茶、酵素、冷冻保鲜等综合加工车间42600平方米，年加工枸杞鲜果可达15000吨。企业依托专业的研发团队，倾力打造“润德庄园”核心品牌，先后研发生产出“夏至”“纯脆”“印象杞庄”“谷雨”“酵藏”“寻蜜”6大系列40余款枸杞产品，产品经国际权威检测机构SGS检测，润德枸杞481项指标全部达到零农药残留，并通过IS09000、GAP、QS、HACCP认证，获得欧盟、美国、日本有机认证，每公斤销售价格达到360元，是市场普通枸杞价格的近十倍。

在郭嘉带领下，经过公司全体员工的不懈努力，润德庄园万亩标准化有机枸杞种植基地被国家认监委和国家质检总局列为“全国首批有机枸杞示范基地”，企业被中国中药协会枸杞委员会评为会员单位，同时获得“宁夏枸杞技术创新中心”“宁夏枸杞优质基地（2017–2019）”“宁夏回族自治区农业产业重点龙头企业”“宁夏回族自治区扶贫产业化龙头企业”“宁夏回族自治区中小企业专精特新成长型标杆企业”“商品出口免检企业”“宁夏优质农产品品牌–润德庄园枸杞”等多项资质或荣誉。

润德庄园所在地同德村为国家十二五移民重点村，有1349户6745口人，全部为县内移民，移民前人均收入不足1500元，移民后依靠润德集团发展枸杞产业带动移民群众发展，润德人肩负起产业报国的历史使命，带领当地移民脱贫致富。在公司带领下，基地形成了“企业+科研团队+合作组织+农户”的融合发展模式，移民群众不但能够得到稳定的土地流转收入，还能常年在润德庄园内务工，获得不菲的务工收入，日子一天天变好，逐步甩掉了贫困的帽子。

2013年，郭嘉带领公司全体员工在全区探索出了新的土地流转的模式，土地流转期限为25年，流转费用采取“67889”的标准，即第1个五年每年每亩地流转费600元，第2个五年700元，第3和第4个五年800元，第5个五年900元，使当地每户村民平均每年可获得枸杞产业流转收入3800元，人均可获得流转收入760元，实现了“旱涝保收”。而且通过土地整体流转，推动了低层次土地产出向高收入产业产出转换，村民除可获得产业流转金外，又可通过务工增收致富，有效解决了一家一户分散种植浪费资源、生产效率不高的问题。

过去，村民仅仅依靠土地创收，收入微薄，土地流转后，村民不仅获得了较高且稳定的土地流转金收入，更重要的是解放出了自己，还可通过到枸杞基地就地打工增加收入，提高生活质量。公司在同德基地种植枸杞，全年包括除草、施肥、灌水、病虫害防控、树木修剪、枸杞采摘、运输等，有大量的用工需求，田间日常用工累计达3500余人，采摘季节临时用工每日达2500余人，加工生产促使当地村民转化为产业工人，直接增加就业225人，受益1390户。公司全年累计用工22万左右，截至2017年，全年劳务费用支出3000万元左右，农民人均收入达到5000元。2018年进入盛果期公司全年劳务费用支出5000万元左右，村民人均收入突破8000元，比移民前收入提高了4倍，从根本上帮助村民摆脱贫困。

对个别因学、因病致贫致困的家庭，从公司扶贫基金中拿出一定资金，给予支持，帮助他们脱离困难，摆脱贫困。2017年，公司共帮扶建档立卡户87户，吸纳了120名建档立卡户村民到公司操作岗位就业，发放各类贫困支助金6万余元，不让他们任何家庭落伍掉队。

除帮贫济困外，郭嘉个人还担任同心县工商联副主席、宁夏回族自治区政协委员等职，利用担任这些职务之机，积极提交提案，建言献策，参政议政，为民营企业发展争取了多项政策支持。

不忘履行职责　维护和谐共生

作为公司总经理，郭嘉认为，一个长期奉公守法、善待社会、勇于承担社会责任的企业可以达到良好的社会效应，提升企业形象和消费者的认可程度，从而提高市场占有率，增加无形资产，促进企业长远发展。近年来，公司始终把履行社会责任作为打造和提升企业形象的重要举措，严格遵守节约资源、保护生态环境的法律法规，秉持绿色发展理念，通过大面积种植枸杞，同德移民村周围植被覆盖率由过去的5%提高到现在的70%以上，大幅度提高了同德村及周边地区林草植被的覆盖率，减少了水土流失，增强了防风固沙、保持水土、净化空气等生态功能，有效遏制了土地荒漠化，配套建设环村林网，极大地保障和改善了移民生产生活环境，为建设“望得见山、看得见水、记得住乡愁”的社会主义新型农村奠定了基础。

致富思源，富而思进，多年来，郭嘉个人或企业主动履行社会责任，积极开展各类公益活动，先后为同德小学等学生购买学习用品和校服，累计达23万余元。组织员工开展结对帮扶“阳光心理”辅导，丰富了学生的课余生活。关注企业员工中特困家庭、单亲家庭孩子的成长，为基地农户的贫困大学生捐款2万余元。通过就业帮扶、社会救助、捐资助学等形式累计投入社会公益资金达300余万元，履行了一名非公经济企业家应尽的社会义务。2017年，公司荣获宁夏回族自治区统一战线“助力脱贫攻坚”行动突出贡献奖。

企业还成立了党支部、工会、团支部、妇联等组织，按照把“支部建在产业链、党员聚在产业链、农民富在产业链”的思路，采取“支部+合作社+龙头企业+贫困户”的模式，把基层党建、农民增收和企业发展拧为“一股绳”，

爱心助学

形成了产业带动型共建新模式，达到了让群众在产业链各个环节增加收入。组建了枸杞产业链功能型党小组，将村党组织的政治优势、企业的经济优势有效对接，鼓励同德移民村7名党员致富带头人和5名劳务经纪人，与企业签订劳务合同，应聘成为企业管理员。每到生产季节，致富带头人运用企业管理方法，组织贫闲户2000多人在枸杞基地进行田间生产，使“外行"成为技术能手，让移民变为产业工人，让群众脱贫有了方向，致富有了“靠山”。因精准扶贫成绩突出，郭嘉本人受到宁夏电视台的专访，企业也被中央电视台专题报道。

倡导睦邻友好 维护民族团结

作为一名回族商人、又是政协委员，郭嘉深知自己肩上责任，始终高举民族团结旗帜，以“四个围绕”为载体，深入开展民族团结进步创建活动，有力促进了企业健康发展和企业员工健康成长，实现了经济效益、社会效益双提升。

润德枸杞庄园地处同心县，公司80%以上是回族员工，公司自成立之初郭嘉就把维护民族团结作为己任，在员工中认真开展“两个共同”“三个离不开”和“五个认同”等党的民族宗教政策宣传教育活动，不断增强员工的民族认同感，始终倡导各民族员工像爱护自己的眼睛一样爱护民族团结，营造了相互尊重、相互学习、相互交流、相互帮助、和睦相处的浓厚氛围。公司还积极开展民族团结进步模范班组、模范员工评比活动，在每年公司年会上进行表彰奖励，树立民族团结先进典型，让好榜样示范引领回汉员工，同心同德，携手共进，为公司的发展凝聚力量。

郭嘉还倡导企业将民族团结进步创建活动与企业文化建设相结合，努力打造以“守法、诚信、敬业、和谐、礼仪、慈善”为主要内容的企业文化，积极引导广大职工营造良好的思想道德氛围和社会诚信环境。企业因此非常注重文化活动和素质教育活动的开展，在春节、端午节和中秋节等中华民族传统节日，经常组织员工开展运动会、卡拉OK、登山、野炊、聚餐吃团结饭等活动，营造了“民族团结一家亲”的浓厚氛围，公司举办的全县“枸杞采摘节”活动，吸引全县各族群众到基地观光交流，促进了各民族的交往、交流、交融，树立了以诚信求生存、以团结聚力量的企业精神，赢得了社会各界的广泛赞誉。

结束语

潮平风正，自当扬帆起航；任重道远，更需策马扬鞭。站在新的历史起点上，全体润德人将在总经理郭嘉的带领下，团结一心，凝聚共识，描绘企业新的蓝图，谋求企业更大发展。让我们祝愿企业在加快发展、助力脱贫攻坚的路上走得更加坚实、更加稳健，也衷心希望在宁夏润德生物科技有限责任公司的带动下，同德移民村成为同心县的“小康村”“文明村”“美丽村”。

【相关链接】

郭嘉，回族，现为宁夏润德生物科技有限责任公司总经理。并担任宁夏回族自治区政协第十一届委员会委员、宁夏回族自治区工商联执委、宁夏回族自治区科技特派员、宁夏枸杞协会常务副会长、吴忠市政协第五届委员会委员、吴忠市工商联副主席、吴忠市企业家协会副会长、同心县工商联副主席等职务。曾荣获2010年枸杞嫩枝扦插育苗新技术“宁夏回族自治区科技进步二等奖”；2015年被吴忠市政府授予“吴忠市首届回乡英才”荣誉称号。

眼看世界 心悟人生

——宁夏红粉佳荣酒庄有限公司

眼看世界识得锦绣程

1995年，马九虎先生步入社会，独自外出到天津闯荡。年轻的他天生就不缺乏拼搏的精神，在对市场有了充分的认识后，他瞅准了煤炭生意。他做生意公道，为人讲义气，很快获得一批生意伙伴的青睐。短短几年里，马九虎先生历尽艰辛，竟积累了数千万元家产，他用自己的汗水书写了一段传奇。

2005年，他到宁夏吴忠市红寺堡区创业，在红寺堡区政府的支持与鼓励下投资兴建了红寺堡区幼教中心。幼教中心师资力量雄厚，教育体系完善，拥有优秀教职工56

酒庄主体建筑正面照

名。到目前为止,该中心依然是红寺堡区最优秀的学前教育中心,被评为"吴忠市示范性"幼儿园。这不仅仅是荣誉,更是一份赤诚回报社会的热情,他的举动为红寺堡区的教育事业做出了很大的贡献。

宁夏红粉佳荣酒庄有限公司董事长马九虎

2008年,他牵头成立了红寺堡区规模较大的合作社:"红寺堡区中信设施农业产业专业合作社",该合作社是以发展现代化农业为主的合作社,现有土地3万亩,安排农民工3000余人。合作社在红寺堡区政府的大力支持和他的带领下,在乌沙塘投资1300万元建设育苗温棚260座,培育优质葡萄苗3000万株,在茅头墩投资1000万元,开发配套土地6000亩,种植葡萄、枣树5000亩,其中高效葡萄示范园1500亩,枣树主要以新疆灰枣、山西梨枣和灵武长枣为主。

为帮助和带动残疾人就业,在红寺堡区政府的大力支持下成立了红寺堡爱德福利制衣有限公司,公司拥有缝纫机100余台,在职职工200余人,极大地解决了当地残疾人和剩余劳动力的就业问题。

红粉佳荣酒庄的建设,最初是在计划之外,但也是在情理之中。马九虎及其家族拿到了红寺堡区柳泉乡3.8万亩荒山的承包权,按照协议,他们要将这些荒山平整成土地,最终做成种植用地。马九虎承担了大部分的平田整地工作。他先用一年时间,平整出来1500亩地,并在2007年种上了葡萄,那个时候,马九虎和家人还没有建酒庄的想法。

2012年,葡萄产业已经成为红寺堡区的支柱产业了,很多移民种植酿酒葡萄,一到收获的季节大大小小的酒庄和酒厂都会前来收购葡萄。马九虎也将自己葡萄园所产的葡萄卖给前来收购的酒厂,同时他也发现很多远道而来的酒厂甚至会每公斤多出两块钱来收购他们的葡萄。这让马九虎萌生了自己做葡萄酒的想法。

2010年,马九虎先生注册了宁夏红粉佳荣科技有限公司,注册资金1000万元,公司主要以种植、加工、销售无公害富硒的酿酒葡萄、枸杞、核桃、甘草、黄花菜、玉米、苜蓿等林、果、草农产品,酿制、销售优质红粉佳荣系列绿色优质葡萄酒和一二三产业融合发展的观光旅游产品。2014年,他成功注册了宁夏红粉佳荣酒庄有限公司,并建设年产量1000吨的酒堡一座,在2015年秋季已经正式投入生产。公司自2014年至今以先后被宁夏回族自治区、吴忠市、红寺堡区政府授予"农业产业化重点龙头企业""林业产业化重点龙头企业”“宁夏专精特新”企业、授予红粉佳荣“宁夏第十届著名商标”，企业拥有一个“国家级示范合作社”和一个“宁夏回族自治区级示范合作社”，公司被宁夏回族自治区经信委、财政厅、农牧厅等十三个部门认定为“宁夏中小企业50强”。

在宁夏贺兰山东麓葡萄产区·红寺堡明星产区拥有万亩葡萄种植基地，集葡萄酒酿造、旅游观光和葡萄酒文化于一体的大型现代化、庄园式的葡萄酒生产企业。公司占地30000亩，其中规划酿酒葡萄种植10000亩；建成酒堡一座，建筑生产车间1万余平方米，地下酒窖2000平方米。年生产优质中、高档葡萄酒1000吨。

2014年到2016年，公司连续两年携红粉佳荣系列产品登陆欧洲，分别参加了法国、意大利、西班牙等世界知名葡萄酒生产地的国际性葡萄酒展销会，获得了中外葡萄酒爱好者的一致好评。其中：中法官方联合会主席亚丁、欧中联合商会副主席米歇尔·罗西先生对本公司系列红酒做出高度赞扬。

公司的经营成果得到了社会各界的认可，近年来曾先后获得先进集体、全国产品质量、服务质量放心消费联盟单位、优秀创业企业、青年就业创业见习基地、文明单位等荣誉称号。2015年荣获法国吉伯特国际红酒挑战赛“金奖”；第一届中国亲民葡萄酒大赛“最佳性价比葡萄酒银奖”；中国（广州）国际食品食材展览会“金牌奖”；被国际食品安全协会评为：安全典范企业；被中国葡萄酒市场白皮书发布组委会评为中国最具发展潜力葡萄酒产区明星酒庄。2016年荣获宁夏中小企业50强。2017年春季糖酒会上，红粉佳荣酒庄被中国葡萄酒白皮书发布会评为“2016中国葡萄酒市场年度风云企业”，红粉佳荣被评为“2016中国葡萄酒市场年度风云品牌。”

包装车间

公司产品始终致力于

葡萄酒文化宣传及市场培育，并以市场为导向，把葡萄与葡萄酒纳入本公司一贯倡导的食品大健康运营体系，为市场提供更安全、更高品质的有机系列葡萄酒。

心悟人生参透致富经

在创业的同时，马九虎也在为社会做慈善事业，2006年为陕西省子洲县子洲中学捐款10万元，2008年为四川汶川地震灾区捐款2万元，2010年为青海玉树地震灾区捐款2万元，同年8月为甘肃舟曲泥石流灾区捐款4万元。为红寺堡区人民提供上千工作岗位，带动红寺堡人民快致富、奔小康。

2015年，宁夏红粉佳荣酒庄有限公司生产的名为“水滴”的干红葡萄酒，在法国巴黎、吉柏特国际葡萄酒挑战大赛上喜获金奖。“公司的葡萄酒能获奖，多亏了红寺堡区得天独厚的地理优势和资源优势。”董事长马九虎说：“这款葡萄酒能在国际葡萄酒大赛上斩获大奖，不仅仅是对公司的肯定，也是对整个红寺堡区葡萄产业的认可。”

好酒也怕巷子深，在品质品牌的基础上，葡萄酒的宣传也十分重要。

世界知名酒展组织法国国际葡萄酒及烈酒展览会3月1日公布的年度报告显示，葡萄酒在中国的销售额未来三年将增长39.8%，中国将成为仅次于美国的全球第二大葡萄酒市场。报告同时显示，中国人均葡萄酒消费量仍然很小。2016年，中国人均葡萄酒消费量为1.34升，排全球第36位，2020年可能达到1.53升。而排在榜首的法国，去年人均葡萄酒消费量为47.19升。

有资料显示，世界上主要的葡萄酒生产、消费国家，都以餐酒为主。组成金字塔形的结构后，产业才能更好发展；产品要进入家庭，产业才能扎实，进而高端市场的“蛋糕”才能真正做大。

葡萄酒进入普通家庭，进入餐厅酒店，烘托葡萄酒饮用氛围，使葡萄酒成为如同咖啡、茶品一样的餐饮饮料时，葡萄酒企业才会将机遇牢牢把握在自己手上。

美酒+文化+旅游产业抱团式发展

美国《纽约时报》把贺兰山东麓评选为全球必去的46个最佳旅游地之一，理由是这里有中国最好的葡萄酒。

在“开放的吴忠：从宁夏到世界”全球推介活动上，外交部领导向外宾推介，称贺兰山东麓葡萄酒是中国最好的葡萄酒。

宁夏种植葡萄历史悠久，追溯到公元前138年，张骞出使西域，看到“宛左右以蒲桃为酒，富人藏酒至万余石，久者数十岁不败”，于是带回葡萄品种、种植葡萄和酿造葡萄酒的技术，并沿古丝绸之路的回程一路传播，经新疆、甘肃河西走廊至宁夏、陕西地区。

“赤落蒲桃叶，香微甘草花”。据考证，隋唐时期，宁夏地区已经大量栽培葡萄，当时丝绸之路正盛，途经宁夏的丝路客商，就可品尝到宁夏贺兰山东麓的葡萄美味。国家“一带一路”建设的实施，唤醒了人们对葡萄酒两千年文化的畅想。

“文化”是旅游产业发展的灵魂，“特色”是旅游发展的重点。酒庄的建设具有文化与特色的双重特点。我市旅游产业单一，缺乏吸引力，集特色、环保、绿色、文化性为一体的酒庄文化正好可与本地其他旅游资源形成优势互补，利用葡萄酒庄生态、健康、绿色、时尚的宣传优势，加快开发特色旅游产品，推广健康生活理念，形成产业抱团式发展。

【相关链接】

马九虎，汉族，1970年8月出生，陕西省子洲县人，是一个地地道道的农家子弟。1995年毕业于陕西省子洲县双湖峪职中。现任宁夏红粉佳荣科技有限公司、宁夏红粉佳荣酒庄有限公司、红寺堡区中信设施农业产业专业合作社董事长兼法人。

服务国民睡眠质量　擘画大健康产业“画卷”

——宁夏大斌家纺科技有限公司

人的一生当中，约有三分之一的时间都是在睡眠中度过的。睡眠的好坏，与健康息息相关。有一项调查结果显示，好的床垫可以让睡眠“事半功倍”，而设计不科学的床垫会让你“歇不过来”。早期，传统毡技艺发源于甘肃省民勤县，因为古代的民勤县是个贫穷的地方，但那里的人们因地制宜，就地取材，形成了畜毛加工产业，那时毡是每家每户必不可少的日用品。

随着时代的发展，传统的羊毛毡产业因其自身技术以及成本原因逐渐退出了市场，同时也渐渐离开了人们的视野，随之而来的是各种其他材质的床垫。而今天，大斌家纺用最传统的手工工艺与先进的工艺结合，生产出了新时代的羊毛毡床垫，它做工完美精细，蕴含着时尚和健康的元素。曾经创立了大斌家纺的马小兵，如今，正带领着大斌人擘画着一幅“大健康产业”的美丽画卷。

斗角峥嵘　惊艳宁夏家纺行业

宁夏是中国羊绒产业最大的原料集散地和羊绒制品主要加工基地，羊绒产业年创工业总产值近80亿元，是全区轻纺工业六大优势特色产业之一。

2014年，二十出头的马小兵成立了

宁夏大斌家纺科技有限公司外景

宁夏大斌家纺科技有限公司董事长马小兵

大斌家纺，一路带领公司员工稳扎稳打、奋力前进。公司成立初期主要以加工、生产、销售毛毡制品为主，这不仅是出于个人创业的目标，更是对千百年来毛毡制品文化的传承和发扬。

2015年，大斌家纺从沿用传统擀毡工艺转向现代化生产线，缔造传统与现代相结合的生产模式，使产品进一步得到了升级。羊毛毡制品具有柔软、有弹性、保暖、防潮、结构紧密黏合性好的特点，它同时具备环保、健康，使用寿命长、经久耐用的效果，得到了广大消费者的青睐。公司也在产品质量上大力完善，并在其领域取得了显著成效，2015年被同心县工商联合会评为“爱心企业”“2015年度千城万企先锋会员”。

马小兵在工作中坚持实事求是，保持勤勉务实的工作作风，积极保持同事之间的团结、协作作风，克服各种困难，尽职尽责，对公司各项规章制度认真贯彻执行，做好各项工作，并时刻牢记责任，在处理各种复杂问题中历练自己，不断铸就品行，以“如履薄冰，如临深渊”的心态锻造自己，磨炼自己，深受县领导的好评和员工的一致拥护。

在巩固现有市场的基础上，大斌家纺继续扩大营销队伍，加大对产品研发的投入，加大品牌宣传力度，提升自身的品牌效应，努力在国内外市场上打造属于自己的名牌产品。其次将发展壮大电商平台，使产品通过互联网的平台畅销各地，捕捉市场讯号，努力将公司管理结构化，打造有制度，有活力的团队，创造一个良好的盈利模式。

“水深不语，人稳不言”。企业发展的同时，他致富也不忘回报社会。马小兵说：“公司的‘扶贫车间’招收的都是当地的移民和建档立卡贫困户，当前大斌家纺，建档立卡户就有30多人，占到总员工的近一半，每人每月的工资在2800元到5000元。”员工李玲说：“2014年搬迁至同心县后，不用再照顾孩子和增加收入之间两为难了，自从她到宁夏大斌家纺科技有限公司生产车间工作后，她不仅每个月能有3000元左右的收入，还能利用午休时间骑车10分钟回家给孩子做饭，现在打工的地方就在家门口，一个月挣3000多元，还能照顾孩子，这都是以前根本不敢想的事情。”马小兵说：“公司将继续扩大生产基地，新建厂房6667平方米，总投资4118.28万元，进一步丰富产品种类，形成产品多样化、多元化，提高市场竞争力。同时解决更多的就业岗位，来回报社会。”

作为一名青年民营企业家，他利用同心县羊绒产业资源优势，把生产加工后剩余的羊毛进行回收利用制成毛毡，继而打造自主研发品牌，使羊绒下游的产品毛渣变废为宝，使千年的传统的羊毛毡产业不断传承延续。经过两年多的发展，产品在区内各县、市建立营销网点，区外销往新疆、青海、甘肃、内蒙古、陕西、山西、黑龙江、吉林、辽宁等省，成为本地区开发羊毛产业的第一人。

审时度势　引领市场需求

在日渐庞大的市场供需面前，马小兵未表现出对未来竞争环境的恐惧，他打了这么一个形象的比喻：经过十字路口会有危险，但是有危险你就可以徘徊不前吗？在这个时候，如果你能够瞅准时机，快速地穿过十字路口，那么，你也就把危险远远地甩在身后了，而迎接你的，将是宽阔大道。

这种居安思危、未雨绸缪的危机感和时不我待、只争朝夕的理念，在未来余年大斌家纺的发展中将会体现得淋漓尽致。

马小兵认为：“拿一套窗帘来说，原来消费者关注的，可能是窗帘的花色好不好看，仅仅是满足于漂不漂亮。现在，消费者对花色、外观这些东西有些审美疲劳了，可能更注重其功能性了。消费者的需求层次升级了，如果我们还是按照原来的模式搞设计、搞研发，而不去思考消费者真正的需求，那么我们的产品即使看上去非常漂亮，它也是有缺陷的。”

很多人说纺织行业是个“夕阳产业”。但在马小兵看来，纺织服装是人类最基本的需求之一，是一个永恒的行业，是一个充满活力的“朝阳产业”，无论时代如何发展，一定会有市场需求，企业要做的就是及时体察并满足民众需求，甚至引领需求。

毛毡加工车间

生产车间

马小兵认为："改革开放已经40年，社会各个层面都已发生巨大的变化。仅仅在人们的日常需求方面，这种巨变也是前所未有的。以前，人们可能只满足于吃饱穿暖，而现在不同了，人们更加注重生活质量的改善，吃的健康、穿的健康，成为当下及未来的消费主题。"

对大斌家纺来说，市场需求便是研发方向。在产品开发方面，大斌家纺统筹新材料应用、特殊功能开发、文化元素嵌入、流行趋势研究、新工艺技术运用和绿色化学品等要素，加强对新产品的设计开发，不断优化产品结构，增强企业盈利能力，引领绿色消费时尚升级需求，丰富消费空间选择。

对于未来的大趋势发展，马小兵认为创新是企业的竞争力和生产力。大斌家纺一方面将通过产品质量、品类以及工艺等方面的创新，提高产品竞争力和市场占有率，另一方面，将在管理和技术创新方面进行改革，迅速降低生产成本，提升竞争力。

相信用不了多久，大斌家纺不会拘泥于现在的状况，工艺将会多样化。畅想未来，在大斌家纺的生产车间，你将又会看到另一番景象：在织造环节，一经一纬也能变幻出千姿百态，立体织造、提花、色织、蜂巢等新式织造方式，让织物更加丰富灵动。在印染环节，精益求精制造与产品创新推动印染技术水平，实现深层变革，不断创造新高度。在缝制环节，更注重资源整合。

在产业链条强大的创新动能支撑下，大斌家纺将推动全品类居家用品的开发，为消费者创造舒适、健康、环保、多彩的居家生活。

构建睡眠健康产业链　提升国民睡眠质量

面对此时取得的成就，低调的马小兵不愿过多谈论，而是和记者滔滔不绝谈起了未来。

未来是什么？马小兵擘画了一幅美丽的画卷：以家纺产业为支撑，运用跨领域、跨专业、跨学科协同创新机制，推进产业链、创新链、资金链的有机融合，构建融设计、研发、生产、检测、验证和准入于一体的睡眠健康产品产业链，以睡眠健康产品开发推广和睡眠健康全链条服务延伸，提升国民健康水平。

良好的睡眠质量是保障人体健康、优质生活的首要条件，而家居用品则是保证人体睡眠质量的核心产品，它的发展水平在很大程度上影响和改变着人们的生活。大斌家纺深知这一点，因此，一直以来积极致力于不断开发各类新产品，以功能化技术手段赋予家居用品特殊功能，借以实现改善人体睡眠质量。这其中，包括负离子整理、红外理疗等家居系列产品，抗菌防臭防霉防虫特殊防护功能系列产品，舒适性产品开发。这些产品通过蓬松、柔软、弹性、凉爽、保暖、透气性好、香味等整理技术手段处理之后，得以在消费者的睡眠中实现。马小兵认为："从睡眠切入到健康，这绝不是头脑发热的结果，而是一个自然而然、水到渠成的过程。"

大斌家纺正在全力打造亚健康产业，以健康品牌为国人创造有"睡商"的健康生活。随着城市化发展，人们工作生活节奏越来越快，精神负担越来越重，人际关系越来越复杂。同时，现代科技在促进经济社会快速进步的同时，也给人们的健康和生活带来了不可忽视的负面影响。社交方式的巨变，使得人们的睡眠时间越来越少，睡眠质量越来越差，现阶段国民进入健康产业可以说恰逢其时，未来可期。

未来，马小兵提出：基于对传统羊毛原产地数百年毛毡加工工艺的继承和发扬，将结合现代市场，产品更精细化、专业化，同时也会针对部分顾客打造定制化服务，进一步打造中国最大最具特色的羊毛毡制品企业，并带动地区经济发展。

未来，公司一是在巩固现有市场的基础上，继续扩大销售网络；二是在产品的研发生产上下工夫；三是加大品牌宣传力度，注重品牌效应，努力在国内外市场上打造自己名牌产品；四是发展电商平台。

"路漫漫其修远兮"，大斌家纺将为成为全球家纺行业杰出的供应商的宏大愿景而不懈努力，并将以卓越的科技能力为全国客户提供高品质、人性化的居家用品，向亚健康产业转型，并将发展培育新型品牌，为提升人类的生活质量、健康水平做出贡献——大斌家纺人正在马小兵的带领下矢志不渝地以此为使命，义无反顾地前行在路上。

【相关链接】

马小兵，1993年7月出生，回族，中共党员。现任宁夏大斌家纺科技有限公司董事长。

心地光明　不忘初心
做一个对社会有用的企业家
——宁夏建国园林绿化工程有限公司

初次见到吴磊，很难想象眼前这个举止儒雅，时刻保持职业微笑的“企业老总”竟是一个80后。走进吴磊的办公室，他办公桌后面的书柜中摆放着一些书籍和公司近几年的业绩及荣誉，在书柜中有两本泛黄的书籍格外明显，一本是《钢铁是怎样炼成的》，另一本是路遥的《平凡的世界》。这两本书正是吴磊中学时期细细咀嚼的经典。“人最宝贵的是生命，生命每个人只有一次。人的一生最好的状态是这样度过：当他回首往事的时候，不会因为碌碌无为、虚度年华而悔恨，也不会因为为人卑劣、生活庸俗而愧疚”。吴磊说，这是书中的经典名句，也是他克服困难、勇往直前的精神食粮，也正是这两本书引导了吴磊近年的发展，年老时不为前半生后悔，励志要做一个对社会有用的人。

步入军营　铸就钢铁意志

中国有很多成功的企业家都有一个共同的标签——军人。如任正非、王健林……无一不是经过军队的洗礼。军队是每一个男儿向往的地方，每一个男儿，心中都有一个军人梦。对吴磊来说，这个梦更加强烈。在达到参军年龄时，稚嫩的吴磊第一时间报名参了军。在家人的支持下，怀揣着对军队生活的神往和保家卫国的初心，吴磊跟随火车一路西行，来到了喀什中国人民解放军某部。最初的激动、憧憬渐渐被新兵连枯燥、高强度的训练磨的所剩无几，在目睹同连新兵忍受不了训练之苦选择退伍的过程之后，使从小生活在城市中的吴磊产生了些许迷茫，但这一切在入伍后第一次野外拉练中发生了巨大改变。新兵训练结束后，吴磊被安排到了通信兵岗位，而他手中的“武器”是一台重达30公斤的电台。到岗一周后的凌晨，随着一声号响，全员携带常规装备紧急出动，一场30公里的野外拉练迅速展开。在负重30公斤的情况下，吴磊渐渐

宁夏建国园林绿化工程有限公司总经理吴磊

落到了队伍末端，他心里知道他的成绩将影响到他所在连队的整体成绩，但是肩上沉重的电台压的吴磊好像双脚被缚上了沉重的铅块，怎么跑也跑不动。那一刻，他想到了保尔·柯察金，“任何一个傻瓜在任何时候都能结束自己！这是最怯弱也是最容易的出路”。吴磊不是傻瓜，更不是一个懦夫。尽管心中有一个坚定的信念，坚持下去，但体力的下降是无论如何难以弥补，就在吴磊即将绝望的时候，连长和班长带着几个战友出现在了吴磊身边，他们一边给吴磊加油鼓励，一边拖着吴磊的胳膊向前加速奔跑。尽管连队最终并未取得优秀的成绩，但是从连长到战友，没有一个人对吴磊有怨言，连长告诉吴磊：“我们是一个集体，不会让一个人掉队”。吴磊瞬间泪出，他理解了中国军人的团队精神。在之后的训练中，他也逐渐找到了自我。当兵真的可以改变一个人，让一个稚嫩的男孩成长成一个坚强自信的男人。也正是军队的磨炼，铸就了吴磊的坚韧、奋进性格，在此后的发展中，给予了吴磊源源不断的强大动力。

素质提升　实现自我超越

“天下没有不散的宴席”，尽管有很多的不舍，但是由于家庭的缘故，吴磊在当兵两年后选择了退伍。退伍后吴磊听从了家人的建议，选择继续求学，在大学选择了园林专业。经过了专业的学习，吴磊对园林绿化行业尤其是宁夏区域的园林绿化产业发展逐渐有了自己的认识，也发觉这个产业将是一个富有创造、充满机会的产业。在创业的同时，吴磊时刻不忘学习。他认为，人就应该不停地学习，终身学习，才会带来不断的进步。校园旁听、夜校、MBA培训班，只要是吴磊感兴趣，他都会想方设法地学习。在一次交流会议的现场，一位在行业内比较有名的西安交通大学教授讲座上，吴磊在会后想方设法的抓住提问的机会并得到了这个教授的联系方式，之后，吴磊通过微信、电话邀请教授来企业讲座等形式，不断地获取新的知识。吴磊认为，只有和比自己更加优秀的人在一起，不断学习，自己才能变得更优秀，才能不断地实现自我超越，这是一个人向好的方向发展的途径，更是一个企业成功发展的秘诀。

艰苦创业 迎来发展机遇

2010年，随着宁夏开发力度的加大，园林绿化行业也迎来了发展的高峰，吴磊敏锐地发觉了其中的机遇，随即，经过一年多的酝酿和调查，2011年底，吴磊组建成立了宁夏建国园林绿化公司。在创业之初，靠着自己“忽悠”组建了公司的团队，为了给公司提供启动资金，他毅然将父母给自己的婚房进行了抵押。所有准备工作就绪，吴磊开始寻找项目，但是仅仅过去了一个月，吴磊就像被浇了盆冷水，处处碰壁，吃遍闭门羹。几乎所有能接触的人，都认为吴磊只是一个初出茅庐，有着一腔热情的小伙子，根本没有实力承担项目，这时吴磊慌了，公司的团队也出现了质疑。人生是一场旅程，在这段精彩曼妙的过程中，挫折、烦恼、失败、困惑都是我们人生道路上的崎岖山路，也是我们生活中需要经历的风雨，我们只有迎难而上，让它磨炼我们的心智，强壮我们的躯体，坚定我们的意志，丰富我们的经验，武装我们的头脑，才会使我们拥有坚强的心，能够不惧风雨，不畏艰难，去坦然地面对生活，生活需要我们变得豁达坦然，变得宠辱不惊，让我们阅尽千帆归来仍是少年。

“天将降大任于斯人也，必先苦其心志，劳其筋骨，饿其体肤，困乏其身”，那些人生中的磨砺，是我们面对人生困境，身处困难险境时的精神财富，它教会我们用坚强的心，感恩的心，豁达的心，去面对人生中的风风雨雨，去挑战人生中的坎坷挫折。“古之成大事者，不是有超世之才，必有坚韧不拔之志”，让我们学会用烦恼困惑编织人生的

公司会议室

五彩梦境，用积极阳光、豁达坦然的心态和宽容感恩、不骄不躁的心境，度过一生，收获一生。活着，就要时刻准备承受磨难，想到这些吴磊又像焕发了新的活力，又一遍一遍地重新找项目。最终，在吴磊的坚持下，公司接到了机场高速两侧的绿化项目，尽管经过财务测算后，告知吴磊这个项目可能没有利润，但是吴磊认为，这是公司的第一个项目，一定要全力以赴，圆满完成，即使是赔本赚吆喝也要把它干好。

没有付出怎么会有收获呢？而现实也正如吴磊预想的一样，由于公司团队精益求精的工作作风，此后这块项目再无他人染指，随之而来的是打开了宁夏园林绿化行业的大门，公司也成为了宁夏园林绿化行业的一支重要队伍。

稳步发展　建设行业标杆

办企业有如修塔，如果只想往上砌砖，而忘记打牢基础，总有一天塔会倒塌。吴磊一步一个脚印，随着公司步入正轨，吴磊更新了公司的业务范围及进行了增资。2015年正式更名为宁夏建国园林绿化工程有限公司，集绿化工程与绿化苗木繁育、销售、种植为一体的大型园林企业，公司主要承担园林绿化工程施工及技术咨询服务节水灌溉工程，林木种苗销售、繁育等业务。公司结构也随之调整，进行了更加深入的优化，下设综合办公室、财务部、工程预算部、工程施工部。人是生产力中最活跃的因素，人员素质的高低决定了企业管理水平的高低，可以说，人才是企业持续发展的第一资源。因此对于团队的建设和人才的培养一直是吴磊管理企业的重要一环。时至今日，公司创业之初以及后续加入的员工，无一人主动离职。作为企业的主人，吴磊将每一位员工都当作家人，让员工充满主人翁意识，管理人员各司其职，真正做到各尽其责，尽其所能。

坚持下去，成功就在下一个街角处等着你。89年的吴磊自2015年建立公司以来，获得中国行业十佳诚信企业、AAA级诚信经营单位，公司通过了ISO9001：2008质量管理体系认证证书、职业健康安全管理体系证书和环境管理体系证书等荣誉和认证。在2018年举行的第三届宁商大会上被评为了诚信品牌企业。公司的发展得到了社会广泛的认可，也逐渐成为了宁夏园林绿化行业一支新的标杆。

情系社会　践行企业责任

有良心的管理者，能够保证企业的正确航向；有良心的企业，能够以人为本，才会常做常有。在吴磊的带领下，企业的发展逐渐得到了业界的认可，吴磊在继续思考企业发展的同时也在思考企业如何成为“有良心”的企业、“有温度”的企业，而自己如何成为一个对社会有用的人。实施百万贫困人口扶贫攻坚战略，是宁夏响应中央号召的实际行动，是建设和谐富裕新宁夏与全国同步进入全面小康社会的必然要求，是坚持以人为本、执政为民的具体体现。将企业发展与国家发展紧密结合，将实现企业自身价值和增加社会价值双赢。劳务费和苗木移栽是园林绿化行业资金投入的两个主要支出项目。在创业之初，吴磊就提出要将公司项目开展与解决劳动力就业和移民脱贫致富有机相结合的重要思路。这就是吴磊思考的如何成为一个对社会有用的人，这也是吴磊一直坚持的初心。在公司所有项目的劳务用工中，95%以上全部雇佣生态移民或就近生活贫困人员，为所有参与项目的劳务人员购买短时意外保险，提倡按劳分配，多干多得，逐步带动包括生态移民在内的贫困人口主动致富增强动力，为广大生态移民和贫困人员在思想中根植劳动创造财富理念和幸福生活是干出来的自觉意识。

"君子之心事，青天日白，不可使人不知；君子之才华，玉韫珠藏，不可使人易知"。有道德修养的正人君子，他的思想行为应该像青天白日一样光明磊落，没有什么需要隐藏的阴暗行为；而他的才情和能力应该像珍贵的珠宝一样，不浮浅外露，从不轻易向人炫耀。未来，宁夏建国园林绿化工程有限公司在吴磊的带领下将会更加繁荣，道路更加宽广……

【相关链接】

吴磊，出生于宁夏灵武市。2008年入伍参军，2010年退伍，2015年创办宁夏建国园林绿化工程有限公司。现任宁夏建国园林绿化工程有限公司总经理。

栖息之所：享受这，片刻的宁静

——银川国际交流中心酒店管理有限公司

银川国际交流中心酒店位于银川市金凤区亲水北街222号，北临阅海湖，东倚亲水北大街，南邻贺兰山路。它傍湖而建，栖息着百只野生鸟雀，周边拥有上万平方米的天然草坪及丰茂的树林，围绕着自然与绿色而生。银川国际交流中心酒店整体格局宽敞明亮，温暖的色调和现代化的装饰，淡雅舒适而高贵。家具饰物大量使用原木、棉麻、蚕丝等天然材质，做工考究，令您重拾一份惬意温馨，珍藏隽永难忘的回忆。

酒店从开业初始便遵循绿地集团企业文化精神，旨在为“建设精神文明单位”而努力，从酒店总经理到每一位基层员工都力争做一名精神文明优秀员工，并且不断学习提升自我。健全完善的规章制度，为精神文明建设提供组织保障，组建了精神文明建设工作小组，由老党员、工程部总监胡惠龙先生任组长，主抓精神文明建设系统工作的

银川国际交流中心酒店鸟瞰图

开展。以“分工明确，责任到人”为工作遵旨，实行层层负责制，将有关工作任务分解到各部门，逐步健全精神文明建设系统，营造了良好的工作氛围，创造了业内口碑，成为业内标榜单位。经有关单位考核，授予银川国际交流中心酒店为金凤区“文明单位”。

银川国际交流中心酒店管理有限公司总经理徐剑

酒店总体共分为3大区域，客房区、会议中心区、康体中心区。拥有355间宽敞舒适的客房，另外还设有湖畔全日餐厅、翠园中餐厅、大堂吧、御烧铁板烧海鲜餐厅等餐饮设施，另有两个无柱千人大宴会厅和18个多功能厅，以及设备专业的康体中心、室内游泳池、网球场。是国内外各类高端政务会议、商务差旅、休闲娱乐的理想之地。

酒店大堂气势恢宏，超越级14米中庭挑空，非比寻常的空间尺度带来无与伦比的空间感。每一处装饰细节都彰显质感与品位，中国传统纹饰屏风、时尚元素大理石拼花装饰、璀璨辉煌的空中大型水晶吊灯。伴随着轻柔的音乐、温暖的笑容和亲切的问候，将您旅途的疲倦一扫而空。

从42平方米的豪华房到328平方米总统套房，每个房间均面向酒店中庭花园，开阔明亮的落地窗联通露天私人阳台，将苍翠精致的中庭花园与壮丽开阔的明月湖水完美呈现在眼前，休憩与自然融为一体。整体格局宽敞明亮，温暖的色调和现代化的装饰，淡雅舒适而高贵。家具饰物大量使用原木、棉麻、蚕丝等天然材质，做工考究，设施设备皆为世界一流。

湖畔全日餐厅

湖畔全日餐厅于酒店大堂后方傍湖而建，拥有互动式开放厨房及顶级服务团队，致力打造银川最好的自助式餐厅。餐厅每日为宾客烹饪来自世界各地的饕餮盛宴，从阿拉斯加帝王蟹腿，到顶级牛扒，种类丰富、货真价实、应有尽有。

宾客既可于室内用餐，也可踱步至室外露台，享受晴朗天气和美妙时光。

翠园中餐厅位于酒店二层，特聘顶级专业厨师团队，包罗粤菜、川菜、地方菜系，选取最新鲜优质的食材，在专注于纯粹原汁原味与科学均衡营养的同时，将中餐饮食提升至养身怡情的境界。餐厅各包房视野开阔，食客可在用餐的同时，凭窗眺望阅海湖面。美食佳酿的精致感受加上温情备至的周到服务定会令您流连忘返。

御烧铁板烧海鲜餐厅位于酒店一层，以精细新鲜和东南亚风情为特色，提供最正宗的铁板烧料理。不但有鲜活海鱼、浓香生蚝、鲜甜蛏子及龙虾，各式珍馐目不暇接，更有烧烤师即席为您烤制顶级牛肉搭配秘制调味酱，以及多款纯正甜点，别样风味。典雅舒适的环境，优美动听的音乐，周到贴心的服务，让您感受非凡的愉悦和尊崇体验。

您可以在大堂吧的优雅环境和温馨氛围中进行会晤交流，也可在这里享受惬意的午后时光，欣赏优美的湖景，品味咖啡师精心调制的香醇咖啡。入夜时，更有精美小吃及缤纷饮料奉上，让您尽享美妙时光。

康体中心基于健康的生活概念，借助优越的天然环境，配备齐全的专业设施。拥有27 ℃恒温室内游泳池、室内网球馆、羽毛球馆及篮球馆、专业SPA水疗中心、以及各类健身器材，确保您在商务旅行及度假时，充分放松身心。

酒店共有18个多功能会议室，面积从60平方米到220平方米不等，还有两个贵宾接见厅，面积分别为240平方米和280平方米。二层还特别设有1000平方米的会议筹备办公区，均配备专业会议设备及高速光纤网络，可为您提供不同规格的商务会议，亦可举办各类不同风格的中西式婚礼、展览、酒会、派对等，最大限度满足您的多种需求。

无柱大宴会厅

银川国际交流中心酒店是银川唯一一家同时拥有两个超千平方米无柱大宴会厅的酒店，除银川宴会厅外，还有面积1100平方米的黄河大宴会厅。该宴会厅整体设计风格庄重典雅，气势恢弘，可同时容纳1000人的用餐和1500人的会议。现代化的音响系统和灯光系统、优雅的桌面摆饰、精致的茶点食物、一流的国际化服务，可与世界任一顶级酒店比肩，是大型会议、宴会及婚宴的最佳选择。

酒店大堂

酒店注重以人为本，促进酒店整体团队素质不断提升，为精神文明建设提供人才保障。为每一位员工提供成长的舞台，锻炼的机会，实现自我才华的展示。酒店积极倡导低碳出行，乐享健康人生。银川国际交流中心酒店精心设计的环湖骑行路线幽静且惬意，以苍茫的贺兰山为背景，沿阅海湖伸展，可以骑行，可以慢跑，一路都有秀丽的湖景相陪。

酒店总经理徐剑先生有着20余年的酒店管理经验，先后在上海浦东丽思卡尔顿、上海浦东香格里拉、深圳皇冠假日酒店工作。2012年加入绿地国际酒店管理集团出任集团营运副总监，曾参与筹开沈阳绿地铂瑞酒店、银川国际交流中心酒店。于2015年6月被正式任命为银川国际交流中心酒店总经理。

酒店在发展的同时，不忘参与社会公益活动，举办“地球一小时”“快乐生活，健康运动”“绿地心计划”等活动，坚持履行社会责任，并致力于“绿色出行，环保入住”的理念。未来，银川国际交流中心酒店将为国民绿色入住、放心出游做足准备，优质舒适的服务将一直到永远！

【相关链接】

徐剑，有着20余年的酒店管理经验，先后在上海浦东丽思卡尔顿、上海浦东香格里拉、深圳皇冠假日酒店工作。2012年加入绿地国际酒店管理集团并出任集团营运副总监，曾参与筹开沈阳绿地铂瑞酒店、银川国际交流中心酒店。于2015年6月被正式任命为银川国际交流中心酒店总经理。

农学博士的"羔羊梦"

——北京五禾食业科技有限公司

余生乡里，家境贫寒；子嗣甚多，玉汝于全；自幼农耕，四时无闲。常痛体力不支，更恶心力相残。

遂发奋而读书，侥幸挣脱垅畝。几易寒霜酷暑，渴学之志甚笃。京城繁华，无暇心顾；殚精竭智，研习水土。四载三年，专心苦读；学绩头筹，苍天不负！博得苦尽甘来，甚幸京城落户。虽为百里得一，却也不敢贪图！

娶妻生子，逐项从简；养家糊口，忠孝不全。然事业唯艰，不敢怠慢；大业命运多舛，小事亦难。改投环境伟业，未得世事之谙；欲浮人生宦海，岂挡仕途之险。阅尽人间百业，顿觉才疏学浅！

呜呼！低首掐算，余已中年。事业中道无专，仕途与我没缘，钱途离侪更远！难不成，七尺汉，坐等风烛残年；最无益，才疏浅，一日曝十日寒！

人称"毛爷"何用，怎让祖宗丢脸，一味悲天嗟叹，更令妻儿无颜。若不宏图大展，白流半世血汗。当续鲲鹏之志，翱翔天地之间！

——毛军 作于而立

毛军看起来一点不像"山里娃"，脸庞白净，36岁之后，终于有点像"城里人"了，这里有定居京城房子的加持，也有北京户口的佐证。身体发肤，受之父母；立身行道，扬名于世。他常说，北京的水养人，褪去了黝黑暗红的"六盘山特色"，笑起来似乎还有点"中年油腻"的感觉。

"我这个人就是命好，点好，赶上了好时机。"毛军说。尽管有"北林博士"和"京城商人"两个头衔加持，他仍然习惯把六盘山出身挂在嘴边，说起厚重的历史，一种难以掩饰的"骄傲"。

清华东路，"北林"曾是他改变命运的全部指望；六盘山涧，"北林"又变成他羞于启齿的心头重压。一位在家乡人看起来很成功的“老板”，面对六盘山穷苦人们的日子，却实实在在“骄傲”不起来。

2014年9月，李克强总理在夏季达沃斯论坛上公开发出“大众创业、万众创新”的号召，让他热血沸腾，随后，精准扶贫、乡村振兴、田园综合体等国家战略相继提出，他开始思考，能为家乡做点什么。

他说：“我想明白了，读书改变的不仅仅是命运，还有思维和方向。”

北京五禾食业科技有限公司总经理毛军

跳出农门

2000年，他踩着一本线的“点”搭上了北去的列车，进入了中国绿色高等学府北京林业大学，面对车水马龙的繁华，他真有点鲤鱼跳龙门的眩晕，那一年恰好是“千禧龙年”。

跟好多“样本”一样，他住在六盘山麓，清水河畔的宁夏固原市原州区，家里几代务农，这里还有一个世界知名的标签“西海固”，国家14个集中连片特困地区之一。

都说家风好，传世代，毛军想谈谈他的父亲。父亲出身固原张易镇，山高水远，就靠一个“省”字。20世纪七十年代，靠祖父五爷爷介绍，“移民”至百公里外的头营镇，结婚生子经营家庭。我父亲的到来，给这个村做出了“重要”贡献，自掏腰包结束了村里“煤油灯”的历史，使得百余户村民过上了光明的生活，也算是一大功绩。后来村里集体土地平整，打深水井，使得村里几百亩土地更能蓄水保墒，稳产高产，因此做了十余年的生产队长。

父母的勤快是村里出了名的，十里八村第一台磨面机、第一套粉草机、第一台四轮拖拉机，这在20世纪八九十年代的农村，也是不多见的“能人家”。他们种庄稼更是一把好手，记得平均亩产八百斤村里无人能及，二十余亩水浇地两人玩转，收了麦子种白菜，确是四时无闲。正是靠着这股子好胜的劲，加上勤俭持家，父母亲愣是供出了三个大学生，也成了村里教育孩子的“典范”。

时至今日，谈起在家务农的经历，他都唏嘘不已。春天犁地、夏天除草、夜里浇水、暑天割麦，二十多亩水浇地，寒暑假都搭进去，兄弟三个觉得很辛苦，其实父母这样的劳作，一干就是几十年。过年回乡，时常有人问他如何考上重点大学。他大都回答：“割麦子割怕了，留在农村，迟早会被累死。”那时候他从来没想过人生理想这些问题，上学只有一个目的"跳出农门"。

2000年9月16日，踏着18岁的生日，第一次远行。父母送到村口，挥手告别。他往前走了好久，猛一回头，奶奶拄着拐杖，还在身后。至今想起那情景，还历历在目。

天之骄子

"朝为田舍郎，暮登天子堂"。"北林"报到的第二天，他赶紧到天安门广场拍了张照片，连同平安家书一起捎回家，告诉父母，北京很大，楼房很高，自己很好。

他读的是"水土保持与荒漠化防治"专业，听起来就是在山沟里挖坑栽树，很是沮丧，好不容易走出山沟沟，毕业后还得回山沟里去。加上班里来自城市的同学无论是视野、认识和知识面都比农村孩子广阔得多，他的那点骄傲很快变成了自卑。

宿舍里的卧谈会，谈的是西甲的巴萨，美职篮的湖人，他插不上嘴；聊起了重金属的摇滚，美国的大片，他也只是听听，时间长了索性戴上耳机，不参与其中讨论。不服输的性格，为了加入同学的话题，就拼命补课，听别人说什么，赶紧去学，图书馆就成了获取信息的重要场所。

新千年的北京，人们思想活跃，特别是大学里，学生淳朴、充满希望。大学里每晚都有各种各样的讲座，都是各个行业取得一定成绩的人来讲。他特别喜欢听讲座，这

六盘山风光

对开阔眼界和个人成长的意义比专业课还要大。参加各种社团,打篮球,做裁判,当学生干部,进学生会举办各种晚会。大学的那几年,毛军自觉激情满怀、意气风发。

四年很快就过去了,2004年,拿着本科毕业证,他没能留在北京,一切仿佛做了一场梦,醒来还在原点。“人往高处走,水往低处流”。于是,考研留京成了救命稻草,重回山沟,他不甘心。又是一次寒窗苦读,皇天不负,他以专业第五名的成绩考取了研究生,继续研学水土保持专业,同时在中科院双向培养。

2007年,他以优异的成绩研究生毕业,从众多竞争者中脱颖而出,供职北京勘察设计研究院,留在了京城。

创业京城

进了有着60余年悠久历史的“北勘院”,有一种感觉叫期待,每个人都会有。如果将进入一个全新的领域,他所期待的是环境、氛围和价值。而当他坚决留在“北勘院”的刹那,正是因为感受到自己的期待将会得到实现,坚信这将是他精彩人生的一个良好开端。

五年时间,他从助理工程师做到项目工程师,从跟班做到独立主持项目。他经历了北京焦化厂弥漫着的有毒气体,更体验了垃圾填埋场的无处下脚,四年中“走南闯北,东奔西走”,几乎跑遍了北京的山山水水、大街小巷。成就个人的同时,也为“北勘院”做出了许多贡献。

都说西北人有个优点叫“老实”,有个缺点叫“太老实”,他这人老实,不敢骗人,“北林”的教育也给他划了道德底线。毕业五年,在体制内一眼能望到头的日子,他开始厌倦。靠着裙带庇护,同事们“进步”都很快,夜以继日的加班,高效率工作反而成了“阻碍”他进步的借口。因为“北林”的教育而清高,不屑于溜须拍马、蝇营狗苟,但是生活本身是庸俗的,这种清高与社会脱节。

2012年,他选择了离开,带着些许无奈,是为更幸福地活着。结婚、买房、生孩子,他按部就班地过着京城的平凡生活,谈及这几年,他自称是“生活在繁华都市的贫民”。为了养家,成立咨询公司,“蹭”上了创业之路,这一年,恰好又是一个龙年。

创业是穷小子跳出贫苦的又一次“天机”,正如当年的高考。开始的那些日子,他自己跑项目,看现场,回家写报告,参加项目评审会。不知道是性格好,还是命运的眷顾,他创立的“达沃源咨询”逐渐在京城落地生根,招兵买马,业务逐步走入正轨。

面对激烈但并不完善的市场形势,作为公司掌舵者,他更清醒、更敏锐、更张扬、更坚韧,以“赢在学习,胜在改变”激励广大员工,脚踏实地、努力创新、胸怀目标、坚忍不拔。

突破拐点，是每一个创业者面临的最大挑战，但他始终认为，挑战是幸福的。

赶“羊”进京

每一个漂泊异乡的人都有一个“家乡情结”，从最表象的乡里乡味，到内心深处的回报桑梓，新时代的青年都在做着各自的努力。刘强东给自己家乡宿迁不仅捐赠过亿，还引进南京外国语学院，建立物联网智能制造产业园，带领更多宿迁人走向富裕，这是“既授人以鱼又授人以渔”的时代典范。

2013年，习近平主席提出精准扶贫的战略目标。2018年中央一号文件乡村振兴战略的提出，毛主席诗词“天高云淡，望断南飞雁”的宁夏六盘山，清凉气候，绿水青山，成了旅游和特色农牧业(上千年的养殖历史)的绝好资源。至此，埋藏在他内心深处10余年的家乡情结，再次迸发，“赶羊进京，六盘羔羊”项目正式起航。

2016年，通过对中国特色农产品的系统调研，他带领的团队提出在六盘山地区打造“五位一体全产业链”，探索可持续发展农牧产业的构想。不积跬步无以至千里，虽然小时候放羊喂羊，但做一个可持续的产业，他需要更多的思考与实践。

他们首先从产品定位、设计、渠道入手，提出了“产品食品化”的概念，按照消费升级后餐饮需求逐步青睐羔羊的变化，从餐桌倒推至养殖端，找准了“只做羔羊”的定位，打造“宝宝最爱吃的滩羊肉”。成立六盘羔羊定制化养殖联盟，链接农牧民和养殖合作社，制定系统的养殖和出栏标准，确保产品源头质量稳定。

再次，为了满足人们日益增长的对美好生活的需求，在六盘山地区成立宁夏伊伊食品公司，建立“屠宰分割包装基地”，从产品标准化入手，统一包装，统一视觉呈现体系。搭乘移动购物消费趋势，全面进入京东、天猫、苏宁等电商平台。

草场

第三，建立冷链物流体系，在北

京设置运营中心，确保产品新鲜及时送达。成立“年羹羊”餐饮品牌，至此构建了完整的“养殖-加工-物流-电商-餐饮”五位一体全产业链体系。

同时，公司研发团队陆续开发出了六盘羔羊“悯农、爱农、惜农”礼品卡系列，主销节假日礼品礼盒市场；开发便携式户外烧烤系列，主打消夏休闲市场；研发自加热羊汤系列，主推旅行产品渠道，延长产业链，增加羊肉产品的附加值；研发羊羹休闲食品，在旅游产品方面进行发力。

截止2017年，签约六盘山地区定制养殖户150户，联合规模化养殖基地5家，销售收入256万元，直接带动农户增收16.8万元，同比增长12%，起到了良好的示范带动作用。产品购销两旺，成功跻身电商类宁夏滩羊前三甲，六盘羔羊品牌也已入选“中国长城品牌计划”推荐品牌，被市场广泛认可。

“北林”带给他最深刻的影响是自由和创新，在美好的新时代里，他迫切地想要挣脱束缚，再干点事情。从六盘山走来，他认准农牧行业大有可为，想要打造行业领先品牌。他所有的努力，都是让养殖者安心，消费者放心，经营者有信心，形成可持续发展的农牧产业。他要用资本的力量，做大做强六盘羔羊品牌，将它推向资本市场，助力六盘山地区的人们过上幸福的生活。

他定居北京，原本可以衣食无忧度过一生，但不安分的他，回校读博士，创建京宁汇社群，组建北京宁夏中小企业商会，思考不竭，精力无限……

“今日长缨在手，他日定缚羔羊”！站在六盘山巅，远眺起伏山峦，看着成群的牛羊，他想起了“北大屠夫陆步轩”，做个“博士羊贩子”，只要真实，就不丢脸。

【相关链接】

毛军，汉族，1982年生于宁夏固原（六盘山），中共党员，毕业于北京林业大学，博士学历。2007-2012年就职于北京市勘察设计研究院，环境生态技术研究；2013年，创立北京达沃源咨询品牌，从事环境工程咨询业务；2016年至今，投身家乡固原，构建五位一体全产业链模式，打造宁夏六盘羔羊品牌。现任北京宁夏中小企业商会执行会长兼秘书长、北京市创业中心创业导师、京宁汇北京宁夏人联谊会秘书长。

一个简单的酒庄　有着神奇的美酒

——宁夏容园美酒庄有限公司

自西汉时期，张骞出使西域带回葡萄的种植方法及葡萄酒的酿造工艺，至今已将近两千年。贺兰山东麓作为最早的葡萄种植地区，曾让历代诗人留下数以千计的赞美诗篇，但在那样一个漫长的物质匮乏的年代，生存是人们面临的首要问题，作为精神享受的葡萄酒并没有真正走进普通家庭。

东麓的情怀

20世纪80年代，现已仙逝的葡萄酒泰斗贺普超先生考察了宁夏的风土条件，首次提出“贺兰山东麓是葡萄酒的未来之乡”，受到贺教授鼓励，1983年，宁夏农垦玉泉营农场大规模引进酿酒葡萄品种，试种成功。1985年，农垦玉泉营葡萄酒厂开工建设并在

宁夏容园美酒庄外景

来年投入生产，开启了宁夏现代葡萄酒的生产历史。

2003年，贺兰山东麓通过“葡萄酒国家地理标志产品”保护区认证，宁夏本土的红酒品牌在国际、国内葡萄酒大赛中几乎囊括了50%以上的奖牌，这片“沉睡”了千年的沃土，终于焕发生机，坚实有力地站上了国际舞台，“她”是东方巨龙身上“长”出的又一个震惊世界的奇迹。谁知，此后的许多年，一个别致的葡萄酒酒庄拔地而起，王旭东正是这个酒庄的庄主！

宁夏容园美酒庄庄主王旭东（右一）

谈及王旭东，他是大山的孩子，生于农村，长在山里，连绵的大山是他童年最深刻的记忆，父母四季忙碌的背影，是他理解的全部生活。每当夕阳挂在山顶，泻下霞光万道，他便站在余晖里浮想联翩，想象着山的那边一定住着神仙，四季如春、阳光温暖。而山的这边，夜色像一扇大门即将关闭，他将被锁进黑夜，总有些落寞。他登上山顶瞭望，山的那边还是山，山的宽度远远超出他脚步的极限。

直到高考，他榜上有名，走出大山，才知原来山的那边没有神仙，山的那边是广阔的世界。童年的幻想像一场梦，渐渐醒了，对多彩生活的热情渐渐多了。四年的大学时光，他像一棵吸收阳光雨露滋养的树苗，如饥似渴地汲取知识。同时，对更远的世界也产生更多的好奇，像当年登上山顶窥探山那边的“神仙”，他打量着眼前令他目不暇接的世界。大四实习，老师带他们参观现代化的葡萄种植基地，他被震撼的合不拢嘴，因为从没有见过面积这么大的土地，从没有见过修剪如此整齐的葡萄果园。别的同学围着老师，只有他像着了魔一样，一个人沿着葡萄藤一直走一直走，直到将这片绿意盎然的葡萄园装进自己的脑海，直到将想象的一抹红色悄悄埋进自己的心田。

毕业分配，捧起铁饭碗，他成了父母眼中的骄傲，成了邻里羡慕的“城里人”，但他不快乐，像三月迎着春色成长的麦苗遭遇了寒流，他蔫了。午夜梦回，他长吁短叹，青春正盛却愁眉不展，那片肆意的“绿色”、想象的“一抹红色”使他心神不宁，他想放弃公职，但却忘不了父母骄傲的神情，他不忍心给父母当头浇下这盆冷水。他已经跳出农门，告别黄土，无需像父母那样面朝黄土背朝天的讨生活，摆在眼前的是一条平坦、看不见任何障碍的人生之路，而他却生了“异心”，要放弃眼前的一切，走一条布满荆棘、前途堪忧的路。最终，他走了，脸上挂着泪水，倔强的没有回头，只留给父母离去的背影。

另一个城市的繁华远超他的想象，复杂也远超他的想象，从一家百货公司的库管开始，他孜孜不倦，初尝人性冷暖，被人排挤，他如临深渊。他犹豫过，退一步是人生坦途，进一步是崎岖难行，但他咬牙坚持。摆地摊，风生水起，又意外失利，倾尽积蓄。地产火热，他乘势而起，当他志得意满，再回故乡里，他热泪盈眶，因为他是大山的孩子，他依然心系土地。

随着资本市场的开拓，原本荒无人烟，砂砾遍地的贺兰山脚下，来了一群充满激情的创业者，他们开疆拓土种植果园，苦心孤诣建造酒堡。这一切，有一个人在默默观察，他看在眼里急在心头，触动他的是那一片惊心动魄的“绿”，触动他的是那一抹摇曳生姿的“红”。但动辄千万的投资，让他头脑清醒，他需要做出更加充分的准备。

直到2008年，万事齐备，他从已有的事业高峰上卸下重任，重新攀爬人生的第二座高峰，宁夏容园美酒庄注册成立，他才有了这第二个“孩子”，他要培养“他”长大成人，这个大学专业学农的青年，终于如愿以偿，捡起了自己的专业。

拿到八百亩的土地转让合同，看着眼前这片一望无际的将由自己经营管理的土地，他终于明白，自己多年对土地魂牵梦绕的缘由，是因为土地才是他的根。

当母亲获知儿子事业进展的消息，不远千里，非要看上一眼。他牵着母亲的手用脚步丈量着这片来之不易的土地。他的腿走酸了，劝母亲回去休息，母亲却非要多走走，他的腿走疼了，劝母亲回去休息，母亲非要多看看。他不再强求，跟着母亲走啊，走啊！母亲说：多么大的一块地啊，咱们全村的地加起来都没有这么大！他心里有些骄

酒庄内景

傲！母亲又说：可惜你爸爸走得早，看不见了！他的心一下软了，看着母亲佝偻的背影，他知道，这不光是父母、爷爷、还有太爷爷，他们这代人也凝结着对土地浓烈的感情和希望！

就为了给这个来之不易且寄托无限希望的“孩子”取一个好名字，他曾煞费苦心。选“容”是因为格局：有容乃大；选“园”是因为信仰：源于自然；选“美”是因为义务：传承美德。他默默发誓，要让“容园美”做有格局、有信仰、有义务的好酒庄。

从种植葡萄开始，他日日在田间徘徊；晨光中有他的身影，黄昏里有他的脚步。指导种植他像一位严谨的科学家，一丝不苟；除草犁地，他像一位经验丰富的农民，认真细致。当众人散去，他一人独坐灯下，仍不忘思考酒庄的未来，灵感乍现，一首诗篇喷薄而出：

容园四季藏秀，一庄纳尽千秋。
匠心营造美酒，情怀汇聚雅友。
西拉独占鳌头，马尔贝克美乐。
赤龙平分秋色，东麓二百余担。

商场沉浮，不惧风雨，他是一位敢做敢当的企业家；内心柔软，情感细腻，他是一位热爱生活的诗人。站在贺兰山东麓几百亩的葡萄种植基地上，他手把锄头、眼看流云，细思曾有多少英雄故事在这片热土上演，只是大江东去，英雄已逝，但英雄的精神就是中华的脊梁，他没有忘记！

独特的气质

“怒发冲冠，凭栏处、潇潇雨歇。抬望眼、仰天长啸，壮怀激烈。三十功名尘与土，八千里路云和月。莫等闲，白了少年头，空悲切。靖康耻，犹未雪。臣子恨，何时灭。驾长车，踏破贺兰山缺。壮志饥餐胡虏肉，笑谈渴饮匈奴血。待从头、收拾旧山河，朝天阙。”

当他吟出这首岳飞的《满江红》时，品牌名称“兰山红”就此诞生。这是他的英雄情结，这是所有人的英雄情结。“兰山红”凝结了他对英雄的敬仰，对生活的感恩！

“万般辛苦有谁解？他日功成化作甜！”当手捧酿造出来的第一杯红酒，看着这日夜期盼的一抹红色，他不禁潸然泪下，一如他当年功成名就而回归故里的感受。凭借“粗犷又细腻，酒体厚重，结构清晰，香气浓郁饱满”的高度评价，“兰山红赤霞珠金特干红”在亚洲葡萄酒与列酒类大赛中获得金奖，捧起奖杯，他终于笑了，为自己的荣誉而笑，为自己能亲手酿造出媲美法国波尔多的顶级红酒而笑，为自己当年所选的农业专业而笑！他没有辜负时光，并欣然接受了时光赠予他的大礼。

经过近10多年的蓬勃发展，贺兰山东麓的酒庄已达200多个，但同等的地利优势，同样的种植方法，如何打造亮点，区别他人？各大酒庄均不遗余力从装修风格苦下功夫，容园美酒庄略有不同。

赤霞瑞干红葡萄酒

容园美酒庄是一个简单的酒庄，有着神奇的美酒，因为庄主简单而执着，因为庄主细腻而宏观。“简单”是酒庄的容貌，“神奇”是酒庄的灵魂，容园美酒庄要以简单的风格、亲民的形象为来访者制造惊喜，让来访者既感受眼前一亮，又愿意亲近把玩，更愿意带“她”回家。他不耻下问遍访高人，他率领团队研究战略，最终决定从博大精深而令人神往的传统文化中，撷取最雅俗共赏的中国书画作为文化符号，塑造随和而优雅的特质，既表达对传统的尊重和传承，也与葡萄酒文化一脉相承。

于是，这里成了书画爱好者的聚集地，这里成了文人墨客的休闲场，这里有“采菊东篱下，悠然见南山”的场景，这里有“秋光正洁，仙家瑞草，黄花初发，物外高情”的雅致。邀三五好友，举杯品“雅友”，贺兰山下，赏月话英雄。容园美酒庄有绝佳好酒，容园美酒庄也具有独特气质。容园美酒庄不仅是宁夏人民“闹中求静，放空心灵”的好去处，也将为更多的友人送去精神的佳酿，接受文化的洗涤。

作为宁夏容园美酒庄的缔造者！他正在用时间塑造传奇！“她”像一位新娘，等待你掀起“她”的盖头！

【相关链接】

王旭东，现任宁夏容园美酒庄庄主，1996年毕业于甘肃农业大学种植系，吴忠市科技特派员，获“吴忠市古峡工匠”精神荣誉。

宁夏优质农产品推广的民间大使

——北京中杞恒商贸有限公司

香肩敢挑万钧担　运筹帷幄胜须眉

契诃夫曾说："人的一切都应该是干净的，无论是面孔、衣裳还是心灵、思想。"第一次见到丁秀锦，她给我的感觉是整个人很和蔼可亲、如沐春风，身上带着一股向上的朝气，很舒服、很干净。对女人来说，最重要的不是容貌和年龄，而是绝佳的气质和干净的灵魂。气质绝佳的女人，外表干净、生活精致、内心纯粹。内心干净的女人，是知世故而不世故，经历过世事冷暖，依然葆有内心的澄澈；历尽沧桑和磨难，依然心怀美好和善念。

十二年前，丁秀锦怀揣着一颗向上的心，来到了北京，当她走出北京站出站口时，面对如潮的人流和如林的大厦，她感觉自己像一个原始人穿越到了现代大都市，一种茫然、无助的恐惧涌上心头，她不知道路在哪里？梦在何方？

创业之路本就布满荆棘，对选择在北京创业的丁秀锦来说，无疑是一种挑战。远离家乡，进驻首都谈何容易？在朋友的帮助下，丁秀锦在宁夏大厦租了一块15平方米的柜台，做起了出售旅游工艺品的小本经营，这样她迈出了在京城创业的第一步。商场如战场，战败之事常有之，在创业的开始丁秀锦屡战屡败，有时会血本无归，与她愿景相差甚远。淡定的人，极有忍心、耐心和坚持之心，在困难面前愈战愈勇，坚忍不拔；在逆境之中百折不挠，宁死不屈，纵有百分之一的希望，也永不言败。丁秀锦身上有着西北人的倔强和勇敢，她决不允许自己半途而废，"放弃"这两字是不会出现在她人生字典中的。她痛定思痛，重新振作起来，下决心勇往直前，哪怕是为此伤痕累累，也要闯出一条阳关大道来。

心存梦想，整个世界都会为你让路。在一个很是平常的午后，丁秀锦的小店迎来了一位西装革履的宁夏汉子，他操着一口宁夏口音问丁秀锦："老板，我要买几包枸杞

北京中杞恒商贸有限公司总经理丁秀锦

送朋友,你这里有宁夏枸杞吗?”丁秀锦用宁夏话回答他:“先生,对不起,我们只卖工艺品。”宁夏汉子惊讶地问:“你也是咱宁夏人,卖这些工艺品干啥?你干吗不卖咱宁夏的土特产?”丁秀锦疑惑地说:“卖咱宁夏的土特产能行吗?”宁夏汉子生气地说:“怎么不行!咱宁夏的枸杞,闻名天下,肯定好卖。再说,你有这么一个好摊位,又是咱宁夏人,干吗不卖咱宁夏的土特产,为咱宁夏做点宣传呢?”丁秀锦恍然大悟,隐隐感觉到幸运之神的到来,激动地说:“你说得对,我确实要改变思路,经销咱宁夏的土特产品,为咱宁夏做做宣传。”从此以后,丁秀锦就开始调整思路,做起了宁夏土特产的生意,她暗下决心一定要把宁夏优质的农产品卖到北京的每户人家,让他们知道在遥远的西北,有一个地方叫——宁夏。

一步一步走过来 熬过黎明见日出

有很多人知道宁夏也许是来自于梁静茹的那首《宁夏》。“宁静的夏天,天空中繁星点点……那是个宁静的夏天,你来到宁夏的那一天。”但是问起宁夏,人们会一脸茫然,更不用说对宁夏了解了。

宁夏位于地图的中心位置,从古至今都是兵家必争之地。北倚贺兰山,南靠六盘山,黄河从中穿过宁夏川,沙漠、平原、丘陵在其中串联,独特的自然地理条件,使宁夏拥有许多独具特色的农副畜产品,其中最著名的是被誉为“红黄蓝白黑”的宁夏“五宝”,即枸杞、甘草、贺兰石、滩羊皮、发菜。

丁秀锦从推介宁夏家喻户晓的五宝枸杞开始,把原来的十五平方米的柜台慢慢发展成了一个总面积有260平方米的全国农展馆——宁夏特色优质农产品展销大厅。这里不仅体现了宁夏塞上江南的自然风光、六盘山区独特的生态景观。同时也体现了宁夏洁净的农业生产环境、优越的地理条件和农牧业发展的丰硕成果。丁秀锦也随着发展制定了一系列发展规划。

在销售方面,丁秀锦制定了详细的攻略,首先认真做好年度销售方案、月度计划。根据市场需要和消费者的需求,重点推介销售宁夏的重点产业和名优产品。不断创新经营方式，拓展销售渠道。以发放优惠卡、优惠券，建立VIP客户、微信群、公众号、健康讲座等形式，固定客源，定位产品，扩大范围，保证销量。同时丁秀锦也重视与京津冀及周边地区采购商的合作，经常请他们来展厅观摩洽谈，采购产品。也利用全国农展馆周边使馆区的优势，邀请驻华使节、商务参赞特别是阿拉伯国家驻华使节和友人到展厅参观，加深沟通了解，将宁夏优质农产品推销到国外。

丁秀锦还根据不同季节定期在展厅举办特色优质农产品推介会、洽谈会和公益性宣传活动。如在中卫硒砂瓜、灵武长枣、固原马铃薯等农产品收获季节举办产品大集、产品宣传月、食品品尝周等活动。

在食品安全方面，丁秀锦主要抓好产品的标准和质量，同时要求生产厂家抓好产品质量，既要为宁夏农产品争光，又要减少产品不合格而造成的损失。公司要求进驻的所有农产品必须证件齐全、合乎国家的质量标准。公司经常与消费者进行沟通，通过问卷调查、顾客回访、电话询问等方式，征求对宁夏农产品的反馈意见，不断改进和提高产品质量。

为了树立品牌，提高竞争力，公司采取了展厅+公司+基地+合作社的经营模式。先后在盐池县冯记沟建立了滩羊养殖基地；在中宁县建立了枸杞种植、加工基地；在中卫建立了硒砂瓜种植基地；灵武市建立了长枣基地。另外，在建立的基地都使用的是有机肥——EM原露，EM原露是目前国内外综合性以及活性最强的复合微生物制剂。含

宁夏优质农产品全国农业展览馆推介会

有多种有益微生物菌群所产生的强大综合效益，是绿色有机食品（或者无公害食品）的一项强有力的技术措施。

从源头上抓起，保证产品做到田间地头—车间—展厅—餐桌，还建立了绿色通道，做到新鲜食品从宁夏运到北京不超过24小时；投资建立了冷库和冷柜，及时将当天运送到的保鲜食品、新鲜牛羊肉进入冷藏设备，保证色泽鲜艳，味道纯正。

未来，丁秀锦准备在雄安新区再打造一个宁夏优质农产品展览馆，她要让更多的人知道宁夏，要让更多的宁夏农产品走出去。

有一种爱　叫宁夏情

丁秀锦公司的员工基本上都来自于宁夏，他们都为自己身为宁夏人而倍感自豪，当她们向顾客介绍家乡的农产品时，都会有一种使命感，并且为此感到骄傲。丁秀锦对每个员工关怀备至，小到生活的点点滴滴，如衣食住行，大到员工的情感、工作上的规划与指导，她都一一过问，并给予帮助和指导。她的温柔、善良、热心赢得了员工的爱戴，所以这些员工都亲切地称她“丁妈妈”。

都说岁月从不败美人，实际上岁月对内心干净的女人格外开恩。四十岁之前的容颜是父母赐予的，四十岁之后的相貌是由自己决定的。心灵干净，做事自然坦荡，不畏人言，不会庸人自扰，活得自在，过得心安，人就会越来越美丽。正所谓相由心生，就是这个原因。丁秀锦一位四十岁以上的女人，富有于心，成熟于智。

丁秀锦从一个北漂，到成为一位名声显赫的宁夏女企业家。她不但在北京丰台区建立了六百多平方米的宁夏特色农产品配送中心，而且在北京全国农业展览馆建立了宁夏优质农产品展销大厅，在北京其他区县有两家直营连锁专卖店，有3个商超宁夏特产专售柜。同时，丁秀锦用实际行动践行自己作为一个宁夏人的责任，她千方百计地销售宁夏南部山区贫困地区的农副产品。本来经营农产品利润就薄，而经营贫困地区的农产品更谈不上多少利润。但丁秀锦认为，不能一切以盈利为目的。自己能够利用北京的这些平台为贫困地区的农副产品销售做点事，这也是应该的，更是义不容辞的。由于丁秀锦时时刻刻为家乡宣传销售产品，自始至终为企业服务，因而赢得了宁夏各生产企业的信赖和好评。同时，由于严把质量关，把宁夏最好、最优的产品放在展区，也赢得了北京广大顾客的一致好评。许多消费者说，我们通过丁秀锦女士开设的销售网点，进一步了解了宁夏，过去只知道宁夏的枸杞有名，没想到宁夏的大米、面粉、硒砂瓜、长枣、苹果、牛羊肉都这么好吃。真是塞上江南，名不虚传！有的消费者一到收获季节，就迫不及待地给丁秀锦打电话或者来到展厅预订、购买宁夏产品。有的消

北京市市民参观宁夏优质农产品

费者不但自己喜欢享用宁夏产品，而且介绍同事、亲戚、朋友前来购买宁夏产品。有的把宁夏正宗的中宁枸杞、盐池滩羊肉等当做珍贵礼品邮寄赠送给国内外朋友或合作伙伴。丁秀锦用实际行动把宁夏特色农产品从北京卖到全国各地，为家乡宁夏争了光，同时也铸造了她人生的辉煌。

在丁秀锦的身上，表现出了一个女人最好的状态：不管走过多少人世坎坷的山河岁月，仍能心无旁骛；无论见过多少阴暗险恶，仍有温良慈悲。董卿曾说："愿你即使生活在泥沼之中，也不要放弃仰望星空，有一天，你将如浩瀚星河，在平凡的生活里发出最耀眼的光。"我在丁秀锦身上看到了这种光，熠熠生辉，温暖着她身边的每一个人。

【相关链接】

丁秀锦：宁夏优质农产品行业协会会长、北京中杞恒商贸有限公司总经理、宁夏京瑞达绿色农业科技开发有限公司董事长、全国农业展览馆精品馆宁夏厅总经理。

满园春色　巧手翩翩传真情

——宁夏海原县田志梅手工刺绣

追源回绣　传承与守望

中国,拥有悠久历史和灿烂文化的东方文明古国,非物质文化遗产形式多样,内容博大精深、源远流长。上下五千年的历史长河中,中华民族用勤劳、智慧、创造了一个又一个灿烂文化。然而,在新的历史变革中,传统非物质文化已经饱受沧桑,正面临各种新文化冲击、荡涤,以不可忽视的速度衰落,潜伏着灭绝的危机。

满园春色关不住,一枝红杏出墙来!在泱泱民族艺术大观园中,回族传统刺绣,一个快要被族群遗忘的手工工艺,一个值得保护的少数民族非物质文化遗产,亟须保护和传承。回族传统刺绣,是通过针法技巧的运用和色彩变化进行绣作的一种手工造型艺术,从剪裁样式到图案造型、色彩搭配等有着一套完整的技艺。

出生在刺绣世家的田志梅,是家族第五代传人。田志梅从小就听母亲讲各种各样上一辈人刺绣故事,她们都是专门给当地大户人家刺绣,是当地大户人家"物用"刺绣师,每当谁家里过个喜事大事时,都以能得到她们亲手绣制的绣品为荣。

《玉美人》田志梅绣

1889年，第二代老人将自创的刺绣手艺传给了第三代老人，一直到1918年第三代老人又传给了第四代老人，1978年田志梅随着家传绣谱开始她人生新的征程——妻子和母亲。在悠悠岁月的长河中，经历过战乱、风吹雨打，依然顽强地存在着，我想这就是文化，是她本身的魅力所在，现在新一代的继承人已经长成，也更加优秀。

在田志梅的心里，刺绣就好比自己另一个女儿，刺绣不仅陪着她一起度过了人生的每一个重要时刻，陪着她历尽生活的酸甜苦辣，也成就了她。功夫不负有心人，她的作品逐渐被大众认可，越来越多的人关注到她的创作，2006年《鱼儿闹莲》和《孔雀牡丹》荣获海原刺绣技艺作品展一等奖。2008年《花儿故乡》为宁夏回族自治区五十大庆献礼被收藏，同年《花儿与少年》获全国妇女手工技能作品展一等奖，2009年《墨兰图》《五鸟图》获全区妇女手工技艺一等奖。2011年女儿赵风梅创作的《红军西征纪念碑》获全区妇女手工一等奖，时年被县文化非遗中心所收藏。而且被誉为刺绣界的“绣魂”。2013年指导学徒刺绣的《黄河泾岸》获全区手工一等奖。2015年《海棠枕顶》《竹叶腊梅》《回文牡丹海娜花》被北方民族博物馆所收藏。田老师也曾先后被《中卫日报》《新华网》《宁夏日报》多家媒体所报道，先后在腾讯网，微信上为《宁夏人物风情》做宣传。

阳春白雪　自承一技成流派

刺绣是中国古老的手工技艺之一，已经有2000多年历史了。在宁夏回族自治区南部山区，有一个地方叫海原，地处黄土高原西北部，属黄河中游黄土丘陵沟壑区，境内沟壑纵横、丘陵起伏。这里是革命老区，也是宁夏回族群众聚居最多的地方，独特的环境造就了这里独特的文化气息，形成了他们特有的风土人情。

田志梅手工刺绣协会这一代继承人赵风梅老师，因为从小有母亲田志梅潜移默化的影响，所以她对色彩的把握和手工工艺更精准、专业。完成学业后她专心跟随母亲学习刺绣技艺，继承了祖辈对于刺绣的追求，在绣技上独具匠心。在她的身上你会看到中国古代大家闺秀的缩影，同时又洋溢着现代女性的灵动与独立。她孜孜不倦的学习着回绣技艺，充实着回绣精华，去其糟粕，取其精华，使自己艺术沉淀更丰满。

海原回族刺绣它是掇绣、挑绣、绒裴绣、平绣等多种技艺的表现。赵风梅与母亲把回族挑绣和绒裴绣融汇起来，一起研究出了挑绒绣的绣法，这种技法在宁夏没有几人会。挑绒绣特点是选用蓝色、绿色、深红色为底色，所有花卉图案既对称又不完全一样，挑绒绣的技艺流程很繁杂，首先针法讲究平整均匀，上下针脚要在一个水平线上，针孔对着针孔并且藏压有序，在绣好之后又以挑针压实下面打底的一层，之后又用专

田志梅老师(左二)指导学员刺绣

用小刀来割出漂亮的绒裘。每一道工序都是人类智慧的结晶,需要极大的定力与耐心,还有极佳的手艺。

刺绣艺人以针代笔表现书画的美,以现代技法表现历史的韵味,精于花鸟鱼虫、山水人物的绘画技艺,还要熟知刺绣针法的灵活应运,所以一副好的绣品有时耗时几个月或几年时间,在这个高速发展的年代,慢工细调的技艺局限,必然造成这种技艺日渐消失和被族群遗忘,没有传承就濒临灭绝。而想要让它更好地传承下去,赵风梅带领协会提出以"年轻化为基础,国际化为方向,品牌化是理想",走传承和发展的道路。

百花争艳　千针万线绘人生

回族传统刺绣早先用植物纤维纱线在自织的土布上戳纱,属单色线绣,构图粗犷质朴。近代以来多用彩绣,制作工艺盛行平绣。回族传统刺绣多绣于嫁娶或喜庆时穿戴的衣服、鞋面和挂饰物上。一般而言,衣服上的刺绣多为红蓝相间的花卉或是神态俊俏的鸟类,鞋面上绣有颜色协调的小花,挂饰和提饰上的刺绣图案则是回族传统文化中代表吉祥的石榴、牡丹、花瓶等。回族传统刺绣在用色上以白、黑、绿为主,力求颜色的浓郁和厚重,突出艳丽感,构图善于用强烈的对比色表现疏密变化,突出整体感。回族传统刺绣是广大回族群众智慧经验的结晶,具有典型的少数民族非物质文化遗产特征。

赵风梅老师说:“生活是艺术的源泉”。传统手工刺绣能流传至今不仅是因为其具有很强的实用性,而是工艺独特,审美价值和文化价值兼具,但是现在我们很少在生活中看到手工刺绣的影子。现代技术的发展使得机绣产品能够大批量地复制生产,这也就造成手工绣品市场题材单调,样式雷同,而且机绣的高产量决定了它在与传统的手工刺绣竞争时能保持绝对的价格优势。如此一来,一方面从事传统手工刺绣的群体也就越来越小,另一方面也造成了赏识手工刺绣的人越来越少。可以说,手工刺绣品质的优劣,很大程度上取决于绣工本人的艺术修养与技艺本领,就难免造成手工绣品优劣不一的市场现状。更让人担忧的是,很大一部分缺乏创造力的小作坊或是绣工也只能跟风模仿,以次充好,混迹市场,客观上就导致一些刚刚建立的优质刺绣品牌难以生存。

赵老师如是说,现在年轻一代会刺绣,喜欢刺绣的人越来越少,目前协会的绣工大都是农村妇女,年龄基本都在三四十岁,这些绣工都是在每年举办的非物质文化传承培训班中择优优选下来的,有着丰富经验,对手工刺绣技艺有着独到的见解,而且我们的教师通过对各地刺绣技艺的学习和了解,结合当地特色文化,有着自身独特的教学模式和手工技艺特点。这几年回族刺绣也逐渐融入了苏绣的一些技艺,是对回族刺绣的一种延伸。

宁夏海原县田志梅手工刺绣刺绣班

她还说："我们创建这个协会，用技艺搞经营不是为了致富发财，而是把民族的文化瑰宝流传下来"。协会创立的以培训学校+手工协会+销售经销部+农户的形式，为县城下岗妇女和农村建档立户提供技能培训和产品销售渠道，通过发展妇女手工艺制品，提高妇女技能，增加家庭收入，消除妇女贫困和封建思想，提升县域的手工艺品牌，协会通过学校（培训技艺）+协会（对产品的宣传）+销售部（负责产品回收，销售）+农户（产品制作）等模式，帮助更多的贫困妇女和建档立卡户实现脱贫梦，提高经济收入，守住传承梦继续前进 。

赵风梅老师

非物质文化是人类无形的文化资本，代表着人类文化遗产的精神高度。它是国家民族文化实力的重要资源和精神宝库，是民族精神、民族情感、民族历史、民族个性、民族气质、民族凝聚力和向心力的有机组成和重要表征。非物质文化遗产是非物质的、无形的、它依附于人的身体而存在。一旦人亡，这种无形的文化也随之消亡，人是非物质文化遗产的载体，无形文化必须有继承人才能得以传承发展，保护非物质文化遗产，使非物质文化遗产后继有人，一脉相传。

生命的意义是什么？易曰：始于"乾"，终于"未济"，生生不息。凡心所向，素履所往。生如逆旅，一苇以航。这一路走来，"千淘万漉虽辛苦，吹尽黄沙始见金"，充满磨砺的人生才多彩，多彩的人生才有意义。愿梦想是大地之灯，祝福是最长的河，凡是心所向往的地方，即便穿着草鞋也要前往。生命犹如独行之旅，即便一叶扁舟也要向前起航。

【相关链接】

赵风梅，海原县海城镇人，1987年生，家族第六代刺绣传人。2013年被评为县级传承人。2015年与母亲创建田志梅手工刺绣传承与研发协会。2016

年接手海原县腾飞职业技能培训学校，任学校校长，并将学校改成刺绣文化传承和培训基地，2017年3月赴苏州刺绣研究所学习刺绣技艺，2017年4月担任中卫市妇女手工协会第一任副会长，2017年6月被评为中卫市市级刺绣传承人。现担任协会副会长，主要负责协会产品研发工作。

刘瑛，海原县西安镇人，2009年跟随田志梅老师学习刺绣，先后被委派去各乡镇为妇女们传授刺绣技艺，2014年任协会研发组组员，并担任刺绣培训师，2013年评为县级刺绣传承人，2017年评为中卫市市级刺绣传承人。先后组织妇女开展刺绣培训班多次，现任协会生产部主任，主要负责协会产品质量与培训中级刺绣工。

伏碧梅，海原县关庄乡人，2014年入会学习刺绣，2017年在协会的支持下，委派赴苏州刺绣研究所学习刺绣技艺，同年6月任协会培训班班主任，重点为协会培训初级刺绣学员。

“当代愚公”风雨兼程40载创奇迹

——中卫寺口风景区旅游有限公司

“我的爷爷今年已经60岁了，他是土生土长的宁夏中卫人，生在黄河边，长在永康镇沙滩村，祖祖辈辈都是地地道道的农民。爷爷兄妹六人，是典型的中国传统家庭……”

上述文字来自一名中学生的作文，题目为《我的爷爷》。或许，我们从字里行间中已经渐渐感受到，一位饱经沧桑、朴实无华的老人藏着丰富的人生故事，并且深刻影响了后辈子孙。

事实上，这位老人的确不凡，他可以被称为“当代愚公”，他也可以被称作是宁夏中卫“拓路者”，他正是中卫寺口风景区旅游有限公司董事长吴自升。伴随着祖国改革开放的“春风”，吴自升从养鸡到旅游，风雨兼程40载，扎根“塞北江南”宁夏，锲而不舍的奋斗，创造出了常人难以想象的众多不可能。

自幼贫困坚强奋进　专注养殖二十年开辟“新出路”

吴自升年幼时家境贫苦，从小已经深刻体会到传统农民家庭“脸朝黄土背朝天”的艰辛，劳作中学会勤奋自强的他逐渐萌生改变家庭和家乡面貌的决心。尽管四十年多前的社会环境复杂多变，但吴自升勇敢面对，随时准备抓住机遇。“文化大革命”过后，1978年高考恢复，吴自升考入高中接受教育并顺利毕业，这是他有能力、有信心创造不可能的第一步。

高中毕业后，吴自升进入到县农业局工作，学习并掌握了丰富的养殖业知识。工作中，吴自升改变家庭和家乡面貌的决心愈发强烈，同时改革开放浪潮涌起，党和国家大力支持人民敢闯敢试、敢为人先、埋头苦干，鼓励农村专业户发家致富，这也让吴自升有了更大信心，养鸡业由此应时而生。

正如作文中情感真挚的描述，从1981年借来的1000元开始，到后来营收上千万，打

中卫寺口风景区旅游有限公司董事长吴自升

造成“宁夏养鸡第一镇”，吴自升在专注养殖业的二十年来，克服了种种困难，敢于大胆尝试，真正创造了别人眼中的诸多不可能。起初，吴自升以“作坊式”摸索养鸡技术，起早贪黑“孵化鸡苗-卖蛋-生产饲料”，经营中常会出现资金不足，艰难维生。

然而，不甘于现状的吴自升开始寻求机遇，大胆创新，不仅创办了“沙滩种鸡场”和“沙滩饲料厂”，形成当地特色养殖产业链，而且魄力十足，投资10万元购买了全套电动化孵鸡设备，改变了原始“以鸡孵鸡”的历史，成为银南地区率先使用电孵鸡的“能人”。

由于吴自升善于抓住商机、与时俱进，养鸡产业发展走上正轨。1995年起，吴自升在原沙滩种鸡场的基础上成立中卫县沙滩牧业科技有限公司，职工从10名扩大到30多名，并从中国农业大学请来技术顾问，建设流水线饲料厂，研制开发了“沙滩牌”预混料、颗粒饲料、浓缩饲料、全价系列饲料等，年加工饲料达到3000吨，产品销往宁夏、内蒙古、陕西、甘肃等地。发展过程中，吴自升创办的沙滩牧业公司被多次评为“光彩之星企业”“先进私营企业”，资产达到1000多万元的规模。

紧跟改革开放步伐　当起“现代愚公”开拓黄土地旅游事业

改革开放政策实施了20年时，中国大变样，不仅社会生产力得到快速提高，而且全国各个地区的人们在不同行业大展拳脚，甚至创新拓展新产业，取得明显成效，吴自升便是紧跟改革开放步伐的一员。可是谁也没想到，已经在养殖业有所成就的他竟然在改革开放20年后成为了“当代愚公”。

同样如吴自升孙子作文里描写的一样，尽管当时西部旅游业开始蓬勃发展，国家也在大力提倡发展“绿色无烟产业”，但是要想把中卫寺口的旅游价值开发出来不是一件容易的事。或许吴自升生性坚强有信念，他研究发现了中卫寺口山悠久的历史文明之后，义无反顾地要“进军”旅游文化产业，就算是荒山野岭也要踏出一条路。凭着这份信念，吴自升带领着儿子往地势险要的寺口山上人工背水、人工扛发电机上山发电……所有的这些不可能，都让“当代愚公”吴自升变成了现实，中卫寺口的旅游线路终于打通，就连登山台阶都是吴自升与伙伴、后辈一起用汗水和智慧铺就。

时过境迁，“当代愚公”吴自升的故事早已流传开来，而寺口旅游区从2000年开工建设到现在成为西部旅游胜地，历时又是近20载。过程中，吴自升恪尽职守，不断扩大景区影响力。2001年，中卫寺口景区成功地举办了“宁夏大漠·黄河国际旅游节”第一届“寺口杯”攀岩大赛等活动，吸引了区内外爱好探险的游客。为此，新闻界评论寺口攀岩场为中国最大的天然攀岩场，发展潜力巨大。

现如今，宁夏中卫寺口风景区先后被评为“国家AAAA旅游景区”“中国魅力景区”“宁夏十佳景区”“西部攀岩基地”“爱国主义教育基地”“世界杰出华商协会副理事长单位”。当你看到苏武牧羊遗址而感慨悠久历史时，当你登上云汉天度索桥，看到特殊的丹霞、卡斯特地貌惊讶时，当你在大睡佛面前虔诚祈祷时，是否会想到，如此多彩的中卫寺口旅游区是在吴自升的坚持与拼搏中开拓而来，作为“现代愚公”，他把对黄土地的热爱还给了中卫寺口的山山水水。

心系乡民共前行　就业扶贫捐资助学大爱无疆

从养殖业到旅游，吴自升用了四十年的人生时光在改革开放的“春风”中奋力奔跑，但他在前进历程中，无愧于乡民、无愧于时代、无愧于职责。正所谓“独乐乐不如众乐乐”，吴自升心系乡民，就业扶贫、捐资助学，始终没有忘记改变家庭、改变家乡面貌的初心。

发展养殖业期间，吴自升毫不吝啬地承担起了县里养殖户的培训业务，帮助他们学习养殖消毒技术，给他们传授孵化鸡苗的独家经验，参加培训学习的农民达30万人次。吴自升通过科技培训和科技发展策略，带动了中卫养殖业和饲料业的快速发展，

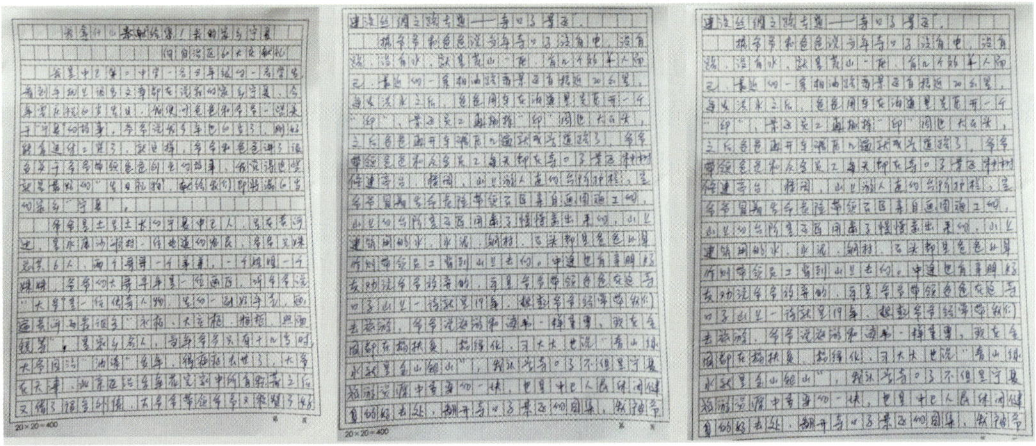

吴嘉丽的作文

让宣和永康成为了西部最大的禽蛋交易市场，让乡民们获得了从土地里刨不出来的收入，世世代代的贫苦终于看到了脱贫致富的曙光。从事养殖业近二十年，吴自升带动周边乡民从事养鸡产业，脱贫致富，多年连续被各级政府领导授予“劳动模范”的光荣称号。

任重道远，脚步不停。不忘初心的吴自升带头发展中卫旅游事业过程中，依旧考虑着帮助乡民脱贫致富。寺口旅游区位于中卫南部香山地带，周边有东台、西台、红泉、中宁大战场等经济落后的乡镇，属于宁夏回族自治区的重点扶贫地区，为此吴自升开拓的旅游区蓬勃发展，快速拉动了这些贫困乡镇的经济发展。与此同时，吴自升在开发建设旅游区期间还不忘抽出资金用于捐资助幼，帮助困难家庭和下岗职工安排工作。2008年四川汶川地震后，吴自升先后带头捐款捐物过万元，中卫的捐资助学活动中也累计捐款几十万元，吴自升先后被市政协评为捐资助学先进单位和先进个人，2006年又被世界杰出华人协会授予“世界杰出华人”称号。

后 记

风雨兼程40载，改革开放的步伐也迈进了新时代。回首40年，吴自升或许代表了那些敢闯敢干的中国人民，在共产党领导下，凭着一股逢山开路、遇水架桥的闯劲，凭着一股滴水穿石的韧劲，始终践行着中国特色社会主义道路，从站起来、富起来到强起来的伟大飞跃。

【相关链接】

吴自升，1958年出生于宁夏回族自治区中卫市永康镇沙滩村，现担任中卫寺口风景旅游有限公司董事长，先后被市政协评为捐资助学先进个人，2006年又被世界杰出华人协会授予“世界杰出华人”称号。

力擎瀚海谱乐章　勇立潮头创大业

——亚太国际工程股份公司

在“互联网+”“一带一路”国家战略的大背景下，传统建筑行业面临着重大的机遇和挑战。尤其“互联网+”的浪潮，正以排山倒海之势席卷各传统行业。作为传统行业的代表，建筑行业是个庞大的经济消费群，是国民经济发展的支柱型产业，互联网影响下建筑行业的变革势在必行。“互联网+建筑”的模式，真正开启了行业的新蓝图，重构了整个建筑行业的生态圈，并产生不可估量的市场空间，“土锤网”创始人郭昊东便是建筑行业浪潮的领军型人才。

胸怀韬略　“土锤”网助推信息共享

走过无数风雨，尝过无数苦难，农民工的忠实代表郭昊东，一个来自宁夏回族自治区彭阳县草庙乡周庄村前岔队的普通农民汉子，现已成为亚太国际工程股份公司总经理及新丝绸之路云科技有限公司的首席执行官。

亚太国际工程股份公司董事长郭昊东

在宁夏农村，一些农民会用“土锤”一词自嘲，原形容那些头脑简单、四肢发达的人。郭昊东自21岁走出大山成为一名农民工，到组建施工队，再到成立“土锤网”，用近20年时间书写了平凡而华丽的前半生。常以“土锤”自居的郭昊东说：“社会的发展离不开我们这些‘土锤’，尽管‘土’，但我们的双手也在改变着世界。”

时光流转到2000年，当时信息闭塞，找工作得挨家挨户找，或通过‘黑中介’找，这让初入社会的郭昊东吃了不少苦。“刚到银川市人生地不熟，我四处借了60元中介费才找到一份工作，没想到不久脚就被钉子扎穿，当时的我又瘦又弱，只能回家养伤。看到我没挣到钱还受了伤,父亲不说话,只是默默地编背篓、纺毛线。"郭昊东感叹,那时受的罪,主要是吃了信息闭塞的亏。

之后,郭昊东在积攒了一些家底后便到信息畅通、机会更多的大城市工作。于2001年来到北京从事建筑外墙铝塑板销售,随后从铝塑板安装上找到商机,发动亲戚朋友成立了"郭昊东施工队",完成了从单打独斗到团队作战的进步。没几年,施工队人数便发展到300多人,成员大多都是来自彭阳及周边县的农民。

亚太国际工程股份公司办公室

2002-2004年,郭昊东在广东中天星科技实业公司北京办事处做业务员,于2004-2006年开始带领家乡农民工在北京、天津、江苏、内蒙古、银川等地干大楼室内外装修,2007-2008年带领家乡400多名农民工建设奥林匹克国家会议中心玻璃幕墙。2008年是郭昊东崭露头角的一年,凭借扎实过硬的技术和良好的口碑,他不仅承担了国家会议中心的部分施工任务,还被评为"全国优秀农民工",郭昊东说:"施工队成立之初是纯劳务,全凭热情和厚道,能吃苦、踏实是我们能参与奥运场馆建设的一个重要原因。"

施工队在北京逐渐得到认可之时,郭昊东却选择回到宁夏。"以前因为技术、管理跟不上,很多工作无法胜任,回宁夏则是以退为进,北京依然是我们的业务重心。回来后,我们边干边学,不断提升施工队的综合能力,现在我们的设计、施工能力大幅提升,大项目的托管都敢接。"郭昊东如是说。

随着施工队实力日益增强,回想当年因信息闭塞而走的弯路,郭昊东于2015年着手构建建筑云平台,力图实现建筑信息共享,将一群人扩张到一张网。"我最初设想搭建一个涵盖建筑、交通、金融、贸易、基础设施等9大模块的信息共享平台,结果因摊子太大、难以实施而夭折,一下子就损失了四五十万元。"郭昊东说。痛定思痛,郭昊东决定专攻自己擅长的建筑业,2017年上线土锤网及App,重点整合建筑机械设备租赁、建筑材料、建筑人员招聘与培训等5个板块,初步实现从建筑业到建筑数据的升级。目前土锤网共有会员5000余人，平台数据信息突破30万余条，网站覆盖范围逐渐扩大，通过收取信息查询费，网站已经开始盈利。不少农民工借助土锤网找到了工作，这不仅解了他们的燃眉之急，也降低了他们找工作的成本。宁夏中卫市海原县的杨常明是个叉车司机，之前他跟着小施工队四处打工，工作不稳定。一次偶然的机会他在网上发布了信息，不久就有建筑队伸来了“橄榄枝”。

土锤网的影响力也由此逐渐扩大，信息覆盖面、采集范围越来越广。郭昊东发挥自己在建筑业多年积累的优势，施工队、网站齐头并进，实现从“土锤”到土锤网，从建筑到建筑数据的跨越。而过去积累的经验和教训也让郭昊东对其未来发展有了一些新的思考，无论是施工队还是网站，他打算将它们“一步步做精”。“一个人和一个企业的精力是有限的，什么都想做，最后什么都做不好。今后我将专攻擅长的领域，施工队将专攻玻璃幕墙，而土锤网则重点完善找人找活板块，让农民工们更好地享受信息共享带来的实惠。”郭昊东说。现阶段，郭昊东已实现从“土锤”向“土锤网”的优雅转身，为建筑界内的采供双方创造了良好、高效的交易环境，建立了可持续发展的新型交易模式。

截至目前，郭昊东带着自己的农民工兄弟辗转南北，已承接完成多项大型建筑工程，例如：2003-2004年京东方铝板幕墙工程、2005年上海静安寺航站楼酒店石材玻璃幕墙工程、2006年梅兰芳大剧院工程、2007年-2008年北京国家会议中心玻璃幕墙工程、奥运村保温一体化工程，盘古大观玻璃幕墙建设工程、2011年中卫三馆一中心工程、2012年中国船舶重工医院外幕墙工程、北京陶然亭街道办事处陶板幕墙工程、2016年银川首创金融中心玻璃及幕墙2万6千平方米工程、2017年宁阳文化广场铝板及玻璃幕墙5万8千平方米，2018年完成光耀中心6万平方米背栓石材及横隐竖明玻璃幕墙工程，阅海湖水下隧道东西口减光段点式玻璃雨棚施工等。

一分耕耘一分收获，郭昊东付出的同时也斩获多项荣誉，2008年6月，获得区党委组织部授予：宁夏回族自治区“优秀共产党员”的荣誉；2008年11月，国务院农民工工作联席会议授予其全国“优秀农民工”称号，并在人民大会堂得到国务院领导的亲切接见；2008年，在北京被评为北京市“十大创业之星”；2008年12月，被宁夏回族自治区评为“爱德之星”道德模范；2009年1月17日，荣获“CCTV2008年度三农人物”提名奖；2009年2月，被彭阳县评为首届十大道德模范“助人为乐之星”。2009年被评为宁夏回族自治区劳模，团中央中国十大抗震救灾英雄；2009年的国庆大阅兵作为全国2.4亿农民工的代表站立于彩车上与全国人民见面。

虚怀若谷　勇于担当社会责任

亚太国际工程股份有限公司董事长郭昊东为汶川地震灾区捐赠物资现场搬运图（右一）

作为“土锤网”创始人，他不忘回报社会及养育他的一方水土。

心有多大，爱就有多厚。回顾历史，郭昊东在生活逐渐好转的同时，开始对自己的价值进行重新定位，他认为：“作为一个农民工，不能富了口袋，穷了脑袋。”当他们正准备转战天津滨海新区的时候，5·12四川汶川大地震突然发生了。祖国大地在颤抖，四川人民在受难。5月16日，他和其他农民工一起迅速组成一支26人的“宁夏农民工志愿服务队”，怀揣10万元现金飞抵四川抗震救灾。

他不怕牺牲、不怕受苦的抗震救灾精神，深深感动了四川灾区人民的心，也受到了社会各界和新闻媒体的关注，也因此被团中央、中国青年志愿者协会评为第七届“中国十大杰出志愿者”；被国家人力资源社会保障部和共青团中央授予“抗震救灾英雄志愿者”称号。当“宁夏农民工志愿服务队”从安县返回成都时，一位成都市民听说他们抗震救灾的事迹时，感动之下，这个市民向他敬了5次礼，表达他的谢意。

郭昊东每年都为周庄村给予2000元作为党员活动经费，同时与江苏鑫宇装饰有限公司对周庄村捐赠衣物，还为周庄小学捐赠书包等学习用品。以实际行动去回报家乡，感恩社会。

含辛茹苦　创建亚太工程股份公司

孟子有一句话：天将降大任于斯人也，必先苦其心志，劳其筋骨，饿其体肤，空乏其身，行拂乱其所为，所以动心忍性，增益其所不能。前进的道路固然坎坷，但奋斗的脚步从未停歇。回首十年的艰辛历历在目，2008年参建了国家重点工程奥运场馆—鸟巢，为了赶工期，很多个夜晚伴随星空一起度过，心中的理想不曾泯灭。耳边只有回荡着工地上各种干活的声音，交织在一起，时刻激励着他前行。2018年，那个熟悉的声音从北京传到了宁夏。同样是为了迎接宁夏的60周年大庆，尽快完成省重点工程—阅海湖底隧道口的装饰工程。索性就住在了工地上，和工人们一起并肩作战。手里的大葱和没有掰开的大蒜是他这么多年来一直喜欢在吃面条时候的小菜，多么亲切的面貌和声音。工程也随着业务量的不断增加，技术各方面的要求不断提高，在从事建筑行业20年来，郭昊东凭借艰苦好学的精神，一路走来，不缺的就是心酸和汗水。经过这么多年创新和沉淀，于2017年正式成立了亚太国际工程股份公司，与土锤网一道前行，开启建筑行业新时代。

随着我们国家经济的持续高速增长，我们国家对基础建设的投资会越来越大，当前和今后的时期是一个重要的时机，面对不同挑战，我们会积极探索和创新理念及经营管理模式，秉承绿色环保的理念去发展壮大我们，亚太国际工程股份公司及土锤网将会迎来一个崭新的未来。

【相关链接】

郭昊东，现任亚太国际工程股份有限公司董事长，“土锤网”创始人。2008年6月，被区党委组织部授予宁夏回族自治区“优秀共产党员”称号；2008年11月，国务院农民工工作联席会议授予全国“优秀农民工”称号，在人民大会堂得到国务院领导的亲切接见；2008年，在北京被评北京市“十大创业之星”；2008年12月，被宁夏回族自治区评为“爱德之星”道德模范；2009年1月17日，荣获“CCTV2008年度三农人物”提名奖；2009年2月，被彭阳县评为首届十大道德模范“助人为乐之星”。

不用扬鞭自奋蹄　无须他人夸颜色

——彭阳县鑫源宏泰宏鑫公司

三块牌子，一个法人。彭阳县鑫源汽车客运出租有限公司、彭阳县宏泰汽车检测有限责任公司、彭阳县宏鑫机动车服务有限责任公司分别成立于2003年、2012年和2017年，位于彭阳县城南门工业园区，占地总面积17345平方米，总投资5000万元，场地厂房、办公场所、设施设备均达到国标。三块牌子，一个法人，合署办公。现有出租车212辆，综安一体化检测和环保检测线4条，机动车维护检修车间两个。职工289人，管理人员28人，是一个建设规范、机构健全、管理科学、服务优质的非公有制企业，竭诚为彭阳的广大人民群众提供高效率、多功能、全方位的服务，公司经济效益稳步上升。

2014年1月成立了彭阳县鑫源宏泰公司联合党支部，公司工会、团支部、女工委相继成立。现有党员11人，工会会员289人，共青团员38人，女职工76人。4年来，严格按照组织程序发展新党员9名，培养发展对象3名，入党积极分子7名。完成非公企业星级党组织升级申报评定工作，公司党支部已晋升为三星级。建立党企、党群多位一体、相互联动的工作机制，向“领导班子好、党员队伍好、工作机制好、发展业绩好、群众反映好”的“五个好”目标迈进。

在彭阳这块热土上，提起扈志峰也许有些人还没对上号，但是提起彭阳好人，可谓路人皆知，都说他是新时代的活雷锋。他为什么要把自己辛辛苦苦挣来的钱用来帮贫济困呢？为什么要做一个志愿者呢？为什么要想方设法尽一份社会责任呢？这与扈志峰坎坷的创业奋斗经历是密不可分的。生活的历练和创业的艰辛，造就了扈志峰要做雷锋式的好青年。他从白手起家到拥有公司，十几年的风雨兼程、十几年的艰苦创业，他凭借着超前的理念、顽强的毅力、豁达的胸襟、扎实的作风和敏捷的思维，兼之一如既往的“雷锋式”行动，一步步实现了自己的人生梦想，在全县企业界树立了很好的榜样！

拓土拼搏，锐意进取。1996年9月，年仅20岁的扈志峰怀揣700块钱只身前往银川，开始了他人生的第一次闯荡。他到银川参加厨师培训学厨艺，到厨师培训学校，当即就要缴800多元的学费，因为钱不够而被拒之门外。无奈之下，他选择了银川市星火机电培训学校的培训机构，学习摩托车修理与变压器维修。他起早贪黑、刻苦钻研、省吃俭用，煎熬了三个多月，学成归来。1997年3月，他在彭阳县农村信用联社贷款6000元，创办了志峰摩托车修理部，开始了自己的创业生涯。每当他看到修摩托的人没钱了，他就降低价钱或者给免费修理。人们都说扈志峰是个好人，车坏了就到他那里修理。他的摩托车修理部日益发展壮大，从摩托维修、零部件配送到摩托车销售。在实践中，他感到知识很重要，需要不断提升自己、完善自我。于是他想去上学、继续深造，他把想法告诉了父母和妻子，家人们很支持他。有了想法、就要有行动，2000年他报考了宁夏大学工程装备与控制工程研修班，之后又报考了宁夏大学汽车检测与维修技术专业并以优异的成绩取得了大学毕业证书。

彭阳县鑫源宏泰宏鑫公司总经理扈志峰

通过学习，他的视野更广阔了、理念更超前了，2003年3月，他转让了自己的店部，开始了第二次创业。他买了一辆从新集到银川专线客车，由于票价低廉、服务周到，天天客满。为了让山区群众都能方便乘车，快捷办事，同年9月他又增加了几辆长途班线客车，在跑车途中，一些打工的人买不起车票，他便免费拉上，到服务站，给买几个馒头或一碗泡面，打工仔们非常感激他。凡是路上碰到上学的学生，他就停车拉上，一律不收车费。打工的人年底回家时，主动打电话联系给他车费。渐渐地，人们把他的班车叫“雷锋车”。他热情周到的服务态度，赢得了南部山区广大乘客的好评，有好多人都抢着坐扈志峰的车，他的班车经常被电话预约客满，天天满意出行平安而归。他也没有因为群众的满意而自满。

在服务好群众的同时，不断开阔着自己的视野。2004年3月他又开通了4条专线和1辆旅游专车，车辆发展到13辆，稳定解决就业人员达到30余人。到2011年他的客运事业发展到了高峰期，无论经济上还是事业上都来了个华丽的转身。当他看到人民生活水平日益提高、个性出行量增大、私家车拥有量不断增多，他又有了新的看点。2014年，他向上级行业主管部门申请，注资4000万元成立彭阳县宏泰汽车检测有限责任公司，上了综安一体化检测和环保检测4条检测线，为彭阳及周边市县车辆检测提供了方便，从此结束了彭阳人去固原检车排队三天的历史。与此同时，他出资186万元收购了彭阳县鑫源出租车客运公司，发展出租车212辆，稳定安置从业人员296人，实现了事业的新跨越……

不忘初心，方得始终。每当看到一个穷人，他都默默记在心里。帮助别人成为扈志峰的自觉行动。他常常提醒自己：作为一名共产党员，就要尽到党员的职责和义务，发挥先锋模范作用，让别人感受到共产党员与普通群众的不同。他便在公司里成立了志愿者服务队，为志愿者统一服装、统一标识，发展志愿服务车辆120辆，坚持每年高考期间免费接送考生10年不间断，累计出动爱心车辆1000余辆次，免费接送考生10余万人（次）。每逢元旦、春节、国庆、中秋等重大节日，他都会亲自带领党员和中层管理人员前往街道社区，深入到孤寡老人、残疾人、下岗职工和留守儿童家中看望慰问，送去米、面、油、水果等慰问品和慰问金。每当员工遇到困难时，他都会主动帮助。员工家中有红白喜事，他不顾路途遥远、天气恶劣，都会专程前去表达企业对员工的关心关爱。不但自己这样做，而且把这种理念贯穿到企业中来。

积极响应“精准扶贫”和“百企帮百村”号召，亲自进村入户、摸底调查，确定帮扶对象。2016年出资10万元，帮扶彭阳县红河镇友联村10户贫困户脱贫，2017年他继续精准施策，帮扶该村10户建档立卡户实现脱贫销号。2018年筹资6万元帮助红河镇12户贫困户，改造危房、搞养殖种植业，力争与全县同步脱贫；还选取条件落后，离县城偏

彭阳县第十届“爱心送考生、鑫源送关怀”启动仪式（左二为扈志峰）

远，扶贫困难多的罗洼、小岔、孟塬三乡的87户建档立卡户，每户发放帮扶资金3000元，共计26.1万元。在一次帮扶活动的过程中，得知有一特困户张姓人家，两个子女先后因病离世，本人也患胃癌，家庭唯一经济来源就是农村低保，生活极度困难时，他拿出6万元帮张老汉建起了新房，并对老人每年给予生活支助和节日慰问。他还出资3.6万元资助36名贫困大学生和困难职工子女顺利入学深造。用公司资产和诚信度提供担保，在宁夏黄河商业银行为出租车驾驶员办理可消费10万元的富农卡，帮助其发家致富。富农卡的特点是个人无抵押，利率低、周转快、使用方便，已办理34人，共计340万元。积极响应"大众创业、万众创新"号召，向社会提供就业岗位300个以上，聘用大专毕业生46人，缓解了彭阳的就业压力，公司被评为全县就业创业"先进企业"，扈志峰个人被评为全县"创业之星"。

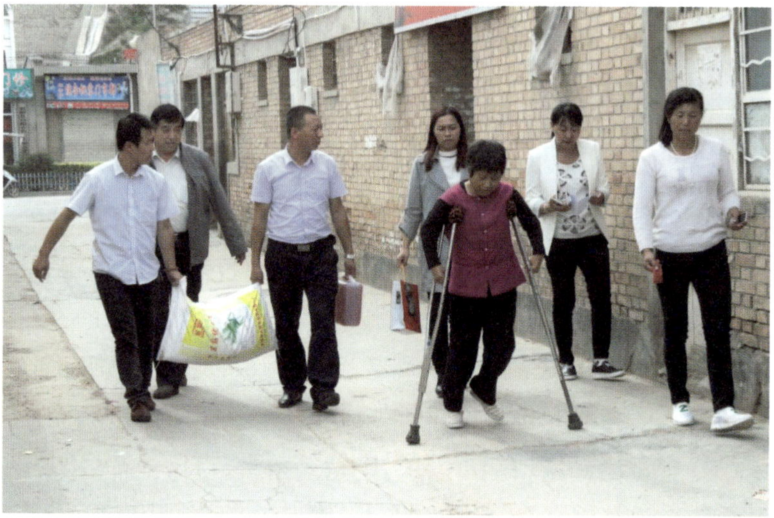

中秋、国庆前夕公司党支部慰问残疾人家庭(前排左二为扈志峰)

在企业经营面临诸多困难的情况下，全面履行工资专项集体合同，仍然做到每月10日左右足额发放员工工资，并以12%的比率逐年上涨；为员工缴纳养老、失业和意外伤害险，解决后顾之忧；参照公务员标准，给员工发放夏季高温补贴、冬季取暖费、年休假补贴和民族团结进步奖，并且连续两年上涨；为员工配发雨衣、雨鞋、凉帽、夏季工作服，手套、棉鞋、冬季防寒服等劳动保护用品，员工福利得到保障；合理安排员工休息时间，每周上班五天，每天工作八小时，双休日、法定节假日正常休息，落实病假、婚假、产假、丧假等制度，假期正常发工资、缴纳社会保险，保障合法权益，调动工作积极性。

在公司里，他结合党群共建工作，将"创先争优"与"挂牌评星"活动放在重要地位，设立了"党员责任区""党员监督岗""党员模范岗""共产党员车辆""工人先锋岗""妇女巾帼岗""青年文明岗"，定期开展"道德讲堂""法律讲堂""交规讲堂""员工读书会""专题演讲""业务技能培训"和"我为企业献一策""员工承诺""创双优"等活动，注重对员工"社会公德、职业道德、家庭美德、个人品德"教育，让他们做好人，干成事，为企业发展提供人才支撑。

“学雷锋、献爱心、做好事”成为公司一张靓丽的名片。在扈志峰的鼓舞、支持和带动下，涌现出了许许多多好人好事，受到了社会各界的广泛好评，也为树好企业形象赢得良好的口碑。目前公司自上而下形成了遵规守纪、拾金不昧、助人为乐、扶贫济困的新风尚，出租车驾驶员捡到乘客手机、现金、首饰、银行卡等贵重物品折价百万元以上，各类媒体报道公司员工好人好事100余篇，接到乘客表扬电话、信函、锦旗、短信200多件（条）。

多方筹措资金，救助生活困难员工家庭40户，发放救助资金4万元；看望患病住院贫困户、员工及其家属12户，送去医药费6万元；表彰各类先进模范76名，颁发奖品奖金7.6万元；走访慰问老党员、老职工、困难职工70人次，发放慰问物品和慰问金3.5万元。三八妇女节、国庆、元旦等重大节日开展形式多样的文体活动，丰富职工文化生活，颁发奖品、纪念品、节日礼品、员工聚餐等达50多万元。每年组织一次户外拓展活动，让员工开阔眼界、陶冶情操、增长见识，组织党员赴任山河、乔家渠、六盘山、延安等革命圣地，新党员宣誓，老党员重温入党誓词，接受红色教育，为员工过集体生日，激发团队活力和企业向心力，增强员工的自豪感、幸福感、获得感。

点点滴滴，久久为功。好口碑就是好名片，近年来，该公司的典型模范做法受到各级主管部门和社会各界的认同和好评，成为彭阳企业界的“一枝独秀”、雷锋精神的典范。先后被授予“A级信用企业”“平安企业”、彭阳县非公党建工作“先进集体”、市场监督管理“党员示范经营户”“党建工作引领非公经济发展‘特别奖’”，固原市工会工作“先进集体”、固原市“挂牌评星”活动“先进单位”、固原市安全生产工作“先进集体”、宁夏回族自治区道路运输行业“挂牌评星”活动非公企业党组织“先进集体”、宁夏回族自治区总工会授予“模范职工之家”

公司党支部开展“金秋助学”活动（左六为扈志峰）

称号、中华全国总工会授予“全国模范职工小家”称号等60多个荣誉称号。仅2018年公司抱回了：民族团结进步工作“先进集体”“五一巾帼标兵”、“参政议政优秀企业”、第二十八届“全国助残日·爱心企业”“双拥工作先进集体”及县、市、区“劳动关系和谐企业”“七·五普法先进集体”9块奖牌。受到表彰奖励。区、市、县各级党委、政府部门的领导莅临公司调研观摩、检查指导工作近百次，市、县（区）党政机关、社会团体、兄弟企业来公司参观考察、交流学习的团队50个以上。

作为公司总经理、党支部书记，扈志峰用一颗真诚的爱心，雷锋式的社会捐助活动，满载了各种荣誉的光环。他是彭阳县榜上有名的青年创业带头人，多次受到表彰奖励。2013年被彭阳县政府评为“创业之星”；2014年被固原市交通运输局评为道路运输行业“挂牌评星”活动“先进个人”；2015年被彭阳县总工会授予“十佳职工”；2016年被固原市总工会授予“五一劳动奖章”、被彭阳县委授予“优秀共产党员”，彭阳县第五届“道德模范”提名奖等荣誉称号，受到表彰奖励。同年当选中共固原市第四届党代表、彭阳县第九届人大代表，2017年又被选举为人大委员；被彭阳县文明委授予“全县第五届道德模范提名奖”，荣获第三届“宁夏好人”诚实守信好人候选人，第四届固原十大道德模之范“诚实守信道德模范”，2018年被选举为彭阳县工商联副主席。

生活的历练和创业的艰辛，造就了扈志峰要做雷锋式的好青年。他从白手起家到

2017年户外拓展活动（在延安宝塔山接受红色教育）

拥有公司，十几年的风雨兼程、十几年的艰苦创业，他凭借着超前的理念、顽强的毅力、豁达的胸襟、扎实的作风和敏捷的思维，兼之一如既往的“雷锋”行动，一步步实现了自己的人生梦想，在全县企业界树立了光辉的榜样！

这里让我们共同祝愿：扈志峰同志继续努力，再接再厉，永葆初心，铸就梦想！祝我们鑫源、宏泰、宏鑫公司的明天更加美好！

【相关链接】

扈志峰，汉族，生于1976年4月，大学文化，宁夏固原市彭阳县白阳镇政府街人，中共党员。2016年当选为中共固原市第四届党代表、彭阳县第九届人大代表，2017年当选为县人大委员，2018年当选为彭阳县工商联副主席。

传承梦想 共铸辉煌
开创新时代吴忠三建新华章

——宁夏吴忠市第三建筑工程有限公司

建筑,是构成一座城市的主要元素,是城市历史文化的见证者,它代表了城市的魅力,成为这座城市永恒的记忆。而无数个建筑的背后,是你看不到的我们,我们用良心对待建筑,用匠心雕琢建筑,用恒心坚守建筑,我们是胸怀梦想、跨越时代的建筑人,我们是——宁夏吴忠市第三建筑工程有限公司。

宁夏吴忠市第三建筑工程有限公司始建于1994年,前身为吴忠市吴忠镇建筑工程公司,1999年合并改制为宁夏吴忠市第三建筑工程有限公司。经过二十多年的发展,现公司注册资本5000万元,具有房屋建筑工程施工总承包二级、市政公用工程施工总

宁夏吴忠市第三建筑工程有限公司办公大楼

承包二级、机电工程总承包三级、水利水电总承包三级、建筑装修装饰工程专业承包二级、钢结构工程专业承包三级、城市道路照明工程专业承包三级及环保工程专业承包三级，年施工能力100万平方米，是宁夏回族自治区“AAAAA”级信用企业，吴忠市建筑施工龙头企业之一。

胸怀理想　诚信立世

1980年，改革开放的春风吹遍了大江南北，全国各地开始搞联产承包，郭兴忠期盼的商业春天一夜之间来到了宁夏，当年生产队为了改变乡里落后的情况搞创收，组织乡上的年轻人成立了副业队，颇有口碑的郭兴忠被大家推举当上了土建队的队长，外出到周边搞土建，给生产队增加收入。机会总是留给有准备的人，对郭兴忠而言，苦苦等待了多年的机会总算可以如愿以偿了。1983年，斗志满满的郭兴忠带领施工队承建了灵武绒线厂工程，拿到了人生中第一笔真正的商业报酬，得偿所愿的他终于踏上了梦寐以求的商路。

然而风险与利益并存，通向成功的路绝对不是坦途。1983年，郭兴忠只身前往人生地不熟的银川到包工头家里要账。商场上尚属青涩的郭兴忠从未遇过这样的恶人，账没要回来，却被对方将身上仅有的钱骗了去。面对人情冷落，世态炎凉，方知商战险恶的郭兴忠饿倒在了银川冰冷的街头上。等他醒来后发现自己躺在医院里，还有人支付了医疗费，并留下了钱接济他。感动取代了心寒，恩人的热心帮助和家人的支持让伤痕累累的郭兴忠有了跌倒后重新站起来的勇气，还深深地触动了他的心灵，让他坚定了事业有成后倾心慈善的决心。

人生难免大起大落，大浪淘沙只留金。郭兴忠顽强不屈的斗志让他面对困难屡挫屡战，诚信立世善念做人的原则也让他的生意也越做越好，而立之年的郭兴忠已经是周边小有名气包工头了。在郭兴忠的努力经营下，施工队的规模逐渐扩大。到1994年在施工队稳定发展的同时，伴随着各方面条件的成熟，以郭兴忠为法人的“吴忠镇建筑公司”正式成立，注册资金504万。公司也因承建“银川燕鸽湖石油基地”开拓了大的发展平台，从此翻开了新的篇章。

1996年，公司企业资质升级为三级施工资质，并在当年完成产值1000万左右。于次年8月，吴忠镇建筑公司正式更名为宁夏吴忠市第三建筑工程有限公司。

2001年9月，公司建筑三级资质升为房屋建筑二级，装饰装修三级资质。于2002年3月搬进吴忠市金屋大厦五楼办公，自此，吴忠三建结束了8年的租房办公，开始拥有自己的办公场所。

吴忠市民俗博物馆工程

2002年8月，公司因业务喜人，发展势头迅猛，很快在同行业中处于领先地位。不久便迎来了发展路上更有力的跳板，承建了宁夏地产泰斗——亘元房地产公司的太阳都市花园住宅楼工程。并与之建立了良好的合作关系，为公司开拓了更大更好的市场，也使之向着更具规模的大建筑公司又迈进了一步。

2009年，公司又以傲人的成绩完成了2个突破。第一：承建了吴忠市地标性建筑物之一，吴忠民俗博物馆。第二：承建了永宁城乡一体化安居工程，总建筑面积达22万平方米，是全区第一个最大的一个施工总承包项目。

2009年3月，公司承建了吴忠市民俗博物馆工程，建筑面积18158㎡，是吴忠市西移东扩大型公建二馆一中心标志性建筑，是吴忠市本地企业承建的第一个大型公共建筑。

2009年6月，公司承建了永宁城乡一体化安居工程B区，施工面积22万平方米，从此拉开了10万平方米以上大型群体项目施工总承包的序幕。公司先后完成了银子湖一期、二期、兴庆府大院四期、民生蔚湖城大型群体项目12至28层高层建筑施工总承包。

1994年到2010年，一个胸怀理想的普通泥瓦匠郭兴忠，逆水行舟，稳健前行，毅然把一个四级施工企业，稳步发展成为国家二级总承包施工企业。施工足迹遍布宁夏东西南北，涉及民用建筑、工业建筑、公共建筑、市政道路桥梁、农田水利等工程，年施工能力达100万平方米，年产值突破5亿元，先后获“宁夏100强企业”等社会荣誉53项，获“西夏杯”等工程质量荣誉30项，获“全国安全文明标准化工地”等工程安全荣誉26项。2011年，被宁夏回族自治区授予“首届宁夏企业100强”和诚信企业，连续15年被吴忠市人民政府授予“守合同重信用”企业；被吴忠市住房和城乡建设局评为“建筑工程标准化管理先进企业”“优秀施工企业”等。

郭兴忠董事长并没有只站在建筑施工行业中孤注一掷，而是拓展产业链，增加抵抗风险的能力。于2010年7月与吴忠市金积工业园区管委会签订了入园投资协议，征地48亩，成立了宁夏永标实业有限公司，以EPS保温板为开始，逐步寻找新的商机。次年，在吴忠市孙家滩农业综合开发区设立宁夏永标生态农业发展有限公司，占地450亩。企业净资产达1.28亿元。

时光荏苒，郭兴忠董事长带领着公司员工迎风破浪，不畏艰难，凭借高质量的产品，良好的信誉，终于把吴忠三建的根深深地植入在宁夏这一方水土中。

忆往昔峥嵘岁月稠，回首前路，郭兴忠胸怀不屈的理念，从一个年幼辍学的牧童成长为人人称颂的成功民营企业家，从一支默默无闻的施工队干起，到拥有了国家二级建筑施工总承包民营建筑施工企业，几十年历经几多坎坷，尽赴谈笑间。伴随他一路走来的是不分昼夜的苦干，成功的喜悦和困难的辛酸。无数不眠之夜白了鬓角、深了皱纹、耗了心血、送了青春，却让郭兴忠建立了不可磨灭的功绩。年轻时就立志心系慈善回馈社会的郭兴忠慷慨捐款17次共计440830元。郭兴忠董事长也被评为“宁夏诚信企业家”“宁夏社会责任优秀示范企业家”等称号。

子承父业　再创佳绩

2007年，公司现任总经理郭永标（郭永标，男，1985年出生，回族，民建党员、吴忠市建筑业协会副会长、吴忠市工商联常务委员、建筑工程师、二级建造师、大学本科学历）。毕业于东北大学，供职于上海某大型企业。2008年，因公司发展需要，郭总毅然辞去上海的优厚待遇，返回宁夏继承家业，担任公司总经理，挑起公司运营管理的重任。自担任总经理以来，不断地向外拓宽市场，千方百计争取项目；内部科学管理，引进人才，加强专业人员的培训工作，凝聚人心，科学管理，整合资源，产生了1+1>2的效果。施工产值逐年递增，2015年达到7亿元，缴纳税金2412万元，创历史新高。这样的成绩充分展现了他卓越的管理才能。

宁夏吴忠市第三建筑工程有限公司总经理郭永标

郭永标总经理认真履行自己的理念：树业界良心，做放心工程，带领全体员工、各项目部立足本职工作，狠抓工程质量，把“产品”作为我们最好的广告，把社会责任带入到日常管理当中，把工地的安全“标准化”作为公司的门面，坚持每月质量安全综合大检查，加大对违法行为的惩处力度，使从业人员不能违法、不敢违法、不想违法，用良心做好工程。公司从成立至今未发生重大安全、环保、质量事故，在吴忠市及全区具有较高的知名度和影响力。

郭永标同志担任公司总经理以来，模范遵守国家法律法规和党风廉政建设的有关规定，工作务实，生活简朴。他说：“虽然我不是一名共产党员，但是，我必须按照党员的标准来要求自己。”在企业发展壮大时，热心社会公益事业，企业招收了7名残疾员工，每年资助3–5名贫困大学生。亲自带领员工积极参加赈灾、扶贫、希望工程捐款、捐物公益活动。

为了更好地适应市场的需求，2016年9月成立了宁夏永标房地产开发有限公司，出资开发位于灵武市灵州大道与西环路交汇处西北角的“印象·灵州”住宅小区，使得企业在新的领域有了更为长远的发展。

作为宁夏吴忠第三建筑工程有限公司发展的核心人物，近年来，带领三建公司秉承“诚信、创新、高效、和谐”的企业精神和“发展企业经济，回馈社会民众”的经营理念，立足本土，守法经营、科学发展，长期以来积极支持和主动参与社会各类事业，为推进全市社会事业发展做出了积极的贡献，荣获“西部大开发十周年杰出贡献企业家”称号。

共同努力　实现梦想

经过两代人的努力，企业的产值突破7个亿，拥有专业技术管理人员近152人，工人高峰期近2000人，一级建造师4人，二级建造师30人，拥有各类大中型施工机械设备210台(套)，技术装备15.5万元/人。2015年7月，公司获得“2014年全区建筑行业先进建筑业企业”荣誉称号；2014年以来，公司承建的上桥镇罗渠保障性住房工程、民生·蔚湖城工程、兰馨苑A区住宅楼工程、2015年郭家桥涝河桥片区城市棚户区改造工程、2016年国网吴忠供电分公司生产辅助用房工程先后获吴忠市、银川市及宁夏回族自治区“标准化工地”称号；同心县休闲体育文化公园建设工程、2015年郭家桥涝河桥片区城市棚户区改造工程二标段2号楼工程、吴忠市利通区就业和社会保障服务中心工程、青铜峡市老年活动中心建设项目工程、吴忠市红寺堡第四中学1–4号教学楼等工程获“明珠杯”优质工程；2015年新民路桥梁工程、2015年吴忠市罗湖二期公租房三标段7号楼工程、罗湖二期一标段1号2号楼工程获吴忠市优质房屋建筑结构工程；2015年吴忠市罗湖二期公租房一标段等工程获宁夏回族自治区“建安杯”荣誉称号。公司还被宁夏回族自治区评为“安全生产先进集体”，2017年获得宁夏回族自治区工商行政管理局2015—2016年度“守合同重信用称号”等。取得这样的成绩源于公司多年坚持以“质量、安全第一，信守合同”的宗旨，秉承务实创新的建设理念，牢牢把握建筑行业发展的脉搏，以客户需求为导向，为客户提供优质的服务。

“雄关漫道真如铁，而今迈步从头越”。奋斗的脚步永不停歇，追求的精神永不懈怠。回首过去，我们艰苦奋斗、团结一致、铸就辉煌；展望未来，我们凝心聚力、追求卓越、信心百倍。相信，在董事长郭兴忠、总经理郭永标的带领下，吴忠市第三建筑有限公司一定会发展成为科技化、品牌化、民族化的地区龙头企业，一定会创造出更加辉煌灿烂的明天！

【相关链接】

郭永标，1985年出生，回族，民建党员，毕业于东北大学，建筑工程师、二级建造师，大学本科学历。供职于上海某大型企业。现任吴忠市第三建筑工程有限公司总经理、吴忠市建筑业协会副会长、吴忠市工商联常务委员。

让心灵升华：知所需，心安为嘉

——银川富力万达嘉华酒店

银川富力万达嘉华酒店将中国传统的宁静、和谐与当地风情的古典大气完美融合，打造出了与众不同的酒店风格。提到万达酒店，“壕”是酒店的标配，金碧辉煌、硬件设施一流完备，但不能忽视它也有一颗对文化艺术极其珍视的内“芯”。万达酒店设计院在第36届金钥匙奖（Gold Key Awards）中入选9个提名奖项，并创纪录地一次斩获6个大奖，成为历史上获奖最多的设计机构。目前已经开业近5年的银川富力万达嘉华酒店除了富丽堂皇的外表，还有对当地文化的融入和对艺术的理解。

酒店大堂精美的马兰花形(银川市花)梵尔赛水晶灯，是由多名艺术专家整整30天手工编织的杰作，与大堂咖啡色不锈钢主背景墙拼接出连绵起伏的造型，凸显地域文化之“丝绸之路”的母体——沙漠。

银川富力万达嘉华酒店外景

礼宾部后面的副墙处，以“丝路”为创作出发点，明晰、大气地展现出这条闻名遐迩的东方之路，辉煌而具有极强的视觉冲击力。同时“丝路”也象征着纽带，连接东西方文化，连接历史与未来，连接现代酒店与当地文化生活，连接银川富力万达嘉华酒店与八方来客。环绕的大堂背景与地面少数民族风格的石材拼花，遥相辉映。丝路花雨的主题与大漠风光完美契合，让迈入酒店的客人们仿若置身山与河，天与地之间。

酒店坐落于金凤区中心位置，地理位置优越。共计303间豪华客房，每间都

银川富力万达嘉华酒店总经理孔志雄

设有享负盛名的“万达嘉华之床”助眠系列，部分客房内还可饱览典农河及贺兰山的迷人景致；1200平方米的无柱式大宴会厅在银川市首屈一指，更有5间多功能厅，适合举办各类规模的活动，是商务洽谈、亲朋会聚的理想之所。

酒店配有4间风格迥异的餐厅与酒吧，融汇创新，为宾客提供精致的美食佳酿。美食汇全日餐厅位于酒店1层，简约，现代感十足的餐厅设计，给人以惊叹的感觉。柔和的灯光及美妙的音乐创造出完美的谈话休闲氛围。全日餐厅同时提供早午晚国际美食自助餐，每天提供佳肴一百余款，并可享用免费的各种果汁，啤酒及热饮。

餐厅也可以按照个人喜好现场烹饪，更有正宗的日本料理为您提供丰盛的刺身与寿司盛宴。“和”日本餐厅位于酒店1层，供应正宗地道的日本料理，精选进口原材料，包括铁板烧，各式寿司，新鲜生鱼片等。三间异域风情装修风格的独立包厢，其中两间配有铁板烧，客人在欣赏大厨高超烹饪技术的同时也在享用饕餮美味。大厅开放式厨房，您可端坐在烹饪台前，让技艺娴熟富有创意的大厨带您踏入奇妙的美食之旅。品珍中餐厅位于酒店2层，融合地道招牌粤菜及银川本地特色菜肴，吸纳地方菜之精华，专注于原汁原味以及均衡营养。经验丰富的大厨用精益求精的厨艺手法为您呈献匠心独具的特色菜式。美食佳酿的精致感受、匠心独具的奢华氛围以及温情备至的周到服务，定会令您忘返于独具东方特色的美食文化。大堂酒廊位于酒店1层，是小型商务

银川富力万达嘉华酒店大堂

和社交聚会的理想之处。提供香浓的咖啡，地道的中式茶，简约的西小食，休闲的英式下午茶，及各种抒怀饮品包括法国红酒和香槟。舒适、奢华、浪漫的现代装饰令宾客感到放松，与朋友一起享用下午茶，并由服务人员全程提供贴心服务。离开城市的喧嚣，在欣赏美景的同时，舒缓的音乐伴随着放松心情。

银川富力万达嘉华酒店提供总面积超1600平方米的顶级会议和宴会场地，一个大宴会厅和5间多功能厅，以及一应俱全的配套设施，和专业的服务团队，满足各类规模的活动需求。无柱式大宴会厅面积为1200平方米，富丽堂皇，尽显尊尚气派，在银川市首屈一指，配备76平方米的LED屏幕，适合各种演示和娱乐活动的需求。需求较小时，亦可分隔成三个独立空间，满足举办中小型活动的宾客。

银川富力万达嘉华酒店健身中心配备时尚先进的健身器材，采用全套意大利进口健身设施，同时设有桑拿房、蒸气浴和跳操房、瑜伽房，可于城市绿洲中尽情舒缓身心。另有长25米、宽8米的专业室内恒温泳池，风格清新典雅、通透式设计，充分采用自然光线。先进的水循环系统，保证水质清澈洁净，泳池地面铺设地暖系统，为宾客提供释放压力、驱赶疲惫的处所。

随着互联网IT行业的不断发展变化，银川富力万达嘉华酒店也运用各种互联网手段来提升自己，酒店开展了直播项目，在酒店行业具有排他性的方面培养酒店网红，通

酒店宴会厅

酒店用餐区

过他们增强粉丝与酒店的互动，目前还在继续推进中。另外，团队于社交媒体传播这一块还有一些其他的见解，不仅仅只是运用微信的基本功能，更专注于后台系统的开发，将新系统与微信系统相结合。例如酒店的微信WIFI，宾客只要一连上WIFI就能够知晓酒店的最新动态，一切美食、休闲、娱乐项目即可任君选择。这些措施，不仅方便宾客，也方便了酒店，吸粉的同时还具有投放广告功能，使酒店更好地运用微信产生收益。

银川富力万达嘉华酒店的独特之处在于亲子项目的多样性、安全性以及趣味性，面向市场的儿童俱乐部新项目启动在即。酒店针对1.2米-1.4米的儿童，提供了“食、游、玩、学”一体式儿童乐园，通过参加儿童俱乐部项目，不仅可以畅享百种儿童美食，结交同龄朋友，更能收获英语学习和烹饪技艺。除此之外，孩子们通过趣味性的护照打卡，能够阶段性拿到相应奖励，极大提高了孩子们参与活动的积极性。

除此之外，万达嘉华酒店充分履行社会责任。9月22日，银川富力万达嘉华酒店组织员工开展了“无偿献血，与爱同行”的主题献血活动。此活动是酒店全国联动员工答谢周活动系列内容之一，旨在让大家用爱心行动履行公民的义务，回馈、关爱社会。上午9点，血液中心献血车来到了金凤万达中心小广场，员工们在血站工作人员的引导下，有条不紊地进行着填表、检测、献血等流程。大家认为参加无偿献血，既能救助他人，又有利于自己的身体健康，是非常有意义的一件事。当天有30多人参与了献血活动，有27人成功捐献血液10000毫升。银川富力万达嘉华酒店的员工们通过捐血助人践行着社会责任，演绎了社会主义核心价值观，传递着爱的能量，也带动了更多人加入到社会公益事业中。

谈及酒店未来的整体规划及发展愿景，总经理孔志雄说："我希望酒店的发展能够跟随时代的步伐，勇于进取，勇于创新，不仅仅局限于传统的发展模式，还要善于利用互联网思维，借助当下流行的微信、微博、直播、APP等网络平台的力量，增强与粉丝的互动，传播酒店文化。硬件设施上，我们也会在原有基础上持续完善，力求为宾客打造一个更好的'知所需 心安为嘉'银川富力万达嘉华酒店！"

【相关链接】

2018年10月，孔志雄先生接受万达酒店及度假村管理有限公司的任命，抵达银川富力万达嘉华酒店，出任总经理一职。履新前，孔志雄先生就职于东莞富力万达文华酒店并担任酒店经理职务。

孔志雄先生拥有超过20年丰富而全面的酒店管理经验。他出生于马来西亚首都吉隆坡，最早于1994年开始了酒店职业生涯。孔志雄先生在其24年的职业生涯中积累了丰富的酒店运营及管理经验，他不仅重视员工培养和发展、注重提升宾客满意度，更专于酒店市场战略制定与酒店整体品牌认知推广。他曾先后任职于香格里拉酒店管理集团、万豪酒店与度假村国际集团、凯宾斯基酒店管理集团。并于2014年至2018年期间，担任万达酒店及度假村管理要职。

竞标"茗"牌人生

——宁夏宁宝世家食品科技有限公司

倘若以张小林争创"茗茶"的人生经历为素材，编写一部电视连续剧，定会让年轻的创业者感慨万千，触发心灵。因为，他的故事既真实感人，又富于人生哲理，有助于年轻人深刻感悟创业者的人性、血性与理性所铸造的生命镜像。

入茶道 蒙受骗局险丢命

1997年的冬天，塞风刺骨，雪花飘飘，从西安赶往银川送茶的一辆大货车上，年轻且体弱的张小林挤在驾驶室里。半路，张小林已冻得全身哆嗦，又因老胃病复发，头皮发麻，他只能下意识地用双手按住腹部，咬紧牙关不让自己发出声音。大雪封路，又不能停车，只能像牛车一样缓慢爬行。从西安赶到银川，用了48个小时，到站后又连夜卸货。当时，他住在一个既是仓库、又是住房，兼做小厨房的十几平方米的小房间里，为了节省空间，他只能在茶叶箱上放上木板，铺上麻袋当床，睡在上面。天亮后，收起被子与木板，再摆好茶叶箱做生意。

宁夏宁宝世家食品科技有限公司厂房正门

第二年春天，他在朋友的引荐下认识了银川一位茶商，收购了他从西安拉回来的茶叶，后又转运到银川叫卖，但这种叫卖式的销售太辛苦，一天挣不上一百元钱。一天他遇到大茶商收购他的滞销的所有茶叶，想到卖完茶叶自己就可以回福建老家，可以见到一别近半年的父母兄弟，他幸福的一夜未眠。第二天按照预约，他去要钱，没料到对方设计骗局，一推几个月也不给一分钱，为了解决生计，他只好留在银川一边做生意一边讨债。

宁夏宁宝世家食品科技有限公司董事长张小林

一次偶然的机会，他又认识了法官老乡，同情他的不幸遭遇并为他打官司，讨回了不足债务五分之一的一些茶叶。后来他听从一位好心老乡的劝："把打官司的精力用在做生意上。"于是他把远在福建的兄弟叫来，一起租房叫卖。那年的冬天，邻居的阿姨见兄弟俩9点钟还未露面开店门感到奇怪，于是打电话询问。原来他兄弟俩煤烟中毒，要不是电话响起，兄弟俩糊里糊涂地爬起来往外走，不知道会是什么结果。晚上，他睡在木板床上想着受骗又得救的两件事，明白了"人心太善，容易受骗；人有血性，容易冲动。只有将善良的人性与冲动的血性融合在比较成熟的理性中，才会使人性与血性纳入老实做人，智慧做事的更高层面上。大多数人的成功之路，都是通过从善良人性，英雄血性，智慧理性所构成的三脚架上而达到美好的某一个终点"的道理。他思考：一个贫困者创业，除了善良与吃苦，它还有什么新的出路呢？

创品牌　守得云开见天明

2003年的冬天，他正在小店卖茶叶，有位朋友给他送来了一包枸杞茶。他细品后，感受到与他经营的福建茶各有风味。朋友告诉他：枸杞是宁夏五宝中的红宝，中宁又是中国枸杞的重要生产基地。张小林是家乡中的茶艺传人，但对枸杞知识知之甚少，但他坚信枸杞茶将是世界茶叶中的后起之秀。

第二年，他便购了一套小设备，租用300多平方米的厂房，试产枸杞茶。在选材、晾晒、杀青、滚辗、炒干、筛选、包装等十二个环节中，他亲自把关，环环相扣。一年后，创办了宁夏茗茶责任有限公司。第五年，年产达到1.5万斤。他的梦想是结合福建的制茶工艺与宁夏的枸杞资源，努力打造出中国市场中唯一的闽宁枸杞茶。

为了扩大厂房与收购方便，他将厂房搬到长山头一带，自己挑头干，亲自选材，带头管理。在这几年的生产经营中，他深深体会到七大难关：一是市场营销难，二是推介产品难，三是降低成本难，四是维持客户难，五是上下应酬难，六是引资扩企难，七是出货要钱难。他体会到要想让事业上一个台阶，必须要创立自己的品牌。

在夹缝中生存的张小林，良心占先，善念不减。因此也结识了宁夏的文化名人、企业高管、商界能人、各路好友。屈指计算近千，眼界逐步拓宽，在各界朋友的帮助下，他把研制的“杞茗”枸杞茶远销十余省，跨出国门。在宁夏枸杞茶业中，他和宁夏枸杞行业的前辈们并肩走进区博览会授奖大厅，脸庞荡漾着小有成就的光彩。

回顾这一段路，张小林体会到：越是奋力前行的人越会多难。向前奋进，必然有高山低谷，风雨雪霜，但只要挺过去就会阳光明媚。怕困难的人，站立不动，也许躲过了暂时的难关，但终究会被风雪困拌。真正的强者与智者，都应该明白百炼成钢，石上磨刀的道理，在危机中寻找转机，在失望中奔向希望，在难关中展现闪光点。正是有了这种感悟，张小林终守得云开见天明。

圆新梦　柳暗花明又一村

随着市场的激烈竞争，枸杞茶叶销路出现了低谷，张小林毅然决定，要让自己开创的枸杞茶产业再上三层楼。第一层：质量保全优。他经过多年的实践与探索，基本完善了枸杞茶的成熟工艺。先从选材抓起。中宁枸杞因地理好、水质好、气候好、种植好、晾晒好、保存好、研发好、包装好、人文好而享誉天下。当地的枸杞茶钙含量是牛奶的近10倍，氨基酸种类多达18项，维生素E含量是胡萝卜的3倍以上，并不含有咖啡因与茶碱等元素。它又以提神明目，舒筋活血，坚韧耐劳，降低三高，祛风治寒等14项功能成为“中国福寿茶”，但由于茶工艺的局限性和开发时间短的原因，还不能与其他绿茶相提并论。为此，张小林回到家乡拜访茶师，多次摸索，枸杞茶的色形与质量显著提升。第二层楼：基地种、采、销一条龙。经过长达三年的考察与分析，四处奔波、加快筹款终于建起了一座占地上百亩的多功能枸杞基地，实现种植、采集、生产、科研、展销、观光、培训、开展人文旅游活动为一体的“杞游园”，与镇北堡影城相衬互补，与沙湖、西夏王陵、贺兰山岩画区等形成银川西游线。第三层楼：在全国形成实体茗茶销售网络。几年前，张小林已在黑龙江、山西、福建、四川等地建立了代销点，并设有网络销售站，他先后参加了七次全国相关的博览会或展销会，反复推介枸杞茶，千方百计推出这样的广告语：人人多饮枸杞茶，添福添寿行天下。

所有的丢失，都是为了珍爱之物的来临腾位置；所有的匍匐，都是高高跃起前的热身；所有的支离破碎，都是为了来之不易的圆满，一切都是最好的安排。

我们今生所有遇到的人和事，前世已注定；我们来世所有遇到的人和事，今生已注定。

宁夏宁宝世家食品科技有限公司基地

生命中的一切，我们都无需拒绝，笑着面对，不去埋怨。遇到的人，善待；经历的事，尽心。依靠自己的经营理念和各界朋友的帮助，张小林仍在坚持走创品牌之路，省吃俭用积攒近20万元钱，做了几个大广告牌，强力推广枸杞品牌茶；连续参加了5次相关的博览会或展销会，强力宣传枸杞茶的功能和效用，组织策划了相关的文化活动，让更多的人现场了解枸杞茶知识和实用价值；为慈善基金会捐款捐物，寻求更多的帮助和扩大口碑；采用更好的合作模式，建立更多代销点和网络营销点；组织有关专家学者参加品茶会，提升枸杞茶的质量，由于一次次的坚持和努力，张小林渡过一个个难关。他所创办的企业先后荣获“银川市科普示范基地”“宁夏枸杞企业50强”“银川市农业产业化龙头企业”；他荣获“丝稠之路名星企业家”“银川市科普带头人”“银川市商务系统先进个人”“辉煌60年影响‘宁夏经济一百品牌，优秀企业家’”等荣誉奖；他所研制的枸杞茶，被定为第十三届金鸡百花电影节指定产品。

2018年夏秋之交，枸杞茶面临着新的市场挑战，张小林坚信：是金子，总会闪光；是杞花，总会飘香；是善者，总会见阳光；是智者，行程会宽广！

后　记

岁月不饶人，当时间渐渐溜走，留下额头上的皱纹和突然出现的白发，很多人和事也成为过眼云烟。贫穷时该有所坚守，富有时要懂得取舍。善良是比聪明更难得的事，因为聪明是一种天赋，而善良是一种选择。这正是张小林的人生写照。

倾力打造国际神话

——宁夏贺兰山东麓庄园酒业股份有限公司

世界葡萄酒大师杰西斯·罗宾逊说："毋庸置疑，中国葡萄酒的未来在宁夏。"

2010年底开始起步的贺东庄园，是中国·宁夏葡萄酒产业的后起之秀，贺东庄园仅用8年时间，便成为了贺兰山东麓获奖最多的酒庄，傲然屹立于国际葡萄酒产业之巅。

宁夏葡萄酒的未来在哪里？贺东庄园首屈一指！

矢志前行　回归土地

1974年，龚杰出生在内蒙古杭锦后旗召庙乡一个普通的农户家庭，拮据的经济状况使他早早体会到了生活的艰辛。初中毕业时，他考上了重点高中，但因家中困难，为减轻父母压力，懂事的他放弃了这个机会，上了中专。这对于极其有上进心和自尊心的龚杰而言无疑是天大的打击，每当夜深总是偷偷落泪，他多想走出这片贫瘠的土地！

1993年，凭借优异的成绩，中专毕业的龚杰应聘到内蒙古杭锦后旗农业银行工作，转瞬即逝的6年，是他积累沉淀的黄金岁月。1999年，放弃"铁饭碗"来到了内蒙古阿拉善左旗长青煤炭公司，凭借以往的管理经验以及吃苦耐劳的品性，仅用7年时间他就从领班升为总经理。这段经历不仅使他积淀了非常宝贵的人生经验，更让他意识到，煤炭资源有限，开采煤炭的企业无法持续发展。看到开采煤炭对环境破坏的场景，他陷入了沉思，做什么才能既保护环

宁夏贺兰山东麓庄园酒业股份有限公司庄主龚杰

境又能使资源无限延续下去?

此刻,小时候放羊时趴在田埂上看书写字的记忆涌上心头,对土地厚重的情感,促使龚杰回归土地。说干就干,他从朋友那里得知宁夏贺东庄园要转让的消息,便立刻从北京回到贺东庄园进行考察。马云用了6分钟说服孙正义投资阿里巴巴,而龚杰在驱车绕行庄园一小圈后,不到6分钟就做出了收购贺东庄园的决定。2010年12月2日,龚杰完成收购,进行了从开采煤炭到酿造葡萄酒的转型。

2011年春季,龚杰遭遇了工作以来最大的困难,“因为收购酒庄是在冬季,葡萄树早被埋在土里御寒了,待开春挖出来,发现葡萄树发芽的寥寥无几,一亩地只有十几株苗子是活的”。一个葡萄酒庄园没有葡萄树,就等于农民没有了口粮,龚杰一方面指导大家把葡萄树上面的枯枝锯掉,往深处挖土,露出树干提高树苗成活率;另一方面找到宁夏葡萄栽培专家李玉鼎先生进行咨询。在李玉鼎的建议下,龚杰独辟蹊径,不仅仅专注于种植,更对贺东庄园进行整体提升打造,使其成为一个集种植、生产、加工、销售、观光为一体的综合性葡萄酒庄园。

拨开云雾见月明,贺东庄园的春天也悄然到来。2013年,贺东庄园首度绽放。剑指世界葡萄酒舞台,贺东庄园“霞多丽干白”荣获Vinalies China Argent银奖,从此便一发不可收拾;2014年,斩获德国盖森海姆品评赛金奖;2015年,一举拿下贺兰山东麓国际葡萄酒博览会金奖等众多国内金奖,并有12款葡萄酒入围世界级葡萄酒指南:《贝丹德梭葡萄酒年鉴》,为中国葡萄酒最大殊荣;2016年至今,由杰西斯·罗宾逊等三位世界顶尖葡萄酒大师联名推荐,十大中国葡萄酒的贺东是其中之一。

技术布局　创新发展

龚杰追求卓越、挑战完美,他的世界没有关于“极限”的言论。在他的清华大学EMBA毕业论文中,他写下了“打造国际最具收藏价值的红酒品牌”的愿景。千里之行的第一步,就是要“专业的事情让专业的人来做”,贺东庄园是宁夏第二个聘请外国酿酒师的酒庄,是第一个聘请法国波尔多地区顶级酿酒师的酒庄。8年过去了,酿造团队已有9个人,他们一路追随龚杰,共同致力于打造一个专业、规范、创新的葡萄酒庄园。

在2011年春救活60%以上的葡萄树苗后,龚杰就开始整顿杂乱的苗木,新栽一批进口苗木,对每一棵葡萄树苗进行普查。同时,他从山东引进十几万元的中草药,种植在葡萄树之间用以杀菌,并从内蒙古牧民那里买了200多万元的羊粪,经过杀菌作为肥料,使葡萄汁更加香甜可口。贺东庄园种植酿酒葡萄,不使用化肥农药,采用物理生物技术防治病虫害,专心生产经国家检测完全合格的绿色食品。“种植是核心,有了种植才有酿造和营销的环节。‘道生一，一生二，二生三，三生万物’，种植便是一，一生二便有了生产工艺，二生三才能有营销。”龚杰如是说。他从美国引进并运用生命信息学，这种方法虽有效，但一亩地会增加1000块钱的成本，但是为了能减少葡萄的病虫害，保证葡萄苗木能够健康成长以及修复土壤，龚杰不惜花费这样的代价来换取葡萄的优异品质。庄园采用以色列农业节水灌溉技术，利用低压输配水管道系统，使灌溉水缓慢均匀浸润作物根系，既满足了酿酒葡萄不喜过多水分的特性，也大幅度节约了水资源。

2014年，团队开始研究平行发酵，将酒精发酵和苹果酸、乳酸发酵同时进行。以前发酵都是两个阶段，先把糖转化为酒精，然后进行苹果酸、乳酸发酵，现在是第一阶段一起发酵，然后第二阶段紧接进行，这样不仅发酵时间短，而且葡萄萃取出的单宁和酚类特别细腻，酒的口感平衡而富有变化。

2015年，团队实现了干红20–25摄氏度低温发酵，贺东庄园还尝试了干白低温发酵，将温度控制在10–15摄氏度，这项技术的突破十分成功，贺东庄园酿造的“霞多丽干白”一举拿下众多奖项。

在外交部首次省区市全球推介活动会上——“开放的中国：从宁夏到世界”，外交部领导在品尝了贺东酒庄酿造的“霞多丽干白”后说，“这是我喝到的来自贺兰山麓最好的葡萄酒”。通过外交部推广到全世界，这是新中国成立以来外交史上的第一次，从此，贺东酒庄的“霞多丽干白”进入了中办、外交部，60多个国家首脑品尝推介，“霞多丽干白”在市场需求中一度断货。

华丽转身　绽放特色

绿色，是酒庄的底蕴；青山绿水蓝天，是贺东酒庄环境的真实写照，也是贺东酒庄生态的优势所在。贺东酒庄通过建设现代化生态型酒庄，大力构筑贺兰山生态长效绿色屏障。

多年来，贺东庄园打造国际最具收藏价值的红酒品牌，坚持按照有机标准实施基地管理，实现源头控制、过程控制和终端控制。以老藤葡萄为原料，辅以精湛的工艺、橡木桶的陈酿和酿酒师的细心呵护，2017年、2018年贺东庄园以最纯正的酒质在比利时布鲁塞尔大赛上斩获大金奖2枚、金奖2枚，亚洲葡萄酒大奖赛获大金奖2枚、金奖9枚，贺兰山东麓国际葡萄酒博览会、柏林葡萄酒大赛冬季赛金奖共6枚，香港紫荆奖、意大利五星葡萄酒最高称号，获得评委一致认可和好评的同时，令业界瞩目，成为国际大奖获奖最多的酒庄。世界唯一一个国际五大知名葡萄酒大赛大金奖得主，是贺东庄园“三个世界唯一”中的第一个“唯一”。

在酿造美酒的同时，龚杰也逐渐意识到“绿水青山就是金山银山”的发展理念，全心全意投资发展绿色生态酒庄旅游产业。为突出宜居宜业宜游的城市特色，将贺东酒庄打造成气候宜人的城市天然大氧吧。如今，这片占地3040亩的园区仅葡萄种植面积就多达2600亩，225株百年树龄的葡萄树老藤被保护起来，变成特色旅游观光景点。庄园树木郁郁葱葱、万鸟投林、瓜果飘香，百年老藤独领风骚，这是贺东庄园“三个世界唯一”中的第二个“唯一”。

北纬38° 是世界葡萄种植黄金带，贺东庄园正好位于这条脐带上，像是天赐的荣耀，为贺东庄园酿造独具特色的“红色血液”提供了优越的地理环境。运用山河相拥、山川夹廊的地理优势，龚杰提出打造北纬38° 的特色葡萄小镇，2公里观光小火车、树林游客观光慢步道、多功能环保蒙古包、越野车赛道、直升机起落平台等景观为贺东庄园所独有。产、城、人、文“四位一体”的葡萄小镇新模式，凸显了庄园的人文底蕴，这是贺东庄园“三个世界唯一”中的第三个“唯一”。

目前，贺东庄园有三座葡萄酒文化会馆、先进的现代化生产车间以及地下酒窖，还有独具特色的葡萄酒庄园、葡萄老藤文化博览馆、火车厢精品酒店、生态多功能厅、自由采摘基地等项目。按照“城市双修”和特色田园小镇建设要求，贺东庄园将许多废弃旧物修复利用变废为宝，不破坏庄园自然生态环境，让一片“好山水”变成“聚宝盆”。其中，16节绿皮火车厢按独特的时代特色被打造成不同风格的餐饮区、住宿区、品鉴区等，可满足游客对“绿皮火车时代”的追忆和特色餐饮服务的双重需求。

如今，贺东庄园已经成为游客体验田园耕作、研学酿酒文化、休闲观光度假的绝佳场所，小酒庄成就大产业，逐步走上了国际化、高端化、品牌化的特色发展之路。

传播美酒 助推经济

2017年5月，国际葡萄与葡萄酒组织成员及德国柏林亚洲葡萄酒大赛的评委走进贺东庄园，参观品鉴并进行现场交流。在龚杰的带领下，他们领略了贺兰山东麓葡萄酒庄的独特风情和魅力，20余人组成的参观团队来到贺东庄园先进的葡萄酒车间进行参观，对葡萄酒压榨生产工艺进行了深入了解和交流，随后他们到了贺东庄园的地下酒窖，先后参观了橡木桶存储区、葡萄酒文化展示区、年份酒瓶储区和VIP瓶储区，对贺兰山东麓的特色有了进一步的了解。此次代表团来到贺东庄园，不仅仅是提高了企业知名度，同时也通过葡萄酒助推了石嘴山市经济的发展，让此文化绵延于外。

龚杰说，这些年宁夏先后出台了《宁夏贺兰山东麓葡萄酒产区保护条例》等一系列法规政策对葡萄酒产业给予了全方位的支持。石嘴山市委、政府高度重视葡萄酒产业

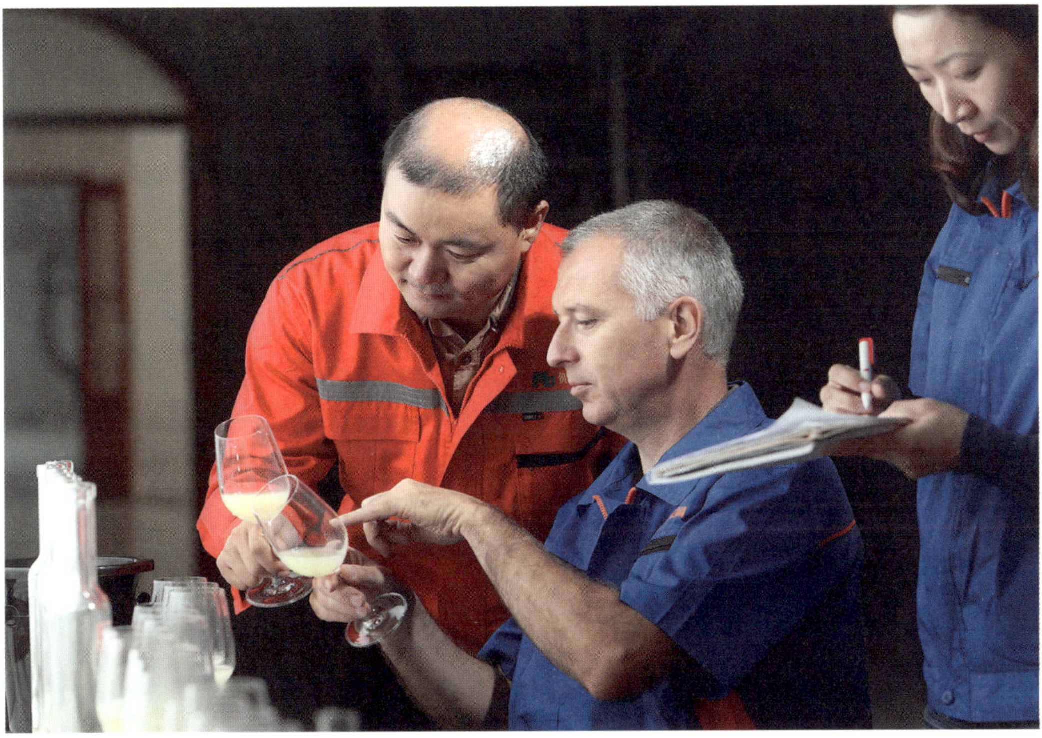

2017年，国际葡萄酒组织成员走进贺东庄园参观品鉴现场交流图

发展，以全域旅游的思路推进葡萄酒产业与旅游业的融合发展，把适应市场需求和加强产品研发创新有机结合，与全国葡萄酒专家学者、企业家和经销商相互学习交流、共谋合作发展，共同提高石嘴山葡萄酒产业的知名度和影响力。

龚杰以“道法自然，大道至简”的思想陪伴贺东庄园一路成长，也始终坚持中国的葡萄酒特色，不断地学习西方葡萄酒的种植酿造营销模式，加之以葡萄酒为纽带加强国际文化交流，他希望用品质践行于国际市场前沿，用品质验证中国特色葡萄酒品牌将在国际市场屹立不倒。

除此之外，作为一名有良知的企业家，龚杰勇担社会责任，在扩大企业规模效益的同时，每年都要做很多慈善捐款捐助工作，将更多的爱心奉献回报给社会。2008年，汶川地震，龚杰募捐10万元；2011年，贺东庄园赞助固原隆德县中学贫困学生10万元；2012年，贺东庄园联手凤凰网举行的“美丽童行”慈善公益活动，赞助贫困山区儿童20万元；企业每年扶持20多名残疾人员，解决就业问题。贺东庄园将红酒文化与体育、文艺相结合，赞助多项赛事，贺东庄园出资50万元，冠名赞助两届全国铁人三项锦标赛；2013年7月，贺东庄园出资30万，冠名赞助中网级别联赛；2014年出资40万，冠名赞助中网级别联赛，同年再次出资60万，赞助中网级别联赛；同时出资20万元联手石嘴山市书画院、青岛书画院举行了石嘴山市书画展，为石嘴山市的文化体育事业做出了贡献；2016年，龚杰代表企业向惠农区利和乡永平村捐助10万元用来修缮道路，提升永平村村民的生活水平。

贺东庄园是宁夏经济振兴的有力推动者，是石嘴山市产业转型升级发展的引领者，是宜业宜居宜游、山水园林大武口的建设者。将贺东庄园努力打造成为“社会效益好、经济效益好、竞争力强、受人尊敬”的新时代企业是龚杰的终极目标，一个天蓝、地绿、水净的美好庄园必将呈现在贺兰山脚下。

【相关链接】

龚杰，1974年出生于内蒙古杭锦后旗，2006年至2010年担任阿拉善左旗长青煤炭公司总经理，2010年12月收购宁夏贺兰山东麓庄园酒业公司，现任宁夏贺兰山东麓庄园酒业有限公司董事长。

成就百年老店 见证“舌尖”上的时代变迁

——宁夏老毛手抓餐饮管理有限公司

“民以食为天”，一句话诠释了中华几千年的饮食文明。对于国人而言，“食”既是生活的基本，又成为生活品质的最高追求。抛开远古至今流传的美食文化不说，仅是改革开放40年来的这段历史时期，中华美食历经了“勒紧裤腰带”到“丰富菜篮子”“失传-断代-接承”的坎坷历程。幸运的是，现如今我们拥有了璀璨的中华特色美食文化，并且随着时代变迁已经发扬光大。

事实上，许多中华特色美食已经伴随国人走过百年峥嵘岁月，几代传承人肩负使命，历尽千辛万苦成就“百年老店”，让美味传遍祖国大江南北乃至全世界。其中，有着“天下第一抓”的老毛手抓羊肉现如今每每被提及，都会令人垂涎欲滴，而这道特色美食正是由老毛手抓的第四代传人毛强弘扬至今，以民族特色餐饮的奋斗之路，打造成为响誉国内外大品牌。

创业篇：不负使命 无惧艰辛传承美食“瑰宝”

现如今，很多顾客尝到“老毛手抓羊肉”时，都会不约而同地发出赞叹，评价很高。然而，早在改革开放40年前，“老毛手抓羊肉”却历经了重重磨难，险些从此在中华特色美食谱上消失。1888年，宁夏吴忠市的一位老人创出“老毛手抓”，而后传给第二代老人，但1956年“老毛手抓”却停业，现“老毛手抓羊肉馆”负责人毛强真正与“老毛手抓”结缘从作为第三代传人的父亲开始。当时改革开放政策已经实施，全中国一片欣欣向荣的景象，毛强的父亲从20世纪80年代起在吴忠市西环路农贸市场上再次重操旧业，开起了老毛手抓羊肉馆。

“当时老父亲经营的羊肉店，可以说非常艰苦。店面只有半间平房大，只能放一张长条桌，两个长条凳，只是喝茶吃肉，可是生意却非常红火，每天两只羊到中午就早早卖完收摊回家。”提起传承经历，毛强这样回忆到。就是在这样的困苦环境中，“老毛手

老毛手抓羊肉

抓羊肉”却正值宁夏回族自治区30年大庆，得到了来视察的中央代表团团长、国家副主席王震将军的高度肯定，王副主席听到市领导介绍说是几代传人的民族特色后，表示慰问，又语重心长地说：“要把你的老字号发扬光大，把特色店开出去。”

尽管当时得到了国家领导的关怀，而且改革“春风”吹来，国家大力扶持和鼓励人民创新致富。但是由于父亲年事已高，几年后也就是1990年“老毛手抓羊肉馆”再次歇业。此时的毛强，心中也有说不出的滋味。热爱特色美食的他一想到几代人辛苦守候的美食“瑰宝”就要失传、断代，总觉得有些遗憾。思考在三，毛强一方面在改革开放的政策下找到大胆干的信心，另一方面强烈的使命感让他做出了决定：放弃“铁饭碗”，走向改革开放市场经济大潮中，传承“老毛手抓”特色美食并发扬光大。

1993年底，毛强正式在单位办理了留职停薪，作为“老毛手抓”的第四代传人，从此走上了民族特色餐饮之路。正所谓“万事开头难”，从没有接触餐饮的毛强起初接手父亲的“老毛手抓羊肉馆”之后吃尽苦头，一切从头学起，从备料到烹饪，从服务到经营，每一个环节都不能忽视。不知道经过多少个披星戴月的岁月，毛强不停的挑羊、选肉、煮肉、烹调、服务，每天都筋疲力尽。然而，强大的信心与毅力让他坚持着，心里总想着“将特色美食发扬光大”的梦想，这样则动力十足。

功夫不负有心人，经过不断地摸索、尝试，毛强终于掌握了祖传的烹饪秘诀，既严格按照《食品法》及区市有关加工食品的规定去严格操作，又谨慎按照选羊、煮肉、刀法“三讲究”的祖训操作，制作出了具有鲜、嫩、香“三特色”和油而不腻、不膻不腥、香醇可口“三特色”的手抓羊肉。

与此同时，毛强经营“老毛手抓羊肉馆”过程中坚持诚信为先，谨记“做生意先学做人”的祖训，传承守规矩、遵纪守法的家风。在此基础上，毛强提高服务管理水平，培养高素质、懂文化的服务员，运用多国语言进行服务，并且细腻到为客户保管丢在店里的小钥匙、证件、衣物、手机等物件，从不欺客，拾金不昧，真正让客人吃得放心、舒心、称心。经过不断的努力，“老毛手抓羊肉”终于在2000年走出吴忠市迈向银川，成为拓展“老毛手抓”事业版图的先行者。

发展篇：美食工艺娴熟　服务到位荣誉声传国内外

走出了故乡，但心怀感恩不忘家乡。当毛强将“老毛手抓羊肉馆”开到宁夏以外的省市时，他开始琢磨如何用引以为傲特色美食为家乡打出名声，展现家乡山水和美食的魅力。遵循了传统制作工艺、严格卫生管理和诚信服务的基础经营原则，毛强再次日夜学习、思索、与更多人才交流，逐步从饮食文化入手，让店面内部团队有文化认同感，更让顾客吃出共鸣和情怀。于是，毛强制定了店面布局、树立特色美食品牌形象、内部管理文化、加强对外交流、聚拢资源等战略，迅速将“老毛手抓羊肉”传播开来。

台上一分钟，台下十年功。想要让顾客吃得满意，必须要让自己的烹饪、服务团队有归属感，真心实意的去为顾客着想。而做到这些，需要文化产生凝聚力。为此，毛强通过组织员工举办联欢晚会、自编自演文艺节目、利用旅游开展各项比赛活动及优秀员工表彰大会等文化形式，乃至参加救灾捐赠活动，慰问部队时参加打靶军事活动，等等，提高员工素质，增强了凝聚力与亲和力。

打造了一支强有力的队伍后，毛强着手打造特色美食品牌形象。毛强透露说道：为了更直观的宣传自己的家乡、宣传当地旅游景点，我结合各地实际，将雅座的名称定为“宁夏厅”“吴忠厅”“利通厅”“民族厅”“回乡厅”“花儿厅”甚至“沙湖厅”“贺兰厅”“六盘厅”等，使本区客人有到家的亲切感，使区外或国外宾客对当地首先有一个初步的认识与了解，以便更好地畅游宁夏。

基于对特色美食文化品牌的高度重视，毛强也在经营中不断与外界加强交流与互动，有效推动了“老毛手抓”的品牌推广。过去这些年中，“老毛手抓”先后接待国内各省市、国外75个国家的宾客过百万人次。还圆满完成了近百次的重要接待任务。此外，包括CCTV《远方的家》栏目组、湖南卫视王牌综艺《天天向上》栏目组、埃及电视台、

CCTV4《远方的家》栏目采访

浙江卫视《爽食赢天下》等超过上百家中外权威媒体争相报道"老毛手抓",享誉国内外。与此同时,中国当代青年书画家孙光、原宁夏回族自治区主席黑伯理、中国著名作家暨宁夏镇北堡影视城董事长张贤亮等名人名家纷纷为"老毛手抓"题词,更有中外宾客留言有二十多大本,记录着宾客们用不同文字、不同诗句留下数千条对宁夏、对老毛手抓的评价与祝福。

八方宾客,纷至沓来,源于"老毛手抓"的正宗品质和特色美食文化的魅力,不断创造出惊喜与收获。

2001年,"毛强及头像"商标被宁夏回族自治区工商局认定为第四届"宁夏著名商标";2002年,"老毛手抓"被中国地区开发促进会授予"华夏第一抓"称号;2004年,"老毛手抓羊肉馆"被中国质量万里行塞上质量行组委会评为"百家名优企业诚信单位";同年,"老毛手抓羊肉"被银川市"放心食品办"认定为第十三届中国金鸡百花电影节"地方品牌放心食品";2007年,"老毛手抓羊肉"荣获"首届中国羊肉美食节特金奖";2009年,"老毛手抓"被宁夏回族自治区政府列入"宁夏非物质文化遗产"名录。

责任篇:感恩党和国家　投身公益事业

就在"老毛手抓"驰名中外的发展历程中,毛强作为掌舵人从没有忘记初心,他自己始终认为，如果没有改革开放，没有国家的一系列好政策，就没有“老毛手抓”今天的一切。为此，毛强率领着“老毛手抓”，沐浴改革开放春风的同时，积极践行社会责任，饮水思源般的投身公益事业当中。

毛强告诉我们：餐厅树立了“爱岗敬业、诚实守信、行善积德、乐于奉献”的16字老毛手抓精神，而他个人也在成长中养成了乐于助人、甘于奉献的习惯，于是成立“宁夏老毛手抓公益事业基金会”提供多方面公益的资助扶持。1998年，南方遭受特大洪灾，毛强携“老毛手抓”员工一起为被洪水夺去了校园的孩子们送去捐款和关怀；此外，“老毛手抓”还出资修复彭阳县任山河和利通区涝河桥两座烈士陵园，致敬英雄；2002年“非典”肆虐，“老毛手抓”为奋战在一线的白衣天使、防疫部门及公安战线的同志们送去慰问。而四川“汶川大地震”和“青海玉树地震”等，“老毛手抓”出资出力，捐款近百万，并投入到救助孤儿、敬老院孤寡老人的行动当中。

日常发展中，“老毛手抓”也不断地为聋哑学校、贫困家庭、残疾人群等送去温暖。按照毛强的原则与情怀来说，则是无论“老毛手抓”店开到哪里，都会把热心公益事业的活动开展到哪里。他个人表示挣更多的钱，去帮助那些更多需要帮助的人，回报社会只有起点没有终点。对此，毛强的善举也得到了社会各界的肯定。就在中外书画家

毛强参加固原希望小学落成典礼

赠送的百余副字画中，原全国政协副秘书长赵喜明写道："信誉通四海，慈爱连三江，助人天赐福，无私得寿康。"

时代篇：响应"一带一路"建设 贡献更多价值

改革开放40年以来，"一带一路"建设开启了中国陆海内外联动、东西双向促进开放的新篇章。宁夏回族自治区作为重要的"塞道"，也拉开了丝绸之路经济带建设的大幕。这样的时代变迁，让毛强深刻感悟到，就像改革开放最初几年的生机景象，"一带一路"也是党和国家带来的强大福祉。为此，毛强率领"老毛手抓"积极响应战略，为宁夏回族自治区贡献出更大的社会价值。

这些年来，"老毛手抓"在各级领导和组织的大力支持下，在社会各界的关心与厚爱下，消耗羊几十万只，为宁夏的畜牧业发展做出了贡献，为国家纳税上千万元。工作的过程中，毛强还从长期的特色餐饮实践中将自身体会、感受、心得记录下来，编写出《老毛手抓做人之本经商之道》，他希望能为以后的接班人或餐饮界的同行们会有所帮助，会有所指点，会有所启发，为宁夏特色美食文化献上一份力量。

极为有正能量的是，由于"老毛手抓"的正宗品质和品牌影响力，一位95后的小伙子杨广大成为了店面形象代言人。原来，2015年因为被国家"一带一路"倡议吸引，杨广大想去体验乡村教师，便去了银川支教。2015年支教结束之后，经过银川搜到"老毛手抓"美食店排名第一，品尝后因为太好吃，所以重新回到这实习，继续留在老毛手抓工作。杨广大表示，希望通过"一带一路"，使"老毛手抓"成为中国与阿拉伯国家的一个驿站，让各国商旅流连忘返。

埃及国家电视台采访

"老毛手抓"用实际行动为宁夏回族自治区默默贡献，从而也受到了国家、省、市、县（区）的表彰和奖励，从

1997年的宁夏回族自治区地税局的“模范纳税户”到民政部的“全国爱心献功臣先进个人”以及全国“公益之星”和“光彩之星”，宁夏回族自治区党委政府“救灾捐献模范个人”“宁夏著名商标”、宁夏回族自治区“五一劳动奖章”“宁夏职工职业道德建设十佳标兵”。

“宁夏餐饮界十大杰出贡献奖”“宁夏首届杰出回商”“全国宁商大会十大宁商人物”“宁夏回族自治区非物质文化遗产传承人”“首届中国旅游小吃金奖”“宁夏优秀中国特色社会主义事业建设者”“宁夏改革开放30年行业功勋奖”，乃至“民族团结进步先进集体”“放心消费单位”，等等各种奖项被授予有60多次，这些“改革开放40周年中国餐饮行业老字号新辉煌企业”都是对“老毛手抓”的肯定、认可和激励。

写在最后

“宁夏，老毛手抓，迎来日出送走晚霞，踏平坎坷成大道，精神抖擞又出发。一番番春秋冬夏，一场场酸甜苦辣，一年年风吹雨打，一代代青春年华。勤劳走上幸福路，回乡特色传天下……”正如这首由毛强自编的《老毛手抓创业歌》一样，改革开放40年，从“老毛手抓”的特色美食传承奋斗之路中不难看出，将中国宝贵的美食文化传播到普通家庭的餐桌上，这正如国家的经济发展一样让我们惊喜。这也是宁夏餐饮业独一无二的《老毛手抓之歌》，是毛强近20年中怀着对家乡、对民族特色、对新时代的热爱之情写出的170多首歌词之一。

【相关链接】

毛强，回族，籍贯宁夏吴忠市，1947年4月出生，中国解放军退役军人，中共党员。先后被国家、省、市、县表彰奖励达60多次。如国家民政部、拥军办的“全国爱心献功臣先进个人”、全国公益之星、全国光彩之星、中华餐饮名店、中华名小吃、中国金牌旅游小吃、中国餐饮界优秀企业家、中国餐饮30年功勋人物奖及宁夏餐饮界十大杰出贡献奖、宁夏回族自治区五一劳动奖章奖、宁夏杰出回商、宁夏优秀中国特色社会主义事业建设者、宁夏非物质文化遗产、银川市民族团结进步先进集体等等。

小果业大作为 小格局大使命

——宁夏小任果业发展有限公司

任爱民说:“在商海中博弈,难免要经历防不胜防的打击,但是每一次的打击都是给我的宝贵经验;如果想在商道中存活,没有经受挫折和失败的能力,那么将会输得一塌糊涂。”

让南方才产的水果在西北大地上开花结果,让宁夏人天天吃到全世界都有的新鲜水果,任爱民开始了新的梦想追逐。在任爱民追梦路上,“小任果业”浩浩荡荡问世,大作为的情怀在宁夏土地一路高歌。

艰辛创业 终取佳绩

任爱民出生在陕西省榆林市吴堡县任家山村。任家山村是一个没有名气的小村

小任果蔬现代农业产业园

落，四周都是山，连吃水都要到深山沟里去挑，需走45分钟路程。在任爱民的记忆中，小时候任家山村只有不到百人，上小学时全校只有二三十个学生。

任爱民在任家山村上到小学三年级时，因为外公去世，在家四个姊妹中排行老二的任爱民被送到外婆身边，一边上学一边照顾外婆。读完小学，任爱民考到当时吴堡县重点的任家沟中学。在读初一时，任爱民还是学校的三好学生，而读初二时，由于结识了一些坏学生，为兄弟哥们讲义气开始抽烟、喝酒，打架、还赌博。后来因为欠下赌债被追上门，因此任爱民告别了校园生活。

宁夏小任果业发展有限公司董事长任爱民

1989年，年仅15岁的任爱民跟着父亲来到了银川。在银川部队任职的伯父严厉地教训了任爱民，懵懂期的任爱民认识到了青春期的错误。教育归教育，之后，伯父拿出1000块钱给了任爱民，让他去做点小生意。就是这1000元，开启了任爱民的创业之路。

拿伯父借给的1000元，任爱民用300元购买了一辆三轮车，700元为本，每天从水果市场进一些水果走街串巷贩卖，可没想到一个季度下来任爱民连丢带赔只剩下300元。

眨眼到了冬天，当时的银川已经没有水果可卖，任爱民用仅剩的300元批发了一些西瓜子，走街串巷四处叫卖，没想到第二年春季过后，任爱民拿出钱来一数，竟挣了3000元。天热后，不服输的任爱民又开始贩卖水果。

春去秋来，四季轮回。一眨眼，任爱民在水果批发到贩卖中摸爬滚打了三年，任爱民18岁了。

刚开始赚钱时，任爱民就肩负了扶持在银川学习裁缝的哥哥，兄弟俩不但是有饭同吃，连哥哥的学费都是任爱民给交着。1991年，任爱民和父亲、哥哥将老家的母亲、弟弟和妹妹接到银川，一家人在银川相聚，正值青春年华的任爱民也以日渐成熟的商道步入到商海竞争中去。

1996年春节前夕，在任爱民摆摊附近的小区里，一个干部去西安出差带回了几箱火龙果和芒果，批发给任爱民。看着这个从来没有见过的果子，任爱民心里很没底："这奇异的水果能卖出去吗？"任爱民心里嘀咕着，抱着试试看的态度在兴庆区前进街路口叫卖起来,没想到很快卖完了,一数钱,挣了400多元。

利润是商人最大的追求,火龙果和芒果的超额利润勾起了任爱民的欲望。认准了商机的任爱民从朋友那里借来10万元现金,坐着卧铺汽车,在经历了途中翻车的惊魂后,任爱民到达了西安。

海阔凭鱼跃,天高任鸟飞。任爱民在西安充分发挥着自己的商业才能,尝到了进口水果利厚的甜头。经过一段时间的储备,任爱民开始有了新的想法:“要想挣到更大的钱,就要回家坐镇当老板。”于是,任爱民将采购进口水果的大权“授予”在西安培养的伙计,自己回到了银川。

功夫不负有心人,任爱民很快掘得了人生的第一桶金,在那个年代成为了百万元户。但是他并没有因此而满足,又有了新的思考——那么西安的水果是从哪里进货的呢?

经过了解,任爱民知道了广州有一个亚洲最大的进口水果批发市场。

1998年秋,任爱民带着伙计到了广州。

敢于第一个吃螃蟹的人是冒险家,要么成功,要么失败。任爱民是一个敢于尝鲜的冒险家。任爱民的广州之行,对他而言是收益颇丰,但是却深深地触及了西安市场上水果霸主的利益。于是,西安市场上水果霸主们以种种方式刁难任爱民,并设置层层障碍,妄图阻碍任爱民从广州进货。这样碰碰撞撞了半年后,任爱民决定要彻底解除西安方面的壁障,专程前往兰州,经过不断地游说,任爱民最终和兰州市场上的水果批发商们达成了共识,一起放弃西安市场。在这种压力之下,西安方面选择了妥协,最终又选择了合作。

日渐成长起来的小任果业成了宁夏水果市场的霸主。1999年,银川很多人也开始模仿任爱民,开始做进口水果,开始步入广州。而此时,任爱民已经形成了水果售卖一条龙的链条,也彻头彻尾的从一个小商小贩蜕变成了一个成熟的大商人,全面学到了沿海城市的水果种植技巧、产供销经营模式、超市连锁扩展等产业化发展格局。

2001年,羽翼丰满的任爱民从广州回到了银川。2002年,任爱民借北京华联、新百连超等大型超市的扩张机会,业务正式进驻超市业态。2005年6月,宁夏小任果业发展有限公司昭然问世,任爱民成为公司当仁不让的总经理。同年8月,公司开始做蔬菜批发零售业务,到年底公司销售突破亿元。2006年,他及时把握国家发展少数民族地区特色产业的政策,开始着手打造设施农业。小任果业投资3800多万元的2000亩现代农业科技园兴起。2007年,宁夏小任果业专业合作社宣告成立,合作社拥有社员232户。同时,2007年园区承担了国家“十一五”科技支撑计划项目。

几年下来，小任果业科技园区种植苗木100多万株，种植品种达到40多个。实施反季节设施果蔬种植，产品有南方有北方没有的，有北方特有南方没有的。小任果业的种苗供给、农资、技术服务、收储加工、销售联动等覆盖了宁夏大地，形成了面向全区的果蔬种植销售网络体系。

2009年，宁夏第九届十大杰出青年评选，任爱民被永宁县团委和银川市团委作为候选人推荐到宁夏团委。

载着十大杰出青年的荣誉，任爱民继续高歌前行，之后又获得银川市优秀科技特派员、创业明星、银川市第十三届人大代表、宁夏劳动模范、宁夏青年"五四"奖章获得者、中国诚信企业家、十大农村科技创业明星等荣誉称号。并担任宁夏百货副食品供应商会常务副会长、宁夏陕西商会常务副会长、团陕西省委驻宁夏团工委书记、宁夏青年联合会副主席、全国青年联合会委员、中国农村青年致富带头人协会副会长等职务。小任果业公司也获得宁夏农业产业化龙头企业、宁夏全民创业优秀创业企业、宁夏科普教育基地、商贸行业小巨人企业、农业部现代农业技术培训基地，宁夏高级农村实用人才实训基地、小任果业专业合作社被国家十二部委命名为国家级示范社，基地种植的桃子、李子被第十届国际农产品交易会评为金奖产品，"小任"品牌荣获2017年"全国百佳农产品品牌"称号。

2010年3月21日，时任中共中央总书记、国家主席胡锦涛到宁夏小任果业发展有限公司视察，在和公司董事长任爱民交流了32分钟后，胡锦涛总书记说："小任公司不

宁夏小任果业基地-2500亩设施园艺区一角

小,服务农民可嘉。”

带着总书记寄予的国家使命,任爱民像牛一样耕耘在广袤的土地上,又像海燕一样飞翔在田间地头与城市角落,是为了带给人们好吃的水果、放心的蔬菜。

及时充电　底气无限

“学习使我不断进步,家庭使我倍感温暖,这些是我前进的动力和源泉。”多年的经营管理中,任爱民始终不忘家庭给予自己的力量和心灵慰藉。

只有初中一年级文凭的任爱民深知自己错过了宝贵的学习时期,在交谈中他坦诚因为自己学业不高、很多想法都无法用言语表达出来的痛苦。意识到自己的短板,任爱民及时进行补救,在实践中努力提升自己,并且非常注重理论体系学习。2006年,公司开张不久便面临着一系列错综复杂的事情需要处理,任爱民果断报考了宁夏广播电视大学经济管理专业,在处理公司业务的同时及时充电,并在三年的不懈努力下顺利毕业,取得了经济管理学大专学业证书。人都说,成功的男人背后一定有为他默默付出的女人,任爱民的成功证实了这一成功法则,而鲜为人知的是,任爱民的成功婚姻是自己选择和争取来的。

在谈及妻子的时候,任爱民说得最多的就是:“她非常贤惠,让我对家庭没有任何顾虑和一丝杂念,放心地去创业。”常言道,一个成功男人的背后,一定会有一个伟大的妻子做支持,任爱民就有这么一个支持他不断前进的好妻子。事实上,任爱民的妻子是父亲经商时一个朋友的女儿。到了而立之年的任爱民被父母安排着频频相亲,当任爱民的父亲欲图和朋友做个亲家时,朋友的女儿却看不上卖水果小贩的任爱民。或许是为了赌一口气,或许是真的喜欢邻家女孩,也或许是命运注定,任爱民在不知不觉中开始向不看好他的女孩发起了进攻。

在银川西塔市场,任爱民摆水果摊,邻家女孩卖海鲜,卖海鲜的女孩时不时来水果摊上选上几个爱吃的果子,在一来二去的接触中,任爱民的形象在女孩心中得到了改变。

有一天,女孩的母亲又要让女孩去相亲时,女孩却告诉母亲,自己心里已经有人了。

经过了马拉松式的恋爱过程,不服输的任爱民迎来了美满的婚姻。

“结婚这么些年来,妻子告诉我最多的是她从我身上学到了很多,妻子做得最多的是一切家务活都让我别管,妻子想得最多的是如何让父母快乐。”任爱民对妻子的感激说个没完,其实当初的选择很关键。

“如果说妻子给了我温暖，让我在前进中无所牵挂，那么父辈给我的是力量，这种从血液中流淌的力量，让我一往无前。父亲为了我的事业发展，在正当享受天伦之乐时倒下了，每每想起父亲，我都很愧疚。”

时间又一次定格在2011年4月30日晚，相比过去的人生大喜，这一次，37岁的任爱民迎来了人生大悲的痛苦，65岁的父亲去世的噩耗让任爱民痛苦不已。

在任爱民和伯父共同的记忆中，父亲3岁就没了娘，爷爷一手把兄弟俩拉扯大。

伯父通过参军，在部队任职后，在银川站住了脚，将爷爷和任爱民父亲接到了银川，想要改变这个穷苦家庭的状况。来到银川后，父亲在公园街卖凉皮，伯父在军营效忠国家，兄弟俩一起承担起上有老、下有小的家庭重任，而父亲一直以一个小商人的身份，在艰难的生活中挣扎着。

在小任果业一路的建设征程中，父亲曾默默无闻地陪伴在任爱民左右。起初在搭建大棚过程中，父亲作为任爱民最坚实的臂膀，整天守候在大棚搭建工地上，常人难以接受的刺鼻的油漆味、刺眼的焊接光，只有父亲默默地承受着。

有一天中午，工人们都去吃饭了，困倦的父亲在大棚工地上睡着了，可这一睡，让父亲睡进了医院。医院诊断结果显示，父亲油漆中毒。经过吃药打针治疗后，一直惦记着大棚搭建工地的父亲出院了。可谁都没有想到，这次的油漆中毒让父亲的旧病复发，而且成了不治之症。原来，早在父亲二十七八岁的时候，曾经因为肺部感染导致肺病，经过治愈，多年都没有再复发。而这次的病变使得父亲变成了肺纤维化的受害者。时间不久，父亲的咳嗽越来越严重，白天黑夜都难以控制。

再次被送进医院后，任爱民得知父亲已无救的噩耗，一下子被打击得差点摔倒。因为任爱民深知，父亲是因为他的事业而倒下的，如果不是他选择了进军设施农业，父亲的旧病或许不会复发，他的事业道路上的基石，竟然是父亲的生命换来的。虽然医院已经给父亲判了死刑，但是任爱民兄弟们没有放弃，他们动用所有关系，不计花费，从北京、上海、甚至到国外，救父心切的任爱民更是疯狂了。

在任爱民兄弟对生命疯狂的挽救下，原本被医院宣判只能活5个月的父亲，奇迹般地将生命延续了6年。虽然知道父亲将要离开，但是到了2011年4月30日，父亲真正离开的时刻，任爱民还是痛了、哭了，一个不服输的男人因为亲人的离开倒在了病床上。

时至今日，任爱民依稀记得父亲当年对自己事业上的帮助及默默鼓励，如今小任果业旗帜飘扬，任爱民谨记父亲当初的殷殷期盼及美满家庭给予自己的心灵慰藉，这便给任爱民心头添加了无限底气，即使在外多苦多累，回头一望，永远有那样一个“港湾”，挺立潮头，永立心头。

谨记使命 继续扬帆

一经波折，时光飞逝。随着小任果业逐渐在市场大环境下扎稳脚跟，企业员工口袋也随之富裕起来。一路风雨兼程，小任果业员工伴随企业一同成长，而任爱民所传递的力量也让小任果业每一名员工都有了正能量。

带着企业员工及家人的期盼和对企业未来发展的祝福，2010年下半年，小任果业又新增了500亩设施农业。2011年，小任果业增加了冷链物流，新购置3300平方米商品房，购置了10辆箱式冷藏车。至此，小任果业年销售额达到了2.12亿元。在对公司发展进行了全新规划后，2012年，小任果业公司购置了66亩商服用地地块，建起了冷链物流和商务中心，主要有设施果蔬保鲜库、冷链物流配送中心、农产品加工车间、农产品检测中心、农产品收购、批发零售、农资农药配送中心及生态园艺展示中心等。此项目享受国家农业综合开发办和商务部门的项目支持。目前设施果蔬保鲜冷库已建设完成。同年为提升超市蔬菜商品质量，小任果业新世纪配送中心，建起宁夏第一条蔬菜自动包装生产线，通过人工分选、设备自动包装来提升商品的质量和档次，降低销售损耗。2012年公司销售额突破2.5亿元。

2013年，小任果业公司为了扩大规模和降低成本，成立宁夏小任果业菜篮子连锁超市有限公司，做蔬菜水果的专门专卖，这颠覆了传统超市的形态，凭借全新的业态模式和经营理念。以果蔬产品为主，土特产、粮油调味品为辅。同时为满足公司日益增长的配送量，公司又新购置了10辆冷藏车，加大了对商超及企事业单位的配送能力。

截至目前，公司现有员工450余人，2018年预计销售额3.9亿元。小任果蔬门店已增至22家，计划2020年门店将达到50家。随着门店的逐步增加，商品面向消费者群体更广，任爱民对企业的管理、果蔬的品质要求、包装规格有了更高层次的要求。他花高薪聘请专业经理人对公司架构管理进行强化，制定具有激励效果的薪酬考核制度，人员加强培训，对采购的商品品质及品牌进行优化调整，对经营业态进行分类，分总批发、市内仓储会员店批发、小任果蔬零售店、小任果业水果干果零售店及企事业单位职工灶、商超、餐饮、酒店、院校、医院等配送。下一步将扩大线上业务，将线上线下业务打通，增加国际对外贸易业务，使企业的优势发挥到最大。

2019年，公司将建设打造集“生产、收购、存储、分拣、分包、加工、包装、信息处理、智慧冷链物流配送”于一体的宁夏小任果蔬现代农业产业园，以重塑具有竞争力的小任品牌为核心，以食品健康安全为宗旨，以产业结构转型升级为主线，整合内外部资源，统筹规划布局，以实现企业跨越式发展为总体战略目标，着力打造具有宁夏特色的

小任果蔬超市水果

果蔬行业领军者，带动和推进宁夏一、二、三产业的融合发展和智慧农业的建设。

未来五年，公司将通过加工中心标准化的建立，着手农业农产品工业化生产，全力打造店面标准化、商品标准化、运营标准化，以抵御企业快速向外发展的风险，建立企业风险防控能力，提高企业品牌化效应。最终形成以小任果业公司为龙头，以银川基地为中心，辐射带动宁夏及西北地区，向全国全球贸易发展。真正将农产品市场打造成一个新的经济体，为宁夏乃至中国的经济发展做出应有的贡献。

【相关链接】

任爱民，汉族，中共党员，现任宁夏小任果业发展有限公司董事长。曾荣获“全国优秀法人科技特派员”“银川市十大杰出青年”等荣誉称号。

唱响“牛字经” 扶起红寺堡“牛经济”

——宁夏壹加壹农牧股份有限公司

现代农牧业规模化、集约化程度高，贫困户融入产业难度大，这是全国多地在扶贫过程中面临的普遍难题。位于全国最大的生态移民扶贫集中区红寺堡的宁夏壹加壹农牧股份有限公司，踏上培育“牛”产业的发展之路，探索出“企社合作、利益共享”的养牛新路径，将贫困户与产业深度融合，在公司发展的同时，帮助移民群众脱贫致富，一同唱响“牛字经”。

宁夏壹加壹农牧股份有限公司成立于2005年11月，在董事长王振和的领导下，公司形成了集牧草种植、生态养殖、精深加工、市场营销、科技研发等于一体的全产业链。特别是公司在全国肉牛行业率先探索和实践“乳肉兼用型”的成功经验，使公司实

壹加壹牧场基地

现了生态可循环的持续发展模式，对我国高品质肉牛行业起到了典型的示范带头作用，先后被认定为宁夏农业产业化重点龙头企业。

宁夏壹加壹农牧股份有限公司总经理王振和

壹心壹意　形成全供应链

公司“一心一意”做牛肉，立足传统产业，汲取现代科学，在传统与科技两本巨卷中不断吸取精华，求真务实，创新发展，稳步推进农牧业产业化发展，使壹加壹产业发展模式走向正规并发展成为宁夏的特色优势产业。

因地制宜，合理布局。宁夏壹加壹农牧股份有限公司地处宁夏回族自治区吴忠市红寺堡区，在夏商时代，红寺堡便已牧野千里，羌戎等游牧民族在此安居。20世纪90年代后期，宁夏南部山区数万名群众来到这里，移民多有养牛的习惯，不少人最初带着牛搬迁至此。在红寺堡，养牛一直是农民增收致富的主导产业。同时，吴忠市回族人口聚居，牛肉作为回族的主要肉食消费品，年平均消费量远高于全国平均水平，使得在红寺堡发展牛肉产品地域优势明显。公司的目标就是立足于当地，发动和带领周边广大农民参与肉牛养殖产业，为农户提供良种供应、资金扶持、技术服务、销售保障等系统服务，以传统牛肉美食文化为载体，让牛肉美食文化成为改善人们生活质量的重要源泉。

公司建设初期即在红寺堡区投资建设了一个占地300亩的肉牛产业科技园区，完成建设面积7560平方米，其中建设肉牛标准化育肥车间8个，饲料配送中心1个，600立方米沼气工厂一座，占地5000亩为育肥中心配套的林草间作的饲草基地一个，办公区达到800平方米。公司现有大型养殖基地和牧场2个，存栏肉牛近万头，其中高档肉牛2000头。未来3年内，公司将在宁夏吴忠红寺堡和同心地区建设多个存栏万头以上的大型牧场，公司将在吴忠地区形成存栏10万头的牧场群。

绿色养殖，安全健康。“马未动，粮草先行”，饲料的质量是关系到养殖业健康发展的主要源头。公司通过饲草基地的规模化扩张，已达到上万亩自有种植园基地，从源头上保证了牛肉等终端产品的品质。

公司从养殖的源头做起，建立了绿色饲料生产基地，选取优质饲料，不添加任何违禁药物。公司探索最优的饲喂方案，现已经具备了高肉料比的成熟饲喂方案，公司将继续严格从养殖的源头上进行把关，为百姓提供“放心肉”。

创新推动，降本增效。降本增效不是简单的指标问题，更是一项“立体式”纵横交错的全面科学管理，既是降本增效，也是公司可持续发展的有效措施。公司以转变肉牛产业养殖方式和经营理念为突破口，结合肉牛产业发展规划，紧紧依靠现代农牧业高新技术，“一点一滴降成本，一分一厘巧增效”。

“创新”使公司做到了“降本”。多年以来，肉牛养殖行业的传统商业模式已经无法适应市场的变化，严重制约了企业的发展和盈利能力。面对行业困境，公司没有墨守成规、裹足不前，而是开始研究投入与产出的关系，将提高经济性、效率性和效果性作为工作方向，将质量控制、生产工艺和成本管控相结合，提升产品质量，降低质量成本。公司联合宁夏大学成立了“宁夏现代牛业工程技术研究中心”，并开展课题研究：遗传育种与繁殖、营养与饲养科学、ETS生态化养殖技术、犊牛养殖一体化解决方案等，这些课题均为中国牛业产业的尖端课题，其中“犊牛养殖一体化解决方案”的核心课题——“肉牛生态化养殖技术体系”，有效提高了饲料的转化率，降低了成本。

“创新”使公司达到了“增效”。公司在2009年即对肉牛采用射频耳标记录养殖情况，精确掌握牛的存栏信息。2016年，公司改进了“物联网+互联网”肉牛管理系统，建设了视频监控系统。通过先进的技术手段，可实时获取肉牛养殖过程中的各项数据，为提高养殖效率提供了支持。在没有经验可参的情况下，公司大胆运用互联网思维重构了宁夏的肉牛养殖商业模式，率先于全行业推出了“分阶段专业化养殖模式”，创新的技术与模式使公司拥有了领先于全行业的发展速度和盈利能力。

2014年底，公司正式在全国中小企业股份转让中心的开市大厅敲响了开市宝钟。随着开市宝钟的响起，公司成为上市公司，登上了一个崭新的发展平台。

“线上线下”，整合营销。当前我国肉牛行业社会资本强势注入，海外并购加剧，“互联网+肉牛养殖”等各式各样具有时代特色的肉牛产业模式应运而生，牛业企业以创新驱动发展，核心竞争力日渐增强。公司经过多年的努力，在饲料供应、核心竞争力、市场资源等方面奠定了扎实的基础，公司摸索出的“肉牛产业+互联网+金融”的产融结合新模式将更有效改善肉牛产业供应链融资难等现状，缓解企业和养殖户资金压力，促进双方合作共赢。

公司在广东地区建立品牌直营店及加盟店近50家，牛肉深受消费者喜爱，公司秉承“一心一意好牛肉”的产品理念，正在不断向市场推出安全健康、消费体验好、高品质的牛肉产品，致力于让更多的中国人吃上好牛肉。

王振和将《尚书》中的“宽而有制，从容以和”作为公司企业文化的管理核心。公司员工90%都是本地人，他们却愿意在公司吃过饭后再回家休息。虽然公司食堂免费，但是每一个员工都不会剩饭，这种做法，归根到底并不是行为，而是一种思想，一种品行，是公司企业文化的渗透。王振和认为，只有每个员工提高思想认识，把企业当家，树立主人翁意识，才会在生产各个环节中切实注重细节，养成从点滴节约和在生产过程中厉行节约的好习惯，形成良好的风尚，营造和谐的良好氛围。

“社企联合” 助推扶贫攻坚

吴忠市红寺堡区是全国最大的异地生态移民集中安置区，也是宁夏脱贫攻坚的主战场，红寺堡区贫困人口多，贫困程度较深。在红寺堡，养牛一直是农民增收致富的主导产业，但由于场地、资金、技术等原因，散户养殖的牛数量少，肉质也得不到保障，虽然红寺堡有养牛的历史传统，但一直以来并未走上致富路。

王振和正是一个红寺堡人，他在走向成功的同时，也在思考如何与大家共同致富。他积极响应国家“精准扶贫”的号召，将国家的扶贫战略与企业的发展高度相融合，紧紧围绕政府牵头、企业搭台、金融支持、农户参与的指导思想，把带动当地群众快速脱贫和增收致富当成自己义不容辞的责任，通过发展特色畜牧养殖业帮助农户精准扶贫，让公司在发展的同时更有担当。

自2005年起，公司与红寺堡政府合力推行“企户联合，增收脱贫”肉牛合作养殖业务。在多年与政府共同为百姓脱贫努力的过程中，王振和逐渐探索出一条可执行、可落地、可推广的“政府+企业+合作社+农户”的扶贫联结机制。2016年底，红寺堡区探索出“企社联合、利益共享”的养牛致富新模式——农民组建合作社，然后再以合作社为单位进驻公司养殖园区。具体来说，农民自己出资2万元，再贷款10万元，10人以上组建合作社，合作社以每人10头牛的标准整合资金在公司牧场选购小牛犊和优质精饲料，公司免费提供规模化养殖场地、防疫、技术培训和屠宰等服务，并承诺以每公斤高于市场价0.5元的价格收购合作社的肉牛。通过探索出的养牛新路径，公司将贫困户与产业深度融合，农户角色正由农民向产业工人进行转变，经营模式由单个农户向合作社模式转变，在增强贫困户养殖便利性与自主性同时，帮助移民群众脱贫致富。

针对部分无劳动能力、无技术、无精力饲养的贫困户实际，公司在红寺堡区委、区政府的引导下，在国家烟草专卖局大力支持下，为增加当地农民收入而量身打造了扶贫新项目——“飞地”模式。“飞地养殖”是由政府出资建设并免费提供养殖地，农户在政府帮助下贷款认购牛犊，并将牛犊通过协议方式交由本地公司入驻园区托管养殖，农户定期享受养殖分红的模式。

该项目借助5000万元帮扶资金，分期建设养殖规模2万头的“飞地”肉牛养殖园区，支持贫困户发展产业及养殖户购牛补贴或贴息。农户加入“飞地”肉牛养殖项目并签订肉牛养殖托管协议，由农牧部门负责肉牛养殖过程监管，壹加壹农牧股份有限公司替农户偿还本息，并按农户委托协议内容分给农户应得利益。公司首先需要保证农户8%的盈利，即每人每年4000元；其次，需要承担银行利息，每人每年2000余元，即公司需要为农户每人每年承担6000多元。在这种模式下，规避了贫困农户自主养殖过程中可能遇到的肉牛病死等风险问题，农户每年都会有6000多元收入。

“农户干农户能干的事情，企业干企业能干的事情”。这两种模式让农户、企业和政府实现“三赢”。企业把养牛的部分成本转移给农户，能腾出更多资金投放到品牌推广、开拓销售渠道和发展深加工产业链上，以更高价格把牛肉卖到东南沿海市场，以填补对农户的让利。截至2018年，公司共带动当地农户养殖肉牛近万头，带动近千户农户实现了脱贫致富，并且得到了宁夏各级政府领导的亲切关怀和支持。2017年“第十五届中国畜牧业博览会”上，壹加壹农牧股份有限公司获得“中国畜牧产业扶贫优秀模式”的荣誉称号；2018年，王振和被中国畜牧业协会授予“2017年度产业扶贫先进个人”荣誉称号。

王振和认为，扶贫攻坚是一项国策，它不是政府的事情，而是所有人的事情。壹加壹农牧股份有限公司将继续发挥“龙头企业带动、市场化运作、农户参与”的作用，充分把这两种精准扶贫模式用好，为更多乡亲们解决就业岗位，带动更多贫困户脱贫致富奔小康。

【相关链接】

王振和，共产党员，大专学历，毕业于宁夏大学法律专业，现任红寺堡壹加壹农牧股份有限公司总经理。

为中国举杯

——宁夏贺兰晴雪酒庄有限公司

提到优质葡萄酒，不少人会认为它们产自国外。其实，这样的认知早在2011年就被打破，当时产自宁夏贺兰晴雪酒庄的“加贝兰2009”干红，在国际最具影响力的赛事《品醇客》世界葡萄酒大赛中斩获“国际特别大奖”，这是中国葡萄酒首次登上世界最高领奖台，轰动了世界葡萄酒界。

转瞬十年光阴，现如今贺兰晴雪酒庄已成为国内外知名的优质精品酒庄，其产品“加贝兰”成为中国优质葡萄酒的代表之一，已批量出口英国、新加坡、澳门等。2018年11月，宁夏贺兰晴雪酒庄又一次接到《品醇客》的邀请，容健远赴伦敦参加2018世界美酒展，并举行专场推介会。这表明，宁夏贺兰山东麓产区的葡萄酒真正走向了世界。当梦想走进现实，容健骄傲地说：“优质高端葡萄酒也能产自中国。”

伦敦领奖（左二为庄主容健）

锵锵三人行　艰苦创建宁夏第一酒庄

客观而言，中国改革开放之前，中国葡萄酒行业的实际水平与世界先进的葡萄酒生产国差距甚远。2004年，宁夏回族自治区政府召开专题会议，研究葡萄产业发展问题，提出了八项加快葡萄产业发展的具体措施。容健当时担任宁夏葡萄产业协会会长，王奉玉是秘书长，张静是副秘书长。他们已经为宁夏葡萄产业发展做了大量工作。虽然容健、王奉玉已经临近退休，按多数人的想法，他们本应该安享退休生活。但是怀着把贺兰山东麓建设成世界知名优质产区的梦想，义不容辞地接受考验与挑战，于是，在相同的愿望和契机下，三个人一拍即合，在宁夏回族自治区科技厅的支持下，申请了国家科技部星火计划项目，开始了“锵锵三人行”的创业之路。

由左到右（王奉玉、容健、张静）

“当时坚信‘贺兰山东麓能产出好酒’的信仰，上苍给了贺兰山东麓一个好的风土，我们又赶在了中国改革开放的趋势下，艰苦奋斗实现这个梦想。”现如今已经年过七十的王奉玉谈起当初建立宁夏贺兰晴雪酒庄的初衷时，依旧眼神坚定，慷慨激昂。

种植葡萄、酿造优质葡萄酒不是心血来潮，而是贺兰山东麓具有发展葡萄产业的得天独厚的资源优势。1994年，在全国第四次葡萄酒科学讨论会上，宁夏贺兰山东麓以其日照长、昼夜温差大、病虫害轻、可控水、无污染等无可替代的优势，成为了国内外葡萄酒专家一致推崇的“中国生产优质葡萄酒最具潜力的地区”。葡萄酒界泰斗级的专家罗国光，费开伟提出“中国葡萄酒的希望在西部”的观点。知名专家李华教授多次来到宁夏考察，认为宁夏具有天时地利，只差人和。

从此，容健、王奉玉、张静三人肩负着使命，开始平整荒地、建设葡萄园，创业历程十分艰苦。由于开发难度大、土质盐碱度很高，第一年种下去的葡萄苗成活率很低。

第二年他们请来了宁夏大学的专家,从发电厂运来了500吨脱硫炉渣,铺在葡萄园,让脱硫渣与土壤充分融合进行中和反应。当年葡萄种植的成活率就达到了70%。以后的几年,酒庄不断地补苗,葡萄种植已经达到150亩的规模。也就是从这个时候开始,世界级的优质葡萄酒在宁夏贺兰晴雪酒庄慢慢"萌芽"。

斩获国际大奖为中国葡萄酒证言

2005年,贺兰晴雪酒庄正式诞生了第一个年份酒,这也是"加贝兰"最初的产品。由于三人对品质的严格把控,"加贝兰"一经问世便广受认可。2007年,加贝兰干红葡萄酒第一次参加国内葡萄酒大赛,便摘得首届烟台国际葡萄酒质量大赛金奖。随后几年,"加贝兰"在国内各种葡萄酒评比中,均获得优异奖项。最为激动人心的是,"加贝兰2009干红葡萄酒"在《品醇客》(Decanter)2011年世界葡萄酒大赛(DWWA)中,历经国际权威品酒师多次品鉴,与来自世界各地知名的上万款葡萄酒比拼,最终脱颖而出,一举拿下"国际特别大奖",而"加贝兰2008干红葡萄酒"也获得了银奖。

"那是我最幸福的时刻",在伦敦皇家歌剧院颁奖的现场,贺兰晴雪加贝兰获得了全场喝彩和祝贺的一幕,容健至今记忆犹新,心潮澎湃。"那不仅仅是因为我们在这片土地上的付出得到了肯定,而是贺兰晴雪加贝兰为宁夏、为中国葡萄酒争了光,吸引了世界的目光"。的确,多少年来中国葡萄酒都没能在世界舞台上扬眉吐气,甚至有些人认为中国不可能产出优质葡萄酒,而贺兰晴雪的"加贝兰"问鼎世界顶级大奖,彻底打破了那些人对中国葡萄酒的偏见与傲慢。获奖后,法国《巴黎人报》文章中写道:"这是葡萄酒世界的革命,最好的波尔多式的酒不都是来自法国,至少伦敦《品醇客》大赛的评审这么认为"。英国《每日电讯》用大幅版面刊登一篇报道,题目是:为中国举杯。大赛评委会主席斯蒂文

伦敦领奖(右二为庄主荣健)

说：当今的葡萄酒世界不要囿于成见，中国开始进入优质葡萄酒生产国的行列。

创新实干 酒庄建设再上新台阶

在许多人眼里，贺兰晴雪“加贝兰”享誉国际，品牌影响力大幅提升，高品质产品得到公认，理应扩大规模强抓效益。但是，坚守匠心的“加贝兰”人十分清楚，贺兰山东麓是上苍赐予宁夏人的“宝地”，但是种植葡萄依然有挑战和难度，不仅会受到冬季冻害、土壤瘠薄盐碱化、水资源受限等自然条件困扰，而且人工成本投入较大。这种情况下想要保证优质葡萄酒生产，必须优先在建设优质葡萄园上下大功夫。

贺兰晴雪没有停步，而是不断加强基础设施建设，进行技术和设备升级改造，坚持在产品上创新，继续稳定和提高产品质量，酒庄建设上了新台阶。2012年，经过慎重选择，贺兰晴雪在距酒庄十公里的镇北堡镇，合作开发了一片200亩的优质葡萄基地，使酒庄的葡萄园面积增加到了350亩。同时，酒庄又扩建了860平方米的地下酒窖，以及集葡萄酒展示、品酒中心、旅游接待配套设备等功能的贺兰山东麓葡萄酒服务中心，成为产区首批三个列级酒庄之一，可以说，酒庄的每一步都是恰到好处的，从不急功近利，贸然扩张，处处显现着一种责任感和使命感。

新阶段 新梦想 一路前行

经过30年的探索和实践，宁夏葡萄产业已经进入健康、快速发展地阶段，成为“一

宁夏贺兰晴雪酒庄有限公司服务中心

获国际大奖产品“加贝兰”

带一路”上的明星产区，宁夏的一张国际名片。这不仅源于得天独厚的资源优势，更源于宁夏回族自治区的发展思路和长期的政策支持。在这样有利的大环境下，贺兰晴雪酒庄和产区一起成长成熟，在酒庄管理、种植技术和酿造水平上都有了长足的进步，打下了坚实的基础。2018年贺兰晴雪新年份产品继续在国际大赛上捧金夺银，获得专家和市场、消费者的好评。当再次到访贺兰晴雪酒庄，得到了更加令人振奋的消息：11月3日，由世界著名葡萄酒杂志《品醇客》(Decanter)主办的Decanter Fine Wine Encounter活动在英国伦敦举行，贺兰晴雪酒庄作为中国产区代表受邀参加。此次活动，主办方邀请了世界20多个国家的134家名酒庄参与，其中获邀的中国酒庄共有两家，除了贺兰晴雪之外，还包括同来自宁夏产区的迦南美地酒庄，这让全世界看到中国葡萄酒的真正实力，自豪感油然而生。

“精品小酒庄的建成只是一个阶段性的成果，无论我们得过多少奖，或者说现在我们形势还不错，对酒庄来说，就是一个逐步成长的阶段，并不代表我们事业就成功了，我们的新目标，也可以说是新梦想，就是继续一路前行，高标准打造中国的名庄，这需要我们有坚定的信念，倾注更多的激情，挥洒更多的汗水，重新出发。”容健如是说。

后记

葡萄美酒夜光杯，欲饮琵琶马上催。回首十几年的风风雨雨，贺兰晴雪酒庄让贺兰山东麓产区从默默无闻成为了世界称赞的名酒产地，这条路走的不平凡，它是宁夏葡萄酒产业崛起的缩影，更是让中国葡萄酒走出国门名扬四海的最好见证！

【相关链接】

容健，宁夏贺兰晴雪酒庄庄主、创始人，宁夏精品葡萄酒的先驱，参与主导了宁夏贺兰晴雪酒庄建立，曾任宁夏回族自治区政府副秘书长，宁夏葡萄酒产业协会会长。

王奉玉，宁夏贺兰晴雪酒庄创始人，宁夏精品葡萄酒的先驱，参与主导了宁夏贺兰晴雪酒庄和迦南美地酒庄的建立，曾任宁夏回族自治区"葡萄产业专家组"副组长，迦南美地酒庄葡萄技术顾问。

张静，宁夏贺兰晴雪酒庄酿酒师、创始人，宁夏精品葡萄酒的先驱，参与主导了宁夏贺兰晴雪酒庄建立。

赤子之心　德行天下

——宁夏军宏教育集团

党的十八大以来，以习近平同志为核心的党中央励精图治、革故鼎新，带领全党全国各族人民攻坚克难、砥砺奋进，开创了中国特色社会主义新时代。在攀爬过坎的关键时期，大有可为的历史机遇如约而至，宁夏也乘着“一带一路”快车，凝聚广泛的思想共识，熔铸坚实的精神支撑，走进了世界舞台。

在“文化强国”的政策引导下，教育被当做一种战略性产业，此时，宁夏少儿英语业余培训和考级先河的开拓者出现在了群众的视野，这并非哗众取宠。他虽不是桃李满天下的名师，也不是学富五车、满腹经纶的名家学者，却是少儿思维教育的启蒙者和教育方式体制的创新者，是他给宁夏孩子的教育带来了福音，让莘莘学子重拾梦想，他，就是宁夏军宏教育集团校长、董事长——马军宏。

宁夏军宏教育集团办公大楼

孩儿立志出乡关，学不成名誓不还

孟子曾言："天将降大任于斯人也，必先苦其心志，劳其筋骨，饿其体肤，空乏其身，行拂乱其所为，所以动心忍性，增益其所不能"。如今的一切，是马军宏坚持不懈、不忘初心奋斗的缩影。

宁夏军宏教育集团校长兼董事长马军宏

马军宏的家乡是宁夏南部山区的隆德县，是"贫瘠甲天下"的苦寒之地，正因为自然生存环境的恶劣，马军宏从小便懂得"吃得苦中苦，方为人上人"的道理，因此比其他人更有毅力、更有胆识。

儿时，马军宏的家里只有父亲是"吃皇粮"的，体弱多病的母亲带着他们姐弟四人忙碌在农田里，希望辛勤的劳动和汗水能换取幸福的生活，但是西海固地区十年九旱、靠天吃饭的残酷，总是无情地将母亲从幻想拉回现实。过度的体力透支使母亲的身体每况愈下，家里的经济状况也变得愈加紧张。马军宏在那时便立下誓言："要走出这座大山"。于是，他不仅挑起了家里的重担，更是发愤图强、挑灯夜读，终于，功夫不负有心人，马军宏如愿考上了西安交通大学，家人在为他高兴的同时，也下定决心：再苦再难，也要将他培养出来。

1999年，马军宏顺利毕业并找到了一份可心的工作，这在家人看来，总算是了了一件心头大事，只等他按部就班地娶妻生子、成家立业了。但是三个月后，马军宏的决定让所有人都震惊了，他想辞去待遇优厚的事业单位，下海创业。"当时做出那个决定，是因为我去老师家玩时，闲聊中发现师母正在操持这项事业，我判断教育行业将来会在宁夏有大的发展前景。回到家后，我仔细斟酌了一两天，决定投入教育行业。我自己做主办好了所有的辞职手续，当家里人知道的时候，我已经成了一名自由职业者。"马军宏笑呵呵地说道。在当年的时代背景下，倘若能抓住机遇，命运必将扭转，马军宏无疑成为了先行者。

创业需要的不仅是勇气，更要有异于常人的魄力和胆识，在没有任何资源支持的情况下，马军宏的创业之路更是难上加难。"我出身贫寒，仅凭几百块钱就开始了创业之路，没钱吃饭的日子常有，抽空给人打零工挣点贴补钱的日子也不少。"马军宏说。辞职后的马军宏先是在西安一个英语培训班打工，当时英语培训班非常火热，敏感的马军宏意识到英语培训极有投资价值，于是打算回到宁夏自己开班办学。说干就干，在亲戚、同学的帮助下，1999年5月3日，他的军宏外语学校正式开班。

在办学初期，各种困难迎面而来，虽徘徊过、困苦过、犹豫过，但马军宏依然抱有一颗为国家、为宁夏注入微薄力量的赤诚之心。招生初期，如何让家长认可这所学校、认可学校的教育模式成为他首先需要解决的问题。马军宏经过慎重考虑，引进了《剑桥少儿英语》教育版系列教材及考级教程，这种模式开创了宁夏地区“剑桥少儿英语”培训与考级的先河。正是该教材、教程的大胆引进，让军宏外语学校声名鹊起，2000年，宁夏军宏外语学校同时在吴忠市、石嘴山市以及固原市等设置校区，共培训学员3000余人。马军宏的军宏外语学校也由此步入正轨，发展成为以外语培训为主的综合性学校。

2006年，马军宏在进行大量社会调查后发现，宁夏的劳动输出比例在全国位居前茅，但是输出的大都是没有一技之长的普通工人，真正具备一项或者多项技能的技术工人十分有限，其原因就是宁夏在职业技能培训方面的资源相对东部有一定的差距。农民外出打工，只靠出苦力是不可能实现脱贫致富的，于是，马军宏当机立断，决心要创办一所能为广大农民工提供技能培训的学校。有了外语学校创办经验和资源的支持，马军宏顺利地创办了宁夏军宏职业技能培训学校，一经推出就受到了宁夏广大农民工的认可，马军宏的教育事业也借此焕发出了新的生机。“无规矩无以成方圆”，经过几年的蓬勃发展，学校规模逐渐增大，为了规范化管理，马军宏于2015年创办了军宏教育集团。

如今，军宏教育集团旗下已有多家分校，如宁夏军宏外语学校、宁夏军宏职业技能培训学校、宁夏军宏劳务派遣有限公司、宁夏西夏区军宏幼儿园、宁夏军宏中等职业技术学校、石嘴山市宏泰职业技能培训学校、固原市精诚职业技能培训学校、石嘴山市第二十一中学、石嘴山宏德幼儿园和阿斯顿外语培训机构，等等，在为宁夏的教育事业做出巨大贡献的同时，军宏教育集团也拉动了宁夏经济的增长。

毕竟成功何处是　五湖云月一帆开

经过20年的蓬勃发展，军宏教育从名不见经传的培训机构变为人们饭前茶后争论的对象，这不仅是马军宏个人的成果，更是一个个桀骜不驯的人汇聚到了军宏教育，把世界先进的理念、先进的文化、先进的教学方法带进了军宏，由此，军宏教育不断壮大、在新的征程不断前进。

2009年12月1日，宁夏军宏劳务派遣有限公司成立，下设市场开发部、人事劳资部、财务部和派遣合作部四个职能部门。多年来，公司通过对市场的调研，考察了区内

石嘴山市第二十一中学

外多个人才资源市场，适时把握市场动态，不断拓展、完善公司业务，先后与中油运输公司宁夏分公司、宁东能源基地、宝丰能源集团公司等企业进行合作，在人力资源、降低用人成本、解决劳动纠纷等方面为企业提供了优质的服务，得到了企业的认可。

2010年马军宏独资100万注册成立了西夏区军宏幼儿园，自建园来，在教育主管部门和各级领导的支持下，广大家长的配合下，各位老师的辛勤努力下，以党的教育方针和学前“纲要”为指导，以促进儿童的发展为根本，培养健康会自理、礼貌会交流、好奇爱探索、独立能合作的德智体美劳全面发展的幼儿园办园思想，坚持“精心育苗求生存，团结奋进求发展、优质服务求信誉”的目标，遵守“一切为了孩子，精心服务于家长”的宗旨，各项工作均在稳步上升。

2012年，集团成立了石嘴山市第二十一中学，这是一所全日制寄宿制民办公助性质的完全中学。学校利用民办教育的灵活机制和石嘴山市政府的优惠政策，打造和拓展石嘴山市初高中优质教育资源，为激活石嘴山市教育市场，为发展提高民办教育做出贡献。

一分耕耘，一分收获，2006年马军宏被中国民办教育家协会评为“优秀民办教育家”；2013年被中国就业促进会授予“全国青年教育家”；被银川市工会特聘为银川市“工字号”创业指导服务团专家成员；被宁夏人力资源和社会保障厅、教育厅授予宁夏回族自治区职业培训工作先进个人。

马军宏用民营企业的兴办补缺公办教育的短板，用真情奉献诠释教育的意义，在平凡的岗位彰显不平凡的业绩，为教育事业的发展添上了一块坚定的基石。

上善若水任方圆，厚德如霖泽九州

教育家陶行知先生说："千教万教教人求真，千学万学学做真人。"马军宏认为，教育并非是教授知识让人赢得物质方面的成功，更应该注重内在修为，树立正确的人生价值观。在军宏教育集团步入正轨之际，马军宏开始大力提倡所属教育机构以"首教做人，后教做事"的原则教育学生，努力为国家培养内外兼修的人才。

同时，马军宏呕心沥血、艰苦创业的精神，得到了公司员工的高度认可。马军宏对于集团的文化建设有着自己独特的见解：一个集团，尤其学校，要想长久地立于不败之地，绝非仅仅得力于其组织形态、资金和管理制度，更在于信念的力量。共同的信念可以把全体员工凝聚在一起，从而产生不可估量的创造力。为此，他致力于建设以真情关爱为核心的真情文化，将真情关爱的力量融入到集团的每一个角落，把每一份关爱带给每一位学生。

在发展过程中，军宏教育集团除了不忘积极响应贯彻党和国家的号召，还心系一

第31个教师节暨创新发展大会

方百姓。有些学校所招学生80%以上都是来自宁南山区八县(区)家庭贫困的孩子,这批学生数量远远超出了享受国家优惠政策的比例,但为了让孩子都有学上,能学一技之长,马军宏以军宏教育集团助学金的名义投资400多万元,为学生全免学费,圆学生的上学梦。

在加速发展的同时,为了落实好各级党委、政府创业促进就业的各项优惠政策,将转变就业观念与增强创业意识有机联合起来,军宏教育集团以科学发展观为指导,积极响应、主动践行国家“以创业带动就业”的政策,发挥学校的教育优势,充分利用学校的教育资源,学校通过组织创业培训开展相关业务,引导学员学习自主创业的成功经验,积极促进学员转变就业观念,得到了社会各界的一致好评。

在民办教育发展的大潮中,军宏教育集团虽然取得了令人瞩目的办学成果,但并没有忘记报答社会。军宏教育集团关注着人民军队的建设,将“爱军、学军、拥军、颂军”的“双拥”工作作为对师生、员工进行国防和革命教育的活动之一,在每年八一建军节和春节前夕等共建活动中,带领师生与消防大队联合发放消防常识宣传作业本,向中小学学生赠发消防安全知识手册,带着慰问金、慰问品深入军营与战士联欢。军宏教育集团与石嘴山市支队二中队结成双拥共建单位,对退伍士兵和驻地部队随军家属进行免费就业培训。多年来,军宏教育集团安排大中专毕业生、军嫂和复转军人80多人到校任教,为驻军官兵子女5人免去学费6000余元。马军宏在四川汶川和青海玉树大地震发生后组织全体员工向灾区捐款3万余元,以实际行动支援了灾区人民重建家园。

心在哪,时间就在哪;时间在哪,成就就在哪。正是因为马军宏心系教育事业,各个办学机构才会在他的正确领导下办的如火如荼,他以“达则济天下”的情怀,认真地做好每一件事,因为他明白:人才强国是国家强盛的第一战略!他在为国家、为社会做贡献的同时,也实现了自己的理想抱负、人生价值。

【相关链接】

马军宏,1977年出生于宁夏隆德县,1998年毕业于西安交通大学,2010年取得博士学位,1998年至今在宁夏军宏教育集团担任校长、董事长职务。2006年被中国民办教育家协会评为“优秀民办教育家”;被银川市工会特聘为银川市“工字号”创业指导服务团专家成员;被宁夏人力资源和社会保障厅、教育厅授予宁夏回族自治区职业培训工作先进个人。

南山台的领路人

——宁夏南山阳光果业有限公司

在中卫市南山台地区通往永康镇的路边，过路的人们总能够看到一座现代化果蔬冷藏保鲜库屹立在公路北侧，细心的人们发现这里一年一个样，从最初的一座发展到现在的七座，就是这家企业，在短短的七年间从一个无人知晓的果品流通公司成长为宁夏回族自治区农业产业化重点龙头企业，这家公司的带头人就是吴光亮。

牛刀初试，初战商海显身手

2004年，吴光亮从西安电子科技大学毕业后来到青铜峡市，或许性格中天生就有冒险的基因，或许是命运的垂青，这一年，宁夏的物流行业刚刚起步，吴光亮敏锐的觉

宁夏南山阳光果业有限公司冷链物流园

察到物流行业将走入大发展，他审时度势，成立了青铜峡京榕物流贸易有限公司，最初公司的一辆货车发展到现今一百多辆，承揽青铜峡铝业集团公司、宁夏天元锰业集团公司等大型企业物流运输。在激烈的市场竞争中，经过几年发展，他的物流公司已然成为宁夏地区知名物流公司，累计运输货物超过200万吨。成为当地一家小有名气的物流公司，在自己家乡，他赚到了人生的第一桶金。

宁夏南山阳光果业有限公司董事长吴光亮

二次创业，致富路上领路者

也许是从小爱吃苹果的缘故，2010年，一个偶然机会，他来到中卫市永康镇，一到这里，便被这里一望无际的果园吸引住了。考察和调研后，2010年不顾家人的反对，把辛苦经营了6年的物流公司交给哥哥打理，只身来到这里，投资2000多万元创办了宁夏南山阳光果业有限公司。

对于苹果这个陌生的行业，他心里也没底，为了掌握当地经果林的实际情况，挨家挨户地走访农户，与果农们促膝交谈，在较短的时间内初步摸清了当地的经果林的基本状况，从与果农的交谈中，他得知，中卫南山地区的经果林集中且规模非常大，果实甘甜脆爽，含糖量很高，果实口感、可溶性固形物等指标国内领先，深受宁夏及周边地区百姓的喜爱。但是，由于信息、物流及冷藏设施落后，致使农户生产的果品附加值非常低，尤其是冷藏设施的滞后，造成果品集中上市，腐烂、变质现象非常严重，而且在价格上容易受到果商打压，果农损失非常大。看到这些，他果断决定兴建现代化冷藏保鲜库，2012年，投资400万元，储藏规模2000吨的现代化的保鲜库拔地而起，此后的3年间，他先后投资2000万元，建成了7座现代化的保鲜库，总面积10000平方米，冷藏规模达到1.5万吨，一座现代化的果品物流园屹立在香山脚下，在他的带动下，当地兴起了建设保鲜库的高潮，有效地缓解了该地区果蔬冷藏设施严重不足的局面。

冷藏库不足的问题解决了，但是他又发现，这里的果农在苹果生产方面仍停留在一家一户式的小农经济时代，虽有几家合作社，但均属果品流通组织，各自为政，缺乏统一的生产技术标准和统一的管理，造成果品价格混乱，农户效益低下，对于当今规模化、标准化、机械化方面认识严重不足，而且在高端果品方面尚属空白，亟待改变。看到这些，他认为，建立精品果品示范园，引导果农走标准化、高效化、规模化的经营道路势在必行！

为此，他积极与中卫市林业局林技中心联系，聘请区农科院果树专家先后举办培训班20期，对果农进行统一的免费培训，为果农发放SOD酶、反光膜、套袋等农资，指导果农走标准化、精品化经营道路。通过领着“农民干、干给农民看、帮着农民富”的工作机制，大力推广苹果提质增效新技术。严格落实“统一技术、统一农资、统一标准、统一品牌、统一包装、统一销售”的“六统一”管理措施，2014年，在中卫市永康镇彩达村建立SOD精品苹果示范基地2000亩，重点推广精品SOD苹果种植技术，宝丰灵综合应用技术、反光膜补光技术、有机肥增施技术、疏果套袋技术，苹果优质果率由改造前的不足70%提高到了85%以上。通过“公司+农户+基地+冷链”的订单模式，与农户签订保价收购合同300余份，收购价格每公斤均高于市场价1.2元左右。经对比分析，在公司没成立之前普通果园亩收入为7000—8000元，通过订单模式种植精品SOD苹果的果园平均每亩收入达到15000元，相比普通果园每亩增收7000元。

春华秋实，辛勤的努力换来了丰硕的回报，在他的带领下，许多果农种植户主动联系，走上了标准化种植道路。截至目前，先后建成精品苹果基地5600亩，通过示范带动600户果农走上了标准化生产道路，果品产量及质量显著提高。

宁夏南山阳光果业有限公司董事长与客户交流

项目配套，科技创新促发展

农业要可持续发展，每一步都离不开科技创新。为了提高本地区苹果生产的科技含量，走高效农业的发展之路，2011年，他先后投入100多万元建设沼气池、安装太阳能诱虫灯、粘虫板、采用物理技术防止病虫害，在苹果核心区建设有机苹果基地。2012年，他的有机苹果基地建成并通过北京中绿华夏有机食品认证中心的认证，成为宁夏第一家也是中卫市唯一一家通过有机认证的果园，并与宁夏物联网合作，建立中卫市现代苹果产业质量追溯智慧云服务平台，积极打造智慧农业。

介于公司多年来在科技方面取得的显著成效和积累的丰富经验，2014年宁夏农科院将“国家科技惠民-宁夏中卫绿洲边缘植被恢复与生态资源开发技术集成示范项目”交给公司实施，2015年底，中卫市科技局将“国家农业科技园区——精品苹果产业区建设项目”交由公司实施，2017年，公司联合西北农林科技大学共同开展“苹果矮砧密植集约化栽培技术研究”项目，这些科技项目及园区的建设，为中卫市苹果产业提质增效提供了强有力的技术支撑。

文化引领，品牌铸魂结硕果

在建设基地的同时，他深深地认识到品牌对于企业的重要性，在综合果品基地建设位置、中卫市南部山区丰富的光照资源及林果业这一阳光产业的基础上，他提出了“南山阳光”品牌，先后投入300多万元用于营销策划和广告宣传，在高速公路出口处设立广告牌，在各宾馆、餐厅、单位的电子屏广告栏中循环播放果品信息，不断提高“南山阳光”品牌知名度，很快得到了消费者的认可，公司先后在北京、沈阳、西安、深圳等大中城市设立了销售网点。如今，“南山阳光SOD苹果”“南山阳光有机苹果”“南山阳光富硒苹果”等系列苹果先后走出宁夏、走出国门、走向了世界，成为宁夏苹果一张亮丽的名片。“南山阳光商标”先后被宁夏回族自治区、中卫市授予“宁夏著名商标”“宁夏特色优质农产品品牌”“消费者信得过产品”“ 宁夏百姓最喜爱品牌”等荣誉称号，企业也被宁夏回族自治区政府授予“农业产业化重点龙头企业”。目前，公司已经成为中卫市集果树种植、果品收购、包装、冷藏、销售、农林技术推广为一体的综合性龙头企业，他自己也从一个门外汉变成了当地小有名气的苹果专家，并成为宁夏苹果产业协会副会长，2012年他被宁夏农林科学院评为宁夏苹果产业专家组专家。

无私回报，情系桑梓用真情

在带领果农增收致富的同时，吴光亮热心公益事业，他常说“做企业就要饮水思源”。他利用自己的优势为社会作一些公益事业，积极支持参与中卫市组织的各项公益活动，发动职工积极配合地方政府、结合社会实际开展环保、城市建设、卫生等方面的公益宣传，遇到生活困难的农户，他积极捐款捐物，并主动加入西部爱心公益社和中卫市爱心志愿者协会，积极组织职工参加公益活动，为改善南部山区贫困儿童学习生活和扶危济困贡献出了自己的一份力量。

未雨绸缪，运筹帷幄谋新篇

南山阳光SOD苹果

随着公司的逐步壮大，如何让企业在激烈的市场竞争中立于不败之地，如何带动更多的果农走上致富路，吴光亮未雨绸缪，大胆地提出了宁夏首家苹果产业新模式，实施科研院校+龙头企业+合作社+农户+冷链物流，走种植、收购、储藏、运输、销售一条龙发展道路。万亩现代化绿色苹果基地、5000吨冷藏保鲜库及分选加工车间，1000吨果蔬脆片深加工项目、冷链物流信息平台工程，这一项项宏伟的规划正在紧锣密鼓的实施之中，相信不久的将来，一座现代化的大型果品流通企业将屹立在世人面前。

【相关链接】

吴光亮，汉族，1980年5月出生，果树专业，林业工程师，2004年毕业于西安电子科技大学，现任宁夏南山阳光果业有限公司董事长。2010年投资2000多万元创办了宁夏南山阳光果业有限公司，并将“南山阳光”品牌打造为宁夏回族自治区苹果第一品牌，产品先后荣获宁夏回族自治区著名商标、宁夏百姓最喜爱的品牌、宁夏特色优质农产品品牌。

两代人的"紫色"梦想

——宁夏高原银色高地葡萄酒庄有限公司

若论资历，高源是贺兰山东麓的年轻派，最缺的就是资历；若论名气，贺兰山东麓不乏国外名庄的酿酒师；但若论对葡萄酒事业的热爱程度，从高源的状态，从她的橡木桶，从她的酒杯中，你便知晓答案……

"黄河金岸，塞上明珠"。八月的塞上大地，渐有树叶飘落，归于沉寂，在这入秋的季节里，依然到处可见希望之火，一片金黄舒展了母亲河千年的眉头。而城市面貌，在宁夏经济强有力的推动下，显得熠熠生辉，文化健康大产业此时也焕发着勃勃生机，葡萄酒业渐渐浮出水面，被越来越多的爱好者"追捧"。

宁夏优越的地理位置和气候条件赋予了葡萄顽强的生命力，非常适合种植优质的酿酒葡萄。田间地头，硕大丰盛的果实摇摇欲坠，对，这是银色高地独有的魅力，这是贺兰山东麓给宁夏葡萄酒人丰厚的惊喜，而执着、勤劳、淳朴的人正在用更大的惊喜诠释这片土壤最美的样子，高源和她的银色高地便是其中的一分子。

宁夏高原银色高地葡萄酒庄外景

父亲“种树”女儿“浇水”

与高源的第一次见面是在她家——城市里的“世外桃源”。顺着唐涞渠蜿蜒直上，庭院坐落于一条狭窄的土路边，走进锈迹斑斑的大门，透过园子里林立的葡萄架向远处望去，可以看到城市高耸的写字楼和疾驰的车流。八月的天空显得湛蓝，在葡萄藤下静看云卷云舒，惬意感涌现心头，午后的阳光洒遍了整个院子，为眼前焕发年轻活力的高源笼上了暖暖的光晕。谈起自己多年来与葡萄酒的渊源，她的双眼闪着光亮，热爱之情溢于言表。

宁夏高原银色高地葡萄酒庄有限公司董事长高源

谈及高源的创业历程，不得不提及她的父亲高林。高林是二战年代出生的人，经历了“文化大革命”改革开放之后，高林当过工人，进过机关，下海做过出口贸易。那时的银川相对来说还是比较保守的，更因为是个内陆城市，经济也比较落后，除了得天独厚的农业有一些发展空间，其他方面并没有什么优势。高林做过羊毛、服装生意，并和俄罗斯有一些贸易往来，当时高林就有一种发家致富的梦想，有一种企业家的开拓精神。

高林曾经建立了宁夏第一支模特队、研究所，后去往俄罗斯进行出口贸易，虽然最后因为社会经济不稳定和其他客观因素，生意不是很好，但是高林因此积累了很多的经验。回国之后，他在宁植树的大潮下种下了一些枸杞、大枣、葡萄树。在去欧洲几个国家考察时，他了解到葡萄酒深厚的文化底蕴，有了种植葡萄、酿造葡萄酒的想法。当时自治区政府大力发展葡萄酒产业，高林借此机会成立了宁夏葡萄酒协会。

根植于宁夏优良的葡萄种植条件，高林的葡萄产销量很好，只卖原料的高林发现，如果要想将企业做大做强，必须做深加工，建立自己的品牌。出于对葡萄酒执着的热爱，高林将两个女儿双双送到国外学习，那时高源只有21岁。

1998年高源去波尔多学习，在此期间与出身酿酒世家的法国酿酒师坠入爱河，结婚生女。2004回国后，为了了解葡萄酒的市场，高源顺利地在上海桃乐丝贸易有限公司找到工作，做葡萄酒专业的培训讲师。高林则一心在家研究葡萄种植，每年酿酒季的时候，高源会待在酒庄，余下的时间则住在上海，学习葡萄酒贸易，这段经历为高源后来经营酒庄打下了坚实的基础。

高源父女是认准了一件事就扎实干到底的人。2009年，高源做出了大胆的决定——去贺兰山东麓开垦新的葡萄园。拿下了荒地后，在布满巨石和杂草的山坡出现了父女俩耕耘的身影。如今，整个葡萄园的设计非常环保，采用以色列滴灌的灌溉方式非常富有现代化农业园林气息。

在此期间，父女俩不断在工艺上精益求精，并不断外出学习，与国外知名酒企交流学习，用橡木桶酿酒的手法使银色高地逐渐在宁夏葡萄酒企业站稳了脚跟。通过不懈的努力，一切的付出都初见成效，效益也逐渐攀升，“阙歌”问世后，受到了市场和消费者的肯定和赞扬，这对于父女俩来说，为继续将企业做大、做强给足了信心。

情系故土　袅袅温情

银色高地酒庄历史不长，规模不大，但葡萄酒口感饱满、后味悠长，这归功于父女俩对银色高地产品严谨的质量把控，从一开始，酒庄就专注于酒的品质，从设备到原料，再到工艺，都按照地道的法国酒庄酿造高端葡萄酒的标准操作。如今企业慢慢发展壮大，辉煌的背后还有三段故事……

第一个故事是高源与宁夏的故事。宁夏是她的家乡，她与宁夏这片土地有着千丝万缕的联系，更让她与葡萄结缘，宁夏独特的地理优势也为她带来了机遇和挑战，使得她在故乡的热土上实现了梦想。

第二个故事是高源与父亲高林两代人携手实现梦想的故事。父亲是她人生道路上的向导，一开始就为她的人生做了圆满的计划，父亲独到的眼光和智慧甚至成就了今天的高源，父亲不仅在思想上积极引导她，并不惜财力让她出去学习深造，这样一位伟大的父亲对她的一生产生了积极的影响。

第三个故事是高源与丈夫的故事。2012年高源的丈夫取了一个颇为祥瑞的中国名字——吉利，他随高源定居宁夏并加入了银色高地的葡萄酒事业。他们共同酿出的第一款赤霞珠取名为“艾玛珍藏”。

两代人的努力，终于看到了耀眼的光芒，“阙歌干红”和家族珍藏霞多丽干白两款酒被选为国宴用酒。高源称，风格才是葡萄酒最有魅力的部分，宁夏要有自己的味道。她想酿的酒不该失去贺兰山的本性，既有扎实的结构，又要具备大酒风范。酿酒人是风土的发现者，如何去顺势而为，巧夺天工，是他们应该继续探索的问题。

酒窖内景

一举成名　香飘国宴

多年的发展，父女俩倾注了所有的期待和心血。天道酬勤，2016年6月12日，德国总理默克尔对中国进行访问时，在当晚的欢迎宴会上，中方精心准备了银色高地家族珍藏霞多丽白葡萄酒、银色高地阙歌干红葡萄酒以作招待，这是中国本土小酒庄葡萄酒第一次登上国宴舞台！

近几年的国宴酒单成为了很多人关注的焦点，每当有国外领导人访华、国际盛会在华举办，都少不了“国酒”的身影。但是讲到国酒，大家印象中的肯定是茅台，但在1984年，国宴规定不能再使用烈性酒，从此，长城葡萄酒和张裕葡萄酒成为成为国宴上的主要“国宴酒”。

但此次默克尔访华，国宴用酒挑选了银色高地葡萄酒庄的葡萄酒，这对银色高地来说是一种认可。登上“国宴”舞台，虽显得意外，但实至名归，喝过银色高地国宴用酒的人都觉得此酒的品质足以堪当大任。银色高地在国宴的首次亮相，进一步将中国的葡萄酒推向了世界舞台，引起了国内外的广泛关注。这不仅仅体现了国宴用酒理念的进步，也体现了银色高地品牌的硬实力。

现如今，高源依然坚持着自己的步调，为保障产品的品质，只酿三种酒，即银色高地艾玛私家珍藏、银色高地阙歌、银色高地家族珍藏。其中银色高地家族珍藏2008获得“克隆宾杯”第四届烟台国际葡萄酒大赛金奖、银色高地家族珍藏2009获得“中国葡萄酒挑战赛2011”最佳中国本土葡萄酒、银色高地家族珍藏2010获得“中国葡萄酒挑战赛2012”最佳中国本土葡萄酒、银色高地阙歌获得“2011中国葡萄酒挑战赛2013”最佳中国本土葡萄酒、银色高地阙歌2011获得“品醇客世界葡萄酒大赛”优胜奖，2009艾玛私家珍藏也曾被葡萄酒大师Jancis Robinson打出17分的高分。

继往开来 凯歌高奏

银色高地作为父女两代人共同开创和经营的家族酒庄，传承着先辈们世代勤劳、朴实、孜孜以求的精神。他们不遗余力地研究宁夏这片土地的价值，为建设和带动家乡经济的发展默默贡献着。

酒庄自2007年开创以来，从开地种植、开沟灌溉、开挖酒窖、采收葡萄、灌瓶打塞、品鉴推广到装箱发货各个环节，无不凝聚着父女两代人的辛勤劳动，他们从不追求个人生活的富足，酒庄每年盈利都用于进口优质辅料和先进设备等改善生产条件的事项。他们致力于酿造体现最佳中国风土的葡萄酒，致力于带给葡萄酒消费者更加美好的体验，致力于在世界葡萄酒版图上描出中国宁夏浓重的一笔。

酿酒师高源虽然精通多国语言，足迹遍布欧美，但她秉承的却是在变化中追求不变的中国哲学。银色高地酒庄自创立之日起，从起初收购酿酒葡萄时便挑选产自贺兰山东麓产区不同坡度和不同土壤条件的原料做尝试，到大胆尝试使用不同林区、不同烘烤程度的橡木桶并对比使用效果，再到自建葡萄园时不计成本从国外引进葡萄苗等方面，都敢于大胆尝试，敢于在不停地变化中寻找和追求。

如今，葡萄酒产业对宁夏来说是一个充满希望和优势的绿色健康产业，习近平总书记来宁视察时指出，“中国将来葡萄酒市场不得了。贺兰山东麓酿酒葡萄品质优良，宁夏葡萄酒很有市场潜力，综合开发酿酒葡萄产业，路子是对的，要坚持走下去。”在政策的引领下，作为宁夏葡萄酒产业的紫色名片，高源将带领银色高地继续跨步向前，实现两代人的紫色梦想。

【相关链接】

高源，1978年出生于宁夏，中国顶尖的精品酒庄银色高地背后的酿酒师，就读于波尔多大学酿酒学系，毕业后于凯隆世家酒庄练技，现任宁夏高原银色高地葡萄酒庄有限公司董事长。

30年如一日 做好宁夏一只羊

——宁夏成丰农业科技开发股份有限公司

宁夏有深厚的文化底蕴和特殊绝佳的物产，号称羊肉中的劳斯莱斯的滩羊就仅产于宁夏。公元1755年（清乾隆20年）出的《银川小志》中有："宁夏各州，俱产羊皮，灵州出长毛麦穟，狐皮亦随处多产"，"穟"有禾采之貌，形容其美观漂亮之意。公元1780年（乾隆45年）《宁夏府志》记载："中卫、灵州、平罗，地近边，畜牧之利尤广"，并把"香山之羊皮"与"夏朔之稻、灵之盐、宁安之枸杞"并列为宁夏当时最富著的四大物产之一。滩羊裘皮在清末已闻名于世，《甘肃新通志》载："裘，宁夏特佳"。而今天，宁夏滩羊的肉食作用和美观作用都已被全球认可，成为了宁夏经济创收的一大主力利器。

呕心沥血 致力于宁夏滩羊

1964年，中国取得了第一颗原子弹爆炸试验成功的辉煌成果，而这一年的5月在中国广袤的大地上，一个小生命随即诞生，便是丁生国。丁生国从小就是父母口中"别人家的孩子"，天赋异禀，毕业于西北轻工学院。

2001年，丁生国成立了宁夏成丰工贸，并充分利用宁夏滩羊皮毛产地的独特地理优势，倾其20年的精力和心血，致力于宁夏滩羊在技术研发、环保科技、国内外产、供、销一体化事业。在以加工滩羊皮为

宁夏成丰农业科技开发股份有限公司外景

主的裘皮制品、皮毛染整技术上不断开拓创新，公司创立之时，只有百万启动资金，10间简陋厂房，20名员工。丁生国经过20年的艰苦创业，使公司发展到总资产3.5亿元的好业绩，销售收入过亿元，拥有各种先进机器设备和现代化毛纺检验仪器200余台(套)。已具备年饲养10万只羊、鞣染50万张毛皮、加工60万件滩羊毛皮服装及各类毛皮制品的生产能力，成为宁夏唯一一家集宁夏滩羊养殖、加工、销售以及研发、服务为一体的畜产品开发的科技型企业。

宁夏成丰农业科技开发股份有限公司董事长丁生国

自主创新之路　助推成长万里行

古人会用“文武双全”或者“文也纵横，武也纵横”来赞美一个人。放眼现代，丁生国是一个复合型人才，身兼经营厂长、技术人员双职。丁生国一方面在内部积极自主创新，另一方面又“借助外脑”，亲自登门向国内行业顶尖专家请教，解决技术难题。公司多年来不断加大科技投入，加快新工艺、新技术和新产品的开发力度，还先后实施了“宁夏滩羊毛革低甲醛鞣制工艺技术的研发、宁夏滩羊裘皮‘一毛多色’染色技术的研究及开发、宁夏滩羊裘皮蒸染工艺技术研究及应用、休闲滩羊毛皮‘尼可服’的开发等10余项新工艺、新技术及新产品开发项目”，并于2009年7月至2011年7月期间承担完成了国家创新基金“清洁生产滩羊毛革鞣制染色新工艺开发与应用”项目；2011年6月至2012年12月期间承担完成了银川市科技计划“清洁生产‘一毛多色’宁夏滩羊裘皮技术应用与产品开发”项目。

为提高企业的自主创新能力，丁生国完善了公司科技创新平台并成立研发中心，被区科技厅认定为“宁夏滩羊毛皮加工技术创新中心”，被宁夏回族自治区发改委认定为“裘皮制品工程实验室”和工信厅认定为“企业技术中心”。并与清华大学、西安工业大学等院校建立了产学研合作关系，大力引进教授、高工等各类高级科技人才，开发出一毛双色、一毛三色、渐变色、幻彩、扎染、印花、草上霜等200多种色型，在传统产业技术的基础上研制开发出具有现代理念的高科技含量产品。现已申请国家专利39件，其中发明专利5件，实用新型专利30件，外观设计专利4件；拥有区、市级成果2件，其中市级成果“清洁生产‘一毛多色’宁夏滩羊裘皮技术应用与产品开发”于2013年被评为银川市科学技术成果三等奖。

2014年4月宁夏成丰工贸改制为股份公司，更名为现在的宁夏成丰农业科技开发股份有限公司，2014年在“新三板”挂牌正式上市。为加快企业发展，推动企业资本运作，公司又投资3000多万，建成宁夏滩羊纯种化培育示范基地、裘皮深加工产业基地，不断扩大滩羊裘皮深加工产业链，市场占有率保持每年15%增长，产值、利税、经营业绩平均增长率达20%以上。2014年公司实现销售收入1.56亿，利税200万元，居宁夏同行前列。

目前公司主导产品有时装皮草、皮毛嵌合羊绒制品、床上用品、装饰品等九大系列、100多个品种，在12个国家、地区建立销售点，产品远销往美国、德国、马来西亚、意大利、莫斯科、土耳其等国家。同时拥有“宁宝”“塞上雪儿”两大品牌，均被宁夏回族自治区授予宁夏著名商标。

重视内部管理　苦练内功不放松

商海沉浮，惊涛有之，暗礁有之。大浪淘尽，悲喜自知，冷暖自知。每个人都希望自己乘坐的是“诺亚方舟”，可于长风骇浪之上弄潮。诚如每一个员工都期望所在的企业能无坚不摧，在竞争中立于不败之地。然而，在激烈的市场暗战中，支撑任何一家企业岿然不动的根本因素则是管理，一个管理良好的企业，在时间的积淀下，名誉、效益自然接踵而至。

“品牌”是企业的核心价值。丁生国历来重视品牌的建设与维护，带领公司全体员工不断进行技术创新、开发新产品，狠抓产品质量，为海内外客户提供最优质的产品与服务。坚定支持政府、行业打击假冒伪劣产品。如今，公司的“宁宝”“塞上雪儿”两大品牌的产品为国家免检产品。

生产车间

“管理”是企业的“软件”，一定要硬。丁生国一直致力于企业现代化制度的建设。先后通过了ISO9001:2008标准质量体系认证，SO14001:2004标准环境管理体系认证和GB/T28001-2001标准职业健康安全管理认证。形成一套以“忠诚、责任、结果、奉献”为核心的价值观，以“用事实数据说话”“言必行、行必果”为企业理念的公司文化体系。

现代管理大师德鲁克说:“管理是一种实践，其本质不在于‘知’而在于‘行’”。用十多年时间，丁生国带领公司从创立之初只有百万元创业资金的家庭式作坊，发展到如今拥有1个分公司、12个国内外销售点，从业人员300多人，资产总额超过3亿的行业龙头企业。公司先后荣获“守合同重信用”“小巨人企业”“农业产业龙头企业”“宁夏最具成长力品牌”“银川市‘保增长’先进企业”“AA++级信用企业”“国家千家骨干企业”“宁夏回族自治区重点龙头企业”“宁夏回族自治区科技型中小企业”“宁夏回族自治区专精特新示范企业”等荣誉称号。

倡导绿色经济　勇于承担社会责任

李嘉诚曾说:“我首先是一个人，然后才是一个商人”。改革开放40年来，国人一直致力于提高生活水平，可是对于我们的绿水青山保护意识很弱，我们一直在索取、消耗我们的资源，却很少回报。宁夏成丰农业科技开发股份有限公司自成立以来就确立了企业发展的宗旨和使命:“倡导绿色健康产品，完美人类生活”。多年来，公司也一直致力于产品生产过程中的节能与减排工作，绿色环保生产，建立生态和谐环境。2012年成丰农业科技率先投资1150万元，采用最新工艺和先进的环保设备，同时增加绿化，建设花园式工厂，确保废气、废水零排放、工人无职业健康危害，彻底改变对皮毛落后生产方式的传统印象，为行业实现绿色化生产贡献自己的力量。

2013年6月至2014年3月期间完成了“含铬污水处理系统的设计开发”项目，并通过区环保厅污水治理及重金属治理双向验收。被宁夏回族自治区评为“节能减排先进单位”，并报国家审批。丁生国认为，企业的发展离不开社会各界的大力帮助和支持，回馈社会、回馈乡邻是企业应尽的社会责任。在丁生国的领导下，公司在企业与社会、企业与环境的和谐发展中认真履行了行业龙头的社会责任，也被银川市评为“和谐企业”。

“三月桃李，四月芳菲，五月人间须好雨”，“单丝难成线，独木不成林”。丁生国很好的践行了这一观点，公司积极为社会解决了近500个就业岗位，维护了社会和谐与稳定，造福了一方乡民。积极开展扶危救困、捐资助学、支持大学生创业等活动。20年来，公司累计支出100万元，资助大学生创业资金、员工贫困学子，援助困难村民，扶危助贫，被授予“爱心奉献企业家”。

丹麦AB公司总裁到公司考察(左二董事长丁生国)

一个优秀的企业管理者应该做的事情有很多，但是，企业管理者正因为需要做的事情太多，往往深陷其中，迷失在繁杂的事物里，结果是做得越多，效率越低。孔子在《论语》中讲：“在其位，谋其政；不在其位，不谋其政”，指的就是不去做不该做的事，这样一来也就有时间和精力去做该做的事，该做的事也就容易做好。丁生国深知这一点，将专业的事交给专业的人，经过10多年的创新创业，宁夏成丰农业科技开发股份有限公司目前已经在行业实现了由“成丰加工”向“成丰研发”的转变，公司正沿着“特色化、产业化、规模化”的发展方向。加大内引外联力度，着力提升产品附加值，不断延长产业链，企业已发展成为区内规模最大，研发能力最强，面向国际销售的裘皮深加工领军企业。

《利未记》中有这么一句话：“至圣者说，如果你点亮我的灯，我就点亮你的灯”，未来，在丁国生的领导下，宁夏成丰农业科技开发股份有限公司将会点亮更多的灯，照亮更多、更远的路……

【相关链接】

丁生国，1964年5月出生，回族，中共党员。毕业于西北轻工学院，大学学历。现任宁夏成丰农业科技开发股份有限公司董事长、总经理。并担任宁夏毛皮皮革协会执行副会长、中国中小企业协会副会长。曾获得银川市科学技术创新奖三等奖、第四届中国杰出企业家奖，获得发明专利3项，新型实用型专利36项。

风城有食 其名仙鹤
创新经营 厚德立世

——宁夏银川仙鹤餐业有限公司

仙仙美味，鹤鹤有名。在银川，凡是你能叫得上名字的、叫不上名字的西北名菜，仙鹤楼都有。仙鹤楼还有的，是视顾客为亲人的服务理念，是“严、恒、细、实”的经营风格，是厚德行善的企业文化。从1985年到2018年，仙鹤楼在风起云涌的餐饮行业依旧昂首屹立，正是基于不断丰富的“仙鹤精神”。从仙鹤楼，了解宁夏地方餐饮，体会西北民族风味。

仙鹤楼新华店

忆往昔　小树必苍天

苏杭庭院，流水潺潺，因景互借，古色古香。这是进入仙鹤楼新华店的第一感觉。以大型园林式建筑风格为主，囊括部门接待、商务宴请、高朋聚会、新婚吉宴的仙鹤楼新华店，最能体现仙鹤第二代掌舵人丁燕的经营特色。如今，仙鹤楼已拥有新华店、中山老店和新百 CC Park 店三家分店，均位于银川繁华街区，装饰一新，新潮典雅，以“经典美食、品位环境”演绎餐饮新概念，树立了“仙鹤楼”的品牌符号。

忆苦倍感今日甜。仙鹤楼现在的掌舵人丁燕向我们讲述了仙鹤餐饮的发展史。“1985年，我婆婆在银川小吃街租了一间70平方米的营业房，开起了仙鹤餐馆。婆婆是一个勤劳、肯干、厚道的人，小餐馆总是干干净净、整整齐齐，再加上婆婆出色的厨艺，小店的客人络绎不绝。”慢慢的，仙鹤餐馆在小吃街的名声传了出去，生意逐渐红火了起来。睿智的老人——仙鹤楼餐饮创始人马德荣并不满足于现状，思虑后将旁边的店铺也买了下来，发展成为现在的中山老店。

宁夏银川仙鹤餐业有限公司总经理丁燕

2000年，位于新华东街的东方贸易大厦出租时，马德荣又以她超前的眼光和胆识将大厦租了下来，并且聘请了国家一级建筑设计师设计，建成了西北首屈一指的大型园林式餐饮名店——仙鹤楼新华店。

2012年6月，仙鹤楼抢滩金凤区，增开以仙鹤水饺和仙鹤看家菜为主营业务的尚景世家店（尚景世家店现搬迁至新百 CC Park 购物公园）。至此，“仙鹤”餐饮整装齐发，初步完成了发展战略圈的格局建设。

谋发展　踏正道坦途

2008年，丁燕成为“仙鹤楼”新一代接班人，面对日益激烈的市场竞争，丁燕下定决心不负仙鹤楼“宁夏餐饮名片”的称号，着手制定发展战略，扩大经营规模，重装提质升级，提升服务品位。

重品质，强管理。在这个任何事物都要贴上标签的时代，品牌是关键。对于一个餐饮品牌而言，产品品质是重中之重。

在产品质量上，仙鹤楼用最正宗的原料、最新鲜的食材，选择与宁夏地区龙头企业合作，从源头把控产品的质量。总经理丁燕修订完善了《仙鹤楼餐饮管理规程》《仙鹤楼员工手册》，从而系统地形成规范，杜绝危害食品安全的情况发生。在品牌维护上，丁燕聘请了专业的消费者担任“信得过”监督员，作为纽带的监督员经常深入公司调查了解顾客对餐厅的质量、数量、花色品种及工作人员的服务情况，反馈顾客对公司的意见和建议。公司根据反馈意见及时改进，不断创新。在食品特色上，仙鹤楼一直致力于发展民族特色餐饮，建立了属于自己的食品研发中心。在丁燕的支持下，仙鹤楼于2009年的“宁夏美食节”上推出的特色名菜“仙鹤烤全羊”荣获金奖；2012年，推出“银川仙鹤楼二十二道看家菜”誉满宁夏。丁燕在整理、开发、传承系列菜品的路上未曾停歇，致力于持续推出具有仙鹤楼烙印的特色佳肴。

“品美食、到仙鹤”。丁燕明白，食品品质是企业长存的关键。“严、恒、细、实”的经营风格，助推仙鹤楼在成长的道路上打造出真正属于宁夏的、民族的、特色的餐饮品牌。

创理念，推服务。在餐饮市场日趋激烈的竞争中，中国民族餐饮的未来在哪里？透过“食色，性也”“民以食为天”等古往今来的论述，丁燕提出了“生产美食、品味文化”的餐饮理念。

美食、美景、美文化。仙鹤楼从店面的形象设计到内部的装点布局，处处渗透着文化的韵味。仿古飞檐的门面，在现代化建筑群中鹤立鸡群；小桥流水处，桃花始盛开；“鹤缘”石边，瀑布假山山水成景；古筝曲《千纸鹤》，萦绕耳际。自然、清新、典雅的环境，使仙鹤楼成为“凤城”宴请的首选。美食的记忆，文化的盛宴，凝聚成为故乡的味道，仙鹤楼也因此成为银川的美食名片。

服务在餐饮业是最高的附加值。丁燕不再推崇“顾客就是上帝”的非理性服务理念，更愿意将顾客看作是自己的亲人，让员工像对待自己的亲人一样对待顾客。视顾客为亲人的服务理念，紧随时代潮流，将服务真正提到了人性化的高度。为此，仙鹤楼提出“实事求是、精益求精、关注细节、宽以待人、严以律己、诚于立世”的行为规范，同时又提出“守信如节、操守为重、绝对正直、天道酬勤、老老实实做人、认认真真做事”的行为准则。

为了紧随时代的步伐，丁燕不断完善内部管理，积极融合星级饭店的管理经验和自身实际，形成了系统化、规范化、科学化的工作流程。为了强化服务，仙鹤楼又创造性地做好客户的反馈联系工作，通过对长期客户和重点客户的经常性联系、节日祝福和客户联谊活动，让客户感受到仙鹤楼对他们的关怀和温暖，从而不断地提高新顾客的关注度、老顾客的忠诚度。

传温情，聚人心。在仙鹤楼这个大家庭里，员工都把这个小世界当成自己的港湾，自己的依靠。丁燕对员工的关爱是全方位的，从员工的衣食住行为着手，再到员工的家人，尽力为员工解决后顾之忧。从马德荣到丁燕，都将“爱与善”完美结合，这是从内心散发出来的善良和责任感。

每年的三八妇女节来临之际，仙鹤楼都要组织开展“巾帼建功在仙鹤”联谊表彰活动。每年组织在公司工作满5年、10年、20年的员工集体旅游，让他们在秀丽山水中感受到集体的温暖；五一、五四来临的时候，组织评选并表彰奖励公司“五一劳动模范”和“五四青年标兵”。

在仙鹤楼工作的员工把这里当成了自己的港湾，有的人在这里工作了20多年，有的人一家几口都在这里工作，他们认同仙鹤楼的价值观，也信任丁燕，他们在仙鹤楼挥洒着自己的热情与青春，也在这里实现着自己的人生价值，一起与仙鹤楼走向更高的舞台。

天道酬勤，仙鹤楼在丁燕的掌管和经营下，再次焕发出年轻的活力。这家土生土长的民族餐厅经过仙鹤人33年勤劳、厚道、热忱的拼搏，历尽风雨沧桑，发展成了享誉宁夏乃至西北地区最具民族特色的“老字号”餐饮名店，“仙鹤楼”的味觉记忆，已保留在每一位来过“仙鹤楼”食客的记忆中。

乐行善　仙鹤可延年

对于企业，丁燕兢兢业业，尽职尽责。“我没有什么爱好，就是爱餐饮，爱这个行业。这么多年，不论走到哪里，我首先都会注意到当地的特色饮食以及餐饮管理，这已经成为了一种习惯。我广交朋友，朋友也只有餐饮业的人。来自大江南北的我们，都对餐饮有一种执著的精神，我们爱这个行业。”丁燕说。“爱”是最好的兴趣，最好的老师，爱你所做的事，才能做到更好。源于热爱，久于责任。“未来，我将继续在餐饮业奉献我的热情、激情。我对餐饮的热爱是永无止境的，无怨无悔的奉献，是甜蜜的‘负担’。就好比母亲永远希望自己的孩子一直生活在自己的羽翼下，免受惊扰，我也想让仙鹤楼在我的羽翼下一帆风顺，茁壮成长，有更广阔的天地。”丁燕如是说。

对于社会，丁燕延续着仙鹤楼致富不忘社会，真情奉献社会的优良传统，积极参加社会公益活动，表现出一个企业家高度的责任感。

2008年汶川地震，丁燕不遗余力地献出了自己的爱心，并且组织仙鹤楼员工献爱心。2011年，她邀请孤儿院的孩子们到新华店用餐并赠送生活、学习用品。2016年，她

包间内景

提倡举办“千斤饺子万人品尝”大型公益活动，大宴凤城。仙鹤楼将这项活动一直延续举办，每年的12月上旬都将辛苦包好的10万个饺子奉献给宁夏人民品尝。2017年，她带领仙鹤楼员工参与宁夏吴忠太阳梁渠口以及月牙湖的扶贫项目，为贫困山区的百姓送去生活物资。富而思源多奉献，长久以来，丁燕坚持与军区、社区、养老院、孤儿院、村镇留守儿童对接，低调地帮扶需要帮助的人。

在丁燕的带领下，“仙鹤”餐饮，从一个传统的特色便民店提升为“大众消费与品位享受并举、特色美食与新潮餐饮同在”的特色餐饮店。公司先后荣获中华餐饮名店、中国十佳特色餐饮品牌、中国十佳老字号餐饮品牌、中国餐饮十大品牌、中国诚信经营企业，全国绿色餐饮企业，中国金厨奖、中国最具影响力餐饮企业100强、中国餐饮50强企业、中国餐饮500强门店、中国餐饮金骆驼奖发展创新品牌、中国优秀创新民族品牌、中国十大喜宴品牌、中国质量服务信誉AAA级企业、中国质量万里行质量信誉品牌唯一代表单位、第二届世界厨师节最具影响力餐饮品牌、宁夏餐饮十大品牌名店、宁夏餐饮名店、宁夏著名商标、宁夏餐饮领导品牌、宁夏昼夜餐饮服务企业、宁夏最佳婚宴场所、宁夏区域性品牌建设优秀企业、宁夏消费者信得过单位、宁夏旅游美食百家名店、到银川必来必吃餐厅等荣誉称号。仙鹤楼立足民族特色，创新研制的仙鹤凤爪、仙鹤水饺、仙鹤至尊烧鹅、仙鹤秘制烤卤兔、仙鹤烤全羊、仙鹤五宝汗蒸全羊、仙鹤烤羊排等20多道特色佳肴多次被评为“中华名小吃”“宁夏名小吃”。“仙鹤”餐饮，已成为银川餐饮业的名片。

“贺兰山下，长河逶迤；仙鹤泉旁，灵脉生仙。凤城壮丽，仙鹤楼赫然而立于新华名街；日月当空，园林店喜迎宾朋而春兰流芳。山水相谐，仙鹤普华。赫赫名企，发扬光大。”这是新填词的《仙鹤楼赋》赞歌，歌声起，振翅飞，凤城餐饮业的“弄潮儿”仙鹤楼，定将在掌舵人丁燕的带领下，承仙鹤飞跃之愿景，塑造仙鹤品牌，传承仙鹤文化，高扬仙鹤精神，打造“诚信仙鹤楼、创新仙鹤楼、经典仙鹤楼”！

【相关链接】

丁燕，甘肃武威人，大专学历。现任宁夏银川仙鹤餐业有限公司总经理。兼任宁夏回族自治区工商联执委、宁夏企业家协会副会长、宁夏饭店餐饮协会副会长、宁夏女企业家协会常务副会长、宁夏甘肃商会常务副会长、宁夏中小企业发展联合会副会长、宁夏党项虎族车友会副会长、银川甘肃武威商会会长、银川市女企业家协会常务副会长、银川市餐饮烹饪协会副会长。

为宁夏经济持续"保温"

——宁夏领航保温材料有限公司

在激烈的市场竞争中，公司掌门人孙伟不畏艰辛，本着"以质量促进行业规范，用诚信提升企业品牌"的企业宗旨，带领"领航人"在企业前进的道路上披荆斩棘，迈开了创业发展的历程。目前，领航保温是宁夏回族自治区保温材料行业最大的制造商，更是集科研、生产、销售、施工、服务于一体的现代化企业。

开拓事业 持续发展

孙伟出生在河北，据他回忆道：2000年的时候，电视、新闻媒体、报纸上都在争相报道着西部大开发战略，作为西北一部分的宁夏，虽然地小人少，现状还比较偏僻、落后，但由于其独特的地理区位和资源优势，在西部大开发中将占有重要的战略地位，发挥

宁夏领航保温材料有限公司外景

宁夏领航保温材料有限公司董事长兼总经理孙伟

不可替代的作用。当时看到这些报道后，就和一个朋友商量一起来到宁夏先做考察，初步了解宁夏的保温市场行情。

初到宁夏，人生地不熟，他和朋友住在卫生、环境都还相当不错的一家宾馆，每天奔波在宁夏大大小小的市场。“我是2000年来宁夏的，现在回想一下，2000年的时候我已经29岁了，那时候家庭条件不是很好，又觉得自己不是念书的料，随便的上了个大专就草草地结束了自己的学生生涯。在社会上摸爬滚打十几年，虽然已经算是社会上的‘老人了’，但依然是个三无青年：无钱、无车、没有稳定工作。在我们老家那边我的工作是销售，那时我做的销售和现在的销售是有区别的，现在做销售算是有稳定工作，是给别人打工，业绩好了是底薪+提成，业绩不好还有底薪。而我们做销售算是自己给自己打工，自己去市场上买材料，然后再把到手的材料推销出去，赚了或是赔了都算我们自己的。即使这样的生活过了十几年，但我从来没有安于现状，总是想着自己的生活不应该只是这样子，人生短短几十年，不去闯一闯有点太可惜，而且这样的想法日益剧增。”宁夏领航保温材料有限公司董事长兼总经理孙伟对自己创业前的回忆是这样的。

经过两周的时间，他们对本地的保温市场有了初步了解。宁夏当时也有专门做保温材料的工厂，但屈指可数，而且保温材料生产工艺落后，质量远远不及河北。他和朋友都觉得这方面发展潜力巨大，后来听说宁夏回族自治区银川橡胶厂有一个项目需要采购保温管，通过好几层朋友关系联系到项目负责人。经过很长一段时间的交涉，终于拿下了这一单。因为货物远在河北，加上运费要比本地的货物价格高出很多，如果以这么高的价格去谈肯定是没戏，朋友觉得这种生意在宁夏这样的小地方没法做，毅然决然的选择回老家。在一番思想斗争后他选择用最便宜的价格成为这个项目保温材料的供应商。

回到河北后，他迅速安排发货，然而货已经按合同约定时间供完了，货款迟迟拿不到，没有什么事情能够一帆风顺，当时前前后后为要十几万块钱往返宁夏很多次，每一次都停留好长时间。和朋友来宁夏考察花掉了他一部分积蓄，一部分又用在购买材料上，当时的他真是一贫如洗，每一次去宁夏要货款的车票钱都是跟朋友借的，在宁夏呆的那些日子他是靠着给工地上的朋友帮忙挣点小费来解决最基本的温饱问题。

这样，也使他结识了很多朋友，对于宁夏的经济模式也有了更深层次的了解。期间，他谈成了“中国电信宁夏分公司开发区大楼”项目，成为了这个项目保温材料的供应商。当拿到橡胶厂的货款后他又在宁夏朋友的介绍和帮助下在昆仑钢材市场建立了第一个保温厂——永宁县宏强保温材料厂。

初创保温厂，规模相对来说比较小，而且经营范围只限于保温管的生产加工和销售。厂里只有十几个工人，当时他身兼多职，即是厂长，又是销售员，同时还兼顾着会计的工作。厂里事务大到接一单生意，签一份合同，小到员工的一日三餐都经他之手，就这样他一边做着生意一边摸索着企业管理的方法。

2004年，保温厂已经在宁夏做的小有名气，他决定开拓公司经营范围，于是又在做保温管的基础上做岩棉板、岩棉管及复合硅酸盐板。同时，将保温厂改名为宁夏宏强伟业建材有限公司。公司经营范畴变广了，生意越来越多，员工也由原来的十几个变为四十几个，公司大小事务仅靠他一人打理已经远远不够。

宁夏领航保温材料有限公司厂区厂貌

2010年借着贺兰县招商引资优惠政策的东风，他们建立了宁夏领航保温材料有限公司，位于银川贺兰县暖泉工业园区。当时其中一项政策就是：凡来宁夏贺兰县新办的工业、企业，从生产经营之日起，第一年至第三年免征企业所得税，第四年至第五年减半征收企业所得税。新办的商贸和服务型企业，从生产经营之日起，免征所得税3年。宁夏领航保温材料有限公司生产、加工、销售的产品依然是聚乙烯外护管聚氨酯泡沫塑料预制直埋保温管、外墙用岩棉板和复合硅酸盐板。领航的占地面积达68000平方米，要比宏强的规模大很多。由于销售地有局限性，全部都是宁夏本地的土建或市政工程，而且产品规格和供货量都相对来说比较小。随着日益发展壮大，目前公司拥有塑料挤出机生产线9条、全自动抛丸除锈设备1套、高压全自动发泡平台6套、大型龙门吊5套、以及聚氨酯外护管生产辅助设备牵引机、聚乙烯粉碎机、自动传输机、筛选机等设备。拥有年产3万吨全封闭大型岩棉生产线1套，拥有年产2万方新型硅酸盐生产线1套。现有员工120人,其中员工拥有高级职称7名、中级职称11名,公司技术力量雄厚,产品品种多、规格全,是目前宁夏回族自治区保温材料最大的经销商,同时也是宁夏境内唯一一家口径最大的保温管制造商。

珍惜荣誉　顾客至上

宁夏领航保温材料有限公司地理区位优势明显,为企业原材料引进和产品的输出提供了及其便捷的运输条件。气势宏伟的企业大门,宽敞整洁的大型货场,排列有序的生产车间,精良高效的生产设备,高端精密的检测仪器,品能兼优的管理生产人才,公司规章制度及各岗位职责明确,最大限度地实现劳动用工的科学配置。

近年来企业发展与时俱进,与市场导向接轨机构逐步完善,成立工会委员会,为企业的发展服务。要想在市场上立足,技术创新必不可少,公司不仅具备专业的技术研发机构,还配备有专业技术研发人员。为了加强对公司新产品开发和产品改进工作的管理,加快公司技术积累、打好技术基础、加快产品研发速度、指导产品研发工作、提高技术人员素质,公司专门制定了相关考核制度,以激励有能力、有抱负的员工更加积极努力的参与新产品的研发。

2015年5月,公司制定了第一个"三年计划"预计利用三年时间销售规模增长3倍以上,生产总值突破亿元大关,市场占有率达到宁夏同行业20%左右,上缴利税突破500万元,争取为地方解决就业岗位300个。

随着企业的不断发展壮大,公司获得无数的荣誉以及客户的认可,2013年3月获得银川市委、市政府颁发的"一星级"企业、2011年8月获得宁夏消费者为协会颁发的"宁夏第十届消费者信得过产品"、2014年6月获得中国商品质量打假保优中心颁发的"AAA中国商品质量信誉之星单位"、同时先后获得中国环保委员会等机构的评优活动认可,许多荣誉不胜枚举。

公司本着以客户"三个满意"为基本原则:"产品质量的满意,先进技术的满意,售后服务的满意",不断加强企业内部的综合竞争力,公司在竞争中求发展,在挑战中谋机遇。企业理念是企业能否发展壮大的基石,伴随着残酷的市场竞争,全新的理念必然顺应而生。创新精神,创新是这个时代的要求,创新是打破固有的思维模式,更是获取发展空间的重要途径;倡导竞争,竞争是企业生存和员工发展的唯一途径;顾客第一,顾客是我们一切活动的中心,我们以客户的要求标准来评判我们的表现;团队合作,我们坚信集体配合和沟通的重要,我们珍视公司所有人员的团结与合作;合作发展,与各界同行合作,在合作中快速发展,在服务中不断提高自身技术水平。公司承

公司产品

诺：对每一项目，我们都尽心尽责，精益求精，力求做到更加完善；对每一步，我们都通过专业技术实现系统高度整合，达到最佳投资收益比；对每一客户，我们都详细了解和分析不同需求，在提供方案的同时从产品兼容性、可扩展性及技术支持等方面进行充分的考虑，以针对客户的需要提供优秀的方案。

本公司一贯坚持“质量第一，信誉第一”的宗旨，追求领先，追求发展，以科学的管理，先进的设备，高素质的员工队伍，本着诚信的原则为广大用户提供优质的服务。

现在宁夏领航保温材料有限公司建成至运营已经长达8年，产品销售以银川为中心，辐射销售宁夏区内及周边内蒙古、陕西、甘肃、新疆、兰州等地区还有距宁夏比较远的山东、福建、山西等地区。销售手段不仅仅局限于之前的跑业务，通过和各大招投标电子商务平台合作，以招投标的方式取得项目。每年公司都会组织专门的小组对与他们合作过的用户做详细的问卷调查，得到的都是满意的答复，虽然都是不错的反馈但又经常要求企业全体员工还是时刻鞭策自己，做到“产品质量过硬，企业服务良好”。

领航人视产品质量为生命，以诚信和责任作为基本道德准则，以一流的产品服务于客户，回报于社会。遵循“以规模求效益，以科技求发展，以质量求生存”的经营原则，实行科学的管理和运作体系，持续进步，“领航人”愿与天下有识之士共铸辉煌！

路漫漫其修远兮，将“塞上领航”品牌打造成西北规模最大、质量最优的现代化企业还有很长的一段路要走，领航保温希望得到社会各界人士的广泛支持，勇于创新、追求卓越的领航人在以后的发展中将再接再厉，更好的服务客户、更多的回报社会，一如既往地为宁夏本土经济的发展做贡献。

【相关链接】

孙伟，汉族，宁夏领航保温材料有限公司董事长兼总经理。2016年6月被宁夏回族自治区企业家协会评为“宁夏创新杰出企业家”；同年又荣获“宁夏诚信示范杰出企业家”的称号。

“绿色包装”领军人

——银川市富邦印刷包装有限公司

艰苦奋斗创佳业

随着我国改革开放的深入，许多齐鲁大地年轻人开始走出去。初期干的大多是最苦最累的活计，做当地人不愿干或很少干的零活，或卖一些当地人不愿卖的小商品，然后自主创业，刘式刚的创业史也是这样，他继承了山东人“闯关东”白手起家、闯荡天下、艰苦奋斗、四海为家的开拓创业精神。

刘式刚是宁夏山东人中智慧勤劳、诚信务实、善办实业的优秀代表人物。1998年，25的刘式刚只身从山东来到宁夏，从推销塑料小包装袋到走街串巷回收废报纸然后一步一步创建了小纸箱厂进行小作坊型生产，不停地拼命奋斗发展。2000年，27岁的他在银川市经济技术开发区注册成立了现代化科技型综合企业——银川市富邦印刷包装有限公司。

银川市富邦印刷包装有限公司全景

作为宁夏绿色包装行业领军人物，他常说：“人”的结构就是相互支撑，“众”人的事业需要每个人的参与。艰苦的创业环境，使刘式刚看到了团结与协作的巨大力量。能在异乡站稳脚跟，与刘式刚强调立业“人和”、注重和衷共济、以企业帮企业、建立和谐的内部和外部经营环境不无关系。对待各行业不同背景客户,他都秉持“上善若水、厚德载物”的理念,并乐于同各方人士打交道,建立良好的人脉关系,争取到“多助之力”。他常讲:“一人为人,二人为从,三人为众,团结就是力量!”充分继承山东人“团结协作、和衷共济”的团队精神!

自企业成立后,他始终把为职工服务放在心上。富邦公司基层员工大多数来自宁夏西海固贫困地区,生活拮据,需要企业及社会伸出援助之手。2012年,刘式刚积极倡导并设立了“美顿”帮扶基金,该基金主要针对职工子女上学、职工大病入院及生活特困的家庭,同时还为银川市孤儿院、慈善救助协会等社会团体积极捐助。刘式刚认为,企业发展的同时要积极承担社会责任,奉献爱心,回报社会,做一个有温度的企业,这样企业才能可持续发展。

“用毕生的精力投入一个行业,做好一家企业”是他的座右铭,多年来,他不断学习,努力提高自己的管理水平和社会文化素养,努力做新时代有责任感的企业家,用富邦温度传播富邦文化,之后,他又用三年业余时间参加清华MBA学习,结合自己创办的企业经验,用现代化科学理论和方法,制定了“富邦发展之路”:

一是创新驱动。实现由被动适应向主动服务、要素驱动向创新驱动、传统生产向绿色生产转变。围绕设计理念创新、生产工艺创新、关键技术创新、制造模式创新,分门别类制定了系统性解决方案,并从创新体系完善、研发平台构建、两化深度融合、创新团队建设等,制定了改进执行路线图,全面提升富邦公司包装产品的自主创新、集成创新和引进消化吸收再创新能力。

二是品牌培育。品牌是产业发展品质的集中体现,也是产业的核心竞争力之一。他通过实施“定位、设计、生产、营销、传播、保护”一体化的品牌发展格局,推动富邦包装技术、产品、标准、管理、服务等与行业高端产业链、价值链和物流链的有机接轨。

三是明确方向。围绕创新驱动和品牌培育,他明确了包装材料绿色化、食品药品包装安全化、包装产业信息化、包装制品高端化、包装装备智能化、包装印刷数字化六大发展方向。建立了富邦公司现代企业制度,提高了企业的运行效率和经营效益,使富邦企业走上可持续发展的良性轨道。

作为具有社会责任感的企业家,富邦公司在他的带领下,依法纳税,合法经营,成为宁夏目前规模最大的包装印刷企业。他懂得正确处理个人与国家、企业与社会的关系,视国家的富强、社会的繁荣为企业发展的前提和归宿,不忘赴国难,不忘回馈社会。富邦公司倡导家文化:让每一位富邦人都有自豪感和成就感。他的奋斗愿景是:打造中国西部百年包装品牌。

现如今，富邦公司荣获“中国包装百强企业”称号；国家工商总局“重合同守信用企业”“宁夏回族自治区专精特新示范企业”“银川开发区创新示范企业”；公司产品商标荣获“宁夏名牌产品”称号和“宁夏著名商标”称号；并在2018年通过了国家工信部“两化融合管理体系评定”和“国家高新技术企业认定”；通过了宁夏回族自治区“智能化工厂”认定；并获批“国家纸质包装废弃物循环利用产业化示范基地”。

创新发展走新路

刘式刚带领着富邦团队20年来，众志成城、不忘初心、砥砺奋进，在当地党政部门长期关心指导帮扶下，在科学发展观的轨道上实现了跨越式高速发展。

银川市富邦印刷包装有限公司董事长刘式刚

目前，富邦公司主要从事纸质包装、绿色智能包装设计研制、开发研制具有抗菌纸浆模包装制品、纸浆模全营养育苗穴盘、绿色环保水性印刷油墨、防水防霉功能纸箱、医药包装、各种纸浆功能性防震缓冲包装等，这些包装新产品填补了市场空白，使企业具备了一定的市场竞争实力，创造出了良好的经济效益。公司严格按ISO9001质量管理体系认证、ISO14001环境管理体系及OHSAS18001:2007职业健康安全管理体系为核心的一体化管理体系要求，组织生产经营活动。富邦公司与蒙牛乳业、夏进乳业、中粮米业、中石油、长城葡萄酒等几十家知名品牌企业实现强强联手。

近年来，我国食品安全问题频发，食品包装安全问题也同样严峻。食品包装有害物质残留主要来源于包装材料，特别是包装印刷过程中使用含苯、正己烷、卤代烃等有害化工材料作主要原料的油墨、溶剂所致。让包装印刷业走上绿色道路，富邦公司在绿色包装方面走在了同行前例。

富邦公司现与加拿大利默里克壳浆研究中心、北京印刷学院等10多家科研机构及高校建立了产学研合作机制。完成了一批国内首创产业化重要科研成果，“新型绿色包装印刷材料水性油墨研制”“可食性印刷系列水性油墨研制”“多功能纸浆模包装制品项目”“农林果蔬纸浆模包装制品技改项目”“乳业包装印刷生产线技改项目”，同时配合宁夏商务厅、农牧厅国际市场拓展工程，针对中东市场重新“包装”宁夏地方民族特色优势产品，为宁夏产业立足宁夏，叫响全国，走向世界提供包装印刷支撑，做出了不可缺少的贡献，受到了自治区政府及产品生产企业表扬与欢迎。

富邦公司现拥有“宁夏回族自治区级企业技术中心”及“宁夏回族自治区工程实验室”两个科技创新实验平台，是“宁夏第一批科技型中小企业”，已完成30余项技术改进和创新方案。其中，获国家科技部科技创新奖1项，现已获得授权各项知识产权52项，其中国家发明专利3项，实用新型专利27项，软件著作权18项，部分专利已得到技术转化。

高瞻远瞩固根基

改革开放40多年来，我国包装行业取得了举世瞩目的发展，面对后工业时代的信息化、数字化浪潮，我国包装产业的数字化、信息化提升已迫在眉睫。

现代包装业是一个技术高度集成的行业，也是一个富有创意设计的产业，市场潜力巨大。近几年来，随着西部大开发的深入，世界500强、中国500强企业纷纷到西北落户，对当地包装印刷业带来了强劲需求。同时，包装业随着居民的物质需求多样化、优质化和个性化不断增长，有很大的内外需市场开发空间和产业发展的机遇。

在当前转方式、调结构、促增长的新形势下，强化企业技术创新主体地位显得十分必要。富邦公司牢牢抓住新机遇，以改革创新的精神，强化企业在技术创新中的主体地位，努力做到在发展中促转型，在转型中谋发展。

为贯彻和落实党的“十八大”新发展理念，富邦公司走生态优先、绿色发展之路，以绿色发展助推产业转型升级，以“切实推进绿色包装设计、大力发展绿色包装材料、着

董事长刘式刚（右二）与北印专家合影

力推广绿色包装技术”作为绿色转型的发力点，将“推行企业循环式生产、产业循环式组合、园区循环式改造”作为绿色发展的新概念。

董事长刘式刚（左一）与美国美德公司副总裁罗伯特·费瑟合影

目前，富邦存在的制造过程自动化、信息化、智能化水平亟待全面提高，这一突出问题将智能包装作为提升包装工业发展品质和发展水平的重要标志，致力于从推动两化深度融合、促进军民包装融合发展、构造智能包装生态链等方面进行系统设计，尽早实现生产过程智能化、包装装备智能化和包装产品智能化。

刘式刚认为：“确保材料安全、产品安全、运输安全、仓储安全是包装的立身之本，也是立命之根。我国包装产业不缺数量，而是质量；不缺发展速度，缺的是发展精度；换句话而言，我国包装行业不缺生产能力，缺的是核心竞争力。当前宁夏包装产业最需要的是科技、创新。”因此，富邦大力研发包装防伪技术、包装保质技术和工业品包装防护技术，并建立了包装储运安全实时监控平台，实施构建包装安全追溯管理网络等支撑手段。

在党和国家“一带一路”大政方针指引下，借助宁夏作为向西开放的“陆上丝绸经济带”的宏观有利局面，高举和平发展的旗帜，积极发展宁夏经济合作伙伴关系，共同打造政治互信、经济融合、文化包容的利益共同体、命运共同体和责任共同体。刘式刚有决心将银川市富邦印刷包装有限公司建设成为宁夏包装行业中，有经济责任、政治责任、社会责任的绿色发展模范企业。

【相关链接】

刘式刚，银川市富邦印刷包装有限公司董事长，山东省乐陵市人。刘式刚是宁夏印刷包装行业“绿色包装”的创新领军人物，也是山东人开拓创业精神的传承人，淳朴、真诚、实干的齐鲁精神在他的身上得到了充分展现。

把旅游当成一场新文化运动来做

——宁夏新文化国际旅行社(有限公司)

宁夏新文化国际旅行社(有限公司),从2009年成立至今,已走过第九个年头,岁月流逝,春去秋来,企业发展始终走在上行车道。作为创始人,高淑萍凭借勤奋、踏实的工作态度,倚靠充盈的智慧、优秀的专业技能、高尚的道德修养,短短数年间,带领宁夏新文化国际旅行社突飞猛进,成为宁夏首批5星级旅行社、宁夏十强旅行社、宁夏十佳旅行社,同时也是拥有赴台旅游资质的旅行社。

优雅转身成就"理想人生"

汪曾祺说:"静,是一种气质,也是一种修养"。诸葛亮云:"非淡泊无以明志,非宁静无以致远"。第一次见到高淑萍,她给人的印象便是"静",安静中带着一股英气、祥和、沉稳,这可能是经过岁月的锤炼沉淀出的痕迹吧。

1990年7月,高淑萍从上海师范大学旅游学院日语专业毕业后,依托着对家乡旅游事业的热爱与憧憬,来到宁夏中国国际旅行社从事外事接待工作,并担任常务副总经理的职务,从此,便踏上了开拓发展宁夏旅游事业的魅力路线,迈进宁夏智慧旅游开发的热潮中。

宁夏新文化国际旅行社(有限公司)形象墙

高淑萍出生于军人之家,充分继承宽容博爱、重礼、谦让的军人家风及认真、踏实的做事态度和处世准则。在参加工作的第3年，日本的客户想了解更多关于西夏时期的文化历史遗迹，春节后高淑萍便带着日本同行及额济纳旗沙漠向导前往额济纳旗寻找并考察调研，（当时宁夏只有西夏王陵、青铜峡108塔和贺兰山岩画），包括对黑水城遗址和怪树林等进行探古循迹，同年5月宁夏开启了入境游客进入额济纳旗探索西夏历史的神秘之旅。

宁夏新文化国际旅行社（有限公司）董事长兼总经理高淑萍

1996年，由于出色的业绩和踏实肯干的工作态度，高淑萍被宁夏旅游局选定为“海外技术研修员”公派到日本研究学习。1997年回国后，高淑萍继续留在宁夏中国国际旅行社发光发热，并精心策划和邀请了日本最大的旅行社GTP对宁夏旅游做了全方位的了解和探索，开启了沙漠观日落的旅游项目，其中包括通湖草原的“梦驼铃项目”，高淑萍正是发掘打造胡杨林和通湖草原旅游路线的开拓者。

2003年，经宁夏回族自治区党委组织部批准，宁夏回族自治区旅游局任命高淑萍为宁夏中国国际旅行社副总经理兼外联中心总经理，改制后任宁夏国旅副总经理，董事会成员。

“生活不是等待暴风雨过去，而是要学会在雨中跳舞”。怀揣着对旅游事业的热爱、对家乡的挚爱，带领因改制而下岗的八个同事，承包了文化厅下属的宁夏文化国际旅行社一个部门，义无反顾地开启了创业之路。

此后，团队由于秉承诚信的原则、能吃苦的精神以及优质的服务水平等诸多因素，在宁夏旅游界打出了一个又一个漂亮的“阻击战”。同时，在业界也建立了良好的口碑、稳固了地位。通过5年的努力，宁夏文化国际旅行社进入了全区“十强”“十佳”旅行社的行列。

2009年，高淑萍独资注册成立了宁夏新文化国际旅行社（有限公司）。从外联销售到地接操作，从领队服务到管理团队，她用青春和汗水滋润宁夏新文化国际旅行社不断成长。宁夏旅游大环境变幻莫测，在经过艰苦卓绝的重重磨炼后，为顺应旅游行业散客化、个性化的发展趋势，新文化旅行社为企事业单位、集团客户提供个性化、品质化的中高端旅游定制服务，金牌旅游专家一对一服务，使游客享受“私人专属顾问”的行前、行中、行后服务，全程24小时为客户服务，使客户尽享安心旅程。

2010年，宁夏新文化国际旅行社荣获全省“十强旅行社”、银川市“青年文明号”等荣誉称号，并成为全省七家“四星旅行社”之一。2010年底公司被宁夏企业家协会评选为“西部大开发十周年突出贡献企业及企业家”。

目前，宁夏新文化国际旅行社已逐渐发展成宁夏旅游行业的龙头企业，与国内外近百家旅游单位建立了紧密的合作关系，高淑萍女士也先后被宁夏回族自治区企业家协会评选为“年度十大杰出女企业家”，被宁夏回族自治区妇联评选为“三八红旗手”，被宁夏女企业家协会推选为副会长；在2015年当选为“全国巾帼建功标兵”，这是此项殊荣第一次落在宁夏旅游行业。

东风夜放花千树，酿成千倾稻花香。高淑萍在宁夏旅游的热潮中，寻觅出了华丽的人生征程，良好的家庭教育和深厚的文化沉淀促使她开启了宁夏旅游中的智慧文化元素，这也是对家乡的一种人文情怀。人生只有走出来的美丽，没有等出来的辉煌，她在旅游热潮中实现华丽转身。

点燃活力催发“企业生机”

山有峰顶，海有彼岸。漫漫长途，终有回转。

公司成立以来，积极倡导“明主开发、奋发进取、团结向上”的企业文化，并完善了

公司荣誉墙

一系列管理制度，设立了“惠宁旅游中心”“公民旅游中心”“会议中心”“散客及网络营运中心”四大主要业务部门，主要负责地接、组团和会议三大主营业务，并配套成立了“行政中心”“采购中心”“财务中心”为三大业务中心提供服务支持。

2011年8月，为了填补市场空白，高淑萍审时度势、高瞻远瞩，在全额缴纳出境旅行社质量保证金后，获得了国家旅游局的批准，荣获出境资质。同时，2011年以增长120%的骄人业绩独领宁夏旅游之巅。一直以来，团队坚持“客户第一，以诚相待”的服务原则，把“行程可以模仿，品质决不雷同”作为企业特色，坚持以质量赢得市场、以质量取得信誉。

除此之外，随着“互联网+大数据”的逐渐渗透，高淑萍紧随时代发展的步伐，逐步完成了线上线下，跨地域多元化的发展之路，先后与携程旅游、去哪儿网、金棕榈、驴妈妈旅游网合作，进行线上精准营销，线下旅游接待，实现线上线下一体运作，开创了宁夏旅游事业的先河。

高淑萍积极响应政府“人人都是旅游形象，处处都是旅游资源”的理念，立足“全景打造、全业融合、全时体验、全民参与”全域旅游发展新模式的政策，加大“引客入宁”项目，接待人数连续7年排名行业第一名，更加可喜的是近年来在宁夏大力发展全域旅游的道路上，特别是2015年、2016年宁夏新文化国际旅行社旅游接待人数连续两年突破10万人次大关，成为宁夏旅行社行业唯一突破10万接待人次的旅行社。2016年互联网线上业务量占比达到31.2%，被宁夏旅游投资集团公司投资参股，拥有30%的国有身份，完成了再一次超越，但超越的背后，承载的是更大的责任和使命。2017年互联网线上旅游接待超过50%。

之后，随着宁夏旅游事业的崛起，宁夏回族自治区第十二次党代会在全国率先提出“要把旅游业融入经济社会发展的全局”，极大地激发了宁夏回族自治区发展旅游业的行业自信、产业自信和事业自信，全力以赴打造国家全域旅游示范区。习近平总书记来宁视察期间，做出了“发展全域旅游路子是对的，要坚持走下去”的重要指示，开启了宁夏全域旅游发展的新纪元，指明了宁夏回族自治区旅游业发展的新方向。

高淑萍始终以坚持做中国最负责任的旅行服务商为己任，坚持用接待入境团队的服务质量严格要求把控，用诚实守信赢得了广大客户的信赖，始终稳步领跑在宁夏旅游市场的第一线。宁夏新文化旅国际行社也相继得到了宁夏回族自治区旅游发展委员会及银川市体育旅游局的充分认可，先后被授予“五星级旅行社”“宁夏十强、宁夏十佳”旅行社、“宁夏回族自治区青年文明号”“工人先锋号”以及“宁夏首批安全生产A级旅游企业”等荣誉称号。

情寄感恩担负"民生希望"

落红不是无情物，化作春泥更护花，在社会责任方面，高淑萍关爱弱势群体，积极参加公益活动，不忘初心回报社会。

2011年高淑萍赴泾源县太阳洼小学捐赠衣物、学习用品；2013年关爱母亲组织千名老人免费游吴忠；2015年对北京光爱学校捐赠了电脑和衣物等；2016年、2017年响应宁夏回族自治区旅游发展委员会的号召，捐助现金共计3万元给固原特困地区，连续三年承办了宁夏回族自治区老龄委"特困老人家乡游"活动，同时多次响应宁夏回族自治区旅发委的号召，累计捐款捐物价值超过10万元；2018年与香港海鸥助学团一起举办了宁夏师范学院助学之旅活动。

为了让员工感到家的温暖，公司还成立了工会基金、创业基金。虽然工会基金好多公司都会有，但是有创业基金的公司，恐怕只有宁夏新文化国际旅行社独有。没有哪个企业愿意让自己的得力战将自谋出路，高淑萍女士这样做无疑是自断膀臂！然而她的这项举措不但留住了人才，还留住了员工的心。高淑萍对员工严要求、高标准，但是生活中，她却是员工眼中慈祥、操心的"家长"，像"严厉的妈妈"一样带着员工一起成长、前进。积德虽无人见，行善自有天知。人为善，福虽未至，祸已远离；人为恶，祸虽未至，福已远离。

公司办公室

后 记

文化是旅游的灵魂，旅游是传承文化的重要载体。随着宁夏旅游业进入到全域旅游的快车道，特别是宁夏继海南之后成为第二个省级全域旅游示范区，旅游业已成为宁夏支柱性产业。宁夏新文化国际旅行社董事长兼总经理高淑萍女士，一个有着30年旅游工作经历的资深旅人，一个优秀、专业的日语导游，一个曾多次代表宁夏出访日本、新加坡、马来西亚等国家的旅游使者，把中华民族上下五千年的优秀文化播撒四海。"海内存知己，天涯若比邻"，这个精致而知性的女性，在致力于打造宁夏"特色旅游、品质旅游"的道路上走的越稳越远，力争做"中国最负责任的旅行服务商"！

如今的宁夏经济繁荣、社会进步、民族团结、政治稳定，已成为海内外客商投资置业和旅游度假理想之地，随着银川至吴忠、中卫城际铁路的开通，银西高铁时代的到来，宁夏旅游的整体环境将迎来更大的区位优势。展望未来，宁夏新文化国际旅行社将会在高淑萍女士的带领下继续发扬"把旅游当成一种新文化运动来做"的精神，秉承"新文化、新思路、新概念、新时代"的文化底蕴，继续与时俱进，立足新起点，新征程，开创新辉煌！

【相关链接】

高淑萍，汉族，宁夏新文化国际旅行社(有限公司)法人、总经理。并担任银川女企业家协会副会长、宁夏企业家协会理事、宁夏女企业家协会常务副会长、飞燕龙马联盟常务理事、龙之旅全国旅游协作网宁夏分会会长、中青旅联盟会员、全国会议地接联盟会员。

2012年被宁夏回族自治区妇联评选为"巾帼建功标兵"；2010年被宁夏区企业家协会评定为"年度十大杰出女企业家"；2011年被宁夏回族自治区妇联评选为"三八红旗手"，2015年被评选为"全国巾帼建功标兵"；2000被评为"全区旅游业内先进生产者"称号；2001被评为"全区十大劳动技术标兵"。

“教育”植根于爱 “七彩”为爱代言

——宁夏银燕七彩教育集团

朱宝全是一个敢于踏平坎坷、勇于攀登险峰的创业者。虽已到不惑之年，双鬓也略微泛白，但他一如既往带领着全体员工开拓创新，为宁夏银燕七彩教育集团迈向新的辉煌而不懈地努力着、奋斗着。“春蚕到死丝方尽，蜡烛成灰泪始干”是他最好的人生写照。

初办学校 取得佳绩

冬日的贺兰山覆盖着皑皑白雪，呈现银装素裹的妖娆之美；阳光照射下的黄河冰凌，成为千姿百态的独特景观。银川，以瑰丽迷人的塞外风光，优异的生态环境和深厚的文化底蕴，彰显着凤城的魅力。

这年，刚从西安音乐学院毕业的朱宝全，被分配到宁夏银川的一所高校。在高校除教学外，朱宝全还担任行政工作，但他用音乐去启迪孩子心灵的理想，始终在心底燃烧，无论是忙碌还是安逸，朱宝全都初心未改。1992年，朱宝全毅然决然放弃了大学舒适的工作环境，满怀激情地踏上了自己的创业之路。他借鉴西安民办艺术教育的教学经验，在银川市创办了宁夏银燕七彩艺术学校。正值青春年少、踌躇满志的朱宝全决心从自己热爱的音乐事业上走出一条属于自己的人生道路。

万事开头难。学校创办之初，就遇到不少问题，朱宝全为了把自己的学校创办好，到处拜师求艺，同时还到幼儿园、小学向老师探讨儿童心理学、教育学。朱宝全废寝忘食，一心只想让自己的学校更好更快地发展起来。很多次，他亲自组织学生参加宁夏回族自治区文化厅、区文联举办的迎新春少儿音乐会，每一次的排练，他总是冥思苦想：如何才能提升学生的演奏技能？如何才能提高孩子们的表演能力……朱宝全在民办艺术的道路上探索着、追寻着，在他的字典里已经没有了“休息”这个词。

功夫不负有心人。1994年，在“万国杯”全区少儿键盘乐大赛上，朱宝全荣获优秀

宁夏银燕七彩教育集团董事长朱宝全

指导教师奖，他辅导的6名学生分别获一、二、三等奖；在第二届“万国杯”上获奖学生又从6名增加到9名。奖杯连着口碑，“银燕七彩”这个名字慢慢在家长们的口中传颂，银燕七彩艺术学校渐渐成了孩子们成就艺术梦想的摇篮。

面对这样的成绩，朱宝全没有骄傲和满足，他认为银燕七彩艺术学校还需朝着更高的目标前行。于是，朱宝全亲自带领学生参加教育部和中央电视台举办的“全国中小学生电子琴”比赛，其中有2名学生获得了全国二等奖，6名获得三等奖，3名获得优秀奖。这些收获令朱宝全更加坚定自己办好民办艺术学校的信念，从此他大胆开创自己的办学风格，积极组织学生参加各级各类比赛活动，并屡屡获奖。

以质为本　追求卓越

26年来，学校走“以质量求生存，以特色求发展”的道路，坚持“创一流学校，育一流人才”“铸就教育品牌，缔造百年名校”为奋斗目标，以“团结、奋进、严谨、创新”为办学精神，狠抓教学质量，提升办学水平。

26年来，学校参加全国大型比赛，器乐和舞蹈类有15850人获奖，美术类有5801名学生获奖；参加区内和银川市比赛有15621名学生获奖，学校先后158次荣获全国全区最佳组织奖，先进集体奖、伯乐奖、优秀创新奖、中国成功之星、杰出贡献奖、特别贡献奖、中国名校奖、百强十优等荣誉。其中2004年2月参加文化部主办的全国小童星艺术比赛，获得器乐和舞蹈类5枚银牌、4枚金牌，舞蹈《嬉春》以最高分数获得金牌；2005年2月参加文化部主办的“世纪之星”全国小童星艺术比赛，共获6项金奖和12项银奖，舞蹈《西夏鼓娃》获得金奖。

26年来，他带领银燕七彩艺术团应邀出访美国林肯中心、维也纳金色大厅、悉尼歌剧院等30多个国家的比赛和演出，荣获“国际教学成果进步奖”“最佳荣誉奖”等殊荣，同时朱宝全被授予“全国杰出贡献奖”“功勋人物奖”“十佳杰出人物”“终身成就奖”“成功典范”等荣誉称号。主编《钢琴教程》由宁夏人民出版社出版在全国发行；2010年入选大型国际交流丛书《中国专家名人词典》及《中国当代音乐界名人大辞典》一书。

2012年集团在宁夏体育馆成功举办了马克西姆钢琴大师音乐会

集团在重视提高教学质量的前提下，始终重视对学生进行德育教育，使学生在德、育、体、美等方面全面发展，在教给学生艺术知识和技能的同时，重视教育学生如何做人。集团现在拥有一支高素质、充满生机与活力更具有极强凝聚力和战斗力的教师团队。培养21世纪"合格+特长"的新型人才，是素质教育的综合体现。学校与中国音乐学院、中央音乐学院、中国美术学院、北京舞蹈学院等多所一流院校成为战略伙伴。2011年荣获中国民办教育家协会颁发的"中国十大最具影响力的教育集团"，2012年荣获中国民办教育家协会颁发的"中国十大知名品牌学校突出贡献奖"；2016年经宁夏回族自治区工商局批准审核通过宁夏民办教育行业唯一"著名商标"；2018年被新华社评为影响宁夏经济100个优秀品牌企业；创始人朱宝全先后被中国民办教育家协会等单位评为"中国十大民办教育家""全国杰出贡献奖""功勋人物奖""十佳杰出人物""终身成就奖""中国长城品牌人物""优秀企业家"等殊荣。集团始终坚持正确的办学方向，贯彻党的教育方针，全面贯彻落实《中华人民共和国办教育促进法》及《民办教育促进法实施条例》，把培养"合格+特长"的新型人才、"创一流学校，育一流人才"作为奋斗目标，把提高教学质量作为学校的重中之重。

集团把创业26年的品牌作为学校前进的动力。2006年学校计划按贡献、职称、能力和学历等12项指标，将教师分为A、AA、AAA、AAAA四个级别建立竞争机制，完善管理机制，使集团走上了"产业规模化、管理系统化"的现代化企业发展道路。

热心公益　成绩显著

朱宝全26年如一日，始终坚持在教学一线任教。学校积极响应政府号召，安排下岗职工和大中专毕业生就业，学校先后招聘下岗职工和大学毕业生360多人，到校后良好的待遇使他们安心工作、潜心教研。学校还积极参加社会公益活动，26年来，学校为汶川地震、王洼镇小学等捐款累计100多万元，减免贫困学生学费近800万元。在力所能及的情况下，学校还经常向社会捐款捐物，向儿童福利院捐款赠物；给“春蕾计划”南部山区失学女童马霞等人捐款、西吉分校樊园园老师捐款等；使更多的孩子能有机会学习音乐和艺术。还多次组织文艺队到部队、福利院、少管所、银川监狱、女子监狱等地进行慰问演出；成就事业的同时，永远不忘回报社会。

凤凰城里开花结果

26年来集团每年组织很多活动，如：2009年2月，总校舞蹈《沙枣花香》《家乡的硒砂瓜》入选央视2009年全国少儿春晚；4月28日集团艺术团应邀参加第七届意大利威尼斯国际艺术节；19日，集团选拔了150多名优秀的小演员，参加了由中央电视台、宁夏电视台联合举办的《塞上花儿红》—2009年宁夏“六一”晚会，并在央视少儿频道播出；北京舞蹈学院和中央音乐学院专家教授对学校器乐和舞蹈教师培训，近200多名教师参加培训并取得了教师资格证；7月9日，集团组织分校28人赴韩国进行访问、交流、演出取得圆满成功；18日，学校特邀台湾著名教育家《爱和乐》创始人陈功雄教授进行大型

第九届“七彩之星”全区青少年儿童才艺展演

公益讲座；10月15日，特邀深圳中旭教育集团王亮老师对100多名中层以上领导进行了管理培训；10月20日，舞蹈《回乡情韵》《Nobody》入选央视少儿春晚及中小学春节联欢晚会，10月24日，童声合唱团80余名学生应邀参加中国电信天翼之夜奥地利维也纳欧洲交响乐团宁夏新年音乐会童声合唱，取得圆满成功，社会反映良好。

2011年学校主办了国际巨星“郎朗”为百名琴童及家长亲自面授的大师课，使学生和家长受益匪浅；2012年12月27日集团百名琴童与郎朗同台演绎了气势恢宏的2012宁夏新年音乐会的合奏；12月集团被教育厅、教育学会评为全区唯一先进单位，董事长朱宝全被评为“先进个人”及“银川市优秀政协委员”；10月22日，特邀北京新东方教育集团秦朗老师对校领导及教师进行了管理培训；7月25日—27日，两年一届的“七彩之星”在银川湖滨体育馆隆重开幕，参加选手达万人，同时邀请区内音协、舞协及各大知名院校的专家担当评委，数量多、质量高、组织有序，真正体现了“七彩之星”的品牌价值；7月28日由中国民族民间舞考级中心组织的全国36个省、市的代表队参加中央电视台三套《舞蹈世界》栏目组比赛，最终取得全国第二名（亚军）的优异成绩；2011年12月，学校应邀参加美国林肯艺术中心演出，2011年七彩艺术团赴维也纳金色大厅精彩演出，成为西北地区唯一站在国际圣殿——金色大厅演出的学校。同时主办世界钢琴超级圣手马克西姆钢琴独奏音乐会。2017年“盛世辉煌，银燕七彩”25周年校庆与湖南

2017年“盛世辉煌，银燕七彩”25周年校庆文艺晚会

电视台国际频道合作，在宁夏大剧院隆重举办，面向全球76个国家播出，获得了一致好评。同时2018年在宁夏大剧院主办第十七届“亚洲超级新秀”和第九届“七彩之星”全区青少年儿童才艺展演，在线直播点击关注率分别高达75万、148万，多年来为宣传宁夏做出了突出贡献。

目前，集团正充分利用自身优势，实施自创、扩张战略。未来，银燕七彩教育集团将更加完善教育机制，依靠教育特色，大力扩展艺术空间，优化产业结构，塑造教育品牌，在管理上更加规范化、科学化、系统化、现代化，并将充分整合人力资源优势，突出“以人为本”的企业文化，吸收、接纳、培养出具有高素质的技术型、管理型、创造型、开拓型的优秀艺术人才，带领集团向更高的目标展翅高飞，为中国现代化教育而努力奋斗！

【相关链接】

朱宝全，汉族，民革党员，曾先后毕业于银川师范、1992年毕业于西安音乐学院，1998年经中国音协选派赴奥地利维也纳国立音乐学院学习深造，2008年毕业于香港公开大学，硕士研究生，副教授职称；主修钢琴、副修电子琴、合唱指挥。现任北京银燕七彩国际文化艺术交流中心总裁、银燕七彩教育集团董事长兼总校校长(创始人)。同时担任中国艺术教育联盟副主席、中国音乐家协会会员、宁夏音协副主席、宁夏合唱协会副会长、宁夏民办教育协会副会长、全国考级高级考官、银川市政协委员、兴庆区政协常委、宁夏音协电子琴学会副会长、宁夏教育学会民办教育专业委员会会长及艺术教育研究会会长。

百余名学生曾获国际、国内各种奖项，同时被授予全国杰出贡献奖、功勋人物奖、“十佳杰出人物”、终身成就奖等荣誉称号。106次被国家教育部、文化部等评为全国优秀教师、园丁奖；多次指挥全区大型合唱获一等奖；曾多次担任全区钢琴、电子琴大赛评委和大型合唱指挥；百余名学生考入国内、外各大音乐院校；26年来带领七彩艺术团应邀出访30多个国家的比赛和演出，荣获国际教学成果进步奖、最佳荣誉奖等殊荣。

平凡岁月　彰显不平凡人生

——银川育新枸杞种业有限公司

回望历史　巩固地位

五月的天，正是春末夏初。像是一个最温柔的笑，温和而不疏淡，热烈但不拘束，天空沉静，草木欣然。但是，五月似乎不甘如此平凡，它正在不停地发出一个个信号，急切而热烈地向人们表现充满活力的葱茏世界。

五月的天空一片湛蓝，慕名来到银川育新枸杞种业有限公司的枸杞园里，使人强烈感受到，这里又将迎来一个收获的季节。一望无际的枸杞苗，细一看仿佛都在一个劲地向上蹿，开花，出苞，似乎一瞬间就能长出一年的希望。碧绿的池塘里，用枸杞碎果和叶喂养的生态草鱼、鲤鱼、鲢鱼、鲫鱼格外肥硕，鱼群欢快地追逐嬉游。枸杞鱼的亮相，带给人满心的喜悦。可以说，这里的五月很不平凡，不平凡是多样产业化，不平凡是希望的果实，不平凡是企业的源头。

在银川育新枸杞种业有限公司，初次见到公司创始人刘元恒，他已是八旬老人，但依旧精神矍铄。谈及人生经历，他回忆道："1995年退休后，在老伴的支持下，我在银川市西夏区文昌北街新小线附近开荒了100亩土地，种了70亩枸杞。"

银川育新枸杞种业有限公司董事长刘元恒

1999年，他发现有两株变异的枸杞树，开花早、结果早，果实超出宁杞1号近1倍，鲜食口感甘甜，果实长圆形，美观耐储运。于是，他决心繁育这种特殊的枸杞。2003年，他种植了40亩变异后的枸杞苗，然而，令他沮丧的是，这些枸杞树开花的结果少,40亩地,2003-2004年生产干果不足百斤,基本相当于绝收。

2005年,宁夏农科院枸杞工程中心的秦垦先生主动找上门来,通过3个月的细心观察和研究发现,判定这种枸杞为雄性不育种质。在秦垦的协助下,2005-2006年,系统研究掌握了变异株的生物学特性,根据其生物学特性,秦垦、刘元恒、唐慧锋(宁夏枸杞协会副秘书长)确定了变异株与宁杞1号按2:1株间混植、辅以放养蜜蜂辅助传粉为核心的配套栽培技术,在配套栽培技术的支撑下,杂交产出的枸杞(雄性不育枸杞果实)像小西红柿一般大小,其果粒大且均匀,干果肉增厚,优等出果率高,采摘费用低,经济效益好,鲜果更美观,口感更甘甜,主要活性成分含量更高。由于它的适应性、抗逆性,均适合在宁夏灌区栽培,截止研究成果发表时,国内尚无此类报道,因此它是宁夏枸杞良种选育领域的重大突破,为宁夏乃至全国枸杞种质资源库增加了一个宝贵的材料。

2009年2月,经报宁夏回族自治区林木审定委员会审定,将其定名为"宁杞5号"大果枸杞新品种。它的出现从根本上解决了长期困扰枸杞育种必须去雄的一大难题,并实现了枸杞育种由繁到简,大大缩短了育种周期,提高了育种效率,降低了育种成本,这也是宁夏枸杞品种选育领域的重大发现,意义深远。以此为契机持续加快宁夏枸杞品种更新速度。

2001年银川育新枸杞种业有限公司的正式成立,促使刘元恒对枸杞产业的发展有了充足的信心。在加工销售育新枸杞干果系列产品中,以枸杞叶、芽为原料制作出来的枸杞茶、脱水枸杞菜是几款富有宁夏地方特色的色、香、味俱佳的饮品、佳肴,为宁夏乃至全国人民的健康、养生作出了杰出的贡献。

2010年,"宁杞5号"荣获银川市科技成果二等奖,这标志着宁夏从此步入大果枸杞的生产及鲜食时代。为此,刘元恒建立了种苗繁育基地,为大面积推广奠定基础,这既是一个能直接用于生产推广价值的枸杞良种,又是一个非常宝贵的育种材料。

一分耕耘一分收获。多年来公司经过潜心研究实践与艰辛努力获得多项殊荣:2010年荣获中国2010年上海世博会DEVNET馆指定育新枸杞叶茶供应商;2010年被宁夏银川市政府授予农业产业化龙头企业;2011年育新枸杞芽叶茶、川夏枸杞获得有机认证;2012年育新商标被评为宁夏回族自治区著名商标;2013年育新枸杞芽尖茶被评为2013年中国农产品加工业投资贸易洽谈会金质产品;2014年宁夏回族自治区政府特推荐育新枸杞叶(芽)茶系列产品为"宁夏十大名茶";2014年获第十五届中国绿色食品博览会金奖;2015年育新枸杞芽尖、枸杞芽茶、川夏枸杞获得中国绿色食品发展中心认证。

谈起这些荣誉,老人家淡淡一笑,说:"我在自己枸杞田里发现的2株枸杞,我认为

刘元恒董事长在枸杞园工作照

是老天给人类的赏赐。只不过是被我幸运地发现了，我需要做的就是把老天赐予人类的宝贝发扬光大，让更多的人受益。”

填补空白 传承文化

刘元恒董事长是个善于思考的老牌科技知识分子，他戏谑地称自己是瞎琢磨，他的“瞎琢磨”带动了西夏区就业工程，减轻了政府的负担。综合性的开发枸杞系列产品的壮举，为人类健康做出一份特殊贡献，为实现习近平主席提出的中国梦做出巨大努力，也让世界为宁夏“红宝”系列敞开了大门。

2001年，银川育新枸杞种业有限公司率先开发了枸杞叶茶，该产品投放市场后，受到广大消费者的喜爱和赞誉。此后宁夏枸杞叶（芽）茶加工销售产业如雨后春笋般迅速发展壮大，为繁荣宁夏经济、活跃宁夏市场、振兴宁夏文化，产生了深远持久的影响。

2003年5月，“枸杞叶茶的制备方法”申请了国家发明专利，并被中华人民共和国第七届少数民族传统体育运动会认定为指定产品，及宁夏回族自治区首届旅游节指定产品。9月，宁夏回族自治区政府推荐为“宁夏礼品用茶”，茶叶家族又添新秀，填补了宁夏无制茶业的空白。2014年7月，刘元恒自主研发的枸杞叶菜获得生产许可证，已批量生产。2015年，刘元恒以枸杞叶、果为饵料主养草鱼实验取得了阶段性成果。2016

年开始规模饲养，“枸杞鱼”营养丰富，味道鲜美，成为宁夏鱼类产业一大亮点。

公司自成立以来，始终以“品质、诚信、健康、共赢”的宗旨树立品牌形象，提出“育新 — 您的枸杞养生顾问”的经营理念，致力于打造消费者身边的枸杞养生专家。现阶段，银川育新枸杞种业有限公司主要是一家以枸杞新品种选育、枸杞新产品研发为牵引，集枸杞种植、生产、加工、销售的综合性民营企业，主要从事优良枸杞种植，枸杞种苗选育和扩繁，枸杞干、鲜果、枸杞芽、叶茶、枸杞菜加工销售，枸杞副产品配方鱼饲料以及枸杞鱼养殖的研究。

目前，公司生产的枸杞和枸杞茶，原料均出于自己种植，产品出于自己加工，质量从源头上就完全可控，食品安全有保证。同时宁杞5号大果枸杞是公司发现并培育扩繁出来的，公司一直保持并从事着对宁杞1号、宁杞5号种苗的提纯工作，并建立了种植资源圃，苗木纯度高。种植枸杞一直采用绿色管理模式种植，主要施用符合绿色管理要求的肥料，施洒生物农药，枸杞果实口感好，无农药残留，食品质量安全可靠。

公司一直致力于针对枸杞行业的形势发展，开展对枸杞新品种、新产品的研发，先后发现并培育了大果枸杞，发明了枸杞叶茶，成功研制了枸杞芽菜的制干工艺，研发了枸杞副产品鱼颗粒饲料，成功养殖了枸杞鱼等。在宁夏回族自治区60年大庆到来之际，育新公司于2018年6月18日利用枸杞芽为原料又开发出一款“枸杞红茶”，其茶形、茶香、汤色彰显出宁夏枸杞叶芽别具一格的风韵，体现了宁夏枸杞产业界同仁志士在国家大力感召下的创业精神，也为枸杞产业打开新的篇章做出了重大贡献。

顺应形势　创新发展

近年来，随着公司规模的扩大，公司本着“顾客至上”的原则，秉持不断创新和发展，将更多人力和资金投身于枸杞新产品的创新和研发上。刘元恒发现大果枸杞宁杞5号，在一定程度上有效地解决了枸杞品种颗粒小、产量低的现象，也标志着宁夏从此进入大果枸杞时代。同时，公司研制成功的“枸杞叶茶制备方法”，使公司成为宁夏第一家枸杞叶茶加工企业，育新枸杞叶茶成为宁夏热销的地方特色产品，一个创新产品催生一项新兴产业，枸杞叶茶制备方法的发明，填补了宁夏制茶业的空白，从此，宁夏枸杞产业出现“红”（枸杞果），“绿”（枸杞茶）两重天。为宣传宁夏，繁荣宁夏枸杞产业市场，振兴宁夏经济，提高宁夏的知名度，产生了不可估量的影响和对宁夏枸杞产业产生巨大的促进和推动作用。

公司在发展壮大的同时，带动了周边不少种植户发展致富，不但为他们进行免费的技术指导，同时公司技术人员耐心细致的解决种植户在种植过程中面临的各种问题，使更多种植户有更多的收益。此外，公司在发展过程中，为周边打工人员提供临时就业岗位，从不拖欠工资，公司年均支出工资80万元左右，这样既解决了临时工的就业问题也增加了他们的家庭经济收入，又为社会安定和我国就业发挥了重要作用。周边工人把育新公司形象地称作“为打工人员开的，可随时领取工资的‘银行’”。

未来，公司将继续坚持以“品质、诚信、健康、共赢”的宗旨树立品牌形象，以“育新 — 您的枸杞养生顾问”为经营理念，坚持不断创新和发展，加强资金和科研人员的投入，继续坚持枸杞新品种的研究与研发，开发高品质的枸杞系列产品，满足广大消费者的需求。提高企业生产效益，完善产品质量，完善公司社会服务体制，积极回报广大新老顾客和社会，力争把“育新”企业做专做强，取得社会效益、经济效益双丰收。

育新枸杞将以市场为导向，创新发展，继续发挥农业产业化的带动作用，通过参与打造枸杞产业链，打造世界枸杞之都，打造枸杞世界品牌，让枸杞产业成为世界的朝阳产业、健康产业，让宁夏育新枸杞成为中国枸杞、世界枸杞的第一品牌，为宁夏枸杞走出中国，红遍世界作出自己的贡献。

董事长刘元恒由一个教书匠变成老板，创业20多年，前进的道路上虽然坎坎坷坷，起伏不定，但也前后在5个方面开展了10个小发明、小实验、小创新！所有的这些发明、创新、实验都始终围绕着宁夏枸杞产业这个主题为中心，件件和枸杞产业有关，并

枸杞叶茶炒制

坚持自力更生，走自我累积、自我完善、自筹资金、自我发展的道路。

对于延续生命历程的五月，生命一直在延续精彩！五月，将是刘元恒董事长更加辉煌的五月。他的企业真诚守信，驰骋魅力，铸魂将在。感谢五月和暖的春风，感谢五月明媚的阳光，感谢枸杞产品的绿色美好，让企业灵魂在此升华。

【相关链接】

刘元恒，汉族，中共党员。1936年8月25日生于河南省南阳县高庙镇上曹村。1955年8月响应国家号召支援大西北考取甘肃省灵武农业机械化学校社会主义农业企业经营管理专业学习，1956年因甘肃省农业厅决定与银川民族公学对调校址，学校整体搬到银川市西关外(现银川警备区)的民族公学，更名为甘肃省银川农业机械化学校。1958年7月毕业后留校工作，历任总务处食堂管理员，伙食管理股长，实习农场会计，学校出纳等。1966年“文化大革命”开始后，学生停课闹革命，学校停止招生，到1969年初，宁夏革命委员会生产指挥部宣布撤销宁夏农机校，随宁夏机关下放到毛泽东思想干校劳动，分配到干校二营负责生产管理。1971年毛泽东思想干校撤销，在原宁夏农机校旧址成立宁夏干部学校，分配到后勤部负责房屋维修，一年后，又被安排在后勤部汽车队做调度。1973年宁夏回族自治区党校恢复建制，搬迁到怀远路原党校旧址，继续在后勤部管理和调度车辆。1978年任区党校农场生产科长，1982年宁夏农业机械化学校恢复后，调回学校任总务处主任，1974年在宁夏农业机械化学校和宁夏机电工程学校任副校长，1995年8月退休。本该颐养天年的他，有一颗闲不住的心，开始了人生新的征程。

沙海搏击　艰难绿洲行

——宁夏志辉实业集团有限公司

宁夏志辉实业集团有限公司位于银川市西郊镇北堡沿山路西41公里处，于1996年12月17日在银川市工商行政管理局注册成立，注册资本为4602万元，在公司发展壮大的22年里，始终为客户提供好的产品和技术支持、健全的售后服务，公司主要经营农林种植；畜禽养殖（不含种禽、特禽及专项审批）；大型货车整车维护及修理；普通货物运输。

一路拼搏　一路开拓

1986年高中毕业后，袁辉便跟随父亲学开车、跑运输，从一辆旧汽车开始滚动发展，陆续办起了砂石厂、石料厂、白灰厂，渐渐拥有了13辆大吨位货运车、8台装载机、3台推土机的运输队。致富以后，他和弟弟袁志积极响应国家加强生态建设的号召，取兄弟俩名字各一字，于1997年在银川市西夏区镇北堡镇昊苑村注册成立了宁夏志辉农牧开发有限公司，决心将自己承包的采空区变成绿洲。

酒庄俯瞰图

要将从地面到地下几米

甚至几十米深的透沙地变为良田，谈何容易！一般情况下，只要将采空区地面平整就已经很出乎意料，要在石头上长出庄稼来，岂不是异想天开。但兄弟俩并没有轻易放弃，说干就干，从架线拉电、修路盖房、开渠引水、植树种草，一点一点干起。处在贺兰山风口下的这片戈壁滩，经常不是飞沙走石，就是沙尘弥漫，被称为“大风起时人不立”。最初种植的小树，不是树皮被撕扯掉了，就是拦腰刮断了，兄弟俩不屈不挠，树倒了扶起来，刮断了重新种上，自己的钱花光了再找银行贷款。几年过去，他们不知吃了多少苦，流了多少汗，期间他们打出十几眼深水机井、架设10000多米高低压线路、铺设20多公里生产道路、开挖20多公里农田灌溉水渠，并种植100多万株各种树木、打造宽60米长20公里宽幅林带、播种3000多亩草地，种植葡萄、苹果、大枣等品种经果林1000亩，一个神话般的人间绿洲傲然屹立于昔日的戈壁荒滩。

正是他们这种迎难而上，锲而不舍的精神，深深感动了身边的人。“明知道在这石头滩上投资短期内见不到效益，甚至10年或20年后连成本都收不回，但他们还是不惜到银行贷款来打造这块石头滩，这种为改造自然、造福后代的执着态度精神可嘉”。其中来自安徽的韩付亮不惜舍弃在老家的村干部差事，带着全家人来到这里担任农牧场场长一职，他兴奋地说：“刚来这里时，周围白茫茫一片，全是沙石，无树无草，无渠无井，无电无路，一派荒凉，经过几年的治理，这里不但没有风沙，还成为城里人休闲度假的好去处。”

穿越荆棘　智者举世

昊苑村原是一个“盲流村”，村民来自甘肃、陕西、四川、安徽、河南等省，及宁南山区。这些人来到贺兰山下自发圈地开荒，随着时间的推移，移民越来越多，开垦的面积越来越大，形成了一个426户1700多人的村子。这一地区是银川市最大的采砂区，海拔高风沙大，常年干旱，不宜农耕。大多数移民来后，一是到附近砂场采砂装砂打工，二是依靠离市区近便的条件，进城务工为生。当年在这里流传一句话：“光长石头不长草，种一葫芦打一瓢，辛苦一年吃不饱，移民来了往回跑”。2002年，银川市政府将这里编制为一个行政村，取名昊苑村。

袁辉不惜投尽“血本”，百折不挠与恶劣环境抗争，哪怕公司有再多困难也从不亏欠周边村民和外来务工人员工资及其他福利待遇，在2002年，昊苑村首届举行的村级两委班子选举中，袁辉在500多名选民中获票90%以上，当选为昊苑村村主任，第二年又被村民推选为银川市西夏区人大代表，现任银川市人大代表。

大爱无边 昊苑村的旗帜

当上村主任后，面对无数村民，如何致富一方是袁辉首要承担的责任，当他看到村里的孩子要到10里以外的华西小学上学时，他毫不犹豫地从公司本来紧缺的资金中拿出了50万元建立小学，取名“志辉小学”。学校建成后，让这个“大老粗”没想到的是，要使一所学校正常运转，还得添置比建教学楼更加昂贵的硬件设备和系列教学设施。之后，他又硬着头皮先后拿出76万元解决了村里200多名孩子上学难的问题。

村支部成立了，但没有活动场所，村委会产生了，但没有办公场所。袁辉仍然没有退缩，也没有向政府伸手，义不容辞地承担起了建设村委会的责任，在当上村主任还不到半年的时间里，又自筹资金盖起了村部和党员活动室。

要想富先修路，要赚钱信息全。袁辉无疑是个优秀的企业家，但同时他又是一个能够带领村民致富的好旗手。在当上村主任不到两年的时间里，为每家每户庄前屋后通上了柏油路，为各家各户通了电、装上了电话，为全村家家户户通上了自来水、装上了沼气，让村民出行方便，让村民上网挣钱，让村民健康安全的生活。当他看到许多村民都跟着他搞种植业，便说：“我有资金优势，先试验，万一搞砸了也赔得起，农民赔不起，我是村主任，我有责任带动农民改变意识，多挣钱。”于是，他根据农民各自不同的具体情况调整产业结构，让一部分人搞特色种植、特色养殖，让一部分人充分利用靠城近这一优势，搞现代都市农业。目前，昊苑村村民都各自有一个主导产业，不但收入稳定，且大多数村民已走上了致富之路。

酒庄一角

如果说大多数村民有一个稳定的产业做后盾，靠务工、搞劳务输出致富的话，仅志辉公司每年光季节性用工就达300人，发给村民的劳务工资上千万，其中100多人常年固定在志辉公司打工，成为名符其实的产业工人。袁辉深知这些移民生活的不易，不但从不拖欠工人工资，而且有时还提前支付。村民哪家有个婚丧嫁娶手头转不开，只要找到袁主任，借条都不打，什么时候手头宽裕还了就是。记得袁辉在刚当上村主任的那一年，镇上发了1000元的工资，在得知给计生专干没发工资时，他二话没说将500元给了她，又将剩下的500元叫人送给三队出了车祸的村民杨宗恒；村里有一位从陕北梓州迁来的老红军生活比较困难，袁辉把他作为自己帮扶的对象，常年进行资助；由于自己没有上过大学，他非常羡慕考上大学的贫困学子并全力支持，只要村里有考上大学的，他都要亲自把学费送到村民家中。这不，近期他还准备成立一个由自己命名的教育助学基金会，把捐资助学列入公司的一项常规工作。

扶贫济困是当今致富企业家回报社会的优良美德，危难时刻挺身而出是当今社会人性闪亮的一大看点。袁辉也不例外，他在致富没忘回报社会的同时，内心深处也闪现着人性最美好的一面。2005年6月7日，贺兰山爆发特大山洪，山洪半夜1点多从山上咆哮而下，袁辉很快就赶到了抗洪的最前沿。当时，水已深到腹部，在人命关天的关键时刻，袁辉没有退缩，自己驾车在水中，四处搜寻被困在水中的村民，从深夜一直找到天明，救出了被围困在水中的三户8口人。同时，为了保护村民的农田，他派出两辆铲车，毫不犹豫地将洪水引入自家林地，才种下两三个月的小树苗顷刻被洪水淹没。洪水过后，在绿化201省道时，袁辉又捐款一万元。

人生如歌 有志者事竟成

园区始建于2008年，以贺兰山东麓生态环境保护、防风治沙、涵养水源为主，经过几代人32年的艰苦创业，使昔日风沙肆虐的荒滩、废弃沙坑已变成一片生机盎然的绿洲，已成为贺兰山东麓局部生态环境保护、防风治沙、涵养水源不可或缺的绿色生态屏障。

公司现已建成生态公益林7500亩，引种培育216个树种；经果林1000亩，酿酒葡萄2000亩；治理矿区面积6000亩。现建成独具原生态观光、园林文化科普、葡萄酒文化、生态农业、观光旅游于一体的示范园区，建成11000平方米独具原生态观光、文化旅游于一体的志辉源石酒庄和一个全国休闲农村与乡村旅游“五星级”园区。

目前，宁夏志辉实业集团有限公司已成为贺兰山东麓生态环境保护、绿色葡萄酒产业发展的一面旗帜，具有鲜明的引领、示范作用。带动一批中小企业为贺兰山东麓生态环境保护、宁夏葡萄酒产业发展做出了突出贡献；集团公司每年解决周边务工人员1000余人，长期固定员工500多人，社会效益显著。2005年至2010年连续六年被银川市人民政府评为“龙头企业”，被市工商局评为“守合同，重信用”企业。2014年7月被宁夏回族自治区政府评为“宁夏回族自治区农业产业化重点龙头企业”，同年12月被国家文化部评为“第六批国家文化产业示范基地”。

酒庄美景

宁夏志辉实业集团有限公司董事长袁辉在生态环境保护、葡萄酒产业发展、解决周边剩余劳动力就业、增加农民收入、促进农村经济发展的良好的社会效益等方面做出的突出贡献。

董事长袁辉一边努力扩大公司事业，一边积极做好村民及农民工的扶贫工作。2011年，他不但给农民工无偿再建2800平方米的保障性住房，还为村里120多名学龄儿童无偿修建一所幼儿园，届时，昔日徘徊在石头滩上的昊苑村人实现了有事业、有房住、有学上的愿望。

董事长袁辉把公司的发展与村民的致富紧紧联系在一起，真正体现了“一个人富了不算富，大家富了才算富”的理念，不愧为当代致富带头人的楷模，正如他说的那样：“致富是无穷的，服务是无限的，我将终生把我的致富融入到为人民群众无限的服务当中。”

【相关链接】

袁辉，汉族，现任宁夏志辉实业集团有限公司董事长。并担任银川市西夏区人大代表、银川市人大代表、宁夏回族自治区人大代表。2003年3月获银川市“绿银功臣奖”；2004年4月荣获银川市“优秀中国特色社会主义事业建设者"称号；2004年9月被评为“捐资助学”先进个人；2005年12月荣获国家林业局、中国光彩事业促进会等“光彩事业”称号；2005年1月被评为西夏区“关心下一代先进工作者”；2007年10月被宁夏智残协会授予“捐资助残育智明星”；2009年4月荣获“银川市科学技术创新奖”三等奖；2009年12月被评为全区林业生态建设先进个人；2015年荣获银川市“五一”劳动模范称号；2016年被评为“8.21”抗洪救灾先进个人。

一个宁夏本土酒庄的励志史

——宁夏留世葡萄酒庄有限公司

为实现自己最初的理想，他给酒庄配备最先进的生产设备和橡木桶，他深知只有这样，才能最大限度地解读留世庄园内葡萄的品性，实现自己酿造最好国产酒的愿望。

全家创业　满获全胜

据刘海回忆："自2010年从父亲手里接管葡萄园，到2011年留世酒庄正式创建，我的每一步都走得异常艰辛却又日渐坚定。"2013年初，酒庄被上海由西往东美酒公司欣赏，成为其代理的三个中国品牌中的一个，随即酒庄酿造的第一瓶"留世—传奇限量珍藏红葡萄酒"又成功上市并一举夺得"中国葡萄酒与烈酒大赛"金奖。

1997年初，刘海的父亲刘忠敏带领全家人一起开荒，从荒滩戈壁里捡掉一块块石

宁夏留世葡萄酒庄有限公司外景

子，一锹一锄地在贺兰山东麓西夏王陵风景区内垦出了600亩葡萄园，并种下了250亩赤霞珠和50亩梅乐，但当时没有人意识到位于贺兰山怀抱中的这块贫瘠的土地会因其独特的微气候和土壤结构而成为宁夏精品高端葡萄酒的绝佳产地。

宁夏留世葡萄酒庄有限公司庄主刘海

自青少年起他们兄弟三人就在父亲的葡萄园里帮忙，从最基本的苗木灌溉、修剪、采收、埋土做起，直到熟练掌握各种技巧，两代人对这片葡萄园倾注了太多的感情，这感情已远不能用经济利益去衡量。在此后的十几年里，刘海一家人因葡萄园高额的投资成本而深受困扰，但他们没有轻易放弃，此后为减轻家人的重负，他将自己多年的积蓄一股脑儿投入到葡萄园的建设和管理中。这片土地埋藏着中国农民所特有的执着和勇敢，更埋藏着他们青春的热血和汗水。他和他的两个弟弟现在仍然负责葡萄园的日常管理，因为常年在园里劳作，他们的皮肤透出一种近乎黄铜的黝黑色，如果问起他这么多年的坚守得到了什么，他会非常骄傲地说："这使我从一个对种植一无所知的门外汉变成了一个仅从葡萄叶脉就能判断出葡萄品种的本土专家。"

2010年，随着贺兰山东麓产区在中国的崛起及其作为祖国优质葡萄酒产区地位的日渐牢固，他毅然决然地放弃了自己在外面打拼多年并已渐具雏形的事业，全身心地投入到酒庄的日常管理及葡萄酒的酿造上。出于对自己葡萄园品质的信心和对国产葡萄酒未来的憧憬，他和父亲暗暗发誓，一定要酿出最能代表宁夏风土特色的精品国产葡萄酒。

后来，他和家人开始筹备并建立公司，并一起参与了从葡萄园的日常管理、葡萄采收、酒窖建设、到葡萄酒酿造的每一个重要阶段。璞酝贸易的总经理曾说："我没想到一个宁夏当地家族酒庄的庄主，会有这样的魄力与接受力。"因为仅仅在一次简单的会晤之后他就非常爽快地订购了一批璞酝代销的TRANSAUD法国橡木桶，这种橡木桶曾因其不菲的身价而令很多酒庄望而却步。刘海的热情与执着终于吸引了一批批热爱国产葡萄酒的人，他们先后加入留世大团队并为酒庄的建设和发展注入动力。例如原西夏王著名的酿酒师周淑珍女士，以其高超的酿酒工艺和非凡的葡萄酒鉴定水平成为公司的领军人物。

在大家共同的努力下，企业陆续从法国、意大利引进了先进的生产设备，并建成了集葡萄种植、压榨、发酵、贮藏、灌装为一体的高效生产线，此生产线的生态、旅游、观光、休闲、娱乐等项目让酒庄进入了大跨越阶段：巍峨肃穆的贺兰山、宽阔漂亮的110国道、令人震撼的西夏王陵，以其独特的文化底蕴和气魄吸引着一批批游客，酒庄内整洁美观的厂区、精致茂盛的四季花木、格调高雅的地下酒窖，成了游客们流连忘返的经典。

留世庄园内种植的赤霞珠，距今已有21年树龄，此树酿造的美酒，一般呈现出柔和的紫红色酒体，散发着黑樱桃和红醋栗的芳香，并与橡木桶和熏肉的气息交织融合，回味颇为隽永。

目前，酒庄已被评为宁夏产区四级烈级酒庄，所出产的酒品主要走高端精品路线，酒庄和酒品也屡次获得国内外大奖，2012年"留世传奇红"在香港的"中国环球葡萄酒及烈酒大奖"中获得金奖；2015年11月，12年份留世传奇限量珍藏红葡萄酒获得Decanter银奖；2015年9月，12年份留世家族传承荣获美国消费者最喜爱的宁夏葡萄酒。

创立品牌　长足发展

2013年年初，公司注册了自己的品牌——"留世1246"，因酒庄特殊的地理位置，该品牌是国内唯一一家以贺兰山东麓西夏王陵景区为背景推出的品牌，借此来表达对这片绝佳之地的爱恋。正因为两代刘氏人勇于开拓的精神，才将这块荒芜之地创造成为

法国进口优质橡木桶

了最适宜葡萄生长的丰饶沃土。

2013年酒庄推出了第一款产品“留世-传奇限量珍藏红2011年份”，由85%的赤霞珠和15%的梅乐混酿而成，这批赤霞珠和梅乐均成熟于2011年10月中旬，完全使用人工采收、人工筛选。按照酿酒师的要求在酿造过程中尽量减少人为干预，以便尽可能保留其原有风味，这款酒在装瓶之前经历了19个月的陈酿，呈现靓丽的红宝石色，散发出醉人的香草、红莓香味，同时又带有一些黑李和朱古力的气息，并有结实的单宁和酸度支持，使其收结悠长、舒适，年产量仅2800瓶。一经面世，这款酒就以其独特的风味和新颖的酿造风格，受到众多葡萄酒爱好者的追捧。

2013年酒庄开始与上海由西往东美酒公司合作，作为连续四年被评为“最佳葡萄酒进口商”的由西往东公司一直因其精准的葡萄酒甄选水准而被业内专业人士推崇。在谈及选择代理“留世”品牌的原因时，由西往东美酒公司的首席执行官Edouard Duval先生非常认真地说：“我们选择产品一直是非常谨慎的，我们公司的初衷始终是与中国葡萄酒爱好者们一起分享来自世界各地最能代表优质产区特色的家族经营精品葡萄酒。而留世酒庄刚好以其优越的品质满足了我们的这一需求。就地理位置而言，酒庄位于宁夏贺兰山东麓海拔1246米的景区内，其独特的气候和土壤条件自然不言而喻，同时作为家族经营的酒庄，‘留世’可以说是中国绝少拥有超过21年藤龄的酒庄之一，这让我相信‘留世’葡萄酒的品质会非常的稳定。刘海和他父亲经营酒庄的那份坚持也让我感动，这与我们的经营理念非常一致。近几年我也一直在留意和寻找很好的中国酒庄，希望能推荐最优质的产品给我们的客户。因此，我认为“留世”是一个很好的选择，我们的合作会让更多的葡萄酒爱好者和我们的客户对中国葡萄酒有一个深入的不一样的认识。现在‘留世’葡萄酒已经被越来越多的客户所认可，也成功登上半岛酒店、金茂君悦酒店、朗庭酒店等知名酒店的杯卖酒酒单及主菜单，这是一个非常成功的开始。同时，我们对‘留世’即将上市的其他产品也充满了期待。”

2017年10月，酒庄在银川凯宾斯基成功举办了第一届“留世酒庄丰收庆典晚宴”，经过几年的发展，“留世”酒庄可谓喜事连连。面对这样的成绩，在感到愉悦的同时，刘海更加强烈地感受到自己肩上的责任和使命。作为一个地地道道的中国人，他觉得自己有义务让宁夏美酒走出国门，走向世界。作为一个地地道道的宁夏人，他觉得自己更有责任酿造出最具国产酒水平的精品葡萄酒。因此，他将更加认真地去经营，酿造出既能代表最佳产区，亦能流芳百世的中国葡萄酒。

未来的道路对“留世”来说是机遇与挑战并存，他将继续带领“留世”人不断创新，坚持探索，使其迅速成长为国内备受瞩目的精品葡萄酒品牌。

留世酒庄品鉴大厅

为加强校企合作，使更多人能够接触到葡萄酒，掌握到葡萄酒酿造的一些基本知识，酒庄也积极与宁夏大学葡萄酒学院、宁夏防沙治沙工程学校等院校合作，为毕业生提供实习和就职岗位100多个。

酒庄的名字是刘海经过反复斟酌和思考而决定的，其含义是希望酒庄酿造的每一款酒都可以流芳百世，更希望酒庄的美酒可以流向世界，将更多惊喜呈献给世界人民，留世酒庄将和贺兰山东麓优秀产区的其他知名酒庄一起携手并进，谱写国产葡萄酒的新华章。

【相关链接】

刘海，生于1979年6月5日，宁夏贺兰县人，现任宁夏葡萄酒协会会员、宁夏宁夏回族自治区光彩事业常务会理事、宁夏留世葡萄酒庄有限公司董事长。

建造精品工程　播撒人间温情

——宁夏华通建筑有限公司

在宁夏石嘴山市有一位企业家，先后荣获多项荣誉，多年来一直被政府各部门嘉奖，广受社会好评，群众赞誉。他艰苦创业、顽强拼搏，从一名普通工人成长为企业的掌舵人；他注重质量、科学管理，在建筑行业取得了骄人的成绩；他诚实守信、热心公益，赢得了良好的社会信誉；他用实际行动诠释了正能量、弘扬了中国梦，他就是宁夏华通建筑有限公司董事长——张伍忠。

制度为先规范经营　文化引领凝心聚力

1986年8月，23岁的张伍忠走上了工作岗位。由于吃苦耐劳、脚踏实地，做事认真负责、追求完美、精益求精，及一贯认真的工作态度和雷厉风行的行事风格，赢得了领导和同事们的好评，从一名普通工人逐渐成长为宁夏华通建筑有限公司董事长。担任董事长后，张伍忠始终坚持"依法经营、诚实守信"的经营理念、"经营和管理两手抓、两手都要硬"的管理理念，以规范企业管理为突破口，从强化公司基础管理入手，组织建立健全了各项规章制度，并从自身做起，身体力行，使公司的各项工作得到了进一步夯实，并以追求质量为关键点，完善内部质量监控体系，严格把控工程建设中的每一个细节，在"做专、做精、做强"上下功夫，为公司的健康发展提供了制度上的保证，树立了良好的企业形象。每月月末组织企业管理层、办公室、工程部、质量安全部、经营部、材料部员工参加职业道德、经营管理常识等方面培训，以提高员工的服务意识和水平。

张伍忠深知，企业管理的最高境界是文化管理，企业文化集中体现了一个企业经营管理的核心主张，打造良好的企业文化不仅可以提升管理，而且也能更好地提升企业效益，为企业员工创造良好的工作、学习和文化生活环境。每逢节假日，他都积极安排公司企管部组织各种文体活动，组织员工外出，加强员工的沟通、协作能力，使员工与企业共进步、同发展。同时，他还全面推行企业员工合同化建议活动，积极吸纳大学生就业，发挥企业工会组织作用，加强企业规范化管理，全面保障劳动者的合法权益，员工每月工资按时发放，从不拖欠，他总是说员工工资是生活的基本保障，必须按时发放，欠什么也不能欠员工工资，欠什么也不能欠良心。多年来，公司从未发生过一起劳资纠纷。

宁夏华通建筑有限公司董事长张伍忠

淡泊名利诚信经营　狠抓质量收获荣誉

张伍忠思想端正、品德高尚、诚实守信、不计名利、无私肯干，有着强烈的事业心和高度的责任感。担任公司董事长兼总经理多年以来，他始终坚持每天提前30多分钟上班，经常加班加点查找问题、消除安全隐患，在他的带领和影响下，多年来公司从未发生过重大质量安全事故。

张伍忠对内，严抓管理，狠抓质量，杜绝安全隐患，不断提升员工的业务能力和服务水平，用实际行动塑造了企业品牌；对外，与客户合作，始终本着“客户第一，诚信至上”的原则，坚持实事求是，做诚实人，说诚实话，办诚实事，坚决反对弄虚作假、坑蒙欺诈等不良行为，以诚实守信的经营风范，赢得了客户的信赖。

同时，公司在发展过程中，始终坚持依法纳税、诚信纳税、及时纳税。张伍忠常说，依法纳税是最大的诚信，税收是国家财政收入的主要来源，与民生息息相关，依法纳税是每个公民应尽的义务，如果对国家应尽的义务都履行不了，还谈什么诚信经营！每到纳税申报期间，他都积极督促财务部按时准确地做好纳税申报工作，确保税款及时、足额缴纳。

在张伍忠的带领下，公司基于严格精准的质量管理，诚实守信的经营，优秀的企业文化，自2014年以来，公司先后承建了大武口区隆湖一站小学教学楼、惠农区政府办公楼、华祥家园二期工程、惠农区消防应急指挥中心、大武口区原煤机厂棚户区改造工程多个标段、平罗县34#地块国有工矿棚户区住房安置项目、宁夏隆湖经济开发区四站小学教学楼、石嘴山市保税物流中心（B型）项目；惠农区华祥庭院商住楼小区；平罗公共服务中心配套附属用房工程；石嘴山市惠农区礼和乡特色小镇基础设施续建工程（一期）污水处理厂；石嘴山市驾驶人考试中心及配套设施建设项目施工二标段；平罗第二污水处理厂提标改造工程一标段（土建工程）项目；三祥新材（宁夏）有限公司年产50000吨球化剂、孕育剂项目一二三标段；吴忠市太阳山移民开发区保障性住房项目（一期）施工三标段；平罗县城区热电联产滨河热源工程一二标段；石嘴山市第七小学北校区等重点项目。累计完成产值7亿元，上缴税款3500多万元。公司也由过去单一的房屋建筑工程企业成长为集房屋建筑、市政公用工程、建筑装饰装修、防水防腐保温、特种作业工程、钢结构工程等多项资质为一体的二级综合性施工企业，为石嘴山市的经济发展做出了积极的贡献。

自2001年至今，公司先后被评为全国、宁夏回族自治区及石嘴山市“守合同、重信用”先进企业，全国建筑安全生产先进集体、宁夏回族自治区优秀建筑业企业、建设系统培养技能人才先进单位、宁夏5A级信用企业、宁夏回族自治区及石嘴山市建筑业企业先进会员单位、希望工程爱心企业。公司所建项目也先后荣获西夏杯、绿城杯、优质结构杯等多项荣誉称号，特别是公司承建的滨河一号工程被中国建筑业协会评定为国家“AAA”级安全文明标准化工地。

帮弱扶困积极担责　奉献社会体现价值

张伍忠乐观向上、充满激情。在诸多方面，他总是率先垂范、亲力亲为，充分调动

承建石嘴山市第七小学北校区项目

2018年五一节职工户外活动

广大员工的积极性和主动性，用自身的工作热情感染身边的每一个人。

在日常的工作和生活中，张伍忠积极主动，答应别人的事情都努力做到。为了保障农民工工资及时发放，每到月底他都亲自带领财务部和项目管理人员到施工现场询问农民工工资发放情况，并再三要求公司财务人员每月按时发放农民工工资。有时遇上工人有困难急需用钱，他都会亲自安排财务部人员提前支取工资。

张伍忠是一个热心而善良的人，他总是想他人之所想，急他人之所急，对于需要帮助的人，始终尽其所能鼎力相助。凡是跟着他干过工程的人，都说他讲信用、信得过、靠得住。

张伍忠在带领公司发展的同时，始终积极承担社会责任，参与公益事业。他认为，企业的发展离不开党的好政策，离不开政府各部门的关心，离不开广大群众的理解支持，理所当然为社会做一些力所能及的好事、善事。2013年至今，只要张伍忠知道了哪个员工有困难，就一定会伸出援助之手。他多次动员公司员工为企业贫困职工捐款，帮扶他们改善生活条件；为患病员工提供救助，帮助他们渡过难关；关注弱势群体生活，想方设法予以救济。他的所作所为深受公司员工及业内人士的称赞拥护。

多年来，张伍忠积极参与平罗县陶乐镇移民安置村民帮扶、惠农区敬老院慰问、惠农区教育体育局捐资助学、2018年“希望工程圆梦行动”等诸多慈善事业，为他们倾力提供援助，用实际行动诠释了一名优秀企业家在创业致富道路上感恩回报社会、奉献社会、积极承担社会责任的理念。

多年来，张伍忠始终坚持以一颗诚信的心对待事业，踏踏实实做人，诚实守信做事。由于成绩突出，先后荣获石嘴山市矿务局“先进工作者”、石嘴山市第六届“诚实守信道德模范”、第五届宁夏回族自治区道德模范候选人。2017年11月，他又被宁夏回族自治区文明办评选为第三届诚实守信“宁夏好人”。面对一系列的荣誉，张伍忠没有骄傲和满足，而是保持着清醒的头脑。他说：“市场竞争很激烈，容不得自己有丝毫的懈怠。”

未来的日子里，他将迎难而上，一如既往地以质量求生存、以信誉求发展，以用户满意为经营宗旨，尽自己最大努力，用坚强的意志和执着的追求，在广阔的天地间绽放绚丽之花，为石嘴山市的社会经济发展做出更大的贡献！

【相关链接】

张伍忠，宁夏华通建筑有限公司董事长兼总经理，先后荣获石嘴山市矿务局“先进工作者”、石嘴山市第六届“诚实守信道德模范”、第五届宁夏回族自治区道德模范候选人。2017年11月，他又被宁夏回族自治区文明办评选为第三届诚实守信“宁夏好人”

精度立业 纬度人生

——银川融神威自动化仪表厂有限公司

唐力南的人生路，如同随时代潮汐转动的仪表，精确、稳定、灵敏、可靠。他16岁考入华中工学院，开启了仪表研究之路，20岁毕业进入机械工业部重点定点企业银河仪表厂，1993年年近而立的他辞去公职下海创办银川自动化仪表厂，2002年携厂入驻银川德胜工业园区，至2018年，已知天命的唐力南依旧倾心于仪器仪表事业。蓦然回首，那个当初踌躇满志毅然投入工业仪器仪表行业的少年，带领着他一手呵护长大的银川融神威自动化仪表有限公司，在时代的催促中已然成长，成熟。但无论岁月如何轮转，创业的初心、改革的创新、回报社会的爱心，却是他一以贯之的。

创业初心，勇追理想闯新路

唐力南与仪表的缘分开始于16岁考入华中工学院，那时华中工学院开始改革学科结构，实现三个转变，唐力南在华中工学院建设现代化理工科大学的氛围中，不仅学得了过硬的专业本领，还培养了与时俱进的现代化思维，为以后的创业埋下了种子，这是他在仪表路上启蒙的微光。

银川融神威自动化仪表厂有限公司董事长兼总工程师唐力南

20岁大学毕业时，凭借着超群的专业素养，唐力南幸运地进入了机械工业部重点定点企业银河仪表厂，由于学历高且工作能力突出，唐力南在短时间内不断升职，并被纳入9人仪表研发组兼主管工艺员。技术组主要攻克涡街流量传感器稳定性、精确度以及制造工艺等一系列当时的尖端技术。作为工作组组长，唐力南带领团队攻坚克难，为热敏传感器、磁敏传感器、压变传感器技术指标制定企业标准。唐力南在银河仪表厂工作到29岁，他付出了最好的青春，而这9年的经历，也为他的仪表之路积累了经验。

1992年，市场取向的改革在第十四次全国代表大会上跨越了最后一道藩篱，建立社会主义市场经济体制这一改革目标被正式确立。市场经济的春风撩动了青年的心，加之“想要闯一闯，找到人生价值”的想法，大胆的唐力南辞去公职，在1993年夏天带着10万元的投资款在南门外农村租了两间民房作为厂房，简单购入设备后，正式开启了创业之路。银川自动化仪表厂就此诞生。

创办仪表厂的两个基本条件是制造技术与销售渠道。和唐力南一起从银河仪表厂离开的还有两个人，他们的技术不是问题。无奈空有技术与激情，销售渠道狭窄，销售方式单一，销售市场迟迟打不开。第一次机会降生在石嘴山电厂。当时恰逢石嘴山电厂进行职工食堂和浴室的改造，负责人看到唐力南不顾夏日酷暑与路途遥远积极争取，同意“先装两台试试”，但是约定3个月试用期过后一切运转正常才打款。唐力南欣喜若狂，他自信他的仪表质量没有问题。的确，3个月时间一晃而过，仪表一切如常，唐力南获得了第一桶金。

但是那些钱杯水车薪，不足以支撑仪表厂的运作，度过了一段“不知道明天的早餐在哪里”的迷茫期，永宁玻璃厂的“平安玻璃生产线”项目被唐力南称作“希望”。希望没有落空，20多万的项目资金及时到位，公司员工人数翻倍，更打下了好名声。之后，银川自动化仪表厂于1996年与银川热电厂合作，项目资金100万；1999年与宁夏化工厂合作，项目资金近300万；2002年入驻银川德胜工业园区园区；2007年正式更名为银川融神威自动化仪表厂；2011年以来年产值保持10%以上增速，2016年纳税额达到236万，解决就业70余人，发展形势越来越好。

唐力南总结自己的创业经历时说，自己正好赶上了好时代，紧跟着国家的政策，一路上走来没有出现大的误差，才能做到今天。人在摸索中，只有保持初心，才能在迷茫中看清生命的轨迹，它会指引你走向成功。

改革创新，壮心为泯敢为先

自动化仪表在中国各行业间的应用极不平衡，中国经济增长方式发生的转变，也给这个行业带来一系列的深刻变化。工业仪表企业如果不想被淘汰，就要以比经济增长模式转变更快的速度转型升级，以创新来迎合调整。唐力南把创新看作一种价值导向、生活方式和时代气息，将创新贯穿在企业每一个阶段、每一个方面中。

（1）技术创新，走出国门

国产仪器仪表与自动化系统的可靠性和稳定性与国外产品的差距很大，国产化推进速度缓慢，在相对闭塞的西北地区表现尤甚，技术创新问题严重制约着国内仪器仪表工业发展。唐力南也意识到，进入21世纪，企业要生存下去就不能“吃老本”，要克服企业在生命周期不同阶段的惰性，改造进入成熟期的企业，进行改组“翻新”，主动“求变”，才能保持核心竞争力。

董事长唐力南现场指导工作

唐力南一直以来就是一个意识超前、善于钻研的人，面对这样的内外部环境压力，唐力南着手带领企业研发新产品。2009年，企业取得平衡喷嘴流量计、防堵型多点多重文丘里流量计和平衡式V型锥流量计的实用新型专利；2011年，取得弯管流速调整器，调整弯管流速分布的整流器等实用新型专利，同时，投资1000多万元建成了西北地区规模最大的“水流量标准装置”，采用“静态质量法”和“标准表法”，系统精度达到0.05%，获得了国家计量科学研究院考核下发的“检定证书”；2015年，完成砝码在线加挂装置，使得装置精度的溯源达到新的高度；2016年，投入300万研发费用建成高精度小口径水流量装置；2017年，采用远传显示数传电台抄表的方式对流量计的数据进行集中智能采集……经过20多年的不懈努力，共获得1项发明专利、16项新型实用专利与1项软件注册权，形成了全系类差压式流量计产品，能够满足用户在不同领域不同工况条件的需求。同时，企业多种产品顺利通过了国外机构的IBR认证（欧盟标准、国外机构的产品安全认证），有多批产品跟随锅炉主机配套出口到印度、秘鲁、印尼、缅甸、巴齐丹、孟加拉、越南、波黑等国家，成为许多国家级、省级大型企业和出口配套企业的合格供应商。

（2）人才创新，校企合作

人才的短缺是制约全行业发展的一个普遍问题，如何去挖掘人才、培养人才、发挥人才的作用成为一个重要的战略难题摆在了唐力南面前。作为宁夏地区仪表自动化行业的专家，唐力南每年新招大学生作为重点培养对象，培养了一批在工业计量专业的优秀技术人才。

在借鉴《教育部关于全面提高职业教育教学质量的若干意见》等文件精神的情况下，唐力南发现企业也可以利用省内的职业教育资源，与院校开展合作，培养更多的高素质技能型人才，推进双方可持续发展。2010年初，银川融神威自动化仪表有限公司与宁夏职业技术学院签订了“引企入校、产学研深度合作协议”，在学校的实训中心建立了生产实训研发基地，充分利用企业的经营、市场优势和学校的科研、人才优势，形成优势互补，以企养学、以学促企的创新型校企联合模式。校企合作的形成，将学校的人才优势和企业的市场优势充分整合，极大地提升了企业的研发能力和生产能力。2015年，企业与西安电子科技大学机电工程学院签订产学研合作框架协议，双方发挥各自优势，共同构建产学研联盟的创新体系，形成专业、产业相互促进发展，努力实现“校企合作、产学共赢”。双方在2016年至2017年共同开发出流量计算软件，已进行软件著作权的申报。2017年至今，双方共同开发超声波流量计的新产品、新工艺，预计在2018年底可完成新产品的研制。

福利爱心，厚德载物报社会

唐力南不只是企业家，他称得上实业家。实业家的称号比企业家更具社会责任感，真正的实业家所做之事，既有利于自己，更有利于社会。融神威公司高度关注社会责任、勇于承担社会义务，是经过各级政府部门审定的福利企业。唐力南在一次公益活动中，偶遇一位残疾人士希望能够加入企业，思虑再三，唐力南同意了，后来，更多符合用工条件的残疾人士来到了“融神威”。公司现有员工70余人，29人为有劳动能力的残疾人，考虑到他们行动不便，唐力南特地将他们分为小组，每五六个人安排专人看护引导，保证他们的生命安全。这样，无形中会增加一部分企业支出，但是唐力南认为值得。“我们给行动不便的人提供一个就业的机会，让他们做力所能及之事，虽然会多一些企业支出，但是，却给他们一个充分发挥自己的智慧和能力的平台，让他们找到了‘存在感’，也能为家庭减轻一些负担”，唐力南说。集中安置残疾人就业，是国家一项重要的、行之有效的社会政策，很多企业条件不允许，也不敢起用残疾人，但是唐力南将此做得很好。

行善欣积德，厚德能载物。唐力南的办公室墙上挂着“厚德载物”的书法字，这种博大的精神素养，萌于个人品格，长于人生经历，溶于社会服务，在个人与社会的交集中，指导着唐力南找到人生意义、社会价值。

参与ISO5167-6国际标准制定现场(右三:董事长唐力南)

明者远见于未萌。唐力南在仪表事业上取得的成就,很大程度上得益于他的远见卓识和对政策的领悟。看到互联网的发展以及互联网为制造业带来的前景,他建立CS局域网络平台和CS局域网络抄表平台,将仪表信息不断整合,建立大数据智能仪表中心。他还在酝酿企业发展的新规划,拟新建流量计量检测公共服务创新平台,在区、县、企业三者联合下探索一条适合企业转型升级的发展之路。这些,都将在不远的将来一步一步实现。

【相关链接】

唐力南,1964年生,高级工程师,毕业于华中工学院。1984年参加工作,历任原银河仪表厂技术员、传感器技术中心主任,后创建银川自动化仪表厂,任厂长、总工程师。现任银川融神威自动化仪表厂(有限公司)董事长兼总工程师。

创新农业在路上

——宁夏中青农业科技有限公司

冯锡鸿认为：农业产业化的一个重要特征就是面向市场，利用市场来配置资源，以此决定农产品的销售，许多西部省份在制定自己的发展战略时都立足于资源的优势，殊不知要将资源优势转化为产业优势、经济优势，需要具备完善的市场运作机制。

不安现状

冯锡鸿 1978 年高中毕业，高考落榜的他被分配到济南市第一运输公司，干汽车修理工。冯锡鸿不屈于现状，奋发图强，当年秋天如愿考上了电大，就读机械设计专业，开启了他三年充实的电大生活。三年电大生活是冯锡鸿写作的起点，写小说、文章、电影剧本，但都被退回来了。1984 年被公司调离汽车修理厂任脱产团总支书记，在职期

宁夏中青农业科技有限公司外景

宁夏中青农业科技有限公司董事长冯锡鸿

间继续着他的写作梦。1987年冯锡鸿有幸被《农村开发报》看中并成为此报社的记者。期间，他了解到农村、农民、农业缺乏成果、品种和配套技术，而同期市场专家有一大堆成果在“办公室”里睡大觉，科研成果无法转化成产品，也是当时中国农业落后的原因。1989年采访北京师范大学生物学系毛教授，他研究的福寿螺养殖技术具有一定的前瞻性，冯锡鸿最终决定走出去，开启改变人生的农业开发征程。

1990年冯锡鸿不顾劝阻，辞去记者职务，转行搞起农业。初次创业，身背债务在济南章丘白云湖乡租了110亩鱼塘和50亩旱田养殖福寿螺，过起了“日出而作，日落而息”的田园生活。可是冯锡鸿养殖的福寿螺苗在短时间内大批量死亡，投入与产出不成正比，造成财力损失严重；福寿螺养殖失败开始转养鱼，因为不懂养鱼技术，失败了；改种植金丝瓜，临近收获期，一场暴雨让冯锡鸿的创业梦又破碎了；“旱育稀植”水稻、虚假高产的“千斤豆”等都失败了。冯锡鸿不安于现状，不屈于失败。1993年，经过重重筛选与台湾农友种子公司建立联系，帮助农友公司推广瓜菜种子。如果说与农友的合作是冯锡鸿正式走上农科推广道路的开始，那么接二连三的失败则是对冯锡鸿的“鞭笞”，磨炼了心志，增强了以农业创业的信心。邓小平的南方讲话——当时被认为是中国改革的分水岭，中共十四大提出建立社会主义市场经济的目标，让冯锡鸿看到了“隧道口的光亮”。初创期的私营企业并不如意，“宁愿国企一张床，不要民企一套房”也是当时普遍的观念，民营企业不得势，生意从何谈起？理想丰满，现实骨感，冯锡鸿慢慢意识到：企业需要戴“红帽子”，与政府合作是最佳选择，这种政企合作的模式成为公司由小到大发展过程中最重要的有利条件之一。

1993年响应中央号召，共青团山东省委开始创办实体，他们成立了山东鲁青实业开发总公司。冯锡鸿大力推广“洋香瓜”，与“洋香瓜”结缘，使得从绿色“原野”到白色“海洋”，冯锡鸿经过让全民走出去，采取大参观、大学习、大动员的农业生产体制结构改革，以寿光设施农业带动产业升级。经过几年的农业整合创新，摸索出与政府联手的“政企农”模式创造了奇迹，也向家乡人民展示了凤凰涅槃般的力量，同时燕县成为“中国甜瓜之乡”美誉，同年冯锡鸿成立了“济南鲁青园艺研究所”。

千里走单骑

为了支持西部大开发战略政策，带动西部农业产业化发展，冯锡鸿接受宁夏政府的邀请来到素有“塞上江南”美誉的宁夏，借贷家人100万人民币，首次落地点为“月牙湖”移民区，2004年成立“宁夏中青农业科技有限公司”。该地地处毛乌素沙漠和鄂尔多斯台地的过渡地带，20世纪90年代后，宁夏政府加大对西海固地区的扶贫力度，大量贫困人口因为生态恶化不适宜人类居住而迁移至宁夏北部平原。

月牙湖的人民文化水平低，种植技术差，无法接受新鲜农业，种植无籽西瓜产业可靠吗？不仅老百姓不敢种，政府部门领导也存在疑惑，这些疑问和怀疑，冯锡鸿亲自解答。他组织政府领导和老百姓走出去，参观海口、三亚、安徽、山东、海南等地大棚种植经验，根据事实与理论说服老百姓。经过协商权衡，冯锡鸿提出“诱人”政策：中青公司提供种子和技术，甚至投入，老百姓只提供土地和劳力，收入五五分成，最终与老百姓签订了350亩无籽西瓜种植协议。

董事长冯锡鸿鉴定西瓜

冯锡鸿紧跟政府改革政策引导，将“产、学、研”农业新名词应用于生产中，在月牙湖350亩无籽西瓜品种种植，就是冯锡鸿与郑州果树研究所通过“产、学、研”结合得到“商道一号”无籽西瓜品种，该品种已获得国家农业部植物新品种权证书，填补了宁夏没有瓜菜新品种保护的空白。无籽西瓜的种植，带动了宁夏农业种植理念，技术理念，使用新型产业种植技术代替传统农业种植技术。计划每亩产量8000斤，每斤按3毛钱计算，每亩保底价2400元，种植传统农业每亩收入不到1000元的收成，这是发财之路。宁夏昼夜温差大，光照足，水利条件好，土壤洁净，种植的西瓜品质应该特别好。戏剧性的一幕发生了，西瓜长到七八斤时遇到了银川的雨季，大片大片的西瓜秧苗感染了霜霉病，冯锡鸿联系北京病理专家，空运霜霉病药剂，这样才控制了霜霉病的蔓延，每亩收入1500元，冯锡鸿紧皱的眉终于舒展了，这仅仅是冯锡鸿沙漠淘金的开始。

沙漠淘金

冯锡鸿何尝没有受到别人的嘲笑，回想当初创业的艰辛，一次次失败后遭到反对，但他仍坚信，梦想终会实现。看着宁夏自然条件的优越性，看着大片荒废的沙地，他改变之前小打小闹的想法，将梦想方向改为科研、扶贫并重，他又坐不住了，他有一个重要的决定——在宁夏垦荒地上种瓜。所谓人定胜天只是痴人说梦，沙漠是不可能被轻易征服的。怀着“不干则已，干就俯下身子真抓实干”的理念开始着手治沙工程。沙漠种瓜是自然条件优越，但是水资源从哪里来？通过国内各处调研，冯锡鸿发现，沙漠最好的浇水方式是滴灌，利用塑料管道将水通过直径10毫米毛管上的孔口或滴头送到作物根部进行局部灌溉，这是当时干旱缺水地区最有效的一种节水灌溉方式，水的利用率可达95%。对农业有着持续研究的冯锡鸿明白，像这种缺水、蒸发量大的地方，滴灌可使水分的渗漏和损失降低到最低限度，同时提高了水肥的高效利用率。引进灌溉设施新技术，冯锡鸿看到了绿色的希望，那年，他带领山东技术员，在这片沙漠地上种植无籽西瓜大获成功，实现冯锡鸿初梦——让沙漠变农田，农民也拿到了辛苦钱。

沙漠变绿洲，成功改造沙荒地，这是一个开拓性壮举。这都是冯锡鸿支宁的杰作，都是冯锡鸿抛家舍业帮助宁夏老百姓脱贫致富的杰作。因为冯锡鸿的贡献，他被评为银川市荣誉市民，入选银川市科协常委，后来又成为银川市政协委员、宁夏回族自治区政协委员。

变废为宝　冯氏基质

沙漠地上能否种出农作物？如何向沙漠要粮、要瓜菜？如何把沙漠改造成粮仓？

经过时间的磨炼，冯锡鸿发现，想要有好收成，必须要有好种苗。“逢山开路，遇水搭桥”是冯锡鸿乐观的创业观。中国国内2005年才出现基质这个名词，是台湾农友公司的，一袋50L的农友公司基质卖到国内52元，相当于当时一袋面粉钱。冯锡鸿沙漠变粮仓的神秘药方就是基质，冯锡鸿看到基质的前景，通过技术攻关、探索试验，在银川市通贵乡建立中青畜禽粪便生化处理中心，生产基质。传统基质所用原材料是森林周边湿地产生的草炭，草炭其实是枯死的植物经过成百上千年自然发酵形成，它如煤、石油一样是不可再生资源，国家明令禁止开采，寻找替代草炭作为基质新材料又是冯锡鸿揪心的一件事。研发之初，冯锡鸿明白草炭是不可再生资源，它是上天留给人类的“礼物”，主要集中在东北三省。中国的草炭资源稀少，并不能支撑中国农业现代化产业发展。可一旦投入研发新产品却有着看不见底的风险，更何况研发是一个占用资金的长线工作。

从2005年开始，冯锡鸿拿出100多万元研发基质和草炭替代品，农业秸秆是第一大发现，降解秸秆需要炭源、氮源及微生物的结合才能完成，但冯锡鸿起初不懂发酵原理，导致几千吨秸秆全部腐烂，彻底成了废品。冯锡鸿苦苦寻找着人工制造“草炭”的可能，一个个日日夜夜的操劳和大笔的投入最终换来了成功，经过几年尝试，引进高端生产线设备，通过使用过程中的失败总结经验和设备改造，直至2011年掌握了机械化生产程序，找到了草炭的替代品，农业废弃物如秸秆、稻壳、锯末、碎树皮、树叶等新资源，通过好氧发酵、翻堆机堆翻，加入少量草炭作为支撑材料，加入少量微量元素及微生物菌剂，根据不同的配方，调成不同成品。从2005年至2012年，冯锡鸿基质研发经历了4代变革：第一代是草炭加上珍珠岩、肥料配置；第二代是直接用牛粪发酵；第三代是秸秆发酵；第四代是用稻壳等做的综合混合料。从第一代到第四代，草炭在基质中所占比例从70%降至40%，极大降低草炭使用量。2016年冯锡鸿引进中国第一条进口生产线设备，长达百米，真正地将基质推向4.0时代。农业废弃物变废为宝，是资源净化的服务中枢。生产的基质产品在满足宁夏市场需求的基础上，出售其他省份，一年确保75万亩育苗需求，也带来一笔不小的收入。

再续前缘

月牙湖无籽西瓜的成熟性，得到政府部门高度认可，指引冯锡鸿开拓西瓜产业，大面积种植生产，扶贫宁夏，扶贫百姓。

受灵武市政府邀请，冯锡鸿将无籽西瓜带到灵武市，继续扩大种植面积。冯锡鸿不仅引来良种，更是引进人才，在他的帮助下，请来山东省农科院蔬菜研究所原所长何伟齐专家，三度到宁夏为老百姓讲解西瓜产业种植技术，引进人才是冯锡鸿来宁夏的又一次农业变革，老百姓对冯锡鸿夸赞不绝。

冯锡鸿试图打造一种模式，一种不仅能带动本地人，还能引进技术人才和市场人才致富的模式，在灵武市种植无籽西瓜，他将西瓜专业种植合作社集合起来，形成集聚经济，效益。在灵武市种植西瓜，冯锡鸿总结经验，开启了第二种扶贫方式：流转土地，自己种，雇佣当地农民，让老百姓亲眼看效益，产生种植的欲望乃至落实到行动，最终带动周边产业。这是一种“曲线救国”带动农民致富的策略。6月的西瓜田是一片绿洲，老百姓看着铺满大地的西瓜，看到了希望，看到了农业的未来，这一年无籽西瓜大丰收，农民相信冯锡鸿，相信科学。

农场概况

第二年种植面积扩大至800亩，但让冯锡鸿没想到的是，天有不测风云，西瓜丰收，销售遇阻。面对这样的困境，为了保护农户利益，冯锡鸿做出了“牺牲自己，保全百姓”的决定——以保护价收购西瓜，宁肯牺牲公司利益，也要给老百姓让利。2007年的这场挫折让他明白，灵武梧桐树乡是稻旱轮作区，水位高，并不是西瓜最佳种植地，得知白土岗乡属于纯旱田，依靠黄河灌溉保障农业生产，转移阵地，选择白土岗乡，白土岗乡种植的无籽西瓜成功了。

冯氏种子

从1999年一头扎进种子研发大海，没有经验，没有人才，没有种质资源，但是“不谙水性”的冯锡鸿没被淹死，相反，冯氏西瓜种子却“无中生有”，越做越大。

2012年，几经周转，冯锡鸿科研基地终于落定宁夏石嘴山市平罗县红崖子乡沙漠地带，这是冯锡鸿的选择，因为这里有2万从南部山区移迁的老百姓等着他带动脱贫致富。承包沙地500亩，创建他的科研基地，建设13座双拱双膜大拱棚，1座智能玻璃温室，4座日光温室，16栋大拱棚，2000平方米晒场，这些耗尽了他所有资产，种子科研的路途太遥远，研发之路之难，超出他的想象。收集那么多材料进来，经过加工改造创新，育出好品种或者新材料，最快需要6年时间，这是一个漫长过程，它是一个系统工程，需要思路明确，材料要出众，远见要准确，科研方向要科学，选育出一个品种需要示范和推广，这是一个复杂的过程，是科学家加上艺术家的工作。

他提供的种子全部实现国产化，冯锡鸿通过“产、学、研”合作，取得很多成果，“鲁青系西瓜”“中青五号”硒砂瓜、“天蜜脆梨”厚皮甜瓜等资源。要改变目前“大蔬菜小种子”的现状，冯锡鸿认为必须设立研发资金、优化社会资源配套、强化正统科研力量、注意保护知识产权，以打造具有自主知识产权的高品质种子。

大棚天蜜脆梨

在冯锡鸿弃商从农的26个春秋里，他成功入选国家“万人计划”人才，“国家级创新创业人才”“宁夏瓜菜产业技术创新战略联盟理事长”，他把帮助农民致富看得比自己致富重要，把科技创新看得比自己成功重要，对社会责任看得比对个人责任重要。在经过持之以恒的努力下，在走出艰难险阻后，在用科技帮助农民圆梦的同时，冯锡鸿也圆了自己创业成功的梦想。

“君子坦荡荡，小人常戚戚”，“厚德载物，自强不息”，“富贵不能淫，贫贱不能移，威武不能屈”，冯锡鸿身上至今依然闪耀着祖先优秀文化的光辉，再加上改革开放好政策的保障，他勇于实践、大胆创业、刨尽黄沙始见金，终成就一番事业，我们期待着更好的明天！

【相关链接】

冯锡鸿，1961年出生，山东济南人，研究员，现任宁夏中青农业科技有限公司董事长。并担任银川市政协委员、宁夏回族自治区政协委员、宁夏瓜菜产业技术创新战略联盟理事长。银川市荣誉市民，全国十大杰出科技星火带头人之一，国家“万人计划”人才，国家级创新创业人才。

风雨十载创业艰 豪情壮志铸辉煌

——诚捷祥集团有限公司

风雨十载砥砺创业路

新的时代往往孕育新的机会，但同样也会出现诸多不可预见的风险。纷繁和快节奏的社会，复杂而多变的商海环境，创业之路举步维艰，应当充分摸清政策导向，顺势而为，以超前思维模式抢占先机，才有可能成为区域内领军团队的一分子，李聪祥便是其中之一。

2003年，李聪祥于北京工业大学毕业，顺利地在宁夏上陵实业集团有限公司入职，凭借对工作认真的态度以及出色的成绩，他很快成为上陵集团的项目负责人。工作之余，李聪祥不忘利用业余时间报名培训学习相关专业，不断提升自己，随着见识和能力的增长以及对事业的执着追求，创业的想法在他的心里开枝散叶。

诚捷祥集团有限公司董事长李聪祥

20岁出头的他，胸怀梦想，凭着一股闯劲与果敢，在经历挫折和磨炼后，于2008年5月成功创办宁夏诚捷祥工程维修技术服务有限公司。公司成立初期，主要从事一些简单的绿化养护、节水灌溉项目，因创业从来不是易事，李聪祥白天便不停地开发客户、拓展业务市场，晚上加班加点和工人一起赶工期,很多时候,忙到通宵,第二天接着去开发新的客户,虽生活艰辛,偶尔碰壁,但他一直坚信,有志者事竟成的道理,也将“天将降大任于斯人也,必先苦其心志,劳其筋骨”作为座右铭时刻激励自己。公司经营渐渐步入正轨,效益日渐凸显,为了提升企业知名度,增加企业业务量,很多公司不愿意接的脏活、累活,他全部包揽下来,并高质量、高效率的完成任务,得到了客户的一致好评。

2009年,公司由原址康居搬迁至新华街塞上凝聚力,于2010年3月公司正式更名为“宁夏诚捷祥景观工程有限公司”,2011年3月银川泽源达劳务有限公司正式成立,2012年2月公司正式更名为“宁夏诚捷祥园林绿化工程有限公司”,又陆续成立了宁夏诚捷祥建设工程有限公司、宁夏诚捷祥园林绿化有限公司。李聪祥始终秉承着“先做人,后做事”的宗旨,赢得了业界的认可和尊重。在业界树立了良好的口碑,在他的精心管理运作下,各公司持续稳定健康发展。

随着企业战略转型,2017年8月正式组建“诚捷祥集团有限公司”,下属四家分公司,成为集园林绿化、建筑设计、建筑施工、招标代理、技术咨询、项目投资、劳务输出为一体的多元化建筑施工企业。其公司目前具有建筑工程、公路工程、水利水电工程、电力工程、石油化工、市政公用工程、机电工程施工总承包等24项资质。

与此同时,公司加大力度实施发展战略目标,打造“守合同、重信用”的企业品牌,实现了跨越式发展,产值每年以超过30%的速度递增,年产值累计20亿万元,并在内蒙古、甘肃、山西、河南等省设立24家分公司。先后承建完成了多项省、市、县级重点工程项目,承建项目受到业主和主管行政部门的一致好评,所承建的工程建设合格率100%,合同履行率均达到100%,收到了良好的经济效益和社会效益,所承建的多项工程被评为“安全标准化工地”。

公司以真诚的态度,优质的服务,开放的姿态,以科学的发展理念,竭力追求卓越,精心打造属于宁夏本土建筑工程行业品牌。

企业文化传承沁入人心

身为企业家,李聪祥先生一直以“经营之道在于诚,赢利之道在于信”为遵旨,以“诚捷祥”命名公司名称,意指诚实守信既是做人做事的基本道德准则,也是企业挣取市场赖以生存的前提,公司致力于企业文化建设,积极参与各项社会公益及慈善事业回馈社会。

公司自创立以来遵循“以人为本、科学管理、规范操作、与时俱进”的管理理念与方针,追求“团结一致、同心同德、勤奋爱家、创造价值、迅速发展”的企业宗旨,以“诚信、

诚捷祥集团员工2017年户外拓展

务实、团结、创新、发展”为精神，孜孜以求，毫不懈怠。

在企业文化建设方面，李聪祥一直认为，一家有生命力的企业一定是一家有文化有内涵的企业，也是一家关注员工身心健康的企业，经过再三的对比与考证，公司引进了时下最新的积分制管理模式，成立了公司的积分制管理落地领导小组，建立了公司的岗位职责积分量化体系、员工能力评估体系、员工做人的标准体系。

2014年，公司终于有了自己的办公地址，位于绿地21城C区，一进入公司，宽敞明亮的办公环境映入眼帘，公司不仅为员工提供了优美的办公环境及设施，并为每位员工积极缴纳社会保险和人身意外伤害险，使员工减少了很多后顾之忧。公司在每年也会定期为员工安排各种快乐会议、聚餐、体检、旅游、户外拓展等文娱活动，让每位员工能在紧张的工作中体会到公司对员工身心健康的呵护。李聪祥非常关心每一位员工，他总认为，大家能够在一起工作是缘分，一定要珍惜缘分，他把每个员工当做自己的家人对待，公司形成了一种积极向上、和谐互助的家文化，让同行称赞不已。

公司先后还成立了党支部、工会，积极传递正能量、解决员工的困难。公司每月都有爱心基金，用来帮助公司需要帮助的同事，在这样一个和谐友爱的大家庭中，员工工作起来身心愉悦，都会以最好的状态迎接每一天的生活！李聪祥多次表示，企业文化必是企业长青的基石。

同时，公司视质量为生命，以质量管理体系作为企业内部规范，先后通过了ISO9001质量管理体系认证、ISO14001环境管理体系认证、OHSAS18001职业健康安全管理体系认证。

在全体员工的共同努力下，公司荣获多项荣誉，多次获评区、市级“守合同、重信用”企业；被“宁夏回族自治区住房保障和城乡建设厅”评为5 A级信用施工企业，获评宁夏建筑业联合会“先进建筑业企业”及“先进会员单位”，获评银川市建筑业协会“市建筑行业先进单位”“先进会员单位”，连续多年被银行系统评为“A++级信用企业”，荣获“2018年全区建筑业20强企业”。

公益事业展企风

为积极响应国家精准扶贫号召，强化脱贫攻坚力度，诚捷祥集团有限公司携手交通银行支部党员干部、宁夏宏建房地产开发有限公司，深入扶贫现场进行调研，开展帮扶工作。

经统计，李记沟共计545户609人，贫困户119户379人，2014年脱贫户销号，查漏补缺17户41人仍未脱贫。李聪祥深入贫困家中察民情、访民意、积极听民声，详细了解贫困户的具体情况，包括家庭成员数量、收入水平、致贫原因、存在困难、脱贫愿望等。通过走访与被帮扶对象拉家常，开展面对面交流的方式，对农户实际问题予以积极回应。为贫困户制定切实可行的脱贫计划，同时亲身体验到了被帮扶对象的贫穷困苦，坚定了帮他们脱贫致富奔小康的决心。经过沟通，捐款将全部用于两眼机井的维修改造，解决最急迫的人畜饮水问题，确保农户持续受益。

经过一天的驻村工作，李聪祥深入了解到农户当下的困难，当朴实的农民说“感谢党、感谢政府、感谢支行、感谢企业！政府对咱老百姓真好”时，在场的所有人为之动容。诚捷祥集团有限公司作为从盐池县走出的民营企业之一，深深感受到“功崇唯志，业广唯勤，党和政府成就了我们的事业，而我们坚决不能忘记走过的路，饮过的水，不能忘记肩上的责任与担当。”

年会现场（左二董事长李聪祥）

诚捷祥公司以精

2018年百人欢乐草原行

准扶贫为纽带,创新银企合作模式,建立新型银企关系,积极履行社会责任,打造良好品牌形象,为树立企业形象添砖加瓦。此次银企联动,得到老百姓的高度认可,李聪祥希望建立长效捐赠机制,愿意进一步支持扶贫工作,并坚信:在国家相关扶贫政策的扶持下,加上各级党委、政府、企业的齐心协力,一定能够打赢这场脱贫攻坚战,最终实现全面小康。

十年激情岁月,十年创业诗篇,十年喜怒哀乐,十年岁月峥嵘,十年春华秋实!回首过去的十年,李聪祥感慨万千。放眼今后的十年,李聪祥信心百倍。面对物竞天择、不进则退的竞争法则,"诚捷祥"人将继续弘扬精诚团结、永不服输的精神,保持积极向上、敢打敢拼的顽强斗志,上下齐心,再鼓干劲,为争取集团公司更大成绩努力奋斗。

【相关链接】

李聪祥,汉,1983年5月出生,宁夏盐池县人,诚捷祥集团有限公司董事长。宁夏园林绿化协会副会长,曾获宁夏园林景观优秀设计师、中国喷泉景观协会授予的喷泉景观中级建造师。现任宁夏企业家协会副会长、宁夏招投标协会副会长。荣获宁夏建筑业联合会2015-2016年度全区建筑行业"优秀建造师"、荣获银川市建筑业协会2016年度"先进个人"、荣获2017年宁夏"十大宁商人物"、荣获2018年"十大最具影响力领军企业"。

商界木兰：20年矢志不渝 让阳光撒满宁夏

——宁夏鲁亿能源科技有限公司

中国改革开放的40年，是一部波澜壮阔，起伏跌宕的改革史，更是一部广大企业家奋发有为，敢闯敢干的奋斗史。这群有胆有识的企业家以自己的勇气、担当和智慧书写了并正在书写着中国经济宏伟蓝图。

高召芳，这位新能源行业的奇女子，从美丽的牡丹之乡山东菏泽走了出来，响应开发大西北的伟大号召，扎根宁夏20年，用人生之中最为宝贵的青春和满腔的热忱，经营着自己热爱的新能源事业，将阳光的种子播撒在了宁夏这片广袤的土地，并把温暖送到了千家万户。

在新时代国家战略"一带一路"的引领下，她铁肩担重担，不忘初心，以更大的胸襟与格局，将新能源的开发推广与应用得以发扬光大。

高召芳爱笑，她走到哪里就把欢乐的、爽朗的笑声带到哪里，她是大家眼中新能源行业的"阳光姐姐"，她是有责任、有担当的木兰式的商界巾帼英雄。

2018年6月5日，世界环境日。同时，也是一年一度的"西北清洁能源技术论坛暨绿商节能产品交流会"，这个论坛已经连续举办了三届。在这个论坛上，当地政府、建筑行业、设计院、新能源企业、商家等相关单位约有600余人参会，成为西部地区厂商信息、资源、技术交流的平台，更是助力大美宁夏的快速建设平台。

能组织起这样的论坛，无疑只有高召芳具备这样的强大的号召力和影响力，也充分显示了大家对她的信任。

因为这份信任，高召芳同时担任宁夏太阳能能源协会会长、宁夏绿色清洁能源促进会会长、宁夏绿商商会会长，是三大协会的当家人。

她总说："新能源行业是一份惠及子孙蓝天白云的阳光事业，在这份事业上，每个企业，每个人都强烈地感受到一种荣耀与使命。我做了20年的新能源事业，我会一直奋斗在这个行业，直到我老得走不动的那一天。"

这一字一句，真实地包含着她对新能源产业的深厚感情。

一颗火苗 点亮宁夏新能源市场

高召芳是地地道道的山东人，其家乡便是有着国色天香牡丹之乡美誉的菏泽。其实菏泽还是我国太阳能光热行业最早的发源地之一，早期很多的太阳能企业家、太阳能从业者都是从这里走出来的，选择到天南海北打拼，无形当中推动了我国太阳能光热行业的快速发展。

宁夏鲁亿能源科技有限公司董事长高召芳

20年前，高召芳对太阳能光热行业的这段历史并不知晓，但是当她走出山东，响应国家的号召参与到轰轰烈烈的大西北开发当中时，就那么机缘巧合，将自己家乡最为丰厚、最有优势的太阳能产品推广到了宁夏。

谈起这段人生当中最为困难的历史，高召芳颇为感慨又觉得异常骄傲。她说，当初她刚来宁夏时，由于当地地域交通的限制，再加上当地人对新事物的接受能力，宁夏太阳能热水器的推广可谓异常艰难。从最初的无店面经营，到拥有60平方米的小小店面，再到发展至宁夏各市县分销商达300余家。甚至，她还把公司的业务范围触及到了内蒙古的乌海、临河、鄂托克前旗、阿拉善左旗等地，这个过程可想而知是异常艰苦的。从零起步，到销售额连年翻番增。高召芳20年的商界打拼，实现了人生最为华丽的转身。

20年的打拼，她就像一颗热情的火苗，尽情地燃烧着自己，引领和带动着宁夏太阳能商贸领域发展的新方向。她说，她对宁夏的每一寸土地，每一块市场都太了解了。她至今仍保持着走访市场的习惯，摸住市场跳动的脉搏。当年，她一个人，一部车，跋山涉水，行走在宁夏的各个市场，将把每一次困难的克服，都作为人生的一次新胜利。她对下属分销商的名字了如指掌，她更带领着他们去学习，去领略市场的每一次变化。

2009年，高召芳正式注册公司名称为“宁夏鲁亿能源科技有限公司”，都说商者无界，对家乡的思念，仍然让她选择了这样一个略有地域性的名称。她也希望鲁亿能源与全国商家建立起良好的交流平台。而就在当年，她也实现了自身的二次转型，从一名专注批发的渠道商全面向工程商的转型。在很多人日益感慨太阳能市场越来越不好做的时候，高召芳以多年对宁夏市场的分析与掌控，在工程领域如鱼得水，与政府、与房产商、与学校等各领域积累的人脉资源得到了一个大爆发。在2014年末的时候，一位房地产商慕名而来，将一万多台的太阳能热水器集体工程交到她的手里，他说，在宁夏只有鲁亿才有这样的实力，将这样一个利民的大工程做得完美，做得放心！

随着新能源领域的日益发展，高召芳觉得肩上的责任更大了！如何将新能源市场推广扩大，成为她首选的重要任务。2015年9月前期，在国家“一带一路”大政策的推动下，中阿论坛选择在中国银川举行，作为宁夏新能源行业的主要代表，高召芳受邀作为宁夏主席随行团代表出访黎巴嫩、巴林、阿曼、毛里塔尼亚等阿拉伯国家，在此期间，高召芳不遗余力地向各界人士推广中国的新能源事业。一粒种子虽小，但是经历风雨的滋润，必将长成参天大树；一颗火苗虽小，却可以形成燎原之势。

高召芳，在20年的太阳能市场推广当中，以自己的勤奋，以自己的坚韧，不停地奔波着，不停地行走着。她觉得作为商者，不仅重利，更要有一份强烈的社会责任心，公德心！

商界木兰　演绎新时代商界新风尚

当年花木兰代父从军，不仅成全了一段孝心佳话，而且还成为报效祖国保卫祖国的女英雄式人物。高召芳也被称为木兰式的商界人物。目前，她有很多社会性的职务

2016年西北节能产品展示交流会现场

头衔，宁夏企业家协会副会长、宁夏女企业家协会副会长、宁夏太阳能能源协会会长、宁夏绿商商会长等职务。2015年12月26日，一个晴空万里的日子，宁夏太阳能能源协会、宁夏绿商商会成立仪式同期举行，在不到一年时间内，高召芳凭借自己在新能源领域独特的人格魅力，以及自己在新能源领域的影响力，众望所归，她担任起首任绿商商会会长的职务。

自此以后，高召芳带领商会成员游历于全国各地，这并不是游山玩水，而是去各新能源企业实地学习参观，从中寻找商机。而在2018年6月，首届新能源西北论坛在银川举行，这也成为新能源行业初次在西部地区小试身手。在新能源产业日趋走向融合的情况下，西北论坛的召开，将为西部地区新能源市场的开拓与开放打开一扇窗，吸引更多优秀的新能源企业、产品进入到宁夏，以此推动新能源行业在宁夏的快速发展。

从个人的“小我”，到成为大家的“大我”，高召芳一直在不断地努力着！宁夏阳光沐浴工程推行四年来，她一直在奔走呼吁，一定要让广大老百姓用上经济实惠，而且要质量过硬的产品，不能做有损老百姓利益的事情。她常常想自己之所以能担任会长，是大家对自己的认可，一定要为会员办事，更要让政府、老百姓放心。

2016年6月6日，高召芳在银川成立了第一家太阳能能源科技馆，成为第一家集展

中国女企业家座谈会上接受采访

示、采购、参观、学习为一体的新能源交易平台,她将自己经营的多家品牌一股脑儿贡献出来,集中在馆内展示。当地的政府、企事业单位和工程商都可以到此参观、选择,解决了商家再到企业参观长途跋涉的劳顿之苦,更为便捷地实现就地采购、就地安装的目的。这无疑又成为年度宁夏新能源行业的一个大手笔。

在某种层面来讲,高召芳一手发起创建的科技馆的顺利开张,是其商业战略最重要的一步举措。在当前利益均享、商业结构扁平化的今天,她更希望通过自己的努力实现大家财富的共同增长。无论是太阳能行业,还是空气能等其他新能源行业,很多企业的老总都喜欢与她交流沟通,不仅是其乐观直率的性格,更有其在商业战略层面的独到见解。

近年来,宁夏先后出台了《国家发展改革委关于印发北方地区清洁供暖价格政策意见的通知》《宁夏回族自治区“十三五”节能减排综合工作方案》《银川市2018年散煤治理工作方案》等利好政策。宁夏新能源市场发生了很大的变化,高召芳认为当下宁夏市场呈现多元化的趋势,像采暖既有空气能、太阳能又有碳晶纤维、燃气壁挂炉等多样采暖相结合。这也驱使绿商由从前的单一销售,逐渐向多能源互补销售发展。对此,高召芳领导协会联合环保厅、建设厅、宁夏电力设计院推动标准的制定与完善,先后完成了“宁夏低温空气源热泵采暖安装施工标准”的制定与实施以及“空气源热泵安装标准”的起草工作,这些都有助于宁夏清洁能源采暖项目的顺利推进。

同时,高召芳在经营方面,积极组织公司骨干力量深入到当地种植枸杞、大枣等领域的种植大户,以及农作物的种植大户的家中,进行数据分析论证,为太阳能、空气能烘干招商会的召开做了有力的铺垫。她说,目前,太阳能热水市场仍有广阔的空间,这方面鲁亿能源科技有限公司会一如既往地做好服务工作;另一方面,鲁亿能源科技有限公司将积极备战热能市场应用的拓展工作,在新能源制冷、采暖、烘干等领域进行发力,并探索出一条适合鲁亿发展的新型商业模式。这恰恰是鲁亿未来将继续坚持的市场开拓战略。

同时,在渠道领域扩展方面,除了最初的太阳能热水器产品之外,高召芳还引进了家用空气净化器、净水机、家用空气源热泵等多品类产品,以弥补太阳能在市场终端销售的不足。

记得书中有过这样一句话:爱笑的女人,生活永远都不会差。高召芳爱笑,笑起来时,脸颊两边都有着浅浅的酒窝。高召芳在业内以及朋友当中,有一个很亲切的别称“阳光姐姐”,一方面是因为她的性格热情开朗,总爱帮助人;另一方面与自己所从事的阳光产业有关。

高召芳更是一名优秀的党员代表，率先在协会成立了党支部，定期召开党内组织会议，研究国家政策，为广大会员企业的发展做好咨询服务。

她更是一位有着爱心的企业家。2017年“三八”节期间，高召芳代表宁夏女企业家行业协会向社会弱势群体捐助200万元，而像这样的公益活动可谓举不胜举。每年高召芳都会积极参与宁夏回族自治区妇联发起向贫困母亲传递“爱心邮包”的活动；还有关爱单身母亲、留守儿童、孤寡老人等弱势群体的公益活动。商者重利更有责，作为一位新能源行业从业20年的商界人士，高召芳越来越感觉肩上的责任更重了，这种责任会一直督促她不停地向前，向前！

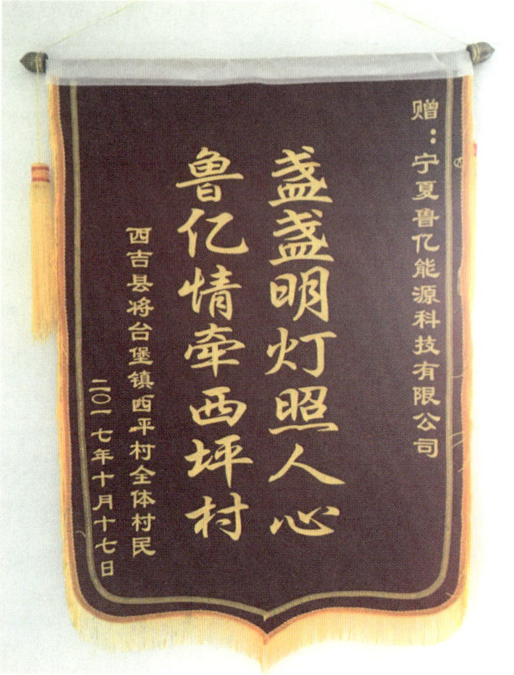

西吉县将台堡镇西坪村捐赠太阳能路灯

编者按

高召芳率真、知性，一脸灿烂的笑容总会融化坚硬的心田。她如雪山盛开的雪莲花，傲然绽放，自是芳香一片；她更誉为新能源行业的“阳光之花”，将阳光的种子播散到西北大地，生根发芽。她更以坚定的信心，以行动深刻解读了巾帼不让须眉的商业传奇。

【相关链接】

高召芳，汉族，现任宁夏鲁亿能源科技有限公司董事长。同时担任宁夏太阳能能源协会会长，宁夏绿色清洁能源促进会会长、宁夏企业家协会副会长、宁夏女企业家协会副会长、山东企业商会副会长等职务。

西北明天:为宁夏物流电商提速的“加油站”

——西北明天科技股份有限公司

电子商务高速发展的今天,已不仅仅是销售和购物,还包括物流配送等相关服务,电子商务和物流是相辅相成的关系,只有物流发展起来了,电子商务才能得到更好的发展。在货物运输中,“货找车、车找货”一直是个商业需求,也蕴含着巨大的商机。宁夏西北明天科技股份有限公司(以下简称“西北明天”)就是一家物流电商企业,以连接运输力量和货源为主营,开发了基于C/S和基于3G技术的物流电子商务平台,在此基础上拓展了生产资料电子商务交易。

厚积薄发　扬帆起航进“物流”

赖广蒙生于广州,长于内蒙古,能说一口地道的银川话。1996年,赖广蒙于辽宁师范大学国际贸易专业顺利毕业。之后便涉足物流行业,他之所以选择物流业这样一个创业项目,是基于这样的考虑:尽管目前的物流公司很多,但总体规模都偏小,整个市场上低价竞争很激烈,急需应用互联网和信息化工具帮助这些物流企业实现经营升级,尤其是西北地区的传统生产制造型企业的物流模式还较为原始,这就意味着未来的市场空间很大。

早年前,他在内蒙古利用中国移动传呼台介入物流信息领域,从内蒙古成立第一个公司运营物流信息网开始,逐步将用户市场辐射到宁夏、甘肃、新疆等西北省区。“为了培育市场,10多年前,我背着电脑、开着车,挨家挨户推销自己的软件,从黑龙江到新疆,一路走来。”赖广蒙说。为了开拓市场,他曾经有一年多都没回过家,甚至几个月的时间,他都是坐着大货车去拓展市场。从最初的客户不信任,到找到用户需求点,这期间也是赖广蒙及其团队不断创新的过程。

2009年,赖广蒙用1000万元资金注册成立了宁夏西北明天科技股份有限公司(简称“西北明天”),在专注于物流信息化主业的同时,更关注供应链管理。多年来,赖广蒙致力于战略布局、构建物流供应链领域的生态系统，控股、参股了贸易公司、物流公司、GPS/北斗定位公司、供应链管理公司、广告公司等多家公司，对西北商品从生产、贸易、物流、结算等众多环节，有着深刻的行业理解和广泛的人脉资源。至今为止，赖广蒙对西北地区物流信息化、大宗商品供应链已有超过15年的经验积累、理解和沉淀，同时，组建和培养了稳定的团队，在内蒙古乌海、包头和乌鲁木齐、兰州等地设有分支机构。

现如今，西北明天科技股份有限公司算是全国物流与电子商务信息化的专业权威单位之一，运营着目前西北最大的公路物流信息平台。该平台根据宁夏虽不沿边、不靠海，但宁夏在国内1800公里内是中心，能够覆盖全国所有省会(首府)城市；在周边3000公里内是中心，能够覆盖东南亚、中亚各国以及日本、朝鲜、印度、巴基斯坦、蒙古等国的特殊位置优势和“小王府井”的商贸优势及三条“物流快轨”建设的优势。

同时，多年的快速发展中，西北明天科技股份有限公司先后自主研发了物流信息化平台、钢材交易平台、农副产品交易平台和煤炭交易平台。连续十年主营业务的市场占有率一直高达95%以上，拥有数十万活跃用户，已成为西北地区物流信息化软件标准的“制定者”，相继荣获了“中国金服务奖”“中国金软件奖”“中国物联网领域突出贡献企业”“开发区最具发展潜力企业”“开发区最佳商业模式企业”“省级优秀产品奖等殊荣”。他们在北京、内蒙古、陕西、甘肃、新疆等地都设有研发机构。

翼振于天　运营宁夏最大物流信息平台

目前，西北明天依托西北得天独厚的产业优势，创新了物流业电子商务独特的商业模式。

多年来，赖广蒙带领公司利用互联网、物联网电子技术为宁夏乃至西北地区30万辆车提供免费服务，为降低西北地区全社会物流成本所占GDP比例过高做出了积极贡献，成为西北地区物流信息及物联网技术领域的领航者。

西北明天作为西北集团旗下子公司，依托宁夏独特的地域优势，多年来一直专注于信息技术自主开发和电子商务信息化实际应用，赖广蒙这样说：“我们西北明天以服务西北广大中小企业用户为目标，旨在促进当地第三产业和现代高端服务业的发展，公司在发展过程中不断优化招商和投资环境，降低社会物流费用，提高物流运作效率，为当地政府增加了税源，以为国家创造社会财富为己任，我们企业的立足点不仅仅是盈利，社会各个阶层的福利才是我们企业长远发展的目标。”

移动互联网的兴起，智能手机的普及，加上多年来服务于西北地区物流行业积累的用户资源和取得用户的信任，以及作为国家能源化工等生产基地的西北地区得天独厚的产业基础，赖广蒙在西北地区商品物流交易、结算支付平台的建设已经时机成熟，并将成为规模数以千亿元计算的巨大市场。而西北地区物流交易结算项目的建设就是为所有的物流单位减少汽车结算中繁琐的现金管理、物流运输费用多主体快速核算清算与结算，加快各元素的资金周转，加固各元素之间的信用链条，提高物流周转效率。后期通过平台为各信用主体进行物流金融服务，最终形成物流大数据中心，成为物流业运营典范。

与此同时，西北明天立足西北，自主开发了基于物流行业的C/S架构电子商务客户端软件和基于3G技术的手机电子商务软件，填补了该领域在国内的空白。“认真做事，踏实做人，一步一个脚印，不找捷径才是生意人该具备的素质，做生意从来没有捷径。”赖广蒙如是说。“应需而变，自主创新”是西北明天科技有限公司的追求。目前，该公司在西北物流软件市场占有率第一，现有客户1000万，其中仅宁夏的物流公司就有1000多家。

目前，西北明天在业内的影响力还在不断提升。拥有的用户已超过1000万个，覆盖全国33个省、市、宁夏回族自治区的公路货运物流网络，每天这家物流公司网络平台的网上交易额就达两三亿元，仅在宁夏就拥有上千家的物流公司用户和超过10万台重型卡车用户资源，每天更新的物流信息量超过5万条以上。

浪遏飞舟　完善“供应链”拓展新物流模式

随着互联网经济、全球化经济一体化的来临，不管何种经济形态，最终都离不开供应链的对接，所有商品从一个地点转移到另外一个地点，都面临着怎样降成本、提效率的问题，如何利用时间来消灭空间，打通国家、地区、城市、产业、企业等供应链体系，为中国企业应对国际竞争提供有效的供应链支撑，这是中国传统企业、互联网企业、软件企业包括政府部门共同亟待解决的问题。

西北明天产业供应链是围绕核心企业，通过对商流、信息流、物流、资金流的控制，从采购原材料开始，制成中间产品以及最终产品，最后由销售网络把产品送到消费者手中，将供应商、制造商、分销商、零售商，直到最终用户连成一个整体的功能网链结构。“如果制造业的每个企业都是一颗明珠，供应链系统就是将这些明珠穿成一条更具价值的项链的那条线。”赖广蒙说。

赖广蒙介绍，随着信息技术的飞速发展，特别是云计算、物联网技术的成熟，推动了以大数据应用为标志的智慧物流产业的兴起。智慧物流极大地促进了物流产业优化和管理的透明度，实现了物流产业各个环节信息共享和协同运作，以及社会资源的高效配置。制造业的难题在于供应链的复杂性以至无法精准把控。当供应链系统已融入全球化经济的今天，精准高效的供应链战略已成为先进国家、地区和成功企业的重要标志，以“供应链”思维构建一个全新的物流采购供应链体系，能够有效地解决地区和企业产能过剩、流动资金短缺难题并大幅度降低成本。

同时，国家“一带一路”建设的推进，中国西北地区的战略地位日益重要。尤其在“互联网+”时代，中国西北的实体经济若以供应链的思维利用互联网技术整合上下游资源，创建全新的“工业互联网”，创新商业模式，重塑制造业流程，必将迎来全新发展的广阔空间。

下一步，由西北明天着力打造的西北丝路供应链与制造业联动平台将与中国成套设备等大型公司共同进军西亚和“一带一路”沿线各国市场，拓展跨境电子商务。定位于为西北各城市从事特色经济、大宗商品生产的厂商以及物流企业提供先进的电子商务和物流信息化服务，建设高效的供应链系统，充分利用信息化平台拓展商业机会，降低物流成本。进一步释放西北实体经济产能；巨额的交易和票据为当地带来税收；交易和结算为当地金融机构带来流动性；进一步凸显宁夏在“一带一路”的支点地位。

赖广蒙表示：“今后，西北明天要以更高的视野为广大客户服务，以战略角度推动以宁夏为中心的丝路经济相关地区的共同发展，为宁夏和各地在今后相当长时期分享共建物流大通道的成果。并以此推动区域相互商贸、文化、科技合作交流等方面带来了重重机遇，这一创新的模式将重现丝绸之路的辉煌。”

【相关链接】

赖广蒙，生于广州，长于内蒙古，1996年于辽宁师范大学国际贸易专业毕业。2000年创办内蒙古北方飞扬科技有限公司，2005年发起和创建全国物流信息网，2008年创建宁夏北方飞扬贸易有限公司，2008年在清华EMBA学习，2009年创建西北明天科技股份有限公司，2010年创建宁夏西北动力物流有限公司，2010年在内蒙古大学EMBA学习。担任宁夏回族自治区政协委员、宁夏银川市政协常委、九三学社宁夏区委社员、宁夏回族自治区九届青联副秘书长、宁夏电子商务协会副会长。曾获得“2014年银川市十大优秀创业青年奖”“2015年最美银川人称号”等荣誉。

一个维权卫士的三种境界

——北京大成(银川)律师事务所

大道三千,律者为先,无律无规,无法无国。从1978年到2018年,改革开放的40年是我国依法治国不断深化、法治中国走向成熟的40年,这40年中国的法治建设,离不开每一位奋战在法治前线的领路人。宁夏"十佳律师"邹俭伟,多年来坚持用责任守护正义的天平,在法治路上书写律师人生的三种境界。

境界一:以律为学,以法为业

1994年,年轻的邹俭伟参加了全国律师资格考试,在号称"天下第一考"的国家司法考试中,邹俭伟仅仅学习了三个月,就走过了司法考试的"独木桥",这种天赋和才华是别人难以企及的。大学专修汉语言文学的邹俭伟对人文学科有着极为浓厚的兴趣,埋首律历,博览群书,从柏拉图到孟德斯鸠,再到黑格尔,在学海的徜徉中,逐渐领悟到西方法的起源、法理的形成以及法的精髓。扎实的人文素养,对民俗常识和社会历史的了解以及分辨是非的能力,培养了邹俭伟的批判思想,为他成为律师奠定了基础。毕业后,邹俭伟从教师岗转为宁夏回族自治区监察局干部,邹俭伟意识到律师这个职业在维护法律秩序和促进社会进步方面的优良传统与远大前程。律师兴,则法治兴,法治兴,则国家兴,博观而约取,厚积而薄发,邹俭伟以律为学,终以法为业,成为了捍卫法律和自由的"国家进步先锋"。邹俭伟从事执业律师以来,办理了一系列在社会上有影响力的案件:1998年的"4·20爆炸袭警案",是宁夏回族自治区建区以来最为严重的一起暴力袭警案,也是1999年公安部督办的一号案件,接手这样的辩护工作可谓压力巨大。该案中,邹俭伟担任第七被告人的辩护人,针对检方指控王磊犯包庇罪及窝藏罪两项罪名,邹俭伟提出两项辩护意见:被告人的行为是一个整体犯罪行为中的两个环节性行为,触犯的是一个刑法条款,系复合罪名关系,应定为一罪,而不适用数罪并罚原则,同时他提出未成年人犯罪应从轻处罚原则是刚性原则。邹俭伟的这两项辩

北京大成(银川)律师事务所执行主任邹俭伟

护观点均被法庭采纳,他是该案中辩护观点唯一被采纳的辩护律师。“4·20爆炸袭警案”,在邹俭伟的刑事辩护工作上具有里程碑意义。如果说“4·20爆炸袭警案”是邹俭伟法律技能的体现,那么1999年“一起故意伤害致人死亡案”错案纠正案,则是邹俭伟律师学法致用的精湛表现。凭借律师的敏感觉察出案件存疑,是为专;敢于接受已下判决书的案件,是为勇;见老者背影佝偻而同情,是为仁;经调查取证后敲开宁夏回族自治区高院甚至中央政法委的门申诉游说,这是属于律师邹俭伟的坚持!该案经过邹俭伟4年的努力,终于在2005年成功翻案。宁夏回族自治区高级人民法院对该案开启了错案纠正程序,再审过程中邹俭伟无罪辩护的观点被全部采纳,被告人被依法宣告无罪,一个蒙受五载冤狱的无辜公民在邹俭伟及团队的坚持与努力下,终于赢回了自由。培根说:“一次不公正的司法判决其恶果甚于十次犯罪,因为犯罪只是弄脏了水流,而不公正的判决却是弄脏了水源。”邹俭伟用实际行动捍卫了司法公正,还普通公众一个清白,也守住了社会公正的最后一道防线。此案被国家司法部授予“百件优秀法律援助案”称号,邹俭伟在案件中表现出的非凡勇气、责任意识、卓越的法律技能以及办案智慧,这是能力的体现,也是品格的传承。

“香港金利来集团公司广告纠纷案”“宁夏金属镁厂与新镁公司企业并购案”“王信芳等诉水利管理处投毒损害赔偿集体诉讼案”……邹俭伟所办理的案件不一而足,每一个案件中都展现出律师应有的业务技能和办案智慧。法治路上,正是由于有邹俭伟这样的律师,社会才少了一些冤假错案,正是有这样的艰辛付出,广积薄发,从而铸就出他的第一层境界。

境界二:仁者为度,执者为民

一个律师在其执业生涯中,做到为当事人解决关键问题、满足当事人正当诉求、实现价值对等已经尚属不易,得到社会认可、推动社会规则完善更是难上加难。可以说,在一定程度上,邹俭伟过硬的业务能力和良好的综合素养已使他实现了个人价值,但邹俭伟不满足于实现“小我”,再次尝试将所学专业知识融入于社会公益中,以“小我”推动“大我”,志愿为民请命,为和谐社会奏响和谐琴音。

邹俭伟多次到贫困地区进行无偿法律援助。2014年3月,他参加了中央统战部和国家司法部组织的第二批“同心·律师团”活动,通过与当地政府签订无偿法律顾问服务协议,主动为政府依法行政提供深度的法律支持。同时,邹俭伟积极履行“同心·律师团”成员职责,组建了10余名资深律师加入团队,为吴忠市红寺堡区提供为期3年的整体服务。在活动中,邹俭伟以《我国当前司法体制改革的前沿性问题讲析》《政府行政行为的法律风险控制》等主题进行了系列法制讲座活动。律师服务团队面向当地企业提供了个案服务活动,面向乡村提供了法律咨询服务活动,建立了法律援助巡回式工作站。2017年12月,邹俭伟律师荣获由中央统战部八局、司法部律师公证工作指导司、中华全国律师协会联合授予的“全国律师服务团第二批帮扶活动优秀团员”荣誉称号。邹俭伟也关注贫困大学生的成长,向北方民族大学捐赠20万元,设立了“邹俭伟助学金”,用以资助该校品学兼优的贫困大学生。

对一个律师而言,“仁”是公平正义,“仁”是仁民爱物,“仁”是扶弱济困,自文学土壤中成长的邹俭伟,气质中散发着“温良恭俭让”的谦谦品格。他用专业知识,播撒法律的光芒;他用工作获得的酬劳,呵护学子的成长。

境界三:智者善虑,勇者敢言

律者,“法令”“约束”也;师者,技长者。“律师”两字即表明:律师乃律己之榜样,师他为己任。律师以擅法为专长,律师职业要求天赋与勤奋并存,律师要具有哲人的智慧,诗人的激情,法学家的素养,政治家的立场,这四者统一于使命与正义之中。邹俭伟注定为律师而生,他过去的履历完美符合这四者要求,而这四种特质,塑造了一个善虑敢言的邹俭伟。

智者善虑,邹俭伟用法学研究做法律尊严的维护者。他从事执业律师以来,十分注重对法学理论的研究与撰写,已完成《律师业务文书写作》(合著)、《中国21世纪法律制度述评》两本著作,《邹俭伟参政议政文论》将于近期出版发行。邹俭伟在区内外公开学术刊物上已发表五十余篇具有较高价值的法学研究理论性文章,其主要的、富有价值的学术思想体现在《论公民对政府普通行政行为诉讼》一文中,该文提出了一种新的诉讼类型模式,即公民对政府的普遍行政行为诉讼,这一思想在我国法学界具有首创性并且得到了多家学术研究机构和学术团体的肯定;邹俭伟在《论律师的职业角色和职业道德》一文中,强调中国律师应发挥应有的社会职能作用,提出中国律师应成为“当代社会良知与理性的典范群体”。邹俭伟撰写的《用行政诉讼公正的审判结果进一步促进依法行政工作的向前发展》获得了“建设法治政府,推进依法治国”主题征文活动的一等奖。没有扎实的法学理论基础以及法律实践方面的根基,撰写起来未必就能得心应手，能将那些在纸上信笔驰骋的思想，外化为一篇篇维护法律尊严、推动法治建设的文论，邹俭伟无疑具备了一名优秀律师的素养。

勇者敢言，邹俭伟用参政、议政做民主进步的推动者。于2008年加入了九三学社，到2018年的10年中，以九三学社为发声平台，进一步发挥专业优势，有序参与国家政治与法治建设，提交了上百件立法建议案及社会管理建议案。针对我国社会处于转型期，重大公共事件频繁发生的现状，提出创制我国社会《重大公共事件调查法》的立法建议：建议我国立法机关将社会重大公共事件的调查活动纳入应有的法律规范的轨道；针对房地产行业存在的公摊面积不透明和公摊面积欺诈问题，邹俭伟提出了《关于建立我区按套内面积销售房屋制度》的地方立法建议案，向宁夏回族自治区地方立法机构提交，并邀多方专家分析论证；提出《关于刑法增设"债务人拒不申报财产罪"和"债务人不如实申报财产罪"两个罪名的立法建议书》，意在从法律制度层面解决"债务人难找，财产难查"的现状，进而解决执行难的问题。今年，邹俭伟提出了由政府整合资源，合力解决自来水净化这个社会关注、群众关切的民生工程，被重点关注。由于参政、议政工作突出，经宁夏回族自治区党委统战部的提名，邹俭伟连续当选为宁夏回族自治区第十届、十一届政协常委，被九三学社中央授予"2009年参政议政贡献奖""2011年度提案工作先进个人""2012年—2017年度全国参政议政工作先进个人"。关心民生，关注社会，邹俭伟以推进社会文明进步为己任，中舸激流，继续履行着一个律师的职责与责任。

江平认为律师有三种境界：第一个境界是有高度责任心，全心全意为当事人服务；第二个境界是有社会良心，为弱势群体、为权利被践踏的人伸张正义；第三个境界是有历史使命感，敢于为中国的法治与宪政，挑战权威、挑战体制。在邹俭伟身上，我们仿佛可以看到这三种境界：以律为学、以法为业；仁者为度、执者为民；智者善虑、勇者敢言。

【相关链接】

邹俭伟，执业律师，现任北京大成(银川)律师事务所执行主任。曾任宁夏综义律师事务所主任。宁夏十佳律师、银川市律师协会副会长、银川仲裁委员会仲裁员、九三学社社中央法律委员会委员、宁夏回族自治区国有资产监督管理委员会法律顾问，宁夏路桥工程股份有限公司、中国移动通信集团宁夏股份有限公司首席法律顾问、宁夏法学会诉讼法学研究会常务副会长，宁夏法官、检察官遴选和惩戒委员会委员、宁夏法学会学术委员会委员，宁夏回族自治区十届、十一届政协常委、宁夏回族自治区政府法律咨询委员会委员。

附录一

强区·富民·中国梦

——宁夏宁东能源化工基地管委会

如果要在宁夏的版图上，寻找出能够激起全区人民共同记忆和深沉情感的标志性地点，那么，宁东无疑是其中之一。680万宁夏人民在寻求经济发展的道路上，经过无数次的探索和尝试，始终怀着炽烈和赤诚的愿望，寻找经济发展的道路。一个基地，十年成就，10多年以来宁东能源化工基地建设的成就有目共睹，带动了区域经济社会的跨越发展。

自2003年以来，在国家和宁夏回族自治区领导的亲切关怀和坚强领导下，宁东能源化工始终坚持高起点规划、高标准建设，主动适应经济发展新常态，自觉践行新发展理念，扎实推进“12111”发展战略，争做宁夏工业经济发展的领头雁、排头兵，成为宁夏经济社会发展的重要引擎和全国重要的能源化工基地。

神华宁煤集团煤制烯烃项目夜景

攻坚克难 打造重点高精产业链

神华宁煤集团大件组装车间

宁夏宁东能源化工基地是国务院批准的国家重点开发区、国家重要的大型煤炭生产基地、“西电东送”火电基地、煤化工产业基地和现代煤化工示范区、循环经济示范区。

2003年，宁夏回族自治区党委、政府审时度势，做出了举全区之力开发建设宁东基地的重大战略决策，并将宁东基地列为宁夏的“一号工程”。12月，宁东基地供水工程开工建设，拉开了宁东基地开发建设的序幕。起步之初，宁夏回族自治区政府批复了《宁东基地规划与建设纲要》，在纲要的指导下，制定了控制区规划、产业发展规划、环境保护规划、基础设施规划和城镇总体规划等33项专项规划，掀起了宁东基地大规模开发建设的热潮。

2007年4月13日，时任中共中央总书记胡锦涛在视察宁东基地时做出了“又好又快建设宁东能源化工基地，实现资源优势向经济优势转化”的重要指示。11月，国家有关部委联合下发文件，将宁东基地正式确定为国家第二批循环经济试点园区。

2009年2月，国家发展改革委批复《宁东能源化工基地开发总体规划》，环保部和水利部相继审查批复了规划环境影响评价报告和水资源论证报告，形成了完整的规划体系。面对新形势、新任务、新要求，宁东基地坚持问题和目标导向，对开发总体规划进行了修编，制定了宁东基地“十三五”开发总体规划，提出了建成全国一流的能源化工基地，建成全国循环经济与资源综合高效利用示范区，建成带动宁夏跨越式发展与实现全面小康社会目标的重点开发区。

2010年2月25日，李克强总理视察宁东基地时指出：“宁东、鄂尔多斯、榆林现在看来是个金三角，这块整体规划、统筹考虑、有序推进，很可能成为我们国家十分重要的能源化工基地，在国家全局中会有举足轻重的作用。”紧接着国务院批复宁夏成为内陆开放型经济实验区，提出依托宁东基地建设国家大型综合能源化工生产基地、综合生产加工区和储备区。

2015年，宁东能源化工基地大力实施“12111发展战略”，以创建国内一流能源化工基地为目标，以安全环保为基础，以重大项目为支撑，以科技创新为动力，以开放合作为源泉，构建了煤制油、煤基烯烃、精细化工三大产业集群，建成了400万吨煤炭间接液化、100万吨煤制油副产品增值利用制烯烃、±800千伏特高压直流输电工程等一批重大项目，打造了宁夏经济发展的高速引擎。

同时，习近平总书记先后两次视察指导，特别是2016年7月，视察煤制油项目建设现场，向全党发出了“社会主义是干出来的”伟大号召，12月28日煤制油示范项目产油成功，习近平总书记做出重要指示，对宁东给予充分肯定和极大鼓舞。

中国经济的蓬勃发展，使宁东基地跨入高速发展的阶段，就现阶段取得的成果来说，值得一提的是，宁东人始终坚持煤炭清洁高效利用，就地转化生产多种清洁燃料和基础化工原料，煤制油和煤制烯烃实现产业化，成功搭建了煤炭向石油化工产品转化的桥梁，同时依托基础化工原料，推动煤化工向精细化、高端化、集群化方向发展。2017年煤化工产业总产值423亿元，成为拉动经济增长的龙头，煤化工产业成为引领工业经济发展的“火车头”。新旧动能加快转换，新材料、新能源、装备制造、轻工纺织等新兴产业正在蓄积，将成为工业经济发展新的增长极。2016年，国务院第三次大督查通报表彰了宁东基地转型升级典型经验和做法。

截至目前，宁东基地先后被确定为国家14个亿吨级大型煤炭基地、9个千万kW级大型煤电基地、4个现代煤化工产业示范区、资源综合利用“双百工程”示范基地、绿色园区及能源“金三角”重要一极，是国家产业转型升级、新型城镇化综合改革和增量配电业务改革等试点地区，是全国主体功能区规划确定的国家层面的重点开发区域，截至2017年宁东经济总量，工业总产值突破千亿元，工业增加值占全区的三分之一，是西北地区唯一跻身全国化工园区前30强的园区，排名第8位。

科学规划　新思路拓展循环经济

经过10多年的艰苦奋斗和不懈努力，宁东基地开发建设取得了令人瞩目的成就，带来了经济飞跃，但发展中积累的矛盾和深层次问题越来越突出，对标国际国内，在新常态下，宁东人科学规划，实现循环经济大前提。

一是突出经济增长方式发生转变。过去，宁东基地主要依靠资源要素投入拉动经济增长，也就是说依托能源资源优势带动投资、拉动增长。在新一轮竞争中，这种传统的发展优势正在减弱，经济增长途径正在由外延规模扩张为主转向主要依靠内涵提质增效，经济增长动力正在由投资驱动转向创新驱动。今后发展，宁东基地将转向新常

鸳鸯湖电厂全景

态，不再依赖能源资源消耗、粗放式发展，不再单纯依靠速度增长、规模扩张、外延式发展，而是加快经济转型升级，提高人力、资本积累和技术进步，实施创新驱动发展。

二是煤化工产业发展层次较低。当前，宁东基地形成的煤化工产品大多数以初级加工、基础化工原料为主，产业链短，附加值低，竞争力不强。在今后的发展进程中，宁东基地将进入产业加快升级新阶段，推动产业由价值链低端向中高端迈进，实现从量的增长向质的提升转变。

三是资源环境约束日益趋紧。当前，在新形势新要求下，大气、水、土壤等环境污染治理的标准越来越高，人民群众对良好生态环境的需求越来越强烈，特别是区域环境承载的压力越来越大，正确处理好经济发展与生态环境保护的关系成为事关宁东绿色发展、可持续发展的重大问题。

四是科技创新能力不强。目前，主体企业原始和集成创新能力较弱，拥有自主知识产权的核心技术和装备较少，部分关键技术和装备仍依赖进口，煤化工下游高端产品的核心技术被国际化工巨头垄断和封锁，自主研发和成果转化及产业化进程缓慢。人才资源短缺问题比较突出，缺乏煤化工专业技术和经营管理人才，特别是领军人才尤为稀缺，在很大程度上制约着宁东长远发展的动力和后劲，迫切需要实施创新驱动发展，唯创新者进、唯创新者强、唯创新者胜。宁东基地将坚持走智能化、高端化、多元化发展之路，加快推动新旧动能转换，坚持以科技创新带动全面创新，着力解决创新投入不足、创新活力不强、创新人才缺乏等现实问题，切实增强发展的核心竞争力。

宁东基地作为“能源金三角”的重要一极，将认真贯彻习近平总书记关于推动能源革命的五点要求，坚持煤炭资源清洁高效利用，走绿色低碳、差异化、循环发展的路子，并将建立化工行业的环保标准，推出节能节水、环境保护全面量化控制体系，同时也将建立清洁生产和循环经济体系建设基金、循环经济新技术研发基金等环保基金，并引入专业环保服务商、循环经济研究院等相关环保要素。

除此之外，随着“一带一路”建设的进一步落实，宁夏从“一带一路”建设中得到了开放新机遇、转型新动能、发展新成果。宁东基地本着深入贯彻落实中央推动“一带一路”建设工作，主动融入国家对外开放大格局，以高技术水平及开放思想格局促进高质量发展。

宁东基地将进一步深化开放平台作用，围绕商品贸易、服务贸易、技术合作、投资合作和旅游合作五大板块，增强展会的吸引力、凝聚力和辐射力；加快构筑区域性国际物流中心，加快银川至西安、北京、兰州方向高铁建设，完善银川空港口岸功能，推动空港、陆港口岸联动，形成直达国内外的快速物流通道；进一步筑牢产业发展基础，开展园区工业指标提升行动，打造低成本化园区，降低企业生产经营成本，让投资者有钱赚，也将提升服务保障能力，在银川综合保税区推行新的贸易监管措施，为外经贸企业提供融资、通关、退税、结汇、物流等全程供应链服务，让贸易更通畅。

通过循环经济大战略规划实施，宁东人将持续发力，为建设国内一流国际领先的能源化工基地，世界煤基烯烃之都，宁夏经济发展的排头兵，宁夏科技创新的示范区，宁夏产业融合发展的先行区，再造一个“新宁夏经济总量”的伟大梦想而奋力搏击。

落实民生　构筑党建红色堡垒

习近平总书记指出，要以党建促发展、以党建促改革、以党建促稳定，促进经济建设和各项社会事业更快发展。近年来，宁东基地党工委认真贯彻习总书记指示精神，牢记“社会主义是干出来的”伟大号召，坚持以党建为引领，着力构建新时代园区非公企业党建工作新格局，引领宁东基地经济高质量发展。

首先，在党建工作落实中，宁东基地管委会以“三个到位”抓组建，着力构筑引领发展的坚强堡垒，加强对企业业主和管理层员工的党建教育引导，推行党建工作与企业落户同步、派驻党建工作指导员与企业经营发展同步、党组织建设与企业党员发展同步为主要内容的“三同步”工作法，采取单独组建、联合组建、挂靠联建、缺额派建和社区兜底五种方式，开展与企业主面谈、与党员职工互动交流、与企业党务工作者“一对一”辅导，促进工作落实。

其次，着力推动园区党建高质量发展，建立企业党务工作者与党组织评星定级相挂钩的津贴发放机制，激发企业党务工作者的积极性，以点带面、以点促面扎实推进党建示范引领工作。在党组织中每年确定10%的党组织后备人选，作为示范推进点，开展“找差距补短板强基础创特色”党建示范引领工作，以点带面、以点促面，引领提升。再者，举办主题党日活动，在“促”“提”上下功夫，通过联办活动、联抓学习，促使党建工作逐步规范化，提升党建工作质量。(如：党工委党群工作部与宁夏林智工贸公司党支部联合党日活动，中心区社区党支部与宁夏亿丰砼业有限公司党支部联合文艺汇演等)。

现阶段，宁东基地将进一步推进公共服务共建共享，建设学校、医院等公共服务设施，完成棚户区改造，补齐社会保障、劳动就业、社会治理等短板，保障基本，改善民生，依托都市经济圈优质教育、卫生、物流等资源，为企业订单式培养技术工人和管理人员，扩大就业渠道，促进就业创业，组建医疗联合体，建设应急救援医院，推行“互联网+”远程诊疗模式，积极引进商贸流通企业，提高居民生活质量。

一直以来，宁东基地勇挑民生大旗，宁东镇辖区6000位农民全部市民化，医保、社保和民政保障实现全覆盖，每年用于改善民生和社会事业财政支出超过2.5亿元，先后建成各类保障性住房13394套，建成银湖公园、宁东新城中央公园等市政公用项目，城区道路及给排水112公里，镇区面积达到15平方公里，总人口达到12万人，其中产业工

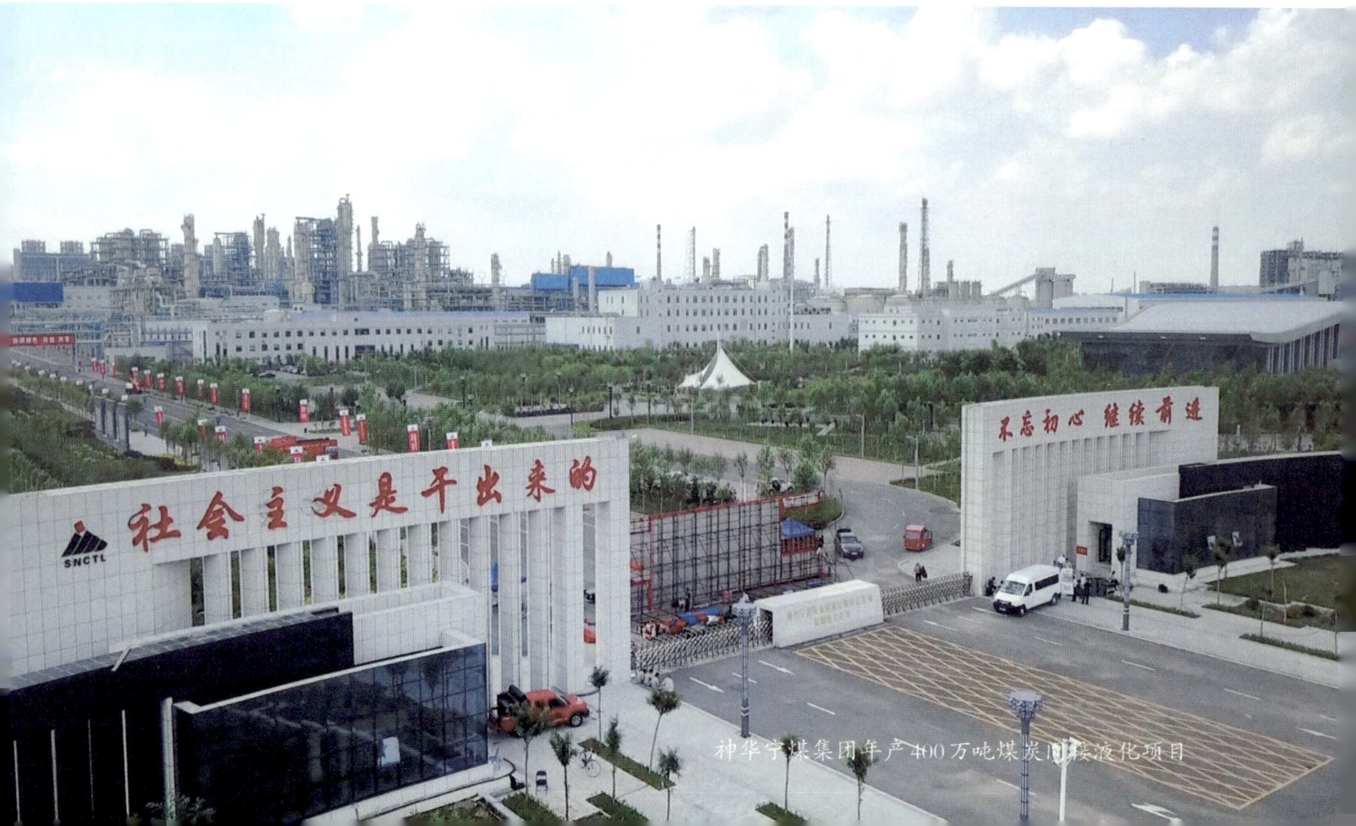

神华宁煤集团年产400万吨煤炭间接液化项目

人7.9万人。加快教育标准化建设,现有中学1所、小学4所、幼儿园7所,在校中小学生3046人。2017年,宁东城镇居民人均可支配收入31500元,高于全区2000元。并牢固树立“青山绿水就是金山银山”的理念,切实把生态文明建设融入经济社会发展全过程,大力加强生态屏障建设,积极推进生态园区和生态城区建设,加快采煤沉陷区生态保护修复,推动社会经济与自然协调发展、资源环境和生态循环持续发展。

宁东人将继续勇扛责任大旗,坚持以科学发展观为统领,以资源深度高效开发为主线,以保护环境和生态为前提,以科技进步为动力,坚持走新型工业化道路,努力实现国际领先的能源化工基地的伟大梦想,高水平建设国家现代能源化工基地,在实现伟大“中国梦”的峥嵘岁月中实现蜕变!

附录二

执着墨海　豪迈书写时代篇章

——中国民族书画研究院

中国博大精深的艺术文化宝库中，书法艺术以独特的语言形式历经千年锤炼，始终伴随着文明历史共同发展，久盛不衰。从古代到现代，书法艺术文化折射出时代变迁，同时涌现出的一大批优秀书法艺术家。尤其在党和国家改革开放40年的奋斗征程中，他们为促进社会经济、生活的和谐与繁荣做出突出贡献。张生礼，书法博士，国家一级美术师，书法界举足轻重的一位大家，他见证了中国在改革开放40年来的沧桑巨变，并且用笔墨挥洒力量，记录颂扬时代风采。

天赋异禀精进不休　师从名门传承敬畏

提到张生礼的名字，很多人都知道他曾任职中央国家机关工作委员会紫光阁画院常务副院长兼秘书长、中国民族博物馆研究员、中国民族书法家协会主席、中国书法家协会中央国家机关分会副秘书长、中国传统文化促进会副会长、中国苏东坡研究会副会长、北京齐白石艺术研究会名誉会长。现如今正担任中国民族书画研究院院长、宁夏齐白石艺术馆馆长、宁夏中阿国际文化交流促进会执行会长、法人，宁夏回族自治区政协委员。

书法家张生礼

然而，圈内人士更了解的是，张生礼在书法艺术领域有着极高的艺术造诣、扎实功底，不仅是全国政协原常委、中国文联副主席、中国书法家协会原副主席刘炳森大师的关门弟子，而且曾受教于当今最著名书画大师启功、吴冠中、欧阳中石、沈鹏、靳尚谊、李铎等名家。

每次提到张生礼的作品，很多艺术界人士都一致给予高度认可，厚重醇润、潇洒飘逸的书风也得到党和国家领导人的充分肯定。殊不知，“天赋奇才属意深”，张生礼自幼聪颖过人，过目不忘，至今王羲之的《兰亭集序》仍倒背如流。1956年出生在宁夏小县城的张生礼，并没有受到家境贫穷的限制，父母也没有给予专业的培养，天赋异禀的他似乎骨子里早就有艺术“基因”，7岁开始酷爱用毛笔写字，小学三年级常看报纸上标准的隶书字体。凡是报纸上的隶书字体他都留心剪下收藏起来，慢慢的积了厚厚几大本剪报。

求学期间，张生礼始终没有放弃自己的爱好，将才华融入到汗水当中。初中时，张生礼就从王羲之、王献之的行楷开始练习，不断地领略到欧阳询的方劲险峻、柳公权的清刚俊美、颜真卿的磅礴雄浑……可以说，张生礼痴迷书法不能自拔。高中时，他曾三次自费来到西安瞻仰古今碑林，身临其境感悟历代书法大师的精髓与气魄，《曹全碑》《张迁碑》《石门颂》《史晨碑》等古诗文可全文背诵，烂熟于胸。待到大学时，饱读诗文经典的张生礼已经逐渐头脑丰富、下笔有神，其书法师古不泥古，渐成一体。也正是由于张生礼在天赋之中勤于刻苦钻研，不叫苦不喊累，从而才为以后的艺术学习与成就奠定了扎实的基础，也让他与当代著名书法家隶书大师刘炳森有了不解之缘。

机会总是留给有准备的人。1993年张生礼就职于《经济消息报》主编时，在一次庆典活动中结识了自己一直崇拜的原全国政协常委、中国文联副主席、中国书法家协会副主席、当代著名书法家隶书大师刘炳森。赞赏有加，称其为可塑之才，收为关门弟子，两人也就此开始了长达7年的师生之缘。

跟随老师学艺7年，张生礼不仅学到老师精湛的书法技艺，更得到老师德艺双馨的真传。刘炳森老师为张生礼赐其绰号“绿风浩荡” 亲笔题写赠与弟子。遗憾的是，刘炳森先生于2005年逝世，这让张生礼痛心不已。但在2010年正值刘炳森先生逝世5周年时，张生礼为了纪念和缅怀恩师，倾心编著《刘炳森书法艺术》一书。可以说，张生礼把对恩师的感谢与教诲都用笔墨诚挚表达，他多次提及恩师时都表示要传承和发扬艺术精神。为此，这本书经由天津杨柳青画社正式出版后，很快被天津市委评为“文津奖”，并且几年中一再多次加印总发行量达100万册。

张生礼在名师的精准指导下，研习书法艺术7年中，同时还得到了启功、欧阳中石和沈鹏三位当代书法大师的指点，其书法创作方面和习书理论方面都有了很大升华。他的隶书作品在继承“炳森隶书”之厚重典雅、流畅飘逸的基础上，又独具个人奔放豪迈、大气磅礴之势。张生礼的书法作品曾多次在中国国内和法国、意大利、德国、比利时、新西兰、韩国等国家展出，受到各界人士的好评和收藏。

以笔抒发爱国爱党情怀　践行社会主义核心价值观

从拜师到出师后自有风格，这一段艺术道路对于张生礼来说十分慷慨激昂，也正值祖国改革开放的大好时期，社会各行各业都在蓬勃发展，一片欣欣向荣的景象。这样的大环境下，张生礼潜心书法艺术，并没有没有躲在象牙塔里做学问，而是把传承书法艺术、传播书法艺术为己任。无论在何时何地，他以笔抒发爱国爱党情怀，践行社会主义核心价值观。

“作为一名书法家，要有高度的政治意识、大局意识，坚定弘扬中国传统文化的信念，大力弘扬一切有利于国富民强、民族振兴、社会和谐、人民兴旺的思想和精神，用笔墨记录时代进步的方向，书写社会进步要求的主旋律。”张生礼在获得中国书法家协会颁发的30年特殊贡献奖时这样说到。

早在1998年，张生礼在中共中央国家机关工作委员会《紫光阁》杂志社时，于2002年秋组建了紫光阁画院，并先后策划、组织了“澳门回归祖国大型书画摄影作品全国巡回展览”“紫光阁（亚太）名家书画大型展览”“中国（南昌）全国百名著名书画家笔会暨作品展”等大型书画活动；

与此同时，张生礼组织画院与中央文献出版社联合编辑出版了《毛泽东诗词传世墨宝》和人民出版社共同推出《伟人毛泽东书法宝典》（金书）等图书，策划了《多彩中华——56个民族同庆共和国56华诞》等大型社会活动，并且由国家邮政局公开发行了《多彩中华》纪念封和首日封。

2003年，由张生礼发起，紫光阁画院国礼中心，按中国民间“福寿万年”的传说，将毛泽东主席手书赠送给柳亚子的“福”字，为岳母（杨开慧母亲）90大寿时所书的“寿”字，这两幅未曾发表的私家墨宝——“福”和“寿”两字印制成作品，让其飞入寻常百姓家，为人民送“福”和“寿”。这一年中，令张生礼难忘的是经中央国家机关工委批准，由紫光阁画院和深圳市大工业区管委会联合主办的“首届紫光阁全国名家书画展”，于9月在深圳关山月美术馆展出。展出有画坛书苑名门巨匠如：徐悲鸿、齐白石、沈鹏、欧阳中石、刘炳森等著名书画家在内的作品300余幅，该书画展被称为在深圳举办的历届书画展作品规格最高的一次。

2004年，在张生礼的全面策划下，由公安部政治部和紫光阁画院联合举办了"庆祝共和国诞辰55周年暨公安部成立55周年著名书画展"；同年，张生礼还为成龙主演的影片《真心英雄》书写片名，成龙站在桌椅后边与张生礼一起合影的生活照，记下了两位艺术家的情谊，至今挂在张生礼的工作室里。

2005年6月，由紫光阁画院、南昌市政府等单位主办的“崛起的南昌——全国名家笔会暨名家书画精品展”。邀请了李琦、李中贵、刘春华等来自各省市书协、美协和作协的百余位名家代表创作的作品共130余幅精品参展。此次展出中，张生礼本人的一幅四尺整张的作品在此次活动中的拍卖会上，拍得2万元人民币。

2008年元月，应邀与著名书画家赖昌平、张雷一起，分别创作著名策划人山水创意的概念——“和谐海峡”，并在《人民日报海外版》《人民日报·市场报》《中国民族报》《中华新闻报》、美国《华人世界》等30余家中外报刊刊登，首次发表反映两岸和平统一政治概念题材的书法作品。在2008年北京奥运会之前，由中国民族书画研究院等单位举办了“和谐中国、祈福奥运——56个民族书法家同写中国福”活动。张生礼在5.6米见方的宣纸上书写了巨大的“福”字，这个巨大的福字将隶书、篆书、行楷、融为一体，体现了56个民族大团结的内涵。此外，中国毛泽东纪念馆联谊会、中国民族书画研究院和井冈山革命博物馆联合主办的“毛泽东诗词书画展”在江西井冈山举行，张生礼用隶书书写的中共中央原总书记胡锦涛的名言：“权为民所用、情为民所系、利为民所谋”之书法作品，吸引了许多观众，赞不绝口。

2009年，《祖国颂——奇诗浓墨绘中华》是他献给共和国60周年大庆的一份贺礼。此书由诗人王咏斌创作地名诗，由张生礼用隶书进行再创作，配上标准地图后，一本书可以兼备诗歌、书法、地图三重功能。诗歌与书法两种艺术珠联璧合，增加了读者的学习兴趣，获得了双重艺术享受。贾庆林同志在看到此书后说：“编写的很好，让大家进一步了解中国，展望未来。”

最近几年，张生礼编著了《中南海-奇诗浓墨写春秋》，又集一本诗书画为一体的大型画册。因为他曾经在中南海内工作多年，对中南海怀有深厚的感情。他经过多年的收集、整理、创作，用诗歌和书法，为读者打开了中南海神秘的朱门。2016年正值新中国成立70周年，也是中国共产党成立95周年，在此期间，张生礼按照中央宣传部、中央组织部、中央党史研究室等11个部门联合组织开展评选的100位为新中国成立作出突出贡献的英雄模范人物和100位新中国成立以来感动中国人物，张生礼特地创作了《不忘初心，继续前行——百位感动中国人物诗书画赞》。如孔繁森、邓稼先、钱学森、雷锋等在内的100位优秀感动中国人物，为每位感动中国人物量身创作了一首七绝赞诗。

心系党和国家，颂扬时代精神，张生礼用自己精炼凝重的文字生动展示着祖国大好河山的壮丽，践行社会主义核心价值观，以艺术的形式不断凝聚和增强全党全国各族人民实现民族复兴中国梦的精神力量。多年来，张生礼的书法作品曾多次在中国国内和法国、意大利、德国、比利时、新西兰、韩国等国家和地区展出，受到各界人士的好评和收藏。张生礼的隶书佳作也陆续悬挂在人民大会堂、全国政协礼堂、中央军委机关，中国国家博物馆、毛主席纪念堂、中国国家图书馆、文化部中国国际友谊博物馆；中国收藏家协会，中国紫檀博物馆、钓鱼台国宾馆，法国卢浮宫、韩国议会大厦、泰国政府、中国驻法国、伊朗、柬埔寨大使馆等机构收藏和展示。张生礼用自己的作品续写了“炳森隶书”的“香火”，让中国隶书在艺术百花苑中更加夺目。

热心民族公益事业　积善为乐传递正能量

人们常常讨论“艺术的最高境界”，而这个问题对于张生礼来说并不限于个人艺术实践，他始终认为，除了为社会做出艺术贡献外，个人积极扛起社会责任，投入公益做出力所能及的事才是对艺术的尊重。多年来，张生礼在全国各地组织和参加了各种社会活动，向许多部门和贫困地区募捐书画，积善为乐传递正能量。

如2008年四川汶川发生特大地震时，张生礼迅速组织、策划，由中国民族书画研究院和北京市侨联举办《血浓于水·首都侨界携手书画家抗震救灾义卖》活动，将220万元义卖善款全部交付灾区用于重建工作；同年，张生礼应宁夏回族自治区人民政府邀请，为庆祝宁夏回族自治区成立50周年大庆捐赠价值180万元的书法作品，时任宁夏回族自治区政府常务副主席齐同生为张生礼颁发了证书。

2009年，张生礼还主持了“纪念北京市公安局成立六十周年大型公益笔会”活动，并且应邀到天安门广场国旗护卫队、钓鱼台国宾馆国宾护卫队为官兵书写歌颂公安干警的书法作品。因为其长期资助捐资助学进行慈善活动，张生礼获得了“桑梓助学基金会”特殊贡献奖。全国政协副主席兼秘书长郑万通亲自为张生礼颁奖，并对张生礼创作的王羲之《兰亭集序》长卷做了点评：“写得好，有刘炳森先生的特点。”

2011年时，为庆祝全国妇联中国儿童基金会成立30周年，张生礼编著的《中华民族颂——五十六个民族诗书画集》一书，他根据中国每个民族特点，为每个民族创作了诗歌，最后将56首诗作和对应的书法作品全部捐赠给了全国妇联中国儿童少年基金会，总价值高达500万元，受到了党和国家领导人的好评，全国人大常委会陈至立副委员长亲自为张生礼先生颁发了证书。张生礼先生同时又邀请了20多位书画家为全国贫困地区的宁夏永宁县闽宁第二中学捐赠了价值150多万元的精品佳作。

近年来，张生礼还在不断积极投入到公益事业当中。2011年，张生礼为全国妇联中国儿童少年基金会捐赠价值500万元的《中华民族颂》自作诗书法长卷，时任全国人大常委会副委员长陈至立为张生礼颁发了证书；同年，由全国政协发起成立的《天津宝

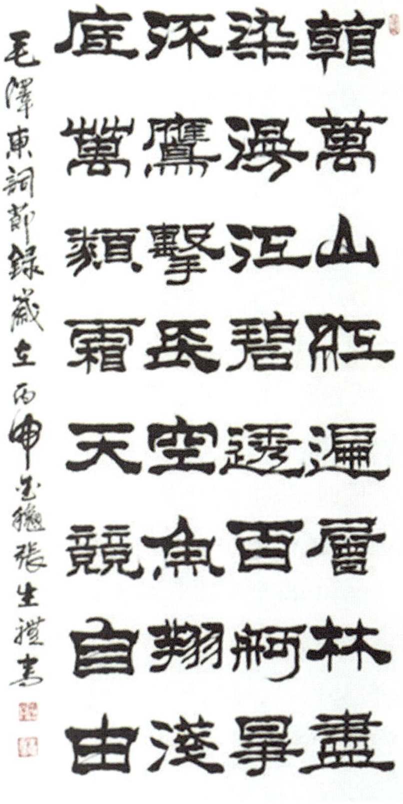

孙中山诞辰150周年作品

邸桑梓助学基金会》组织的“我要读书”活动，捐赠了价值300万元，30米长卷千字文和王羲之的《兰亭集序》长卷，时任全国政协常务副主席兼秘书长郑万通颁发了特别贡献奖和奖杯。此外，张生礼还组织《书画艺术家走进——红色万源》活动，将价值200万元书画作品捐给了四川万源市，受到了中共万源市委书记王成军、市长吴晓勇等领导及各界人士的好评。

到了2015年，张生礼应邀出席联合国防治荒漠化公约第12次缔约方大会，大会在土耳其安卡拉举行，张生礼同志为大会捐赠书法作品；2016年，张生礼又策划组织了20多位书画家将价值150多万元的精品佳作，捐赠给了全国贫困地区的宁夏永宁县闽宁第二中学；同年，张生礼还与其他书画名家为银川穆斯林孤儿院的孩子们创作书画作品，指导孩子们学习书法。在孤儿院里，张生礼为孩子们写下“多彩中华，爱心奉献”八个大字。此外，张生礼积极参加由中国民族书画研究院和银川市教育局联合在银川市兴庆区回民二小隆重举办的《中国民族书画研究院——书画名家走进校园》书画交流公益活动。各位艺术家挥毫泼墨，奉献爱心，共创作了书画作品50余幅由该校收藏，并现场辅导诚启迪小学生学习书画兴趣，受到了银川市教育系统及兴庆区回民二小师生的高度评价。

紧跟时代步伐　心系宁夏助力“一带一路”

现在的张生礼，六十有一，到了很多同龄人退休颐养天年的年纪。但是，张生礼从来没想过自己与时代“脱节”。当国家提出“一带一路”建设后，“塞上江南”—宁夏自古是丝绸之路要塞的优势显现出来，承接着传播中国文化的重任。身为宁夏人，怎么能够不做到与时俱进呢？张生礼经常说：学艺先立德，我是宁夏人，对家乡始终怀着眷恋。用我的书画特长，能为家乡父老乡亲、为各民族兄弟做点事情，尽一点心意，是令我最愉快的事情。

近年来，张生礼在书法艺术之路上，心系国家和家乡建设，做出更多贡献。宁夏作为宁夏回族自治区，具有多民族的社会风俗文化特征。作为中国民族书画研究院院长，他更加关注民族地区的发展，多次为家乡宁夏创作书法作品，组织书画家赴宁夏做艺术交流。在此期间，张生礼作为宁夏政协委员，宁夏文史馆馆员，黄河文化之子，他倾情于故乡的贡献莫过于策划推动“中国—阿拉伯国家博览会”，邀请靳尚谊、韩美林、欧阳中石、沈鹏、李铎、乔羽等著名艺术家担任艺术顾问，用艺术形式为中阿人民祝福，为更好地促进“一带一路”建设做出了积极贡献。

此外，张生礼以社会活动家的身份策划组织了“丝绸之路经济带——中阿国际文化交流经贸合作高峰论坛”。在论坛上，来自乍得、吉布提、苏丹、埃及、也门、阿尔及利亚、摩洛哥、巴基斯坦等阿拉伯国家的文化商务人士就双方共同关心的地区合作等内容交换看法和意见，进一步加强了我国与阿拉伯国家在经贸、文化等领域的合作往来。同时，张生礼为庆祝中国共产党十八大的胜利召开，谨以此长卷作为献礼，深深地祝福：祖国更加繁荣，宁夏明天更美好。

2014年，张生礼应宁夏石嘴山市市委、市人民政府邀请，为石嘴山市捐赠了6.8m×1.8m的巨幅隶书作品—毛泽东词《沁园春·雪》，这幅价值200万元的书法作品，篇幅巨大，气势恢宏，结构严谨，为这座新型工业城市带来了精神文化食粮。张生礼还为宁夏青铜峡108米高的《中华黄鹤楼》创作了《望海潮·中华黄鹤楼》词一首，并展示出了艺术园、奇石园、文学园、家道园、孝导园、诸子园、忠义园和高36米的母亲园双边雕塑。整体气势磅礴，恢宏大气，凸显天下黄河富宁夏的地域特色。

2016年，为了隆重纪念孙中山先生诞辰150周年，张生礼组织策划由宁夏回族自治区政协和中国民族书画研究院等单位隆重举办的《天下为公·世界大同——大型书画展》，全国政协经济委员会副主任项宗西、宁夏回族自治区党委常委、宣传部部长、宁夏回族自治区政协副主席蔡国英、宁夏回族自治区政协副主席张守志、原宁夏回族自治区人大副主任黄超雄等领导出席了这次活动。

2018年8月18日至10月18日在宁夏回族自治区成立60周年之际，张生礼在宁夏博物馆举办了“中华民族颂—56个民族诗书画”展览。此次展览诗、书、画三位一体，展出了著名书法家张生礼创作的56个民族56首诗，56幅隶书、金文书法作品和著名油画家刘仁庆创作的56幅民族人物肖像油画作品。全国人大常委会民族委员会原主任马启智、宁夏回族自治区人大常委会原副主任王儒贵、黄超雄，国家民委办公厅负责人普永生、宁夏文化厅、宁夏社科联等有关部门领导以及各界人士包括大中小学生参观了展览，每天都有500人左右，尤其是参加60周年大庆的中央代表团参观了展览，给予了高度评价。2018年8月18日展览开幕当日，张生礼又组织了25位书画艺术家为“宁夏移民博物馆”捐赠了25幅书画作品。

执着墨海，豪迈书写时代篇章。张生礼在中国改革开放的40年里，讴歌全国各族人民奋斗的宏伟画卷、动人乐章和壮丽诗篇，注重作品的精神内涵和文化格局，让文字艺术有了力量，向我们展现了把握时代脉搏的另一种形式，同时激励着我们，潮涌40年后，向着筑梦新时代奔去！

【相关链接】

张生礼，曾任职中央国家机关工作委员会紫光阁画院常务副院长兼秘书长、中国民族博物馆研究员、中国民族书法家协会主席、中国书法家协会中央国家机关分会副秘书长、中国传统文化促进会副会长、中国苏东坡研究会副会长、北京齐白石艺术研究会名誉会长。现任中国民族书画研究院院长、宁夏齐白石艺术馆馆长、宁夏中阿国际文化交流促进会执行会长、法人，宁夏回族自治区政协委员。

后 记

回首往事，创业充满艰辛，成绩来之不易。《宁夏企业奋斗史》一书，在各方的共同努力下，成功问世。企业的奋斗史，简而言之就是企业家的奋斗史，因为有了企业家的奋斗，才有企业的诞生、成长，而企业的诞生与成长也标志着企业家的成功。所以，本书在民企部分，重点着笔企业家的艰苦创业之路。

作为该书的主要策划人之一，我为之激动和自豪。10多年的工作生涯中，虽与企业、企业家打交道，却为未能深入了解企业的发展历程倍感遗憾。《宁夏企业奋斗史》是我亲自带着编写团队以落笔绘人生、弘扬创业情、叙写企业家奋斗历程为主旨而写就。采访中，聆听他们与时代同呼吸、共发展的动人故事，感悟他们铺满荆棘的艰辛历程，我思绪万千，为之动容，敬佩之心油然而生。他们是勇于创新、敢于拼搏、善于经营、乐于奉献的"宁商"先驱者。一个企业家就是一个榜样，一个企业家就是一种精神，他们感动着我们，助推着宁夏的发展，书写着宁夏的神奇。九尺之台，起于垒土。品牌企业的辉煌，是企业家用血汗、泪水浇灌的成果。值此改革开放40年，特出版此书，向奋战在一线的企业家们表示敬意。

一代代宁夏儿女励精图治，劈波斩浪，成就个人辉煌事业的同时，也为宁夏的发展做出了重要贡献，更为今后发展奠定了坚实基础，积累了宝贵的精神财富。

新时代呼唤新作为，新担当赢得新胜利！抚今追昔，意在登高望远；知往鉴今，志在开拓未来。宁夏60年峥嵘岁月，尤其是党的十八大以来，宁夏大地发展突飞猛进，昔日贫瘠甲天下的西海固旧貌换新颜，六盘天歌唱响华夏大地；贺兰山下葡萄满园酒庄林立，美酒珍酿香飘四海神州。新时代，敢为人先的宁夏人将不忘初心，砥砺前行，为实现宁夏经济繁荣、民族团结、环境优美、人民富裕，与全国同步建成小康社会而努力奋斗。

值得一提的是，宁东能源化工基地是国务院批准的国家重点开发区、国家重要的大型煤炭生产基地、“西电东送”火电基地、煤化工产业基地和循环经济示范区，是宁夏煤、水、土等资源的核心地带和富聚区，也是宁夏举全区之力开发建设的“一号工程”；著名书法家、中国民族书画研究院院长张生礼（宁夏籍）为我国知名社会人士，他将自己的艺术作品在全国展览拍卖，为儿童慈善事业捐赠善举增添了新的力量，是中华民族传统美德的生动写照，反映出新时期我国社会大众的道德价值取向，对推动全社会进一步广泛参与儿童慈善事业，具有积极的示范引领作用。作为附录单列出现，谨此说明。

奋斗既是企业家精神，也是时代潮流。

《宁夏企业奋斗史》既是企业家创业创新的见证，也是改革开放成果的检验。但由于篇幅有限，在我区各条战线拼搏奋斗的优秀企业家未能一一展现，仅筛选和撰写了其中百余家优秀企业（排名不分先后），略显遗憾。该书在编纂过程中，得到了上级领导和社会各界的关心支持，特别是宁夏回族自治区党委宣传部、统战部、经信委、国资委、工商联等领导多次听取编写进展汇报，并给予宝贵意见。感谢杨华祥教授、毛军博士等为本书的编写献言献策，鼎力相助；感谢全体同仁300多个日夜伏案组稿，辛勤劳作；更感谢各位企业家将发展经验倾囊相授并积极提供相关素材和图片。没有他们的鼎力支持，就没有《宁夏企业奋斗史》的成功发行，在此一并表示诚挚的感谢！此书的出版发行具有很强的时代性、史料性和收藏性，对宁商企业可持续发展起到巨大的推进作用。

60年耕耘跋涉，一甲子灿烂辉煌。美好的时代里，我们因情知，因业旺，宁夏的未来充满希望，我们的事业正扬帆起航。

本书撰写工作量大，时间紧，任务重，虽经数番校订，这部50余万字《宁夏企业奋斗史》仍会有疏漏和不当之处。以期《宁夏企业奋斗史》在续编或再版时，能取得令人满意的效果。尚祈广大读者与企业家，专家学者批评教正！

惟有奋斗方显本色，待看史册文化长存！

2018年12月12日